ANDREAS GRUBER

Todesrache

GOLDMANN

Andreas Gruber

Todesrache

Thriller

GOLDMANN

MIX
Papier aus verantwortungsvollen Quellen
FSC® C014496

Penguin Random House Verlagsgruppe FSC® N001967

1. Auflage
Originalausgabe September 2022
Wilhelm Goldmann Verlag, München,
in der Verlagsgruppe Random House GmbH

Dieses Werk wurde vermittelt durch die AVA international GmbH
Autoren- und Verlagsagentur, München
www.ava-international.de / www.agruber.com
Umschlaggestaltung: UNO Werbeagentur, München
Umschlagmotiv: Echse: Gettyimages/Moment/Aprison Photography
Hintergrund: FinePic®, München
TH · Herstellung: ik
Satz: Buch-Werkstatt GmbH, Bad Aibling
Druck und Bindung: GGP Media GmbH, Pößneck
Printed in Germany
ISBN: 978-3-442-49110-0

www.goldmann-verlag.de

für Roman »Tostan« Schleifer,
danke für die Zeit,
die du zum Lesen der Manuskripte aufbringst,
und deine vielen guten Ideen

»Rache bleibt nie lange ungerächt.«

– Deutsches Sprichwort –

PROLOG

Die Nacht auf Dienstag, 29. Mai

Der USB-Stick blinkte rot. Aus den Lautsprechern drang polnische Rockmusik. Viktor hatte lauter gedreht und kämpfte gegen den Schlaf an. Neben ihm saß Tomasz, ein Bein auf dem Armaturenbrett, rauchte einen Joint und schnippte zum Takt der Musik. Gott sei Dank hielt er das Maul, Singen war nicht gerade seine Stärke.

Viktor tippte kurz auf die Bremse. Die Scheinwerfer ihres neuen Volvo SUV rissen die schroffen Felsen der Küstenstraße aus der Dunkelheit. Die Straße schlängelte sich am felsigen Ufer entlang, und Viktor musste höllisch aufpassen, damit der Wagen nicht ins Schleudern geriet und sie keinen Unfall bauten. Denn ausgerechnet hier, mitten in der russischen Exklave Kaliningrad, die außer an die Ostsee nur noch an Polen und Litauen grenzte, konnten sie eine Begegnung mit der Polizei echt nicht gebrauchen. Die sollte besser nicht dahinterkommen, was sie transportierten. Zum Glück waren es jetzt nur noch fünfzig Kilometer, dann würden sie gegen ein Uhr früh die polnische Grenze erreicht haben und die Russen konnten sie am Arsch lecken.

Plötzlich hielt Tomasz inne, stieß den Rauch aus und rückte mit dem Gesicht nach vorne an die Windschutzscheibe.

Viktor schielte zu ihm. »Was ist?«

Tomasz wartete, bis sich der Rauch verzogen hatte, dann deutete er mit dem Finger seitlich durchs Fenster.

»Was?«, fragte Viktor genervt. »Hast du wieder eine deiner Visionen?«

»Da vorne ist was.«

»Ja, der Hafen von Kaliningrad.«

»Nein, du Idiot, dort drüben!«

Viktor sah zur Seite. Vor ihnen lag der Hafen, dessen Kräne und Werfthallen von dunkelrotem Licht beleuchtet wurden. Den Rest schluckte der Nebel, der vom Meer ans Ufer kroch. Aber mitten in der weitläufigen Bucht war tatsächlich etwas.

Viktor nahm den Fuß vom Gaspedal und ließ den Wagen langsamer werden. Ein Blick in den Rückspiegel versicherte ihm, dass sie mutterseelenallein auf der Küstenstraße waren. Er fuhr an den Straßenrand, hielt auf dem Schotter und ließ das Seitenfenster hinunter. Kühler Wind drang ins Wageninnere.

Etwa fünf- bis sechshundert Meter vom Ufer entfernt lag ein Containerschiff im Wasser, mit brennenden Decks und deutlicher Schräglage.

»Leck mich!«, entfuhr es Viktor.

Es sah nicht so aus, als wären schon Rettungsboote vom Hafen her unterwegs, obwohl die Küstenwache das brennende Wrack sicher schon bemerkt hatte. Allerdings konnte man sich in Russland nie ganz sicher sein, ob die Regierung ein Schiff nicht absichtlich versenkte.

»Was ist?«, grummelte jemand auf dem Rücksitz.

»Schlaf weiter!«, sagte Viktor.

Tomasz war bereits ausgestiegen. Er lief um das Auto herum und kletterte über die Felsen zum Ufer, wo die Wellen an die Steine klatschten. Nun stieg auch Viktor aus und stellte sich neben Tomasz. Gleichzeitig zogen sie ihre Handys heraus, zoomten den Frachter heran und filmten den Brand. Lange würde sich das Schiff nicht mehr über Wasser halten.

»So was sieht man nicht alle Tage«, murmelte Tomasz.

Ja, das würde ein spektakuläres Video werden. Da waren sie gerade rechtzeitig gekommen.

Nach einer Weile schwenkte Tomasz das Handy zur Seite und filmte das glitzernde schwarze Meer.

»Was machst du denn jetzt?«, fragte Viktor.

»Schau mal, dort drüben schwimmt jemand.«

1. TEIL

Sechs Tage später
Sonntag, 3. Juni
abends

1. Kapitel

Maarten S. Sneijder stand im Badezimmer seines Hauses und ließ den Arm mit dem Handy sinken. Er hatte gerade das aufwühlendste Telefonat seines Lebens geführt. Sein Puls hämmerte immer noch in der Halsschlagader und hinter den Schläfen. Seine Hand zitterte.

Das ist doch Sabine gewesen!

Er setzte sich auf den Rand der Badewanne, lockerte den Krawattenknoten und starrte die Waffe an, die auf einem Tischchen neben der Wanne lag. *Verdomme!* Er hatte den Lauf bereits im Mund gehabt. Und um ein Haar abgedrückt. Jetzt blickte er zur Tür. Dahinter jaulte Vincent immer noch ganz erbärmlich und kratzte verzweifelt mit den Pfoten am Holz. Vermutlich ahnte das Tier, was er vorgehabt hatte.

Sneijder ging mit wackeligen Beinen zur Badezimmertür und öffnete sie. Der Basset hockte davor und schmiegte nun seine Schnauze an Sneijders Bein. »Ja, alter Junge, alles in Ordnung, ich geh nicht weg.« Er kraulte den Kopf des Tieres und spürte dabei, wie eiskalt seine Finger waren.

Dann humpelte er ins Wohnzimmer. Merkwürdigerweise waren seine Sinne übermäßig geschärft, als würde er alles in Zeitlupe wahrnehmen, plötzlich alles intensiver riechen, hören und schmecken. So ein Gefühl hatte er noch nie gehabt, nicht einmal in jenen Situationen, in denen er knapp dem Tod entronnen war. Vielleicht lag es daran, dass er diesmal beinahe selbst den Abzug gedrückt hatte. Es war *seine* Entscheidung gewesen, aus dem Leben zu scheiden, aber dieser eine Telefonanruf hatte alles von Grund auf geändert.

Vincent war ihm ins Wohnzimmer gefolgt. Der Hund hatte weder die Ration Nass- noch sein Trockenfutter angerührt, die Sneijder ihm hingestellt hatte, sondern gespürt, dass etwas nicht stimmte. Nun saß er wie ein treuer Wachhund neben ihm und spitzte die Ohren. Auch Sneijder hatte das Auto und die Schritte im Kies gehört. Im nächsten Moment läutete es an der Tür.

Er spähte hinter dem Vorhang nach draußen und sah den blonden Haarschopf von Dr. Karin Ross. *Auch das noch!* Die Psychologin des BKA hatte ihm gerade noch gefehlt. *Super Timing!* »Einen Moment«, rief er, da sie sich bestimmt nicht abwimmeln lassen würde.

Während sie draußen wartete, hinkte er zurück zum Bad und entfernte das Blatt Papier, das er außen an die Tür geklebt hatte.

Vorsicht beim Öffnen.

Er knüllte den Zettel zusammen und ließ ihn in der Hosentasche verschwinden. Dann humpelte er zurück ins Wohnzimmer. Eigentlich hätte er immer noch einen Stock benützen müssen. Die Operation an der Hüfte im Rajonskrankenhaus in Kaliningrad war erst sechs Tage her, aber je früher er es schaffte, normal zu gehen, desto besser. Mit ein paar Schmerzmitteln würde es schon irgendwie funktionieren.

Dr. Karin Ross hatte inzwischen die Tür geöffnet und stand im Eingangsbereich, im schicken dunkelblauen Hosenanzug und mit einer Mappe unter dem Arm. »Nicht schießen! Ich bin es«, rief sie ins Haus. »Es war nicht abgesperrt. Darf ich hereinkommen?«

»Sie sind ja schon drin«, knurrte er.

»Steht Ihr Haus abends immer offen?«

Er neigte den Kopf. »Warum?«

»Ich meine nur, so einsam und weit draußen, direkt am Waldrand … Und gerade jemand wie Sie, der ständig mit Mördern zu tun hat, lässt sein Haus unversperrt?«

Nur wenn ich möchte, dass jemand hereinkann, ohne die Tür aufbrechen zu müssen, dachte er.

Sie ging weiter und blieb neben dem wuchtigen Esstisch aus Eichenholz stehen. »Schön haben Sie es hier.« Sie betrachtete die rustikale Einrichtung. »Altes Bauernhaus?«

»Ehemalige Mühle, der Bach fließt durchs Haus, unten ist noch der originale Mühlstein erhalten. Aber Sie sind zu spät, die letzte Besichtigungstour war vergangenes Wochenende.«

Sie lächelte. »Ich wusste gar nicht, dass Sie auch witzig sein können.«

»Jetzt wissen Sie es. Schluss mit dem Smalltalk. Warum sind Sie hier?«

Sie sah zum Basset, der wie zum Schutz zwischen ihr und Sneijder saß und sie neugierig anblickte. »Beißt der Hund?«

»Nur wenn jemand in der dritten Person über ihn spricht.«

Dr. Ross versuchte zu lächeln, dann zog sie einen Brief aus ihrer Mappe. »Ihr Kündigungsschreiben«, erklärte sie.

Erstaunt zog er eine Augenbraue hoch. »Das habe ich erst vor einer Stunde im BKA abgegeben.«

»Ich weiß«, sagte Dr. Ross. »Das Personalbüro war wegen irgendeiner EDV-Sache ausnahmsweise besetzt und hat mich sofort verständigt.«

»Am Sonntagabend?«

»Die haben sich Sorgen gemacht und wollten wissen, ob ich davon wusste. Habe ich natürlich nicht. Also bin ich hergefahren. Sicherheitshalber hat mich ein BKA-Beamter begleitet. Man weiß ja nie, ob Sie nicht vielleicht in Schwierigkeiten stecken …«

Sneijder spähte aus dem Fenster und sah den Wagen, der einige Meter vor dem Haus parkte. Hinter dem Steuer saß tatsächlich ein uniformierter Mann. So finster, wie der dreinsah, war er bestimmt vom Haussicherungsdienst. »Verschwinden Sie – ich habe zu tun.«

»Ach? Was denn?« Sie betrachtete den Brief, dann las sie ihn vor. »*Nehmen Sie meine Kündigung mit sofortiger Wirkung zur Kenntnis. Die derzeitigen Umstände machen mir eine Weiterarbeit unmöglich. Mein ausständiges Gehalt leiten Sie an Familie Nemez in München weiter.«* Sie sah auf. »Drei knappe und präzise Sätze«, stellte sie fest.

»Haben Sie etwas anderes von mir erwartet?«

»Nein, aber die Formulierung hat mir Sorgen bereitet.« Sie ließ das Schreiben in ihrer Mappe verschwinden. »Mehr als diese drei Sätze waren Ihnen die vielen Dienstjahre beim BKA nicht wert?«

»Wozu unnötige Worte verlieren?«

»Es scheint so, als hätten Sie nach dem, was kürzlich passiert ist, mit allem abgeschlossen. Haben Sie Ihren Antrieb verloren?«

»Wie scharfsinnig.« Er stemmte die Arme in die Hüften und starrte sie an. *Die ist hartnäckig und wird nicht so leicht abhauen.* »Drei meiner engsten Kollegen sind tot«, lenkte er ein, »und die langjährige Freundschaft zu meinem Vorgesetzten ist auf grausame Art und Weise zerbrochen.«

Sie nickte verständnisvoll. »Wenn zu viele Pfeiler, die das Leben stützen, gleichzeitig wegbrechen, ist es selbst für die stärkste Psyche zu viel.«

»Hören Sie auf, zweitklassige Fachliteratur zu zitieren.«

»Ich weiß, tut mir leid, Sie haben selbst Psychologie studiert und bestimmt mehr Erfahrung als ich, aber sogar Leute wie Sie … oder *gerade* Leute wie Sie sollten manchmal fremde Hilfe annehmen.«

»Deshalb sind Sie hier?«

Nickend sah sie zu den drei Kuverts, die auf dem Tisch zwischen Kerzenständer und Aschenbecher standen. Bevor sie erkennen konnte, an wen die Briefe adressiert waren, griff er nach ihnen und ließ sie in der Hosentasche verschwinden.

»Sind das Abschiedsbriefe?«, fragte sie frei heraus.

»Wie kommen Sie darauf?«

Sie kniff die Brauen zusammen und blickte an ihm vorbei zum

Badezimmer. Die dämliche Tür stand offen und bot ihr einen guten Blick auf das Tischchen mit der Waffe direkt neben der Wanne. *Vervloekt!* Sie wandte sich ihm wieder zu, sah ihn direkt an. »Sie wollten sich gerade das Leben nehmen, richtig?«

»Quatsch!« Er verzog das Gesicht.

»Mir können Sie nichts vormachen.«

Das habe ich gerade gemerkt.

»Außerdem unterliegt alles, was wir hier besprechen, der Schweigepflicht.«

»Wie rührend.« Er atmete tief durch. »Aber es gibt nichts zu besprechen.«

»Das sehe ich anders. Darf ich mich setzen?«

»Nein.«

»Gut, dann eben im Stehen.« Ihre Stimme zitterte. »Wir beide wissen, dass Sie gerade im Begriff waren, sich das Leben zu nehmen. Anscheinend bin ich genau im richtigen Moment gekommen.«

»Bilden Sie sich nicht zu viel auf Ihre Beobachtungsgabe ein.«

»Nein, keine Sorge, das tue ich nicht. Allerdings frage ich mich, warum Sie auf mein Läuten reagiert und mich stattdessen nicht ignoriert und Ihren Plan durchgeführt haben.«

Er kaute an der Unterlippe. »Dann setzen Sie sich eben«, seufzte er nun doch und ließ sich auf einen Stuhl beim Tisch sinken. Sie nahm ihm gegenüber Platz. »Ich habe soeben mit Sabine Nemez telefoniert.«

Sie starrte ihn entgeistert an. »Sie meinen, in Gedanken … in Ihrer Fantasie?« Sie hob leicht den Kopf, als wollte sie den Duft eines Marihuanajoints erschnüffeln. Aber da war nichts.

»Nein, in echt, das heißt, ich glaube, dass sie es war …« *Nein, ich bin mir sogar ziemlich sicher.*

»Ich dachte, sie sei …«

»Das dachte ich auch, aber anscheinend ist sie in der Bucht

von Kaliningrad nicht mit dem Schiff untergegangen. Sie muss es irgendwie aus dem brennenden Wrack rausgeschafft haben.«

»Und warum ruft sie erst jetzt, eine Woche später, bei Ihnen an?«

»Wenn ich das wüsste.« Er ballte die Faust. »Sie hat nicht viel gesagt, nur, dass sie nicht wisse, wo sie sei und nur Gelegenheit für diesen einen Anruf habe. Danach war die Verbindung tot.«

»Und Sie sind sicher, dass Sie …?«

»Ja, *vervloekt* noch mal, ich bin sicher, dass ich mir dieses Telefonat nicht eingebildet habe.«

»Ja, okay, beruhigen Sie sich wieder«, sagte sie sanft. »Haben Sie schon zurückgerufen?«

»Unterdrückte Nummer.«

»Könnte sich jemand einen Scherz mit Ihnen erlaubt haben?«

»Das wäre ein verdammt geschmackloser Scherz.«

»Manche Leute neigen dazu, und gerade Sie haben jede Menge Feinde – sogar innerhalb des BKA«, gab sie zu bedenken.

Er schüttelte den Kopf. »Nein, sie war es! Sie nannte mich bei meinem zweiten Vornamen.«

»Sie meinen den, wofür das *S* steht?«

Er nickte. »Den kennen nicht viele Menschen. Anscheinend wollte sie keine wertvollen Sekunden vergeuden, um zu beweisen, wer sie ist.«

»Puuuh …« Dr. Ross stieß die angehaltene Luft aus. »Verstehe. Und was machen wir jetzt?«

»*Wir?*« Er stand auf. »Sie werden jetzt gehen!«

»Gibt es denn nichts, was ich noch tun könnte?«

Sneijder kaute wieder an der Unterlippe. »Doch!« Er nickte zu ihrer Mappe. »Zerreißen Sie meine Kündigung. Und nehmen Sie mich mit nach Wiesbaden. Ich muss ins BKA. Ich brauche so schnell wie möglich eine neue Ermittlergruppe.«

2. Kapitel

Während der Autofahrt zum BKA hatte Sneijder einige Telefonate geführt und eine kurze WhatsApp-Nachricht an die Studenten aus Sabine Nemez' Kurs an der BKA-Akademie verschickt. *In zwanzig Minuten im Keller der Gerichtsmedizin. Anwesenheit dringend erforderlich.* Danach war er in sein Büro gestürmt, um seinen Dienstausweis und ein Reservemagazin für die Glock zu holen. Anschließend war er mit dem Taxi, einem leise dahinschleichenden E-Auto, zur Gerichtsmedizin weitergefahren, wo er für die Studenten einen kleinen Eignungstest organisierte.

Eine halbe Stunde später befand er sich bereits wieder mit demselben Taxi auf dem Weg zum siebzehn Kilometer nördlich von Wiesbaden liegenden Hohenstein. Dort lag der Golfplatz Georgenthal. Sonntagabend kurz nach neunzehn Uhr hatte der zwar schon lange geschlossen, aber Sneijder hatte herausgefunden, dass dort gerade eine private Golfpartie zu Ende ging. Wer Mitglied war und genug dafür bezahlte, konnte den Platz fünf Stunden lang exklusiv für sich mieten. Und Staatsanwalt Franke hatte dieses Geld.

Sneijder betrat das Clubhaus, marschierte direkt zur Rezeption und knallte seinen Dienstausweis auf den Tresen. »Wo finde ich Staatsanwalt Franke?«

Der junge Mann starrte so lange auf das Logo des BKA, als wäre er sich unsicher, ob es echt war, dann hob er endlich den Kopf. »Auf dem Golfplatz.«

»Mann, das weiß ich, sonst wäre ich nicht hier«, schnauzte Sneijder, »aber *wo*?«

Der Junge warf einen Blick in den Computer. »Der Abschlag

war vor drei Stunden. Vermutlich sind sie schon beim dreizehnten Loch.«

Auf dem Tresen lagen die Schlüssel einiger Golfcarts. Sneijder nahm einen beliebigen Schlüssel, an dem eine Marke hing. »Ist das Cart Nummer fünf aufgeladen?«

»Äh … ja, die sind alle aufgeladen, aber …«

»Danke.« Als Nächstes schnappte sich Sneijder eine Scorecard aus dem Drehständer, auf der die Spielpunkte eingetragen wurden. Auf der Rückseite befand sich ein Plan des Golfplatzes mit allen Bahnen. Er hatte sich bereits abgewandt und wollte das Clubhaus wieder verlassen, als der Junge ihm nachrief. »Ich darf Sie aus Sicherheitsgründen nicht allein auf den Golfplatz lassen!«

»Glauben Sie mir, für Sie ist es besser, wenn Sie hier bleiben.«

»Dann muss ich zumindest den Clubmanager holen.«

»Tun Sie das.« Sneijder war bereits draußen, suchte das Cart mit der Nummer fünf, setzte sich hinein und startete die Kiste. Obwohl er das Pedal ganz durchtrat, machte die Mühle nur schlappe fünfzehn km/h. Im Fahrtwind klappte er die Karte auf, orientierte sich kurz und fuhr rücksichtlos über die Wiese in Richtung des dreizehnten Lochs.

Lange würde die Golfpartie ohnehin nicht mehr dauern, denn über dem Platz zogen sich dunkle Wolken zusammen, Wind kam auf, und aus der Ferne drang dumpfes Donnergrollen. Beim dreizehnten Loch war niemand, woraufhin Sneijder eine Abkürzung über einen grünen Hügel nahm und auf der anderen Seite an einem Teich vorbei auf das zwölfte Loch zufuhr. Obwohl es bergab ging und er das Pedal immer noch ganz durchdrückte, gab die Elektrokarre trotzdem kaum mehr her. Von Weitem sah er an Loch zwölf drei Pärchen stehen, von denen die Männer bei seinem Anblick aufgebracht die Arme hochrissen und in seine Richtung mit ihren Schlägern durch die Luft wedelten.

Trotzdem hielt Sneijder direkt auf sie zu. Je näher er kam, desto lauter wurden die Rufe. *So haltet doch die Klappe!* Jetzt sah er, dass dort beim zwölften Loch auch noch ein kleines Snackbüfett auf zwei Tischchen aufgebaut war. Anscheinend veranstaltete Franke für seine Gäste ein abendliches Picknick mit privatem Catering vom Clubrestaurant. Sogar ein Kellner war dabei, der gerade einige Gläser aus einer Champagnerflasche füllte.

Sneijder bremste vor der Gruppe und stieg aus.

»Sind Sie wahnsinnig?«, rief einer der Männer.

»Verschwinden Sie sofort von der Bahn!«, rief der zweite. Die Frauen hielten sich indessen im Hintergrund. Auch sie hatten Schläger in der Hand – anscheinend spielten sie gerade zwei Flights, vermutlich Männer gegen Frauen.

»Wissen Sie überhaupt, wer wir sind?«, rief nun der erste wieder.

»Interessiert mich nicht im Geringsten«, knurrte Sneijder und ging auf Staatsanwalt Franke zu.

Der Mann war groß, grau meliert und trug eine rot-gelb karierte Hose, eine grüne Weste und eine Schirmkappe. Als er Sneijder erkannte, hob er die Arme, um seine Mitspieler zu beruhigen. »Ist schon okay, kriegt euch wieder ein. Sneijder, was wollen Sie? Und machen Sie es verdammt noch mal kurz!« Er blickte zum Himmel. »Wir wollen die Partie beenden, bevor uns der Regen wegspült.«

»Keine Sorge, es wird nicht lange dauern. Ich brauche eine Anordnung von TKÜ-Maßnahmen.«

Franke lachte kurz gequält auf. »Ist nicht Ihr Ernst, oder?«

»Sehe ich so aus, als würde ich scherzen?« Mit zusammengezogenen Augenbrauen betrachtete Sneijder die anderen beiden Paare, die ihn neugierig ansahen. Bis auf Frankes Frau kannte er niemanden davon. Sie waren alle etwa in Frankes Alter, Mitte fünfzig, vielleicht Freunde, die er zu der Partie eingeladen hatte, um sie zu beeindrucken. Sneijder zog sein Handy aus der Tasche.

»Dieses Smartphone ist bei der Deutschen Telekom angemeldet. Ich habe heute um exakt siebzehn Uhr einen Anruf erhalten, der gerade mal fünfzehn Sekunden gedauert hat.«

»Ich nehme an, die Nummer war unterdrückt und Sie wollen wissen, wer Ihr heimlicher Verehrer ist.«

Sneijder nickte. »Ich muss sie haben.«

Franke verzog das Gesicht. »Alle Verbindungsdaten werden ein halbes Jahr lang gespeichert – egal, ob die Nummer unterdrückt wurde oder nicht. Hat das nicht Zeit bis morgen früh? Sie sehen doch, dass ich ...«

»Wäre ich sonst hier? Ich brauche die Auskunft *sofort*!«

»Und warum kann das nicht bis morgen warten?«

Sneijder sah kurz zu den Paaren, die ihn immer noch betrachteten, als wäre er ein exotisches Wesen, und senkte die Stimme. »Ich habe Sabine Nemez vor vielen Jahren an die Akademie geholt und dort selbst zur Profilerin ausgebildet. Sie ist eine der besten Ermittlerinnen, die das BKA hat. Aber vor einer Woche ist sie bei einem Einsatz in Kaliningrad ertrunken. Heute Mittag war ihre Trauer- und Abschiedsfeier in München.«

»Sneijder, ich habe davon gehört, und es tut mir auch leid, dass Sie eine Kollegin verloren haben, aber ...«

»Der Anruf kam von ihr.«

Franke sah ihn mit großen Augen an. »Sie ist am Leben?«

»Noch ...«, sagte Sneijder, dann gab er Franke den Inhalt des Telefonats wieder.

Dieser nickte und kaute an der Unterlippe. »Ich verstehe ... aber hätten Sie mir das nicht am Telefon sagen können?«

»Erstens hätten Sie den Anruf nicht angenommen, und zweitens hätten Sie mich auf morgen und einen Termin in Ihrem Büro vertröstet.«

Franke schielte zu seiner Frau. »Was sagt Ihnen, dass ich Sie jetzt nicht ebenso auf morgen vertröste?«

»Weil ich Ihnen mit meinem Golfcart nicht von der Seite weichen und Sie so lange nerven werde, bis Sie einen Fehler nach dem anderen machen und Ihr Score versaut ist. Es sei denn, ich erhalte einen vom Richter genehmigten Beschluss. Und zwar über die Herausgabe sämtlicher Telekommunikationsdaten zu diesem Gespräch.«

Franke senkte die Stimme. »Sneijder, Sie werden Ihrem Ruf als Kotzbrocken mal wieder mehr als gerecht«, zischte er.

»Sie wissen, dass ich so etwas immer als Kompliment auffasse – wobei ich Ihnen versichere, dass Sie den richtigen Kotzbrocken-Sneijder noch nicht mal annähernd kennengelernt haben.« Er starrte Franke fest in die Augen.

»Also gut«, seufzte Franke, »ich kümmere mich darum.« Sneijder blieb stehen. »Was noch?«, fragte Franke.

»Jetzt!«, beharrte Sneijder.

Franke zog die Schultern hoch. »Ich habe mein Handy gar nicht dabei.«

Sneijder drückte ihm seines in die Hand und nannte ihm die Nummer des Richters, der gerade Wochenenddienst hatte. Franke atmete tief durch, dann wählte er.

Das Gespräch dauerte nur zwei Minuten, in denen Franke den Sachverhalt knapp und präzise erklärte und am Schluss darauf hinwies, dass Gefahr im Verzug war. Danach wartete er kurz, bedankte sich und reichte Sneijder das Handy. »Morgen, gleich in der Früh, sollten Sie das Ergebnis haben.«

Sneijder steckte sein Handy ein. »Danke.«

»Und das nächste Mal …«

»Leider kann ich mich nicht länger mit Ihnen unterhalten«, unterbrach Sneijder und warf einen Blick auf die Armbanduhr. »Ich muss weiter!« Er stieg in sein Golfwägelchen und fuhr los.

Auf dem Weg zum Clubhaus, wo das Taxi immer noch auf ihn wartete, dröhnte lautes Donnergrollen über ihm, Blitze zuckten und die ersten Regentropfen fielen.

3. Kapitel

Der Kulkwitzer See am westlichen Stadtrand von Leipzig lag völlig ruhig in der Abenddämmerung da. Das helle Funkeln seiner glatten Oberfläche, in der sich die untergehende Sonne spiegelte, stach fast schon in die Augen.

Hatty schob sich die Sonnenbrille auf die Nase. Bis auf das moderne Luxuswohnmobil mit dem großen Zeltvorbau, das Hattys Eltern gehörte, und ihr eigenes Zweimannzelt war die Liegewiese fast leer. Wegen des gestrigen miesen Wetters hatte sich der Andrang in Grenzen gehalten. Die nächsten Wohnwagen und Zelte befanden sich ziemlich weit entfernt unter den Bäumen. Hatty hatte die Lage schon abgecheckt. Keine jungen Männer weit und breit, nur alte Knacker ab vierzig.

Das war ja garantiert eine tolle Location, wenn man so wie Ben ein sechsjähriger Junge war und großen Spaß daran hatte, Kröten durchs Schilf zu jagen, Fische mit dem Netz zu fangen und auf der Luftmatratze hinaus zu der verankerten Floßinsel zu paddeln. Eher weniger, wenn man so wie Hatty neunzehn war, gerade das schriftliche Abitur hinter sich hatte und das hier die letzten Sommerferien waren, bevor im Herbst das Fremdsprachenstudium in Berlin beginnen würde.

Aber Hatty hatte ihrem Bruder versprochen mitzufahren. Schon allein deshalb, weil Ben seit zwei Jahren sehr verändert war, im Lauf der Zeit immer weniger gesprochen hatte und seit Monaten fast gar nicht mehr redete. Irgendetwas musste passiert sein, und Hatty wollte in dieser gemeinsamen Zeit unbedingt herausfinden, was mit ihm los war.

Im Moment trieb Ben, den sie seit seinem ersten Lebensjahr wegen seiner roten Haare liebevoll *Feuermelder* nannte, auf seiner delfinförmigen Luftmatratze draußen auf dem See herum. Für Hatty war das Wasser Anfang Juni noch zu kalt, erst recht abends, aber Ben schien das nicht zu stören. Sie sah noch einmal zu ihm hinüber, dann spuckte sie den Kaugummi in den Mülleimer neben der mickrigen Pinie.

Soeben kroch auch Hattys Schulfreundin Jasmin auf allen vieren aus dem Zweimannzelt. »So, fertig«, rief sie. Sie trug knappe ausgewaschene Jeansshorts und über dem Bikini ein kariertes Hemd, das sie vor ihrer Brust verknotet hatte. »Suchen wir Brennholz fürs Lagerfeuer?«

Hatty verzog das Gesicht. »Dürfen wir hier überhaupt eines machen?«

»Dein Vater hat gesagt, das sei ihm egal. Er hat neben dem Zelt eine Grube ausgehoben und einen Steinkreis gemacht.«

»Er ist nicht mein Vater.«

»Ja, sorry«, stöhnte Jasmin auf. »Der nette ältere Herr, den deine Mama geheiratet hat und auf dessen Kosten wir hier zwei Wochen Urlaub verbringen dürfen.«

»Toll.«

»He, ich darf dich daran erinnern, dass *du mich* angefleht hast mitzukommen.«

»Ja, und du hast zugesagt, weil alle deine *richtigen* Freundinnen die Ferien im Ausland verbringen.« Hatty starrte Jasmin herausfordernd an. Sie hatte vor drei Tagen überraschenderweise kurzfristig doch zugesagt mitzukommen. *Zum Glück!* Offenbar hatte sie es satt, in den Ferien mit ihrem Vater daheim zu versauern. Jasmin war zwar nicht ihre beste Freundin – genau genommen hatte Hatty gar keine echten Freundinnen –, aber sie war die Einzige gewesen, die Hatty sich getraut hatte zu fragen. Denn Jasmin war wirklich nett und eine der wenigen Mitschülerinnen, die Hatty nicht schon nach wenigen Minuten tierisch nervte.

Schließlich lächelte Hatty. »Tut mir leid, war gemein von mir. Danke, dass du mitgekommen bist. Zwei Wochen voller Abenteuer und Action zwischen einer Horde von Zombies und Grufties – das wird sicher grandios.«

Jasmin lächelte zurück. »Machen wir das Beste daraus.«

»Du hast recht.« Jetzt schlüpfte auch Hatty in ihre Sandalen. »Komm, suchen wir die Scheißäste und fackeln damit den Strand ab.«

Das Areal um den See war riesengroß, und Heinz Gerlach, ihr Stiefvater, hatte ihnen bereits während der Autofahrt davon vorgeschwärmt.

Sie gingen zu den dicht beieinander stehenden Bäumen und sammelten die Äste ein, die der Sturm gestern Abend heruntergerissen hatte. Angeblich sollte es morgen Abend noch einmal kräftig regnen, danach aber zumindest eine Woche lang Schönwetter geben. Dann würden die Wohnmobilstellplätze gerammelt voll sein.

»Was hast du eigentlich gegen deinen Stiefvater?«, fragte Jasmin. »Ich finde ihn total nett.«

»Meine Mutter kennt ihn erst seit zwei Jahren und hat ihn schon nach eineinhalb Jahren geheiratet.«

»Und?«

»Und?«, wiederholte Hatty. »So einen älteren Typen! Findest du das normal?«

Jasmin zuckte mit den Achseln. »Wenn sie sich lieben.«

»Ich bitte dich … uärghhh.« Hatty steckte sich den Finger in den Hals. »Gerlach ist neunundsechzig Jahre alt – nächstes Jahr wird er siebzig. *Siebzig!* So alt möchte ich nie werden!«

»Wenn du weiterhin so gemein bist, wird dich vorher sicher jemand erschlagen.«

»Haha, sehr witzig, Mutter Teresa!«

»Er war doch Richter?«

»Und?«, fragte Hatty.

»Jetzt ist er im Ruhestand. Was kann deiner Mutter Besseres passieren als ein Mann, der gut verdient hat und jetzt nur noch Zeit für sie hat? Nach dem, was ich bisher beobachtet habe, vergöttert er deine Mutter. Außerdem kümmert er sich um Ben und ist auch nett zu dir, selbst wenn du das gar nicht mitkriegst.«

»Wenn du dich da mal nicht täuschst«, murmelte Hatty.

Jasmin kniff die Brauen zusammen. »Du hast schon in der Schule immer alles schwarzgesehen. Das ist der Grund, warum du keine Freunde hast.«

Hatty warf ihr einen finsteren Blick zu.

»Sorry«, lenkte Jasmin ein. »Ich wäre froh, wenn mein Vater endlich eine neue Freundin finden würde. Für meinen Geschmack ist er schon viel zu lange allein.«

Hatty sagte nichts, sondern sammelte weiter Äste ein, die sie sich dann unter den Arm klemmte. »Deine Mutter ist gestorben, richtig?«, fragte sie schließlich. Allzu viel wusste sie nicht über Jasmin, außer, dass sie eines der beliebtesten Mädchen der Schule war.

»Ja, ist aber schon lange her. Damals war ich noch klein. Warum haben sich denn deine Eltern getrennt?«

»Als Ben drei Jahre alt war, haben sie uns erklärt, dass sie sich auseinandergelebt haben.« *Der Klassiker!* »Was meine Mutter dabei nicht interessiert hat, war, dass Vater, Ben und ich uns ganz sicher *nicht* auseinandergelebt hatten.«

»Siehst du deinen Vater noch?«

»Wenn er mal in Leipzig ist schon, aber meistens ist er in England in seiner Firma oder bei seinen Kunden auf Curaçao oder Barbados.«

»Er ist Brite, richtig?«

Hatty nickte. »Verkauft Segelboote. Darum heißen wir auch

Hatty und *Ben*, so wie die ersten beiden Boote, die er entworfen hat …« Sie hatte die Namen betont englisch ausgesprochen. »Allerdings besteht Mutter seit der Trennung darauf, dass wir unsere offiziellen Taufnamen benutzen, *Benjamin* und *Henrietta* – puuuh, wie das klingt!«

»Wer weiß, welche Probleme *wir* mal haben, wenn wir alt sind. Wobei … *du* wirst ja sowieso nicht alt!« Jasmin rammte ihr den spitzen Ellenbogen in die Seite, woraufhin Hatty erschrocken alle Äste fallen ließ.

Dieses Biest!

Aber kurz darauf lachte sie zum ersten Mal seit längerer Zeit befreit auf. In Wahrheit brauchte sie besonders jetzt genau so eine Freundin wie Jasmin.

Nachdem sie zurückgekommen waren, entzündete Gerlach ein Lagerfeuer, und während Ben mit Mutter Hühnerflügel marinierte, hielten Hatty und Jasmin Äste mit rosa Marshmallows in die Flammen, bis die Zuckermasse schwarz heruntertropfte. Völlig egal, ob sie sich damit den Magen verderben würden, wie Gerlach behauptete.

»Spielen wir heute Abend noch eine Partie *Risiko* mit deinem Bruder im Zelt?«, fragte Jasmin.

»Wird sich bestimmt nicht vermeiden lassen«, grummelte Hatty. Gerlach hatte Ben vor Beginn des Urlaubs die *Game-of-Thrones*-Variante des Spiels geschenkt. Hatty hatte eine aufblasbare Insel mit Palme bekommen, auf der sie über den See treiben und darauf sogar dank wasserdichter Seitentaschen das Handy mitnehmen konnte.

Vielleicht hatte Jasmin ja recht, und Gerlach bemühte sich wirklich darum, ein passender Vaterersatz für ihre zerrissene Familie zu werden. Ein neues tolles Wohnmobil mit jeglicher denkbarer Luxusausstattung hatte er ja schon mal springen lassen. Kunststück, er nagte garantiert nicht am Hungertuch. Ob sein Motiv allerdings wirklich so selbstlos war, wie er vorgab, blieb abzuwarten.

»Was hast du?« Jasmin schaute sie neugierig an.

Hatty atmete tief durch, dann blickte sie sich um. Gerade waren sie allein. Ben war mit ihrer Mutter in der Küche, und Gerlach steckte hinter dem Wohnwagen Solarleuchten in den Boden, um ihren Stellplatz abzugrenzen. Es wurde Zeit, dass Jasmin von ihrem Plan erfuhr. Hatty senkte die Stimme. »Ich muss dir was sagen …«

Jasmin runzelte die Stirn. »Bist du deswegen seit gestern so merkwürdig?«

»Möglich …«, Hatty kaute an der Unterlippe, »aber das muss unter uns bleiben.«

»Bist du schwanger?«, flüsterte Jasmin.

Hatty wich mit aufgerissenen Augen zurück. »Quatsch! Und wenn, würde ich das garantiert nicht dir auf die Nase binden.«

»Sorry, war ja nur eine Frage.«

»Schon gut.« Hatty rückte näher. »Es geht um meinen Stiefvater und Ben … Seit Mutter mit Gerlach zusammen ist, verhält sich Ben ganz merkwürdig.«

Jasmin zog den Ast mit den Marshmallows aus dem Feuer und steckte ihn zwischen die Steine. »Jungs sind generell merkwürdig.«

»Nicht Ben, er war immer quietschvergnügt und hat pausenlos geplappert.«

»*Dein* Bruder?«

»Ja! Dann wurde er im Lauf der Zeit immer ruhiger und verschlossener. Jetzt spricht er gar nicht mehr.«

»Ist mir aufgefallen. Und ich dachte, das liegt an mir, weil er mich noch nicht so gut kennt.«

Hatty schüttelte den Kopf. »Er ist seit Monaten so. Ich …« Sie stockte, da sie plötzlich spürte, wie ihre Brust eng wurde und Tränen in ihr hochstiegen, die sie sofort niederkämpfte. »Ich will meinen kleinen Bruder wiederhaben, so wie er früher war …«

»Hast du schon versucht, mit ihm darüber zu sprechen?«

»Hast *du* schon mal probiert, mit jemandem zu reden, der nicht redet?«

Jasmin seufzte. »War deine Mutter mit ihm schon bei einer Ärztin?«

»Bei einem Kinderarzt und einer Psychologin, aber das hat nichts gebracht.«

»Dann versucht es doch mal bei einer Logopädin.«

Hatty stöhnte auf. »Das habe ich ihr auch vorgeschlagen, aber O-Ton Mutter: *Das werde ich dem Jungen nicht antun, ihn von einem Psychologen zum anderen zu schleppen!* Sie meint, das wäre nur eine Phase, die manche Kinder durchmachen, und es würde sich schon wieder von allein geben, wenn er im September in die erste Klasse kommt.« Sie packte Jasmin am Arm. »Aber was, wenn es sich *nicht* wieder von allein gibt? Ich bin ab Oktober in Berlin an der Uni und komme nur an manchen Wochenenden und in den Ferien heim.« Jetzt kamen ihr doch die Tränen. »Wenn er nicht redet, kann ich nicht mal mit ihm telefonieren.«

»Schon gut.« Jasmin legte ihr die Hand auf die Schulter. »Und deine Mutter geht da wirklich gar nicht weiter drauf ein?«

»Nein. Anscheinend hat sie vergessen, wie Ben früher einmal gewesen ist.«

»Mit *früher* meinst du … als sie noch nicht mit Gerlach zusammen war?«

Hatty nickte und wischte sich die Tränen von der Wange.

»Glaubst du, dass ihm euer Vater fehlt?«

Hatty schüttelte den Kopf. »Das dachte ich ursprünglich auch, aber ich glaube nicht, dass es daran liegt. Ich habe Ben beobachtet, in welchen Situationen er sich merkwürdig verhält.«

»Und?«

»Jedes Mal, wenn er mit Gerlach zusammen ist. Entweder im Bad oder in Bens Zimmer …«

Jasmin schluckte laut. Ihre Augen wurden ganz dunkel. »Was willst du damit andeuten?«

In diesem Moment kam Gerlach hinter dem Wohnwagen hervor, in Shorts und mit nacktem Oberkörper. Nur ein Handtuch hing über seiner Schulter und der grauhaarigen Brust. »Ist Ben schon mit dem Marinieren der Hühnerflügel fertig?«, rief er. »Dann kann er mir mit dem Elektrogrill helfen.«

»Keine Ahnung«, sagte Hatty laut und sah ihn dabei nicht einmal an. »Du weißt, was ich damit andeuten will«, flüsterte sie.

4. Kapitel

Das Taxi hatte Sneijder wieder zurück zur Gerichtsmedizin gebracht. Nun bezahlte er den Fahrer, der sich nach hinten zu ihm drehte. »Sicher, dass Sie mich heute nicht mehr brauchen?«

»Ganz sicher.« Sneijder hatte bereits die Hand am Türgriff. Das Gewitter tobte mittlerweile auch über Wiesbaden und drückte den Regen gegen die Scheibe. »Das da drinnen wird länger dauern.« Sneijder sprang aus dem Taxi, schirmte das Gesicht mit dem Arm ab und lief die Treppe zum Gebäude hoch.

Er betrat den Vorraum und wischte sich das Wasser von der Glatze. Im Vorbeigehen drückte er beim Portier am Empfang aus Gewohnheit seinen Ausweis an die Scheibe. »Gab es irgendwelche Probleme?«

»Nein.«

»*Goed, goed.*« Sneijder eilte bereits weiter zu den Fahrstühlen, als der Portier den Kopf aus der Kabine streckte und ihm nachrief: »Wie lange werden Sie den Raum noch brauchen?«

»Bin in höchstens einer Stunde fertig.« Sneijder erreichte den Lift, sah jedoch, dass die Kabinen in den oberen Stockwerken standen. Kurzerhand riss er die Tür zum Treppenhaus auf, biss die Zähne zusammen und eilte in das zweite Untergeschoss hinunter. Der Chirurg hatte schließlich gesagt, dass er sich bewegen sollte.

Sein Weg führte ihn an den Räumen vorbei, in denen die Autopsien vorgenommen wurden. Gleich daneben befand sich die Leichenkammer. Er drückte die Tür auf und schaltete die Leuchtstoffröhren an der Decke ein. Flackerndes weißes Licht erhellte den Raum.

Wie oft war er schon hier unten gewesen und hatte Leichenfunde oder deren klägliche Überreste betrachtet. Morde gab es überall, auch in Wiesbaden. Im Verhältnis zu Frankfurt oder Berlin war die Wiesbadener Leichenkammer aber kleiner. Es roch vertraut nach Formaldehyd, Scheuermittel und kalten Fliesen. Unwillkürlich kamen Erinnerungen an die brutalen Mordfälle der letzten Jahre in ihm hoch, doch er unterdrückte die Bilder. Nichts von alldem konnte er jetzt brauchen.

Er blickte auf seine Armbanduhr mit dem rot-weiß-blauen Zifferblatt in den Farben der niederländischen Flagge. Die Stoppuhr zeigte einundachtzig Minuten und zwanzig Sekunden an, als er sie anhielt. *Länger als ursprünglich geplant.*

Er ging zur rückwärtigen Wand und zog die Schubladen eins bis neun der Reihe nach heraus. Auf den Bahren lagen nicht wie sonst üblich nackte Leichen, sondern bekleidete junge Menschen. Sneijder beobachtete, wie sie langsam aus ihrer Starre erwachten, Arme und Beine bewegten, die Augen zusammenkniffen und sie mit den Handflächen vor dem grellen Deckenlicht abschirmten. Die Szene sah aus wie in einem der zahlreichen Albträume, die ihn regelmäßig heimsuchten. Nur dass sie diesmal real war.

Einige der Personen stöhnten auf, rutschten ungelenk von der Bahre herunter und ließen den Nacken kreisen. Alle waren zwischen dreiundzwanzig und sechsundzwanzig Jahre alt – fünf Männer und vier Frauen. Es waren die Studenten aus Sabines Modul über die Profilerstellung bei geistig abnormen Rechtsbrechern, das sie bis kurz vor ihrem letzten Einsatz noch an der BKA-Akademie für hochbegabten Nachwuchs unterrichtet hatte. Die meisten standen kurz vor ihrem Abschluss.

Sabine und Sneijder hatten seinerzeit alle Bewerbungsunterlagen selbst gelesen, die jungen Leute ausgesiebt und diese Gruppe ausgewählt. Unter ihnen befanden sich die besten Nachwuchstalente, mit denen das BKA in den nächsten Jahren rechnen konnte.

Und genau deshalb hatte er ihnen auch zuvor die WhatsApp geschickt und sie zu diesem unorthodoxen Treffen zitiert. Drei hatten nicht darauf reagiert, zwei hatten keine Zeit, aber alle anderen waren gekommen, obwohl er sie an einem Sonntagabend so kurzfristig zusammengetrommelt hatte.

Nun saßen sie aufrecht auf ihren Bahren und sahen Sneijder erwartungsvoll an, nachdem sie über eine Stunde lang auf engstem Raum in absoluter Finsternis gefangen gewesen waren. Er las in ihren Gesichtern die ganze Bandbreite an Emotionen, die von Neugier, Verstörung, Angst, Hass und Beklemmung bis zur langsam abklingenden Panik reichten. Bloß eine der Personen hatte sich noch nicht bewegt. Die junge Kriminalkommissaranwärterin Miyu, eine Halbasiatin mit deutschem Vater und japanischer Mutter. Sie lag reglos auf dem Rücken und hatte völlig entspannte Gesichtszüge. Nur ihre Augen wanderten unter den Lidern hin und her.

Sneijder ging zu ihr und rüttelte sie sanft an der Schulter, woraufhin sie die Augen öffnete. Überraschenderweise war sie sofort hellwach. »Ich hatte gehofft, Sie bleiben noch länger weg.« Miyus harter Berliner Akzent passte gar nicht zu ihren dunklen mandelförmigen Augen.

»Soll ich Sie wieder ins Fach schieben?«

Ohne zu antworten, schwang sie die Beine über die Kante und setzte sich auf.

»Hast du geschlafen?«, fragte einer der Studenten amüsiert.

»Ich habe Primzahlen aufgesagt«, antwortete Miyu kühl.

»Und wie weit bist du gekommen?«

»Bis zweihundertelf.«

Einige Studenten lachten. »Ist aber nicht viel«, sagte einer.

»Ich habe bei zehntausend begonnen und rückwärts gezählt.«

Nun ging ein Gemurmel durch den Raum.

»Okay, Schluss mit dem Geplänkel.« Sneijder klatschte in die

Hände. »Es ist nicht meine Art, mich zu bedanken, und daher werden Sie so etwas auch nie wieder aus meinem Mund hören – aber danke, dass Sie sich Zeit für diese freiwillige Übung genommen haben.« Er betrachtete die Studenten. Jetzt würde sich zeigen, wer in die engere Wahl kommen würde. »Welche neuen Erkenntnisse hatten Sie? Wer will beginnen?«

5. Kapitel

Sneijder sah in die Runde der Studenten. Einige hoben zögerlich die Hand, woraufhin er Kimberly zunickte, einer jungen Frau mit brünetten Rastalocken. »Sie zuerst! Wie haben Sie sich gefühlt?«

»Die Frage lautet doch eher, was Sie jetzt von uns hören wollen. Meinen Sie wegen der Dunkelheit oder wegen der Enge?« Sie fuhr sich nervös durchs Haar. »Ich …«

Unbrauchbar! Sneijder hob die Hand und deutete zu dem jungen Mann neben ihr, dessen Namen er nicht kannte und dem nach der gerade überstandenen Tortur immer noch der Schweiß auf der Stirn stand.

»Sie sind ein verfluchtes Arschloch, Sneijder!«, presste er hervor. »Sie sagten eine Stunde. *EINE STUNDE!* Und dann waren Sie fast eineinhalb Stunden lang weg!«

»Es waren knapp zweiundachtzig Minuten«, sagte Sneijder völlig emotionslos, dann deutete er zur nächsten Studentin.

»Der Geruch hat mich fertiggemacht. Ich musste ständig daran denken, was da alles vor mir darin gelegen hat und ob die Putzfrau auch wirklich …«

Sneijder wandte sich Ahmet zu, einem großen jungen Mann mit breiten Schultern, dunkler Hautfarbe und schwarzem Vollbart. »In drei kurzen und präzisen Sätzen!« Ahmet sah ihn verunsichert an, da anscheinend niemand mehr von ihnen genau wusste, was er eigentlich hören wollte. »Ich habe mich die ganze Zeit nach dem Sinn dieser Übung gefragt. War das ein Test, um zu prüfen, wer von uns am besten einer psychischen Belastung gewachsen ist?«

Sneijder schüttelte den Kopf.

»Wollten Sie uns verklickern, wie es ist, wenn wir uns plötzlich in der Rolle des Opfers wiederfinden?«, versuchte es Dierk, ein Kerl, der fast zwei Meter groß war, im BKA-Basketball-Team spielte und eine rahmenlose Brille trug. »Oder sollten wir in die Rolle des *Täters* schlüpfen?«

Jetzt begann unter den Studenten ein Rätselraten um seine möglichen Motive, wobei alle wild durcheinanderredeten – alle bis auf Miyu. Sneijder ließ sie eine Weile gewähren, dann schritt er ein. »Stopp!«, rief er, da er sich den Quatsch nicht länger anhören wollte.

Es wurde ruhig, und er sah in die Runde. »Wer von Ihnen hat sich eigentlich meiner Anweisung widersetzt, die ganze Zeit über still zu sein und nicht zu versuchen, mit den anderen zu reden?«

Zögernd hoben einige die Hände, schließlich waren alle oben. Wieder bildete Miyu die einzige Ausnahme. Sneijder wusste, dass ihr psychologisches Profil Hinweise auf eine Störung im Autismus-Spektrum aufwies und sie nicht viel Wert auf Kommunikation legte. Ihr traute er tatsächlich zu, als Einzige über achtzig Minuten lang völlig ruhig in der Lade gelegen und in Gedanken Primzahlen aufgesagt zu haben. Nun sprach er sie direkt an. »Wie haben Sie sich gefühlt?«

»Ich verstehe die Frage nicht.«

»Wie ist es Ihnen ergangen?«, hakte er nach.

Offenbar verstand sie die Frage immer noch nicht. »Wie immer.«

Sneijder zog eine Augenbraue hoch. »Haben Sie mir sonst noch etwas zu sagen?«

Sie schüttelte den Kopf. Ihre langen glatten schwarzen Haare, die unten völlig gerade abgeschnitten waren, bewegten sich kaum.

»Haben Sie etwas zu den Kommentaren der anderen beizutragen?«

Sie presste die Lippen aufeinander, schüttelte den Kopf und setzte dann doch an, etwas zu sagen. »Sie wissen, dass ich kein Talent habe, mich in die Seele von Opfern und Tätern hineinzuversetzen.«

»Nennen wir die Sache doch konkret beim Namen«, unterbrach er sie. »Sie haben nicht nur kein Talent dazu, sondern haben aufgrund Ihrer neuronalen Störung nicht einmal die geringste Möglichkeit, sich in die Gefühlswelt anderer hineinzuversetzen. Im Gegenteil – Sie müssen Ihre eigenen emotionalen Zustände verdrängen, damit Ihr Verstand in einer Aneinanderreihung von Routinen ablaufen kann, da Reize und Umwelteinflüsse Ihr Hirn sonst überfordern würden.«

Eigentlich hätte jemand wie Miyu gar keine Chance gehabt, nach dem Eignungstest an der Akademie aufgenommen zu werden, aber er und Sabine hatten interveniert, weil sie sicher waren, dass diese junge Frau großes Potenzial besaß und unbedingt gefördert werden musste. Sie dachte präzise, klar und sachlich, würde nicht so leicht wie die anderen in Panik geraten und konnte mit der richtigen Ausbildung eine verdammt gute Ermittlerin werden. Allerdings barg ihre Störung auch zahlreiche Risiken. »Habe ich recht?«, fragte er nun, da sie ihm die Antwort schuldig geblieben war.

»Wann hatten Sie jemals unrecht?« Sie nickte. »Ich wusste ja nicht, worauf das Ganze hinausläuft. Deswegen habe ich mich zuvor in das Datenarchiv der Pathologie gehackt und die Namen und Hintergrundinformationen über die Toten rausgesucht, die im letzten Monat hier aufbewahrt worden waren.«

»Dazu hatten Sie gar keine Zeit.«

»Doch, gleich nachdem ich Ihre Nachricht erhalten hatte.«

»Okay, und wozu?«, erwiderte Sneijder. »Sie wussten ja gar nicht, in welches Fach ich Sie stecken würde.«

Sie sah ihn verständnislos an. »Ich habe mir alle gemerkt. In

Fach sieben war zuletzt eine einundzwanzigjährige Frau, die von ihrem Vater seit ihrem achten Lebensjahr missbraucht worden ist, zwei Abtreibungen hinter sich hatte und sich schließlich mit Säure selbst das Leben genommen hat.«

Sneijder erinnerte sich an den Fall. »Und wie hat das auf Sie gewirkt?«

Sie zuckte mit den Achseln. »Ich hätte es nicht mit Säure getan.«

Einige schluckten, die anderen schwiegen.

»Interessiert es Sie denn nicht auch, worum es bei dieser Übung ging?«, fragte Sneijder sie.

Miyu schüttelte den Kopf. »Ging es denn überhaupt um irgendetwas Spezifisches?«

Jetzt nickte Sneijder zum ersten Mal. Er wandte sich an die anderen. »Tatsächlich ging es in Wahrheit nur darum, Sie besser kennenzulernen. Ich wollte Ihre unterschiedlichen Reaktionen sehen, wenn Sie ein und derselben Extremsituation ausgesetzt sind. Wie Sie sich verhalten, wie Sie denken, wie Sie argumentieren, welche Fragen Sie sich stellen – wie Ihr Geist arbeitet und funktioniert.«

Ahmet ließ den Bizeps unter seinem engen Rippshirt nervös auf und ab hüpfen, während er sich in der Runde umsah. »Und wer hat den Test nun bestanden?«

»Das war kein Test«, korrigierte Miyu ihn. »Er wollte uns nur besser kennenlernen.«

Sneijder verzog den Mund zu einem kalten Lächeln. »Okay, die Show ist vorbei. Sie können jetzt nach Hause gehen. Genießen Sie den Rest des Wochenendes.«

»Ha, witzig«, knurrte Dierk.

Obwohl Sneijder sie auffordernd ansah, bewegte sich keiner von ihnen, als wollten sie noch etwas länger bleiben, um weiter mit ihm zu diskutieren. Wann hatte man schon die Gelegenheit, ihn privat und bei halbwegs guter Laune zu erwischen und ihn in ein Gespräch zu verwickeln. »Gibt es noch was?«, fragte er scharf.

Kimberly räusperte sich. »Stimmt es, dass Sabine Nemez bei Ihrem letzten gemeinsamen Einsatz gar nicht gestorben ist?«

Schau dir diese kleinen Biester an! Nun war Sneijder tatsächlich überrascht. Die hatten das schon in Erfahrung gebracht, obwohl er es selbst erst seit wenigen Stunden wusste. Die Gerüchteküche im BKA hatte schon immer tadellos funktioniert. Offenbar hatte Dr. Ross es in ihrer Euphorie gleich den Leuten der Personalabteilung gesteckt, und die hatten sich ausnahmsweise einmal nicht so genau an die Verschwiegenheitspflicht gehalten. *Nein, eigentlich kaum vorstellbar.* Dann musste der Mann vom Haussicherungsdienst, der Dr. Ross zu ihm gefahren hatte, geplaudert haben. Aber letztendlich war es egal.

»Richtig.« Sneijder nickte. »Sie hätten es ohnehin morgen oder spätestens übermorgen an der Akademie erfahren. Ich habe heute Abend um siebzehn Uhr, also knapp eine Woche nach ihrem vermeintlichen Tod, einen Anruf von Nemez erhalten, der jedoch sofort unterbrochen wurde.«

»Ich wusste, dass es stimmt.« Kimberly klatschte mit der Faust in die Handfläche. Plötzlich rückten alle näher an ihn heran. »Wissen Sie, wo sie ist?«

»Noch nicht.«

»Aber Sie werden versuchen, es herauszufinden?«

»Exakt dafür werde ich eine neue Ermittlergruppe zusammenstellen.«

Ein Raunen ging durch die Kammer. »Und wann ist es so weit?«, fragte Dierk.

»Ich habe …«, er blickte auf die Uhr, »… gerade eben damit begonnen.«

6. Kapitel

Nachdem sie am Lagerfeuer die Hühnerflügel und Maiskolben verdrückt hatten, die Gerlach auf dem Elektrogrill zubereitet hatte, machten Hatty und Jasmin den Abwasch.

Hatty spülte das Geschirr und Jasmin trocknete es ab. Dabei sah Hatty durch das kleine ovale Küchenfenster des Campers, wie Ben mit Mutter und Gerlach im Licht der Solarleuchten Federball spielte. Der Ball war so ein seltsames Ding, das jedes Mal quäkte und bunt aufleuchtete, wenn man draufschlug. Ben und Mutter spielten gegen Gerlach, der für sein Alter noch ziemlich fit war. Und nach Mutters Lachen zu urteilen, schienen sie alle Spaß zu haben.

»Es könnte Millionen Gründe dafür geben, warum Ben sich merkwürdig verhält«, sagte Jasmin. »Das muss nicht unbedingt auf sexuellen Missbrauch hindeuten.«

Sexueller Missbrauch. Bei den Worten zuckte Hatty zusammen. »Du weißt ja noch nicht alles.« Diesmal musste sie nicht flüstern. Die Tür des Campers war zu, und Hatty hatte die drei beim Federballspiel gut im Blick.

»Ich weiß nicht, ob ich das hören will«, gab Jasmin zu.

Hatty warf ihr einen flehenden Blick zu. »Ich muss es einfach jemandem erzählen.«

»Also gut«, seufzte Jasmin.

Hatty blickte wieder durchs Fenster, während sie die Pfanne scheuerte, in der ihre Mutter die Kartoffeln gebraten hatte. »Seit einem halben Jahr wohnen wir in Gerlachs Villa.«

»Ich weiß, ich habe dich mal daheim abgeholt.«

»Ja, richtig.« Sie fuhr sich mit der nassen Hand über die Stirn. »Dann kennst du ja das Haus. Im oberen Stockwerk hat Gerlach ein Büro, in dem er extrem viel Zeit verbringt. Fast immer abends und jeden Sonntagvormittag. Keine Ahnung, was er dort treibt. Vor einem Monat habe ich das Büro zufällig durchsucht und …«

»Wie kann man *zufällig* ein Büro durchsuchen?«, unterbrach Jasmin sie.

»Na ja …«, wich Hatty aus. »… ich wollte wissen, was er dort stundenlang macht.«

»War es gar nicht abgesperrt?«

»Doch, aber ich habe einmal gesehen, wie seine Putzfrau nach dem Reinigen des Zimmers den Schlüssel in eine Vase gelegt hat.«

»Okay, und weiter?«

»Es hätte ja sein können, dass er ein Verhältnis mit einer anderen Frau hat und heimlich mit ihr chattet. Also habe ich einen Blick in seinen Schreibtisch geworfen und nach Bildern gesucht. Aber anscheinend steht er gar nicht so sehr auf Frauen, wie ich dachte.«

»Weil ...?« Jasmin hielt den Atem an.

»… ich in seiner Schublade eine Mappe mit Schwarz-Weiß-Fotos … von nackten Jungs gefunden habe.«

»*Kleinen* … Jungs?«

»Ja, sehr kleinen.« *Jetzt ist es endlich draußen!* Erleichtert ließ sie die Schultern sinken, wagte aber nicht, Jasmin dabei anzusehen.

»Das ist schlimm …« Jasmin klang ziemlich betroffen. »… aber wer hat heutzutage noch ausgedruckte Fotos?«, grübelte sie. »Das ist doch mittlerweile alles digital auf dem Rechner. Oder hat er gar keinen PC?«

»Doch, ein kleines blaues Notebook, aber warte ab, es kommt noch schlimmer …« Sie sah auf und atmete tief durch. »Als Gerlach kurz darauf wie immer den Sonntagvormittag in seinem Büro verbracht hat, musste Mutter mit Ben wegen irgendeines Ausschlags zum Arzt, und ich war mit Gerlach allein. Dann wurde er angerufen und musste selbst rasch weg. Keine Ahnung, es ging, glaube ich, um seine ältere Schwester, die zu der Zeit im Krankenhaus lag. Jedenfalls ist er überstürzt losgefahren.«

»Ich ahne, was du gemacht hast«, murmelte Jasmin.

»Hättest du es nicht getan? Ich musste die Chance nutzen, also bin ich noch einmal in sein Büro. In seiner Eile hatte Gerlach sein Notebook nur zugeklappt. Es lief noch. Kein Bildschirmschoner, kein Passwort. Ich habe mir den Browserverlauf im Internet angesehen.«

»O Gott!«, stöhnte Jasmin auf.

»Genau! Und der hat zu ziemlich eindeutigen Seiten geführt. Seitdem weiß ich, was das Darknet ist. Du kannst dir nicht vorstellen, was er sich da alles angesehen hat. Kleine Jungs und …«

»Hör auf!« Jasmin starrte nun ebenfalls durchs Fenster und beobachtete Gerlach, wie er lachend den Federball über die Wiese drosch.

»Ich weiß, was du jetzt denkst«, sagte Hatty. »Wie kann sich so ein netter Kerl so einen ekeligen Mist ansehen. Im Grunde genommen könnte es mir ja egal sein, worauf er steht und was er sich in seiner Freizeit reinzieht. Tatsächlich ist es das Problem meiner Mutter und nicht meines. Aber …« Sie sah Jasmin fest in die Augen. »… wenn er Ben mit seinen Drecksgriffeln auch nur ein einziges Mal angefasst hat, mache ich ihn fertig. Das schwör ich dir!«

Nachdenklich wandte Jasmin den Blick vom Fenster ab und senkte den Blick. »Du kannst aufhören, die Pfanne zu scheuern.«

Normalerweise hätten sie jetzt beide laut aufgelacht, aber ihnen war nicht zum Lachen zumute.

»Glaubst du, dass er Ben missbraucht hat?«, fragte Jasmin.

Hatty legte die Pfanne weg. »Warum sollte mein Bruder sonst schon seit Monaten nicht mehr sprechen? Ich habe mir das Gehirn zermartert, aber mir fällt kein anderer plausibler Grund ein.«

»Möchtest du, dass wir mit deiner Mutter darüber sprechen?«

»O Gott, nein!«, entfuhr es Hatty lauter, als ihr lieb war. »Lieber beiße ich mir die Zunge ab.«

»Willst du zur Polizei gehen?«

»Mit welchen Beweisen? Dass er sich im Darknet Videos ansieht? Ich habe mich erkundigt. Gerlach war mal ein echt angesehener Staatsanwalt, bevor er Richter wurde. Der hat bestimmt immer noch so gute Beziehungen, dass es zu keiner Anklage gegen ihn kommt. Die kehren doch immer alles unter den Tisch.«

»Teppich meinst du.«

»Ja, von mir aus. Und dann stehe ich schön blöd da.«

»Dann hast du einen anderen Plan?«, vermutete Jasmin.

Hatty nickte. »Später erzähle ich dir mehr darüber.«

Nachdem sie mit dem Abwasch fertig waren, spielten sie mit Ben in ihrem Zweimannzelt im Licht zweier Solarleuchten noch eine Partie Risiko. Dabei taten sie alles, um Ben gewinnen zu lassen. Wie eine Horde Heuschrecken marschierte er mit seinem Heer über das Spielbrett und freute sich über jedes eroberte Land. Zunächst machte er sich mit Gesten verständlich, sprach dann aber sogar ein paar Worte, als hätte er vergessen, dass er eigentlich stumm sein wollte. Später brachte ihn seine Mutter im Wohnmobil zu Bett, und Hatty und Jasmin boten sich an, den Abfall zum Müllplatz zu bringen.

Absichtlich gingen sie die längere Strecke am Ufer entlang in Richtung des kleinen rot-weiß gestreiften Leuchtturms mit dem angrenzenden Schiffsrestaurant. Sie schwiegen eine Weile und hörten den Wildenten im Unterholz beim Schnattern zu, bis Hatty schließlich das Thema wieder aufgriff. »Ich will Gerlach auf frischer Tat ertappen.«

»Und wie willst du das anstellen?«, fragte Jasmin.

Sie kamen an einer Bungalowanlage vorbei. In einer der Hütten kläffte ein Hund, aus einer anderen dröhnte ein Fernsehgerät.

»Ich habe mir in einem Outdoorladen eine Mini-Wildtierkamera mit eingebautem Bewegungsmelder gekauft.«

»Im Outdoorladen?«, entfuhr es Jasmin. »Wieso nicht übers Internet?«

»Bist du bescheuert? Falls es Gerlach irgendwie schafft, sich meinen Account anzusehen, weiß er doch sofort, was ich vorhabe.«

»Das ist wie in einem schlechten Spionagefilm«, stöhnte Jasmin. »Und weiter?«

»Was weiter? Ich brauche absolut wasserdichte Beweise gegen Gerlach, und deshalb werde ich die Kamera heimlich im Wohnmobil verstecken.«

»Und dann? Die ganze Zeit filmen?«

»Die hat Infrarot für Nachtaufnahmen und filmt nur, wenn sich etwas bewegt. Die Batterien sind neu, und die microSD-Speicherkarte reicht für insgesamt drei Stunden Aufnahme.«

»Und wie groß ist das Ding?«

Hatty zeigte mit den Händen die Umfänge eines Funkgeräts.

»Sehr unauffällig«, ätzte Jasmin.

»Ich hab schon eine Idee, wo und wie ich es verstecken könnte.«

»Ich weiß nicht ...« Zögernd verzog Jasmin den Mund.

»Was?«

»Ich habe deinen Bruder beobachtet. Ja, stimmt, er wirkt verstört, aber nicht nur, wenn er mit deinem Stiefvater allein ist, sondern auch ... generell.«

»Was willst du damit sagen?«

»Dass es vielleicht gar nichts mit Gerlach zu tun hat.«

»Und weiter?«

»Möglicherweise könnte es auch an deiner Mutter liegen, immerhin fasst sie ihn schon manchmal harsch an und ...«

»Blödsinn!«, fuhr Hatty sie an. »Denk daran, was ich in Gerlachs Schublade und auf seinem Notebook gefunden habe. *Er* ist es, vor dem Ben sich fürchtet.«

»Wenn es wirklich so ist, dann ist das unglaublich dramatisch und auch traurig … aber ich spioniere hinterrücks keine Leute aus, die vielleicht gar nicht schuldig sind. Schon gar keinen ehemaligen Richter.«

»Du hast doch nicht etwa Angst vor ihm?«

»Nein!«, fuhr Jasmin sie an. »Aber die ganze Herangehensweise ist einfach viel zu laienhaft. Wenn Gerlach uns erwischt, sind wir beide dran. Egal, ob er Dreck am Stecken hat oder nicht.«

»Aber *wenn* er schuldig ist?«

Jasmin gab keine Antwort darauf. Sie rümpfte nur die Nase. Es roch nach Moder und Abfall. Sie hatten den Müllplatz erreicht und warfen die Säcke in den Container. Dann gingen sie wieder retour.

Lange Zeit sagten sie nichts, bis Hatty wieder den Mund aufmachte. »Aber wir könnten doch …«

»Nein«, unterbrach Jasmin sie. »Von meinem Vater weiß ich, dass solche Aktionen meistens schiefgehen.«

»Richtig, dein Vater ist ja bei der Polizei …«, stellte Hatty fest. »*Er* könnte doch …«

Abrupt blieb Jasmin stehen, und Hatty sah im Licht der Laternen, wie Jasmins Augen groß wurden. »Jetzt wird mir klar, warum du mich unbedingt bei diesem Urlaub dabei haben wolltest.«

»Das stimmt nicht«, widersprach Hatty eine Spur zu schnell.

»Bullshit!«, zischte Jasmin. »Von wegen, ich würde zu Hause versauern und wir könnten zwei Wochen am See verbringen. Mini-Golf und Wasserskifahren. Toll! In Wahrheit geht es dir doch nur um meinen Vater, weil der bei der Kripo ist.«

»Es tut mir ja leid, aber ich war verzweifelt.«

»Prima!«

»Wir könnten ihn doch um Rat fragen.«

»Vergiss es, Mata Hari!«, fauchte Jasmin. »Ich lasse nicht zu, dass du meinen Vater in diese Sache hineinziehst. Das sind doch alles wild zusammengeschusterte Vermutungen.«

Das ist ja gründlich in die Hosen gegangen. »Warum glaubst du, sind wir ausgerechnet hier?«, versuchte Hatty es noch einmal. »Mitten auf einem Campingplatz? Warum nicht in einem Hotel? Auf einem Schiff? Auf einem Städtetrip? Einer Rundreise? In einer Wellnesstherme?«

»Wie meinst du das?«

»*Campingplatz!*«, rief Hatty. »Denk an den Kinderpornoring am Campingplatz von Lügde in NRW. Dort hat auch einer Fotos und Videomaterial gehortet, und es gab über hundert Missbrauchsfälle.«

Jasmins Mund klappte auf. »Du bist doch verrückt!«

Hatty spürte, wie ihre Halsschlagadern anschwollen. »Ach, bin ich das?«

7. Kapitel

Eine Woche zuvor: Die Nacht auf Dienstag, den 29. Mai

Die Explosion im Inneren des Schiffsrumpfs riss Sabine Nemez von den Beinen. Sie spürte die Druckwelle und wurde im gleichen Moment mit dem Kopf gegen die Bordwand geschleudert. Im nächsten Moment klatschte sie ins Wasser, das den Korridor bereits knietief geflutet hatte.

Der Druck der Detonation lag auf ihren Ohren, und sekundenlang hörte sie nur den schrill sirrenden Nachhall. *Du musst aus diesem Schiff raus!*

Zum Glück hatte sie durch die Wucht der Explosion ihr Pick-Set nicht verloren. Sie hielt das Etui immer noch krampfhaft in den klammen Fingern und öffnete es nun. Vorsichtig nahm sie jenen Dietrich heraus, mit dem sie die Handschellen am besten öffnen konnte, und ließ den Rest ins Wasser fallen. Der Sog trieb das Pick-Set sofort weg und spülte es in eine Nische.

Während das Wasser im Deck nun sekündlich schneller stieg, drehte Sabine die Handschelle so zu sich, dass sie das Eisen direkt vor sich sah. Besser ging es nicht, da sich das Regal, an das sie gekettet war, so blöd im Gang verkeilt hatte, dass sie ihren Arm verbiegen musste.

Nur keine Panik jetzt!

Das eiskalte Salzwasser reichte ihr mittlerweile bis zur Hüfte. Sabines Zähne klapperten vor Kälte. Mit steifen Fingern führte sie die beiden Teile des Dietrichs ins Schloss und drehte sie so lange darin herum, bis die Zahnräder aufsprangen. Dann streifte sie die Handschelle vom Gelenk und watete durch den Gang in Richtung Treppe.

Das Schiff hatte eine so starke Schlagseite erreicht, dass sie sich an der Wand abstützen musste. Das Licht im Gang flackerte, dann fiel der Strom ganz aus. Sabine spürte ihre Zehen schon gar nicht mehr, während sie weiter durchs Wasser stapfte.

Als sie den schmalen Niedergang erreichte, der ins obere Deck führte, wurde das Containerschiff von neuerlichen Explosionen erschüttert. Vermutlich gingen gerade weitere Öl- und Chemiefässer der Reihe nach hoch. Sabine wurde nach vorn auf die Treppen geworfen, wobei sie sich an einer scharfkantigen Stufe die Stirn aufriss. Sogleich lief ihr warmes Blut übers Gesicht.

Über ihr hing eine aus der Verankerung gerissene Lampe von der Decke und schlug gegen die Seitenwand. Es war nur eine Frage der Zeit, bis das Feuer die weiteren chemischen Abfälle und vor allem die Gasflaschen erreichen würde, die an Deck des Frachters lagerten. Dann würde das Gas die gesamten oberen Decks in einem gigantischen Feuerwerk in die Luft jagen.

Rasch kletterte sie auf allen vieren über die Treppe nach oben. Von unten stieg das Wasser weiter, von oben schlug ihr Rauch entgegen. Mit einer Hand hielt sie sich das nasse T-Shirt vor Mund und Nase.

Nachdem sie zwei weitere Decks geschafft hatte, gelangte sie durch eine Luke seitlich ins Freie. Endlich wieder frische Luft atmen! Röchelnd klammerte sie sich an die Reling, um nicht kopfüber von Bord zu stürzen. Der Frachter lag schon sehr schief im Wasser. Die eigentlich sternenklare Nacht wurde immer wieder durch schwarze Rauchwolken verdunkelt, die der Wind in alle Richtungen zerriss. Beißender Qualm lag in der Luft.

Vor ihr glitzerte die schwarze Meeresoberfläche, in der sich das lodernde Feuer der oberen Decks spiegelte. In etwa fünfhundert Metern Entfernung sah sie die Lichter des Kaliningrader Hafens. Die Kräne und Werfthallen wurden von den Scheinwerfern in einen rötlichen Schimmer getaucht.

Sabine stand an der Schlagseite des Schiffs, die sich immer tiefer neigte. Sneijder und die Matrosen, die sich aus dem Frachter gerettet hatten, befanden sich auf der anderen Seite auf einer Felsbank, wo sie auf ein Rettungsboot warteten. Es wäre klug gewesen, sich zu ihnen vorzuarbeiten, doch angesichts der verheerenden Schräglage des Schiffs, die es ihr unmöglich machte, das Deck zu überqueren, verwarf sie den Gedanken gleich wieder. Es schien nur noch eine Alternative zu geben. *Du musst springen!* Ängstlich sah Sabine hinunter. Das Wasser erstickte zwar den Großteil der Flammen, aber um sie herum sprudelten die Luftblasen in die Höhe wie bei einem wild gewordenen Geysir.

Wenn sie es nicht rechtzeitig vom Schiff runterschaffte, würde sie der Sog mit in die Tiefe reißen. Noch einmal klammerte sie sich an die Reling und schrie laut um Hilfe, gab den Versuch aber gleich wieder auf. Über ihr brachen die Container quietschend aus der Verankerung und stürzten mit lautem Knall ins Wasser. Auf der anderen Seite würde sie niemand hören.

»Verflucht!« Sie zog die Jacke aus und starrte zitternd ins schwarze Wasser. Nasser und kälter konnte es eigentlich gar nicht mehr werden. Schließlich schlüpfte sie auch noch aus den Schuhen, dann kletterte sie über die Reling. Die Wasseroberfläche lag mindestens fünf Meter unter ihr, während das Schiff sich immer mehr neigte. Sie musste so schnell wie möglich runter von diesem Wrack.

Sabine wollte gerade noch das Schulterholster abnehmen, als über ihr die Verankerung eines Containers gefährlich knarzte. Also holte sie tief Luft und sprang so weit wie möglich vom Schiff weg. Als sie ins Wasser klatschte, wusste sie, dass sie sich geirrt hatte. Es konnte noch kälter werden. *Viel, viel kälter!*

Sie strampelte zur Oberfläche, schnappte nach Luft und schlotterte am ganzen Körper, während ihre Zähne aufeinanderschlugen und sich die Kälte wie eine Eisenzange um ihren Brustkorb legte.

Bleib in Bewegung! Das ist deine einzige Chance!

Sie verfiel in Schnappatmung und schwamm so schnell wie möglich vom Frachter weg, wobei sie gegen den Sog ankämpfte. Nachdem sie sich zwischen herumschwimmendem Treibgut geschätzte hundert Meter vom Wrack entfernt hatte, sah sie sich um. Viel von dem Schiff ragte nicht mehr aus dem Meer. Die Lichter waren längst erloschen, nur noch einzelne Flammen schlugen hoch und spiegelten sich auf der Wasseroberfläche.

Wie tief war die Bucht hier? *Über dreißig Meter* hatte der erste Steuermann gesagt. Das Schiff würde komplett versinken und alles in seinem näheren Umkreis mit sich in die Tiefe reißen. Wenn sie zur Felsbucht wollte, wo Sneijder und die Matrosen warteten, musste sie in einem großen Radius um das Schiff herum schwimmen. Und dann? Dann würde sie auf den nackten Felsen in der Kälte hocken und auf Rettung warten. Sie blickte zum Hafen. *Die vierhundert Meter schaffst du!*

Sie biss die Zähne zusammen, entfernte sich weiter vom Schiff und kraulte in Richtung Hafenbucht. Bis sie nach ein paar Metern merkte, dass eine Wasserströmung sie erfasste und aufs offene Meer hinauszog.

Nun kam die Panik.

»Hilfe!«, schrie sie, schluckte aber gleich einen Schwall bitteres Salzwasser, sodass sie das Rufen lieber bleiben ließ. Auch den Versuch, gegen die Strömung anzukämpfen, gab sie bald wieder auf. Instinktiv wusste sie, dass sie das zu viel Kraft kosten würde. *Nur die Ruhe! Sonst bringt dich die Panik schneller ins Grab, als du Maarten-S.-Sneijder sagen kannst.*

Sie erwischte ein Stück Treibgut vom Schiff, auf dem sie sich mit der Strömung treiben ließ, und versuchte dabei, den Kopf über Wasser zu halten. Dabei stellte sie fest, dass es sie zwar aufs offene Meer hinauszog, aber gleichzeitig auch schräg am Hafen vorbei. Und seitlich von ihr, ziemlich weit draußen, glaubte sie eine betonierte Mole mit einer Art Positionslicht zu erkennen. Eine Laterne oder ein kleiner Leuchtturm. Zwar konnte sie die Entfernung bis dorthin schwer abschätzen, vermutete aber, dass die Strömung sie daran vorbeitreiben würde. Wenn sie im richtigen Zeitpunkt zu kraulen begann, konnte sie es dorthin schaffen. Vielleicht war das ihre letzte Möglichkeit, Land zu erreichen, bevor der Sog sie unwiederbringlich aufs offene Meer hinauszog.

Sie trat Wasser, klammerte sich an das Holzstück, bewegte dabei die eiskalten Finger, versuchte, das Zittern unter Kontrolle zu bekommen, und wartete.

Jetzt!

Sie stieß sich von dem Treibgut ab, versuchte, aus der Strömung auszuscheren, und schwamm wie der Teufel auf das Licht zu. Ihr Herz raste und fühlte sich gleichzeitig an, als würde es jeden Moment den Dienst versagen. Die Wellen schlugen über ihrem Kopf zusammen, aber sie schnappte jeweils nach zwei Schwimmzügen gierig nach Luft. Immer wieder schluckte sie dabei unabsichtlich Wasser, aber sie hörte nicht auf zu schwimmen.

Als sie geschätzte zehn Minuten später eine kurze Verschnaufpause einlegte und sich das Wasser aus dem Gesicht wischte, sah sie, dass das Licht noch näher war, als sie ursprünglich gehofft hatte. Aber es stammte von keinem Leuchtturm, sondern es waren die Scheinwerfer eines Autos. Das parkte auf einer einsamen Landstraße, die offenbar am felsigen Ufer entlangführte. Sie glaubte sogar, den glänzenden Asphalt vor den Scheinwerfern zu erkennen.

Mit neuem Mut schwamm sie weiter darauf zu. Schon bald schlugen ihr die Wellen der nahenden Brandung über den Kopf. Ein gutes Zeichen. *Nur noch wenige Meter, dann hast du's geschafft.* Sie spürte auch schon die ersten scharfkantigen Felsen, an denen sie sich die Knie aufschlug und die in die Fußsohle schnitten.

Ungelenk und mit steifgefrorenen Gliedern kletterte sie schließlich über die Felsen zur Straße hinauf. Der Wind, der an ihrer nassen Kleidung zerrte, war noch schlimmer als die Kälte selbst. Aber die Erleichterung, endlich festen Boden unter den Füßen zu spüren, ließ sie die frostige Temperatur einen Augenblick lang vergessen. Bald würde sie in eine warme Decke gehüllt im Hafenbüro sitzen und heißen Tee mit Rum trinken. Dem erstbesten Menschen, den sie traf, musste sie sagen, wo Sneijder war und dass er wegen seiner Verletzungen einen Krankenwagen brauchte.

Während das Wasser an ihr ablief, stolperte sie steifbeinig, zusammengekrümmt und mit den Händen unter den Achseln auf das Auto zu. Sie merkte, dass sie einen Socken verloren hatte.

Das Schiff war rasch gesunken, und jetzt war nur noch ein matter Schimmer auf dem Wasser zu erkennen. Wenn man nicht wusste, dass hier soeben ein Containerfrachter abgesoffen war, hätte man das gar nicht für möglich gehalten. Und sie wunderte sich selbst, dass sie es überhaupt rechtzeitig aus dem brennenden Wrack geschafft hatte.

Im schwachen Mondlicht sah sie, dass es sich bei dem Auto um einen dunklen SUV handelte, eventuell um einen Volvo. Zwei Männer standen neben dem Wagen und unterhielten sich, entweder auf Russisch oder Polnisch. Jugendliche Stimmen. Jetzt sah sie auch das Licht der beiden Handydisplays. Offensichtlich hatte einer der beiden den Untergang des Schiffs gefilmt, und der andere filmte … nun sie. *Großartig!* Na ja, so etwas sah man auch nicht alle Tage, wenn man auf einer einsamen Küstenstraße entlangfuhr. Bestimmt würde ihnen das Video Tausende Klicks und Likes auf YouTube und Facebook bringen.

»Hilfe!«, rief Sabine auf Russisch, während sie auf das Auto zuwankte. Als Nächstes probierte sie es auf Polnisch, dann auf Tschechisch. Damit war ihr osteuropäischer Sprachschatz erschöpft, was dieses Wort anging.

Sie wurde von den beiden Handytaschenlampen angestrahlt. Dahinter sah sie die Umrisse der Burschen.

»Verstehen Sie meine Sprache?«, fragte sie, während sie, am ganzen Leib schlotternd, das Licht mit der Hand abschirmte.

Keine Antwort! Die Arschlöcher nahmen nicht einmal die Handys herunter, sondern filmten einfach weiter.

»Wer sind Sie?«, fragte schließlich einer der beiden auf Deutsch mit polnischem Akzent.

»Sabine Nemez«, sagte sie mit klappernden Zähnen. Instinktiv wusste sie, dass es keine gute Idee war zu sagen, dass sie vom deutschen Bundeskriminalamt war. »Ich brauche Ihre Hilfe.«

Endlich nahmen die beiden ihre Handys herunter und kamen auf sie zu.

1989, im Osten Deutschlands …

Hagedorn landete am späten Nachmittag auf dem Flughafen Dresden. Fünf Tage lang war sie in ihrer Eigenschaft als Verfassungsjuristin in Straßburg gewesen. Die Tagung des Europäischen Rates stand bevor, und sie hatte sich endlose Diskussionen über die neuen Phasen der Wirtschafts- und Währungsunion anhören müssen.

Durch die bevorstehende Wiedervereinigung würde die DDR über Nacht als ehemaliges kommunistisches Land Mitglied der EG werden. Die neuen Bundesländer steckten noch in den Kinderschuhen, und es würde viele Jahre dauern, bis sich die Systeme an die der BRD angeglichen hätten. Aber jetzt wollte sie von alldem nichts mehr hören. Sie war endlich wieder daheim und konnte den Rest des Samstags in der Badewanne verbringen, bei einem Glas Rotwein, einer Langspielplatte von Bach, und morgen so richtig lang ausschlafen. Etwas anderes konnte man an diesem grässlichen Novemberwochenende auch nicht tun.

Sie hatte ihren Koffer vom Förderband gehoben und die Ankunftshalle in Richtung Parkplatz verlassen. Auf dem Parkticket hatte sie vor ihrem Abflug mit Kugelschreiber die Reihe und die Nummer des Stellplatzes notiert. Andernfalls hätte sie bei diesem Sauwetter zu lange nach ihrem Wagen suchen müssen, auch wenn es hier nicht besonders viele beige Opel Kadetts gab.

Der Wind zerrte an ihrem Mantel, und sie eilte über den rissigen Asphalt, aus dem das Unkraut wucherte. In Deutschland war es viel kälter als in Frankreich. Dort hatte die Sonne geschienen, hier war der Himmel bleigrau und der Geruch nach Regen hing in der Luft.

Sie setzte den Koffer kurz ab, schlug den Mantelkragen hoch und lief danach an den Autoreihen vorbei. Bald musste die Reihe F kommen. Endlich tauchte sie auf, Hagedorn bog ein und suchte nach ihrer Nummer. Da fiel ihr ein älterer, gut gekleideter grauhaariger Herr mit Baskenmütze auf, der mitten auf dem Weg stand und anscheinend verwirrt von einem Auto zum anderen sah.

Hagedorn ignorierte ihn und lief zu ihrem Wagen, den sie nun schon von Weitem erkennen konnte. Doch der Mann ging ihr nicht aus dem Kopf. Aus dem Augenwinkel sah sie, wie er sich immer wieder bückte, um die Kennzeichen der Autos zu studieren. *Was tut der da?* Der Alte trug einen dicken dunklen Steppmantel, eine schwarze Anzughose und blank polierte Schnürschuhe.

Sie blieb kurz stehen, um ihn zu beobachten, was er nicht einmal bemerkte. Er arbeitete sich weiterhin konsequent von einem Auto zum nächsten vor.

»Kann ich Ihnen helfen?«, rief sie.

Er blickte kurz irritiert auf, reagierte aber nicht, sondern schritt weiter die Reihe der Autos ab.

»Kann ich Ihnen helfen?«, rief sie nun lauter.

»Nein danke, alles gut«, murmelte er, »ich suche nur meinen Wagen.«

Ja, das kann ich gut verstehen. Deshalb notiere ich mir vorher auch die Stellplatznummer. Dennoch kam ihr die Sache seltsam vor, da er sich immer wieder zu den Kennzeichen hinunterbeugte. Wusste er nicht, wie sein Auto aussah?

»Brauchen Sie Hilfe?«, fragte sie erneut. Er reagierte wieder nicht, woraufhin sie auf ihn zuging. Womöglich war er sturzbetrunken und sollte gar nicht Auto fahren. Dann würde sie ihm den Schlüssel abnehmen und ihn zu einem Taxistand begleiten. Doch als sie nahe genug bei ihm war, merkte sie, dass er gar keine Alkoholfahne verströmte. Stattdessen hatte er eine dunkelblaue

Prellung auf dem Nasenrücken, Blut klebte auf seiner Oberlippe. Erschrocken blieb sie stehen. »Sie sind verletzt!«, entfuhr es ihr.

Er sah verwirrt auf. »Was?«, stammelte er und fuhr sich übers Gesicht. Auch auf seinen Fingerkuppen klebte Blut. Vermutlich sein eigenes, das er sich unabsichtlich weggewischt hatte. »Es geht mir gut … ich habe nur meine Brille verloren. Haben Sie irgendwo einen Zwicker gesehen?« Wieder beugte er sich hinunter, um sich die Kennzeichen anzusehen.

»Nein … Welche Farbe hat denn Ihr Wagen?«

»Das kann ich Ihnen gar nicht so genau sagen, ich bin farbenblind. Für mich ist er grau.«

»Wurden Sie überfallen?«, fragte sie.

»Ich … ich … weiß es nicht«, stammelte er und musste sich jetzt auf der Motorhaube eines Wagens abstützen. Anscheinend war ihm schwindelig.

Jetzt sah sie, dass auch an seinem Haaransatz unter der Mütze verkrustetes Blut haftete. »O Gott!«, entfuhr es ihr. »Sie müssen sich hinsetzen.«

»Nein … ich … mir geht es gut, ich brauch nur meinen Wagen.«

»Haben Sie einen Ausweis bei sich?«

»Natürlich, ich …« Er steckte die Hände in die Manteltaschen, zog sie aber gleich wieder leer heraus. Da er erneut wankte, stützte er sich wieder ab. »Mein Autoschlüssel … mein Portemonnaie …« Panik lag in seinem Blick. Offenbar ging es ihm wirklich nicht gut. Hoffentlich keine Gehirnerschütterung. Oder Schlimmeres? *Du musst dich um ihn kümmern!*

»Ganz ruhig«, sagte sie. »Mein Wagen steht gleich dort drüben. Kommen Sie mit. Ich bringe Sie in ein Krankenhaus. Danach verständigen wir die Polizei.«

»Nein … keine Polizei«, flüsterte er.

»Gut, dann nicht«, beruhigte sie ihn. »Auf jeden Fall müssen Sie in eine Klinik.« Sicherheitshalber sah sie sich um, ob derjenige, der den Mann überfallen hatte, noch in der Nähe war. Aber sie konnte niemanden entdecken. *Wer weiß, wie lange der Alte hier schon herumirrt. Und niemand hat ihm bisher geholfen!*

»Kommen Sie!« Mit einer Hand stützte sie den Mann, in der anderen trug sie ihren Koffer.

»Sind Sie Krankenschwester?«, murmelte er.

»Nein.«

»Was dann?«

»Juristin … *Verfassungsjuristin.*« Sie spürte, wie er sich vor Angst versteifte. »Keine Sorge, ich will Ihnen nur helfen.«

»Keine Polizei«, wiederholte er.

»Ja, das sagten Sie bereits. Da ist auch schon mein Wagen.« Sie kramte den Autoschlüssel heraus, öffnete den Kofferraum und wuchtete ihren Koffer hinten rein. Dann schlug sie den Deckel zu, öffnete die Beifahrertür und beugte sich in den Wagen, um die Zeitschriften vom Sitz zu räumen. »Wie heißen Sie?«, fragte sie, erhielt jedoch keine Antwort. Schließlich wandte sie sich um. »Gut, ich werde Sie jetzt vorsichtig …«

Schlagartig bemerkte sie, dass der Mann gar keinen verwirrten Gesichtsausdruck mehr hatte. Seine Augen waren glasklar. Er starrte sie mit kleinen Pupillen an. »Alles in Ordnung?«, fragte sie.

Da zog er blitzschnell eine Injektionsnadel hervor, stieß sie ihr durch den Mantel in den Oberarm und drückte den Kolben der milchig-weißen Ampulle durch.

»Was … machen Sie da?«, schrie sie und wollte seine Hand wegschlagen, merkte aber, wie ihre Muskeln langsam erschlafften. Ihre Knie wurden weich, und noch während sie sich wegdrehen wollte, sackte sie zusammen und fiel rücklings in seine Arme.

Er packte sie unter den Achseln und drehte sie zu dem Wagen, der neben ihrem parkte. Ein alter schwarzer Mercedes-Benz Ponton, frisch poliert und gut erhalten. Plötzlich kam ihr ein absurder Gedanke. *Mein Vater hat so einen besessen.* Während der Mann sie hielt, öffnete er den Kofferraum mit einer Hand und wuchtete sie hinein. Ihr Kopf schlug gegen die Karosserie. Es raschelte. Der Stauraum war mit dicker Folie ausgekleidet. Dann warf der Mann noch die Spritze hinterher.

»Hilfe …«, rief sie, merkte jedoch, dass ihre Zunge bleischwer war, sie die Lippen gar nicht mehr bewegen konnte und nur in ihrer Fantasie geschrien hatte. Ihr Körper war völlig taub. Sie wollte sich wehren, dem Mann das Gesicht zerkratzen, konnte jedoch nicht einmal die Finger bewegen.

»Was …?« Hals und Rachen fühlten sich an wie nach der Betäubungsspritze beim Zahnarzt. *Ich kriege keine Luft!*

Der Mann schob ihre Beine in den Kofferraum, dann griff er in seine Manteltasche und klemmte sich den Zwicker auf die Nase.

»Wer …?«, röchelte sie.

»Ich bin der Oberst.« Er schlug den Deckel zu.

Du Drecksack! Ich wollte dir doch nur helfen …

Absolute Dunkelheit umgab sie. Sekunden später hörte sie eine sich öffnende und schließende Tür und das Starten des Motors.

Wer zum Teufel ist der Oberst?

Der schwarze Mercedes-Benz fuhr los.

2. TEIL

Montag, 4. Juni
vormittags

8. Kapitel

Am nächsten Morgen saß Sneijder schon vor Sonnenaufgang in seinem Büro im Haupttrakt des BKA-Gebäudes, während in den anderen Büros noch gar kein Licht brannte. Eine selbst gedrehte Zigarette qualmte im Aschenbecher, und neben seinem Laptop stand eine Kanne frisch gekochter Vanilletee. Der zuständige Richter hatte den Antrag auf Herausgabe der Telekomdaten, den Staatsanwalt Franke gestern gestellt hatte, noch in derselben Nacht bewilligt.

Sneijder massierte seine Stirn und drückte dabei auf einen bestimmten Punkt, um die beginnenden Cluster-Kopfschmerzen zu unterdrücken. Außerdem steckten an den Nervenpunkten seiner Handrücken jeweils drei Akupunkturnadeln, die ihm ebenfalls Linderung verschaffen sollten. Währenddessen las er das TKÜ-Ergebnis, das in Form einer ausgedruckten E-Mail auf seinem Schreibtisch lag. *Vervloekter Mest!* Der Anruf war aus dem polnischen Netz gekommen, und auch die Handynummer hatte eine polnische Vorwahl gehabt. Mehr wusste er nicht – nur, dass er jetzt ein echtes Problem hatte.

Wenigstens war es Polen und nicht Kaliningrad in Russland. Aber er hatte keine Ahnung, wem das Handy gehörte. Außerdem hatte die Deutsche Telekom keine Möglichkeit herauszufinden, in welchen polnischen Handymasten welcher Stadt es sich eingeloggt hatte. Sneijder war bereits alle Möglichkeiten, an mehr Informationen heranzukommen, im Geiste durchgegangen, ohne befriedigendes Ergebnis. Schließlich griff er zum Telefon und klingelte Franke in aller Herrgottsfrühe aus dem Bett.

»Mann, Sneijder, sind Sie verrückt? Es ist halb sechs!«, zischte Franke ins Telefon. »Langsam bekomme ich den Eindruck, dass Sie mich stalken.«

»Machen Sie sich keine falschen Hoffnungen«, antwortete Sneijder kalt. »Wie ist Ihr gestriges Spiel ausgegangen?«

»Deshalb rufen Sie an? Wir mussten es wegen des Regens abbrechen … Ja, Schatz, es ist Sneijder.«

»Wie schade«, sagte Sneijder zynisch. Er hörte, wie Franke eine Tür öffnete und wieder schloss, dann berichtete Sneijder ihm von dem Ergebnis der TKÜ-Maßnahme.

»Das ist Pech«, sagte Franke, der sich wieder einigermaßen beruhigt hatte.

»Wir könnten …«

»Wir?«, wiederholte Franke.

Sneijder ging nicht darauf ein. »… die deutsche Bundesanwaltschaft einschalten, damit die bei der polnischen Polizei um justizielle Rechtshilfe ersucht.«

»Mann, Sneijder, ich weiß, Sie sind verzweifelt, weil Ihnen die Zeit davonrennt, in der Sie Ihre Kollegin noch lebend finden können. Aber Sie wissen genauso gut wie ich, dass ein justizielles Rechtshilfeersuchen mehrere Wochen dauert. Nicht Tage, Sneijder, *Wochen*!«

»Fällt Ihnen keine Möglichkeit ein, wie wir das beschleunigen können?«

Franke dachte eine Weile nach, schließlich räusperte er sich. »Tut mir leid, keine Chance. Sie können nur versuchen, das auszusitzen.«

Aussitzen!

Genau das hatte Sneijder befürchtet. Er drehte an einer Akupunkturnadel und verzog schmerzhaft das Gesicht, als der Nerv protestierte. »*Schijtkerel*«, fluchte er und beendete das Gespräch.

Dann musste er die Sache eben selbst in die Hand nehmen. Er

würde mit dem BKA-Präsidenten reden, aber Friedrich Drohmeier, der nach Dirk van Nistelrooy die Leitung des BKA übernommen hatte, war ein zäher Hund, der sich nur mit knallharten Fakten überzeugen ließ. Also brauchte Sneijder vorher noch ein paar Informationen.

Er öffnete eine Datei mit den Namen sämtlicher Verbindungsbeamten, die das BKA in jenen Ländern hatte, die mit Deutschland kooperierten. Meistens handelte es sich dabei um deutsche Polizisten, die in den Deutschen Botschaften stationiert waren. Ohne Rücksicht darauf, dass er sich die Kontaktaufnahme zu einem solchen Verbindungsbeamten normalerweise von oben hätte absegnen lassen müssen, wählte Sneijder die Handynummer eines gewissen Cramer, der in Warschau arbeitete.

Es läutete sieben Mal, dann wurde am anderen Ende endlich abgehoben. »Ja, hallo?«

»Spreche ich mit Cramer?«

»Am Apparat.«

»Sneijder, Bundeskriminalamt Wiesbaden«, knurrte er. Die Verbindung war extrem schlecht, es knisterte und knackte, außerdem hörte Sneijder im Hintergrund Schüsse. »Sind Sie gerade in einem Feuergefecht?«

»Könnte man so sagen«, keuchte Cramer. »Vor mir befinden sich fünf Pappkameraden, denen ich ein ganzes Magazin meiner Glock in Kopf und Herz gejagt habe … einen Moment bitte!«

Sneijder hörte weitere Schüsse und deren hallendes Echo, danach ertönten eine Klingel und eine gedämpfte Lautsprecherstimme. »Sie sind im Schießkeller?«

»Ja, beim Training … um diese Zeit ist hier sonst noch niemand …« Der Ton fiel kurz aus, danach war Cramer wieder dran. »… bin normalerweise erst um acht im Büro. Es heißt zwar, Arbeit hat noch keinen umgebracht, aber ich will das Risiko trotzdem nicht eingehen.« Er lachte schrill auf.

Was für ein Witzbold! »Hören Sie, ich …«

»Wir hatten zwar noch nicht das Vergnügen, Sneijder, aber ich habe schon mehrfach von Ihnen gehört. Ist es dringend? Blöde Frage, das ist es, sonst würden Sie wohl kaum um diese Zeit anrufen. Worum geht es?«

Sneijder atmete tief durch, dann erzählte er ihm von Sabine Nemez' Verschwinden, ihrem Anruf und dem polnischen Handy.

»Verstehe«, murmelte Cramer, der mittlerweile anscheinend den Schießtunnel verlassen hatte. Zumindest war es deutlich leiser, und der Empfang war besser. Cramer war jetzt völlig ernst. »Ich nehme an, Sie wollen nicht den offiziellen Weg gehen?«

»Richtig.«

»Wie wollen wir stattdessen vorgehen?«

»Wird mein Anruf aufgezeichnet?«, fragte Sneijder.

»Alle Telefonate mit meinem Diensthandy werden aufgezeichnet.«

»Dann sollten Sie sich sofort an die Arbeit machen, damit eine eventuelle Lebensgefahr ausgeräumt werden kann«, sagte Sneijder hochgestochen, weil er nicht wollte, dass man Cramer später etwas vorwerfen konnte.

»Ich werde ein polizeiliches Rechtshilfeersuchen im Eilfall einleiten, das spart Zeit«, sagte Cramer nun ebenso hochgestochen. Er war eindeutig kein Anfänger und wusste, wann ein Ermittlungsergebnis nicht über den vorgesehenen Dienstweg zu bekommen war. Damit war die Staatsanwaltschaft außen vor und es handelte sich um eine interne Polizeisache – und die ging schneller.

Sneijder nannte ihm die polnische Handynummer, und Cramer schrieb mit. »Ich werde meine Kontakte bei der polnischen Polizei spielen lassen.«

»Wann werden Sie das Ergebnis haben?«

»Früher Nachmittag. Sobald ich mehr weiß, melde ich mich bei Ihnen.« Damit beendete Cramer das Gespräch.

Sneijder zog die Akupunkturnadeln aus seinen Handrücken und spürte, wie die Kopfschmerzen langsam nachließen.

In diesem Moment klopfte es an der Tür, ohne dass jemand eintrat. »Herein!«, knurrte er übel gelaunt. Mittlerweile sollte doch jeder im BKA längst wissen, dass er auf Floskeln wie *Kommen Sie herein* oder *Die Tür ist offen* aus Zeitgründen verzichtete.

Zaghaft öffnete sich die Tür, und vier Studenten aus Sabine Nemez' Modul traten der Reihe nach ein.

9. Kapitel

Nach dem gestrigen nächtlichen Gespräch in der Wiesbadener Gerichtsmedizin hatte Sneijder diese vier Studenten heute Morgen in sein Büro zitiert. Jetzt saßen Kimberly, Ahmet, Dierk und Miyu vor ihm. Die anderen, deren Namen er sich noch nicht einmal hatte merken wollen, hatte er schon zuvor geistig abgehakt.

Zuerst stellte Sneijder seine üblichen psychologischen Fragen, anhand derer er die Kandidaten besser einschätzen konnte. Eigentlich wäre es ihm viel lieber gewesen, die vier in Aktion zu sehen, so wie damals vor vielen Jahren bei Sabine Nemez. Sie hatte er bei einem Fall in München über mehrere Tage lang genau beobachten können. Aber jetzt war er nun mal in Eile und brauchte dringend frische Nachwuchstalente, also würde er sich mit diesem Möchtegern-Casting begnügen. Danach konnte er zwar nur abschätzen, wie sie sich im Ernstfall verhalten würden, aber zur Not konnte er den »Gewinner« immer noch feuern, wenn er nichts taugte.

Schließlich kam er zur entscheidenden Abschlussfrage. Er drehte den Kugelschreiber zwischen den Fingern. »Wie reagieren Sie, wenn Sie einen Undercover-Einsatz in der Lagerhalle eines gefährlichen internationalen Waffenhändlers haben, die Tarnung Ihres Partners aufgeflogen ist und er von den Leibwächtern des Waffenhändlers angeschossen wird? Brechen Sie den Einsatz ab?« Sneijder hielt drei Finger hoch. »In höchstens drei knappen und präzisen Sätzen!«

Kimberly wischte sich die Rastalocken aus der Stirn. »Ja, ich breche den Einsatz sofort ab, rufe einen Krankenwagen und kümmere mich um meinen Partner.«

»Bis der Krankenwagen da ist, seid ihr beide tot«, kommentierte Miyu. Ihr Gesicht blieb halb hinter ihrem langen schwarzen Haar verborgen. Sie hatte sich bisher kaum bewegt, wirkte eher abwesend, und doch schien sie alles Gesagte minutiös abzuspeichern.

Sneijder ignorierte Miyus Kommentar ebenso wie den bösen Seitenblick, den Kimberly ihr zuwarf, und nickte auffordernd zu Ahmet. Der spielte mit den Freundschaftsbändern an seinem Handgelenk und ließ den massiven Stiernacken kreisen. »Für mich hat der Einsatz die höchste Priorität. Mein Partner kannte das Risiko und hätte damit rechnen müssen, angeschossen zu werden. Ich versuche mit den Informationen, die ich bisher sammeln konnte, zu fliehen.«

»Und wirst dabei in den Rücken geschossen«, gab Miyu ihren Senf dazu.

Ahmet grummelte genervt und warf Miyu ebenfalls einen finsteren Blick zu. Sneijder wandte sich an Dierk, den Basketballer. »Und Sie?«

»Ich würde auf meinen Partner schießen.«

Sneijder zog erstaunt eine Augenbraue hoch. »Obwohl er bereits von den Leibwächtern des Waffenhändlers angeschossen wurde?«

Dierk schob sich die Brille auf den Nasenrücken. »Ja, aber ich würde ihn dabei nicht lebensgefährlich verletzen, zumal er ohnehin eine kugelsichere Weste tragen würde. Damit würde ich den Verdacht von mir ablenken und zumindest meine Tarnung aufrechterhalten. So würde ich den Undercover-Einsatz nicht gefährden, das Spiel weiterspielen, das Vertrauen des Waffenhändlers in mich stärken, ihn später drankriegen und damit Hunderte Menschenleben retten. Mit etwas Glück überlebt mein Partner.«

»Und beim nächsten Einsatz würde niemand mehr mit dir zusammenarbeiten wollen«, sagte Miyu.

»Kannst du nicht einfach die Klappe halten?«, zischte Dierk.

»Ich mag keine dummen Menschen«, antwortete sie spontan und zog sich damit die giftigen Blicke aller drei Kommilitonen zu.

Sneijder ignorierte auch diesen Kommentar. »Na gut, jetzt zu Ihnen.« Er rückte nach vorn, um Miyu genauer zu betrachten.

Miyu blickte völlig emotionslos zu Boden. »An Kimberlys Stelle hätte ich den Waffenhändler vorher außer Gefecht gesetzt, bevor ich mich um meinen Partner kümmere. An Ahmets Stelle hätte ich bei meiner Flucht zumindest versucht, meinen Partner mitzunehmen – kräftig genug ist er ja. Und an Dierks Stelle hätte ich die Frage in drei knappen Sätzen beantwortet.«

Sneijder verkniff sich jede Regung. Die anderen waren in ihrer Ausbildung zwar ein Semester weiter als Miyu, dennoch hatte sie kurz zuvor im Praxisteil des Moduls einen Mordfall gelöst. Der Täter hatte die Suchhunde der Kripo mit einer gefakten Blutspur getäuscht, doch Miyu war nicht darauf hereingefallen. Sneijders Meinung nach war sie wie geschaffen für diesen Beruf. Horowitz, der früher in Sneijders Team gewesen war, hatte das erkannt, Sabine ebenso – die Frage war bloß: *Wie zuverlässig ist sie?*

Er betrachtete sie interessiert. »Und wie hätten *Sie* sich verhalten, Klugscheißerin?«

Die anderen lächelten, aber Miyu verzog keine Miene. »Einen Undercover-Einsatz bei einem gefährlichen Waffenhändler hätte ich – genauso wie Sie – niemals mit Partner gemacht. Das Risiko wäre zu hoch. Folglich wäre ich gar nicht in diese Situation gekommen.« Sie sah zu Dierk. »Das waren drei Sätze.«

Die anderen sahen Sneijder verblüfft an. Anscheinend warteten sie auf eine Reaktion von ihm – vergeblich. »Danke für Ihre Bemühungen.« Er wollte sie schon aus dem Büro werfen, als er ihre enttäuschten Gesichter sah.

»Ich weiß, dass alle aus dem Modul von Sabine Nemez darauf brennen, bei dieser Ermittlung mitzuarbeiten«, ergänzte er ausnahmsweise. »Aber ich brauche nur *eine* Person. Eine Ermittlergruppe ist umso effizienter, je kleiner und wendiger sie ist.« Das musste reichen an Nettigkeiten; seine weiteren Gründe würde er ihnen ganz sicher nicht auf die Nase binden.

»Warum ausgerechnet wir?«, fragte Kimberly. »Einige aus den anderen Modulen werden dieses Semester deutlich besser abschließen als wir.«

Sneijder nickte. Er kannte diejenigen, von denen gerade die Rede war. »Stimmt, und das führt mich zu der Annahme, dass dieser Jahrgang nichts besonders klug gewesen sein muss.« Er ließ den Blick über die vier schweifen. »Sie sind jedoch von Nemez und Horowitz ausgebildet worden – und dadurch automatisch die Besten. Aber bilden Sie sich darauf bloß nichts ein.«

Die drei verkniffen sich ein Grinsen, nur Miyu blieb wie immer völlig regungslos und wich seinem Blick aus.

»Keiner von den anderen hätte es auch nur eine halbe Stunde in einer der Schubladen der Gerichtsmedizin ausgehalten«, fügte er hinzu. »Nimm ihnen das Ladekabel ihres Handys weg und du kannst die Panik in ihren Augen sehen, wenn der Akku langsam leer wird.« Er verzog den Mund. »Gut, wir sind fürs Erste fertig. Ich teile Ihnen meine Entscheidung heute Nachmittag mit.«

Die vier erhoben sich und verließen das Büro. Miyu war als Erste draußen. Ohne sich von den anderen zu verabschieden, lief sie in Richtung Treppenhaus. Ahmet, Kimberly und Dierk diskutierten hingegen noch heftig im Gang.

Nachdem die Tür ins Schloss gefallen war, checkte Sneijder sein Handy und fuhr danach den Laptop hoch. *Keine Nachricht von Cramer!* Nun gut, dazu später. Jetzt würde er sich dem letzten Test widmen, der für die vier noch ausstand …

10. Kapitel

In der Nacht hatte es nur leicht getröpfelt, am nächsten Morgen aber hingen dunkle Wolken über dem Campingplatz. So tief, als würden sie jeden Moment die Wipfel der Bäume berühren. Die Wiese war vom Tau ganz nass und über dem Kulkwitzer See lag eine trübe Nebelschicht.

Hatty kroch müde aus ihrem Zelt und marschierte zur öffentlichen Toilettenanlage. Es roch eklig nach Klostein, und das Papier im Handtuchspender war alle. *Prima!* Als sie zurück zu ihrem Zeltplatz ging, sah sie, wie Gerlach weit draußen im See schwamm. *Ja, frier dir nur alles ab. Ich gehe erst dann ins Wasser, wenn dir die Sonne auf die Glatze knallt.*

Als sie zurückkam, war Jasmin ebenfalls schon aus dem Zelt gekrochen. Ihre Haare standen struppig in alle Richtungen, und sie wischte gerade mit einem Handtuch den Morgentau von Stühlen und Campingtisch. Soeben kam auch Hattys Mutter aus dem Wohnmobil, gähnend und mit einer Tasse Kaffee in der Hand. Ben folgte ihr. Er war barfuß, trug seinen rosa Pyjama mit Tigger, Ferkel und Winnie Puuh auf der Brust, hielt zwei Tassen Kakao in der Hand und hatte sich sein Lieblingskissen unter den Arm geklemmt. So balancierte er vorsichtig zum Tisch, damit er nichts verschüttete.

Während sie Marmelade, Gebäck, Schinken, Käse, Eier, Cornflakes, Milch und ein großes Glas Erdnussbutter zum Frühstück herrichteten, kam Gerlach in Badehose und mit Handtuch über der Schulter über die Wiese zu ihnen. »Das war herrlich!«, rief er von Weitem. »Der See hat sicher schon neunzehn Grad.«

Klingt ja echt verlockend! Muss mich zusammenreißen, nicht gleich reinzuspringen. »Morgen«, grummelte Hatty.

»Guten Morgen«, murmelte Jasmin.

»Schatz, mach mich ja nicht nass«, rief Hattys Mutter.

Ben sagte nichts, nippte nur an seinem Kakao.

Nach dem Frühstück spielten sie zu fünft eine Partie UNO – und »Uno« war tatsächlich das einzige Wort, das sie aus Bens Mund hörten. Anschließend paddelte er kurz auf seinem Delfin raus. Hoffentlich würde er sich nicht erkälten. Danach fuhren Gerlach, Hattys Mutter und Ben mit den Fahrrädern einkaufen. Gerlach hatte sich extra zwei breite Satteltaschen für sein Trekkingbike gekauft. Da Hatty sich nicht sportlich mit einem Rad betätigen wollte, lautete der Deal, dass sie stattdessen mit Jasmin den Abwasch übernehmen sollte. Und so standen sie wieder in der Küche und spülten das Frühstücksgeschirr.

»Wie hast du geschlafen?«, murmelte Hatty.

»Gar nicht gut, musste ständig an deine Schauermärchen vom Campingplatz in Lügde denken.«

»Das sind keine Märchen.«

»Jedenfalls habe ich schrecklich geschlafen.«

»Darum schaust du auch so fertig und verrunzelt aus«, scherzte Hatty und schnippte ihr den Schaum von der Spüle ins Gesicht.

»Du Ekel!«, schrie Jasmin auf und schnalzte ihr das Geschirrtuch gegen den Oberschenkel.

»Aua! Du bist ganz schön zickig!« Hatty spritzte ihr mit der vollen Hand das Wasser ins Gesicht.

»Neiiin …!« Jasmin riss den Arm zu spät hoch, bekam die ganze Ladung ins Gesicht, japste nach Luft, taumelte dabei zurück und prallte mit dem Rücken gegen die Zwischenwand, die die Küche vom Wohnraum teilte. »Aua, Scheiße!« Etwas hatte geknackt, als wäre eine Verankerung in der Wand gebrochen.

»Sorry.« Hatty reichte ihr ein sauberes Geschirrtuch, damit sie sich abtrocknen konnte. »Hast du dir wehgetan?«

»Nein«, Jasmin rubbelte sich trocken, »aber ich glaube, die Wand ist hin.«

»Mist, ja, schau …« Hatty steckte einen Finger in den Spalt, der vorher noch nicht dagewesen war. »Die Wand ist eingedrückt und völlig schief.«

Jasmin drehte sich um und starrte von der Decke bis zum Boden. »Vielleicht können wir die Einbuchtung irgendwie wieder rausdrücken, damit Gerlach nichts merkt.«

»Und womit?«

Jasmin zog die Besteckladе auf und holte eine Gabel heraus, die sie in Kopfhöhe in den Spalt zwängte. »Vielleicht irgendwie … so …« Es knirschte.

»Halt! Hör auf!«, rief Hatty. Jetzt hatte sich die Abdeckung auch noch unten aus der Verankerung gelöst. »Du machst alles nur schlimmer.«

»Die Zwischenwand ist total dünn«, stöhnte Jasmin auf. »Am besten, wir fassen nichts mehr an und …«

In diesem Moment drückte Hatty in einer Art hilflosem Aktivismus noch mal gegen das Holzpaneel, und plötzlich flog ihr das ganze Ding entgegen. Völlig entgeistert starrte sie auf die Abdeckung in ihrer Hand. »Jetzt ist der Dreck ganz draußen! Gerlach wird mir den Arsch aufreißen. Das Wohnmobil ist nagelneu und …«

»Halt doch mal die Klappe!«, rief Jasmin. »Und schau dir das an …«

Seufzend stellte Hatty das Paneel neben sich auf den Boden und blickte in das Loch in der Wand. »Ich werd verrückt!«, entfuhr es ihr. Zwischen den senkrechten Metallstreben fehlte das Dämmmaterial. *Ein geheimer Hohlraum.* Die Vertiefung war mit jeder Menge Zeugs vollgestopft, auf dem Boden lagen Mappen und stapelweise Fotografien, und ein gutes Dutzend Bilder war sogar mit Reißzwecken an die Innenseite der Wand gepinnt.

Jasmin nahm eines der Bilder ab, starrte darauf und schluckte. »Sind das die Fotos aus Gerlachs Schreibtischschublade?«, flüsterte sie mit belegter Stimme.

Zitternd griff Hatty ebenfalls nach einer Schwarz-Weiß-Aufnahme. »Sehen zumindest so ähnlich aus.«

Unter dem Bild, das einen nackten Jungen mit deutlichem Fokus auf seine Genitalien zeigte, befand sich eine lange Internetadresse. Die anderen Bilder sahen ähnlich aus.

»Das sind keine Fotos«, bemerkte Jasmin, »sondern Ausdrucke.«

»Egal, was es ist – das ist so ekelhaft«, würgte Hatty hervor. Ihr Blick wanderte von einer Aufnahme zur nächsten, darauf gefasst, dass auf einer davon Ben zu sehen sein würde. Aber zum Glück fand sie ihn nirgends.

Auf dem Boden stand hochkant ein dickes graues A4-Kuvert. Hatty hob es auf und warf einen Blick hinein. »Das sind jede Menge Screenshots von Internetseiten mit den dazugehörigen Links. Klingt irgendwie nach Domain- und Servernamen. Und hier … eine lange Liste mit Usernamen. Sind das IP-Adressen?«

Jasmin sah über ihre Schulter. »So etwas findet man sicher nicht im normalen Internet.«

»Uäääh …« Hatty ließ den Blick über die Namen der Pornoseiten schweifen. Je länger sie sich das ansah, umso mehr krampfte sich ihr Magen zusammen. »Warum sammelt das einer?«

»Keine Ahnung. Außerdem frage ich mich, warum Gerlach das ausgerechnet hier versteckt hat und nicht zu Hause.«

»Vielleicht, damit es meine Mutter nicht findet oder die Putzfrau, wenn sie sein Büro sauber macht«, vermutete Hatty. Ihre Kehle war so trocken, dass sie nicht einmal schlucken konnte.

Jasmin drehte eines der Bilder um. Auch auf dessen Rückseite befanden sich handschriftliche Nicknames und Passwörter. »Vielleicht betreut er all diese Seiten?«, dachte Jasmin laut.

»O Gott!« Hatty schob die Papiere ins Kuvert zurück und stellte es wieder auf den Boden.

»Und hier …«, flüsterte Jasmin. Ebenfalls gut im Zwischenraum der Wand versteckt befanden sich jede Menge Kreditkarten von verschiedenen Anbietern, die auf Gerlachs Namen lauteten, sowie USB-Datensticks und sogar zwei externe Festplatten, bei deren Anblick Hatty die Magensäure hochkam. Sie konnte sich gut vorstellen, was sich darauf befand. Und an Jasmins irritiertem Blick erkannte sie, dass sie dasselbe dachte. Vielleicht leitete ihr Stiefvater einen Kinderpornoring. Möglicherweise sogar auf diesem Campingplatz, wo er das Material verkaufte.

»Glaubst du …«, krächzte Jasmin, »dass sich Fotos und Videos auf den Platten befinden?«

Was sonst? Hatty gab keine Antwort. Ihre Hände zitterten, sie konnte immer noch nicht fassen, was sie hier entdeckt hatten.

»Können wir einen der USB-Sticks irgendwo anstecken?«, fragte Jasmin weiter. »Hast du ein Tablet oder Notebook mit?«

Hatty schüttelte den Kopf. »Ehrlich gesagt will ich gar nicht wissen, was darauf zu sehen ist. Die Ausdrucke reichen mir völlig.«

»Denkst du, es könnten Videos von Ben sein?«

Hatty schluckte. Ihr Gaumen war staubtrocken, und sie bekam Kopfschmerzen. »Wir sollten das alles wieder hinter der Wand verstecken, bevor Gerlach zurückkommt«, ächzte sie. Ihr Herz raste so schnell, dass ihre Brust schmerzvoll stach.

»Ja, aber vorher mache ich ein paar Fotos davon.« Jasmin zog ihr Handy aus der Hosentasche und knipste die Ansammlung all der Fotos, Screenshots, Internetadressen, USB-Sticks und Festplatten.

Hatty war immer noch voller Panik. »Warum machst du das?«, krächzte sie. »Ich dachte, du wolltest niemanden ausspionieren.«

»Niemanden, der möglicherweise *unschuldig* ist«, erinnerte Jasmin sie. »Aber schau dir das doch mal an! Gerlach ist so unschuldig wie ein Mafiaboss.«

»Dann glaubst du mir jetzt also?«

»Und ob ich das tue«, antwortete Jasmin mit fester Stimme und machte mehrere Nahaufnahmen von den Seiten in dem Kuvert.

Schlagartig fiel die Anspannung von Hatty wie ein Mühlstein, der tagelang auf ihrer Brust gelegen und gedroht hatte, sie zu erdrücken. Mit einem Mal konnte sie wieder befreit aufatmen, und nun kamen ihr die Tränen. »Ich … ich … bin so froh, dass du …«

»Schon gut.« Jasmin legte das Handy weg, nahm sie in die Arme, drückte sie und strich ihr über den Kopf. »Zeig mir deine Wildkamera«, flüsterte sie. »Und dann suchen wir einen Platz, wo wir sie installieren können.«

11. Kapitel

Am späten Nachmittag verließ Sneijder sein Büro und machte sich auf den Weg zu Friedrich Drohmeier. Als er die Fahrstühle erreichte, sah er Miyu, die dort neben einem Papierkorb stand und kurz aufsah, als hätte sie auf ihn gewartet.

Der Blick ihrer dunklen mandelförmigen Augen wirkte kalt, dennoch ahnte er, dass ihr etwas auf der Seele lag. »Was gibt es, Miyu? Machen Sie schnell, ich hab's eilig.«

»Woher wissen Sie, dass ich etwas von Ihnen will?«

»Erstens stehen Sie sicher nicht zufällig in diesem Stockwerk herum, und zweitens habe ich bemerkt, dass Sie sich online meine Nachmittagstermine angesehen haben.«

Eine andere Studentin wäre jetzt rot angelaufen, Miyu hingegen nahm die Information völlig neutral auf. »Nächstes Mal verwende ich einen Fake-User«, sagte sie nur.

»Lassen Sie sich nicht dabei erwischen. Also, wo brennt es?«

»Ich habe vor einigen Stunden eine E-Mail erhalten. Offenbar von einem Whistleblower aus dem BKA.«

Sneijder kniff die Augen zusammen. »Wollen Sie mich verarschen?«

Sie sah ihn irritiert an. »Nein.« Dann gab sie den Inhalt der E-Mail wieder. *»Habe geleakte Daten über Sneijder aus dem BKA-Archiv. Die Infos könnten dir nützlich sein. Würde ein Treffen vorschlagen.«*

»Das haben Sie bekommen?«

Sie nickte.

»Mit wem haben Sie schon darüber gesprochen?«

»Mit niemandem.«

»Und warum kommen Sie damit als Erstes ausgerechnet zu mir?«

»Die meisten unserer fünftausend Kollegen beim BKA bezeichnen Sie als Kotzbrocken und würden am liebsten etwas gegen Sie unternehmen.« Sie hob die Schultern. »Diese Aktion, die da gerade gegen Sie läuft, ist mir im Prinzip egal, trotzdem denke ich, dass Sie davon wissen sollten.«

Er nickte. »Und was versprechen Sie sich davon?«

»Versprechen? Nichts – ich habe Sie darüber informiert, und das war es auch schon.«

»Jemand wie Sie tut nichts ohne Grund, also spucken Sie es schon aus!«

»Ich …«, sie zögerte, »... möchte nicht, dass Sie das BKA verlassen. Sie müssen mich weiter ausbilden.«

»Warum?«

»Weil …« Sie verstummte.

»Stottern Sie nicht, *vervloekt*!«

»Weil Sie der Einzige sind, der versteht, wie ich bin«, sprudelte es aus ihr hervor. »Und ich *muss* diese Ausbildung beenden!«

»Unser Geheimdienst beschäftigt Leute mit mathematischer Begabung und perfektem Zahlengedächtnis für Datenbankanalysen, und das Militär setzt Autisten wegen ihrer Fähigkeiten bei der Auswertung von Luftaufnahmen ein. Warum gerade das BKA?«

Sie sah zu Boden.

»Warum so hartnäckig?«

Miyu knirschte mit den Zähnen. »Das ist meine Sache.«

Er glaubte, den Grund dafür zu kennen, zumindest einen Teil davon. »Okay, wenn Sie bereit dafür sind, können wir darüber reden.«

»Gut, danke …« Sie wandte sich ab und wollte schon wieder gehen, doch Sneijder hielt sie zurück. »Habe ich das Gespräch mit Ihnen etwa schon beendet?«

Sie blieb stehen und sah ihn verwirrt an. »Haben Sie das?«

»Nein.«

Nun zeigte sie ihm ihr Handy. »Wollen Sie die E-Mail sehen?«

Er schüttelte den Kopf. »Die Nachricht stammt von mir – von einem meiner Fake-Accounts. Ich wollte sehen, wie Sie vier darauf reagieren.«

Nun weiteten sich ihre Augen für den Bruchteil einer Sekunde. »Eine Loyalitätsprüfung?«

Er strich sich über die Koteletten. »Könnte man so sagen. Schließlich weiß man vorher nie genau, mit wem man es zu tun hat und auf wen man sich verlassen kann.«

»Wer hat diesen Test bestanden?«, fragte sie.

»Bis jetzt? Nur Sie.« Eigentlich hätte er erwartet, dass sich auch Dierk bei ihm melden würde, aber da hatte er sich wohl getäuscht.

Sie sah ihm zum ersten Mal kurz in die Augen, und da erkannte er in ihrem Blick eine tiefe Sehnsucht, die er selbst schon lange nicht mehr gespürt hatte. Den Wunsch nach schnellen Ergebnissen – und den Hunger nach Erfolg.

In diesem Moment vibrierte sein Handy. Eine SMS von Cramer. *Endlich!* Er überflog sie kurz und sah wieder auf. »Kommen Sie in einer Stunde in den Besprechungsraum Nummer siebzehn, wir haben zu tun.«

12. Kapitel

Drohmeiers Sekretärin winkte Sneijder gleich ins Büro des Chefs weiter. »Er erwartet Sie bereits.«

Sneijder presste die Hand auf die wieder heftiger schmerzende Hüfte und ging weiter. »Wie ist seine Laune?«

»Wollen Sie das wirklich wissen?«, fragte sie.

Er schüttelte den Kopf. »Eigentlich nicht – ich wollte nur mal versuchen, höflich zu sein.«

»Sneijder …«, seufzte sie, »… Smalltalk ist nicht gerade Ihre Stärke.«

Ich weiß! Er öffnete die Tür und betrat Drohmeiers Büro. Vor einer Woche hatte Dirk van Nistelrooy noch hier gesessen, doch der war mittlerweile Geschichte. Als dessen Stellvertreter hatte nun Friedrich Drohmeier die Agenden des BKA-Präsidenten interimsmäßig übernommen und sich dabei tatsächlich gegen seinen deutlich populäreren Kollegen Jon Eisa, den dritten Präsidenten, durchgesetzt. Bislang hatte er wohl keine freie Minute gehabt, um das Büro neu zu gestalten. Sogar die alten Bilder hingen noch an der Wand und erinnerten Sneijder schmerzhaft an seinen ehemaligen Chef und engen Freund.

Drohmeier stand am Fenster, beendete soeben ein Telefonat und ließ das Handy in der Seitentasche seines grauen Anzugs verschwinden. »Sie hätten nicht gedacht, dass ich das hier übernehmen würde, richtig? Zumindest vorübergehend?« Er blickte immer noch aus dem Fenster.

»Ich …«

»Halten Sie den Mund, Sneijder. Das war eine rhetorische Frage.«

Sneijder presste die Lippen aufeinander.

»Ich auch nicht.« Drohmeier drehte sich um. Sein Gesicht war von schweren Tränensäcken gezeichnet, seine Stimme wie üblich heiser, wahrscheinlich auch, weil er starker Raucher war – *Davidoff*, wie Sneijder gehört hatte. »In gewisser Weise sind wir uns ähnlich. Ich sage immer, was ich mir denke, bin ein Hardliner und mache keine Kompromisse.«

Stimmt, dachte Sneijder. Drohmeier war eine ehrliche Haut und kein Karrierist wie Jon Eisa, der junge gelackte Rockstar des BKA, der sich etwas darauf einbildete, wenn er die Blicke der Kolleginnen im Gang nach sich zog.

Nach Drohmeier blickte sich keine Sau um. Viele drehten sich bei seinem Anblick sogar eher weg. Er war zwar groß und für seine fünfundsechzig Jahre noch gut in Form, hatte aber schütteres graues Haar und von einer Schussverletzung eine hässliche tiefe Narbe seitlich am Kopf, die ihn unheimlich wirken ließ. Wegen seiner unnachgiebigen Art trug er den Beinamen *Eisenfaust*, was zugleich auch eine Anspielung auf seine Handprothese war, die Folge eines schweren Verkehrsunfalls. Eine Straßenbahn hatte eine rote Ampel überfahren und sein Auto gerammt. Seine Frau hatte am Steuer gesessen, er auf dem Beifahrersitz. Wer Drohmeier kannte, gab ihm die linke Hand und war darauf vorbereitet, dass sein Griff so fest wie der eines Ringers war.

Mit dieser körperlichen Behinderung hätte er eigentlich nicht mal Vize-Präsident, geschweige denn Interims-Präsident des BKA werden können, da dieser Posten nicht nur mit vielen repräsentativen Pflichten verbunden war, sondern auch etwas mit Prestige zu tun hatte. Selbst wenn es nur eine Frage der Zeit war, bis sie ihn wieder durch einen geschniegelten Politikertypen ersetzen würden – in Sneijders Augen war diese Entscheidung nach dem Chaos, das van Nistelrooy hinterlassen hatte, die einzig richtige gewesen. Drohmeier war ein brillanter Mann, der alles fest im Griff hatte und sogar so jemanden wie Jon Eisa bändigen konnte.

»Ich möchte …«, begann Sneijder, doch Drohmeier würgte ihn mit einer forschen Handbewegung ab. »Sneijder, ich habe von den Studierenden der Akademie einige unangenehme Dinge über Sie erfahren.«

Sneijder blähte die Backen. »Herrgott, meinen Sie die geleakten Daten über mich aus dem Archiv?«

»Sie wissen schon davon?«

Sneijder lächelte kalt. »Die E-Mail stammt von mir.«

»Sparen Sie sich diese komische Grimasse, Sneijder! Sie können nicht Furcht einflößender wirken als ich.« Drohmeier nickte schließlich. »Dachte mir schon, dass das wieder einer Ihrer seltsamen Tests war.«

»Wie viele Studenten waren deswegen bei Ihnen?«

»Drei.«

Schade, aus den dreien hätten mal gute Ermittler werden können. »Eigentlich bin ich hier, um mit Ihnen über Sabine Nemez zu reden.«

Drohmeier hob abwehrend die Hand, dann blickte er auf die Uhr und betätigte die Gegensprechanlage seines Telefons. »Ist er schon hier?«

»Ja, soll ich ihn reinschicken?«, klang die Stimme seiner Sekretärin aus dem Lautsprecher.

»Ja, rein mit ihm!«

Sie warteten einige Sekunden, dann öffnete sich die Tür. *Wat in godsnaam?* Im Türrahmen stand Marc Krüger, der IT- und Abhörspezialist aus Sneijders ehemaligem Team. »Ich dachte, du bist in München bei Sabines Schwester und ihren Nichten?«

Marc musterte ihn mit kalten zusammengekniffenen Augen. »Hallo, Maarten.«

»Ich habe ihn heute früh wieder in den Dienst beordert«, erklärte Drohmeier.

»Ich dachte, Sabine ist tot!«, sprudelte es nun aus Marc heraus. »Und dann erfahre ich so ganz nebenbei, dass du gestern einen Anruf von ihr erhalten hast. *Gestern!* Wann hättest du vorgehabt, mir davon zu erzählen? Nächste Woche?«

Sneijder knirschte mit den Zähnen. »Im Moment hätte ich es noch gar nicht vorgehabt.«

»Fuck! Und warum?«

»Aus genau diesem Grund«, fuhr Sneijder ihn an. »Sieh dich an, wie aufgewühlt du bist. Am liebsten würdest du doch sofort Sabines Vater und ihre Schwester verständigen und ihren drei nervtötenden Bälgern erzählen, dass ihre Tante noch am Leben ist.«

»Ja, sicher! Ich denke, sie haben ein Recht …«

»Hast du es schon getan?«

»Nein, noch nicht, aber …«

»Das sollten wir im Moment auch lassen!« Sneijder sah zu Drohmeier, der sich bis jetzt aus der Diskussion rausgehalten hatte. »Solange wir noch nicht wissen, womit wir es zu tun haben und wo Nemez steckt, ist es besser, wenn weder die Presse noch ihre Familie oder zu viele unserer Kollegen wissen, dass sie lebt. Es spricht sich ohnehin schon wie ein Lauffeuer herum.«

»Vielleicht ist die Information ja auch veraltet«, gab Drohmeier mit versteinerter Miene zu bedenken. »Ihr Anruf kam gestern Abend. Hat sie sich inzwischen wieder gemeldet?«

Sneijder schüttelte den Kopf. »So, wie ich das verstanden habe, wird sie irgendwo gefangen gehalten und hat sich irgendwie ein Handy organisieren können. Ich bezweifle, dass ihr das ein zweites Mal gelingen wird.«

Drohmeier nickte. »Wir haben also nur diesen einen Anruf als Anhaltspunkt. Wie weit sind Sie mit Ihren Ermittlungen gekommen?«

Sneijder informierte Drohmeier und Marc, was er bisher erreicht hatte und dass Cramers Rückruf bevorstand.

»Setzen wir uns«, sagte Drohmeier schließlich, woraufhin sie um den Besuchertisch Platz nahmen. »Sneijder, wenn Sie mir einen guten Vorschlag mit einem handfesten Plan unterbreiten, gebe ich Ihnen vierundzwanzig Stunden Zeit, um allein mit Ihren Methoden eine erste konkrete Spur zu Sabine Nemez zu finden. Kümmern Sie sich um keinerlei richterliche Beschlüsse und gehen Sie nach eigenem Ermessen vor, als hätten Sie alle Vollmachten. Um die Konsequenzen Ihres Tuns kümmern wir uns später. Jetzt ist keine Zeit für den ganzen bürokratischen Auslands-Mist.« Er hob die Hand. »Aber – wir reden hier nur von den nächsten vierundzwanzig Stunden! Wenn Sie in diesem Zeitraum keine Ergebnisse vorweisen können, übernimmt eine andere Abteilung den Fall, und zwar offiziell, und Sie sind raus, haben Sie das verstanden?«

Sneijder nickte. Das war mehr, als er erwartet hatte.

»Gut, was brauchen Sie?«, kam Drohmeier gleich zur Sache.

»Da mein altes Team nicht mehr existiert, brauche ich neue Leute.«

Marc hob die Hand. »Ich bin dabei.«

Sneijder verzog unglücklich das Gesicht. »Du bist zwar der beste Hacker, den ich kenne, aber in diesem Fall …«, seufzte er, »… denke ich, dass du emotional zu befangen bist, um klar denken zu können.«

»Und du bist das nicht?«, entgegnete Marc.

»Ich kann das ausblenden.«

»Ja, das merke ich gerade, wie gut du das ausblenden kannst!«, zischte Marc. »Ich *bestehe* darauf, dabei zu sein.« Dann wandte er sich an Drohmeier. »Sie sollten das jetzt besser nicht hören …«, sagte er, drehte sich zu Sneijder und senkte die Stimme, »… du weißt, dass ich dir alle Informationen beschaffen und die Spuren so verwischen kann, dass fast niemand dahinterkommt. Wen willst du stattdessen ins Team holen? Irgendeine Pfeife aus der IT-Abteilung?«

»Heißt das, wir haben außer Ihnen keine guten Leute in der IT?«, fragte Drohmeier übel gelaunt.

Marc verzog das Gesicht. »Um ehrlich zu sein … einige von denen sollten mal ernsthaft darüber nachdenken, sich umschulen zu lassen. Vielleicht irgendetwas draußen in der Natur?«

»Vervloekter Idioot!«, schimpfte Sneijder, obwohl er genau wusste, dass Marc recht hatte. Doch bevor er noch etwas erwidern konnte, hob Drohmeier erneut die Hand. »Halten Sie den Mund, Sneijder! Krüger ist dabei und aus! Im Moment brauchen Sie genau solche Leute – zumindest für die nächsten vierundzwanzig Stunden. Wer noch?«

Sneijder atmete tief durch. »Miyu.«

»Miyu Nakahara?« Drohmeier zog die buschigen Augenbrauen zusammen. »Die ist doch noch Studentin.«

»Und?«

»Soviel ich weiß, ist sie irgendwie mit Ihrer thailändischen Masseurin verwandt, nicht wahr?«

»Akiko stammt aus *Japan* und macht *Shiatsu*«, korrigierte Sneijder ihn. »Miyu ist ihre Nichte, die Tochter ihrer Schwester. Miyus Vater ist Deutscher und arbeitet bei der örtlichen Kripo in Berlin.«

Drohmeier nickte. »Okay, na fein, sie will also in die Fußstapfen ihres Vaters treten. Und?«

Wohl eher in die meinen, dachte Sneijder, verkniff sich aber, das laut auszusprechen. »In meinen Augen ist sie die Beste des gesamten Jahrgangs. Außerdem hat sie noch keine Scheuklappen, so wie andere Kollegen, die schon seit Jahrzehnten tagein, tagaus ihren Dienst schieben.« Etwas, das Miyu mit Sabine Nemez gemein hatte.

»Die Beste? Soviel ich weiß, hat sie beim letzten Test nur 473 von 500 Punkten erreicht«, widersprach Drohmeier.

Sneijder war nicht nur von Drohmeiers Zahlengedächtnis überrascht, sondern auch von der Tatsache, dass er sich überhaupt die Mühe gemacht hatte, sich die Ergebnisse anzusehen. »Richtig«, gab er zu, »aber die anderen hatten neunzig Minuten Zeit, und Miyu hat den Test bereits nach vierzig Minuten abgegeben – unter dem Vorwand, sie hätte noch etwas Wichtiges zu tun. Ich denke, dass sie einfach nur aus dem Saal wollte.«

»Und das halten Sie für intelligent?«

»Miyu ist Asperger-Autistin mit ausgeprägter Hochbegabung. Ihre Handlungsweise deutet nicht auf *weniger* Intelligenz, sondern auf eine *andere* Intelligenz hin, und genau die brauche ich.«

»Sneijder, das ist der nächste Punkt«, seufzte Drohmeier. »Wir wissen beide, dass diese Ermittlungen nicht nach Standardprotokoll ablaufen und deswegen durchaus gefährlich werden könnten, gerade für jemanden wie Miyu. Zudem ist sie erst vierundzwanzig mit kaum Einsatz- und schon gar keiner Auslandserfahrung.«

»Einstein war sechsundzwanzig, als er den photoelektrischen Effekt und die brownsche Molekularbewegung …«

»Ja, schon gut«, fuhr Drohmeier dazwischen.

»Und Newton war …«

»Ich sagte, es reicht!« Drohmeier seufzte tief.

»Vertrauen Sie auf meinen Instinkt«, versuchte Sneijder es weiter. »Miyu hat eine außerordentliche logische Kombinationsgabe und eine extrem hohe visuelle und auditive Merkfähigkeit. Ihr eidetisches Gedächtnis, also die fotografische …«

»Ich weiß, was das ist!«, unterbrach Drohmeier ihn. »Aber genau das bereitet mir Sorgen. Von einem Gutachten von Dr. Ross weiß ich, dass …«

»Dr. Ross«, schnaubte Sneijder verächtlich.

»Dass Miyu soziopathische Züge in ihrer Entwicklungsstörung hat!«, ließ Drohmeier sich nicht unterbrechen.

Und genau deswegen will ich sie! Sneijder atmete tief durch.

»Miyu findet logische Zusammenhänge fernab von jedem Gefühl. Sie ist ein ungeschliffener Rohdiamant, der eine unserer besten Waffen in der Verbrechensbekämpfung werden könnte, wenn sie in die richtigen Hände kommt.«

»Und diese Hände sind die Ihren?«, vermutete Drohmeier.

Sneijder atmete tief durch. »Ich brauche sie und ihren brillanten Verstand, und zwar *jetzt* für diesen Fall. Um ihre Ausbildung und weitere Karriere kann ich mich später immer noch kümmern.«

»Sie denken immer nur an Ihren aktuellen Fall.«

»Dafür bezahlt mich das BKA.«

»Also gut, probieren wir es.« Drohmeier nickte. »Sie kriegen Miyu. Noch jemanden?«

»Nein, das reicht.« Gerade nach dem katastrophalen Ende des letzten Falls fiel es ihm schwer, neuerlich Kollegen an sich zu binden. Wenn er allein loszog und *sein* Leben riskierte, so wie er es früher getan hatte, war das okay, aber er wollte nicht noch einmal die Verantwortung für zu viele Leute übernehmen – nur um dann erneut zu versagen. »Allerdings …« Sneijder griff in die Sakkotasche und legte Drohmeier eine provisorische selbst gedruckte Visitenkarte auf den Tisch. »… für kleinere Aufgaben möchte ich Tina Martinelli als externe Beraterin hinzuziehen.«

»Tina K. Martinelli – Detektivin?«, murmelte Drohmeier und sah auf.

»Sie hat sich selbstständig gemacht, nachdem sie beim BKA gekündigt hat«, erklärte Sneijder. Aus dem Augenwinkel sah er, wie Marc grinste. Anscheinend freute er sich, dass Tina mit dabei sein würde.

»Von mir aus«, sagte Drohmeier. »Und jetzt raus!«

Sneijder erhob sich und beugte sich zu Marc hinunter. »In einer halben Stunde im Besprechungsraum Nummer siebzehn.«

13. Kapitel

Hatty und Jasmin hatten es geschafft, alles wieder so in der Wandvertiefung zu platzieren, wie es zuvor ausgesehen hatte. Danach drückten sie das lose Paneel zurück in die Wand. Sie mussten zwar ein wenig herumprobieren, fanden dann jedoch einen Trick, wie es sich mühelos in den Rahmen einfügen ließ.

Nachdem sie fertig waren, stand ihnen beiden der Schweiß auf der Stirn. Mit klopfendem Herzen und zitternden Fingern machten sie ohne ein Wort zu sagen den Abwasch fertig, und dann kamen auch schon Hattys Mutter, Gerlach und Ben vom Einkauf zurück.

Gerlach merkte sofort, dass etwas nicht stimmte. Er musterte sie mit einem durchdringenden Blick. »Alles okay?«

»Wir haben gestritten«, sagte Hatty rasch. »Die blöde Kuh wollte, dass ich den Abwasch allein mache, während sie sich auf der Campingliege ausruht.«

Jasmin funkelte sie zwar böse an, spielte jedoch mit.

»Na, na, Mädchen.« Gerlach lachte versöhnlich und legte Jasmin die Hand auf die Schulter. »Ein bisschen mithelfen hat noch niemandem geschadet.«

»Ja sicher«, grummelte Jasmin und verzog das Gesicht. Gerlachs Berührung schien ihr sichtlich unangenehm zu sein, aber zum Glück sagte sie nichts.

Danach gingen sie alle miteinander schwimmen. Das kühle Wasser tat Hatty gut, und während sie mit dem Kopf unter Wasser zum grünen Boden starrte, versuchte sie, sämtliche Erinnerungen an das, was sie im Wohnmobil gesehen hatte, aus ihrem Geist zu spülen. Kurz erschien ihr alles wie ein böser Traum, an den sie sich hoffentlich bald nicht mehr erinnern würde. Aber sobald sie wieder am Ufer stand und Jasmin in die Augen blickte, kam die schreckliche Erinnerung umso heftiger zurück.

»Bevor wir das Mittagessen machen, fahren wir noch mit dem Boot raus«, rief Gerlach. »Wer will mit?«

Hatty und Jasmin winkten ab. Bei dem Gedanken, neben Gerlach im Schlauchboot zu sitzen und zufällig seinen Oberschenkel oder Arm berühren zu müssen, hätte Hatty fast hysterisch aufgeschrien. Daraufhin paddelte Gerlach mit Ben und Mutter allein raus. Als sie weit genug vom Ufer weg waren, warf Jasmin Hatty einen Blick zu. »Jetzt?«, fragte sie.

Hatty nickte.

Sie liefen zurück zu ihrem Stellplatz, Hatty schnappte sich ihren Rucksack, und dann gingen sie durch das große Vorzelt in den Wohnwagen. Sicherheitshalber ließen sie die Tür offen und kippten das Fenster, damit sie rechtzeitig hörten, wenn Gerlach zurückkam.

»Los, zeig her!«, drängte Jasmin.

Mit pochendem Herzen holte Hatty die Kamera aus ihrem Rucksack.

»Das Ding ist ja riesig!«, entfuhr es Jasmin.

»Ich sagte ja: so groß wie ein Funkgerät.«

»Aber ein verdammt großes Funkgerät! Gab es in dem Laden nichts Kleineres?«

»Ich hab es gebraucht gekauft, mit Batterien und Speicherkarte für fünfzig Euro. Sorry, mehr Geld hatte ich nicht.«

»Ist ja schon gut.«

»Außerdem war die Kamera ursprünglich noch größer.« Hatty zeigte ihr die Rückseite. »Da war noch eine Aufhängung dran, um sie an einem Baum zu befestigen, die ich aber abmontiert habe.«

»Ich sagte: *Ist ja schon gut!*«

»Hier ist die Linse«, erklärte Hatty, »das ist der Infrarotbereich und das sind die Bewegungsmelder.« Dann klappte sie die Kamera wie ein Buch auf. In der Mitte kam ein kleines Display zum Vorschein mit einigen Tasten wie bei einem alten Videorekorder. »Der Mann im Laden hat die Videosequenz so eingeschaltet, dass sie statt dreißig Sekunden ganze vier Minuten filmt, sobald sich etwas bewegt. Außerdem hat er die höchste optische Auflösung eingestellt.«

»Wollte er gar nicht wissen, wozu du das brauchst?«

»Ich habe ihm erklärt, dass jemand in unserem Ort heimlich die Fische in den Teichen vergiftet.«

»Okay.« Jasmin nahm die Kamera in die Hand. »Ist verdammt schwer. Und wo willst du sie verstecken?«

Hatty holte ein dickes Buch aus ihrem Rucksack. Ein Hardcover. *Blackout* von Marc Elsberg. »Ich habe die Seiten innen ausgeschnitten.« Sie öffnete das Buch, zeigte Jasmin den Hohlraum und steckte die Finger durch die Löcher im Cover. »Bin einen Tag lang daran gesessen.« Dann legte sie die Kamera ins Buch und klappte den Deckel zu. Die Löcher im Umschlag des Buches ließen genau den Infrarotsensor und die Linsen und Bewegungsmelder der Kamera frei.

»Nicht schlecht gemacht, Agent Hatty«, sagte Jasmin lachend, dann wurde sie wieder ernst. »Das ist wie in einem Spionagefilm.« Sie betrachtete das Buch. »Wenn es dunkel ist und man sich das Buch nicht genau ansieht, bemerkt man es gar nicht. Man könnte fast glauben, das gehört zum Cover.«

»Siehst du! Wir werden nicht auffliegen. Außerdem liest Gerlach nur Sachbücher und Magazine, der kennt den Roman ganz sicher nicht.«

»O Gott, hoffen wir es!« Jasmin kaute an der Unterlippe. »Wann willst du die Kamera scharf stellen?«

»Am besten jetzt gleich.« Sie aktivierte die Aufnahmefunktion und klappte den Buchdeckel zu. Dann stellte sie das Buch auf ein Regal über dem Bett und quetschte es so zwischen die anderen Bücher, die dort standen, dass es nicht herunterfallen konnte.

»Hoffen wir, dass alles klappt«, murmelte Jasmin.

Hatty warf einen letzten Blick zu dem Buch, dann verließen sie das Wohnmobil.

14. Kapitel

Der Besprechungsraum Nummer 17 im dritten Stock des BKA-Hauptgebäudes war zwar klein, hatte aber eine große Videoleinwand. Die Jalousie war zur Hälfte heruntergelassen und die Klimaanlage lief. Es roch nach Vanilletee.

Sneijder hatte seinen Laptop bereits in die Dockingstation gesteckt, als Marc und Miyu gleichzeitig eintrafen, sich kurz gegenseitig musterten und Platz nahmen.

»Miyu, das ist Marc – Marc … Miyu«, sagte Sneijder knapp.

Marc versuchte, freundlich zu lächeln, und reichte Miyu die Hand. »Ich bin …«

»Ich weiß.« Miyu ignorierte die Hand.

Marc zog nur eine Augenbraue hoch, sagte aber nichts weiter und steckte auch sein Notebook in die Dockingstation. »Maarten, Marc und Miyu … *die drei M*«, versuchte er, lustig zu sein, aber Miyu schien das gar nicht mitzubekommen, und Sneijder verzog angesichts dieses dämlichen Scherzes nur leicht genervt das Gesicht.

Schließlich packte auch Miyu ein dünnes Tablet aus ihrem kleinen Rucksack aus. Sneijder beobachtete sie. Im Gegensatz zu anderen jungen Frauen kam sie nicht besonders modisch daher. Ungeschminkt, schwarze Jeans, schwarzer Pullover, schwarze Haare – Rucksack und Tablet waren ebenfalls schwarz. Nicht gerade einfallsreich. Aber gerade das machte sie wieder einzigartig. Sie erinnerte ihn ein wenig an ihn selbst, als er in diesem Alter gewesen war und sein Leben fernab jeglicher Modetrends so einfach und effizient wie möglich gestaltet hatte.

Miyu schaltete das Tablet ein. »Ich habe in fünfzehn Minuten das nächste Modul an der Akademie.«

Die Akademie? Wat in godsnaam? Sneijder verzog irritiert das Gesicht. »Kümmern Sie sich nicht mehr darum.«

»Um das Modul oder die Akademie?«

Anscheinend meinte sie die Frage ernst. »Um beides!«

»Nur heute? Oder für den Rest der Woche oder für …?«

»So lange, bis wir Sabine Nemez gefunden haben«, murmelte er genervt.

Wie immer wich Miyu seinem Blick aus, dann tippte sie auf ihrem Tablet, während sie die Lippen bewegte. »… so lange, bis wir Sabine Nemez gefunden haben.«

Sneijder schielte auf ihr Tablet. Sie schrieb das tatsächlich auf. Vielleicht war es doch ein Fehler gewesen, sie in die Gruppe zu holen. Er wartete nicht, bis sie fertig getippt hatte. »Sabine Nemez hat sich für Sie eingesetzt und an die Akademie geholt. Nun können Sie sich revanchieren und mir helfen, sie zu finden. Dabei erwarte ich mir von Ihnen hundertprozentigen Einsatz, haben Sie das verstanden?«

»Das habe ich verstanden«, wiederholte sie. »Und ich gebe immer hundert Prozent«, sagte sie, als wäre das die selbstverständlichste Sache der Welt.

»Fein.« Er öffnete eine Datei auf seinem Handy, das er anschließend in die Mitte des Tisches legte. Auf all seinen Smartphones war stets die Aufnahmefunktion aktiviert, wodurch jedes Telefonat mitgeschnitten und lokal auf die Karte des Handys gespeichert wurde. Nun spielte er ihnen das fünfzehn Sekunden lange Gespräch vor.

»Ja, wer ist da?«

»Hallo, Somerset …« Ein heiseres Krächzen. *»Ich weiß nicht, wo ich bin … Ich habe nur Gelegenheit für diesen einen Anruf.«*

»Eichkätzchen …?«

Danach war das Gespräch zu Ende. Marc sah irritiert auf. »Ich wusste gar nicht, dass du …«

»Ist laut DSGVO nicht legal, mir aber schnurzegal. Schließlich veröffentliche ich die Gesprächsinhalte nicht, sondern zeichne sie nur für mich auf.«

»Okay«, Marc nickte, »darf ich das Gespräch noch einmal hören?«

Ehe Sneijder zum Handy greifen konnte, hatte Miyu das Gespräch exakt mit allen Pausen und Betonungen wiedergegeben.

»Das ist nicht viel«, gab Marc deprimiert zu.

»Im Hintergrund sind gedämpft Männerstimmen zu hören, die vermutlich Polnisch gesprochen haben« stellte Miyu fest. »Die Geräusche wurden vom Kläffen eines Hundes übertönt, der an einer Tür gekratzt hat.«

»Das war Vincent, mein Hund«, erklärte Sneijder.

»Der, auf den die Studenten der Akademie aufpassen, während Sie weg sind?«

»Ja.«

»Ihre Stimme hat gehallt«, stellte Miyu fest. »Wo waren Sie während des Gesprächs?«

»In meinem Badezimmer.«

Sie tippte auf ihrem Tablet. »Wer ist Sommerset?«, fragte sie weiter. »Und wer ist Eichkätzchen? Sind das Codes?«

»Spitznamen.«

»Und wofür stehen …?«

»Unwichtig!«, unterbrach Sneijder sie. »Damit wollte Nemez mir mitteilen, dass sie es zweifelsfrei selbst ist.« Er blickte auf die Uhr. »Wir haben in einer Minute einen Video-Call mit Polen.« Er erklärte ihnen, wer Cramer war, dann nannte er Marc einen Internetlink, woraufhin der die Verbindung herstellte und seinen Bildschirm auf die Videowand projizierte.

Pünktlich zum Zeitpunkt, den Cramer Sneijder per SMS mitgeteilt hatte, tauchte er auf dem Bildschirm auf. Diesmal saß er in einem Büro, hinter ihm ein Aktenschrank, daneben ein großes Plakat mit einem Spruch: *Ich hasse es, wenn der Chef acht Stunden vor Feierabend noch mit Arbeit kommt.*

Ja, wirklich, was für ein unerträglicher Witzbold, dachte Sneijder. Der Mann, der um die vierzig zu sein schien, sah genauso unkonventionell aus, wie seine Stimme am Telefon geklungen hatte: Rotblonde Struwwelpeterfrisur, jede Menge Sommersprossen, eins seiner Ohren war extrem verknorpelt und stand ab, außerdem hatte er ziemlich ausgeprägte wulstige Lippen. Alles in allem sah er aus, als hätte er schon in mehr als einer Schlägerei seinen Mann gestanden, und Sneijder war sich spontan nicht sicher, ob Cramer eher Teil der Lösung oder Teil des Problems sein würde. »Haben Sie gute Nachrichten?«, fragte er gleich, ohne seine Kollegen vorzustellen.

»Grundsätzlich ja.«

»Was heißt *grundsätzlich*?«, seufzte Sneijder. Der Mann war schon seit fünfzehn Jahren Verbindungsbeamter in Polen, da sollte er ja wohl sein Handwerk beherrschen. Hoffentlich war er keine Niete.

»Also …«, Cramer strich sich über den rötlichen Dreitagebart, »das Handy ist bei einem polnischen Betreiber angemeldet, und zwar bei der Polska-Mobile-Kom.«

Erleichtert ließ Sneijder die Schultern sinken. Der erste konkrete Hinweis.

»Wir haben mit denen schon öfter erfolgreich zusammengearbeitet«, erklärte Cramer. »Grundsätzlich werden von der Polska-Mobile-Kom immer alle Nummern und Verbindungsdaten rasch und zuverlässig ausgeleitet, auch wenn die Nummer des Anrufers unterdrückt wurde.«

Schon wieder dieses Wort. *Grundsätzlich!* Sneijders Bauchgefühl sagte ihm, dass die Ermittlungen nicht so einfach und zügig ablaufen würden, wie er sich das erhofft hatte. »Und?«, drängte er.

»Zu dieser Handynummer gibt es allerdings keinen Vertrag und deshalb auch keine Kontodaten. Es handelt sich bloß um ein angemeldetes Prepaid-Handy, auf das einmal im Monat neunzig Złoty – umgerechnet etwa zwanzig Euro – geladen werden.«

»Aber es *ist* angemeldet!«, hakte Sneijder nach.

»Ja.« Cramer bohrte unbekümmert mit dem Finger im Ohr, als hätte er vergessen, dass sie ihn sehen konnten. »Die polnische Polizei hat den Inhaber der Nummer bereits über ein Tool abgefragt. Das dauert normalerweise etwas, aber ich konnte Druck machen, und deshalb haben wir die Information schon bekommen.«

»Machen Sie es nicht so spannend, Mann, ich brauche den Namen!«, drängte Sneijder.

Cramer blätterte in einer Akte und nannte ihnen einen polnischen Namen, das Geburtsdatum und eine Adresse in Warschau.

»Achtundsiebzig Jahre alt«, murmelte Miyu ohne aufzusehen, während sie in ihr Tablet tippte. »Wie ist Sabine Nemez an das Telefon dieses Mannes rangekommen?«

»Keine Ahnung.« Cramer hielt das Aktenblatt in die Kamera, woraufhin ein grauhaariger Mann mit Halbglatze, Tränensäcken und Altersflecken auf der Stirn zu sehen war. »Der Mann ist verwitwet, war in einer Druckerei beschäftigt und hat danach dreizehn Jahre lang seinen Ruhestand genossen.«

»Er *hat* ihn genossen?«, wiederholte Sneijder, während sich sein Magen zusammenzog. Instinktiv wusste er, dass ihm die Antwort nicht schmecken würde.

»Er ist seit sechs Monaten tot«, erklärte Cramer. »Offenbar ist bei der Anmeldung des Handys der geklaute Ausweis des Mannes verwendet worden.«

Klote!, fluchte Sneijder in Gedanken. Er hatte geahnt, dass so etwas kommen würde. »Wann wurde das Handy angemeldet?«

Cramer blätterte in den Unterlagen. »Am ersten Dezember letzten Jahres.«

Passt perfekt. »Also vor sechs Monaten, vermutlich kurz nachdem der Mann gestorben ist«, sagte Sneijder. Jemand hatte nach seinem Tod seine Identität weiterverkauft.

Marc verschränkte die Arme hinter dem Kopf und lehnte sich zurück. »Das heißt, wir haben nichts.«

»Leider«, pflichtete Cramer ihm bei.

»Eine Möglichkeit gibt es noch«, widersprach Sneijder. Cramer rückte näher an die Kamera heran und stützte sich mit den Ellenbogen auf den Tisch, woraufhin das Bild kurz wackelte. »Wir müssen den ungefähren Standort des Mobiltelefons zum Zeitpunkt des Anrufs herausfinden.«

15. Kapitel

Eine Woche zuvor:
Die Nacht auf Dienstag, den 29. Mai

»Ich brauche Ihre Hilfe«, wiederholte Sabine, während sie schlotternd auf die zwei Burschen zuging. Die hatten die Taschenlampen zwar etwas gesenkt, sodass sie der Strahl nicht mehr so blendete, ließen ihn aber jetzt von ihrem Oberkörper über ihre Beine bis zu den Füßen hinunterwandern, als wäre sie eine Art Ausstellungsstück.

Das Schulterholster!, schoss es ihr durch den Kopf. *Du hättest es doch ablegen sollen!* Und prompt blieb der Lichtstrahl an ihrem leeren Holster hängen.

»Wer sind Sie?«, fragte einer der beiden in gebrochenem Deutsch.

»Sabine Nemez«, wiederholte sie mit klappernden Zähnen. »Mir ist kalt. Haben Sie eine Decke im Wagen?«

»Moment, nicht so schnell«, sagte der Größere der beiden. »Waren Sie auf diesem Schiff?«

»Ja.«

»Warum ist es gesunken?«

»Ist das jetzt so wichtig?«

»Ich denke schon, vielleicht sind Sie eine Verbrecherin … oder von der Polizei?«, fragte der Mann lauernd.

Sabine schwieg.

»Wer außer uns weiß noch, dass Sie hier sind?«

Sabine hatte nicht vor, diese Frage zu beantworten. »Kann ich Ihr Handy benutzen?«, fragte sie stattdessen.

»Wozu?«

»Um einen Krankenwagen für mich und meinen Kollegen zu rufen.«

»Kollege *wobei*?«

»Ich brauche Ihr Handy!«, beharrte Sabine.

»Das können Sie haben«, sagte der andere. »Aber zuvor müssen Sie uns noch ein paar Fragen beantworten.«

Sabine rieb sich die Oberarme, um sich wenigstens ein bisschen aufzuwärmen. »Ich werde Ihnen gar keine Fragen mehr beantworten …«

»Warum waren Sie auf dem Schiff und wer ist Ihr Kollege?«, fragte der Kerl, der den Lichtstrahl immer noch auf ihr Holster gerichtet hatte.

Sabine blickte zum Hafen. Soeben rückte ein Wagenkonvoi mit Blaulicht aus, allerdings war er noch zu weit entfernt, um zu erkennen, ob es sich dabei um Rettungswagen oder die Polizei handelte. Nun sah sie auch die Lichter der Patrouillenboote, die vom Ufer ablegten. Im nächsten Moment drang zudem das Knattern eines Helikopters zu ihr herüber. Der würde bestimmt zum Wrack fliegen und die Gegend mit Scheinwerfern absuchen.

»Wissen Sie was«, sagte Sabine. »Wenn Sie mir nicht helfen wollen, vergessen Sie es einfach.« Sie lief an den Burschen vorbei. Bis zum Hafen waren es höchstens sieben- oder achthundert Meter. Die würde sie auch ohne die beiden schaffen.

»Nicht so schnell, junge Frau!«, rief ihr einer der Burschen nach.

Ja sicher, leck mich!, dachte sie, sagte aber nichts. Sie ballte die Fäuste und wollte weiterlaufen, als sie ein Geräusch neben sich hörte. *Fuck, da ist noch ein Dritter!* Ein Adrenalinschub ließ sie blitzschnell die Arme zur Verteidigung hochreißen, doch der Kerl war schneller. Er packte sie von hinten und riss sie vom Boden hoch, sodass ihre Füße in der Luft strampelten. Der Zweite kam von vorn auf sie zu. Sabine versuchte, ihm den Fuß in die Weichteile zu rammen, erwischte aber nur seine Gürtelschnalle. Als Nächstes wollte sie dem Kerl, der sie hielt, mit dem Hinterkopf gegen das Nasenbein schlagen, doch da wurde sie bereits von den beiden auf den Boden gedrückt. Deren Freund durchsuchte derweil ihre Hosentaschen und fand ihre Brieftasche.

Aus dem Augenwinkel sah sie, wie er im Licht der Handylampe ihren Dienstausweis betrachtete. »Die Schlampe ist vom deutschen Bundeskriminalamt«, sagte er in einem norddeutschen Dialekt. »He, das BKA hatten wir ja noch nie!«

Was zum Teufel?

Einer der beiden, die sie hielten, brüllte etwas, woraufhin der Kerl mit ihrer Brieftasche loslief und den Kofferraum öffnete. Sabine gelang es nicht mehr, sich aus dem Griff der zwei Männer zu befreien. Dafür war ihr viel zu kalt, sie war zu erschöpft, ihre Glieder waren steif und ihre Reaktionen zu langsam. Sie bekam nur noch mit, wie ihr der Dritte mit erhobenem Wagenheber einen Schlag androhte, woraufhin sie völlig erschlaffte. Sie wurde hochgehoben und unsanft in den Kofferraum geworfen.

Ihr Puls raste wie verrückt. *Du musst da sofort raus!* Noch einmal bäumte sie sich mit letzter Kraft auf, aber die beiden drückten sie fast mühelos nieder. Schließlich stopften sie ihr einen nach Öl stinkenden Stofflappen in den Mund, klebten ihr Isolierband um den Kopf und fesselten ihr die Arme mit einem Abschleppseil auf den Rücken. Dann warfen sie ihr eine Decke über den Körper.

Der Kofferraumdeckel knallte zu, und es wurde schlagartig dunkel. Als Nächstes hörte sie, wie der Motor gestartet wurde. Danach erklang dumpf polnische Rockmusik.

1995, im Osten Deutschlands …

Der glatzköpfige Justizvollzugsbeamte in der blauen Uniform starrte durch das Gitter am Schalter. »Dass du uns eines Tages verlässt, hätte ich nicht für möglich gehalten.«

Barrabas sagte nichts, sondern schob nur die Entlassungspapiere durch den Schlitz.

Der Glatzkopf kontrollierte die Unterschriften, dann holte er eine graue Schachtel mit der Aufschrift W3211 hervor und legte die Hand auf den Deckel. »Siebenundzwanzig Jahre sind eine verdammt lange Zeit, Barrabas. Du wirst die Welt dort draußen gar nicht mehr wiedererkennen. Ich denke nicht, dass du zurechtkommst.«

Barrabas schwieg, starrte nur mit zusammengekniffenen Augen auf den Karton mit seiner Häftlingsnummer.

»Provozier dieses Tier nicht!«, mahnte der zweite Beamte, ein jüngerer Kerl mit Brille, der Barrabas zum Schalter gebracht hatte. »Sonst bekommt er gleich jetzt einen seiner Aggressionsanfälle, und dann waren die letzten zehn Jahre gute Führung völlig umsonst.«

»Du wirst doch nicht wieder aggressiv werden, Barrabas, oder?«

Barrabas schwieg.

»Dein Auftritt vor der Kommission war erstklassig, aber uns kannst du nichts vormachen«, knurrte der alte Glatzkopf. »Du bist ein Tier und wirst immer eines bleiben. Bist halt verrückt im Kopf, deshalb wirst du da draußen scheitern.«

»Eine Sache hat sich jedoch nicht geändert.« Die Brillenschlange hakte die Daumen im Gürtel ein, an dem Pfefferspray und Schlagstock hingen. »Kleine Buben schreien immer noch, wenn du sie vergewaltigst, und ihre Körper bluten immer noch, wenn du sie öffnest.«

Barrabas grunzte, ein Augenlid zuckte.

Der Glatzkopf grinste. »Da kommen schöne Erinnerungen in dir hoch, nicht wahr? Ich bin sicher, wir werden dich bald wiedersehen. Die JVA Waldheim erwartet dich mit offenen Armen.«

»Und dann für immer, mein Freund«, ergänzte die Brillenschlange. »Ich wette, du schaffst es nicht mal die dreißig Kilometer bis nach Chemnitz, bevor du rückfällig wirst. Dein Gehirn wird wie die Röhre eines defekten Fernsehgeräts durchbrennen, wenn du all die Knaben da draußen siehst.«

»Außerdem ist jetzt Sommer«, sagte der Glatzkopf. »Die Jungs tragen kurze Hosen.«

Barrabas schluckte. »Kömmt … ihr micht … auf'ören?«

»Ich habe keine Ahnung, wovon du redest. Du hättest dir deine Hasenscharte korrigieren lassen sollen, als du noch die Gelegenheit dazu gehabt hast, du hässlicher Kerl.« Der Glatzkopf schob ein Formular durch den Schlitz. »Unterschreib das!«

Barrabas griff mit zitternden Fingern zu dem Kugelschreiber, der an einer Kette hing. Damit kritzelte er seinen Namen auf das Dokument. *Helge Barrabas.* Weil er dabei aber zu fest aufdrückte, zerbrach der Stift in der Mitte und die Feder sprang davon.

»Barrabas! Du hast soeben Staatseigentum beschädigt«, sagte die Brillenschlange. »Das könnte dir fünf weitere Jahre einbringen, wenn wir dich verraten …«

»… aber wir wollen mal nicht so sein.« Der Glatzkopf nahm die Hand von dem Karton, der fast drei Jahrzehnte lang im Magazindepot des Kellers gelagert hatte, hob den Deckel hoch und fischte den Depositenbericht heraus. »Was haben wir denn da? Ein paar alte Lederschuhe mit brüchigen Schnürsenkeln, einen Gürtel mit Totenkopfschnalle, ein Hemd, einen alten Personalausweis, eine Packung Kondome und zweihundertfünfzig damals frisch gedruckte Mark der Deutschen Demokratischen Republik. Die Gefängnisdirektion war aber so freundlich, dir die alten Scheine in neue Deutsche Mark zu wechseln. Und dann hast du im Lauf der Jahre noch dreitausend Mark an Rücklagen angespart.« Von dem Bündel Papiergeld ließ der Glatzkopf ein paar Scheine im Wert von etwa tausend Mark in der Hosentasche verschwinden.

»Das ist dafür, dass wir dich nicht verraten, weil du den Kugelschreiber kaputt gemacht hast«, flüsterte die Brillenschlange.

»Und schließlich ist da noch dein altes Springmesser«, sagte der Glatzkopf. »Ganz schön lange Klinge. Du wirst einsehen, dass wir dir das nicht überlassen können.«

»Das 'at … inen echtn gol'enen Griff.«

»Jaja, ich weiß, der vergoldete Holzgriff ist hübsch, aber es ist zu deiner eigenen Sicherheit, Barrabas. Schau …« Der Glatzkopf schob die restlichen D-Mark-Scheine unter dem Schlitz durch. »… damit kannst du dir ein neues Messer mit noch längerer, breiterer und schärferer Klinge kaufen. Und das wirst du doch dort draußen brauchen, nicht wahr? Falls sich einer der Kleinen wehrt.«

Barrabas' Halsschlagadern traten hervor, und die Adern in seinen Schläfen pochten wild. Er spürte, wie er rot im Gesicht wurde, während er auf das Messer starrte. Es war der einzige kostbare Besitz, den er jemals gehabt hatte. Die nicht enden wollenden Jahre im Knast hatten ihn fast täglich an dieses Messer denken lassen und ihn aufrechtgehalten. Jenen Griff hatte sein Vater – ein echter Goldschmied alter Schule – selbst angefertigt.

Der Glatzkopf ließ das Messer unter dem Tresen verschwinden und quetschte den Rest von Barrabas' Sachen durch den Schlitz. Barrabas nahm nur Ausweis, Geld und Gürtel, den Rest ließ er liegen. Er ging ohne ein weiteres Wort.

Draußen vor dem Gefängnistor stand ein großer schwarzer Lieferwagen im Schatten eines Baumes. Die Lichthupe blitzte ein Mal auf, als Barrabas die staubige Straße überquerte. Mit großen behäbigen Schritten trat er auf den Wagen zu. Nur wenige Autos kamen vorbei. Die Gegend war trostlos, schmeckte und roch aber trotzdem nach Freiheit.

Barrabas hatte nur ein paar Kumpels im Knast gehabt. Fast niemand hatte sich mit ihm abgeben wollen. Die meisten wussten, dass ein falsches Wort genügte, um ihn zur Raserei zu bringen. In diesem Lieferwagen warteten einige der Jungs, die schon vor ihm aus Waldheim rausgekommen waren. Er war sich nicht sicher gewesen, ob sie kommen würden, aber sie hatten ihn nicht im Stich gelassen. Ihm lief tatsächlich eine Träne über die Wange. Jetzt würden sie ihn in die Stadt mitnehmen, und er hatte Geld genug, um sich dort eine kleine Unterkunft und ein gutes Essen zu leisten.

Als er den Kastenwagen erreichte, wurde die Seitentür aufgeschoben und zwei hilfreiche Hände streckten sich ihm entgegen. »Hallo, Barrabas, alter Kumpel!«

Er packte zu und hievte sich in den Wagen. »Danke, dass ihr mich … ab'olt. Ich …« Barrabas verstummte.

Hinten im Wagen hockten zwei Männer. Ein älterer mit Baskenmütze und seltsamer kleiner Brille, die ohne Bügel auf seiner Nase klemmte. Der zweite war braun gebrannt, etwas jünger als der andere, hatte weißblonde Haare und trug breite schwarze Hosenträger. Ein dritter Mann saß vorn am Steuer. Barrabas stutzte, er kannte keinen der drei. »Wer …?«, stammelte er und dachte an die Worte des Glatzkopfs und der Brillenschlange. »Ich will nicht wied' in den Knast …«

Die beiden Männer im Fond warfen sich einen Blick zu. »Keine Sorge, da kommst du nicht wieder hin«, sagte der Alte mit der Baskenmütze.

»Nein?« Barrabas lächelte wieder.

»Nein! Du wirst überhaupt nicht mehr irgendwohin gehen.« Der Weißblonde jagte Barrabas eine Spritze in den Oberarm. Zugleich drückte ihm der Alte eine zweite spitze Nadel in den Oberschenkel.

Barrabas spürte die Einstiche nicht einmal. »Was … ist das?« Er blickte nach vorn zum Fahrer und sah im Rückspiegel dessen Augen – zusammengekniffen wie die eines Wiesels.

»Oberst?«, fragte der Fahrer. »Wirkt es nicht?« Seine Stimme klang seltsam. Barrabas kannte den Akzent aus dem Knast. War das Polnisch?

Noch während Barrabas überlegte, kippte er um und knallte hart mit dem Kopf auf den Blechboden des Wagens. Er hörte, wie die Schiebetür zugeschoben wurde, dann startete der Wagen.

Das Letzte, was er sah, war, wie sich der Alte mit der Baskenmütze nach vorn beugte. »Abfahrt, Krzysztof!«

3. TEIL

Montag, 4. Juni
abends

16. Kapitel

Sneijder, Marc und Miyu hatten den ganzen Tag bis zum Abend im Besprechungsraum verbracht, und die meiste Zeit war auch Cramer über die Videoschaltung mit dabei gewesen.

Da sie von der polnischen Polizei bisher noch keine Rückmeldung bekommen hatten, hatte Cramer einen privaten Kontakt zur Polska-Mobile-Kom bemüht, um illegal an den Standort des Mobiltelefons zum Zeitpunkt des Anrufs zu kommen. »Dafür musste ich dreihundert Euro …«

»Das BKA hat ein Spesenkonto für solche Fälle«, unterbrach Sneijder ihn. »Und?«

Cramers Antwort war ernüchternd. »Irgendwo im Großraum Danzig.«

»Und mehr weiß Ihre Kontaktperson nicht?«

»Weitere Infos rückt sie nicht raus.«

»Will sie mehr Geld?«

»Hab ich schon versucht, ist nichts zu machen.«

»Vervloekt.«

Nun hieß es abwarten. Bis sie den *genauen* Standort von der polnischen Polizei hatten, würde alles Weitere in eine Suche nach der bekannten Stecknadel im Heuhaufen ausarten. *Und dann ausgerechnet in einer Stadt wie Danzig!* Die Hafenstadt war mit knapp einer halben Million Einwohner die sechsgrößte Stadt Polens. Dort gab es jede Menge tiefe Keller, verwinkelte Gassen, Hinterhöfe, alte Kirchen und mit der Danziger Bucht ein fast unüberschaubares Hafengebiet. Die Mottlau und der tote Seitenarm der Weichsel, die durch Danzig flossen, sich unzählige Male verästelten und sogar eine Insel inmitten der Stadt schufen, würden die Suche noch komplizierter machen. Sabine könnte praktisch überall dort festgehalten werden.

Sneijder starrte auf die Landkarte, die er vor sich auf dem Tisch ausgebreitet hatte. Danzig war von Kaliningrad hundertsiebzig Kilometer entfernt. Der Weg aus der russischen Exklave führte die ganze Zeit an der Danziger Bucht entlang und dann über die Grenze nach Polen. Entweder war Sabine mit einem Boot transportiert worden – oder in einer zweieinhalb Stunden langen Autofahrt auf einem Schleichweg über die grüne Grenze.

Je länger die Warterei dauerte, umso mehr Joints rauchte Sneijder. Dabei nahm seine innerliche Verzweiflung immer weiter zu, und er merkte selbst, dass seine harte Fassade minütlich abbröckelte.

Auch wenn ausgerechnet Marc ihm mehrmals eindringlich geraten hatte, die Ermittlungen nicht zu persönlich zu nehmen, gelang ihm das nicht wirklich. Er hatte Sabine in die Sache hineingezogen und sie nicht davon abbringen können, noch einmal auf das Schiff zurückzukehren, kurz bevor es untergegangen war. Das hier war nun seine Chance, alles wiedergutzumachen, und wenn ihm das nicht gelang und er sie noch einmal verlor – diesmal unwiderruflich –, würde er sich das nie verzeihen können.

Sneijder riss sich zusammen und überlegte. Im Moment wussten sie nur, dass Sabine unmittelbar nach dem Untergang des Schiffes im Kaliningrader Hafenbecken in die Hände einer Gruppe Männer gefallen sein musste, deren Stimmen sie während des Telefonats im Hintergrund gehört hatten.

Mit der Telefonnummer kamen sie momentan nicht weiter, und die Zeit lief ihnen davon. Also nahm Cramer Kontakt zu einer befreundeten Kollegin von Europol auf, die als Verbindungsbeamtin in Russland saß. Sie organisierte ihnen unter der Hand Zugang zu den Videos der Überwachungskameras auf dem Hafengelände von Kaliningrad und den wenigen Verkehrskameras der näheren

Umgebung zum Zeitpunkt des Schiffsunglücks. Eine Meisterleistung, die das BKA auf offiziellem Weg nie hinbekommen hätte, da die Beziehungen zwischen Deutschland und Russland schon seit Jahren auf Eis lagen. Offiziell würde Sneijder dieses illegal beschaffte Material nie verwenden dürfen – aber das hatte er ohnehin nicht vor. Stattdessen setzte er zehn Kollegen vom Wiesbadener Erkennungsdienst daran, das Videomaterial zu analysieren. Sie filterten die Kennzeichen von insgesamt elf vorbeifahrenden PKWs und LKWs heraus.

Danach begann der mühsame Prozess, die Fahrer dieser Autos zu erheben, was Marc mit seinen Hackerfähigkeiten unter Anleitung der Verbindungsbeamtin zuwege brachte. Kaum hatte er einen weiteren Namen herausgefunden, übernahm der Erkennungsdienst wieder und überprüfte das entsprechende Fahrzeug, ob es zur fraglichen Zeit von Kaliningrad in Richtung Danzig unterwegs gewesen war. Unterstützt wurden sie dabei von allen russischen Dolmetschern, die Sneijder auftreiben konnte.

Es war eine langwierige Arbeit, ähnlich dem Zusammensetzen winziger Mosaiksteinchen. Immerhin konnten sie im Verlauf der nächsten Stunden einen Fahrer nach dem anderen ausschließen. Keines der Autos war gestohlen. Entweder waren die Betroffenen unbescholten und ohne die geringsten Vorstrafen, oder sie hatten nichts mit Danzig zu tun, oder ein wasserdichtes Alibi bewies, dass sie bei ihrer nächtlichen Fahrt durch Kaliningrad gar nicht in die Nähe des Hafens gekommen waren. Letztendlich blieb nicht eine einzige verdächtige Person übrig.

Verdomme! Die reinste Zeitverschwendung! Sneijder kaute genervt an einem Kugelschreiber, bis er die Klammer abgebissen hatte und den Stift wütend auf den Tisch knallte. Zum Glück meldete sich Cramer in diesem Moment wieder über einen Video-Call. »Ich hoffe, Sie haben gute Nachrichten«, knurrte Sneijder, »denn die Videos haben rein gar nichts gebracht.«

Cramers Gesicht wurde lang. »Tut mir leid.« Diesmal sah er nicht so aus, als läge ihm ein dämlicher Scherz auf den Lippen. »Wegen des Anrufs … normalerweise geht es bei uns ziemlich schnell, wenn wir über die polnische Polizei bei einem Netzbetreiber den Standort eines Telefons abfragen.«

Sneijder hasste Aussagen, die mit *normalerweise* begannen. »Und?«, seufzte er.

»Die Polska-Mobile-Kom stellt sich plötzlich quer. Der Geschäftsführer ist der Meinung, dass er aus datenschutzrechtlichen Gründen nicht dazu verpflichtet ist, die exakten Informationen herauszugeben. Im Moment wissen wir nur, dass der Anruf irgendwo aus Danzig oder Umgebung kam.«

»Dieser *oude Stomkop*!«, fluchte Sneijder. »Welche Möglichkeiten haben wir?«

»Der Kerl will erst die Entscheidung eines polnischen Richters abwarten. Das kann Tage dauern.«

Sneijder griff nach dem Kugelschreiber und ließ die Mine rein- und rausklicken. »So viel Zeit haben wir nicht! Weiß er, worum es geht?«

»Ja, aber er sagt, das sei nicht sein Problem. Er könne nicht jedes Mal, wenn eine Polizistin verschwindet, private Daten ohne richterlichen Beschluss weitergeben.«

Sneijder brach den Kugelschreiber in der Mitte auseinander. Kurz verschwamm sein Gesichtsfeld vor lauter Anspannung, dann fokussierte sich sein Blick wieder auf die Videowand vor sich. »Bleiben Sie am Handy erreichbar!«, blaffte er Cramer an, griff zum Laptop und unterbrach die Verbindung.

Dann wandte er sich an Miyu und Marc, die ihn betroffen ansahen. »Wir gehen einen anderen Weg«, sagte er. »Marc, wir brauchen deine Audio-Tools.«

17. Kapitel

»Audio-Tools?«, wiederholte Marc, wie um sich zu versichern, ob er richtig gehört hatte.

Anstelle einer Antwort zerlegte Sneijder sein altes Smartphone, nahm die Rückseite ab, den Akku raus und baute die Speicherkarte aus. Sobald dreißig Gigabyte davon mit Audiofiles von ein- und ausgehenden Anrufen voll waren, wurden die ältesten Daten automatisch gelöscht. Es sei denn, er markierte einzelne Gespräche, um sie zu behalten. Denn natürlich ging ihm die entsprechende Datenschutzgrundverordnung am Arsch vorbei. Schließlich stellte er keine Knöllchen für Falschparker aus, sondern arbeitete beim BKA.

Sneijder reichte Marc die Karte, dessen Gesicht sich aufhellte. »Verstehe – und warum haben wir das nicht schon früher gemacht?«

»Weil ich mir nicht viel davon verspreche – aber vielleicht entdeckst du ja doch einen Hinweis.«

Marc steckte die Karte in sein Notebook, sortierte die Files nach Datum und Uhrzeit und warf das Ergebnis über den Beamer an die Wand. »O Mann, dein Speicher ist ganz schön voll«, murmelte Marc. Als er das Gespräch vom Sonntag, den 3. Juni, gefunden hatte, öffnete er es mit einem Programm, das wie die Oberfläche eines Sequenzers aussah, den Musikproduzenten für die Bearbeitung von Tonspuren verwendeten.

Das Gespräch dauerte exakt 15,6 Sekunden. Marc dehnte das Audiofile über die gesamte Breite des Bildschirms.

Zuerst ließ er einen Algorithmus über das File laufen, der, obwohl die Audiodatei nur so kurz war, einige Minuten dauerte. »Die drei lautesten und dominantesten Geräusche sind deine und Sabines Stimmen und das Bellen und Kratzen deines Bassets an der Badezimmertür«, erklärte er. »Das Programm rechnet jetzt erst einmal die Stimmen raus.«

»Und das Hundebellen?«, fragte Sneijder.

»Einen Moment, ich kann nicht zaubern …« Marc klickte herum, startete ein anderes Programm. »… dafür habe ich ein Plug-in für Tierlaute … jetzt wird einmal das Bellen geloopt, um den Algorithmus darauf zu trainieren …«

Einige Sekunden lang war das gleiche Bellen zu hören.

»… durch den Frequenzfilter grenze ich den Arbeitsbereich ein … und zack! … jetzt werden die herausgerechneten Tonspuren isoliert … und anschließend … eliminiert.« Er betätigte wiederum ein paar Tasten. »Fertig!«

Wie durch Zauberhand verschwanden sowohl Gespräch als auch störendes Bellen.

»Und das Kratzen?«, fragte Sneijder.

»Kann ich zwar auch herausrechnen, werde es aber trotzdem nicht ganz wegkriegen. Etwas davon wird immer noch zu hören sein.«

Nach einer weiteren Minute blieben die Hintergrundgeräusche und das Rauschen der Verbindung übrig. Nachdem Marc das Sausen, Knacken und Knistern im Äther ebenfalls mit einem Plug-in weggefiltert und mit einem Regler so reduziert hatte, dass es kaum noch zu hören war, blieben die sauberen Hintergrundgeräusche übrig. Allerdings störte immer noch der Hall von den Badezimmerfliesen, die Sneijders Stimme als Echo zurückwarfen.

Miyu blickte auf die Uhr und verdrehte die Augen.

»Einen Moment noch …«, murmelte Marc. »… das kriegen wir auch … noch … weg.« Er ließ einen weiteren Algorithmus darüberlaufen, bis der Hall endgültig verschwunden war.

»Woher hast du das alles?«, fragte Miyu.

Marc sah auf, dann blickte er kurz zu Sneijder. »Äh … das sind Programme.«

»BKA-Programme?«, bohrte Miyu weiter.

Marc sah noch einmal zu Sneijder. »Nein … die verwenden der Bundesnachrichtendienst und der Verfassungsschutz. Am besten, du vergisst, was du gerade gesehen hast.«

»Wie kann ich vergessen, was ich gerade gesehen habe?«, fragte Miyu allen Ernstes, während sie eine Kugelschreibermine im Eiltempo rein- und rausklickte. »Ich …«

»Miyu!«, ermahnte Sneijder sie. »Konzentrieren Sie sich auf den Geräuschteppich!«

»Das tue ich sowieso.«

Marc splittete den Rest, der von der Datei übrig blieb, in zwei Teile. In einem waren nur die Hintergrundgeräusche zu hören, im zweiten nur die polnischen Stimmen.

Bei den Geräuschen handelte es sich um das Brummen von Autos, die klangen, als führen sie auf einer Bundesstraße oder Autobahn, sowie um hastige, rasch näher kommende Schritte und den Hall von Stimmen.

»Stammt dieses Echo noch von meinem Badezimmer?«, fragte Sneijder.

Marc schüttelte den Kopf. »Nein, das ist fast schon zur Gänze weg. Dieser Hall kommt von Sabines Hintergrund. Anscheinend befinden sich die Männer, die miteinander reden, in einem großen gefliesten Raum – einem Keller, einem Saal oder einer Lagerhalle.«

»Könnte auch eine alte Fabrik oder ein leer stehendes Schwimmbad sein«, sagte Sneijder. Das war nicht gerade ergiebig. In Danzig gab es Tausende Möglichkeiten. »Und die Stimmen?«

Marc öffnete die zweite Datei, die er eine Minute lang mit voller Lautstärke in einer Endlosschleife abspielte. Schließlich drückte er auf Stopp. »Das ist tatsächlich Polnisch.«

Sneijder nickte. Er konnte die Sprache zwar nicht besonders gut verstehen, geschweige denn sprechen, aber er erkannte sie, wenn er sie hörte. Krzysztof, der zu seinem alten Team gehört hatte, war Pole gewesen und hatte Sneijder ab und zu mit polnischen Weisheiten genervt. »Rufen wir Cramer noch mal an. Der soll uns das übersetzen.«

Marc schüttelte den Kopf. »Dauert zu lange. Ich habe ein entsprechendes Übersetzungsprogramm.« Er betätigte einige Tasten, danach erklang eine weibliche Computerstimme, die wie eine schlechte Navi-Ansage klang.

»… sind sicher dabei, wenn Nico Demus das plant.«

»Gut … ich ruf ein paar Leute an … mein Handy ist weg … Fuck, die Schlampe hat es!«

Danach verstummten die Stimmen, und jener Teil mit den sich hastig nähernden Schritten kam. Sekunden später war die Aufnahme aus.

»Nico Demus«, wiederholte Sneijder. Aus Erfahrung wusste er, dass ihn sein Gehirn und seine Wahrnehmung, je öfter er diesen Namen hörte, auf eine Einbahnstraße schicken würden. Schon bald würde er keine Nuancen mehr heraushören können und unempfänglich für andere Varianten werden.

Also tippte er sogleich mehrere davon in seinen Computer.

Nico Demus
Nicko Temus
Nieko Dehmus
Nicou Temos

»Miyu, überprüfen Sie diese Namen in unseren Datenbanken. Vielleicht finden wir einen Treffer, dann haben wir die Typen.«

Miyu machte sich sogleich an die Arbeit und jagte sämtliche Kombinationen dieser Vor- und Nachnamen durch den Computer, hielt jedoch nach einer Weile inne und schielte zu Marc. »Was ist?«, fragte sie scharf. »Das stört!«

Erst jetzt fiel auch Sneijder auf, dass Marc merkwürdig stumm geworden war und nervös auf der Unterlippe kaute, während sein Bein unter dem Tisch aufgeregt auf und ab wippte. Er bekam einen roten Kopf und murmelte schließlich: »Nichts, was soll sein?«

»Was ist?«, fragte nun auch Sneijder.

»Du kannst dir die Suche sparen.« Marc war immer noch rot im Gesicht. »Es heißt *Nikodemus*«, erklärte er schließlich und buchstabierte den Namen.

»Nikodemus … so wie der jüdische Pharisäer, der den Leichnam Jesu gesalbt hat?«, fragte Miyu, woraufhin Marc sie mit fragendem Blick anstarrte.

»Nikodemus heißt grob übersetzt *Sieger der Volksversammlung*«, murmelte Sneijder.

»Keine Ahnung«, Marc zuckte mit den Achseln, »jedenfalls ist das ein Hackername aus der osteuropäischen Kriminellenszene.«

Miyu fing wieder an zu tippen, dann sah sie auf. »Bist du sicher? In den Datenbanken gibt es keinen Nikodemus.«

Sneijder runzelte die Stirn. »Woher weiß ein Abhörspezialist des BKA das, wenn nicht einmal unsere Datenbank den Namen kennt?«

Marc kaute immer noch auf der Unterlippe. Schließlich rückte er näher und senkte die Stimme. »Ich habe die Aufnahmeprüfung beim BKA nur deshalb geschafft, weil ich gut mit verschiedenen Softwares umgehen kann.«

Sneijders Stirn war immer noch gerunzelt. *Was kommt jetzt? Eine Art Outing?* »Und weiter?«

»Vor meiner Zeit beim BKA war ich Hacker.«

Miyu sah ihn verächtlich an. »In der kriminellen Szene?«

Sneijder wartete gespannt.

»In der *linken* Szene«, präzisierte Marc schließlich. »Allerdings nur ein paar Jahre … und ich habe keine Vorstrafen«, fügte er rasch hinzu.

»Was nur heißt, dass du nie erwischt wurdest.« Sneijder nickte zufrieden. »Ich habe mich schon gefragt, wann du endlich damit rausrückst.«

Marc riss die Augen auf. »Du hast davon gewusst?«

»Ich wäre schlecht in meinem Job, hätte ich es nicht gewusst.«

»Aber du hast nie etwas gesagt.«

Sneijder hob die Schultern. »Ich wollte es dir überlassen. Hast du noch Connections in die Szene?«

»Nein«, seufzte Marc. »Als die Kollegen seinerzeit erfahren haben, dass ich zum BKA wollte, haben sie sofort den Kontakt zu mir abgebrochen. Aber schon damals – vor fünf Jahren – geisterte immer wieder der Name Nikodemus durch die Szene.«

»Ein Hacker?«, fragte Sneijder.

»Eine Hackerin«, erklärte Marc. »Dahinter verbirgt sich angeblich eine Frau. Aber sie ist nie selbst in Erscheinung getreten. Hat von Anfang an mit ihrem Netzwerk aus diversen Splitterzellen immer nur aus dem Untergrund heraus gearbeitet. Das ist das Einzige, was man über sie weiß. Niemand kennt sie. Niemand weiß, wer sich dahinter verbirgt. Sie ist eine Legende. Ein Geist.«

»Aber anscheinend kennen diese Typen sie … falls es sich um dieselbe Nikodemus handelt«, sinnierte Sneijder wie im Selbstgespräch. Er schüttelte einen Joint aus der Schachtel, rollte ihn zwischen den Fingern und roch am Gras. »Was hat Nikodemus damals gemacht?«

Marc hob die Schultern. »Hacks im großen Stil. Cyberkriminalität. Mehr weiß ich nicht.«

Wenn Marc recht hatte, war Sabine in die Hände einer Gruppe ebenso cleverer wie raffinierter Leute gefallen, die wussten, wie man fünf Jahre lang unter dem Radar blieb. *Aber was ist deren Motiv? Und warum halten sie das Eichkätzchen fest?*

18. Kapitel

Die Wettervorhersage hatte recht behalten. Die Regenwolken hatten sich über dem Kulkwitzer See zusammengezogen, und es begann bereits ganz leicht zu nieseln. Hatty und Ben, ihre Mutter, Gerlach und Jasmin hatten es gerade noch rechtzeitig zum Abendessen in das Schiffsrestaurant geschafft, bevor der Wind aufkam.

Ab morgen sollte das sommerlich sonnige Wetter kommen, und dann würden auch die Massen an den See strömen. Doch davon merkte Hatty momentan noch nichts. Nur wenige Gäste aßen hier im Restaurant zu Abend, einige saßen am Tresen des ehemaligen Boots, der MS Frieda, und sie selbst hatten einen Tisch direkt an einem großen Fenster bekommen, von dem aus sie über das Ufer auf den See blicken konnten. Fasziniert sah Hatty nach draußen. Der Wind wurde immer stärker, ließ sogar größere Wellen auf dem See aufkommen. Mit dem Leuchtturm sah es ein wenig wie am Meer aus. Jetzt zuckte sogar ein Blitz am Horizont und Sekunden später war ein fernes dumpfes Donnergrollen zu hören.

»Hoffentlich hält unser Zelt das aus«, bemerkte Jasmin.

»Falls nicht, kommt ihr zu uns in den Camper. Platz genug haben wir, wenn wir uns zusammenkuscheln.« Gerlach beugte sich zu Ben, verstellte seine Stimme und flüsterte geheimnisvoll: »Außer, wir lassen deine Schwester draußen, ganz allein im Zelt, damit sie der Grusel-Grusel-Bär holt …« Er verzog das Gesicht zu einer lächerlichen Fratze.

Ben grinste pflichtbeflissen, aber Mutter schlug Gerlach mit der Serviette auf den Oberarm. »Hör auf, du machst dem Jungen Angst.«

»Ach was, der ist doch schon groß.«

In diesem Moment erhellte ein gewaltiger Blitz das gesamte Areal und riss die Bäume, die sich im Wind bogen, aus dem Dämmerlicht. Eine Plastiktüte flog am Fenster vorbei. Ben blickte ängstlich zu seiner Mutter. »Heinz hat nur Spaß gemacht«, versicherte sie ihm.

Der Kellner, ein etwa zwanzigjähriger tätowierter Bursche, schon zu dieser Jahreszeit braun gebrannt und mit sonnengebleichtem strohigem Haar, brachte ihnen die Getränke an den Tisch. Während er Jasmin zulächelte, ignorierte er Hatty, was vermutlich an ihrer unfreundlichen Art lag. Egal. Sie hörte nicht hin, was die beiden redeten, sah stattdessen aus dem Fenster und betrachtete ihre eigenen Gesichtszüge in der Spiegelung. Ja, auf manche konnte sie auf den ersten Blick schon verbissen wirken. Aber war das ein Wunder, bei dem, was sie in den letzten Wochen über Gerlach herausgefunden hatte?

Jasmin stieß sie grob mit dem Knie unter dem Tisch an, woraufhin sie herumfuhr. »Was?«, wollte sie schon grantig zischen, als sie Jasmins geheimnisvollen Blick sah. Unauffällig deutete sie zum Kellner. *Ja, er ist süß, na und?* Doch dann bemerkte Hatty, dass Jasmin gar nicht das Aussehen des jungen Mannes meinte, sondern das, was er *sagte*. Er sprach mit Gerlach über den Campingplatz und die Saison im letzten Jahr. Nun checkte Hatty, was Jasmin ihr mitteilen wollte. *Gerlach kennt den Kellner von früher!*

Jasmin beugte sich nach vorn. »Waren Sie früher oft hier am See?«

Gerlach lächelte. »Bevor ich Christina kennengelernt habe, ja.« Er deutete zum Kellner. »Daniel kann das bezeugen. Ich kenne dich ja schon seit … wie vielen Jahren … sechs?«

Der junge Mann nickte. »Mit fünfzehn habe ich das erste Mal hier die Sommerferien verbracht. Seitdem kümmere ich mich während der Saison um die Gäste.« Er reichte ihnen die Hand, Jasmin etwas länger. »Ich bin Daniel. Wenn ihr was braucht, kommt ihr zu mir, alles klar?« Er zwinkerte ihnen zu.

Alles klar, du Pfeife! »Essen wäre schön, für mich den Classic Burger«, sagte Hatty trocken.

»Kommt sofort.« Daniel nahm die Bestellungen auf, dann verschwand er in die Küche.

»Das heißt, Sie waren vor sechs Jahren das erste Mal hier?«, fragte Jasmin.

Gerlach schüttelte den Kopf. »Ich komme seit über dreißig Jahren hierher, früher allerdings mit meinem alten Wohnwagen.« Er strich Hattys Mutter über die Wange. »Als ich Christina kennenlernte, hat sie sich geweigert, mit mir hierherzufahren. Aber jetzt, nach zwei Jahren, konnte ich sie endlich mal überreden.«

Sie lachte. »Voraussetzung war allerdings ein neues Luxuswohnmobil und nicht deine alte Rostschüssel. Zum Glück hast du die hergegeben.«

»Für meine Frau nur das Beste!«, scherzte er.

Ja, toll, ihr habt euch super gefunden! Weißt du eigentlich, was dein neuer Mann hinter der abnehmbaren Wand versteckt hat?

»Warum schaust du so ernst?«, fragte Hattys Mutter.

»Es ist nichts.« Sie wischte Mutters Hand von ihrer Schulter. »Das Wetter nervt mich.«

»Die App sagt, dass es morgen schöner wird«, grätschte Jasmin sofort dazwischen und wandte sich wieder zu Gerlach. »Das heißt, Sie kennen dann vermutlich auch die anderen Leute hier am See, oder? Ist doch bestimmt immer dieselbe eingeschworene Campergruppe?«

»Einmal Camper, immer Camper.« Er grinste. »Warten wir mal ab, wer morgen alles kommt. Einige Familien, die ich von früher kenne, sind sicher wieder mit ihren Söhnen da, die sind bestimmt auch schon … siebzehn oder achtzehn.«

Wahnsinn! Wie aufregend. Hatty blickte zu Jasmin, und die warf ihr einen verschwörerischen Blick zu, als wollte sie sagen: *Du hattest recht, es ist kein Zufall, dass wir hier sind!*

Nachdem sie die frisch aus der Kombüse gebrachten Cevapcici sowie Burger, Fisch und Pizza gegessen hatten, bestellte Gerlach noch eine Runde Eis für alle, und als die Becher leer waren, zog das Gewitter über den See zu ihnen. Regen trommelte aufs Dach und auf den Baldachin vor ihrem Fenster, und immer wieder erhellten Blitze die gesamte Gegend, kurz gefolgt von ohrenbetäubendem Donner.

Hattys Mutter sprang auf. »Komm, Ben. Wir laufen schon mal los, damit wir nicht völlig durchnässt werden.« Ben erhob sich gehorsam.

»Spielen wir noch was in unserem Zelt?«, fragte Jasmin den Jungen.

»Ja, und das Spiel heißt: Kämpf gegen die Wassermassen an«, ätzte Hatty.

»Ich glaube nicht«, antwortete Mutter an Bens Stelle. »Es war ein langer und aufregender Tag. Ich bringe ihn jetzt lieber zu Bett.«

»... bevor der Grusel-Grusel-Bär kommt.« Gerlach lachte. »Ich trinke noch einen Kaffee.«

»Ich auch«, rief Jasmin sogleich und stieß Hatty wieder unter dem Tisch an.

»Dann nehme ich noch einen Eiskaffee«, fügte Hatty hinzu.

Mutter schnappte sich ihre Weste. »Kind, du wirst dir noch den Magen verderben.«

»Ich bin neunzehn!«, antwortete Hatty genervt.

»Ach, mach, was du willst.«

Hatty zog Ben zu sich und gab ihm einen Kuss auf die Wange. »Schlaf gut, Feuermelder.« Sie strich ihm über das strubbelige rote Haar, danach lief Mutter mit ihm zum Ausgang.

Gerlach winkte den Kellner herbei, um noch eine Runde Getränke zu bestellen.

»Wie gefällt es euch denn hier?«, fragte Gerlach schließlich, nachdem er an seinem Cappuccino genippt hatte. »Also ganz ehrlich.«

»Es ist mal was anderes«, antwortete Jasmin diplomatisch. »Und ich denke, wenn das Wetter mitspielt, werden wir hier einen schönen Urlaub verbringen, nicht wahr?«

Hatty nickte. »Ja, sicher.«

Gerlach lächelte. Anscheinend gefiel es ihm, mit zwei erwachsenen jungen Damen abends im Restaurant zu sitzen. »Wenn ihr wollt, können wir morgen mal um den See laufen, dann zeige ich euch die ganze Anlage.«

»Ich freue mich drauf«, grummelte Hatty.

Jasmin ignorierte die Bemerkung. »Wie sind Sie eigentlich auf diesen See gekommen? Ich meine damals, vor dreißig Jahren?«

»Ich habe ja immer schon in Leipzig gewohnt. Damals war ich noch Staatsanwalt …«, er schlürfte den Schaum aus der Tasse, »… und Arbeitskollegen von mir, die mit ihren Familien hierherkamen, haben mich eines Tages mitgenommen.«

»Damals waren Sie … *allein*?«

Er nickte. »Ich war nie verheiratet. Als ich Hattys Mutter kennengelernt habe, hat es mich wie der Blitz aus heiterem Himmel getroffen.«

»Ich kenne die Geschichte schon«, unterbrach Hatty ihn. »Samstagvormittag, Parkplatz Aldi, Autotür offen, Delle mit dem Einkaufswagen, Versicherungsdaten ausgetauscht, Kaffee getrunken und Peng!«

Gerlach strahlte. »Ja, so war es. Ben hat wie am Spieß geschrien, und ich habe ihn beruhigt, während mir deine Mutter ihre Daten aufgeschrieben hat. Aber ich habe ihre Versicherung deswegen nie belangt. Stattdessen hat sie den Schaden mit einem Abendessen wiedergutgemacht.«

»Wie großzügig von Ihnen«, bemerkte Jasmin. »Und es hat Sie

damals gar nicht gestört, mit einer Frau auszugehen, die einen vierjährigen Jungen hat?«

»Also erstens ist Christina eine faszinierende Frau«, antwortete er rasch, »und zweitens war das, da ich selbst keine Kinder hatte, eine neue Erfahrung für mich … die ich allerdings sehr genieße.«

Und Mutter war zu dieser Zeit sehr berechnend, dachte Hatty. Sie hatte ihre Chance gewittert und sich Gerlach einfach geangelt. Die Frage war bloß, ob Gerlach sich damals auf dem Parkplatz in ihre Mutter oder in ihren Bruder verguckt hatte.

»Die Parkplatzgeschichte kenne ich schon von Hatty – wir sind ja enge Schulfreundinnen«, log Jasmin. »Aber trotzdem war ich anfangs skeptisch, als sie mich fragte, ob ich die Ferien mit ihr auf dem Campingplatz verbringen möchte.«

Gerlach runzelte die Stirn. »Skeptisch? Warum? Wegen all dem Lärm und Schmutz?«

»Na ja, man hört da immer wieder solche Sachen …«

»Auf dem Campingplatz wird nichts geklaut. Im Gegenteil, es sind alle …«

»Das meine ich nicht. Ich dachte eher an diese Dinge, die damals in Lügde passiert sind.«

»Vermutlich nicht nur in Lügde«, gab Hatty ihren Senf dazu.

Nun wurde Gerlach ernst. »Diese Sachen gibt es leider überall«, seufzte er. »In Kinderheimen genauso wie in Pfarreien oder Turnvereinen.«

»Als Richter und ehemaliger Staatsanwalt haben Sie sicher einen besseren Überblick, was da so alles in der Pädophilenszene läuft und worüber wir Normalsterbliche aus den Medien kaum etwas erfahren«, flüsterte Jasmin.

»Wollt ihr wirklich, jetzt im Urlaub, über dieses Thema reden?«, fragte Gerlach.

»Ja sicher, warum nicht?«, erwiderte Hatty. »Uns will in dem Zusammenhang garantiert niemand mehr an die Wäsche, außerdem können wir uns wehren, aber Ben ist erst sechs, und da finde ich, dass uns das sehr wohl etwas angehen sollte.«

Gerlach verzog das Gesicht. »Das ist kein schönes Thema.«

»Aber Sie wissen einiges darüber?«, hakte Jasmin nach.

»Als Staatsanwalt sind mir im Lauf der Zeit einige Fälle untergekommen.«

»Warum gerade auf Campingplätzen?«, bohrte Jasmin weiter. »Weil es da gute Gelegenheiten gibt? In den Zelten? Den öffentlichen Duschen? Der Sandkiste? Der Nichtschwimmerzone oder abends am Lagerfeuer?«

Gerlach wurde rot, gab aber keine Antwort.

»Zu wie vielen Jahren wurden die Betreiber dieses Kinderpornorings damals eigentlich verurteilt?«, hakte Jasmin noch einmal nach.

»Ich finde, wir sollten dieses Thema jetzt beenden.« Gerlachs Gesichtsausdruck wurde steinhart und verschlossen.

»Warum? Nur weil die Medien es unter den Ti… Teppich kehren, müssen wir das noch lange nicht tun«, mischte sich Hatty wieder in das Gespräch.

»Weil ich es unpassend finde.« Er winkte den Kellner herbei und verlangte die Rechnung.

Hatty warf Jasmin einen ernsten Blick zu. *Wir haben es vermasselt.* Gerlach würde ihnen nichts mehr erzählen. Jetzt hatten sie ihn gewarnt, und er würde höllisch aufpassen, nicht von ihnen erwischt zu werden.

Nachdem Gerlach gezahlt hatte, ging er mit Jasmin zum Ausgang und öffnete die Tür, woraufhin der Wind ins Restaurant fegte und den Regen hereindrückte.

»Geht schon mal vor, ich muss noch aufs Klo«, sagte Hatty.

»Das kannst du doch auch im Camper«, schlug Gerlach vor.

»Dort ist es so eng.«

Jasmin wollte sich ihr anschließen, doch Hatty warf ihr einen warnenden Blick zu. »Geh nur, du kannst mir ja mit einem Regenschirm entgegenkommen. Aber lass dir ruhig Zeit.« Auffordernd hob sie die Augenbrauen.

»Verstehe, du willst dich an den süßen Kellner ranmachen«, spielte Jasmin mit.

»Erraten«, sagte Hatty.

»Wie du willst. Das Gewitter wird stärker.« Gerlach zog sich die Jacke über den Kopf. »Wenn wir jetzt loslaufen, schaffen wir es vielleicht noch rechtzeitig, bevor wir bis auf die Knochen nass werden. Viel Spaß mit dem Kellner.« Er lief über die Treppe, gefolgt von Jasmin, die ihr zuvor noch einen warnenden Blick zuwarf.

Ja, ich bin ja vorsichtig. Hatty drückte die Tür zu und sah ihnen nach, wie sie über den Kies in Richtung Bäume sprinteten.

Plötzlich stand Daniel neben ihr. »Gehst du nicht mit?«

»Ich warte, bis der Regen nachlässt.«

»Bist du aus Zucker?«

»Wie hast du das so schnell herausgefunden?«

»Das Gewitter lässt bestimmt nicht so bald nach.« Daniel blickte ebenfalls nach draußen. »Ich habe in einer Stunde Feierabend, dann könnte ich dich mit einem Schirm zu eurem Stellplatz begleiten.«

Hatty ging nicht darauf ein. »Kennst du Gerlach gut?«

»Was meinst du mit *gut*?«

»Seit einem halben Jahr ist er unser Stiefvater. Im Grunde genommen könnte er unser Großvater sein«, erklärte sie. Wobei sie sich an ihren eigenen Opa, den sie nur einmal gesehen hatte, als sie noch ziemlich klein gewesen war, gar nicht mehr richtig erinnern konnte.

Durch die Scheibe sah sie, wie Gerlach und Jasmin, begleitet von zuckenden Blitzen, geduckt durch den Regen in Richtung Trailer-Park verschwanden.

»War er immer nett zu Kindern?«, fragte sie.

19. Kapitel

Sneijder, Marc und Miyu waren immer noch im Besprechungsraum Nummer 17. Drohmeiers Sekretärin hatte dafür gesorgt, dass sie Orangensaft, frischen Kaffee, Sandwiches und eine große Kanne Vanilletee bekamen. Um sich einen Joint anzünden zu können, hatte Sneijder den Rauchmelder deaktivieren wollen und damit bei Miyu fast einen hysterischen Anfall ausgelöst. Schließlich wollte er eine sinnvolle Regel brechen und etwas fix Montiertes von der Decke herunternehmen. Bei aller Genialität, aber diese Frau würde ihn noch in den Wahnsinn treiben!

Also stand er stattdessen nun beim offenen Fenster und rauchte dort seinen selbst gedrehten Glimmstängel. Das Gras nahm die Spannung aus seinem Kopf, löste Blockaden und erweiterte sein Bewusstsein. Er musste nur kurz durchatmen und es wirken lassen.

Indessen hatte Marc die Videoverbindung zu Cramer wiederhergestellt und ihm von Nikodemus erzählt. Sneijders Vermutung war richtig gewesen, auch Cramer hatte diesen Namen noch nie zuvor gehört.

»Können Sie herausfinden, ob die polnische Polizei schon jemals mit Nikodemus zu tun gehabt hat?«, rief Sneijder vom Fenster aus.

»Eine Kollegin von der deutschen Botschaft hat mitgehört«, sagte Cramer. »Sie kümmert sich bereits darum. Inzwischen habe ich neue Informationen über unseren polnischen Telekombetreiber.«

»Okay, was ist es jetzt?«, knurrte Sneijder.

»Wir kennen mittlerweile den Grund, warum der Geschäftsführer die Datenverbindungen nicht herausrücken will. Weil er sie nicht mehr hat.«

Marc sah auf. »Das Gespräch war *gestern*! Die Mobile-Kom muss die Daten ein halbes Jahr lang speichern.«

»Ja, ich weiß«, seufzte Cramer. »Aber die hatten ein technisches Problem, und das wollten sie vertuschen.«

»Was für ein Zufall«, sagte Sneijder bissig. »Welches technische Problem?«

»Kurz nachdem Ihre Kollegin Sie angerufen hat, hatte die Polska-Mobile-Kom einen Stromausfall. Vermutlich durch einen Hackerangriff. Der hat auch das Notstromaggregat lahmgelegt.«

»Der Notstrom war ebenfalls mit dem Internet verbunden?«, wunderte sich Marc.

»Anscheinend schon. Dabei haben sie die genauen Verbindungsdaten der letzten vierundzwanzig Stunden verloren, bevor diese auf die Sicherungsserver kopiert werden konnten.«

»Vervloekt!«, knurrte Sneijder. Er sah zu Marc, und dessen Gesicht sprach Bände. Offensichtlich waren sie auf der richtigen Spur. »Hinter diesem Angriff steckt Nikodemus«, sagte er zu Cramer. »Sie will verhindern, dass wir eine Spur zu ihr und ihren Leuten finden.«

Cramer überlegte, dann nickte er. »Schaut ganz danach aus.«

»Kann die polnische Polizei herausfinden, von wo der Hackerangriff gekommen ist und wer dahintersteckt?«

»Nicht in den nächsten zweiundsiebzig Stunden.«

»Fuck!« Sneijder drückte den Joint auf der Fensterbank aus und setzte sich wieder an den Tisch. »Diese Bande ist unsere einzige Spur! Wir müssen sie kriegen.«

In diesem Moment drängte sich Cramers Kollegin von der deutschen Botschaft ins Bild. »Ich glaube, wir haben etwas gefunden.«

Cramer nahm ihr ein Blatt aus der Hand und überflog es. Plötzlich erhellte sich sein Gesicht. »Die polnische Kripo hat vor drei Jahren mit dem deutschen Landeskriminalamt in Dresden zusammengearbeitet. Damals ging es um eine Zelle von kriminellen Hackern, die über verseuchte Webseiten Phishing betrieben hat, um an Bankdaten von privaten PC-Usern zu kommen. Ein Online-Kreditkartenbetrug in Millionenhöhe. Zwei verdächtige Personen mit deutsch-polnischer Abstammung standen damals in Dresden vor Gericht. In den polnischen Akten taucht in einem Verhörprotokoll der Name *Nikodemus* auf.« Cramer strahlte übers ganze Gesicht.

»In welchem Zusammenhang?«

»Moment …«, Cramer überflog das Protokoll, »… als möglicher Auftraggeber und Drahtzieher.«

»Wurde der Sache nachgegangen?«

»Nein – wie gesagt, der Prozess fand in Deutschland statt, und offenbar hat es die deutschen Behörden nicht sonderlich interessiert, was die Polen herausgefunden haben.«

»Mehr haben Sie nicht?«

»Äh … nein.«

Niet goed! Aber wenigstens erklärte das, warum die deutschen Systeme nichts von Nikodemus wussten.

»Kann ich sonst noch etwas für Sie tun?«, fragte Cramer.

»Nein«, antwortete Miyu an Sneijders Stelle. Sie schnippte mit den Fingern, um die Aufmerksamkeit auf sich zu lenken. »Ich habe die Prozessakten gefunden. War tatsächlich vor drei Jahren. Die zwei jungen Männer standen unter Anklage, aber der Prozess endete wegen eines Rechtsfehlers und Mangels an Beweisen mit einem Freispruch.«

»Gab es später noch mal eine Anklage gegen die beiden?«

Miyu schüttelte den Kopf. »Nein, kurz nach dem Prozess starben beide bei einem Autounfall.«

Fuck! Sneijder dachte scharf nach. Entweder war das ein richtig blöder Zufall, oder jemand hatte nachgeholfen.

»Aber …« Miyu hob die Stimme. »… ich habe hier einen Zeitungsartikel gefunden. Das war anscheinend der letzte große Fall des damals zuständigen Richters. Danach ging er in den Ruhestand.«

»Wie hilfreich«, knurrte Sneijder.

Aber Miyu ließ sich nicht beirren. »In Dresden ist er eine Berühmtheit gewesen. Er hat sich auch noch im Ruhestand dafür eingesetzt, das Netzwerk dieser Cyberterroristen aufzudecken und es zur Strecke zu bringen.«

»Erfolgreich?«

»Ich finde nichts darüber.«

»Dann war er nicht erfolgreich. Wie heißt der Richter?«

»Heinz Gerlach.«

Gerlach, wiederholte Sneijder in Gedanken. Er hatte den Namen noch nie gehört. Aber das war egal. Er musste so schnell wie möglich Kontakt mit diesem Mann aufnehmen.

20. Kapitel

Das Gespräch mit Daniel war nicht sehr ergiebig gewesen. Er wusste nicht viel über Gerlach zu erzählen, bis auf die Tatsache, dass er immer reichlich Trinkgeld gab, sich gesund ernährte, viel Sport trieb und bei den anderen Seegästen sehr beliebt war. Die älteren Damen auf dem Campingplatz hatten sich schon immer intensiv um ihn gekümmert, einige von ihnen hatten ihn sogar regelrecht umgarnt, aber das hatte ihn nie besonders interessiert.

»Ich muss jetzt weiterarbeiten«, beendete Daniel schließlich das Gespräch und begann, ihren Tisch abzuräumen.

Hatty ging noch auf die Toilette und verabschiedete sich danach von Daniel. Mittlerweile hatte der Sturm noch mal arg zugelegt. Sie stand unter dem Stoffbaldachin, der sich bedenklich unter den Wassermassen durchbog. Vor ihr stürzte der Regen wie ein Wasserfall herunter, und sie blickte fröstelnd in die weltuntergangsähnliche Abendstimmung. Der Wind riss Äste von den Bäumen und peitschte den Regen gegen die Scheiben des Restaurants.

Mist! Sie hätte doch gleich mit Gerlach und Jasmin zum Campingplatz laufen sollen.

Aber weiter hier rumstehen würde auch nichts nützen, also hielt sie sich die Arme über den Kopf und rannte durch den Regen in Richtung Bäume. Binnen Sekunden war ihr T-Shirt klatschnass, und der Wind ließ sie noch stärker frösteln. Diese Nacht würden sie alle gemeinsam im Bus verbringen. Die heimlichen Aufnahmen mit der Kamera konnte sie vorerst vergessen. Da würde nichts Verdächtiges passieren. Besser sie schaltete das Ding in einem unbeobachteten Moment aus und sparte Batterien.

Verdammt! Sie war mit den Sandalen in einer Pfütze gelandet, bis zum Knöchel im Matsch versunken und fast ausgerutscht. Der Dreck spritzte ihr bis zu den Oberschenkeln.

Über ihr zuckte ein Blitz, und der Donner fuhr ihr durch Mark und Bein. Eine Gänsehaut überzog sie, und ihre Haare stellten sich auf. Sie wischte sich den Regen aus dem Gesicht und lief weiter. Endlich erreichte sie die Liegewiese. Der Sturm hatte den Tisch umgeworfen, ein Campingstuhl lag ebenfalls im Gras. Einige der Solarleuchten steckten nur noch schief in der Erde, spendeten aber trotzdem etwas Licht. Im Blitzlicht sah sie, wie der Regen aufs Dach des Wohnmobils prasselte und seitlich davonspritzte. Mittlerweile stand die Wiese regelrecht unter Wasser. Wieder krachte ein Donner unmittelbar über ihr, sodass ihr das Herz in die Hose rutschte.

Sie warf nur einen kurzen Blick zu ihrem kleinen Zelt. Wie durch ein Wunder hielt es dem Sturm stand und wurde lediglich im Wind hin- und hergerissen.

Allerdings hatte der Sturm den Vorbau, den Gerlach am Eingang des Wohnmobils befestigt hatte, zur Hälfte weggerissen. Die zerfetzten Planen flatterten auf und ab. In der Wiese lagen einige Stangen. *Na prima!* Das würde morgen früh alles hin sein. Und Bens Spielsachen, die sich im Vorzelt befanden, würden völlig nass werden.

Dann sah sie, dass die Eingangstür zum Caravan sperrangelweit offen stand. Der Wind drückte sie immer wieder auf, sodass sie gegen die Wand knallte. Hatty fuhr sich mit der Hand übers Gesicht und sah sich um. »Hallo?«, rief sie, aber da war niemand.

»Hallo?«, rief sie noch einmal, diesmal lauter. Weder hinten im Bus noch in der Fahrerkabine brannte Licht.

Sie ging am zerfetzten Zeltvorbau vorbei, schützte mit dem Arm ihr Gesicht vor der herumfliegenden Plane und stieg über die Treppe zum Eingang hoch. Am ganzen Körper zitternd blickte sie ins Wohnmobil. Ein Blitz erhellte den gesamten Platz und das Innere des Wagens. Die Schatten wanderten bizarr über Couch, Tisch und Schränke.

Niemand war da.

Sie lief im Regen einmal um das Wohnmobil herum. »Mama? Ben? Jasmin?«, brüllte sie. In ihrer Verzweiflung warf sie erneut einen Blick in die Fahrerkabine des Wagens. Auch da war keine Spur von ihrer Mutter. Nicht einmal eine Nachricht lag auf dem Armaturenbrett.

Danach sah Hatty in dem Zeltvorbau und sogar in ihrem kleinen Zweimannzelt nach. »Wollt ihr mich verarschen?«, brüllte sie in die Nacht. »Wo seid ihr denn alle hin?« Auf dem Weg vom Restaurant hierher war ihr niemand begegnet. Auch bei den öffentlichen Toiletten hatte sie niemanden gesehen. *Die müssen doch da sein!*

Sie schirmte die Augen mit der flachen Hand vor dem Regen ab und starrte zum Ufer. Weit und breit war niemand zu sehen. Schließlich kauerte sie sich schutzsuchend in den Eingang des Caravans, holte ihr Handy heraus und rief ihre Mutter an. Nach wenigen Sekunden hörte sie es irgendwo hinter sich im Dunkeln klingeln. *Mist!* Das Telefon ihrer Mutter lag neben einer Cornflakesschachtel auf dem Boden. Als Nächstes probierte sie es bei Jasmin. Ganz leise hörte sie es, überdeckt vom prasselnden Geräusch des Regens, läuten. Mitten auf der überfluteten Wiese leuchte ein Display auf, das kurz darauf den Geist aufgab. Das musste Jasmins Handy sein. *Verflucht, das gibt es doch nicht!* Hatty unterbrach die Verbindung. *Was zum Teufel ist hier passiert?*

Klitschnass betrat sie den Bus und kramte aus dem Hochschrank ihre Regenjacke mit der Kapuze hervor. Hastig schlüpfte sie hinein, zog den Reißverschluss zu und lief durch die Regenpfützen zum nächstgelegenen Wohnwagen. Dort brannte Licht. Lautstark hämmerte sie mit den Fäusten gegen die Tür.

Der Vorhang hinter dem Fenster wurde zur Seite geschoben und jemand presste das Gesicht ans Glas, seitlich mit den flachen Händen abgeschirmt.

»Hilfe!«, rief Hatty.

Die Tür wurde geöffnet und eine Frau, um einige Jahre jünger als ihre Mutter, schaute heraus. »Was ist passiert?«

»Wir wohnen dort drüben!« Hatty zeigte in die Richtung ihres Wagens. »Sind meine Mutter oder mein Stiefvater bei Ihnen?«

Die Frau sah sie verwirrt an. Im Hintergrund quengelten zwei Kinder. »Nein, bei uns ist niemand.«

Ein Mann steckte neugierig den Kopf zur Tür heraus. Er hielt ein Kleinkind im Arm. »Was ist passiert?«

»Meine Familie ist weg.«

»Was heißt *weg*?«

»Wir waren alle im Restaurant«, begann Hatty und erzählte in Windeseile die ganze Geschichte.

»Vielleicht sind sie noch einmal zurück ins Lokal, um dich zu holen«, vermutete die Frau.

»Oder dein Stiefvater hat Hilfe geholt …« Der Mann blickte zu ihrem Camper hinüber. »Euer Zelt hat sich losgerissen.«

»Ja, vielleicht.« Plötzlich kam Hatty sich mit ihrer überhasteten Panik ziemlich dämlich vor. In Wirklichkeit war vielleicht gar nichts Schlimmes passiert, und die anderen saßen irgendwo im Trockenen.

Aber warum liegt Jasmins Handy dann mitten auf der überfluteten Wiese?

»Willst du zu uns reinkommen?«, fragte die Frau. Ein blondes Mädchen mit langen Zöpfen schmiegte sich an die Beine der Frau und lugte seitlich dahinter hervor.

»Nein danke, ich schau lieber zurück ins Restaurant.«

»Warte, ich rufe dort an«, bot der Mann an, reichte seiner Frau das Baby und wählte eine Nummer mit dem Handy. »Hallo?«, rief er nach einer Weile gegen den Krach des Donners an. »Ist vielleicht zufällig die Familie …?« Er sah Hatty fragend an.

»Gerlach.«

»Gerlach bei Ihnen? Nein? Ganz bestimmt nicht? Ein Ehepaar, ein Mädchen und ein Junge? Gut, danke.« Er legte auf und sah Hatty ratlos an. »Willst du nicht vielleicht doch reinkommen?«

»Nein danke.« Sie wandte sich ab und lief zum nächsten Wohnwagen weiter, in dem ebenfalls Licht brannte. Dort wohnte ein älteres Pärchen mit Dresdner Akzent. Auch die hatten niemanden gesehen und waren genauso ratlos wie die Familie mit den Kleinkindern. Es hatte keinen Sinn, noch weiter zu laufen und an weitere Wohnwagen zu klopfen. Bei diesem Wetter ging niemand vor die Tür.

Völlig aufgewühlt lief Hatty zurück zu ihrem Stellplatz. Nun kam doch die Panik. *Gerlach und Jasmin sind doch nur ein paar Minuten vor mir losgelaufen. Was kann da schon passiert sein? Irgendwo müssen sie doch stecken!*

Sie erreichte das Wohnmobil und ihr Zelt, die beide bis auf die Solarleuchten immer noch in völliger Dunkelheit dalagen. Die Hoffnung, dass jemand von ihnen mittlerweile zurückgekommen war, verpuffte im Nichts. Der Wagen war leer, ebenso das Zelt.

Hatty hockte sich unter das Vordach, kauerte sich zusammen, starrte in die Nacht und überlegte. Die einzige Möglichkeit, die es gab, war, zurück zum Restaurant zu laufen. Vielleicht hatten die vier wegen der heftigen Blitze und der krachenden Donner mittlerweile dort Zuflucht gesucht. Ein schwacher Hoffnungsschimmer. Und falls nicht, könnte sie dort wenigstens um Hilfe bitten. Sie wollte schon aufstehen und loslaufen, als ihr bewusst wurde, wie naiv dieser Gedanke war. *Gerlach hat die drei entführt und irgendwohin verschleppt*, dachte sie. Das war die einzige plausible Erklärung für alles. Aber warum? *Sei nicht so dumm! Weil er bereits geahnt hat, dass du und Jasmin ihm auf der Spur seid!*

Hätten sie Gerlach doch nicht so direkt und plump ausgefragt! *Selbst schuld!* Und hätte sie nicht so lange mit dem Kellner geplaudert und wäre nicht noch aufs Klo gegangen, dann wäre das alles vielleicht gar nicht passiert.

Sie zog ihr Handy aus der Tasche und wischte das Display trocken. Dann wählte sie 112.

21. Kapitel

»Machen wir Schluss für heute.« Sneijders Gedanken waren im Moment nur bei Heinz Gerlach. Er musste diesen ehemaligen Richter sprechen, der im Moment ihre einzige Spur zu Nikodemus und ihrer Cyberbande war. »Bis morgen.« Er unterbrach die Videositzung mit Cramer und schob seinen Laptop in die Hülle.

Marc blickte auf die Uhr. »Wir hören jetzt schon auf? Es ist erst neun.« Im Gegensatz zu ihm hinterfragte Miyu Sneijders Anweisung nicht. Sie packte einfach ihr Tablet weg.

»Wir fangen morgen pünktlich um sieben Uhr an«, erklärte Sneijder. »Seid ausgeschlafen und fit, denn wenn es auf das hinausläuft, was ich vermute, brauche ich euch morgen mit einem klaren Verstand.«

»Und du?« Marc zog Sneijders Speicherkarte aus dem Notebook, steckte es ab und packte es in seine Tasche. »Hörst du etwa auch schon auf für heute?«

Sneijder sah ihn lange an. »Wirke ich so auf dich?«

»Nein, ich dachte bloß …«

»Heb dir deine Gedanken für morgen auf.«

»Sollen wir nicht …?«

»Nein, sollt ihr nicht! Ich brauche euch morgen topfit. Und jetzt raus!« Sneijder wartete, bis die beiden verschwunden waren, dann steckte er die Speicherkarte in sein Handy. Für ihn würde es garantiert eine lange Nacht werden. Er rief das LKA Dresden an. Von den Kollegen erhielt er die private Handynummer von Richter Heinz Gerlach und dessen Wohnadresse in Leipzig. Kurzerhand wählte Sneijder die Nummer. Nach dem siebten Läuten aktivierte sich die Mobilbox. »*Wir – das sind Heinz …*«, hörte Sneijder wohl Gerlachs tiefe knarrende Stimme. »*… und Christina Gerlach*«, fügte eine Frau hinzu, während im Hintergrund zwei Kinder lachten. »*… sind gerade nicht erreichbar. Sprechen Sie nicht auf die Mobilbox. Die wird nicht abgehört. Wir rufen so bald wie möglich zurück.*« Die Ansage endete mit einem Piepton.

Sneijder sprach dennoch eine kurze Nachricht auf die Mobilbox, nannte Namen und Dienstgrad und bat um einen dringenden Rückruf. Dann starrte er auf die Uhr. Zehn nach neun. Er griff in die Sakkotasche, holte eine Visitenkarte heraus und drehte sie nachdenklich zwischen den Fingern.

Tina K. Martinelli – Detektivin

____

Keine entlaufenen Katzen!
Sonst übernehme ich alle Fälle!

Darunter standen ihre Handynummer und die Adresse ihres Wiesbadener Büros.

Sneijder tippte eine kurze SMS an sie. *In einer halben Stunde in Ihrem Büro!* Danach bestellte er ein Taxi, das ihn vor dem BKA-Gebäude abholte.

22. Kapitel

Martinellis Büro befand sich in Mainz-Kostheim, dem südlichsten Stadtteils Wiesbadens, der am Ufer des Mains lag. Sneijder stieg aus dem Taxi und überquerte leicht humpelnd die Straße. Um diese Uhrzeit wirkte die Gegend wie ausgestorben. Hier gab es zwar ein Sonnenstudio, einen Box-Club, eine Apotheke und ein Immobilienbüro, aber all das hatte schon lange geschlossen.

Die Straßenlaternen tauchten die Gebäude in einen kränklichen Gelbton. Direkt an der Bundesstraße, Ecke Floßhafenstraße, lag Martinellis Büro. Eigentlich gar nicht weit von Krzysztofs Containerhaus entfernt, überlegte Sneijder, denn ganz in der Nähe musste das Flussufer liegen. Wie zur Bestätigung hörte Sneijder das Tuten eines Schiffs. Dort hatte Krzysztof die letzten Jahre gewohnt. Sentimentale Erinnerungen an den bärbeißigen Polen kamen hoch, die Sneijder jedoch sofort verdrängte. *Konzentrier dich auf diesen Fall!*

Er fand die richtige Hausnummer. Ein gelbes Gebäude. Das *Zu Vermieten-Schild* war mit Filzstift durchgestrichen. Noch wirkten Fenster und Tür des ebenerdigen Büros nicht wie die von einer Detektei. Ein provisorisches Firmenschild klebte an der Tür, allerdings fehlte die Glocke. Und an der Wand waren noch die Löcher mit dem Dübeln zu sehen, wo früher der Briefkasten gehangen hatte. Aber das war verständlich. Soviel er wusste, hatte Martinelli die Räume erst vor wenigen Tagen gemietet. Und wegen ihrer Verletzungen, die sie sich bei ihrem letzten gemeinsamen Fall in Oslo zugezogen hatte, war sie sicher noch nicht so mobil, wie sie es vermutlich gern wäre.

Soeben ging hinter einem der Fenster ein Licht an. Vorhänge gab es ebenfalls noch keine, und Sneijder konnte einen Blick in den kahlen Raum werfen. Türstock und Sockelleisten waren mit weißen Streifen abgeklebt, als Nächstes würde hier wohl gestrichen werden.

Sneijder klopfte an die Tür und trat ein. An der Decke des Vorzimmers hing eine nackte Glühbirne, es roch nach Lack und Scheuermittel. Er ging weiter und betrat den Raum, der vermutlich später mal das Büro werden sollte. Einige leere Aktenschränke standen bereits an der Wand, ein zusammengerollter Teppich lehnte daneben. Sah gebraucht, aber nicht unhübsch aus.

Martinelli humpelte ihm mit dunklen Shorts, die bis zum Gipsbein reichten, und einer Joggingweste entgegen. Wie er jetzt sah, hatten zahlreiche Kollegen aus dem BKA mit Filzstift auf dem Gips unterschrieben. Ihn hatte sie nicht gefragt, aber das war klar. Wer wollte schon eine Unterschrift von *Maarten S. Sneijder* auf seinem Gips haben? Vermutlich hatte sie versucht, die Erinnerungen an ihn aus dem Gedächtnis zu löschen.

»Sneijder. Ich kann Ihnen nur ein Glas Wasser anbieten. In einem Plastikbecher. Ohne Eiswürfel. Kühlschrank und Geschirr werden noch geliefert. Knabberzeug ist leider aus.«

»Ich dachte, Sie wollten eine Detektei eröffnen und kein Restaurant.« Sneijder sah sich um. »Sehr funktionell, ohne viel Schnickschnack, aufs Wesentliche konzentriert.«

»Machen Sie sich über mich lustig?«

Sneijder verneinte. »Im Gegenteil, Sie waren fleißig … und das in so kurzer Zeit.«

»Das Büro war frei und gleich zu haben.«

»Trotzdem.«

Sie zuckte die Achseln. »Der Vermieter und Freunde meines Vaters, die in der Nähe eine Pizzeria haben, haben alle mit angepackt.«

Bestimmt hatte der ganze sizilianische Martinelli-Clan, der in Wiesbaden und Umgebung lebte, mitgeholfen. Beeindruckt verzog Sneijder das Gesicht. »Allerdings sollten Sie den Spruch auf Ihrer Visitenkarte ändern.«

Sie sah ihn fragend an.

Er deutete auf ihr Gipsbein. »Damit könnten Sie nicht einmal eine entlaufene Schildkröte fangen.«

»Witzig, Sneijder!«, schnaubte sie. »Weswegen sind Sie hier?«

»Was halten Sie davon, wenn das BKA Sie für einen Auftrag engagiert?«

»Mein erster Auftrag?« Sie zog eine Augenbraue hoch – wobei dort, wo andere Brauen hatten, sich bei Martinelli nur zwei tätowierte geschwungene Bögen befanden. Zudem hatte sie ein Piercing in der Lippe, und eine Hälfte ihres Schädels war kahlrasiert. Auf der anderen hingen ihr die schwarzen Haare bis zur Schulter. Hätte sie sich nicht so verunstaltet, wäre sie eine echte sizilianische Schönheit gewesen – aber das lag ohnehin im Auge des Betrachters.

»Worum geht es?«

»Sie sollten sich besser setzen.«

»Ha, der war gut. Möbel werden in drei Tagen geliefert.«

»Ich habe gestern Abend einen Anruf von Sabine Nemez erhalten.«

Sie starrte ihn bedauernd an, als zweifelte sie an seinem Verstand. »In Ihrer … Fantasie?«

»Martinelli! Ich bin nicht zu Scherzen aufgelegt.« Dann spielte er ihr die Aufnahme auf seinem Handy vor.

Ihr Mund klappte auf. »Das ist Sabine!«, rief sie. »Sie lebt?«

»Zumindest hat sie gestern um 17.01 Uhr noch gelebt.« Dann erzählte er ihr knapp, was seitdem passiert war.

Martinelli brauchte einen Moment, um das alles zu verdauen, strahlte dann aber übers ganze Gesicht. »Wow!« Sie wischte sich eine Freudenträne weg. »Miyu und Marc sind in Ihrem Team. Gute Wahl.« Sie nickte. »Miyu ist wirklich ein Ausnahmetalent. Ich habe sie zwar erst einmal in der Kantine getroffen, aber Sabine hat immer in den höchsten Tönen von ihr geschwärmt – und sie hatte … *hat* schließlich eine untrügliche Menschenkenntnis.«

»Fein, dass Sie mit meiner Wahl einverstanden sind«, sagte er sarkastisch.

»Falls Sie Rat brauchen, immer wieder gern«, sagte sie ernst. »Ist Miyu Sabines Nachfolgerin in Ihrem neuen Team?«

»Es gibt kein neues *Team*, nur eine kleine Ermittlergruppe …«, stellte er richtig und merkte, wie Martinelli ihn fragend ansah. »Was bei unserem letzten Fall passiert ist und wie alles geendet hat, hat mich …« Er verstummte.

»… zutiefst erschüttert?«, half sie ihm weiter, fuhr jedoch fort, nachdem er nichts darauf erwiderte. »Kein Wunder bei den vielen Schicksalsschlägen.«

»Mein Konzept hat nicht funktioniert … zu viele gute Leute sind …«

»Sneijder!«, unterbrach sie ihn. »Bei einem anderen Ermittler wären *alle* gestorben und der Fall wäre bis heute nicht gelöst – aber Sie *haben* ihn gelöst!«

Er presste die Lippen aufeinander.

»Seien Sie nicht zu hart zu sich selbst, okay?« Martinelli machte eine Pause und wartete, bis er genickt hatte. »Gut … und übrigens haben Sie meine Frage nicht beantwortet. Ist Miyu Sabines Nachfolgerin?«

Er schüttelte den Kopf. »Es wird nie eine Nachfolgerin für Nemez geben. Wenn wir sie lebend aus dem herausholen, wo immer sie drinsteckt, wird die Ermittlergruppe weiterexistieren.«

»Und wenn nicht?«

»Dann nicht.«

Martinellis Blick wurde nachdenklich. »Verstehe.« Vermutlich erfasste sie erst jetzt, was das alles bedeutete. Sabines Trauer- und Abschiedsfeier in München war eine Farce gewesen. Und jetzt bestand die Chance, dass zumindest manches wieder so wurde wie früher. »Wie kann ich Ihnen dabei helfen?«

Sneijder betrachtete sie von oben bis unten. Er selbst humpelte zwar auch noch, konnte sich aber immerhin mit Schmerzmittel ohne Krückstock aufrecht halten, wenn er die Zähne zusammenbiss. »Wegen Ihrer Verletzungen sind Sie in nächster Zeit für einen Außeneinsatz ungeeignet, aber ich brauche Sie für Recherchen. Finden Sie einen pensionierten Leipziger Richter für mich. *Heinz Gerlach.* Er ist unsere einzige Chance, an die Leute ranzukommen, die Sabine haben … oder die zumindest wissen, wer sie haben könnte.«

»Sie klingen verzweifelt.«

»Ich klinge nicht nur so«, gab er mit für ihn ungewöhnlicher Offenheit zu. Und in diesem Moment fiel ihm das nicht einmal schwer, da es der Wahrheit entsprach und ihm vor allem gegenüber Martinelli kein plausibler Grund einfallen wollte, das zu beschönigen. »Ich bin auf jede Hilfe angewiesen. Finden Sie Richter Gerlach. So schnell wie möglich. Und dann soll er mich anrufen, egal um welche Uhrzeit. Danach ist die Sache für Sie erledigt und Sie können Ihre Rechnung an das BKA schicken.« Er wandte sich um und ging.

Mit Martinelli hatte er die Beste auf die Suche angesetzt, die es gab. Sie war nicht nur Sabines engste Kollegin, sondern auch ihre beste Freundin – und er wusste, sie würde so lange nicht ruhen, bis sie den Mann am Telefon hatte.

23. Kapitel

Das irisierende Blaulicht mehrerer Einsatzfahrzeuge wurde von den Bäumen reflektiert. Die Polizei hatte nicht einmal zehn Minuten gebraucht, um an den See zu kommen. Mittlerweile war das Areal um das Wohnmobil großräumig mit einem rot-weiß-roten Band abgesperrt worden, das schnalzend im Wind flatterte. Allerdings hatten die Ermittler bereits angekündigt, dass sie wegen des Regens nicht viele Spuren finden würden.

Hatty hatte ursprünglich befürchtet, dass ihre Vermisstenmeldung frühestens nach vierundzwanzig Stunden aufgenommen werden konnte, doch zum Glück hatte sie sich geirrt. Die Polizisten und eine Frau vom Kriseninterventionsteam kümmerten sich fürsorglich um sie, während sie im Fond eines Kastenwagens der Polizei saß und nun schon zum zweiten Mal ihre Aussage wiederholte.

Indessen durchkämmten die Polizisten den Campingplatz, befragten die Nachbarn, stellten Kontrollen an den Straßen auf und forderten sogar ein Boot mit Scheinwerfern an.

Hatty merkte erst jetzt, dass sie weinte, und wischte sich die Tränen weg. Sie war von dem ganzen Aufwand richtig ergriffen, vermutete zugleich aber auch, dass sich die Polizei vielleicht nur deshalb so ins Zeug legte, weil ihr Stiefvater der ehemalige Richter Heinz Gerlach war.

Während ihr die Psychologin eine Tasse heißen Tee reichte, hörte Hatty einen Beamten am Funkgerät reden. »... sieht nach Einbruchspuren und einer Entführung aus. Schicken Sie uns so rasch wie möglich das Spurensicherungsteam.«

Entführung! Hatty schluckte und saß im nächsten Moment stocksteif da. Die Leute von der Spurensicherung würden den gesamten Wohnwagen auf den Kopf stellen. Ihr lief ein Kälteschauer über den Rücken.

Die Kamera!

Sie sprang auf. »Ich muss kurz in den Camper.«

Die Psychologin versuchte, sie wieder niederzudrücken. »Erstens regnet es wie aus Eimern, und zweitens muss die Polizei das Auto durchsuchen. Am besten ist, du bleibst hier bei mir. Hier bist du in Sicherheit und …«

»Ich muss …« *Pinkeln*, wollte sie schon sagen, aber dann hätten die Polizisten sie bestimmt mit dem Auto zum Restaurant gefahren. »… brauche frische Luft«, sagte sie stattdessen rasch. »Ich habe das Gefühl, ich muss mich jeden Moment übergeben.«

»Kein Problem, ich gehe mit dir raus«, bot die Psychologin an und schnappte sich einen Regenschirm.

Verdammt, kannst du mich nicht eine Minute lang allein lassen?

Sie kletterten aus dem Fond des Wagens und stellten sich mit dem Schirm unter die Bäume. »Atme tief durch«, riet ihr die Frau. »Ist es schon besser?«

»Haben Sie eine Zigarette für mich?«, fragte Hatty.

Die Psychologin schaute sie schief an. »Ja sicher. Einen Moment …« Sie drückte Hatty den Schirm in die Hand und verschwand ins Wageninnere, wo Hatty sie in ihrer Handtasche kramen sah.

Hatty warf den Schirm auf den Boden und lief zum Wohnmobil. Dabei wich sie den Lichtkegeln der Scheinwerfer aus, die die Umgebung strahlend hell erleuchteten, schlitterte unter der Absperrung hindurch und pirschte sich von hinten an den Camper heran.

Du musst nur kurz hinein und dir die Kamera schnappen. Wenn die Polizisten das Buch entdecken – und das werden sie –, hast du heftigen Erklärungsbedarf, warum du heimlich Sachen filmst. Andererseits würden die Polizisten auch den geheimen Bereich hinter der Zwischenwand finden, und dann würde erst recht die Frage auftauchen, warum Hatty nicht gleich die Polizei verständigt, sondern stattdessen auf eigene Faust versucht hatte, Gerlach zu überführen. Wie auch immer sie es drehen und wenden würde, der faule Beigeschmack war da, und sie würde nicht gut aus der Sache rauskommen.

»Haaatty!«, hallte der Ruf der Psychologin durch die Nacht.

Hatty reagierte nicht darauf, lugte stattdessen um die Ecke des Wohnmobils, zog den Kopf aber gleich wieder zurück. *Verdammt!* Neben der Eingangstür stand ein uniformierter Polizist mit Regenjacke und Barett. Hatty presste sich an die Wand des Wagens und wartete ab.

»Haaatty!«

Wieder schielte sie um die Ecke. Der Polizist drehte ihr den Rücken zu, sah zum Kastenwagen der Polizei und machte einen Schritt darauf zu, um zu sehen, wer da so laut schrie. Gleichzeitig erhellte direkt über ihnen ein Blitz das Gelände. Während das Licht wieder erlosch und der Donner krachte, kam Hatty mit einem Satz herum und huschte über die Treppe ins Innere des Wagens. Der Mann hatte sie nicht bemerkt. Mit den nassen Sandalen stieg sie auf Zehenspitzen über die Sachen, die auf dem Boden herumlagen – als hätte ein Tornado hier drinnen gewütet. Mit dem großen Zeh stieß sie gegen etwas Hartes und unterdrückte einen Schrei. *Verflixt noch mal!* Was lag da nur alles herum?

Im nächsten Blitzlicht sah sie es. Der handliche rote Feuerlöscher lag quer auf dem Boden, daneben ein flacher Werkzeugkasten. Eingequetscht darunter Bens Winnie Puuh Rucksack.

Warum zum Teufel liegt das alles hier herum?

Sie stieg über den Werkzeugkasten. *O Mann, du wirst Hunderte Spuren zerstören*, dachte sie, aber das war ihr im Moment egal. Sie musste diese verflixte Kamera verschwinden lassen. Aber wohin? Es gab keinen Platz, den die Polizei nicht dursuchen würde. Die einzige Chance, die sie hatte, war, dass sie das Buch ständig bei sich trug und immer so hielt, dass nur die Rückseite zu erkennen war, die sie nicht ausgeschnitten hatte. Und plötzlich hatte sie einen zündenden Gedanken, auf den sie bisher vor lauter Angst und Sorge gar nicht gekommen war.

Die Kamera hat ja gefilmt!

Vielleicht war darauf etwas zu sehen, das erklärte, was passiert war. Nervös trat sie neben die Couch, die ihre Mutter bereits mit Kissen und Decken zu einem Bett umfunktioniert hatte, und fischte im Licht des nächsten Blitzes das dicke Hardcover vom Bücherregal. Die Kamera war immer noch drin. Rasch klappte sie das Gerät in der Mitte auseinander und stoppte die Aufnahme, auf der sie im Moment gerade selbst zu sehen war.

»Haaatty?«, rief die Psychologin diesmal ganz nahe. »Haben Sie das Mädchen gesehen?«

»Nein«, sagte der Beamte vor dem Wagen.

Sucht nur weiter nach mir!

Sie sank neben der Couch auf den Boden und kauerte sich im Schneidersitz zusammen. Wenn man sie hier fand, würde sie einen verstörten Eindruck vortäuschen, was ihr im Moment sowieso nicht schwerfiel, und behaupten, sie hätte ihr Buch gesucht, um sich abzulenken. In dieser Situation würde ihr wohl niemand einen Vorwurf machen.

Während draußen die Suche nach ihr weiterging, wartete sie auf den nächsten Blitz, der das Innere des Caravans taghell erleuchtete, und drückte auf den PLAY-Button unter dem Videodisplay. Der Monitor leuchtete matt. Am Bildschirmrand war zu erkennen, dass die Kamera, seitdem sie zum Abendessen aufgebrochen waren, insgesamt fünf Sequenzen zu je vier Minuten aufgenommen hatte.

Am Anfang war das Bild dunkelgrau. Ton gab es keinen. Die Tür öffnete sich und Mutter schaltete das Licht ein. Danach war das Bild scharf und in Farbe. Mutter rubbelte Bens Haare mit einem Handtuch trocken, dann sah sie im Spiegel, wie Ben in der Badnische auf einem umgedrehten Wäschekorb stand und Zähne putzte. Hatty spulte mit dem FAST-FORWARD-Button vor. Mutter zog die Couch aus, überzog sie mit einem Bettlaken und richtete Kissen und Decken her. Dann kam Ben aus dem Bad. Die Bilder waren abgehackt, dazwischen fehlten immer wieder ein paar Sekunden. Im nächsten Moment ging das Licht wieder aus, und die Infrarotkamera übernahm.

In grauen Bildern sah Hatty, wie Bens Augen leuchteten, und auch wie ihre Mutter kurz den Kopf zum Bücherregal hob. Auch ihre Augen waren so funkelnd weiß wie in einem Gruselfilm. Hatty schaltete wieder auf Normalgeschwindigkeit. Mutter hatte Ben beim Ausziehen geholfen, und nun stand er nackt vor der Couch und wollte in seinen Pyjama schlüpfen, aber Mutter schob seine Kleidung beiseite. Hatty wollte erneut den Schnellvorlauf betätigen, hielt jedoch inne. *Was zum Teufel?*

»Haaatty?«, brüllte draußen eine Stimme, die sie jedoch sogleich ausblendete.

Sie ging mit dem Gesicht näher ans Display heran. Ihre Mutter kniete hinter Ben – und was dann passierte, wie ihre Mutter Ben berührte und vor allem *wo* sie ihn berührte, schockierte Hatty zutiefst. *Nein, das muss ein verdammter Irrtum sein. Bestimmt täuscht die Kameraperspektive!* Aber es war kein Irrtum. Ihre Mutter streichelte Ben eindeutig, während sie ihn küsste.

Am Zucken von Bens Schultern merkte Hatty, dass ihr kleiner Bruder weinte und alles stumm über sich ergehen ließ. *O Gott, nein!* Hatty presste sich die Faust in den Mund, um nicht laut aufzuschreien. Und je länger sie zusah, während ihre Welt Stück für Stück zusammenbrach, desto übler wurde ihr.

»Du miese Drecksau …«, entfuhr es Hatty mit erstickter weinerlicher Stimme.

Ihr Stiefvater hatte gar nichts mit Bens verstörtem Verhalten zu tun gehabt – ihre Mutter war diejenige, die krank war. Jasmin hatte also recht gehabt. Ben verhielt sich auch in Mutters Gegenwart seltsam. Vielleicht aber auch *nur* in Mutters Gegenwart. Und Hatty hatte sich die falschen Dinge eingebildet, weil sie das einfach so sehen *wollte*. Weil alles andere gar keinen Sinn ergeben hätte.

Doch jetzt musste sie es akzeptieren. Ihre Mutter war definitiv krank und missbrauchte ihren eigenen kleinen Sohn! Und das vermutlich schon seit mehreren Jahren. Die Vorstellung war unerträglich für Hatty. *Warum tust du das nur?*

Rasch spielte sie die Aufnahme bis zur nächsten Sequenz vor, in der Mutter plötzlich von Ben abließ, ihn hektisch in den Pyjama steckte, ins Bett schob und zudeckte. Hatty ahnte den Grund, denn im nächsten Augenblick betraten zwei Personen das Wohnmobil. Hatty sah die Umrisse der beiden im grauen Farbton. Es waren Gerlach und Jasmin. Gerlach griff bereits zum Lichtschalter, hielt jedoch inne. Entweder nahm er an, dass Ben bereits schlief, oder Mutter hatte ihn gebeten, nicht das Licht einzuschalten. Ton gab es ja keinen.

Auf dem Display sah sie, dass Jasmin sich die Haare mit einem Handtuch trocken rubbelte und mit ihren weißen Augen in Richtung Kamera blickte. Diese Sequenz dauerte nur kurz. Plötzlich wackelte der Wohnwagen. Das Bild wurde unscharf. Offenbar hatte jemand die Tür schwungvoll aufgerissen. Oder Gerlach war dagegen gestolpert. Vielleicht befand sich auch jemand anders im Wohnmobil. Genau ließ sich das in dem nun folgenden Gerangel aus sich hektisch hin und her bewegenden Körpern nicht erkennen. Sie sah Jasmins weit aufgerissene weiße Augen, dann wackelte die Kamera erneut und brauchte ein paar Sekunden, bis sich das Bild wieder scharf stellte. Sie presste ihr Gesicht schon fast auf das Display und kniff die Augen zu, um besser zu sehen. Es sah so aus, als wäre Gerlach aus dem Wagen gezerrt worden, und Jasmin und ihre Mutter folgten ihm nach draußen.

Auf dem unteren Bildschirmrand war nun zu sehen, wie Ben sich von der Decke freistrampelte, aus dem Bett sprang und auf allen vieren über den Boden kroch. *Was zum Teufel geht da vor?* Ben nahm die Abdeckung aus dem Boden, unter der sich normalerweise der Wassertank befand, der jetzt allerdings draußen lag. Ihr Bruder hob auch Feuerlöscher und Werkzeugkasten heraus und zwängte sich in die Bodenvertiefung. Dann schlug er die Klappe über sich zu.

Hol mich der Teufel!

Hatty stoppte die Aufnahme, klappte die Kamera zu und legte sie beiseite. Dann kroch sie mit rasendem Herzen in der Dunkelheit zur Bodenklappe, tastete in der Dunkelheit nach dem Griff und zog daran. *Bitte, lass ihn noch da drin sein!*

Es war so dunkel, dass sie nichts erkennen konnte. Blindlings tauchte sie die Hände in die Vertiefung und tastete herum. Sie berührte etwas Weiches. *Haare!* Im fernen Zucken eines Blitzes sah sie einen roten Haarschopf.

»Feuermelder!«, entfuhr es ihr.

Bens Körper war warm. Er lag zusammengekauert in dem Stauraum, den Daumen im Mund. Leise atmend schlief er tief und fest.

»Haaatty!«, drangen nun mehrere Stimmen von draußen über den Platz. Die Lichtkegel von Taschenlampen wanderten über die Fenster.

»Wir sind hier drinnen!«, rief Hatty laut. Mehrere Lichtkegel leuchteten zum Wagen. Aufgeregtes Stimmengemurmel. »Schnell!«, hörte sie eine weibliche Stimme. Offenbar rannten die Polizisten nun in ihre Richtung.

Ben bewegte sich und stöhnte leise auf.

Die Kamera!, durchfuhr es sie.

Rasch drehte sie sich um, schnappte sich Bens Rucksack, zog den Reißverschluss auf und ließ Kamera und Buch darin verschwinden. Noch bevor sie den Verschluss wieder zuziehen konnte, betrat jemand den Wagen und leuchtete mit der Taschenlampe herein. Wegen des blendenden Lichts konnte sie nur vermuten, dass es die Psychologin war. »Was tust du hier?«, fragte die Frau.

Hatty griff in die Vertiefung und hob mit einer ziemlichen Anstrengung Ben heraus. »Ich habe meinen Bruder gefunden.« Und während sie Ben an sich drückte, liefen ihr die Tränen übers Gesicht.

24. Kapitel

Sneijder war zum Ufer des Mains hinuntergegangen. Dabei hatte er noch zweimal versucht, Gerlach telefonisch zu erreichen, es dann aber aufgegeben. Von jetzt an würde er ausschließlich Martinelli daran arbeiten lassen. Er zündete sich eine Zigarette an, inhalierte kräftig und ließ den Rauch lange in der Lunge. Sollte er mit dem Taxi heimfahren? Oder zurück ins BKA? Dort gab es im Moment nicht viel zu tun. Jetzt hieß es geduldig abwarten. Darin war er noch nie besonders gut gewesen.

Er starrte zum Sternenhimmel. Eigentlich müsste auch er sich gründlich ausschlafen, so wie er es Miyu und Marc empfohlen hatte, doch er war innerlich viel zu angespannt und wusste, dass er kein Auge zumachen würde. Natürlich hätte er Tabletten schlucken können, aber die wollte er sich für den absoluten Notfall aufheben. Wenn er so richtig verzweifelt war, weil er in diesem Fall nicht weiterkam. Und dieser Moment würde schon bald kommen.

Zumindest würde ihm die frische Luft jetzt guttun. Am anderen Flussufer lagen eine schwach beleuchtete Frachthalle mit Containern und weiter flussabwärts einige Häuser, deren Licht sich auf der schwarzen Oberfläche des Mains spiegelte. Soeben kam ein Frachtschiff vorbei, träge wie ein schwer beladenes dunkles Geisterschiff, auf dem nur die Positionslichter brannten. Sneijder sah ihm nach, wie es in der Dunkelheit verschwand. Unbewusst war er dabei am Ufer entlanggelaufen. Nun erreichte er eine Gegend, die ziemlich verlassen aussah. Am Ende der Böschung ragten die Zweige wild wuchernder Büsche in den Fluss, dahinter trotzten mehrere Holzstege mit vermoderten Pfählen der Strömung, wo sich das Wasser in kleinen Buchten aufschäumte. Es roch brackig.

Er kannte diese Ecke nur zu gut. Offenbar war es kein Zufall, dass ihn sein Unterbewusstsein während des nächtlichen Spaziergangs ausgerechnet hierher geführt hatte. Er ging über den rissigen Asphalt zu dem stillgelegten Fährhafen. Die Drahtseile der alten Personenfähre, die immer noch am Flussufer im Wind schwangen, schimmerten im Mondlicht.

Dann sah er auch schon die Wellblechhütte. Hier, in der Dienstwohnung des ehemaligen Fährmannes, hatte Krzysztof zuletzt gewohnt. Er hatte weder Nachkommen noch entfernte Verwandte gehabt. Außer Sneijder blieb niemand übrig, der Krzysztofs Nachlass nach seinem Tod sortieren konnte, wobei der Aufwand sicherlich überschaubar war. Es gab bestimmt keine großartigen Vermögenswerte, bis auf eine oder zwei illegale Handfeuerwaffen, ein paar Messer, einen Stapel Pornohefte, eine Kiste Schnaps, womöglich ein Päckchen Kokain und vielleicht ein paar hundert Euro in bar. Im Prinzip stand der gesamte Krempel zum Entsorgen bereit.

Ein paar Andenken davon würde er Martinelli geben und selbst auch etwas zur Erinnerung aufheben. Einige Dinge, von denen niemand erfahren sollte, musste er sorgfältig vernichten, und der Rest konnte in Bausch und Bogen abtransportiert werden. Nur musste er sich die Mühe machen, alles einmal zu durchforsten. Warum nicht jetzt? Er blickte auf die Uhr. Seine Gedanken brauchten ohnehin eine Pause, und er wollte sich mit irgendetwas anderem beschäftigen als dem aktuellen Fall.

Sneijder ging zur Eingangstür des etwa fünfzig Quadratmeter großen Wellblechcontainers. Ein Sturm musste die Satellitenschüssel vom Flachdach heruntergerissen haben, da sie jetzt nur noch seitlich an einem verbogenen Gestänge hing. Auch egal. Dort, wo Krzysztof jetzt war, brauchte er keinen Satellitenempfang mehr, und das Unterhaltungsprogramm war hoffentlich ohnehin besser als hier.

Die Tür war verschlossen. Sneijder versuchte erst gar nicht, das Schloss mühsam mit einem Pick-Set aufzubekommen, sondern schob die verfilzte Fußmatte mit dem Schuh beiseite. Im Staub darunter lag ein Schlüssel.

Sneijder sperrte auf, betrat den Wohnraum und sah sich im Dämmerlicht um. Die Jalousien waren heruntergelassen. Eine davon klapperte vor dem gekippten Fenster im Wind. Rasch schloss Sneijder die Tür hinter sich, woraufhin sich die Jalousie wieder beruhigte. Anders als erwartet, roch es gar nicht sonderlich muffig. Offenbar hatte Krzysztof alles sorgfältig aufgeräumt, bevor er mit den anderen aus Sneijders Team zu seinem letzten Fall nach Oslo geflogen war.

Früher war Krzysztof Soldat der polnischen Armee gewesen und hatte danach als Auftragsmörder für gewisse »Geschäftsleute« gearbeitet, die mittlerweile selbst nicht mehr am Leben waren. Sneijder hatte Krzysztof damals aus dem Verkehr gezogen und für fünfzehn Jahre in den Knast gebracht. Nachdem Krzysztof die Haftstrafe abgesessen hatte, hatte Sneijder ihm diese Wohnung verschafft sowie zunächst einen Job als Zusteller von Medikamenten für Ärzte und Krankenhäuser und später dann als Berater für das BKA. Gemeinsam hatten sie so manch hartnäckigen Fall geknackt.

Im Licht seiner Taschenlampe betrachtete Sneijder nun das Foto auf der Anrichte neben einigen Zigarettenpackungen. Krzysztofs markantes Gesicht, die grauen Haare, der borstige Dreitagebart und die kleinen, scharf funkelnden Augen, die denen eines Wiesels ähnelten. Dieses Bild würde er Martinelli geben.

Soeben tuckerte wieder ein Frachtschiff den Fluss hinunter und warf seine Lichter in das Containerhaus. Sneijder wartete, bis es vorbeigezogen war, dann betätigte er den Lichtschalter. Die Wohnung bestand nur aus einer winzigen Küche mit karger Küchenzeile, einer Abstellkammer für Lebensmittel, einer Toilette mit Dusche und einem geräumigen Wohn- und Schlafraum.

Das Bett stand zusammengeklappt an der Wand, der Rest des Mobiliars bestand im Wesentlichen aus einem schiefen wackeligen Tisch mit Stühlen und einer zerschlissenen Couch. Sneijder zog das Männermagazin unter dem kürzeren Tischbein hervor und warf es auf einen Stapel anderer Zeitschriften, die ausnahmslos in den Altpapiercontainer wandern würden. Der Tisch selbst war, genauso wie die restlichen Möbelstücke, nur noch zum Entsorgen. Wer immer in diesen Container einziehen würde, musste einen neuen Holzboden verlegen, da die windschiefen Dielenbretter allesamt knarrten und quietschten. Vor allem die unter dem Tisch waren schon so verzogen, dass man einen Finger in den Spalt dazwischenschieben konnte. Das Wertvollste in diesem Haus war noch der Flachbildfernseher, wobei es sich auch dabei um ein Model handelte, das unmittelbar nach den letzten Röhrengeräten auf den Markt gekommen war.

Nachdem Sneijder mit dem Altpapierhaufen fertig war, fand er eine Rolle großer gelber Müllsäcke unter der Spüle. Aus dem Badezimmer warf er sämtliche Tuben, Flaschen und sonstige Pflegeartikel in einen dieser Säcke. Dabei bemerkte er, dass das Armaturengestänge in der Duschkabine wackelte und einige Wandfliesen ziemlich locker saßen. Nein, hier würde niemand mehr einziehen wollen.

Als Nächstes nahm er sich Küche und Kühlschrank vor und warf alle Lebensmittel in einen weiteren großen Müllsack. Krzysztof hatte sich nicht einmal so ungesund ernährt, wie er gedacht hatte. Es gab Vollkornnudeln, Chiasamen, Mandelmilch und einen Backautomaten mit Vollkornmischungen. *Im Gegensatz zu mir wärst du sicherlich neunzig geworden!*

Die Lebensmitteldosen aus der Speisekammer warf er ebenfalls ungesehen in den Müllsack. Zwischen all den Cashewnusspackungen, Apfelmusgläsern und Mais- und Champignondosen fiel Sneijder eine Dose mit Birnenspalten auf, die kopfüber verkehrt im Regal stand. Er wollte sie ebenfalls wegwerfen, doch als er sie hochhob, merkte er, dass sie leer war. Deshalb stand sie verkehrt. Krzysztof hatte den Deckel mit dem Dosenöffner entfernt, die Dose geleert, gesäubert und kopfüber auf einen kleinen silbernen Schlüssel gestellt, der nun auf dem Regal lag.

Wat in godsnaam?

Sneijder betrachtete ihn. Er war von keinem Bank- oder Postschließfach. Auch passte er garantiert zu keinem Fach in einem Bahnhof oder der Umkleidekabine einer Sporthalle. Vielmehr wirkte er wie der Schlüssel zu einem Mini-Tresor. Doch Sneijder hatte bereits alles in dem Haus durchsucht. Hier gab es keinen Tresor. Nachdenklich verließ er die Speisekammer und sah sich um. *Der Boden!*

Er schnappte sich ein großes Küchenmesser aus dem Messerblock und kauerte sich in die Mitte des Wohnzimmers auf den Boden, wo er Couch und Tisch beiseiteschob. Dann bohrte er die Klinge in die größte Spalte und hob die Dielenbretter hoch. Krachend legte er den Hohlraum darunter frei. *Verdomme!* Da war nichts außer zentimeterdickem Staub.

Wozu dieser Schlüssel?

Was verflixt noch mal konnte man damit öffnen? Und wo hatte Krzysztof das versteckt? *Vielleicht im …* Er sprang auf und lief ins Bad. Mit dem Griff des Messers klopfte er die schiefen Fliesen neben dem wackeligen Gestänge ab und fand tatsächlich vier Stück in Kopfhöhe, die hohl klangen. Kleber und Fugenmasse waren hier schon so porös, dass Sneijder die Fliesen leicht aus der Wand heben konnte.

Zwischen zwei Holzsäulen war die kratzige gelbe Dämmwolle ausgeschnitten. Und dort steckte eine in Nylonfolie verpackte

Schatulle aus Holz. Sneijder wickelte die Box aus. Sie hatte ein Schloss, in das der Schlüssel aus der Speisekammer perfekt hineinpasste.

Krzysztof, was soll das alles? Hast du hier deine Waffen versteckt?

Sneijder setzte sich auf die Couch und öffnete das Kästchen. Es roch moderig. Darin befanden sich tatsächlich eine alte Sig Sauer, die Krzysztof wegen seiner Bewährungsauflagen eigentlich gar nicht hätte besitzen dürfen, zwei volle Magazine, ein gefälschter Reisepass auf einen fremden Namen mit Krzysztofs Foto, ein Notizbuch und ein Bündel Złoty-Banknoten im Wert von umgerechnet etwa eintausend Euro. Alles Dinge, die Sneijder heimlich verschwinden lassen musste, bevor er der Räumungsfirma die Tür öffnen würde.

Hast du vorgehabt, dich eines Tages nach Polen abzusetzen?

Und damit war dann auch Sneijders Ablenkungsmanöver beim Teufel, denn die Złoty-Banknoten erinnerten ihn jetzt wieder an Sabine Nemez, die irgendwo in Polen gefangen gehalten wurde. *Krzysztof, wie gut hätte ich dich jetzt brauchen können.* Sneijder fischte sein Handy aus der Sakkotasche und starrte aufs Display. *Nein, kein Anruf von Martinelli.* Er drückte auf die Wahlwiederholungstaste und hatte nach einigen Sekunden wieder nur die Ansage von Gerlachs Anrufbeantworter dran. *Mist!*

Dann steckte er das Handy weg und ließ gleichzeitig auch Krzysztofs Pass sowie die Waffe mit den beiden Magazinen in seinen Sakko- und Hosentaschen verschwinden. Schließlich öffnete er das Notizbuch. Es war nichts weiter als ein uralter vergilbter Kalenderblock, das Werbegeschenk einer Versicherung, das Krzysztof dazu benutzt hatte, um Aufzeichnungen zu machen. Sneijder setzte sich die Lesebrille auf. Das war eindeutig Krzysztofs Handschrift, abwechselnd in Kugelschreiber und stumpfem Bleistift, allerdings in polnischer Sprache. Sneijder konnte nur wenige Worte davon entziffern und übersetzen. *Mord, Auftrag* … und *Bezahlung.* Außerdem wurden die Namen einiger Personen und Städte erwähnt.

Was immer Krzysztof damals verbrochen hatte, er war erwischt, angeklagt und hart verurteilt worden. Die fünfzehn Jahre hinter Gittern hatten ihn verändert – zum Positiven. Offenbar hatte er sie auch dazu verwendet, seine Erinnerungen aufzuschreiben. Oder war dieses Notizbuch danach, in Freiheit, entstanden? Aber wozu? Wollte er jemanden damit erpressen – oder sich einfach nur absichern?

Das Buch war nur halb voll, und in der Mitte, wo sich der letzte Eintrag befand, verwischte ein großer Wasserfleck die Schrift. Außerdem steckte ein Lesezeichen an dieser Stelle. Offenbar eine alte Visitenkarte, deren deutsche Frakturschrift durch das Wasser fast gänzlich unlesbar geworden war.

K U L D U R

… elle

… ermittlung

Kriminelle Ermittlung? Finanzielle Ermittlung? Offizielle Ermittlung? Spezielle Ermittlung? Das konnte alles Mögliche bedeuten. *KULDUR*. Jedenfalls hatte er diesen Namen noch nie zuvor gehört.

Wäre dieses Büchlein schon vor Krzysztofs Verhaftung einem Staatsanwalt in die Hände gefallen – *oder mir*, dachte Sneijder wehmütig –, *wärst du auch nach fünfzehn Jahren trotz guter Führung nicht herausgekommen.* Aber was immer in diesem Kalenderbuch stand, nichts davon würde jetzt noch etwas ändern. Er ließ die Seiten des Notizbuchs nachdenklich durch die Finger gleiten und schlug es schließlich zu.

Was immer du damit vorhattest – lassen wir die Vergangenheit ruhen. Damit steckte er die Schatulle in einen der Müllsäcke und warf das Buch zum Altpapier.

Die Złoty steckte er ein.

25. Kapitel

Hatty und Ben befanden sich im Aufenthaltsraum des Polizeikommissariats. Die Psychologin hatte Hatty vom Campingplatz eine Garnitur ihrer eigenen Kleidung bringen lassen, und nun saß sie im trockenen Trainingsanzug und zusätzlich noch in eine Decke gehüllt neben dem Fenster und blickte in die Nacht. Blitz und Donner hatten aufgehört, aber es regnete immer noch heftig. Hin und wieder knackte ein Funkgerät in einem der angrenzenden Räume, sonst trommelte nur der Regen aufs Dach.

Neben ihr stand eine Thermoskanne mit Tee auf einem Tablett. Daneben lag eine Beruhigungstablette, die sich Hatty bisher jedoch geweigert hatte zu nehmen. Sie wollte unbedingt wach bleiben – im Gegensatz zu ihrem Bruder. Bens Kopf ruhte auf ihrem Schoß, die Beine lagen auf seinem Rucksack. Er schlief selig. *Schlaf ist die beste Medizin für die Psyche*, hatte ihr die Therapeutin erklärt, also versuchte sie, sich nicht zu bewegen, um Ben nicht aufzuwecken.

Es hatte lange gedauert, bis sie den Polizisten endlich hatte verklickern können, dass Ben schon seit Monaten nichts redete und sein derzeitiger Zustand nichts mit den unmittelbaren Ereignissen in dieser Nacht zu tun hatte.

Zu ihrer Verwunderung hatte sie gar keinen Anschiss von der Polizei bekommen, weil sie den Camper auf eigene Faust betreten hatte. Anscheinend war die Kripo einfach froh gewesen, dass sie Ben gefunden und sie es nicht mit vier, sondern nur mit drei entführten Personen zu tun hatten.

Hatty schielte zu dem Rucksack mit dem Winnie-Puuh-Schriftzug. Darin lag das Buch mit der versteckten Kamera. Sie kaute an der Unterlippe. Sollte sie der Psychologin das Video zeigen? Die würde es natürlich sofort an die Kripo weitergeben. Da konnte sie es gleich selbst den Kripobeamten zeigen. Die würden sie natürlich fragen, warum sie die Kamera überhaupt erst installiert hatte. Und dann würde alles über ihren falschen Verdacht und diese kranke Sache mit ihrer Mutter herauskommen, woraufhin sie sich Ben vornehmen würden.

Und dann käme der Moment, wo sie durchdrehen würde, um ihren Bruder vor der bevorstehenden peinlichen Fragerei zu bewahren. Endlose Therapiegespräche, die alles zutage fördern sollten, was vielleicht sonst noch in den letzten Jahren passiert war. Da Ben aber nicht sprach, würden sie mit ihren Methoden tiefer und tiefer in seiner Seele wühlen, damit er endlich den Mund aufmachte. Ihm womöglich sogar das Video zeigen. Er würde sich vor den Polizisten zu Tode schämen. Und wenn ihm dann auch noch klar werden würde, dass ausgerechnet Hatty, seine letzte verbliebene Vertraute, dieses Video aufgenommen hatte, würde das erst recht unerträglich für ihn sein.

Willst du ihm diese Demütigung wirklich antun?

Nein. Sie würde die Existenz des Videos vorerst für sich behalten, bis ihr eine andere Lösung einfiel.

Die Tür öffnete sich und ein Polizeibeamter kam herein. Nachdem er gesehen hatte, dass Ben schlief, trat er ganz leise an sie heran. »Hast du andere nahe Verwandte?«, flüsterte er.

»Meinen Papa«, antwortete sie genauso leise. »Der lebt aber in England und ist gerade dienstlich in der Karibik unterwegs. Kommt erst wieder Ende des Monats nach Deutschland.«

»Oma oder Opa?«

Sie schüttelte den Kopf.

»Wen sollen wir anrufen?«

Einen Moment lang dachte sie an Gerlachs ältere Schwester,

doch die lag im Krankenhaus und wäre keine große Hilfe gewesen. »Jasmins Vater«, sagte sie schließlich. »Walter Pulaski.«

»Der ist Polizist, richtig?«

Hatty nickte. »Beim Kriminaldauerdienst in Leipzig.«

Der Polizist verzog bedauernd das Gesicht. »Die Kollegen haben bereits versucht, ihn zu erreichen. Bisher erfolglos.«

26. Kapitel

Sneijder hatte Sakko und Krawatte abgelegt, den obersten Hemdknopf geöffnet und die Ärmel aufgekrempelt. Schweiß lief ihm über den Rücken. Er war fertig mit Krzysztofs Wohnung. Vor ihm standen sieben große, prall gefüllte Müllsäcke. Als persönliches Andenken an Krzysztof hatte er nur zwei Dinge behalten. Ein silbernes Zippo-Feuerzeug mit einem Totenkopf darauf und ein breites Lederarmband, das er im Badezimmer gefunden hatte. Beides spiegelte Krzysztofs Charakter und Eigenarten wider, und genau so wollte er ihn in Erinnerung behalten.

Danach bestellte er ein Taxi und trat vor die Tür. Während er draußen wartete, starrte er auf den Main, der im Mondschein glitzernd und träge dahinfloss, genoss die kühle würzige Nachtluft und steckte sich einen Joint an. Auch wenn das Zippo kaum noch Kraft hatte, reichten die paar letzten Funken, die es ausspuckte, gerade so zum Anzünden. Während Sneijder das Gras inhalierte und sich sein Blick in der Dunkelheit verlor, schrillte sein Handy. Müde ging er ran. »Ja?«

»Detektei Tina K. Marti…«

»Was gibt's?«, unterbrach er sie.

»Ich habe Richter Heinz Gerlach gefunden.«

Sneijder blickte auf die Uhr. *Um drei Uhr nachts?* »Wo steckt der Knabe?«

»Weiß ich nicht.«

»Martinelli!«, knurrte er. »An Ihrem Humor müssen Sie noch arbeiten.«

»Er ist vor zwei Tagen mit seiner Frau und ihren beiden Kindern im Wohnmobil zu einem zweiwöchigen Urlaub auf den Campingplatz am Kulkwitzer See aufgebrochen.«

»Wo zur Hölle ist denn das?«

»In Sachsen, Nähe Leipzig«, antwortete sie. »Jedenfalls ist er dort gestern Abend noch im Restaurant gesehen worden, dann aber spurlos verschwunden.«

»Abschiedsbrief?«

»Nein.«

Mest! »Haben Sie die Handynummer von seiner Frau?«

»Ja, aber die wird uns nicht viel nützen. Die Frau ist mit ihm verschwunden. Die Leipziger Kripo sucht sie bereits. Soviel ich erfahren konnte, geht die Polizei von einer Entführung aus.«

Vervloekt! Das war ja klar, dass das nicht so glatt ablaufen würde! »Was haben Sie noch herausgefunden? Gibt es schon irgendwelche konkreten Spuren?«

»Nein, auch keine Zeugenaussagen, nur ein offenes und leer stehendes Campingmobil und zwei Kinder, die sie zurückgelassen haben – klingt irgendwie nach *Hänsel und Gretel*.«

Bitte, keine Märchen mehr!, dachte Sneijder. Er ging im Kopf seine Optionen durch. Natürlich konnte er sich jetzt direkt ins Auto setzen und hinfahren, die Spuren würden noch frisch sein. Von Wiesbaden nach Leipzig waren es etwas mehr als vierhundert Kilometer, also würde er bis zu diesem See wohl ungefähr viereinhalb Stunden mit dem Auto brauchen – nachts vielleicht weniger. Andererseits würde die Kripo bei der Entführung eines ehemaligen Richters sowieso auf Hochtouren arbeiten und nichts unversucht lassen. Also hatte es wahrscheinlich doch eher wenig Sinn, dort mitten in der Nacht aufzukreuzen.

»Fahren Sie hin?«, fragte Martinelli. Sie kannte ihn wirklich gut.

Sneijder starrte in die Zigarettenglut. »Nein, ich tauche lieber morgen Vormittag dort auf und verschaffe mir Einsicht in die

Ermittlungsergebnisse.« *Und trete den Ermittlern zur Sicherheit gleich mal richtig in den Arsch, um die Motivation hochzuhalten.*

»Okay, dann habe ich noch einen Bonus für Sie, der Ihnen vielleicht weiterhelfen könnte«, sagte Martinelli. »Zusammen mit dem Ehepaar wurde auch eine junge Frau entführt, die die Familie in den Urlaub begleitet hat. Die Schulfreundin der Tochter.«

Aha, merkwürdig! Und vorteilhaft. Je komplexer der Fall, umso mehr Hinweise gibt es. »Und wo ist der Bonus?«

»Das Mädchen ist die Tochter eines Kollegen vom Leipziger Kriminaldauerdienst.«

Sneijder zog eine Augenbraue hoch. *Interessant.* Vielleicht war ja das Mädchen die Zielperson der Entführung und das Ehepaar Gerlach nur der Kollateralschaden.

In diesem Moment zerschnitten die grellen Scheinwerfer eines Wagens die Dunkelheit. Leise kroch das Taxi, ein E-Auto, über den rissigen Asphalt und hielt mit knirschenden Reifen vor dem Containerhaus.

Martinelli nannte ihm den Namen des Ermittlers. *Walter Pulaski. Noch nie gehört.* Andererseits konnte er nicht alle Streifenhörnchen, die im Schichtdienst irgendeiner K-Wache arbeiteten, kennen. »Gute Arbeit, Martinelli ... ich muss Schluss machen.« Er beendete das Gespräch, schnippte die Zigarette in den Fluss und stieg hinten ins Taxi ein.

Als das Licht im Wageninneren anging, blickte der Fahrer in den Rückspiegel. »Dachte mir schon, dass Sie das wieder sind. Nach Hause?«

»Nein, zum BKA, Thaerstraße elf, und machen Sie schnell.«

Fünfundzwanzig Minuten später saß Sneijder in seinem Büro. Neben seinem Laptop dampfte eine Tasse Vanilletee, im Aschenbecher qualmte eine zur Hälfte gerauchte Tüte vor sich hin. *Du musst aufhören, dir so viel von diesem Zeug reinzuziehen!*

Da die Polizei in Deutschland Ländersache war, gab es kein offizielles Tool, mit dem Sneijder sich die Organisation der sächsischen Polizeibehörde hätte ansehen können. Deshalb hatte er sich über Daedalos, das komplex vernetzte Datenbanksystem des BKA, das Mitarbeiterverzeichnis der Leipziger Kollegen als PDF-File heruntergeladen. Der Mann, den er suchte, war 58 Jahre alt und hatte graues Haar, ein kantiges Gesicht und sah ziemlich zerknautscht und übel gelaunt aus, als hätte ihn der Fototermin tierisch genervt. Wobei Passfotos nicht immer etwas zu bedeuten haben mussten. Auch Sneijders eigenes Foto im Intranet der Bundespolizei sah schrecklich aus, da er bei dem Versuch, einmal in seinem Leben freundlich zu lächeln, derart viel Zähne gezeigt hatte, als wollte er einem beutegierigen Hai Konkurrenz machen.

»*Walter Pulaski*«, murmelte Sneijder. Interessant – der Mann war früher hochrangiger Ermittler beim Landeskriminalamt in Dresden gewesen und hatte sich auf eigenen Wunsch zum Leipziger Dauerdienst versetzen lassen. Nur noch Routinetatorte? Was veranlasste jemanden zu so einem Schritt? Vielleicht hatte er aber auch etwas ausgefressen und war inoffiziell suspendiert worden.

Kurzerhand wählte Sneijder die Handynummer, die sich bei den Kontaktdaten fand. Es läutete siebenmal, danach war die Verbindung weg. Keine Mobilbox. *Super!* Sneijder probierte es noch einmal, doch wieder ging niemand ran. Möglicherweise hatte man Pulaski bereits über das Verschwinden seiner Tochter informiert und er war schon unterwegs zum Campingplatz. Zumindest hoffte er das.

Als Nächstes rief Sneijder die Leipziger Dienststelle an und ließ sich mit dem Dezernatsleiter verbinden, der gerade Nachtdienst auf dem Kommissariat in der Dimitroffstraße hatte. »Horst Fux«, murrte eine müde Stimme in den Apparat.

»Hier spricht Maarten S. Sneijder vom BKA Wiesbaden. Ich brauche eine Auskunft über einen Ihrer Mitarbeiter …«

»Um halb vier Uhr früh?«

»Nein!«, rief Sneijder. »Wir können gern auch um zehn Uhr vormittags telefonieren, wenn Sie gemütlich bei einem Tässchen Kaffee und einem leckeren Nougathörnchen sitzen, die Zeitung lesen und den Tag langsam angehen wollen …«

»Ha, witzig, ich lach mich tot!«

»Als Referenz können Sie Friedrich Drohmeier, den BKA-Präsidenten anrufen. Meine Dienstnummer ist …«

»Geschenkt! Ich weiß, wer Sie sind.«

Sneijder zog überrascht eine Augenbraue hoch. »Jeder könnte sich für mich ausgeben.«

»Nicht mit diesem Akzent! Außerdem ist Ihre charmante Art kaum zu imitieren. Also, Sneijder, um wen geht's?«

»Walter Pulaski.«

»Ach du Scheiße! Hat er wieder etwas ausgefressen?«

»Warum *wieder*?«, fragte Sneijder.

»Vergessen Sie es.«

»Aber nein, erzählen Sie, ich habe Zeit …« Sneijder klemmte sich das Handy zwischen Wange und Schulter und stach sich eine Akupunkturnadel genau dort zwischen Daumen und Zeigefinger in den Handrücken, wo sich ein tätowierter schwarzer Punkt befand.

»Sagen Sie mir zuerst, worum es geht«, verlangte Fux.

»Würde ich gern, aber ich stehe am Beginn einer neuen Ermittlung, bei der mir Pulaski helfen könnte.«

»Und das hat nichts mit der Internen Revision zu tun?«

»Nein …« Sneijder drehte an der Nadel und stöhnte kurz auf, als ihm der Nervenschmerz vom Arm bis in den Kopf fuhr und dort kurz für Entspannung sorgte.

»Alles in Ordnung bei Ihnen?«, fragte Fux.

»Ja. Ihre Fürsorge rührt mich, aber noch besser ginge es mir, wenn Sie mir endlich etwas über Pulaski erzählen würden. Was ist er für ein Typ? Ist er zuverlässig? Ein guter Ermittler? Trinkt er? Zählt er schon die Tage bis zum Ruhestand? Wie ist die familiäre Situation? Steckt er in Schwierigkeiten?«

»Pulaski war seinerzeit einer der jüngsten Kriminaloberkommissare und …«

»Sie verarschen mich.«

»Nein, er war mal eine große Nummer beim LKA, hat dort einige verzwickte Fälle gelöst. Hat den sechsten Sinn und eine Spürnase für Verbrechen.«

»Warum wechselt so jemand zum Dauerdienst? Hat er eine Vorliebe für erste simple Routineuntersuchungen?«

»Seine Asthmaanfälle machen ihm gelegentlich zu schaffen.«

»Wie rührend! Das kann doch nicht der einzige Grund sein.«

»Seine Frau ist elend an Krebs gestorben. Das hat ihn gebrochen. Plötzlich stand er als Alleinerzieher einer minderjährigen Tochter da. Wollte sich mehr um sie kümmern, hat den Job in Leipzig angenommen, um öfter und vor allem näher bei ihr zu sein.«

»Wie alt ist die Kleine jetzt?«

»Jasmin ist …«, überlegte Fux, »… mittlerweile neunzehn.«

»Dann könnte er ja jetzt wieder zum LKA wechseln.«

Fux lachte zynisch auf. »Pulaski hält nichts von den Schlipsträgern beim LKA. Er ist jemand, der auf die Straße gehört. Aber leider hält er sich nicht immer an die Vorschriften. Ich dachte, Sie rufen deswegen an.«

»Inwiefern hält er sich nicht daran?«

»Er kann einfach nicht vergessen, dass er nicht mehr beim LKA ist, und klärt gern mal den einen oder anderen Fall auf eigene Faust«, seufzte Fux.

Das ist genau mein Mann! »Welche Fälle zum Beispiel?«

»Puuuh!« Fux stieß langsam die Luft aus. »Da gab es vor vielen Jahren die seltsamen Selbstmorde unter Jugendlichen in den psychiatrischen Kliniken in Göttingen und Hamburg, dann war da noch die Sache mit dem Skorpion-Serienkiller in Wien und die Gender-Morde in Berlin, Halle und Stettin.«

Sneijder wurde hellhörig. »Stettin in Polen?«

»Ja, wenn er sich in einen Fall verbeißt, ist ihm kein Weg zu weit.«

Göttingen, Hamburg, Wien, Berlin, Halle und Stettin. »Ziemlich umtriebig, Ihr Mann«, bemerkte Sneijder. »Wann ist er wieder im Dienst?«

»Sie können ihn um sieben Uhr früh auf der Dienststelle erreichen.«

Glaube ich kaum. »Danke für die Auskunft«, sagte Sneijder, dann fügte er hinzu: »Rechnen Sie nicht damit, dass er bei Ihnen auftaucht.«

27. Kapitel

Sechs Tage zuvor: Dienstag, 29. Mai

Sabine war es gelungen, das Abschleppseil zu lösen, mit dem ihr die Hände hinter dem Rücken gefesselt worden waren. Mühsam hatte sie sich in dem engen Kofferraum so herumgedreht, dass sie nun auf dem Rücken lag und das Klebeband von ihrem Mund entfernen konnte. Rasch zog sie den nach Öl stinkenden und erbärmlich schmeckenden Stofffetzen aus dem Mund und spuckte mehrmals seitlich aus. Befreit rang sie nach Luft.

Nur die Ruhe jetzt!

Es hatte keinen Sinn, laut um Hilfe zu schreien. Erstens fühlte es sich an, als führe der Wagen rasend schnell über eine einsame Landstraße, und zweitens spielte die polnische Rockmusik immer noch ohne Unterbrechung so extrem laut, dass ihr die Bässe im Magen wummerten. Sie hörte keine Stimmen, nur das dumpfe Motorengeräusch. *Du kannst nur abwarten.* Und genau das hatte sie vor.

Da sie irgendwann einmal das Zeitgefühl verloren hatte, konnte sie unmöglich sagen, wie viele Stunden sie unterwegs gewesen waren, als der Wagen plötzlich stoppte.

Inzwischen war ihre Kleidung schon fast trocken geworden, aber trotz Decke fror sie jämmerlich. Die Rockmusik wurde leiser, sie hörte das Quietschen eines Tors, dann fuhr der Wagen über eine Bodenschwelle und kam zum Stehen. Die Musik verstummte, und sie hörte mehrere Stimmen. Deutsch mit ostdeutschem und polnischem Akzent. Allesamt männlich.

»Ist das alles? Wo ist die Satellitenschüssel?«

»Haben wir nicht gekriegt, nur die Computer und die Server«, antwortete derjenige, der Sabine gefesselt hatte.

»Fuck! Ich wusste es, diese miese Ratte! Ich hab's euch gesagt, die Russen im Darknet sind einfach unzuverlässig!«

»Wir haben andere Möglichkeiten, an die Schüssel ranzukommen.«

»Habt ihr das restliche Geld wieder mitgebracht?«

»Ja sicher, was hätten wir sonst damit tun sollen?«

»Und den Stick mit der Software?«

»Ja, haben wir.«

»Dann war die Fahrt zumindest nicht ganz umsonst.«

»War sie sowieso nicht.« Ein nervendes Kichern erklang. »Wir haben ein brennendes Schiff im Hafen von Kaliningrad gesehen. Schau mal …«

Pause!

»Und? Was soll ich mit dem Mist?« Anscheinend zeigten sie dem Kerl die Videoaufnahmen auf ihren Handys. Nun näherten sich die Stimmen, und Sabine spannte den Körper an.

»Wir haben auch noch die hier mitgebracht!« Das Schloss knackte und der Kofferraumdeckel wurde geöffnet.

Grelles Licht blendete Sabine. Sie wollte aus dem Kofferraum springen, doch durch das lange zusammengekauerte Liegen arbeiteten ihre Muskeln nicht so, wie sie das gern gehabt hätte. Immerhin konnte sie sich aus der Mulde hieven und das Überraschungsmoment war auf ihrer Seite. Trotzdem waren bereits zwei Kerle da, ehe sie aufrecht stand. Insgesamt waren die jungen Männer zu viert. Einen konnte sie mit einem Faustschlag gegen den Kehlkopf zu Boden schicken, die anderen jedoch packten sie von hinten und warfen sie gegen den Wagen. Einer drehte ihr professionell den Arm nach oben. Sabine schrie auf.

»Die ist ja nicht einmal gefesselt!«, brüllte der Vierte.

Sabine wurde von hinten ein grober Jutesack über den Kopf gezogen, und nach zwei harten Schlägen gegen den Schädel erstarb ihre Gegenwehr. Als Nächstes wurde sie in die Kniekehle getreten, sodass sie zu Boden ging. Sogleich saßen zwei Kerle auf ihr und fesselten ihr die Hände auf den Rücken. Diesmal mit einer breiten Rolle Paketklebeband.

»Mist, die hat mir den Kehlkopf zertrümmert …«, röchelte einer.

»Halt's Maul. Hätte sie das, könntest du nicht mehr atmen.«

»Und was sollen wir mit diesem Biest machen?«

»Schau dir das an … *Sabine Nemez.*«

Anscheinend sahen sie sich gerade die Ausweise aus ihrer Brieftasche an.

»Leck mich doch am Arsch … *Deutsches Bundeskriminalamt Wiesbaden.*« Ein Fuß stieß sanft gegen ihre Rippen. »Was macht so ein junges hübsches Ding in Kaliningrad? Geheimen Einsatz gehabt?«

Sabine antwortete nicht.

»Schafft sie weg!«

Sie wurde gepackt und über den staubigen Betonboden gezerrt. Erst jetzt fand sie die Gelegenheit zu verarbeiten, was sie in den wenigen Sekunden außer den vier Kerlen noch gesehen hatte. Anscheinend befand sie sich in einer Art Garage. An der Decke hatten einige Fassungen mit nackten Glühlampen gehangen, und es roch nach Benzin und Maschinenöl. Die deutsch-polnische Gruppe hatte offenbar einen illegalen Deal über Computer-Hard- und Software abschließen wollen, der jedoch zum Teil geplatzt war. Was immer sie vorgehabt hatten, jetzt musste sie als Entschädigung herhalten, weil sie zur falschen Zeit am falschen Ort gewesen war.

Als sie gegen einen Metalltürrahmen gedrückt und in ein muffiges Treppenhaus gezerrt wurde, hörte sie noch zwei letzte Sätze.

»Soll das unser nächstes Ziel sein?«

»Wenn die Schlampe gesprächig ist.«

Fünf Minuten später wurde sie unsanft in einen mit weißen Kacheln gefliesten Raum gestoßen. Mehr konnte sie durch die Maschen des Jutesacks nicht erkennen. Der Hall ließ auf einen leer stehenden Raum deuten, und als ihr der Sack vom Kopf gerissen wurde, sah sie, dass es ein schäbiger Toilettenraum war, kalt und fensterlos, bis oben hin weiß gefliest, mit jeweils zwei WC- und zwei Duschkabinen, Handwaschbecken und einer nackten Glühlampe an der Decke.

»Aus dem Wasserhahn kommt Trinkwasser, und in den Kabinen hast du Klopapier«, sagte einer der jungen Männer, der sie hergebracht hatte. Er war rothaarig, etwa fünfundzwanzig Jahre alt, trug eine Brille und hatte schwere Akne. Einer seiner Schneidezähne war abgesplittert, was ihn irgendwie niederträchtig und gefährlich aussehen ließ.

Sabine versuchte, sich mit der Schulter die Fusseln des Jutesacks vom Hals zu wischen, was ihr aber nicht gelang. Mehr Bewegungsfreiheit hatte sie nicht. »Was habt ihr mit mir vor?«

Der Rothaarige gab keine Antwort. Er und sein Kumpel nahmen den Spiegel, die dicke gläserne Ablage über dem Waschbecken und die schweren Keramikdeckel der Klospülkästen ab und trugen alles raus. Danach durchsuchten sie die Toilettenanlage, ob es noch andere Gegenstände gab, aus denen Sabine sich eine Waffe hätte machen können, befanden aber alles andere als sicher. Sie verließen den Raum, sperrten die Tür von außen zu und drehten das Licht ab.

Prima gelaufen!

Im Dunkeln legte sich Sabine auf den Rücken, hob das Becken hoch und brauchte drei anstrengende Anläufe, bis sie mit Hintern und Beinen zwischen den gefesselten Händen durchgeschlüpft war. Nun hatte sie die Hände vorne und konnte das Paketband mit den Zähnen aufbeißen. Nach weiteren fünf Minuten hatte sie zwar blutige Lippen, war aber frei.

Keuchend tastete sie sich zum Handwaschbecken, trank einige Schlucke, dann weiter bis in eine der Kabinen, wo sie sich auf die Klobrille hockte. Obwohl sie noch nicht wirklich pinkeln musste, zwang sie sich dazu. Sie wusste nicht, wann sie die nächste Gelegenheit bekommen würde.

Mittlerweile hatten sich ihre Augen an die Dunkelheit gewöhnt, und da unter dem Türschlitz ein schwacher Lichtschimmer hereinfiel, konnte sie sogar die Umrisse der Anlage ausmachen. Etwa fünfzehn Quadratmeter standen ihr zur Verfügung. *Du brauchst nur einen Draht, dann könntest du versuchen, das Türschloss zu öffnen.* Aber die Jungs waren gründlich gewesen, und in dem Raum gab es rein gar nichts, das sie hätte verwenden können.

Nach einer geschätzten halben Stunde ging das Licht zuckend an, dann drehte sich der Schlüssel im Schloss und der Rothaarige kam herein. Er setzte sich mit einem Stuhl vor Sabine hin, die mittlerweile am anderen Ende des Raums vor dem kalten Heizkörper auf dem Boden saß.

Sie schirmte das Licht mit dem Arm ab und blinzelte den hässlichen Kerl an. Er hatte einen Laptop dabei und betrachtete sie ausführlich. Offenbar war er gar nicht überrascht, dass sie sich in der Zwischenzeit befreit hatte. Vermutlich hatte er sogar damit gerechnet.

»Versuch nicht, mich anzugreifen«, warnte er sie. »Draußen stehen Viktor, Tomasz und noch ein paar andere, die nur darauf warten, dass du ihnen einen Grund gibst, dich zu verprügeln.«

An der Stimme erkannte Sabine, dass es derjenige war, der die anderen vorhin wegen der Satellitenschüssel zur Sau gemacht hatte. Sie versuchte zu lächeln. »Also spielst du jetzt den *good cop*?«

»Hier gibt es keinen *good cop*. Ich bin der *bad cop*, und draußen stehen die *very bad cops*. Also solltest du mit mir kooperieren. Du kannst mich Piotr nennen. Ich bin derjenige, der das Licht aufdreht und dir Essen bringt. Also verscherz es dir nicht mit mir. Brauchst du Medikamente? Bluthochdruck? Insulin?«

Sie schüttelte den Kopf. Wie es schien, hatten sie vor, sie länger hierzubehalten. »Was wollt ihr von mir?«

»Gute Frage! Darauf wollte ich gerade kommen.« Er drehte den Laptop herum und zeigte ihr eine Facebookseite.

Sabines erster Gedanke war, dass es in dieser Halle, Garage oder wo auch immer sie sich befand, eine funktionierende Internetverbindung geben musste. Erst danach konzentrierte sie sich auf den Inhalt der Seite – und der schnürte ihr sogleich die Kehle zu. »Das ist das alte Facebookprofil …«, krächzte sie und verstummte sogleich wieder.

»… deiner ältesten Nichte, richtig, Prinzessin«, sagte Piotr.

»Aber diese Fotos wurden vor einem Jahr gelöscht.« Die Richtlinien des BKA sahen vor, dass Mitarbeiter keine privaten Daten von sich oder ihrer Familie ins Internet stellen durften. Das betraf auch ihre engsten Familienmitglieder.

»Süßes Kind, diese Fiona«, stellte Piotr fest.

»Das gesamte Profil wurde gelöscht!«, wiederholte Sabine. Als sie erfahren hatte, dass Fiona heimlich Bilder von ihr ins Internet gestellt hatte, wurden diese sicherheitshalber sofort entfernt.

»Ich weiß, ich weiß …«, beruhigte Piotr sie. »Aber es liegt noch auf einem Backup-Server. Dinge verschwinden nie, sobald sie einmal gepostet wurden, da kannst du noch so viel löschen.«

Sabine schluckte. Sie wusste, welche Fotos das waren. Bootsausflug mit Marc, ihr und den drei blonden Orgelpfeifen ihrer Schwester. Connie, Kerstin und Fiona – zehn, elf und dreizehn Jahre alt. Sie biss sich auf die Lippe. Eine Träne lief ihr über die Wange. Die Mädchen wussten vielleicht noch gar nicht, dass sie bei ihrem letzten Einsatz spurlos verschwunden war. Sneijder hatte sicher noch keine Spur zu ihr gefunden. Er musste annehmen, dass sie in dem Schiff ertrunken war. Sie würden höchstens nach ihrer Leiche suchen – mehr nicht.

»Hallo!« Piotr schnippte mit den Fingern. »Wer ist dieser Marc Krüger? Hier steht, dass er auch beim BKA arbeitet.«

Sabine schwieg.

»Sieht nett aus. In welcher Abteilung arbeitet er?«

Sabine biss sich auf die Lippen.

»In welcher Abteilung arbeitest du?«

Sie ballte eine Hand zur Faust.

»Wo wohnt dieser Marc? Mit welchen Passwörtern loggt ihr euch in die BKA-Datenbanken? Welche Sicherheitssysteme habt ihr?«

Sabine sagte nichts. *Darum geht es also!* Diese Kerle waren IT-Nerds. Sie würden bald herausgefunden haben, was Sabines Job genau war, und ebenso rasch, dass Marc einer der IT-Spezialisten des BKA war. Wo er wohnte und wie sie sich an ihn heranmachen konnten.

»Okay. Wie du willst.« Piotr erhob sich und klappte den Laptop zu.

In diesem Moment kamen die anderen drei in den Raum. Sabine sah ihnen selbstbewusst in die Augen und studierte ihre Gesichter. Diese Kerle waren kriminell und bestimmt raue Typen, aber es waren ganz sicher keine Folterer und schon gar keine Mörder.

»Sollen wir uns um sie kümmern?«, fragte einer.

Piotr schüttelte den Kopf. »Das wäre Zeitverschwendung. Die wird nicht reden. Eher beißt sie sich die Zunge ab.«

»Dann holen wir Bartosz.«

Piotr nickte. »Daran habe ich auch schon gedacht. Er wird alles aus der Kleinen herausholen.« Er griff in die Hosentasche, zog ein Handy hervor und wählte eine Nummer.

1999, im Osten Deutschlands …

Die Morgensonne strahlte durchs Fenster ins Hotelzimmer, während die frische Meeresbrise den Vorhang kurz aufbauschte. Soeben flog eine Möwe direkt am Balkon vorbei.

»Setz dich«, sagte der braun gebrannte Mann mit den weißblonden Haaren, schlüpfte aus dem Sakko, hing es über die Stuhllehne, dann lockerte er den Krawattenknoten. Er hakte die Daumen in die breiten schwarzen Hosenträger ein, die sich über seinen flachen, trainierten Bauch spannten, und beobachtete das Zimmermädchen, wie es sich neben der Balkontür auf den zweiten Stuhl setzte. »Der Ausblick ist wunderbar, Kamila, nicht wahr?«, fragte er.

Die junge Frau, kaum fünfundzwanzig Jahre alt, nickte unsicher. Sie blickte kurz aus dem Fenster. Ja, die Aussicht war prächtig – das Hotel lag in Rostock, direkt an der Ostseeküste –, doch dann sah sie scheu zu Boden.

»Weißt du, warum ich dich hergebeten habe?«

»Ist mit dem Zimmer etwas nicht in Ordnung?«, fragte sie leise in gebrochenem Deutsch mit osteuropäischem Akzent.

»Nein, damit ist alles in Ordnung. Aber ich besitze eine kleine goldene Zigarrenschatulle, die aus Kuba stammt und wirklich wertvoll ist. War ein Geschenk von Castro. Auf der Unterseite sind meine Initialen eingraviert. *E. M. L.* – Ekkehard Markus Lehmann.«

Sie riss die Augen auf. »Ich habe nichts gestohlen«, behauptete sie und drehte eine lange schwarze Haarsträhne um den Finger, auf der sie dann unsicher herumzukauen begann.

»Ich weiß, ich weiß«, beschwichtigte Lehmann sie. »Wo wohnst du?«

»In Warnemünde …«

»Wo genau?«

»In der … Bachallee.«

»Kamila, lüg mich nicht an«, sagte er lächelnd. »Ich weiß, dass du in der Hospitalstraße wohnst, direkt an den Bahngleisen, Hausnummer vier, in der letzten Etage, direkt unter dem Dach.«

Sie kaute wieder an der Strähne. »Ich habe nichts gestohlen!«

»Ich weiß.« Er kramte einen Packen Farbfotografien aus der Brusttasche seines Hemds. Es waren Polaroidaufnahmen, die er erst vor wenigen Stunden mit seiner Sofortbildkamera gemacht hatte. Die reichte er ihr.

Mit vor Entsetzen weit aufgerissenem Mund starrte sie auf die Bilder. »Das ist *meine* Wohnung!«

»Ja, richtig! Die Bilder wurden heute Morgen gemacht, kurz nachdem du mit dem Bus zum Hotel gefahren bist«, erklärte er ihr und deutete auf eine besondere Aufnahme. »Das ist der Schrank in deiner Küche, auf dem dein Radio steht.« Die Schranktür war offen. Zwischen den Geschirrtüchern war die goldene Zigarrenschatulle zu erkennen.

»Ich habe das nicht gestohlen!«, schrie sie.

»Ich weiß, Kamila. Aber die Frage lautet doch, wie die Geschäftsleitung des Hotels reagieren wird, wenn ich die Polizei verständige, und die bei einer Durchsuchung *deiner* Küche *meine* Schatulle finden. Es käme zu einer Anzeige – und wir wissen beide, dass du schon wegen Diebstahls vorbestraft bist.« Er schnalzte mit der Zunge und verzog bedauernd das Gesicht.

Kamila wurde blass. Nun schien ihr zu dämmern, worauf das Ganze hinauslief. »Was wollen Sie?« Instinktiv griff sie zu ihrer Zimmermädchenbluse und schloss den obersten Knopf.

»Nein, Kamila, das will ich nicht von dir«, versicherte er ihr. »Ich will Informationen. Das ist alles.«

»Aber ich weiß doch nichts.«

Er zog seinen Stuhl heran, stellte ihn verkehrt herum hin und setzte sich so darauf, dass er die Arme verschränkt auf die Lehne stützen konnte. »Welche Zimmernummer hat Frau Radtke? Um wie viel Uhr sollst du ihr das Abendessen bringen? Wie viele Männer sind in ihrem Zimmer? Wie viele davon tragen Waffen? Wie viele davon haben Funkgeräte?«

Kamila schluckte, blickte zu den Fotos, dann räusperte sie sich. »Ich kann Ihnen das nicht sagen. Diese Männer sind Polizisten, und die Frau ist im Zeugenprogramm …«

»Zeugen*schutz*programm«, korrigierte er sie. »Woher weißt du das?«

Sie sah zu Boden. »Habe ich zufällig gehört. Einer der Männer hat telefoniert, als ich der Dame das Abendessen gebracht habe.«

»Du kannst mir alles verraten, denn niemand von diesen Männern wird je erfahren, dass ich die Informationen von dir habe.«

Kamila nahm wieder die Haarsträhne in den Mund und dachte nach.

»Konzentrier dich, Kamila, wir haben Zeit.«

Sie schloss die Augen und sagte alles, was sie wusste, und das war sogar mehr, als Lehmann sich erhofft hatte.

Schließlich lächelte er. »Danke. Diese Fotos sind die Originale, es gibt keine anderen Abzüge. Du kannst sie behalten.«

Ohne zu zögern raffte sie den Packen zusammen und ließ ihn unter ihrer Schürze verschwinden.

»Um eine Sache muss ich dich jedoch noch bitten.« Er erhob sich kurz vom Stuhl, griff in seine Hosentasche und holte eine kleine weiße Papiertüte heraus. »Darin befindet sich ein Pulver, das …«

»Ich will nichts mit Drogen zu tun haben!«

»Kamila, das ist keine Droge, sondern nur ein schnell wirkendes Schlafmittel. Ich möchte, dass du dieses Pulver in die drei Wasserflaschen mixt, die du heute Abend in Frau Radtkes Zimmer bringst.«

»Aber Frau Radtke trinkt kein Wasser, nur frisch gepressten Orangensaft.«

»Ich weiß – Sie soll auch nichts von diesem Wasser trinken, sondern nur ihr Personenschutz.«

Kamila nickte.

»Schaffst du das?«

Sie griff zu ihrer Schürze, vermutlich um sich zu vergewissern, dass die Fotos immer noch dort waren. »Aber warum? Ich habe doch schon alles gesagt, was ich weiß …«

»Wenn du mir noch diesen einen kleinen Gefallen tust, kannst du die goldene Zigarrenschatulle behalten. Sie ist in Wahrheit gar nicht von Castro. Sie ist auch nicht aus echtem Gold. Aber es befinden sich fünftausend D-Mark darin. Und die gehören dir. Denk nach!«

Sie schluckte. Und griff dann ohne lange zu überlegen nach der Papiertüte.

Radtke merkte eine halbe Stunde nach dem Abendessen, dass etwas nicht stimmte. Einer der Polizisten war auf die Toilette gegangen und nicht mehr wiedergekommen, der zweite war direkt beim Tisch sitzend mit dem auf die Brust gesunkenen Kinn eingeschlafen, und der dritte saß auf der Couch, stöhnte auf, schwitzte heftig, wischte sich übers Kinn, fluchte und wollte nach dem Funkgerät greifen, das ihm jedoch aus der Hand fiel. Als er sich danach bücken wollte, schlief er vornübergebeugt ein.

Verdammt!

Sie starrte auf die Wasserflaschen, nahm eine davon und roch daran. *Nichts!* Hastig lief sie in den Nebenraum, wo sich die Toilette ihrer luxuriösen Hotelsuite befand und klopfte an die Tür. *Keine Reaktion!* »Hallo?«, rief sie und drückte die Klinke hinunter.

Der Polizist saß mit heruntergelassener Hose auf der Klobrille, die Arme hingen seitlich herunter, der Kopf war an die Wand gelehnt. Auch er schlief. Deutlich war der sich hebende und senkende Brustkorb zu sehen.

O Gott! Sie lief wieder zurück in den Wohnraum und griff zum Telefonhörer. Aber da war kein Freizeichen, bloß ein permanent pfeifendes Störgeräusch. Sie versuchte nachzudenken. *Was jetzt?* Sie lief zu dem Mann auf der Couch und schlug ihm zweimal mit der flachen Hand hart ins Gesicht, doch der grummelte nur irgendetwas Unverständliches. Als Nächstes schüttete sie ihm mit zitternden Händen ein halb volles Glas Wasser ins Gesicht, doch er grunzte nur.

Das sieht gar nicht gut aus. Wie hatte ihr ehemaliger Chef bloß herausgefunden, wo sie sich versteckt hielt? Als Sekretärin des größten Baulöwen Brandenburgs hatte sie vor einem halben Jahr beschlossen, sämtliches belastende Material über Korruption, Schmiergelder, Bauabsprachen, Grundstücksspekulationen, falsche Rechnungen, gefälschte Gutachten und künstlich in die Höhe getriebene Mieten penibel zu sammeln und heimlich aus dem Büro zu schaffen. Als sie meinte, genug belastendes Material zu haben, war sie damit zur Polizei gegangen. Der Staatsanwalt hatte sie fünf Tage lang vernommen und dann zwei Wochen vor dem Prozess wegen der Schwere der Anschuldigungen in ein Zeugenschutzprogramm gesteckt und ihr versichert, dass sie in Rostock völlig sicher wäre.

Ja, einen feuchten Dreck bin ich hier sicher!

Sie hob das Funkgerät vom Boden auf und drückte wahllos auf die Tasten, doch bis auf ein Rauschen und Knacken war nicht viel zu hören. Sie war zwanzig Jahre lang Chefsekretärin gewesen und keine Amateurfunkerin.

Was tun? Abhauen oder hierbleiben? Sie blickte zur Tür. Dann beschloss sie, zu bleiben und die Sache auszusitzen. Zumindest hatte man ihr das im Ernstfall geraten. Eilig rannte sie zur Zimmertür, um diese zuzusperren und eine Kommode davorzuschieben. Aber sie war zu langsam, die Tür flog vor ihrer Nase auf, und sie stürzte zu Boden. Es ging so schnell, dass sie noch nicht einmal aufschreien konnte. Halb benommen sah sie zwei Männer hereinkommen und sich umsehen. Sie trugen identische schwarze Anzüge, keine Masken, einer war weißblond, der andere stämmig und grauhaarig. Beide waren schon etwas älter, bewegten sich aber kraftvoll und geschmeidig.

Der Weißblonde packte sie am Arm und zog sie mühelos vom Boden hoch. Er legte ihr den Finger über die Lippen. »Kein Wort!« Dann presste er ihr die Mündung einer Waffe in die Seite. Am langen Lauf erkannte sie, dass die Pistole einen Schalldämpfer hatte. »Lassen Sie mich gehen! Ich sage nichts!«, rief sie.

»Zu spät!«

»Ich …«

»Klappe halten und mitkommen!« Er schob sie zur Tür, wo der andere Mann bereits auf sie wartete. Radtke wurde von ihnen beiden durch den Gang zum Treppenhaus gezerrt. Dabei schlüpfte der Weißblonde aus dem Sakko und legte es sich so über den Arm, dass man die Pistole nicht erkennen konnte. Jetzt sah sie, dass er breite schwarze Hosenträger anhatte.

»Ich werde nichts sagen …«, heulte sie.

»Ich sagte, *Klappe halten!*«, zischte der Mann. »Wenn ich noch einen Mucks von Ihnen höre, drücke ich ab.«

Radtke schluckte. Die Männer rissen die schwere Brandschutztür auf und drängten sie über die Treppe ein Stockwerk nach dem anderen bis ins Kellergeschoss hinunter. Dort ging es einen schmalen, nach Kalk und Beton muffelnden Gang entlang, in dem sich rote Heizungsrohre an der Decke befanden. Radtkes Hoffnung, dass sie an der Rezeption vorbeikommen würden, verpuffte. Stattdessen steuerten die Männer den Lieferanteneingang an und schoben sie durch die Tür ins Freie quer über den hinteren Parkplatz. Dann wurde sie über die Straße zum Strand geführt.

Die Abendsonne spiegelte sich auf den Wellen. Ein sanfter Wind wehte den Geruch von Algen und Salzwasser herüber. *Der Jachthafen!*, dämmerte es ihr. *Sie bringen mich zum Hafen.* Um diese Uhrzeit waren die Touristenboote schon längst wieder an die Stege zurückgekehrt, und sie würden nicht mehr auf viele Leute treffen. »Werden Sie mich im Hafen töten?«, presste sie voller Panik hervor. Beinahe bekam sie keine Luft mehr. »Erschießen und ins Wasser werfen?«

»Seien Sie endlich still und lassen Sie sich nicht so ziehen!« Der Mann bohrte ihr den Lauf seitlich fester zwischen die Rippen, bis es schmerzte.

»Aua!«, keuchte sie und versuchte, mit den Männern Schritt zu halten. Nun kamen ihr die Tränen. »Bitte nicht …«, heulte sie, »… ich werde wirklich nicht aussagen …«

»Weiter!«

Schnellen Schrittes ging es über die betonierte Mole an einigen Kioskständen vorbei, einem Angelzubehörladen und einer Hütte, an der man Tagesausflüge buchen konnte. Überall waren bereits die Rollläden heruntergelassen.

Schließlich drängten die Männer sie auf einen Holzsteg, der weit hinaus aufs Meer führte. Die Bohlen knarrten unter ihren Füßen. Links und rechts lagen Jachten und Ausflugsboote, und das Wasser klatschte an Schiffsrümpfe und Holzpfosten. *Das ist deine letzte Chance!* Panisch hielt sie nach irgendjemandem Ausschau, dem sie ein Zeichen geben konnte. Ihr Blick fiel auf eine junge Frau mit einem Kleinkind. Sie sah die Frau Hilfe suchend an und wollte schon den Mund aufmachen, als sie die großen blauen Kinderaugen mit den langen blonden Wimpern sah, die sie neugierig anstarrten. Gleichzeitig spürte sie die Mündung der Pistole stärker zwischen den Rippen. »Keine Dummheiten, sonst passiert was!«, zischte der Mann neben ihr.

Das kannst du diesem Knirps nicht antun. Sie schloss den

Mund, dann lief ihr eine Träne über die Wange. Sie hatte selbst nie Kinder gehabt, aber es war gerade das Leid junger Familien gewesen, das am Ende den Ausschlag für sie gegeben hatte. Durch die Machenschaften ihrer Vorgesetzten, die sich jahrelang bereichert hatten, waren etliche dieser Familien finanziell abgezockt worden. Und eines Tages hatte sie nicht mehr länger zusehen können. *Du wolltest einmal im Leben etwas Gutes tun – und das hast du nun davon!*

Am Ende des Stegs lag ein schweres Motorboot mit stromlinienförmigen Aufbauten. Nun sah sie auch, dass ein dritter Mann an Deck stand. Er war ebenfalls älter, etwas kleiner und trug einen Zwicker und eine Baskenmütze. »Beeilt euch!«, rief der Alte und löste die Leinen. »Da kommt jemand.«

Der Erste der zwei sprang an Bord.

»Stehen bleiben! Hände hoch! Keine Bewegung!«, hallte plötzlich ein Ruf über den Steg.

Radtke erstarrte. Im selben Moment zerrte der Alte mit der Baskenmütze sie hastig über die Holzplanken an Deck.

»Keine Bewegung!«

Ein Schuss krachte. Radtke sah aus dem Augenwinkel, dass am Anfang des Stegs zwei Männer in Zivil und ein uniformierter Polizist standen, die zu ihnen hinüberstarrten. Der Polizist hatte in die Luft geschossen.

Nun zogen auch ihre Entführer gleichzeitig die Waffen aus den Sakkos, legten an und feuerten ebenfalls. Binnen Sekunden erfüllte ein ohrenbetäubender Krach die Luft. So musste es im Krieg zugehen. Mündungsfeuer blitzten auf, Splitter flogen ihr um die Ohren, Männer brüllten. Im Hintergrund hörte sie die Frau mit dem Kind schreien.

Der Schiffsmotor sprang an und heulte auf. Das Wasser wurde schäumend am Heck aufgewirbelt, dann packte sie der Alte an den Haaren und drückte sie den Niedergang hinunter. Das Boot bäumte sich auf. Mehr bekam sie nicht mehr mit, da sie bereits über die Treppe unter Deck stürzte.

Die Schüsse krachten weiterhin, und dann wurde der Alte mehrmals getroffen, verlor die Baskenmütze und taumelte gegen die Holzverkleidung.

»Den Oberst hat's erwischt – fahr los, Mann!«

Als der Alte rücklings die Treppe hinunterstürzte und auf ihr landete, fing Radtke hysterisch an zu schreien.

Das Letzte, was sie sah, bevor sie ohnmächtig wurde, waren eine Menge Blut und ein rot gesprenkelter Zwicker, hinter dem die Augen des Mannes sie leblos anstarrten.

4. TEIL

Dienstag, 5. Juni

28. Kapitel

Hatty und Ben hatten in der Nähe des Campingplatzes auf der Polizeistation übernachtet. Eigentlich wollte Hatty ja sofort nach Hause, doch die Beamten hatten noch so viele Fragen an sie, und darüber hinaus hatten sich auch noch Spezialermittler vom LKA Dresden angekündigt, die sie vor Ort befragen wollten. Das überzeugendste Argument von allen war jedoch für Hatty, dass sie und Ben auf dem Kommissariat den besten Polizeischutz hatten, wobei sie vor allem an ihren Bruder dachte.

Während eine Dame vom psychosozialen Dienst Ben nach dem Frühstück mit frischer Kleidung, Zahnputzzeug und Spielsachen versorgte, wartete Hatty im Aufenthaltsraum auf ihn. Es roch nach Kaffee. Das Buch mit der Kamera lag verkehrt herum auf ihrem Schoß, und sie sah durchs Fenster in den trüben Morgen. Vor der Polizeistation lag der Tau auf der Wiese, und soeben ging die Sonne über den Autos auf dem Parkplatz auf. Der Wetterbericht hatte also recht gehabt, es würde ein heißer und vermutlich ebenso schöner Tag werden. Aber nicht für sie und Ben.

Warum sind die alle entführt worden?

Stimmengemurmel riss sie aus den Gedanken. Schritte näherten sich dem Aufenthaltsraum, und dann trat ein uniformierter Polizist mit der Waffe im Holster ein. »Besuch für dich«, sagte er nur.

Kommen jetzt die Typen vom LKA? Hatty hob den Kopf. Hinter dem Beamten stand nur ein einzelner Mann im Rollkragenpullover. Etwas älter, kurzes Haar, Dreitagebart, zerknautschtes Gesicht. »Danke«, sagte er mit rauer Stimme und ging an dem Beamten vorbei. Der folgte ihm jedoch und schloss die Tür hinter sich, sodass sie zu dritt im Raum waren.

»Hallo, Hatty.« Der ältere Mann gab ihr die Hand, und sie spürte die Schwielen an seinen Händen.

»Sind Sie …?«

»Walter Pulaski, Jasmins Vater.« Er setzte sich zu ihr auf die Bank. »Die Polizei hat mich heute Morgen verständigt.« Sie wollte etwas sagen, doch er hob beschwichtigend die Hand. »Ich bin nicht als Polizist hier, sondern als Angehöriger. Was immer passiert ist, ich mache dir keine Vorwürfe, das solltest du wissen.«

Hatty räusperte sich. »Alles klar … danke.«

»Du kannst mir alles erzählen, egal was. Die Männer vom LKA werden dich zwar heute noch befragen, aber ich bin nicht vom LKA.«

Hatty schielte zu dem Polizisten, dann sah sie Jasmins Vater an. »Aber Sie … *waren* beim LKA«, krächzte sie.

Er nickte. »Bin ich aber nicht mehr. In erster Linie bin ich da, um *dir* zu helfen – und dir zu versichern, dass die Kollegen alles in ihrer Macht Stehende tun werden, um Jasmin, deine Mutter und deinen Stiefvater zu finden.« Er legte ihr die Hand auf die Schulter, und plötzlich brach Hatty in Tränen aus.

Er nahm sie etwas unbeholfen in die Arme, und sie heulte ihm mindestens eine Minute lang die Schulter voll. Es tat so gut, jemanden bei sich zu haben, der – wenn auch nur weit entfernt – zum Bekanntenkreis gehörte und sie nicht nur befragen wollte. Jemand, der sie einfach mal tröstete.

»Ich … ich …«, schluchzte sie.

»Lass dir Zeit«, sagte er mit ruhiger Stimme.

»Das ist mir so peinlich …«, presste sie schließlich hervor, nachdem sie sich wieder beruhigt hatte. Sie setzte sich auf und wischte sich die Tränen weg.

»Ich sag dir etwas«, flüsterte Pulaski. »Es müsste dir peinlich sein, wenn du in so einer Situation *nicht* heulen würdest. Also darfst du ruhig weinen.« Er machte eine Pause. »Ich bin bereits über den Fall informiert. Die Polizei hat leider nicht die geringste Spur und …«

Der Polizist hinter Pulaski räusperte sich, woraufhin Pulaski sich kurz umdrehte. »Sie ist alt genug, sie sollte Bescheid wissen.«

»Wie Sie meinen«, grummelte der Beamte.

»Es gibt keine brauchbaren Zeugenaussagen«, fuhr Pulaski fort. »Keine brauchbaren Aufnahmen von Verkehrskameras, weil die alle zu weit weg sind, und der Regen hat sämtliche Spuren auf dem Campingplatz verwischt, falls da überhaupt jemals welche waren. Vielleicht findet die Spurensicherung etwas im Wohnmobil, aber ehrlich gesagt glaube ich nicht daran. Das waren Profis, die so etwas nicht zum ersten Mal gemacht haben.«

Hatty schluckte.

Der Polizist räusperte sich wieder, woraufhin Pulaski sich zu ihm umdrehte. »Ist es möglich, dass Sie mich mit dem Mädchen allein sprechen lassen?«

»Aber ich …«

»Es ist nicht sehr förderlich, wenn mir jemand bei jedem Satz in den Rücken hüstelt«, fügte Pulaski hinzu.

»Wie Sie meinen …« Der Polizist entfernte sich und schloss die Tür.

Pulaski sah Hatty ernst an. »Ich weiß, es ist hart, mit der Wahrheit konfrontiert zu werden, aber ich halte nichts davon, dich mit einer Hinhaltetaktik langsam auf das vorzubereiten, was da noch kommen wird. Im besten Fall ist es eine Erpressungsgeschichte und wir erhalten in den nächsten zwölf Stunden einen Anruf von den Entführern. Wenn das nicht passiert, müssen wir uns eventuell darauf vorbereiten, dass wir gar nichts erfahren und womöglich jahrelang mit der Ungewissheit leben müssen, was mit den dreien passiert ist.«

Hatty schnappte nach Luft. Ihr Herz raste wie wild. »Sie reden da über … *Ihre Tochter.*«

Pulaski nickte. »Ich weiß, das wirkt jetzt vielleicht etwas kalt auf dich, aber glaub mir, es zerreißt mir das Herz, wenn ich daran denke, was Jasmin alles zustoßen könnte. Aber es ist das Beste, jetzt einen kühlen und klaren Kopf zu bewahren. Was deinen Bruder betrifft, sollten wir uns allerdings überlegen, wie wir ihm langsam und in kleinen sanften Schritten beibringen, dass seine Mutter nicht mehr da ist.«

Hatty nickte. Sie hatte verstanden. Sie war alt genug, und Pulaski wollte sie auf seiner Seite haben. »Okay«, schniefte sie.

»Ich werde alles daran setzen, sie zu finden«, versicherte er ihr.

Sie wischte sich noch einmal die Tränen von den glühenden Wangen. Beinahe wäre ihr dabei das Buch vom Schoß gerutscht, das sie jetzt fest umklammert hielt. »Es gibt da etwas, das ich Ihnen sagen …«

Pulaskis Handy klingelte. »Shit!«, fluchte er und blickte auf das Display. »Mein Chef. Ich muss da kurz rangehen.« Er nahm das Gespräch entgegen. »Ja?«

»Walter …?«, hörte Hatty die Stimme eines Mannes durch den Lautsprecher. *»Wo bist du gerade?«*

»Campingplatz, Kulkwitzer See.«

Pause. *»Ein Mann vom BKA Wiesbaden hat gestern Nacht für dich angerufen und mich schon vorgewarnt, dass du heute nicht zum Dienst erscheinen wirst.«*

»Was wollte er?«

»Hat er nicht gesagt.«

»Wie heißt er?«

»Ein gewisser Maarten S. Sneijder.«

»Noch nie gehört.«

»Dachte ich mir schon. Er ist ein Profiler. Was ist am Kulkwitzer See passiert?«

Pulaski seufzte, blickte Hatty kurz an. »Ich habe jetzt keine Zeit für lange Erklärungen. Ich nehme mir zwei Tage frei.«

»Steckst du in Schwierigkeiten?«

»Nein.«

»Okay, du weißt, wenn du Hilfe brauchst …«

»Alles klar, danke.« Pulaski legte auf, griff in die Hosentasche, holte ein Asthmaspray heraus, schüttelte es und inhalierte kräftig. »Was wolltest du mir sagen?«, keuchte er.

Hatty drehte das Buch um und öffnete den Deckel. »Jasmin und ich hatten eine Kamera im Wohnmobil installiert.«

29. Kapitel

Kurz vor sieben Uhr früh stand Sneijder in Friedrich Drohmeiers Büro. Der Chef sah aus, als hätte er nur wenige Stunden geschlafen. Sneijder fühlte sich selbst auch nicht besonders fit, hatte sich aber mit zwei Tassen starken Kaffees einigermaßen aufgeputscht. Es war wichtig, dass sein Verstand ohne lästige Störgeräusche wie ein blank geputztes sauberes Uhrwerk funktionierte.

»Ihre Vierundzwanzig-Stunden-Frist ist bald um«, sagte Drohmeier. »Wo stehen wir im Moment?«

Sneijder presste den Daumen in seinen Handballen, um die Kopfschmerzen zu lindern. Hinter ihm standen Miyu und Marc. Beide hörten zu, wie Sneijder erklärte, dass sich Sabine vermutlich in den Händen einer polnischen Hackergruppe rund um eine gewisse Nikodemus befand.

Drohmeier hörte sich alles konzentriert an und stellte nur zwei kurze Zwischenfragen. »Letztendlich sind wir also von der Leipziger Kripo und diesem Walter Pulaski abhängig«, resümierte Drohmeier schließlich, »um uns auf Heinz Gerlachs Spur zu bringen, der einzige Mann, der uns mehr über diese polnische Cyberbande verraten könnte, die eventuell etwas über Sabine Nemez' Verbleib weiß. Aber dieser Mann wurde gestern aus seinem Wohnmobil heraus entführt, richtig?«

»So, wie Sie es sagen, klingt es etwas dürftig«, bemerkte Sneijder.

»Es *ist* dürftig!«, stellte Drohmeier klar. »Eine dünne Spur führt zur nächsten dünnen Spur.«

»Aber wir *haben* eine dünne Spur«, widersprach Sneijder.

Drohmeier nickte. »Normalerweise hätte ich den Fall jetzt einer SOKO des BKA übertragen. Zu Ihrem Glück weiß ich aber, dass Sie sogar aus einer dünnen Spur noch etwas machen können.«

Marc räusperte sich. »Und andere hätten diese Spur nicht einmal gefunden … wenn ich mir … äh, diese Bemerkung erlauben darf.«

Sneijder sah ihn scharf an und bedeutete ihm mit einer Geste, die Klappe zu halten. Drohmeier war niemand, der sich von so etwas beeindrucken ließ.

»Sorry.« Marc wich einen Schritt zurück und senkte den Kopf.

Drohmeier sah ihn nachdenklich an, dann musterte er Sneijder. »Ich nehme an, Sie haben bereits einen Plan, sonst wären Sie nicht hier.«

Sneijder nickte.

»Gut«, seufzte Drohmeier. »Was Sie bisher haben, genügt mir. Hiermit haben Sie offiziell den Auftrag, Sabine Nemez zu suchen und herauszufinden, ob Richter Gerlachs Verschwinden etwas damit zu tun hat. Allerdings mischen Sie sich *nicht* in die Ermittlungsarbeit der sächsischen Landes-Kripo ein. Noch ist Gerlachs Verschwinden *kein* BKA-Fall, und Sie sind nur Beobachter und Berater. Haben Sie das verstanden?«

»Nur Beobachter und Berater.« Sneijder nickte. Im Hintergrund hörte er, wie Marc stöhnte. Der wusste mittlerweile nur zu gut, wie die Dinge endeten, wenn Sneijder nur als »Beobachter« an einem Tatort auftauchte.

30. Kapitel

»Raffiniertes Versteck.« Pulaski starrte in das aufgeklappte Buch auf Hattys Schoß.

Sie holte die Kamera aus der Vertiefung und erklärte ihm in knappen Worten von ihrem Verdacht gegenüber Gerlach und den Nacktfotos von kleinen Jungs in seiner Schreibtischschublade. Was hinter der geheimen Zwischenwand des Campers verborgen lag, verschwieg sie jedoch noch, weil sie erst einmal wissen wollte, wie Pulaski auf das bereits Erwähnte reagierte.

»Ist zwar weit hergeholt, aber das pornografische Material könnte natürlich mit der Entführung zusammenhängen«, brummte er, klappte die Kamera auf und betrachtete das Display. Zum Glück kamen keinerlei Vorwürfe, dass sie ihre Familie ausspioniert hatte. »Warum hast du das nicht der Polizei gezeigt?«

Hatty schwieg und blickte zur Tür, um sich zu vergewissern, dass niemand den Raum betrat.

»So schnell kommt niemand herein«, versicherte Pulaski ihr. Dann startete er die Aufnahme und sah sich die vierminütigen Videos an.

Hatty ließ die Tür nicht aus den Augen und schielte nur hin und wieder zum Display. Als die Stelle kam, wo ihre Mutter damit begann, ihren Bruder zu streicheln, entfuhr Pulaski ein kehliges: »O nein!« Er unterbrach die Aufnahme. »Das tut mir leid, was ich da gerade gesehen habe. Ist das der Grund, warum du es nicht der Polizei gezeigt hast?«

Sie nickte, dann brach sie in Tränen aus. »Wie kann sie das tun?«, schluchzte sie. »Seine eigene Mama! Er vertraut ihr!«

»Leider kommt das nicht so selten vor, wie du denkst«, flüsterte er. »Der plausibelste Grund, der mir für ein derartiges Verhalten einfällt, ist, dass sie als Kind selbst Opfer sexuellen Missbrauchs geworden ist. War das so?«

Hatty wischte sich die Tränen von den Wangen und dachte nach. Sie wusste, dass das Verhältnis ihrer Mutter zu deren Vater immer äußerst schlecht gewesen war. Während Hattys Großmutter wenigstens früher ab und zu mal zu Besuch gekommen war, hatte sie ihren Großvater praktisch nie gesehen und ihn auch nie besuchen dürfen. Bis jetzt hatte sie nie über den Grund nachgedacht, aber zusammen mit dem, was Pulaski da gerade gesagt hatte, schien es einen neuen Sinn zu ergeben. »Ich weiß es nicht wirklich … aber möglich wäre es. Trotzdem ist das noch lange keine Rechtfertigung. *Warum* tut sie das? Das ist doch einfach nur krank!«

Pulaski überlegte kurz, bevor er antwortet. »Ich bin kein Psychologe, aber vielleicht wiederholt sie ja irgendein Muster aus ihrer eigenen Kindheit … vielleicht braucht sie Nähe und Zärtlichkeit. Auf jeden Fall braucht sie Hilfe.«

»Ja, möglich.« Hatty schniefte, dann nickte sie. »Schauen wir weiter?«

Pulaski ließ die Aufnahme weiterlaufen. Minuten später kam die Szene, in der Ben sich in der Vertiefung des Wohnwagens versteckte. »So hast du deinen Bruder also gefunden«, stellte er fest.

Die Aufnahme lief nun bis zu der Stelle weiter, wo Hatty zuletzt auf Pause gedrückt hatte, um ihren Bruder zu suchen. Sie hatte sich den Rest des Films gar nicht mehr angesehen. Nun blickte sie gespannt über Pulaskis Schulter.

In grauen Farbtönen sahen sie, wie Jasmin von draußen wieder in den Wohnwagen stürmte und die Tür absperren wollte. Doch jemand folgte ihr. Als Nächstes versuchte sie, ein Messer aus der Küchenschublade zu ziehen. Es gab ein Gerangel, und bei einem

Großteil der Aufnahmen war kaum noch etwas zu erkennen außer graue Schemen.

Nur an einer einzigen Stelle sah man für wenige Sekunden Jasmins Gegner am Bildschirmrand. Ziemlich scharf, allerdings nur von hinten. Er hatte kurzes, vermutlich graues Haar und eine Halbglatze. Der Mann packte Jasmin am Oberarm und betäubte sie mit einer Art Spritze. Danach wurde sie aus dem Wohnmobil gezerrt. Hatty bemerkte, wie sich Pulaskis Muskulatur unter dem Pullover leicht anspannte.

Danach sahen sie noch einen unscharfen Schatten, der den Camper rasch durchsuchte, aber schon kurz darauf war diese spezielle Aufnahme zu Ende. Es folgte nur noch jene Sequenz, in der Hatty den Bus betrat und sich umsah. Pulaski stoppte das Video, wollte die Aufzeichnung zurückspielen und an jener Stelle auf Pause drücken, an der man den glatzköpfigen Mann mit dem Haarkranz von hinten sehen konnte. Aber die Tasten waren offenbar zu klein für Pulaskis Hände, und er bekam es nicht hin. »Mach du das!« Er reichte ihr die Kamera.

Obwohl Hattys Hände zitterten, hatten sie Sekunden später ein Standbild von einem der Entführer. Pulaski blickte lange auf dieses Bild. »Das muss ich der Kripo zeigen.«

Hattys Brustkorb schnürte sich zusammen. »Bitte nicht!«, hauchte sie und spürte zugleich, wie erneut Tränen in ihr hochstiegen.

Pulaski sah sie eindringlich an. »Hatty, das ist das vielleicht wichtigste Beweisstück, das wir haben und mit dem es uns womöglich gelingen könnte …«

»Bitte nicht!« Sie griff nach der Kamera, und Pulaski ließ zu, dass sie sie nahm und zuklappte. »Ich dachte, ich könnte Ihnen vertrauen und Sie würden das diskret behandeln.« Sie bekam fast keine Luft mehr. »Ich hätte Ihnen das nicht zeigen dürfen!«

»Ich weiß, dass dir die ganze Sache unangenehm ist, aber du musst abwägen, was dir wichtiger ist.«

»Mein Bruder ist mir wichtiger … selbst wenn es bedeutet, dass die Polizei meine Mutter nicht findet …« Wieder liefen ihr Tränen über die Wangen, während sie auf die Kamera zeigte. »… unsere Familie ist sowieso im Arsch. Ich würde dafür sorgen, dass meine Mutter Ben nie wieder in die Finger kriegt.«

Pulaski starrte sie lange Zeit an. Anscheinend dachte er über alles nach.

»Bitte nicht …«, flüsterte sie.

»Okay.« Er nickte. »Ich kenne Leute, die das Video diskret behandeln und nur die Sequenz mit diesem Mann verwenden. Das verspreche ich dir. Dazu brauche ich aber die Speicherkarte. Und du lässt in der Zwischenzeit die Kamera und das Buch verschwinden. Einverstanden?«

Mit zittrigen Händen öffnete Hatty die Kamera und nahm die Speicherkarte heraus. »Versprochen?«

»Ehrenwort!« Er hielt ihr die Hand hin. »Aber später, wenn das alles vorbei ist, müssen wir dafür sorgen, dass Ben und deine Mutter psychologische Hilfe bekommen. Bist du damit einverstanden?«

Sie nickte, ergriff nach kurzem Zögern seine Hand und schüttelte sie. Dann gab sie ihm die Karte, und er ließ sie in seiner Brieftasche verschwinden. »Mit diesem kurzen Video können die Kollegen den Mann vielleicht identifizieren, den Grund für die Entführung herausfinden und die anderen Täter schnappen.«

»Ich kenne den Grund … glaube ich zumindest.«

Pulaski horchte auf. »Und zwar?«

Sie wischte sich die Tränen von der Wange und atmete tief durch. Es gab keinen Grund mehr, ihm das zu verheimlichen. »Das Motiv liegt im Wohnmobil … hinter einer abnehmbaren Wand verborgen, die Jasmin und ich entdeckt haben.«

Pulaski verzog den Mund, dachte kurz nach, dann nahm er seinen Autoschlüssel aus der Hosentasche. »Ich fahre zum Campingplatz. Du kommst mit!«

31. Kapitel

Nach dem Gespräch mit Drohmeier hatte Sneijder sofort Marc und Miyu mit in sein Büro genommen. Marc verzog nur kurz das Gesicht, als er eintrat und den kalten Dunst des Marihuanas roch, das Sneijder letzte Nacht noch geraucht hatte. Miyu hingegen ging direkt zum Fenster und riss es auf. Die Frau war wirklich gnadenlos.

Aber es gab gerade Wichtigeres. Kommentarlos ließ Sneijder sich in seinen Schreibtischsessel fallen und wählte eine Nummer auf dem Handy.

Marc lief mit den Händen in den Hosentaschen unruhig im Zimmer auf und ab. »Nimmst du jetzt Kontakt mit dem LKA Dresden auf?«

Sneijder schüttelte den Kopf. »Der offizielle Weg dauert zu lange, vor allem, wenn es kein BKA-Fall ist. Der direkte Weg erscheint mir zielführender … Ja, hallo?« Er schaltete das Handy auf Lautsprecher und legte es auf den Tisch. »Spreche ich mit Walter Pulaski?«

»Am Apparat.«

Sneijder hörte Straßengeräusche im Hintergrund. Offenbar war Pulaski gerade unterwegs. »Sneijder vom BKA Wiesbaden. Ich habe gestern mehrmals versucht, Sie zu erreichen.«

»Ich bin gerade beschäftigt. Können wir das Gespräch auf später verschieben?«

Sneijder massierte seinen Handballen. »Sie sind der Einzige, der mir im Moment weiterhelfen kann und …«

»Das tut mir ja aufrichtig leid, aber es ist gerade ungünstig.«

»Ich bin auf der Suche nach Richter Gerlach und …«

»Das sind wir hier alle.«

»Mann, das weiß ich! Und jetzt hören Sie mir mal einen Augenblick zu!«, rief Sneijder. »Ich muss so rasch wie möglich mit Gerlach sprechen und …«

»Was wissen Sie über seine Entführung?«, unterbrach Pulaski ihn.

Sneijder hörte eine Hupe im Hintergrund. »Nichts«, gab er zu.

»Hat das BKA eine Spur zu seinen Entführern oder kennt das BKA das Motiv, warum er verschwunden ist?«

»Nein, aber …«

»Sind Sie von der Abteilung Sexualdelikte und Kinderpornografie?«

»Was? – Nein! Ich …«

»Dann können Sie mir nicht helfen und verschwenden im Moment nur meine Zeit«, unterbrach Pulaski ihn.

Sneijder schnaubte. »Aber *Sie* können *mir* helfen!«

»Ich kann Ihnen nicht helfen«, widersprach Pulaski. *»Ich bin ein einfacher Kripoermittler im Dauerdienst, der bald in Pension geht.«*

»Wir wissen beide, dass das nicht stimmt!«, behauptete Sneijder. »Und jetzt hören Sie endlich mit diesem Scheiß auf und sagen mir, wo Sie sich gerade befinden und was …«

»Ihr Sesselpupser vom BKA glaubt doch wirklich, eure Fälle sind die wichtigsten und ihr könnt alle anderen herumkommandieren.«

Sneijder atmete tief durch. »Ich brauche Ihre Hilfe!«, sagte er gefährlich leise.

»Nein!«, entschied Pulaski. *»Ich bin im Urlaub und habe gerade selbst genug Probleme am Hals, für die ich eine Lösung finden muss – und offenbar können* Sie mir *dabei* nicht *helfen.«* Und damit unterbrach er die Verbindung.

So ein Arschloch! Sneijder sah auf. Marc zog nur verwundert eine Augenbraue hoch.

»Ist es gut gelaufen?«, fragte Miyu, die anscheinend weder aus dem Gespräch noch aus Sneijders Gesichtsausdruck schlau wurde.

Sneijder blickte Miyu verwirrt an, gab jedoch keine Antwort. »Packt eure Sachen, wir fahren zum Kulkwitzer See.«

32. Kapitel

Pulaski hatte das Gespräch mit diesem Sneijder abgewürgt und klemmte das Telefon in die Handyhalterung des Armaturenbretts. Dann nahm er die nächste Abzweigung in Richtung Kulkwitzer See.

»Sie waren nicht gerade freundlich«, bemerkte Hatty auf dem Beifahrersitz.

Pulaski sah kurz zu ihr hinüber. *Liegt wohl daran, dass ich kein besonders freundlicher Mensch bin*, dachte er. Das war schon immer so gewesen. Er war ein verbitterter Zyniker, der sich das Leben selbst schwer machte. Zumindest behauptete das seine Tochter. Besonders trat dieser Missmut zutage, wenn er es mit gelackten Anzug- und Schlipsträgern vom LKA und besonders vom BKA zu tun bekam. Diese Typen konnten ihn kreuzweise.

»Wenn dieser Sneijder mehr über den Fall weiß und uns Informationen anbieten kann, wird er sich bestimmt wieder melden«, sagte Pulaski in einem bemüht ruhigen Ton. »Aber im Moment hält er uns nur auf.« Er lenkte seinen metallic-schwarzen Škoda an der Seeuferstraße entlang und nahm die Zufahrt zum Campingplatz.

»Da rein!«, erklärte Hatty. »Unser Camper steht dort drüben.«

Pulaski hatte die Polizeiwagen vor der Absperrung schon gesehen und fuhr so nah wie möglich ran.

»Passen Sie auf, da ist ein …«

Zu spät! Pulaski hatte den Wagen bereits in ein Schlagloch rollen lassen, sodass der Schlamm bis zu den Seitenscheiben hoch spritzte. In der letzten Nacht musste auf dem Campingplatz eine wahre Weltuntergangsstimmung geherrscht haben. Auf der Wiese standen immer noch Pfützen, und überall lagen abgebrochene Äste herum. So viel Pulaski erkennen konnte, war der sonst so klare See ziemlich aufgewühlt und trüb.

»Ist es dieser große Caravan mit dem heruntergerissenen Zelt?«

Hatty nickte.

Pulaski parkte direkt neben der Polizeiabsperrung, sodass das im Wind flatternde Band die Motorhaube seines Wagens berührte. Sogleich kam ein uniformierter Polizist herbei. »Hier können Sie nicht parken. Das ist …«

Kommentarlos legte Pulaski die rot-weiße Polizeikelle auf das Armaturenbrett und stieg aus. Hatty blieb sitzen. »Worauf wartest du?«

»Ich dachte …«

»Denkst du, ich nehme dich mit hierhin, nur um dich dann im Wagen versauern zu lassen?«

Hatty stieg aus, und Pulaski zeigte dem Polizisten seinen Ausweis. »Ist ein bisschen spät für den Kriminaldauerdienst«, bemerkte der.

Pulaski reagierte nicht darauf, sondern hob das Polizeiband und schlüpfte unten durch. Sogleich versank er mit den Schuhen im Schlamm. »Das entführte Mädchen ist meine Tochter«, sagte er nun doch und wischte den Matsch vom Schuh.

»Okay, tut mir leid, Herr Kriminalhauptkommissar, aber *dieses* Mädchen hat hier nichts verloren!«

»Die junge Dame ist neunzehn, und sie ist eine Zeugin. Ich brauche sie hier.« Pulaski hob das Band erneut, und nun glitt auch Hatty unten durch.

Gemeinsam gingen sie zum Wohnmobil, und Hatty erklärte und zeigte ihm alles, was in der letzten Nacht wo vorgefallen war.

»Die haben sich nicht zufällig die letzte Nacht ausgesucht«, murmelte Pulaski, nachdem Hatty mit ihrer Schilderung fertig war. »Das Gewitter, der starke Regen … Alle verkriechen sich in ihre Wagen und Zelte, keiner sieht etwas, und der Sturm vernichtet alle Spuren. Die perfekte Nacht für eine Entführung.« Er betrachtete die Männer und Frauen von der Spurensicherung, die soeben aus dem Bus kamen. »Sind dir bei eurer Ankunft am See Männer aufgefallen, die euch beobachtet haben?«

Hatty schüttelte den Kopf. »Denken Sie, dass wir ausspioniert wurden?«

»Die ganze Aktion war bestimmt geplant …« Pulaski nickte, zögerte dann jedoch. »Wobei eigentlich … Jasmin hat sich doch erst kurzfristig entschieden mitzufahren, richtig?« Er wirkte müde.

»Genau genommen erst ein paar Tage vorher.«

Pulaski kniff die Augen zusammen, starrte mit abwesendem Blick zwischen die Bäume zum funkelnden See und kaute an der Unterlippe. »Die Entführer müssen Jasmin mit dir verwechselt haben … und Ben konnten sie nirgends finden. Andernfalls hätten sie wohl die gesamte Familie mitgenommen. Das ist vermutlich der Plan gewesen.«

»Worauf wollen Sie hinaus?«

»Anscheinend waren sie doch nicht so clever und gut vorbereitet, wie wir glauben, denn sonst hätten sie euch länger und besser beobachtet und ihnen wäre dieser Fehler nicht passiert.«

»Oder sie waren einfach nur extrem vorsichtig und wollten nicht auffallen, indem sie uns tagelang beobachten«, schlug Hatty vor.

»Oder sie haben Jasmin *absichtlich* mitgenommen, um genau diesen Anschein zu erwecken, dass sie nicht geplant und gut strukturiert vorgehen.« Er seufzte. »Wie auch immer, ich schaue mich mal im Camper um. Du wartest hier.«

Pulaski ging zum Wagen, zeigte seinen Ausweis her und ließ sich von einer Frau Latexhandschuhe und Überzieher für die Schuhe geben. Dann kletterte er in den Wagen. Die Ermittler hatten die herausnehmbare Wand, von der Hatty erzählt hatte, bereits gefunden und das darin verborgene Material schon fein säuberlich sortiert und in Klarsichtfolien verpackt.

Pulaski zeigte auch hier seinen Ausweis her und warf einen Blick auf die Festplatten, USB-Sticks, Fotos und diversen Screenshots. Das sah nicht nach der privaten Sammlung eines Pädophilen aus und schon gar nicht nach dem geheimen Lager eines Händlers, der sein Zeug im Darknet verkaufte. »Was wissen Sie bis jetzt?«

»Sieht aus wie Recherchematerial, wenn Sie mich fragen«, erklärte ihm eine junge Frau.

Pulaski sah aus dem Augenwinkel das blaue Leuchten eines Laptops. »Ist das Gerlachs Computer?«

Sie schüttelte den Kopf. »Der vom LKA.«

»Haben Sie schon einen Blick auf die Festplatten geworfen?«

»Nur auf die USB-Sticks. Scheint so, als wäre das eine Sicherheitskopie von Beweismaterial aus langjährigen Ermittlungen. Geht anscheinend um Computerhacker, die über Pornoseiten an Bankdaten heranzukommen versuchen.«

»Phishing?«, fragte Pulaski.

Die Frau nickte.

Pulaski deutete auf die Fotokopien. »Daher auch die ganzen Passwörter und Nicknames?«

»Anscheinend handelt es sich um ein groß angelegtes verzweigtes Netzwerk, das bis nach Polen reicht. Die Kollegen von der Cyberkriminalität müssen sich das alles noch genau anschauen.«

Sein Blick fiel auf einige Ausdrucke mit eng beschriebenen Quelltexten in Programmiersprache, die die Ermittler sichergestellt hatten. *Cyberhacks! Mist!* Er war ein Ermittler der alten Schule, der mit Bleistift, Notizzettel, ein bisschen Psychologie, Verhörtechnik und gesundem Menschenverstand Verbrecher überführte. Zumindest bisher! Von diesem ganzen modernen Zeug hatte er nur wenig Ahnung – und die entsprechenden Weiterbildungskurse hatte er großzügig ignoriert. Dafür gab es ja schließlich Spezialisten bei der Polizei, damit die sich mit genau solchen Dingen beschäftigten. Er fragte sich, ob dieser Sneijder vom BKA, der ihn vorhin genervt hatte, einer dieser IT-Typen war.

»Würden Sie sagen, dass dieses Material schon für eine Verhaftung und eine fundierte Anklage reicht?«, fragte Pulaski.

Die Frau zuckte mit den Achseln. »Das müssen Sie den Staatsanwalt fragen, nicht mich. Ich sichere bloß die Spuren.«

Pulaski runzelte die Stirn. Falls die Betreiber dieser Pornoseiten hinter der Entführung steckten, stellten sich zwei Fragen: Warum hatten sie Heinz Gerlach nicht einfach eine Kugel in den Kopf gejagt? Und warum hatten sie das Wohnmobil danach nicht nach diesen Beweisen durchsucht beziehungsweise den Wagen sicherheitshalber einfach abgefackelt? *Vielleicht hat dieses Material aber auch gar nichts mit der Entführung zu tun.*

Verflucht!

Der Camper wackelte ein wenig, als sich ein neuer Ermittler schwungvoll in den Bus hievte. Pulaski kannte den Mann. *Winteregger vom LKA*. Ein hochgewachsener Kerl mit Stahlrahmenbrille, Rolex, dunklem Anzug, steifem Hemdkragen und Krawatte mit Silbernadel. Vor acht Jahren war er der jüngste Kommissar beim LKA gewesen, und auch jetzt sah er immer noch so aus, als käme er frisch von der Schule. *Wird sich wohl nie ändern.* »Extra von Dresden angereist?«, fragte Pulaski.

Winteregger schien nicht einmal überrascht, Pulaski hier zu treffen. »Dachte mir schon, dass Sie da sind. Tut mir leid, das mit Ihrer Tochter.«

»Gibt es schon einen Anruf von den Entführern?«, fragte Pulaski.

»Nein, wir wissen zum jetzigen Zeitpunkt nicht einmal, ob es überhaupt mehrere Täter sind.«

Pulaski dachte an die Aufnahme der Kamera. »Müssen es wohl, wenn drei Leute verschwunden sind.«

»Vielleicht hat Gerlach die beiden ja selbst entführt.«

Hat er nicht! Verdammt! Er musste so bald wie möglich die Speicherkarte der Kamera herausrücken. Aber nicht an diese Excel-Polizisten, die nur mit ihren Statistiken und Datenbanken arbeiteten.

»Danke – sagen Sie mir Bescheid, sobald Sie eine Spur haben.« Pulaski drängte sich aus dem Wagen, streifte Handschuhe und Überzieher ab und suchte Hatty. Die war wieder zurückgegangen und hatte sich in seinen Wagen gesetzt. Möglicherweise hatte ein Polizist sie aber auch vertrieben.

Pulaski ging auf Zehenspitzen durch die matschige Wiese, kletterte unter dem Band durch und setzte sich in sein Auto.

»Und?«, fragte Hatty.

»Gerlach ist nicht pädophil.«

»Weiß ich, meine Mutter ist es.«

»Nein, ich meine, er ist es *generell* nicht.«

»Aber die Sachen in seiner Schreibtischschublade daheim und hier hinter der Wand?«

»Ist Beweismaterial, das er zusammengetragen hat. Er war jemandem auf der Spur.«

»Aber Gerlach ist doch schon lange in Pension.«

»Ist vielleicht ein geheimes Hobby von ihm. Jedenfalls war er jemandem auf der Spur, der Datenphishing betreibt.«

Hatty legte die Stirn in Falten. »Datenphishing …«, wiederholte sie. »Hab ehrlich gesagt nie richtig kapiert, was das sein soll.«

»Eigentlich ist es ganz einfach«, murmelte Pulaski. »Über Webseiten oder E-Mails wird eine Software auf deinem Computer installiert, die deine Passwörter, Kontozugangsdaten oder PIN- und TAN-Codes abfragt. Und dann wird deine Identität angenommen.« *So, und jetzt frag mich bitte nicht noch mehr darüber!* Hoffentlich kannte sich Winteregger mit diesem ganzen Mist aus.

»Das heißt, die Webseiten, von denen ich die Screenshots gesehen habe, existieren nicht wirklich?«

»Doch, die existieren schon. Es sind *echte* Pornoseiten, die allerdings von einer Phishing-Software infiltriert wurden.«

»Und warum ausgerechnet Kinderpornoseiten?«

»Dort erwischte es nie die Falschen.« Pulaski zuckte mit den Schultern. »Außerdem rennen die wenigsten, die davon betroffen sind, zur Polizei.«

»Davon lässt sich leben?«

Wenn du wüsstest! Pulaski trommelte mit den Fingern auf das Lenkrad. »Hast du eine Idee, warum Gerlach das ganze Zeug in seinem Wohnmobil versteckt hat und nicht zu Hause in einem Safe? Oder Bankschließfach?«

Hatty schien ernsthaft nachzudenken. »Ich habe eine Vermutung.«

»Tatsächlich?« Überrascht richtete Pulaski sich auf. »Du solltest zur Kripo gehen, anstatt in Berlin Fremdsprachen zu studieren.« Er sah sie ernst an. »Welche Vermutung?«

»Vor einem halben Jahr, also kurz bevor meine Mutter, Ben und ich in Gerlachs Villa gezogen sind, wurde bei ihm zu Hause eingebrochen.«

»Was wurde gestohlen?«

»Soviel ich weiß, nicht viel. Gerlach meinte damals, dass die Einbrecher wohl gestört worden sind, aber wenn ich jetzt drüber nachdenke, verhielt er sich dabei irgendwie komisch.«

Pulaski drehte sich im Sitz herum und rückte näher. »Und du denkst, das hängt mit dem Versteck in seinem Wohnmobil zusammen? Die Einbrecher haben damals nach einer bestimmten Sache in seinem Haus gesucht, diese vielleicht sogar gefunden, und seitdem versteckt Gerlach sein belastendes Recherchematerial im Camper?«

»Möglich. Kurz nach dem Einbruch hat er jedenfalls diesen neuen Camper gekauft.«

Vielleicht hat er die Cyberkriminellen aber auch erpresst und sich ein wenig dazuverdient. Dann wurde er womöglich gierig, und sie haben ihn verschwinden lassen. »Hat Gerlach in den letzten Jahren auffällig viel Geld verdient oder ausgegeben?«, fragte er.

»Sie meinen, abgesehen von diesem Luxusmobil?« Hatty dachte nach, dann zuckte sie mit den Achseln. »Meine Mutter kennt ihn erst seit zwei Jahren – ich weiß es nicht, glaube aber eher nicht. Er wirkt zumindest nicht so, als lebte er über seine Verhältnisse. Warum?«

»Nur so.« *Besser, du glaubst weiter an eine simple Entführung und nicht an einen brutalen Racheakt.* »Okay …«, murmelte Pulaski schließlich. »Fahren wir zu deinem Bruder.« Er startete den Wagen und wollte schon den Rückwärtsgang einlegen, als ein hektisch winkender Polizist mit einem aufgeklappten Laptop im Arm auf sie zustürzte.

Pulaski ließ das Seitenfenster hinunter. »Was?«

»Ein Videogespräch für Sie.«

Pulaski blickte auf sein Handydisplay. Keine Anrufe in Abwesenheit. »Mein Chef vom Dezernat?«

Der Polizist schüttelte den Kopf. »Ein gewisser Maarten S. Sneijder …«

33. Kapitel

Sneijder saß in einem Erste-Klasse-Zugabteil am Fenster und betrachtete die vorbeirasende Landschaft. Er hasste Bahnfahrten. Verband diese stets mit besonders langer Untätigkeit, aber die Zugfahrt war dennoch mit weniger als vier Stunden die schnellste Verbindung nach Leipzig. Und da ihm diesmal auch noch Miyu und Marc gegenübersaßen, die mit ihren Handys einen stabilen Hotspot erstellt und Tablet und Notebook mit dem Internet verbunden hatten, konnten sie zumindest die Zeit nutzen, um zu arbeiten.

Miyu hatte das Rollo vor ihrem Fenster heruntergezogen, da sie die Flut aus Lichtern und Bewegungen anscheinend nervös machte. Zumindest lag ihr Abteil am Ende des Zuges, und so liefen nicht allzu viele Leute vorbei – was auch Sneijder sehr zu schätzen wusste.

Denn bis vor wenigen Jahren war auch er noch ein absolut überzeugter Einzelgänger gewesen. Der Gedanke daran, mit anderen zusammenzuarbeiten, hatte ihn emotional völlig überfordert. Mittlerweile hatte er jedoch – nicht zuletzt durch die Zusammenarbeit mit Sabine Nemez – die Vorteile einer Partnerin und dann später eines Teams kennengelernt. Seither arbeitete er nach dem Prinzip, niemals das zu tun, was ein anderer für ihn erledigen konnte. Er war zwar immer noch kein Team-Player, würde auch nie einer werden, aber die letzten Jahre hatten gezeigt, dass es sich lohnte, Kompromisse zu machen. Nie war seine Ermittlungsarbeit so erfolgreich gewesen. Immerhin hatte er selbst entscheiden können, mit wem er zusammenarbeitete: mit den Besten ihres Fachs. Spezialisten, die einerseits trotz ihrer Ausbildung noch aufsässig genug waren, ihren eigenen kreativen Kopf gegen ihre Vorgesetzten durchzusetzen, wenn sie davon überzeugt waren, richtig zu handeln. Die aber andererseits gewillt waren, zu lernen und sich nach seinen Vorstellungen ausbilden zu lassen. Genialität, Eigeninitiative und Lernbereitschaft – Eigenschaften, die in dieser Kombination höchst selten vorkamen. Bei Marc war er sicher, dass er sie genauso wie bei Sabine Nemez gefunden hatte, bei Miyu hoffte er das. Die nächsten Tage würden es zeigen.

»Ich habe den leitenden Ermittlungsbeamten des LKA am Kulkwitzer See ausfindig gemacht. Ein Mann namens Winteregger«, riss Marc ihn aus seinen Überlegungen und schob ihm das Notebook über das kleine Tischchen hinüber. »Warum willst du nicht mit ihm und dem LKA reden, sondern unbedingt mit diesem Walter Pulaski?«

»Für das LKA und Winteregger ist es nur ein normaler Job, der nach Dienstschluss wieder vergessen ist, aber für diesen Pulaski ist das eine persönliche Angelegenheit. Der wird nicht ruhen, bis er seine Tochter gefunden hat. Solche Leute brauchen wir. Und wenn wir seine Tochter haben, haben wir auch Gerlach!«

»Und wenn Pulaski nicht so gut ist, wie du denkst?«

»Sein Vorgesetzter behauptet das Gegenteil.«

»Lassen wir uns überraschen.« Seufzend nickte Marc zum Notebook. »Die Teams-Verbindung steht jetzt.«

Sneijder aktivierte den Ton und betrachtete den Ermittlungsleiter, einen Mann jüngeren Alters, top gestylt im Anzug, der vor einem Polizeiwagen mit Bäumen im Hintergrund stand. »Maarten S. Sneijder, Bundeskriminalamt Wiesbaden. Ich bin auf dem Weg zu Ihnen. Mich interessiert der Fall Gerlach.«

Die Verbindung war schlecht, und anscheinend ging am See ein heftiger Wind, weil die Bäume so rauschten. »Ja, in Ordnung«, sagte Winteregger. »Hab schon von Ihnen gehört. Reden wir, wenn Sie hier sind und …«

»Aber vor allem«, unterbrach Sneijder ihn, »möchte ich, dass Sie mir Bescheid geben, wenn Walter Pulaski bei Ihnen auftaucht. Ich muss dringend mit ihm sprechen.«

Winteregger hob den Blick, drehte den Kopf und rief: »Ist Pulaski noch da?«

Im Hintergrund hörte Sneijder ein dumpfes *Ja*.

»Goed, goed!«, murmelte Sneijder. »Können Sie ihn an den Schirm holen?«

»Ist es dringend?«

»Nein, total unwichtig!«

»Ja, schon gut. Einen Moment ...«

»Und ich möchte, dass er dranbleibt und mit mir spricht, klar?«, fügte Sneijder hinzu.

»Wir werden es versuchen.«

Sneijder sah an der Kameraperspektive, wie der Laptop herumgereicht wurde und dann jemand damit über die Wiese lief. *Video-Konferenzen sind doch etwas Herrliches.* Und diesmal würde sich Pulaski nicht einfach so aus der Affäre ziehen können.

Eine Minute später sah Sneijder den grauhaarigen Mann mit Dreitagebart, dessen Foto er bereits in der Daedalos-Datenbank gefunden hatte. Pulaski saß in einem Wagen und hatte den Laptop offenbar auf die Ablage vor der Windschutzscheibe gestellt.

»Pulaski?«, fragte Sneijder.

»Sie sind hartnäckiger als Zahnbelag«, schnaubte der Mann.

Sneijder spürte, wie sein Blutdruck stieg, sagte aber nichts. Jetzt sah er, dass neben Pulaski eine junge Frau auf dem Beifahrersitz saß. »Ist das Gerlachs Tochter?«

»Stieftochter! Was wollen Sie?«

»Ich weiß, dass Sie unter Druck stehen, weil Ihre Tochter verschwunden ist. Und mir ist auch klar, dass Sie das Mädchen mit allen Mitteln suchen werden.«

»Ich ...«

»Seien Sie still und hören Sie mir einfach nur eine Minute lang zu! Genau deswegen rufe ich an. Es sind nämlich nicht nur Gerlach, seine Frau und Ihre Tochter verschwunden, sondern auch meine Kollegin. Und ich bin sicher, dass es eine Verbindung zwischen den Fällen gibt.«

Pulaskis Gesicht zeigte keine Regung. »Und zwar?«

Noch war es nicht an der Zeit, den Mann in alles einzuweihen. »Wurde das Wohnmobil von den Entführern durchsucht?«, fragte Sneijder stattdessen.

»Ja, oberflächlich«, bestätigte Pulaski. »Möglicherweise haben dieselben Leute vor einem halben Jahr auch schon in Gerlachs Villa eingebrochen und sein Haus durchsucht. Warum ist das wichtig?«

Sneijder holte eine Akupunkturnadel aus seinem Set, stach sie sanft in seinen Handrücken und drehte daran. »Gerlach war einer Gruppe Computerhackern auf der Spur.«

Das Bild wackelte kurz, die Verbindung fror ein, aber Sneijder hatte noch gesehen, wie Pulaski eine Augenbraue hochzog. Dann war das Bild wieder da. »Gerlach hat in seinem Camper jede Menge belastendes Material gegen Cyberkriminelle versteckt«, erklärte Pulaski.

Sneijder lächelte innerlich. *Vervloekt, ja, wir sind auf der richtigen Spur!* »Ich vermute, dass meine Kollegin in den Händen derselben Leute ist, die auch Richter Gerlach und Ihre Tochter entführt haben.«

»Was wissen Sie über diese Gruppe?«

»Leider gar nichts«, gab Sneijder zu. »Dem BKA ist diese Gruppe völlig unbekannt, und vermutlich ist Gerlach der Einzige, der mehr über sie weiß.«

»Die IT-Spezialisten des LKA Dresden analysieren gerade das Material.« Pulaski erklärte ihm, was sich alles hinter der Wand befunden hatte.

»Vergessen Sie das LKA«, knurrte Sneijder. »Bis die sich durch alle Beweise gegraben haben, vergehen Tage, wenn nicht sogar Wochen. Aber so viel Zeit haben wir nicht. Wenn es nach mir ginge, bräuchte ich die Ergebnisse innerhalb der nächsten *Stunden.*«

»Dann sind wir ja ausnahmsweise mal einer Meinung«, murmelte Pulaski.

»Ich machen Ihnen einen Vorschlag: Ich helfe Ihnen, und Sie helfen mir. Es ist eine Win-Win-Situation.«

»Wenn wir Pech haben, stehen wir uns gegenseitig im Weg und es ist eine Lose-Lose-Situation«, gab Pulaski zu bedenken.

»Ja, womöglich sind am Ende des Tages sowohl meine Kollegin als auch Ihre Tochter tot. Aber das wird nicht passieren, wenn ich es … *wir* es verhindern können.« Sneijder betrachtete Pulaskis versteinertes Gesicht. »Ich möchte, dass Ihnen eine Sache klar ist: Das LKA arbeitet zu langsam. Bis die begriffen haben, worum es hier wirklich geht, ist zu viel wertvolle Zeit vergangen. Zeit, die wir beide nicht haben. Und allein haben *Sie* nicht die geringste Chance.«

»Sagt wer?«

Sneijder ging nicht darauf ein. »Aber mit mir und dem BKA an Ihrer Seite können wir Ihre Tochter finden.«

»Na schön. Dann kommen Sie her.«

»Bin bereits unterwegs.«

»Gut, und in der Zwischenzeit lassen Sie mich meine Arbeit machen. Ich versuche, mir einen Zugang zu den ausgewerteten Daten aus dem Wohnmobil zu verschaffen, Mister Schlipsträger vom BKA.«

Sneijder sah, wie Pulaski zum Laptop griff, dann war die Verbindung weg.

Was für ein Kotzbrocken, dachte Sneijder.

34. Kapitel

Vier Tage zuvor: Freitag, 1. Juni

Sabine hatte ihr Zeitgefühl komplett verloren. Es gab in ihrem provisorischen Gefängnis weder ein Fenster noch eine direkte Zufuhr von Frischluft. Sie hatte gelesen, dass sich bei Menschen in absoluter Isolation im Lauf der Zeit ein unbewusster Tagesrhythmus von fünfundzwanzig Stunden einpendelte und die Zeitspannen oft kürzer eingeschätzt wurden, als sie tatsächlich waren. Aber ohne Handy, Uhr und Tageslicht, nur an Hand ihres Schlafrhythmus', ließ sich da absolut nichts ableiten. Sie ahnte nur, dass sie sich bereits seit mehreren Tagen hier befand. Und dass es irgendwo in dem Gebäude eine zweite Toilette geben musste, da sie ihre für sich allein hatte.

Toll! Zuerst das kalte Meerwasser in Kaliningrad, danach die stundenlange Fahrt im Kofferraum und jetzt die Isolation in diesem kalten Gefängnis. Mittlerweile schmerzte es beim Pinkeln – die Anzeichen einer beginnenden Blasenentzündung. Immerhin bekam sie zweimal täglich etwas zu essen, aber in so unregelmäßigen Abständen, dass sich auch daraus keine Routine herleiten ließ. Zusätzlich hatte sie noch Handtuch, Decke, frisches Klopapier, Zahnbürste, eine Tube Zahnpasta und kleines Stück Seife erhalten.

»Brauchst du sonst noch was?«, hatte Piotr sie kürzlich gefragt.

»Ja, mehr Licht – nicht nur zum Essen und Waschen.«

»Geht leider nicht.«

»Aspirin, ein Antibiotikum und Damenbinden.«

Piotr hatte genickt, und sie hatte am nächsten Tag zumindest die Schmerztabletten und Binden erhalten. In einer polnisch beschrifteten Verpackung, genauso wie bei der Seife und der Zahnpasta.

Nach nochmaliger ausführlicher Durchsuchung des Waschraums ging sie davon aus, dass es hier weder Kameras noch versteckt installierte Mikrofone gab. Die Kriminellen hatten offenbar noch nie jemanden in diesem Gebäude gefangen gehalten und diesen Raum aus Mangel an Alternativen einfach umfunktioniert. Der Vorteil war, dass sie dadurch fast den ganzen Tag ungestört war – und diese Zeit für Liegestütze, Sit-ups, Dehnungsübungen und Klimmzüge am Türstock nutzen konnte. Zum Glück hatte sie bisher kein Fieber bekommen oder auch nur eine Erkältung. Sie musste aber nicht nur ihren Körper fit halten, sondern auch verhindern, dass sie in der ständigen Dunkelheit durchdrehte. Und so löste sie Rechenaufgaben.

Zum Glück hatte Piotr ihre Befragung gleich zu Beginn wieder aufgegeben, und nun warteten sie wohl alle auf die Ankunft von diesem Bartosz, der sie angeblich zum Sprechen bringen würde. Und bis dahin wollten sie sie anscheinend mit totaler Isolation im Dunkeln weichkochen.

Als wieder einmal der Schlüssel im Schloss klimperte, dehnte Sabine gerade eines ihrer Beine auf dem Waschbecken. Sogleich setzte sie sich auf den Boden. Piotr brauchte nicht mitzukriegen, womit sie sich beschäftigte. Im nächsten Moment ging auch schon das Licht an. Sabine presste die Augen zusammen. Wenn es unverhofft hell wurde, war sie praktisch immer erst einmal mehrere Sekunden lang blind.

Sie wartete einige Atemzüge, blinzelte schließlich und sah, wie Piotr hereinkam. In den Händen hielt er ein Tablett, auf dem sich Rührei mit Schinken, eine Scheibe Brot, eine Tomate, ein Plastiklöffel und ein Orangensaft im Kunststoffbecher befanden. Sie wusste nicht einmal, ob das nun ihr Frühstück, Mittag- oder Abendessen war.

»Welchen Tag haben wir heute?«, fragte sie, wobei sie versuchte, ihrer Stimme einen brüchigen und schlaffen Ton zu geben.

»Freitag.«

Ach, du Scheiße! Sie rechnete kurz nach. »Der erste Juni?«

Piotr nickte.

Dann war sie bereits den vierten Tag hier. »Morgens oder abends?«

Piotr stellte das Tablett auf dem Boden ab. »Ist das wichtig?«

Vermutlich nicht! Jedenfalls änderte es nichts an ihrer Situation. Sie wollte zu dem Tablett kriechen, doch Piotr stoppte sie mit einer Handbewegung. »Langsam! Vorher möchte ich dir jemanden vorstellen.«

»Bartosz, nehme ich an«, flüsterte Sabine.

»Da hast du den Jackpot gewonnen«, sagte Piotr humorlos. »Bartosz war im Krieg. Ex-Soldat. Ist nicht gerade der Hellste«, erklärte er und wedelte mit der flachen Hand vor der Stirn herum. »Aber er kennt einige effektive Methoden, um Kriegsgegner zum Reden zu bringen.« Dabei verzog er schmerzhaft das Gesicht.

»Kann er mir das nicht selbst erklären?«, fragte Sabine.

Piotr schüttelte den Kopf. »Er redet nicht viel. Der Krieg hat ihn ziemlich verändert. Da hat er Sachen gesehen, die er nicht mehr aus dem Kopf bekommen hat, und eines Tages fing er dann an, genau diese Sachen selbst zu machen. Hat dann wohl irgendwann angefangen zu glauben, dass er Gott ist. Und so benimmt er sich auch. So ist Bartosz. Der muss nicht viel sprechen.«

»Bist du sein Therapeut?«

»Du findest das wohl witzig.« Piotr blieb ernst. »Bartosz ist alles andere als eine Lachnummer. Er wird international gesucht. Er hat im Krieg nicht nur Frauen und blutjunge Mädchen vergewaltigt, sondern auch junge Männer und Buben … alles, was ihm über den Weg gelaufen ist. Und wenn die nicht wollten, hat er sie dazu gebracht, es zu wollen.«

Diesmal sagte Sabine nichts mehr.

Piotr ging zur Tür. »Wir beide werden uns jetzt einige Tage

lang nicht mehr sehen – zumindest so lange, bis wir alles von dir erfahren haben, was wir wissen wollen.« Er öffnete die Tür und drehte sich noch einmal um. »Ab jetzt bist du mit Bartosz allein. Ich möchte nicht in deiner Haut stecken … und wenn ich dir einen Rat geben darf: Bettle darum, dass du alles sagen darfst, was du weißt.«

Piotr verschwand, und im nächsten Moment stand ein großer Kerl mit der Statur eines Ringers im Türstock, etwa Mitte dreißig mit tätowierter Glatze. Der Mann grinste. Ein unterer Eckzahn fehlte, und oben hatte er zwei goldene Schneidezähne, die im Deckenlicht glänzten. Er sah aus wie eine schreckliche Karikatur, bei der Sabine jedoch das Lachen im Halse stecken blieb.

Behäbig trat er ein und schleifte dabei einen wuchtigen Holzstuhl hinter sich her, den er mitten im Raum hinstellte. Dann ging er zurück und sperrte die Tür ab. Der Schlüssel verschwand in seiner Hosentasche.

Sabine schluckte. Bartosz kam zu ihr, baute sich vor ihr auf. Dieser Kerl musste über eins neunzig sein. Er trug eine dunkelgrau gefleckte Militärhose mit Seitentaschen und breitem Gürtel, ein schwarzes enges Rippshirt und geschnürte Militärstiefel. Auch die Innenseiten der muskulösen Oberarme waren mit kyrillischen Buchstaben und Symbolen tätowiert, die Sabine nicht kannte. *In welchem Krieg hast du gedient?* Afghanistan, Irak, Syrien oder auf der Krim? Wahrscheinlich überall dort, wo es wirklich hässlich geworden war.

Bartosz setzte sich ohne ein Wort zu sagen vor sie auf den Stuhl und musterte ausführlich ihre mittlerweile fleckige und verschwitzte Kleidung, ihren einen dreckigen Socken und ihr fettiges Haar. Dann machte er den Mund auf. »Ich bin nicht verrückt«, erklärte er in halbwegs gutem Deutsch mit vermutlich bulgarischem Akzent. »Bin hier oben ganz okay.« Er bohrte sich mit dem Zeigefinger in die Stirn.

»Okay«, krächzte Sabine.

Bartosz griff hinunter zum Tablett und stellte es sich auf den Schoß. Mit nur zwei Bissen war das Rührei weg. »Kommen wir zu uns«, sagte er mit vollem Mund. »Ich habe dich lange genug warten lassen, war unterwegs, musste noch was anderes erledigen.« Er tastete mit der Zunge über die Zahnlücke, dann trank er den Becher Orangensaft in einem Zug leer.

Sabine versuchte, nicht zu der Tomate und dem Brot zu schielen, während das Knurren in ihrem Magen zunahm.

»Die jungen Männer dort draußen wollen etwas von dir wissen, und ich soll es aus dir herausholen. Mir ist egal, ob du es weißt oder nicht. Je länger es dauert, umso besser. Ich kann nicht beurteilen, ob deine Antworten gut sind oder nicht. Das müssen die sagen.« Er stopfte sich die Tomate in den Mund. »Ich werde dir jetzt sagen, wie das abläuft.«

Er stellte das Tablett auf den Boden. Sabine wollte sich die Brotscheibe schnappen, bevor er die auch noch verschlang, doch er war schneller, beugte sich nach vorn über das Tablett, räusperte sich aus tiefer Kehle und spuckte auf das Brot.

Du mieses Dreckstück!

Bartosz wischte sich mit dem Unterarm über den Mund. »Ab jetzt bekommst du nichts mehr zu essen und nur noch das Wasser aus der Leitung zu trinken. Das hältst du maximal zwei Wochen lang durch.«

Bis dahin habe ich dich längst umgebracht, du elendes Schwein!

»Zuerst werde ich dir wehtun. Am Ellbogen, Knie, Knöchel und den Rippen – da, wo es richtig schmerzt und du es noch lange spürst. Als Nächstes breche ich dir der Reihe nach die Finger. Anfangs kannst du sie dir noch selbst wieder richten, aber irgendwann gehen dir die funktionierenden Finger dafür aus. Dann schmerzt jede einzelne Bewegung.«

Sabines Puls ging nach oben.

»Hast du schon mal probiert, die Hose zum Pinkeln runterzulassen, wenn alle Finger gebrochen sind und wie Antennen wegstehen?«

Sie starrte Bartosz fest in die Augen. *Der meint das tatsächlich ernst!* Ihr stand eine mehrstufige und sich langsam steigernde Folter bevor. Diese Gruppe hatte offenbar keinen Zeitdruck und rechnete nicht damit, gefasst zu werden.

»Danach kommen Elektroschocks«, erklärte Bartosz.

Sabine kannte die Folgen. Zuerst würde sie sich in die Hose machen, dann ein Nervenleiden entwickeln und Muskelkrämpfe bekommen, die nicht mehr aufhörten. Ihr Herz würde immer stärker flattern und nur noch unregelmäßig schlagen.

»Schlaf wirst du dir herbeisehnen, aber ohne Erfolg. Und zuletzt …«

»Was willst du wissen?«, fragte sie rasch, da sie den Schluss gar nicht mehr hören wollte.

Grinsend griff er in die Seitentasche seiner Hose und holte einen Zettel heraus, den er auseinanderfaltete. »Die Jungs wissen mittlerweile, in welcher Abteilung du und Marc Krüger arbeiten. Wie lauten eure Benutzernamen und Passwörter? Verwendet ihr eine zusätzliche Login-Bestätigung über eine Handy-App? Mit welchen Programmen arbeitet ihr? Wie lauten die Zugangsdaten für die VPN-Server? Die Administrationszugänge und IP-Adressen der Datenbank-Server? Wie heißt der Zugangscode zu Dedalus?«

O Gott, davon wissen sie auch. »Daedalos«, korrigierte Sabine ihn.

Bartosz blickte auf den Zettel. »Sag ich doch! Wie ist das Computernetz strukturiert? Welche Firewall-Modelle in welchen Versionen verwendet ihr? Wie lauten die Namen der anderen IT-Spezialisten des BKA? Und wo wohnen die?«

»Woher soll ich das alles wissen?«

Bartosz grinste. »Gut für mich, wenn du es nicht weißt! Denn so wirst du die letzte Stufe unserer gemeinsamen Beziehung auch noch erfahren.« Er steckte den Zettel wieder ein. »Dann kannst du dir nämlich aussuchen, ob du dich ausziehst und die Beine breitmachst oder ob ich dir ein paar Körperteile abschneide. Mir macht beides gleich viel Spaß.«

Sie funkelte ihn an.

»Du solltest deinen Blick sehen«, sagte er amüsiert.

Irgendwie komme ich an eine Waffe ran, und dann schieße ich dir deine mickrigen Eier weg, bevor du mich anfasst.

35. Kapitel

Pulaski saß spätabends allein in seinem Wagen und fuhr in die Waschstraße bei der Tankstelle, die nur wenige Meter von seiner Wohnung entfernt lag. Seit seinem Besuch am Kulkwitzer See klebte der Matsch seitlich bis zu den Scheiben an seinem Wagen.

Er rumpelte auf die Schiene, deaktivierte sicherheitshalber die Scheibenwischer und schaltete den Motor aus, dann wurde das Auto auf der Schiene reingezogen. Das lange Waschprogramm, das er eingestellt hatte, würde den Schmutz runterwaschen und danach den Lack polieren. Aber das war nicht der einzige Grund, warum er hierhergefahren war.

Während er in den Waschtunnel einfuhr, es dunkel wurde, die Maschine anlief, sich weißer Schaum auf die Windschutzscheibe ergoss und Wasser laut aufs Autodach prasselte, öffnete er eine eisgekühlte Dose Cola, die er in der Tankstelle gekauft hatte. Keine Cola Light, auch keine Coke Zero. Diesen Mist brauchte er nicht. Was er jetzt dringend nötig hatte, damit sein Hirn funktionierte, war Zucker. Und zwar in rauen Mengen, auch wenn ihm das klebrige Zeug ein riesiges Loch in die Gedärme fressen würde.

Er nahm einen Schluck, woraufhin die Kohlensäure sogleich durch den Rachen und die Nase in sein Hirn stieg. Gierig trank er die Dose leer und zerdrückte sie anschließend. Die Walzen mit den blauen Borsten begannen sich zu drehen und glitten über das Auto, das ein wenig hin und her ruckelte. Er schloss die Augen und konzentrierte sich darauf, wie das Wasser aufs Dach trommelte, wobei sich der Hochdruckstrahl wie ein heftiger Regenguss anhörte. Das lange Programm mit der Unterbodenwäsche dauerte zehn Minuten. So lange hatte er Zeit. In Gedanken stellte er sich vor, wie ein Blitz den Himmel erleuchtete, Donner grollte, der Wind den Camper hin und her rüttelte und die Zelte draußen im Sturm flatterten. Genauso musste es in jener Nacht gewesen sein.

Da Ben vermeintlich schlief, war das Licht ausgeschaltet. Jasmin war gerade noch dem großen Wolkenbruch entkommen, hatte sich vom Restaurant halb nass ins Wohnmobil gerettet und sich die Haare mit einem Handtuch trocken gerubbelt. Kein Mensch weit und breit. Nur Gerlach, seine Frau und Ben.

Hatty würde jeden Augenblick kommen. Ein verstohlener Blick zu dem Buch auf dem Regal. *Die Kamera filmt jetzt. Zeichnet alles auf.* Ein kurzer Blick zu Ben ins Bett. Seine Mutter sagt irgendetwas, plötzlich wird die Tür aufgerissen. Schreie, Chaos, ein wildes und verzweifeltes Gerangel beginnt. Jasmin wird brutal ins Freie gezerrt. Hinaus in den Regen. Jemand hält ihr den Mund zu. Vermutlich wird sie gefesselt, vielleicht sogar auf dem Boden in den Matsch gedrückt, danach fortgeschleift. Vermutlich mit einer Kapuze über dem Kopf. Hört sie Stimmen? *Fremdländische? Deutsche? Von Männern, Jugendlichen oder Frauen?* Vielleicht hat sie sogar nach ihrem Vater geschrien. *Wie kann das sein, was gerade mit mir passiert? Mitten auf einem öffentlichen Campingplatz in Deutschland? Was wollen die von mir?*

Sie will sich befreien, kassiert einen Schlag, danach wird sie betäubt, in einen Wagen gezerrt und fortgeschafft. Der Regen verwischt alle Spuren.

Pulaskis Augenlid zuckte. Der Gedanke, was und wie es genau passiert sein könnte, machte ihn schier verrückt – aber er versuchte, sich weiter zu konzentrieren.

Die Entführer müssen damit gerechnet haben, vier *Personen zu entführen. Sie müssen also mindestens zu viert gewesen sein, vielleicht sogar zu fünft, wenn einer die Umgebung im Auge behalten hat. Eventuell sogar zu sechst, wenn einer im Fluchtauto gewartet hat. Das Auto muss entsprechend groß gewesen sein. Vielleicht sogar ein Camper, der auf dem Gelände nicht auffällt. Bestimmt mit einem Begleitfahrzeug, womöglich sogar einem zweiten Campingbus. Damit sind sie im Konvoi rausgefahren, haben sich sofort außerhalb des Geländes getrennt und sind auf verschiedenen Wegen …*

Pulaski fuhr aus den Gedanken hoch, als die Tür aufgerissen wurde. Blinzelnd schaute er zum Beifahrersitz. *Das gibt es doch nicht!* Der Glatzkopf vom BKA, mit dem er am Vormittag den Video-Call gehabt hatte, stieg ein und warf sich auf den Sitz neben ihm. Rasch knallte der Mann die Tür zu und wischte sich ein paar Wassertropfen vom Anzug. Das Waschprogramm war bereits zu Ende, aber jetzt begannen die Düsen erneut zu arbeiten.

»Habe die Unterbodenwäsche noch mal gestartet«, erklärte der Mann mit dem etwas nuschelnden niederländischen Akzent.

Pulaski starrte ihn verblüfft an. Von draußen war der Geruch von Seife und Schaum ins Wageninnere gedrungen, aber hier drinnen roch es plötzlich auch noch nach etwas anderem – und zwar penetrant nach Tabak und … *Marihuana*! »Was zum Teufel …?«, fluchte Pulaski.

»War gar nicht so leicht, Sie zu finden«, knurrte Sneijder.

»Und wie haben Sie mich gefunden?«

»Die Kollegen am See haben mir erzählt, dass Sie heimfahren wollten.« Sneijder rückte auf dem Sitz herum. »Bin mit dem Taxi zu Ihrer Wohnung gefahren, da habe ich Sie zufällig in einem Škoda an mir vorbeirasen und an der Tankstelle einbiegen sehen. Anscheinend waren Sie in Gedanken. Sie haben ein Stoppschild überfahren.«

»Bekomme ich jetzt einen Strafzettel vom BKA?«

»Ich mag es, wenn es jemand eilig hat.«

»Sie haben es ja auch ziemlich eilig«, konterte Pulaski. »Konnten Sie nicht wenigstens warten, bis ich mit dem Wagen draußen bin?«

Sneijder sah ihn amüsiert an. »Das hätten Sie wohl gern. Aber hier können Sie nicht abhauen, und Sie müssen mir zuhören.« Er rutschte näher.

»Mann, rücken Sie mir wenigstens nicht so auf die Pelle. Man könnte glauben, Sie wären vom anderen Ufer.«

»Bin ich.«

Pulaskis Mund klappte auf.

»Machen Sie den Mund wieder zu – und bloß keine falschen Hoffnungen, Sie sind nicht mein Typ.« Sneijder kramte eine Zigarettenpackung aus dem Sakko. »Stört es Sie, wenn ich hier drinnen rauche? Bringt die Gehirnwindungen in Schwung.«

»Was? Fuck! Ja!«

»Ja, ich darf?«

»Ja, *es stört mich*!«

»*Verdomme*, beruhigen Sie sich wieder.« Sneijder schüttelte einen Joint aus der Schachtel und roch am Gras.

»Ich hasse Raucher, verträgt sich nicht mit meinem Asthma.«

»Aber riechen darf ich daran, ohne dass Sie gleich krepieren?«

»Von mir aus können Sie sich das Gras wie Koks durch die Nase ziehen!«

»Wie großzügig! Hin und wieder ist das nötig, daran werden Sie sich in den nächsten Tagen gewöhnen müssen.«

»Den nächsten Tagen? Ich …«

Sneijder hob die Hand. »Wäre vermutlich fürchterlich interessant, was Sie mir zu sagen haben, aber lassen wir den Smalltalk! Was haben Sie inzwischen über die Festplatten aus dem Camper herausgefunden?«

Pulaski verzog unglücklich das Gesicht. »Bin da nicht rangekommen. Winteregger hält alles unter Verschluss. Handelt sich anscheinend um brisante Informationen. Darum ist das LKA jetzt an der Sache dran.«

»*Sie* sind gescheitert? So ein brillanter Geist?« Sneijder setzte ein amüsiertes Lächeln auf.

Dämlicher Kotzbrocken! »Es ist nicht *mein* Fall, außerdem bin ich nur beim Dauerdienst, und darüber hinaus bin ich noch befangen.« Unwillkürlich war Pulaski laut geworden.

»Keine Sorge, Mann, beruhigen Sie sich.« Sneijder klopfte ihm auf den Oberschenkel. »Ich habe bereits beantragt, Einsicht in die Ermittlungsergebnisse zu bekommen. Aber das dauert.« Er seufzte. »Für meinen Geschmack zu lange.«

Pulaski atmete tief durch. »Was machen wir in der Zwischenzeit?«

Sneijder rückte herum und starrte durch die Windschutzscheibe. »Ich stelle Ihnen meine Ermittlergruppe vor.« Das Programm ging zu Ende, der Balken mit den Luftdüsen hob sich und gab erneut den Blick auf das Tor frei, das sich jetzt langsam öffnete.

Es wurde hell, die Ampel an der Fahrerseite sprang auf grün. »Ihre Gruppe?« Pulaski startete den Wagen und fuhr aus der Waschstraße. Obwohl die Abendsonne inzwischen hinter den Hausdächern versunken war, war das Licht im ersten Moment ziemlich grell.

Das Auto rumpelte von den Schienen. Nach wenigen Metern stoppte Pulaski den Wagen. Auf dem Parkplatz vor ihm standen zwei junge Leute. Ein blonder Bursche mit widerspenstigen Naturwellen, der mit seinem ausgewaschenen »Akte-X«-T-Shirt und einer zerfledderten Umhängetasche aus Leder wie ein Computernerd wirkte, und ein magersüchtiges junges Ding mit langen schwarzen Haaren und asiatischen Gesichtszügen, das ins Nichts starrte, als suchte es verzweifelt nach etwas zu essen. Hinter ihnen befanden sich drei Gepäckstücke, eines davon ein großer Schrankkoffer auf vier Rollen, der mit einem alten Ledergurt zusammengebunden war.

Pulaski blickte sich um, sah aber außer den beiden niemand anderen. »Sagen Sie jetzt bitte nicht, dass *das* Ihr Team ist!«

»Das ist mein Team.«

»Die beiden jungen Pupser?«

»Was haben Sie erwartet?«

O Gott! Pulaski trommelte aufs Lenkrad. »Eine schlagkräftige einsatzbereite Truppe, die jedem den Arsch aufreißt, der sich uns in den Weg stellt.«

»Das *ist* eine schlagkräftige Truppe, und *ich* werde jedem den Arsch aufreißen.«

Pulaski schielte zu ihm. »An Ihrem Humor müssen Sie noch arbeiten.«

»Glauben Sie es oder nicht – die beiden sind einzigartig.«

»Bin ich auch, aber was besagt das schon?«, kommentierte Pulaski wenig überzeugt.

Sneijder machte eine knappe Kopfbewegung, woraufhin die beiden mit dem Gepäck zum Wagen kamen. Pulaski entriegelte mit einem Griff den Kofferraum. Nachdem alles verstaut war, stiegen die beiden hinten ein.

»Marc Krüger, Miyu Nakahara«, murmelte Sneijder.

Offenbar war die Vorstellungsrunde damit beendet. Pulaski blickte in den Rückspiegel und nickte den beiden kurz zu. »Rauchen ist im Wagen verboten, kein Schokopapier in die Seitenfächer stopfen, keine dreckigen Schuhe auf den Matten abstreifen und keine Kritik an meinem Fahrstil, verstanden?« Die beiden nickten stumm und legten die Gurte an. »Gut, und was jetzt?«

»Holen wir das Mädchen«, schlug Sneijder vor.

»Hatty? Sie und ihr Bruder wurden bereits von der Polizei nach Hause gebracht.«

»In Gerlachs Villa? *Goed, goed!* Ich möchte das Haus ohnehin sehen und danach mit der Kleinen sprechen. Fahren wir hin!«

»Die Polizei wird uns aber nicht mit ihr sprechen lassen.«

»Sie vielleicht nicht, mich schon!«

Pulaski schnaubte und legte den ersten Gang ein.

36. Kapitel

Pulaski parkte seinen Škoda in der Auffahrt von Gerlachs Villa. *Ehemaliger Richter müsste man sein*, dachte Sneijder, als er aus dem Wagen stieg und mit der Hand die Augen abschirmte. Das Licht der untergehenden Sonne spiegelte sich in einem Dutzend Fenster des dreigeschossigen Hauses. Der ursprüngliche Bau mit den hohen Stockwerken, der Fassade mit den Erkern und dem Giebeldach stammte sicher aus dem neunzehnten Jahrhundert, aber man sah deutlich, dass er vor wenigen Jahren komplett renoviert worden war. Gerlach musste eine Menge Geld in dieses Heim gesteckt haben. Im Carport stand außerdem ein Mercedes Oldtimer, der genauso gepflegt aussah wie die Kieswege, Blumenbeete und Heckenreihen.

»Mann, was für eine Hütte«, murmelte Marc.

Sneijder fröstelte. Er knöpfte das Sakko zu, während er zum Haupteingang marschierte. Unter einem Dachbalken bemerkte er eine gut versteckte Alarmanlage mit Antenne. Außerdem gab es ebenso gut verborgene Videokameras, die die Einfahrt und vermutlich auch die Rückseite des Grundstücks filmten. *Nur das teuerste Equipment!* Während der Fahrt hierher hatte Sneijder Pulaski endlich in sämtliche Details ihres gemeinsamen Falls eingeweiht und auch von Pulaski alles erfahren, was der wusste. Im Moment erschien Sneijder als wichtigstes Indiz die Tatsache, dass vor einem halben Jahr in Gerlachs Villa eingebrochen worden war.

Kaum waren sie die Treppe zum Eingangsbereich hinaufgestiegen, kam eine junge Polizistin mit hochgesteckten schwarzen Haaren aus dem Haus und empfing sie unter dem Vordach. In einer

Hand hielt sie ein Funkgerät, die andere ruhte auf ihrer Waffe. »Wer sind sie? Und was wollen Sie hier?«

»Mein Name ist Walter Pu…«, begann Pulaski, doch Sneijder drängte sich vor und zeigte der Polizistin kommentarlos seinen BKA-Ausweis.

»Das ist ein BKA-Fall?«, fragte sie erstaunt.

»Noch nicht, aber vielleicht wird er das«, antwortete Sneijder. »Kommt drauf an, was wir in der Villa finden.« Er schob sich an der Dame vorbei ins Haus.

»Aber solange sollten …«

»… Sie mich hier etwas umsehen lassen.« Sneijder drückte ihr Friedrich Drohmeiers Visitenkarte in die Hand. »Um Zeit zu sparen, richten Sie alle Ihre Fragen und Beschwerden direkt an das Büro des Präsidenten. Ganz unten finden Sie seine Privatnummer.« Er sah sich in der Halle um. Seine Worte hallten noch nach. Der Boden war im Karomuster mit schwarzen und weißen Kacheln gefliest, und an der Decke hing ein monströser Kristallluster. Links und rechts davon führte jeweils eine geschwungene Treppe nach oben, die im oberen Stockwerk unter einem riesigen, dick gespachteltem Ölgemälde aufeinandertrafen. Sah irgendwie italienisch aus.

»Wo ist der Junge?«, fragte Sneijder.

Die Polizistin gab keine Antwort. Sie hatte tatsächlich mit dem Handy die Nummer auf der Visitenkarte gewählt und wartete auf die Verbindung, während das Funkgerät an ihrem Gürtel klemmte und ihre andere Hand immer noch auf dem Griff der Pistole ruhte. Dabei war sie einen Schritt zurückgewichen, sodass sie auch Pulaski, Marc und Miyu im Blickfeld hatte, die nun ebenfalls die Halle betraten. *Die Frau ist nicht schlecht in dem, was sie tut.* Ein kleiner Hoffnungsschimmer, dass die Kinder hier vorerst tatsächlich in Sicherheit waren.

Sneijder sah sich inzwischen das Sicherheitsschloss der Eingangstür an. Es war neu. Kaum Kratzer auf dem Metall, keine von den üblichen abgeschlagenen Stellen auf der Holzkassette vom Aufsperren mit dem Schlüsselbund. Die Tür war höchstens ein halbes Jahr alt.

Die Polizistin nannte ihren Namen und ihren Standort und fuhr dann fort: »… und hier ist ein gewisser Maarten S. Schneider, der …«

»*Sneijder!*«, knurrte er genervt.

»… der sich im Haus von Richter Heinz Gerlach umsehen möchte. Ich nehme nicht an, dass er einen Durchsuchungsbeschluss hat und … Wie bitte? … Braucht er nicht? Aber … In Ordnung, gut, wird nachgereicht … Soll ich …? Okay, gut … Verstanden, ich unterstütze ihn in allen Belangen. Ja, richte ich ihm aus. Danke.« Sie ließ das Telefon sinken und nahm die Hand von der Waffe. »Ich soll Ihnen von Ihrem Chef ausrichten, dass Sie mich freundlich behandeln sollen«, sagte sie ein wenig verdattert.

Sneijder nickte. »Liegt an Ihnen und Ihrem Verhalten.« Er streckte die Hand aus und schnippte mit den Fingern.

Sie sah ihn verwirrt an. »Was denn?«

»Die Visitenkarte!«, verlangte er. »Ist die einzige, die ich habe.« Sie gab ihm die Karte zurück. »Und löschen Sie die Nummer wieder aus Ihrem Telefonverzeichnis.«

»Ich nehme an, dieses Telefonat hat nie stattgefunden, und falls ich es doch erwähne, müssen Sie mich töten«, witzelte sie.

Sneijder blieb ernst. »Wo ist der Junge?«

Die Polizistin räusperte sich. »Oben in seinem Zimmer. Die Nachbarin der Gerlachs ist da und kümmert sich um Martin.«

Sneijder drehte langsam den Kopf zu ihr und kniff die Augen zusammen. »Ich nehme an, das war ein kleiner raffinierter Test, um herauszufinden, ob wir wirklich vom BKA sind und über die Familienverhältnisse der Gerlachs Bescheid wissen. Lernt man das so auf der Leipziger Polizeischule?« Er hob abwehrend die Hand. »War nur eine rhetorische Frage! Geht es Ben gut?«

Die Polizistin wurde rot und nickte.

»Und Hatty?«

»Ist auch oben in ihrem Zimmer. Die Ärztin wollte ihr ein Beruhigungsmittel geben, das sie jedoch abgelehnt hat. Kann ich verstehen. Der Nachbarin vertrauen sie mehr als uns. Die bleibt übrigens so lange hier, bis ihr Vater übermorgen in der Früh aus der Karibik kommt.«

Oben schlug eine Tür, danach waren Schritte zu hören. Hatty kam die Treppe herunter. Offenbar hatte sie die lauten Stimmen gehört. An den verquollenen Augen bemerkte Sneijder, dass die junge Frau kürzlich geweint hatte. Sie trug einen blauen Pyjama, der kuschelig warm aussah, und dicke Wollsocken. Hatty sah sich neugierig um, entdeckte Pulaski und ging sofort auf ihn zu. Die beiden begrüßten sich, dann drehte Pulaski sich zu ihnen um und stellte sie der jungen Frau vor. »Das sind Maarten Sneijder, Marc Krüger und Miyu Nakahara vom BKA.«

»Maarten *S.* Sneijder«, korrigierte Sneijder ihn. »Wir kennen uns bereits von dem Video-Gespräch.« Er gab ihr die Hand. Ihre Finger waren eiskalt, der Händedruck kräftig.

»Haben Sie schon etwas über Jasmin und meiner Mutter erfahren?«, fragte sie.

»Es könnte sein, dass eine osteuropäische Hackergruppe hinter der Entführung steckt, die … gar nicht auf Lösegeld aus ist, sondern eventuell …«, druckste Pulaski herum, »… dafür sorgen könnte, dass Gerlach und deine Mutter … ebenso Jasmin … womöglich für immer …«

»Was?«, drängte Hatty verwirrt.

»Die Wahrscheinlichkeit ist hoch, dass sie sterben«, übersetzte Sneijder das Kauderwelsch. Dann sah er dem Mädchen fest in die Augen. »Aber ich bin hier, um das zu verhindern.« Aus dem Augenwinkel sah er, dass Pulaski ihn wütend anstarrte. »Geht Ihnen gerade etwas durch den Kopf, Pulaski?«, fragte er, ohne das Mädchen aus den Augen zu lassen.

»Ja, und zwar wie ich Sie in Stücke schneide, in Plastiktüten verpacke und ins Elsterbecken werfe«, zischte Pulaski.

»Können Sie gern tun, aber nur, wenn wir versagen.« *Danach hat mein Leben sowieso keinen Sinn mehr*, dachte er bitter. Er hatte vor Jahren schon einmal bei seinem Sohn versagt und konnte nicht schon wieder jemanden verlieren, der ihm nahestand – zumal ihm das Schicksal hier eine zweite Chance gab. Er löste den Blick von Hatty, dann wurde seine Stimme sanfter. »Ich würde mir gern das Büro deines Stiefvaters ansehen.«

Hatty sah die Polizistin an. »Ist das okay?« Diese nickte. »Gut, dann gehen wir nach oben.« Sie marschierte voraus und ging an dem hässlichen Gemälde in roten, gelben und orangen Tönen vorbei. »Ein italienischer De Vecchio«, erklärte sie. »Ein echtes Blutgemälde aus der Toskana.«

Marc verzog das Gesicht. »Ein scheußliches Ding.« Dann schielte er zu Miyu. »Gefällt dir das?«

Sie zuckte die Achseln. »Ich verstehe den Sinn nicht.«

Auf dem Weg zu Gerlachs Büro kamen sie an einer geschlossenen Tür vorbei, hinter der Musik und blechern klingende Kinderstimmen wie von einem Hörspiel aus einem Kinderradio hervordrangen.

»Der kleine Drache Kokosnuss«, erklärte Hatty. Gegenüber von Bens Zimmer öffnete sie eine Tür. »Ist normalerweise abgesperrt, aber ich weiß, wo der Schlüssel versteckt liegt.«

Niemand sagte etwas, bis sich Miyu räusperte. »Und warum ist jetzt offen?«

»Weil ich heute schon drin war.«

»Und warum?«

»Weil … weil ich mich darin umgesehen habe.«

»… und du dabei anscheinend nichts Interessantes gefunden hast«, schlussfolgerte Miyu. »Sonst hättest du wieder abgesperrt. Aber so hattest du vorgehabt, später weiterzusuchen, richtig?«

Hatty bekam rote Flecken auf den Wangen. »Ja, richtig.«

»Aber *wir* werden etwas finden«, versicherte Miyu ihr.

Sneijder nickte Pulaski zu. »Sehen Sie, die ist nicht so schlecht«, flüsterte er.

Dann betraten sie das Zimmer.

37. Kapitel

Gerlachs Büro sah sehr gediegen aus. Möbel aus Mahagoni, wertvolle Lampen und Vitrinen, ein Schrank mit der in Leder gebundenen kompletten Brockhaus Enzyklopädie und ein echter geräuschdämpfender Perserteppich auf dem Parkettboden. Es roch dezent nach Pfeifentabak.

Dass keine effekthaschenden und selbstverliebten Urkunden und gerahmten Auszeichnungen an den Wänden hingen, machte den Mann sympathisch. Stattdessen fanden sich hier mehrere Fotos von Hatty, Ben und deren Mutter. Offenbar hatte Gerlach an seinem Lebensabend tatsächlich noch die Leidenschaft für eine eigene Familie entdeckt.

Sneijder stellte sich in die Mitte des Zimmers und nahm die Stimmung des ins Abendrot getauchten Büros in sich auf. »Gehen wir einmal davon aus, dass die Leute, die vor einem halben Jahr in dieses Haus eingebrochen sind, dieselben sind, die ihn jetzt verschwinden ließen.« Er hob die Hand, um vorab sämtliche Kommentare zu unterbinden. »Und nehmen wir weiter an, dass das die Cyberbande ist, hinter der Gerlach her war – und hinter der auch wir her sind. Damals haben sie alle Beweise, die er gegen sie in der Hand hatte, gestohlen, woraufhin er mit seinen Recherchen neu anfangen musste und das Material diesmal im nagelneuen Caravan versteckte. Weil er zudem seine junge Familie schützen wollte, hat er ihnen nichts von seinen Nachforschungen erzählt.«

»Und dieses Verhalten hat dich und Jasmin eine falsche Schlussfolgerung ziehen lassen ...«, sagte Pulaski zu Hatty, »... zum Glück«, fügte er hinzu, griff in seine Brieftasche und holte die Speicherkarte der Kamera heraus. Er warf Hatty einen kurzen fragenden Blick zu, woraufhin diese wie im stummen Einverständnis kurz nickte. »Darauf befindet sich das Video von der Entführung«, sagte er.

Marc nahm ihm die Karte ab, setzte sich an den Schreibtisch und holte sein Equipment aus der Tasche. Minuten später sahen sie sich die Aufnahme auf dem Notebook an. Als die Stelle kam, an der Hattys Mutter ihren Sohn missbrauchte, sah Sneijder kurz auf. Hatty blickte betroffen zur Seite und wirkte, als schämte sie sich in Grund und Boden. Sneijder wollte etwas sagen, doch Pulaski schüttelte nur leicht den Kopf. Anscheinend war es besser, dieses heikle Thema nicht anzusprechen. Auch gut. Pulaski schien Bescheid zu wissen, und Sneijder vertraute ihm in dieser Hinsicht.

Beim zweiten Durchlauf stoppte Marc das Video exakt an der Stelle, als der glatzköpfige Mann mit dem grauen Haarkranz von hinten zu sehen war.

»Ich hatte gehofft, dass die Auflösung auf einem Computer besser ist als auf dem Display der Kamera«, seufzte Pulaski.

Tatsächlich war nicht viel darauf zu erkennen, was vor allem am grauen Nachtsichtmodus lag. »Mach einen Screenshot von dem Kerl und schick ihn an den Erkennungsdienst des BKA«, sagte Sneijder.

Marc drückte auf die Entertaste. »Schon passiert!«

Einigermaßen zufrieden sah Sneijder zu Hatty. »Darf ich hier drinnen rauchen?«

Sie zuckte mit den Achseln. »Mein Stiefvater hat hier auch geraucht.«

»Pfeife«, rief Pulaski. »Aber keine Joints!«

»Danke für die Info.« Sneijder schüttelte eine selbst gedrehte Zigarette aus der Schachtel und zündete sie an. Lange hielt er den Rauch vom ersten Zug in der Lunge und ließ ihn dann langsam durch die Nase raus. Pulaskis tödliche Blicke ignorierte er. »Wir brauchen sämtliche Unterlagen zum damaligen Einbruch.«

»Die werden schwierig … zu besorgen sein«, keuchte Pulaski, während er sein Asthmaspray aus der Hosentasche zog und inhalierte.

»Haben wir in wenigen Sekunden.« Sneijder schnippte mit den Fingern, woraufhin Marc ein Programm startete. Er ließ sich von Hatty die exakte Adresse des Hauses und das ungefähre Datum des Einbruchs geben und hatte das Ergebnis kurz darauf auf dem Bildschirm.

»Das war am ersten Adventsonntag letzten Jahres«, murmelte Marc.

»Stimmt!«, erinnerte sich Hatty. »Da waren wir am Nachmittag mit Gerlach bei einer Weihnachtsaufführung von Bens Kindergarten.«

»Die wollten den Einbruch vermutlich als einen der üblichen Vorweihnachtseinbrüche verschleiern.« Marc scrollte durch die Unterlagen. »Damals hatte die Villa anscheinend weder Alarmanlage noch Videoüberwachung. Es gibt auch keinerlei brauchbare Spuren, keine Videos von Verkehrskameras und nur eine einzige Zeugenaussage, und zwar von der Nachbarin.« Er sah auf. »Vielleicht ist es sogar dieselbe Nachbarin, die jetzt auf Ben aufpasst.«

Sneijder nickte, dann schüttelte er jedoch den Kopf. »Der Einbruch ist sechs Monate her, lassen wir die Frau in Ruhe – ihre Erinnerung ist mittlerweile ohnehin komplett getrübt. Zeig mir lieber, was du noch hast.«

»Das hier ist die einzig hilfreiche Phantomzeichnung von einem der Einbrecher.« Sie scharten sich um Marcs Notebook und sahen die Schwarz-Weiß-Skizze eines vermutlich breitschultrigen, etwa fünfunddreißigjährigen Mannes mit Glatze, der möglicherweise ein Tattoo auf der Kopfhaut hatte.

»Der Typ wurde nie gefunden«, fügte Marc hinzu.

»Und darüber hinaus sieht dieser hässliche glatzköpfige Kerl«, bemerkte Pulaski und schielte dabei einige Sekunden zu lange zu

Sneijder, »dem auf der Kamera kein bisschen ähnlich. Scheinen zwei völlig verschiedene Typen zu sein.«

Sneijder drückte den Joint im Aschenbecher neben Gerlachs Laserdrucker aus. »Der Vorteil einer Glatze ist, dass man damit immer *gleich gut* aussieht – sollten Sie sich merken.« Er zeigte auf einen Punkt in der Akte. »Schauen wir uns das mal an!«

Marc scrollte hinunter. »Gerlach hat einige Monate vor dem Einbruch Drohbriefe erhalten, dass er mit seinen Recherchen aufhören soll. Über den Inhalt wissen wir nichts, er hat sie wohl nicht aufbewahrt. Aber offenbar ließ er sich davon nicht abhalten und machte erst recht weiter.« Marc sah zu Hatty. »Weißt du, ob er auch körperlich bedroht wurde?«

»Keine Ahnung«, sagte Hatty. »Allerdings wohnen wir auch erst seit letztem Weihnachten in diesem Haus.«

Sneijder setzte sich die Lesebrille auf und trat näher an den Bildschirm heran. »Es wurden nur ein paar fertig verpackte Weihnachtsgeschenke gestohlen, ansonsten allerdings sämtliche PCs, Tablets, Handys, Notebooks, Festplatten und USB-Sticks … nur elektronisches Zeug. Kein Bargeld, kein Schmuck. Ein nicht besonders überzeugend gefakter Weihnachtseinbruch.« Er massierte seinen Handballen. »Ich bin sicher, dass das dieselben Typen waren, die Nemez und jetzt auch Gerlach haben!«

»Sie haben darüber hinaus viel Schaden im Haus angerichtet«, fuhr Marc fort. »Wollten Gerlach anscheinend einschüchtern. Und dadurch haben wir jetzt sogar ein Phantombild.« Marc schickte auch dieses Bild an den Erkennungsdienst.

Ja, klingt im Moment ganz gut. Sneijder massierte seine Schläfen. »Aber das Puzzle passt noch nicht richtig zusammen«, murmelte er mit geschlossenen Augen. »Die Einbrecher sind garantiert davon ausgegangen, dass sie vor einem halben Jahr sämtliche belastenden Beweise erwischt haben. Vermutlich war *das* der Grund, weshalb sie ihn damals am Leben gelassen haben. Aber woher haben sie gewusst, dass Gerlach sich ein neues geheimes Datenlager angelegt hat?«

»Vielleicht haben sie es gar nicht gewusst«, vermutete Miyu.

Sneijder öffnete die Augen und verzog das Gesicht. *Möglich.* »Und warum haben sie ihn nicht gleich vor Ort auf dem Campingplatz getötet? Eine Kugel in den Kopf und fertig. Und aus welchem Grund haben sie Tage zuvor Nemez entführt? Wie passt das zusammen?«

Darauf wusste auch Miyu keine Antwort. Sneijder starrte auf den Laserdrucker. »Ich sehe hier weder einen Desktop-PC noch einen Laptop«, stellte er fest und blickte zu Pulaski. »Hat man im Wohnmobil einen Laptop gefunden?«

Pulaski dachte nach. »Nein, zumindest habe ich nur den vom LKA gesehen.«

»Soviel ich weiß, hatte Gerlach keinen mit«, erinnerte sich Hatty.

Sneijder sah sich um. Vom Laserdrucker hing ein loses Kabel hinunter. »Aber es muss einen geben.«

»Ja, er hat ja ein kleines blaues Notebook«, bestätigte Hatty. »Auf dem habe ich mir vor einem Monat seinen Browserverlauf angesehen.«

»Dieses Ding brauchen wir.«

Pulaski hatte bereits mit dem Handy eine Nummer gewählt. Am Gespräch erkannte Sneijder, dass Pulaski mit Winteregger vom LKA Dresden sprach. Das Telefonat dauerte nur kurz. »Nein, im Camper befand sich kein Notebook«, bestätigte Pulaski, und Sneijder hielt ihn mit einer Handbewegung davon ab, das Gespräch zu beenden.

Er nahm Pulaski das Telefon ab. »Hier spricht Sneijder, BKA Wiesbaden. Haben Sie auf den Festplatten oder USB-Sticks im Wohnwagen bisher irgendwelche Dateien oder Hinweise zu dem Begriff *Nikodemus* gefunden?«

»Nikodemus?«, wiederholte Winteregger begriffsstutzig.

»Ja!« Sneijder buchstabierte den Namen und hörte, wie Winteregger mit einigen Kollegen sprach.

»Ja, es gibt auf einer der Festplatten tatsächlich eine Datei dieses Namens, aber da ist nichts drin.«

»Sind Sie sicher?«

»Absolut. Die Datei ist leer.«

»Wurde die Festplatte mit einem Magneten zerstört?«

»Nein, die anderen Daten darauf sind intakt.«

»*Godverdomme!*« Sneijder legte auf, gab Pulaski das Handy zurück und erklärte den anderen, was er erfahren hatte.

Miyu, die sich während des Telefonats ausgeklinkt hatte, kam jetzt mit einem blauen Aktenordner, den sie aus einer Regalwand gezogen hatte, zum Schreibtisch. Sneijder schob sich die Lesebrille auf die Nase und sah sie fragend an. »Und?«

»Das ist der einzige Ordner in diesem Büro, in dem sich keine Papiere befinden«, erklärte sie.

Sneijder starrte auf das kreisrunde Loch im Ordnerrücken. *Vervloekt!* Er war tatsächlich leer. Bevor er weitere Fragen stellen konnte, öffnete Miyu den Ordner auf dem Tisch und kippte ihn, woraufhin ein blaues Notebook aus einer eingehefteten Klarsichtfolie rutschte. Sneijder zog eine Augenbraue hoch.

»Nicht schlecht«, murmelte Marc, klappte das Gerät auf und startete es. »Die Frage, warum Gerlach das Ding so gut versteckt hat, beantwortet sich von selbst.«

Sneijder nickte. »Wir müssen die Festplatte durchsuchen.«

Ein kleines weißes Fenster poppte auf dem Bildschirm auf. »Passwortgeschützt – vermutlich ist der Computer auch noch verschlüsselt«, erklärte Marc.

»Wie schlecht ist das?«, fragte Pulaski.

Marc gab keine Antwort darauf. Er fuhr das Notebook wieder herunter und steckte einen USB-Stick in das Gerät. Anschließend startete er es noch einmal im abgesicherten Modus und öffnete ein Programm.

»Knacken Sie damit das Passwort?«, fragte Pulaski.

»Würde zu lange dauern«, sagte Marc. »Das Programm vom USB-Stick schreibt eine neue Routine in das Betriebssystem, damit der Computer ohne Passwort und Verschlüsselung bootet.«

Pulaski warf Sneijder einen Blick zu, der darauf nur kurz wissend nickte. Minuten später waren sie im Computer. Aber das Ergebnis war ernüchternd. »Die Festplatte ist bis auf Betriebssystem und Office-Paket komplett leer. Der Browserverlauf ebenso«, murmelte Marc und durchforstete die weiteren Bereiche des Notebooks. »Die Festplatte wurde mehrmals partitioniert … und auf einem dieser Laufwerke gibt es … aha! Tatsächlich eine Datei.« Er strahlte, sah jedoch im nächsten Moment skeptisch drein. »Eine Word-Datei namens *Nikodemus*.«

»Vermutlich dieselbe Datei, die das LKA im Campingbus entdeckt hat«, grübelte Pulaski laut. »Womöglich eine Sicherheitskopie.«

»Und wenn wir Pech haben, ist sie genauso leer.« Marc öffnete die 99 KB große Datei. Viel konnte da nicht drauf sein, und kurz darauf bestätigte sich auch schon ihre Befürchtung. Vor ihnen öffnete sich ein leeres Dokument. Marc scrollte zehn Seiten lang bis zum Ende hinunter, aber in der Datei befand sich nichts. Als Nächstes wechselte Marc in die Seitenansicht, aber auch da zeigten sich ihnen nur zehn leere Seiten.

»Fuck!«, knurrte Pulaski. »Genauso wie im Campingbus. Aber wozu macht Gerlach eine Sicherheitskopie, wenn die Datei leer ist?«

»Druck die Datei aus«, schlug Miyu vor.

»Wozu, sie ist *leer*!«, fuhr Marc sie an.

»Druck sie aus!«, beharrte sie.

Seufzend steckte Marc das Notebook an das Kabel des Laser-

druckers und startete ihn. Nachdem das Gerät hochgefahren war, druckte er die Datei aus. Das Papierfach warf zehn leere Seiten aus.
»Und, zufrieden?«, murrte Marc.

Miyu ignorierte ihn und starrte verbissen auf die blütenweißen Blätter. »Eine leere Word-Datei ist 20.000 Bytes groß, aber diese Datei ist 99.456 Bytes groß. Ich verstehe das nicht.«

Ratlos blickten sie auf das Notebook. »Vielleicht ist die Datei im Lauf der Zeit defekt geworden. Ich könnte versuchen, sie zu reparieren«, schlug Marc vor.

Sneijder schüttelte den Kopf. »Lass mich mal ran.« Marc erhob sich, und Sneijder setzte sich in den Schreibtischsessel. Er dachte einen Augenblick lang nach, dann markierte er mit dem Cursor die gesamten zehn Seiten und fuhr mit der Maus zur Symbolleiste. »Es *ist* etwas in dieser *vervloekten* Datei«, murmelte er und fuhr zum Icon der Schriftfarbe. »Gerlach hat die Infos versteckt – vielleicht ist der Text einfach nur weiß.« Dann änderte er die Schriftfarbe auf schwarz und plötzlich sahen sie einen eng beschriebenen Text vor sich.

»Nicht schlecht. So einfach wie genial«, murmelte Marc.

Sneijder erhob sich. »Spar dir die Lobreden und druck uns das noch mal aus.«

Marc vergrößerte den Schriftgrad und druckte die Seiten mehrfach aus. Jeder von ihnen schnappte sich eine Kopie, dann begannen sie gleichzeitig zu lesen. Als Sneijder bei der Hälfte angelangt war, hatte Miyu bereits den gesamten Text durch und ihn vermutlich exakt mit allen Absätzen und Tippfehlern in ihrem Hirn abgespeichert.

»Marc, du hattest recht«, gab sie zu. »Nikodemus ist tatsächlich eine Frau. Anscheinend war sie früher Programmiererin von Firewalls und IT-Sicherheitschefin einer großen Softwarefirma, in der sie zur Teilhaberin aufgestiegen ist. Kurz darauf wurde die Firma von einem Konzern geschluckt, ihre Partner stiegen die Karriereleiter hinauf, aber sie wurde fristlos entlassen, weil sie angeblich Betriebsspionage betrieben und die Daten ihrer Kunden geklaut hatte – was jedoch nicht stimmte. Danach war ihr Ruf ruiniert, und sie verschwand von der Bildfläche.«

»Die ist schon Mitte vierzig«, murmelte Sneijder. »Hätte gedacht, dass sie viel jünger ist.« Nach Miyus Einführung übersprang er erst einmal einen Großteil der Seiten und blätterte zum letzten Absatz. »Laut Gerlachs Recherchen lautet ihr echter Name Adriana Zając.« Wie auch immer dieser pensionierte Richter das herausgefunden hatte – hier stand es schwarz auf weiß. »Wenn Gerlach recht hat, ist sie ein IT-Genie und der Kopf der Bande.«

»Aber sie ist im Untergrund – und da hinterlässt sie garantiert keine einzige digitale Spur«, ergänzte Miyu. »Wir werden sie nicht finden, immerhin ist sie schon seit mindestens fünf Jahren unauffindbar.«

»Still jetzt!«, knurrte Sneijder und las doch noch die restlichen Seiten. Aus den Informationen ging hervor, dass die Anklage gegen die beiden Computerhacker, die anschließend bei einem Autounfall ums Leben gekommen waren, vor drei Jahren Richter Gerlachs letzter großer Fall gewesen war. Nach Gerlachs Auffassung waren die beiden aber nur eine von vielen miteinander vernetzten Splitterzellen gewesen, sozusagen bloß die Spitze des Eisbergs. Gerlach hatte schon damals vermutet, dass noch viel mehr dahintersteckte, und im Lauf der Zeit immer mehr über Nikodemus herausgefunden.

Der Text las sich wie eine chronologische Zusammenfassung von Adriana Zającs Entwicklung. Anfangs betrieb ihre Gruppe nur simples Phishing von Bankdaten über Porno-Webseiten, die sie mit ihren Programmen verseucht hatten. Später hackten sie auch die Unternehmens- und Kundendaten von Konzernen, verschlüsselten sie mit ihrer Schadsoftware und erpressten von den Eigentümern große Mengen Lösegelds in Form von Bitcoins. Sie hatten es vor allem auf die Pharmaindustrie und jene Medienimperien und mächtigen Chemie- und Energiekonzerne abgesehen, die ihre Gewinne auf Offshore-Konten transferierten und kaum Steuern zahlten. Klang fast wie eine moderne Neuauflage diverser Verbrecherbanden aus den 70er-Jahren – nur dass Adriana und ihre Kollegen nicht mit Maschinenpistolen, selbst gebastelten Sprengkörpern und geklauten VW-Bussen unterwegs waren, sondern mit Tastatur, Computermaus, hoher Rechnerleistung und cleveren IT-Programmen. Damit wollten sie anscheinend bestimmte Multi-Konzerne in die Knie zwingen. Einige Firmen hatten große Kredite aufgenommen und das Lösegeld tatsächlich gezahlt, ihre Daten waren jedoch niemals wieder freigegeben worden – mit dem Fazit, dass sie komplett pleitegegangen waren.

Nachdem auch Hatty den Text gelesen hatte, war sie weiß im Gesicht und ließ die Blätter mit zitternden Fingern sinken. »Ich habe Gerlach total unrecht getan«, hauchte sie.

Sneijder legte ihr in einem ungewöhnlichen Anflug spontaner Empathie die Hand auf die Schulter. »Offenbar wollte dein Stiefvater nicht länger dabei zusehen, wie der Rachefeldzug einer einzelnen Frau immer größeren Schaden anrichtet. Anscheinend war das seine Passion im Ruhestand. Andere malen oder gehen golfen; er wollte diese Frau drankriegen.«

Hatty atmete tief durch und legte den Kopf in den Nacken, um die aufkommenden Tränen zu unterdrücken. »Das ist doch gut, was wir gerade herausgefunden haben, oder?«, fragte sie zögerlich.

Sneijder nickte. »Es bringt uns einen Schritt weiter.« Andererseits wurde ihm auch klar, dass die Gruppe rund um Adriana den Richter so rasch wie möglich ausschalten *musste*, bevor er ihnen vielleicht doch noch entkam und gegen sie aussagen konnte. Und damit schwand die Chance, die drei noch lebend zu finden. Er nahm die Hand von Hattys Schulter. Mit einem Knoten im Magen dachte er an sein Eichkätzchen, das immerhin eine Woche lang überlebt hatte.

»Und jetzt?«, fragte Marc.

Pulaski räusperte sich. »Meiner Meinung nach gibt es in diesen Unterlagen nur einen brauchbaren Hinweis, der uns zu Adriana führen könnte.« Er blätterte zur dritten Seite und legte den Finger auf eine Stelle. »Dieser Pole … Wójcik … ist ein ehemaliger Computerhacker, vorbestraft wegen kleinerer Delikte und illegalen Waffenbesitzes. War seinerzeit ein Jugendfreund Adrianas, als die noch in Breslau gewohnt hat.«

»Aber mittlerweile ist Adriana – zumindest laut diesen Unterlagen – nach Danzig übersiedelt«, widersprach Marc.

»Richtig, aber vielleicht weiß dieser Wójcik, wo *genau* sie sich jetzt befindet … wenn wir ein bisschen nachhelfen.« Pulaski warf Sneijder einen auffordernden Blick zu.

Sneijder verzog das Gesicht, dann nickte er langsam. »Ein bisschen *Nachhelfen* war noch nie ein Problem für uns. Auch nicht, wenn dieser Typ außerhalb Deutschlands wohnt.«

Nachdenklich mahlte Pulaski mit den Kiefermuskeln. Offenbar sah er das genauso.

»Meines Erachtens gibt es auch noch eine zweite Spur.« Sneijder blätterte zur letzten Seite. »Laut Gerlachs Informationen benutzt die Gruppe anscheinend mehrere Quartiere, aber ihr Hauptquartier dürfte eine leer stehende Fabriklagerhalle in Danzig sein, was gut zu unseren bisherigen Vermutungen passen würde. Leider hat Gerlach nicht herausgefunden, wo *genau* sich diese Halle befindet.«

»Lagerhallen sind der perfekte Ort für Hacker«, erklärte Marc. »Das gesamte Equipment ist nicht über mehrere Plätze verstreut, sondern zentral konzentriert, sie sind unbeobachtet, können lange dort ausharren, unauffällig Strom abzweigen, können aber auch rasch alles einpacken, wenn sie auffliegen, sind schnell weg, hinterlassen wenige Spuren und haben, wenn sie es clever anstellen, eine schnelle Internetverbindung.«

»Und zur Not können sie das gesamte Gelände abfackeln, ohne Menschenleben zu gefährden, da es vermutlich keine unmittelbar angrenzenden Nachbarn gibt«, ergänzte Miyu.

Sneijder warf ihr einen erstaunten Blick zu. »Haben Sie sich gerade in die Gedankenwelt eines mitfühlenden Mitmenschen hineinversetzt?«

Miyu schüttelte den Kopf. »War nur eine rein logische Schlussfolgerung – gäbe nämlich im Falle einer Verhaftung ein geringeres Strafmaß.«

Okay. Sneijder legte die Stirn in Falten. *Von so einer Halle aus könnte Sabine tatsächlich telefoniert haben.*

Aber noch gab es keinen konkreten Hinweis darauf, in welcher leeren Fabrik die Bande Unterschlupf gefunden haben könnte. Da es bisher keine offiziellen Ermittlungen gegen diese Kerle gegeben hatte, war es auch nie zu einem richterlichen Hausdurchsuchungsbeschluss gekommen. *Bis jetzt!* Aber durch Sabines Entführung standen ihnen nun alle Möglichkeiten offen.

Wir müssen nur noch die richtige Halle finden.

Sneijder griff zum Handy und wählte Cramers Nummer.

38. Kapitel

Zwei Tage zuvor: Sonntag, 3. Juni

Schon seit zwei Tagen dachte Sabine fieberhaft über die Fragen nach, die Bartosz ihr gestellt hatte. Und die konnten nur eines bedeuten: Diese Arschlöcher planten einen Hackerangriff auf das deutsche BKA.

Doch warum gerade das BKA? Nur weil sie dort arbeitete und in Kaliningrad zufällig in die Hände dieser Typen gefallen war? Wäre denen eine hochrangige Beamtin des Finanzministeriums über den Weg gelaufen, wäre die Finanzbehörde jetzt das Ziel ihres Angriffs? Eines jedenfalls war klar – lausige Amateure waren das nicht, dafür wussten sie über zu vieles Bescheid. Und auch Bartosz war in dem, was er tat, ein absoluter Profi.

Er hatte seine Drohung wahrgemacht, und es war sogar noch schlimmer gekommen. Sabine hatte schon zwei Tage lang nichts mehr gegessen und bekam bloß – geschätzt alle zehn bis zwölf Stunden – einen Becher Wasser. Der Wasserhahn im Waschbecken war abgedreht worden, ebenso das Wasser in den Spülkästen der Klos, nachdem diese komplett entleert worden waren. An den Gestank von Kot und Urin hatte sie sich gewöhnt, aber unter diesen Umständen und vor allem ohne Wasser würde sie nicht mehr lange durchhalten.

Und dann hatte Bartosz ihr auch noch mit den ausgestreckten Fingern knapp und ansatzlos in die Rippen gestoßen und sie danach gezielt an Knie und Ellenbogen verletzt. Sabine hatte die üblen Schmerzen zwar hinuntergeschluckt, aber ihr war jedes Mal die Luft weggeblieben und danach waren ihr sofort die Tränen gekommen.

Warum plötzlich so schnell?, hatte sie Bartosz keuchend und auf dem Boden liegend fragen wollen, jedoch keinen Ton herausgebracht. Offenbar hatten diese Typen es auf einmal eiliger als ursprünglich geplant. Oder sie hatten einfach die Geduld verloren.

Trotzdem hatte Sabine zuerst eisern geschwiegen. Bis sie nach dem zweiten Schlag in die Rippen und der Androhung, dass er ihr als Nächstes einen Finger brechen würde, zum ersten Mal den Mund aufgemacht hatte. Ohne allerdings viel preiszugeben. Bartosz und dieser Piotr hatten es ihr ohnehin nicht geglaubt. *Du musst doch mehr über das ganze IT-System wissen*, hatte Piotr sie angebrüllt. Anschließend hatte Bartosz ihr den linken Ringfinger gebrochenen und im Gelenk so weit gedreht, dass ihr wieder die Tränen gekommen waren und sie laut aufgeschrien hatte.

Und dann hatte sie richtig geredet. Über Benutzernamen, Passwörter, Administrations-Zugangscodes, Programme, Firewalls und Datenbank-Server. Sie hatte alles preisgegeben, woran sie sich erinnern konnte. *Aber du musst doch mehr wissen!*, hatten sie wieder behauptet.

Nein, sonst wäre ich in der IT und nicht in der Mordgruppe, hatte sie unter Schmerzen geschrien.

Schließlich waren die zwei wieder gegangen, hatten das Licht ausgeschaltet und sie heulend auf dem Boden liegen lassen. Und da hatte sie zum ersten Mal gespürt, wie herrlich es war, wenn der Schmerz nachließ.

Morgen würde Bartosz ihr weitere Finger brechen, danach würden die Elektroschocks folgen – und je nachdem, wie geduldig er war, würde sie sich anschließend aussuchen können, ob er ihr die ersten Körperteile abschneiden würde oder sie sich für ihn ausziehen musste. Mittlerweile wusste sie, dass Piotr mit seiner Einschätzung über Bartosz nicht gelogen hatte. Dieses miese Dreckschwein hatte tatsächlich großen Spaß an allem, was er tat.

Du musst dich entweder selbst befreien – oder reden.

Das Problem war aber, dass sie gar nicht mehr über die IT-Strukturen des BKA wusste. Sie hatte bereits Marcs Daten und die aller anderen IT-Spezialisten, die sie kannte, preisgegeben – was schlimm genug war! Und doch schien Piotr das alles nicht zu genügen.

Als das Licht jetzt wieder anging und die Tür geöffnet wurde, zuckte Sabine vor Angst zusammen, dass Bartosz mit seinem verächtlichen Grinsen den Raum betreten und sie erneut in die Mangel nehmen würde. Ja, da war er, hielt sich jedoch mit Piotr und dem Kerl namens Viktor im Hintergrund. Anstelle der drei Männer betrat eine Frau mit schulterlangen grau melierten Haaren den Raum. Sabine hatte sie noch nie zuvor gesehen.

Sie war vermutlich Mitte vierzig, hatte ein hart geschnittenes Gesicht mit scharfem sezierendem Blick und trug eine figurbetonte enge Motorradkluft. »Hallo Sabine«, sagte sie mit ruhiger dunkler Stimme und leicht polnischem Akzent. In ihrem Auftreten und der Art, wie sie durch den Raum ging, wirkte sie sehr präsent und dominant. Eine Zeit lang musterte sie Sabine, dann hob sie kurz den Arm. »Steh bitte auf, wenn ich mit dir rede!«

Sabine erhob sich. Nachdem sich ihre Augen an das grelle Licht gewöhnt hatten, betrachtete sie die Frau genauer. Sie trug keine offensichtlich erkennbaren Waffen.

Die Frau kam näher. »Ich bin Adriana. Über mich solltest du eines wissen: Ich hasse es, wenn junge hübsche Frauen so wie du Stück für Stück zerstört werden. Seelisch wie körperlich. Lass uns dieses Verhör lieber rasch und schmerzlos zu Ende bringen, ehe etwas mit dir passiert, das nicht mehr rückgängig gemacht werden kann. Glaub mir, das ist auch in deinem Sinn! Ich möchte dir helfen. Aber dazu musst du reden. Wenn du es nicht tust, schwöre ich dir, dass Bartosz dich so auseinandernimmt, dass nur noch ein jammernder, sabbernder Haufen Elend von dir übrig bleibt. Danach wird nichts mehr so sein wie vorher. Noch kannst du es verhindern. Aber du musst reden.« Sie sah Sabine eindringlich an.

»Ich habe alles gesagt, was ich weiß«, flüsterte sie. »Ich arbeite in der Mordgruppe, nicht in der IT. Was Sie von mir wissen wollen, *weiß ich einfach nicht*!«

»Aber du warst an der Akademie.«

»Zwei Jahre.«

»Und was hast du da gelernt?«

»Über IT nicht viel. Ich kann Ihnen nur sagen, mit welchen Programmen *ich* als Mordermittlerin arbeite. Und das habe ich.«

»Das Problem ist, dass wir dir nicht glauben.«

»Ich weiß, was Sie vorhaben«, versuchte Sabine das Gespräch in eine andere Richtung zu drehen. »Sie wollen sich ins System hacken und mit einer Erpressungssoftware sämtliche Datenbanken mit allen Personaldaten und Ermittlungsergebnissen verschlüsseln. Wollen Sie die deutsche Regierung mit der Drohung erpressen, sonst all diese Daten unbrauchbar zu machen?«

Adriana nickte. »Schlaues Köpfchen.«

»Wie viel wollen Sie dafür?«

»Lösegeld meinst du?« Adriana ging durch den Raum langsam auf sie zu. »Was denkst du? Wie viel wäre angemessen? Achtzigtausend Bitcoins?«

Hunger und Wassermangel machten es ihr schwer, sich zu konzentrieren, aber schließlich hatte sie den Betrag im Kopf umgerechnet. »Drei Milliarden Euro?«, entfuhr es ihr.

»Zu wenig?«

Sabine lachte verzweifelt auf. »Die Sicherheitsvorkehrungen im BKA sind extrem hoch, die werden Sie nie knacken können.«

»Das überlässt du besser uns, wir haben selbst entwickelte Schadprogramme, die sämtliche Zero-Day-Lücken ausnützen.«

»Alle BKA-Programme werden regelmäßigen Updates unterzogen, da gibt es keine Lücken.«

Adriana zog lächelnd die dunklen Augenbrauen zusammen. »Bist du dir da ganz sicher?«

»Und wenn schon, das BKA hat selbst Spezialisten, die die Daten wiederherstellen können.«

»Nicht wenn wir sämtliche Sicherungskopien verschlüsseln. Für eine Decodierung würden sogar Dutzende pakistanische IT-Genies mehrere Jahre brauchen. Glaub mir – ich weiß, wie die arbeiten.«

Sabine knirschte mit den Zähnen. »Was immer Sie versuchen, die Regierung lässt sich nicht erpressen.«

Adriana zuckte mit den Achseln. »Dann sind die Daten für immer weg.« Sie kam näher und senkte die Stimme. »Seit der Umstellung im BKA-Archiv vor einigen Jahren verwendet ihr keine Papierakten mehr, sondern nur noch elektronische Akten. Sogar die Gerichte und Staatsanwaltschaften arbeiten kaum noch mit Ausdrucken. Weißt du, was das bedeutet? Euer System wäre am Boden. Nichts im deutschen bundespolizeilichen Apparat würde mehr funktionieren. Wir sprechen hier nicht nur von einer bloßen Behinderung, sondern von einer kompletten Lahmlegung des Systems. Auf alte Ermittlungsberichte kann nicht mehr zugegriffen werden, neue können gar nicht erst erfasst werden, und die Koordination zwischen den Landeskriminalämtern fällt weg. Das organisierte Verbrechen hätte Hochkonjunktur.«

Sabine hob die Schultern. »Und? Sie stellen sich das dramatischer vor, als es ist.«

Adriana kaute nachdenklich auf der Unterlippe. »Wir könnten die Daten des BKA aber auch im Darknet zum Kauf anbieten. Da sind bestimmt viele Informationen drin, die hochkarätige Kriminelle interessieren dürften.« Sie dachte nach. »Nicht nur Verfahrensdaten und Personendaten, sondern auch Informationen über Kollegen, Mitarbeiter und verdeckte Ermittler, Fahndungsmöglichkeiten, Verfahrensstrategien und die Software des Bundes-Trojaners, mit der das BKA Kriminelle ausspäht.«

Sabine schluckte, ihr Mund war trocken, und sie versuchte, sich die aufkommende Panik nicht anmerken zu lassen.

»Wenn ich es mir so recht überlege …« Adriana machte eine Pause. »Neunzigtausend Bitcoins wären vielleicht sogar angemessener. Und selbst die würde deine Regierung mit Kusshand hinblättern.«

»Und wenn nicht?«, krächzte Sabine.

Adriana lächelte. »Auch gut. Ich kämpfe hier gegen ein korruptes System aus Regierungsmitgliedern, Lobbyisten und Konzernen. Egal, ob der Staat zahlt oder nicht, sobald wir das System einmal gehackt und an einer empfindlichen Stelle verwundet haben, sind wir am Ziel – so oder so.«

»Ich habe keine Ahnung, was Sie vorher gemacht haben, aber Sie überschätzen sich – das ist eine Nummer zu groß für Sie.«

»Reizend, dass du dir Sorgen um uns machst. Aber es ist so: Mit gleichgesinnten Menschen, die man mag, das zu tun, was man am besten kann, ist das Großartigste, was einem passieren kann«, erklärte Adriana. »Und genau das machen wir hier schon seit mehreren Jahren.«

Es war nicht zu überhören, wie stolz sie auf ihre Truppe war. Dennoch versuchte Sabine, sie weiter zu provozieren. »Sie haben es ja nicht einmal geschafft, sich in Russland eine Satellitenschüssel zu organisieren. Wie wollen Sie da das BKA knacken?«

Adriana warf Piotr und Viktor einen lächelnden Blick zu. »Du glaubst vielleicht, dass wir keine anderen Kontakte haben, aber wir haben schon längst Ersatz gefunden. Oben schnurren die neuesten Server mit einer unglaublichen Rechenleistung, über die wir richtig große Bot-Netzwerke aufbauen können. Damit schließen wir im Handumdrehen über Fernsteuerung Tausende infizierte Systeme zusammen.«

»Und Sie glauben, das hinterlässt keine Spuren?«

Adriana betrachtete sie mitleidig. »Mit dem nötigen Equipment und einer eigenen neuen Schüssel haben wir einen russischen Satelliten übernommen, mit dem wir anonym ins Netz gelangen.«

»Klingt ja wahnsinnig toll, aber je mehr Sie organisieren, desto mehr Spuren hinterlassen Sie.«

»Ich weiß schon …«, Adriana nickte lächelnd, »… du hoffst, dass uns die deutschen und polnischen Ermittler bereits auf den Fersen sind. Aber auch da muss ich dich enttäuschen. Deine Kollegen wissen nicht einmal, dass wir existieren.« Sie breitete die Arme aus. »Ja, sie haben ein paar Zellen ausgehoben – aber das war auch schon alles. In Wahrheit haben die keine Ahnung, was ihnen in den nächsten Tagen blüht, wenn der große Stromausfall kommt und all die schönen Daten weg sind.«

Sabine wusste, dass Adriana gar nichts anderes übrig blieb, als sie zu töten, sobald dieser Angriff einmal erfolgt war. Daher war ein Spiel auf Zeit im Moment ihr einziger Verbündeter. »Sie hoffen wahrscheinlich, dass Sie mit mir einen großen Fisch an der Angel haben, aber ich bin nur eine gewöhnliche Mordermittlerin«, sagte Sabine kopfschüttelnd. »Ich kann Ihnen nicht weiterhelfen, auch wenn Bartosz mich stundenlang wie ein rohes Stück Fleisch behandelt.«

Adriana drehte sich um und rief über ihre Schulter. »Glaubst du ihr?«

Bartosz betrat den Raum und stellte sich neben Adriana. »Das sage ich dir übermorgen.«

Nun kam auch Piotr in den Raum. Er trug Jeans und eine graue Strickjacke, in deren ausgebeulter Westentasche sich irgendein Gegenstand befand, da sie merklich tiefer hing. Piotrs Akne hatte in den letzten Tagen auf hässliche Weise zugenommen, sein Gesicht war rot, aufgedunsen und vernarbt, als würde der Schädel jeden Moment platzen. Er kam auf Tuchfühlung heran und grinste schäbig. »Besser du redest endlich, sonst lässt Bartosz nicht mehr viel von dir übrig … wenn du weißt, was ich meine.«

Sabine konnte seinen schlechten Atem riechen. »Leck mich!«, zischte sie nahe an seinem Ohr.

»Geh nicht so nah ran!«, warnte Adriana ihn, doch es war bereits zu spät. Sabine zerkratzte ihm mit den Fingernägeln die Wange, woraufhin er aufbrüllte – und ihr im gleichen Moment ansatzlos die Faust in den Magen rammte.

»Verd…«, entfuhr es ihr. Sie knickte ein und sackte keuchend auf die Knie. Vornübergebeugt und zusammengekrümmt schnappte sie nach Luft. Zum Glück hatte sie in den letzten Tagen nichts gegessen, denn so würgte sie nur bitteren Gallensaft herauf. So einen harten Schlag hatte sie Piotr gar nicht zugetraut.

»Mach das noch einmal, und ich lasse nichts mehr von dir übrig!«, brüllte Piotr und wich einen Schritt zurück. »So eine Schlampe«, murmelte er. »Beherrscht vermutlich Dutzende Festhalte- und Fixiergriffe, zerkratzt mir aber stattdessen das Gesicht.«

Sabine schluckte. *Ja, das hat sicher ziemlich wehgetan.* War aber das perfekte Ablenkungsmanöver gewesen. Sie ließ das Handy, das sie aus Piotrs Westentasche geklaut hatte, unter ihrem T-Shirt verschwinden. Den Faustschlag war das allemal wert gewesen.

Nur musste sie jetzt so schnell wie möglich telefonieren, bevor er merkte, dass es weg war. *Falls du in diesem Loch überhaupt Empfang hast.*

»Ich muss aufs Klo«, röchelte sie und ließ absichtlich den Speichel aus ihrem Mundwinkel laufen. Sie erhob sich und wankte vornübergebeugt zur nächsten Kabine.

»Lass die Tür offen«, befahl Adriana, »ich bin noch nicht fertig mit dir.«

Sabine ließ die Tür einen Spaltbreit offen und setzte sich auf die Klobrille. Hier gab es tatsächlich ein Netz, zwar nur zwei zittrige Balken von insgesamt fünf, aber immerhin. Allerdings war das Mistding gesperrt. *Aber du musst JETZT telefonieren – das ist deine einzige Chance, denn sobald Piotr sich beruhigt hat, wird er den Diebstahl bemerken.*

Sie hielt das Display so ins Deckenlicht, dass sie eine Fettspur in Form eines Dreiecks auf dem Glas erkennen konnte. *Mist!* So gab es mehrere Möglichkeiten einer Zahlenreihenfolge, mit der Piotr sein Telefon gesperrt hatte. Zuerst fuhr sie von oben nach unten. *Falsch!* Dann von unten nach oben. *Wieder falsch!* Als Nächstes versuchte sie es, indem sie in der Mitte begann, nach unten und dann nach oben fuhr.

»Beeil dich!«, knurrte Bartosz. »So schlimm wird es schon nicht sein.«

Das Handy war entsperrt und das Display leuchtete auf. In der Zwischenzeit hatte sie bereits fieberhaft überlegt, wen sie anrufen sollte. Wenn sie 112 wählte, würde es zu lange dauern, bis Sneijder davon erfuhr, dass sie am Leben war. Außerdem hatte sie keine Zeit, minutenlang Fragen zu beantworten. Schließlich wählte sie die deutsche Vorwahl und Sneijders Privatnummer, die sie auswendig wusste, und presste das Telefon ans Ohr. Kurz biss sie die Zähne zusammen, weil der gebrochene Finger schmerzte. Ihr wurde schwindelig. *Dein Kreislauf bricht gleich zusammen.* Im Hintergrund hörte sie, wie die vier Polnisch miteinander redeten.

Am anderen Ende der Verbindung läutete es.

Mann, heb schon ab!

Sabine verstand nichts von dem polnischen Gerede, glaubte jedoch einmal den Namen *Nikodemus* herauszuhören.

Herrgott, heb ab!

»Beeil dich!«, rief Bartosz auf Deutsch.

»Ja«, murrte sie. Dann verstummte das Läuten. Sie hörte ein Atmen, ließ denjenigen am anderen Ende jedoch nicht zu Wort kommen. »Hallo, Somerset?«, flüsterte sie, indem sie den Mund mit der freien Hand abschirmte. »Ich weiß nicht, wo ich bin … Ich habe nur Gelegenheit für diesen einen Anruf.«

Draußen hörte sie Piotr laut »Fuck!« und noch etwas auf Polnisch rufen. Sie wollte noch Adrianas, Piotrs, Viktors und Bartoszs

Namen nennen, doch die Tür flog bereits auf, Piotr stürzte in die Kabine und riss ihr das Telefon aus der Hand.

Sie hörte noch Sneijders Stimme. »Eichkätzchen …?« Dann unterbrach Piotr den Anruf. »Fuck! Fuck! Fuck!«, schrie er, während er das Telefon zerlegte, die SIM-Karte gewaltsam herausriss und sofort zerbrach.

Als Nächstes zerrte er Sabine am Kragen des T-Shirts aus der Kabine und schlug ihr so kräftig mit dem Handy ins Gesicht, dass sie hinfiel und rücklings über den Boden schlitterte. »Du blöde Schlampe!«

Ihr wurde kurz schwarz vor Augen. Sie blieb liegen, ihr Hinterkopf sackte kraftlos auf die Fliesen. Ihre Lippe war aufgeplatzt. Sie schmeckte Blut und fuhr mit der Zunge über die Zähne. *Pfeif auf die Schmerzen*, dachte sie. *Zum Glück hat er dir keinen Zahn ausgeschlagen.*

Verschwommen und aus einer schrägen Seitenlage sah sie, wie Adriana entsetzt auf Piotr starrte und ihn auf Polnisch beschimpfte. Doch Piotr reagierte nicht darauf. Immer noch wütend packte er das restliche Handy und schleuderte es mit solcher Wucht an die Wand, dass es zersplitterte.

Ihr seid am Arsch!, dachte Sabine. *Sneijder wird mich finden!*

Sie hörte Schritte, und im nächsten Moment standen drei weitere junge Männer im Waschraum. »Was ist passiert?«, rief einer auf Deutsch.

Adriana atmete tief durch. Sie hatte einen hochkonzentrierten Gesichtsausdruck. »Wir müssen unseren Standort sofort verlegen«, sagte sie ebenfalls auf Deutsch.

Viktor kam auf Sabine zu und beugte sich herunter. »Wen hast du angerufen?«

»Wen wird sie schon angerufen haben? Die Bullen natürlich«, rief Adriana. »Wir bringen Sie in unser altes Hauptquartier.« Sie wandte sich an Piotr. »Außerdem hacken wir die Polska-Mobile-Kom.«

Sabine lief das Blut aus dem Mundwinkel. Innerlich lächelte sie jedoch. *Gebt euch keine Mühe. Sneijder ist schneller als ihr – und wenn nicht, findet er einen anderen Weg.*

»Bringt sie sofort hier raus!«, schrie Adriana.

Sabine rappelte sich auf und hob den Arm. »Einen Moment …« Keuchend taumelte sie zum Waschbecken. Die Wasserleitung war zwar abgedreht, aber sie beugte sich dennoch über das Becken und spuckte hinein. Das Blut wischte sie sich nicht vom Mund, weil es so dramatischer wirkte. Dann tat sie so, als würde sie ihre Zähne untersuchen und einen abgebrochenen Splitter entfernen.

»Beeil dich!«, drängte Adriana.

»Ja doch«, nuschelte Sabine. »Das Arschloch hat mir einen Zahn ausgeschlagen …«, log sie. Bestimmt würde es ihr kein zweites Mal gelingen, an ein Handy ranzukommen. Denn ab jetzt würden diese Typen verdammt aufpassen. Aber falls Sneijder versagte, brauchte sie eine Alternative.

Wohin auch immer die mich bringen – meine Verlegung ist eine gute Gelegenheit, auf eigene Faust eine Flucht auszuarbeiten. Und für diesen Plan brauchst du eine Waffe.

Sie ließ den Eisenstöpsel aus dem Ausguss des Waschbeckens in ihrer Hand verschwinden.

2005, im Osten Deutschlands ...

Silke Auer fuhr im Fahrstuhl nach unten. Die Magnetkarte lag noch oben im Hotelzimmer. Die würde Gregor später mit nach unten nehmen, wenn er auscheckte. Sie selbst war indessen auf dem Weg in die Tiefgarage im zweiten Untergeschoss.

Im goldgerahmten Spiegel richtete Silke ihre Frisur und sprühte sich Haarspray darauf. Dann ließ sie die Dose in ihrer Handtasche verschwinden und knöpfte den Kaschmirmantel zu. Sie schmunzelte. Wenn Gregor zehn Minuten später den Fahrstuhl in die Garage nahm, würde er noch ihren Duft riechen. Sie lächelte – plötzlich lief ihr ein heißer Schauer über den Rücken. *Mein Gott!* Rasch griff sie in die Manteltasche. *Ja, er ist noch da.* Sie steckte sich ihren Ehering mit dem eingefassten Diamanten wieder an. Nicht auszudenken, wenn ihr Mann sie danach gefragt hätte.

Der Fahrstuhl hielt mit einem Klingeln, die Tür öffnete sich. Vor ihr lag das schummrig beleuchtete Parkdeck. Wie immer war es beinahe leer, ein Vorteil dieses Hotels. So wie die zentrale Lage in der Innenstadt von Magdeburg. Damit war es ideal geeignet für ihre heimlichen Treffen mit ihrem zwanzig Jahre jüngeren Liebhaber. Obwohl sie als Radiomoderatorin mit eigener Talkshow äußerst populär war, wusste zum Glück kaum jemand, wie sie aussah. Das verlieh ihr die nötige Anonymität.

Sie verließ die Kabine und ging in Richtung ihres Parkplatzes. Aus dem Augenwinkel sah sie zwei gut gekleidete ältere Herren mit offenem Mantel und schwarzem Anzug, die neben dem Fahrstuhl gewartet hatten, jetzt verstummten und ihr neugierige Blicke zuwarfen. Derjenige, der genau unter dem Deckenlicht stand, stach ihr sofort ins Auge. Ein stämmiger, fast schon bulliger Kerl, der anstelle einer der Augenbrauen eine schlecht verheilte lange Narbe hatte. Er musterte sie besonders interessiert. *Sorry, Leute, ihr seid zu spät! Ich hatte heute schon guten Sex!*

Es war Anfang Dezember, in der Tiefgarage war es saukalt. Sie schlug den Schal um ihren Hals und stellte den Mantelkragen auf. Dann lief sie in ihren Stöckelschuhen über den Beton. Das klackernde Echo hallte von den Wänden zurück.

Silke war eine große Frau, das hatte sie von ihrer Mutter geerbt. Dabei achtete sie schon seit Jahren auf ihre Figur, wog mit ihren fast eins achtzig nur dreiundsechzig Kilo. Für ihren Mann musste sie sich diese Mühe nicht machen, der war fast siebzig, ein ehemaliger Politiker und Landtagsabgeordneter im Ruhestand, der sich mittlerweile lieber um seine Modelleisenbahn im Keller als um ihre feuchte Muschi kümmerte. Sein Laster war eindeutig die Gier nach Geld und Macht, dementsprechend war er in seinem Job extrem korrupt und gewissenlos gewesen. Was *sie* umtrieb und welche versauten Gedanken *sie* hatte, ahnte er vermutlich nicht einmal annähernd. Gut, dass sie Gregor hatte, der ihr das Gefühl gab, wieder jung und lebendig zu sein. Was war daran verkehrt?

Sie erreichte ihr Auto, einen schwarzen Porsche, und öffnete ihn mit dem Funkschlüssel. Die Lichter blinkten auf, ebenso die Blinker in den Seitenspiegeln. Sie bemerkte, dass die beiden Herren im Anzug nicht in den Fahrstuhl gestiegen, sondern ihr durch die Garage gefolgt waren. Möglichst unauffällig sah sie sich um. Der Bullige ging voraus. In dieser Ecke stand nur ihr Wagen. *Wo wollen die hin?*

Sie stieg ein, schloss die Tür und wollte den Wagen starten, doch der Motor sprang nicht an. Das Display leuchtete auf und brachte eine Fehlermeldung nach der anderen. *Verflixt! Hier unten kann es doch keine Marder geben.* Erst siebentausend Kilometer, und die Mistkarre ließ sich nicht starten. Sie hob den Blick und sah zu den beiden Kerlen. Die unterhielten sich unauffällig, während sie nun zielstrebig näher kamen. Die Hände hatten sie in die Manteltaschen geschoben.

Verflucht! Was, wenn das kein Zufall ist? Wenn die beiden den Motor deines Wagens manipuliert haben?, schoss es ihr durch den Kopf. *Du könntest hupen! Und dann? Niemand wird dich hören.*

Nun waren die Männer nur noch ein paar Meter entfernt. *Den Wagen verriegeln? Blöde Idee! Wenn die die Motorhaube aufbekommen haben – dann bekommen sie auch die Tür auf.* Kurzentschlossen sprang sie aus dem Wagen, ließ die Tür offen und lief zum grünen Exit-Schild. Aus dem Augenwinkel sah sie, wie sich die beiden Männer ebenfalls in Bewegung setzten. *Wusste ich es doch!* Die Mistkerle liefen ihr nach.

Hastig stieß sie die Brandschutztür auf und stürzte die Treppe hinauf. Jahrelanges *Bauch, Beine, Po*-Training machte sich endlich einmal bezahlt. *Ihr Wichser kriegt mich nicht!* Trotz Stöckelschuhen lief sie ins obere Stockwerk, hörte, wie unten die Tür aufflog, raste eine weitere Etage hoch und flitzte durch die Tür ins Freie.

Kälte schlug ihr entgegen. Im ersten Moment musste sie sich orientieren. Es war bereits dunkel geworden, und die Magdeburger Innenstadt lag funkelnd und glitzernd vor ihr. Millionen Lämpchen beleuchteten den Weihnachtsmarkt. Vor ihr lagen das Bastelhaus, die bunten Karussells und Lebkuchenbuden. *In der Menschenmenge abtauchen? Nein, ein Taxi ist besser!*

Da kam auch schon eines langsam die Straße heruntergerollt. Das Schild auf einem Wagendach leuchtete gelb. Silke hastete keuchend darauf zu, vorbei an den penetrant riechenden Glühweinständen. Während der kalte Atem vor ihrem Gesicht aufstieg, blickte sie sich um. Verdammt, die Typen waren ihr dicht auf den Fersen. *Was zum Teufel wollen die? Die wissen doch nicht einmal, wer ich bin.*

Sie stolperte und wäre fast über den Randstein auf das Kopfsteinpflaster gestürzt. *Dreck*, jetzt war sogar einer ihrer Absätze abgebrochen. Ihr Herz raste wie wild. Winkend humpelte sie auf das Auto zu. Durch die Windschutzscheibe sah sie, dass der Taxifahrer sie bemerkte. Erleichtert wurde sie langsamer und ging zum Wagen. Ein vorsichtiger Blick über die Schulter ließ sie erkennen, dass die Männer dicht hinter ihr waren und nun ebenfalls langsamer wurden. In diesem Moment erreichte eine andere Frau, die quer über die Straße lief, das Auto und öffnete die hintere Tür.

Nein!

Silke stürzte zu der Frau. »Das ist mein Taxi!«

»*Ihr Taxi?* Hören Sie mal, ich war vor Ihnen da.«

Mist! »Wo wollen Sie denn hin?«, keuchte Silke um eine versöhnlich klingende Stimme bemüht.

Die Frau war etwa in ihrem Alter, aber schon grauhaarig und nicht so elegant gekleidet wie sie. Außerdem trug sie eine altmodische Handtasche. »Was geht Sie das an?«

»Bitte!«, flehte Silke. »Wohin fahren Sie?«

»Nach Colbitz.«

So weit raus? Das waren gut fünfundzwanzig Kilometer. »Was für ein Zufall. Dort will ich auch hin«, log Silke. »Ist nicht billig. Wir könnten uns die Kosten für die Fahrt teilen«, schlug sie vor. »Ach was, ich lade Sie ein.«

Die Frau zog überrascht die Augenbrauen hoch. »Wirklich? Sie zahlen?«

»Ja!«, drängte Silke, lief zur anderen Wagenseite und stieg ein. Dabei sah sie, dass die Männer in kurzer Entfernung von dem Taxi stehen geblieben waren und nun durch die Scheibe ins Innere starrten.

»Rasch, steigen Sie ein.« Silke beugte sich zum Fahrer. »Nach Colbitz … so rasch wie möglich.«

Die Frau stieg zögernd ein, presste sich die Handtasche an ihren flachen Busen und schlug die Tür zu. Sicherheitshalber legte sich Silke den Gurt an, falls die Kerle versuchen sollten, sie aus dem Wagen zu zerren. Jetzt sah sie im Licht der Weihnachtslampen auch das Gesicht des zweiten Kerls. Sie kniff die Augen zusammen. *Eure Visagen merke ich mir.*

»Ihr Absatz ist abgebrochen«, stellte die Frau fest.

»Weiß ich«, murmelte Silke. Etwas Besseres fiel ihr nicht ein. »Ich hatte es eilig.«

Nun blickte auch die Frau durch die Scheibe zu den Männern. Indessen schaltete der Fahrer das Taxameter ein und trat aufs Gas.

Silke drehte sich um und beobachtete weiterhin die Männer, die einfach nur dastanden und dem Auto nachsahen. »Ich denke, die beiden wollten etwas von mir«, erklärte sie der Frau. Dann reichte sie ihr die Hand. »Danke, dass Sie mich mitnehmen. Silke.«

Die Frau nickte, sah zwar etwas verwirrt drein, lächelte dann aber. »Gerda … Gerda Böhm.« Sie knöpfte sich den Mantel auf und löste den Schal. Darunter trug sie eine ebenso altmodische Bluse. Das Einzige, das wirklich chic aussah, war eine wunderschön grün schillernde Brosche in Echsenform, die sie an ihrer Bluse trug. »Kannten Sie die zwei?«, fragte Gerda.

Silke schüttelte den Kopf. »Nein, aber die sind mir schon durch die Tiefgarage gefolgt.« Sie kramte in ihrer Handtasche nach dem Handy und wählte mit zitternden Fingern eine Nummer.

»Wen rufen Sie an?«, fragte Gerda.

»Die Polizei … mein Wagen steht noch in der Tiefgarage … ist nicht abgesperrt … jemand muss hin, um … Ja, hallo?«

Der Fahrer drehte sich um. »Nimm ihr das Telefon weg!«

Plötzlich riss ihr die Frau das Telefon aus der Hand und unterbrach die Verbindung.

»Was soll das?«, schnappte Silke.

Der Fahrer drehte sich erneut um. »Schaffst du das allein?« Der Mann hatte weißblonde Haare und trug ein weißes Hemd mit breiten dunklen Hosenträgern. Mehr konnte Silke nicht erkennen.

»Klar.« Gerda griff in ihre antiquierte Handtasche und holte ein

Ding hervor, das wie eine Spritze aussah und das sie Silke in den Oberarm jagen wollte. Doch Silke schlug den Arm geistesgegenwärtig zur Seite und ging zum Angriff über. In dem Gerangel fiel die Spritze zu Boden.

Nun zog Gerda ihre Brosche vom Revers und ritzte Silke mit der Anstecknadel am Hals.

»Was … zum Teufel?«, entfuhr es Silke. Sie griff sich an den Hals und spürte klebriges Blut. Im nächsten Moment wurde ihr schwindlig. Sie wollte die Tür aufreißen, doch der Fahrtwind schlug sie wieder zu.

»Gib ihr auch noch die Spritze!«, rief der Fahrer, aber Gerda hatte sie bereits vom Boden aufgehoben.

»Verdammt … was …?« Silke spürte den Einstich einer langen kalten Nadel, die ihr durch den Mantel tief in den Oberarm drang. *Nein!* Sie wollte Gerdas Arm erneut zur Seite schlagen, doch im gleichen Moment verließ sie die Kraft. Alles wurde langsamer.

Silke hörte das Knacken eines Funkgeräts aus dem Fahrerbereich. »Hat alles geklappt?«, drang eine lang gedehnte verzerrte Stimme aus dem Lautsprecher.

Der Fahrer betätigte wie in Zeitlupe das Funkgerät. »Ja, wir haben sie.«

Silke drehte sich zur Seite. »Sie … heißen gar nicht … Gerda, richtig?« Sie tastete erneut zum Türgriff.

»Doch, mein Name ist Gerda. Das können Sie ruhig wissen.« Lächelnd zog ihr die Frau die Spritze aus dem Arm, kam näher und schob ihr ein Augenlid hoch. Die Lichter der entgegenkommenden Autos blendeten Silke. »Alles klar«, murmelte die Frau. Dann beugte sie sich über Silke und zog die Tür mit einem Ruck wieder vollständig ins Schloss.

Vor Silkes Augen drehte sich alles. »Ich … kenne … Sie nicht.«

»Ich weiß«, antwortete Gerda. »Aber wir kennen Sie – schöne Grüße von Ihrem Mann.«

5. TEIL

Mittwoch, 6. Juni

39. Kapitel

Sneijder, Miyu und Marc hatten die Nacht – auf Pulaskis Empfehlung hin – im Grandhotel *Weizsäcker* in Leipzig Mitte verbracht. Sneijder wusste, Miyu war es gleichgültig, welches Zimmer sie bekam, Hauptsache, es gab keinen Schrank, nur offene Fächer, das Einzelbett stand weit entfernt vom Fenster in einer Nische, und sie konnte die Lärmschutzfenster schließen, sodass es absolut leise war. Marcs Zimmer lag dagegen in Richtung Hauptplatz. Ihn störte der Lärm von den TV-Geräten aus den Nachbarzimmern genauso wenig wie der Lärm von der Hauptstraße, da er in der Regel gleich das Notebook mit dem Hotel-WLAN verband und Kopfhörer aufzog, Sci-Fi-Musik hörte und gern bis frühmorgens arbeitete.

Sneijder hatte sich ein Zimmer ganz oben in der letzten Etage mit Dachschrägen, Balkon und Ausblick auf das nächtlich beleuchtete Leipzig genommen. Dort hatte er die halbe Nacht an der Brüstung verbracht, sein Sakko mit einer Dampfbürste gereinigt, zu viele Joints geraucht, abwechselnd mit Pulaski, der deutschen Staatsanwaltschaft, den polnischen Behörden und mit Cramer in Warschau telefoniert und nebenbei die Minibar geleert. Mit Wodka, Tabasco und Tomatensaft hatte er sich eine Menge Drinks gemixt – zu viele, um genau zu sein –, mit dem Wasserkocher einen Liter Vanilletee gekocht und alle Nusspackungen verschlungen, bis sein Magenknurren endlich aufhörte. Schließlich war er gegen vier Uhr früh bei offener Balkontür erschöpft eingeschlafen, voll bekleidet im Bett auf dem Bauch liegend. Der morgendliche LKW-Lieferverkehr mit seinem penetranten

Rückwärtsgang-Piepen, das von der Straße zu ihm hoch schallte, hatte ihn bald darauf geweckt. Nach einer Nassrasur und einer kalten Dusche war er in einen frischen Zweiteiler geschlüpft und durchs Treppenhaus zum Frühstücksraum hinuntergegangen … besser gesagt gehumpelt. *Du musst in Bewegung bleiben.* Im kühlen und nach Scheuermittel riechenden Treppenhaus wurde er langsam wach – und mit ihm der stechende Schmerz in den Schläfen.

Pulaski hatte zwar zu Hause übernachtet, saß aber schon um sieben Uhr früh mit einer Tasse schwarzen Kaffees im Hotel neben dem Büfett und starrte abwesend ins Nichts. Neben ihm lag die Tageszeitung, aufgeschlagen war das Sudoku, einige Zahlen waren wütend durchgestrichen und übermalt. In seinem Gesicht las Sneijder, dass er – im Gegensatz zu ihm – vermutlich keine einzige Minute geschlafen hatte. Tiefe Schatten lagen unter seinen geröteten Augen, und der Dreitagebart war noch stoppeliger als am Vortag. »Morgen«, murmelte Pulaski. »Was gibt es Neues?«

»Das erkläre ich Ihnen, sobald meine Leute hier sind.« Sneijder blickte auf sein Handy und öffnete die SMS, die er jeweils von Marc und Miyu erhalten hatte. »In ein paar Minuten.«

»Diese Miyu«, begann Pulaski. »Sie schaut einem nie in die Augen. Ist wohl sehr schüchtern.«

»Schüchterne Menschen verstehen die sozialen Regeln, trauen sich aber nicht, sie anzuwenden«, entgegnete Sneijder, während er weitere Nachrichten am Handy checkte. »Miyu hingegen ist Autistin. Sie würde sich schon trauen, aber sie versteht diese Regeln nicht.«

»Ich dachte, Autisten wären so wie Rain Man«, fragte Pulaski.

»Das ist nur eine von vielen autistischen Spielarten, aber wie immer ist die Welt viel komplexer.« Sneijder steckte das Handy weg und nickte zum Büfett. »Schon gefrühstückt?«

Pulaski schüttelte den Kopf, dann rieb er sich den anscheinend komplett verspannten Nacken. »Starker Kaffee reicht mir. Und der hier ist wirklich gut.« Er hob die Augenbraue. »Nicht so ein Cappuccino-Pulverdreck aus dem Automaten.«

»Sie sollten etwas dazu essen«, riet Sneijder, »sonst schauen Sie bald genauso beschissen aus wie ich.« Er deutete zum Büfett. »Schlagen Sie zu, geht aufs BKA.«

Pulaski erhob sich mürrisch. Wenig später saßen sie wieder zusammen an einem Tisch, diesmal in einer Nische mit Aussicht auf den Park und den Schwanenteich, der zwischen den Bäumen durchschimmerte. Sneijder hatte Eier, Speck und Würstchen auf seinem Teller. Während er das Zeug mehr mechanisch als mit Genuss in sich hineinstopfte, starrte er besorgt auf Pulaskis Teller, auf dem sich Gurken, Tomaten, Oliven, Paprika, Schafskäse und eine trockene Vollkornbrotscheibe befanden. »Vegetarier?«

Pulaski kaute an einer Paprikaspalte. »Ich könnte niemals etwas essen, das extra für mich getötet worden ist. Ganz anders als Sie offensichtlich.«

Sneijder verzog das Gesicht. »Ich hab mich bloß gefragt, ob dieses Ensemble auf Ihrem Teller vielleicht eine Art Test ist? Wer das Zeug runterkriegt, bekommt ein richtiges Essen?«

»Das nennen Sie ein richtiges Essen?« Pulaski deutete angewidert auf Sneijders Teller. »Wie kann man das nur auf nüchternen Magen hinunterschlingen?«

»Ich bin nicht nüchtern«, stellte Sneijder richtig.

»Dann haben Sie anscheinend keinen Magen, sondern eine Restmülltonne in Ihrem Körper.«

Sneijder blickte kurz auf. »Sind die öligen Oliven gut?«

Immer noch ungläubig blickte Pulaski auf Sneijders Teller. »Das sag ich Ihnen, sobald mein Würgereflex nachgelassen hat.«

»Ohne dieses Zeug funktioniere ich nicht.«

»Sie sollten mehr Sport treiben«, schlug Pulaski vor. »Joggen oder Fußball.«

»Toller Rat.« Sneijder grinste kalt. »Nicht einmal mein Basset hetzt auf Kommando einem Ball hinterher.«

Pulaski zupfte eine mit Käse gefüllte Pfefferoni vom Zahnstocher. »Gesündere Ernährung vielleicht?«

»Hab ich schon probiert«, gab Sneijder zu. »Nachdem ich zwei Wochen lang jeden Morgen Haferflocken statt Ham and Eggs gegessen, gewöhnliche Zigaretten statt Marihuana geraucht und Karottensaft statt Wodka getrunken habe, war ich ein völlig neuer Mensch.« Er sah auf. »Unausgeglichen, reizbar und aggressiv.«

Pulaski verdrehte die Augen. »Die Gespräche mit Ihnen sind eine wahre Freude. Sind alle beim BKA so wie Sie?«

Leider nicht, dachte Sneijder, gab jedoch keine Antwort. Sie schwiegen sich an, bis Miyu und Marc auftauchten und sich jeweils mit einer Tasse Kaffee zu ihnen setzten. Mittlerweile hatte sich der Frühstücksraum gefüllt und es herrschte ein entsprechender Lärmpegel. Bevor die zwei etwas sagen konnten, ergriff Sneijder das Wort. »Cramer und die polnische Kripo haben mittlerweile herausgefunden, um welche Lagerhalle es sich handeln könnte, aus der Nemez angerufen hat.«

Die anderen rückten näher.

»Es gibt zwei Kandidaten. Eine vor zehn Jahren stillgelegte Munitionsfabrik auf dem Hafengelände im Norden Danzigs und eine ebenso aufgelassene Fleischfabrik dreißig Kilometer südlich von Danzig. Beide wären perfekt als Unterschlupf geeignet und würden gut zu Gerlachs Recherchen passen. Das polnische Gericht hat zwei Durchsuchungsbeschlüsse bewilligt, und die polnische Polizei stellt soeben zwei Spezialeinsatzkommandos zusammen, um die jeweiligen Gelände zu stürmen.«

Pulaski runzelte die Stirn. »So schnell?«

»Schnell?«, wiederholte Sneijder ätzend. »Mir wäre lieber gewesen, die hätten schon im Morgengrauen zugeschlagen.«

»Trotzdem, ich meine ja nur …«

»Erstens ist uns allen jetzt erst durch Gerlachs Recherchen bewusst geworden, wie groß diese Hackergruppe ist«, erklärte Sneijder. »Zweitens haben wir durch Nemez' Anruf die erste konkrete Spur, die zu Nikodemus führt. Drittens geht es immerhin um eine entführte BKA-Kollegin. Und dadurch haben wir die Chance auf einen Hinweis, der uns zu Richter Gerlach führen könnte.«

»Verstehe …« Pulaski nickte mit verbissenem Gesicht. »… meine Tochter ist im Vergleich dazu gar nicht so wichtig.«

»Ist leider so – aber in diesem Fall unser Glück«, gab Sneijder zu. »Und deshalb hat das deutsche BKA Druck auf die polnischen Behörden gemacht.«

Marc stieß die angehaltene Luft geräuschvoll aus. »Dann haben wir die Schweine also.«

»Möglicherweise …«, bremste Sneijder Marcs Euphorie. »Die Frage ist, ob Nemez noch lebt.«

»Und ob in dieser Halle auch Gerlach und meine Tochter gefangen gehalten werden«, ergänzte Pulaski.

Sneijder nickte nachdenklich. Sein Bauchgefühl sagte ihm, dass das alles noch nicht so richtig zusammenpasste. Aber wenn das SEK zumindest mal einen oder zwei Kerle der Bande geschnappt hatte, könnten sie die verhören und wüssten dann vielleicht wieder mehr. Bis dahin hieß es abwarten und Akupunkturnadeln drehen.

Marc räusperte sich und griff zum Handy. Seine Hand zitterte leicht. »Ich möchte gern Sabines Vater und ihre Schwester anrufen, um ihnen zu sagen, dass Sabine …«

»Was? Gar nicht tot ist?«, unterbrach Sneijder ihn mit kaltem Blick. »Und wir sie, wenn wir Glück haben, aus einer einwöchigen Gefangenschaft befreien können?«

Marc nickte. »Ja sicher, ich …«

»Und wenn die Befreiungsaktion schiefgeht?«, zischte er. »Wenn wir ihre Leiche finden? Oder wenn wir sie gar nicht finden? Was dann? Dann hast du falsche Hoffnungen geschürt, die du Stunden später gleich wieder zerstören kannst.« Er schüttelte den Kopf. »Warte noch ein paar Stunden, dann wissen wir mehr.«

»Aber ich …«

»Was?«, unterbrach Sneijder ihn. »Vielleicht hören die das Telefon von Nemez' Vater ab. Wir wissen es nicht. Immerhin sind es Hacker.«

»Aber ich …«

»Marc!«, fuhr Sneijder ihn schroff an – gleich würde er die Geduld verlieren. »Wir stehen so kurz vor dem ersten richtigen Durchbruch in diesem beschissenen Fall. Mach das nicht kaputt!«

Marc ließ das Handy sinken, lehnte sich zurück und atmete tief durch.

»Ich verstehe den Sinn dieser ganzen Diskussion nicht«, meldete sich Miyu zu Wort. »Wäre es nicht effizienter zu überlegen, was *wir* jetzt machen? Fahren wir nach Danzig?«

Pulaski starrte Sneijder an. »Ja, richtig. Was tun wir?«

Sneijder massierte seine Schläfen. Starke Kopfschmerzen kündigten sich an – was ziemlich übel war, denn normalerweise ging es ihm besser, wenn der Fall Fahrt aufnahm und sich die ersten konkreten Spuren ergaben. Doch die Reaktion seines Körpers strafte die aktuellen Entwicklungen des Falls Lügen. »Danzig ist zu weit entfernt«, überlegte er laut. »Außerdem können wir dort als deutsche Ermittler nicht viel tun und stünden der polnischen Polizei nur im Weg.«

»Auf einmal so rücksichtsvoll?«, bemerkte Marc sarkastisch. »Das hat dich doch noch nie von eigenmächtigen Ermittlungen abgehalten.«

Stimmt! Aber Nachforschungen unter dem Radar der polnischen Behörden würde er erst dann starten, wenn die Kripo in Danzig versagte. Also gegebenenfalls innerhalb der nächsten Stunden, aber noch nicht sofort. »Miyu und du, ihr bleibt hier in

Leipzig und klemmt euch an Wintereggers süßen Arsch. Bietet ihm bei der Auswertung der Informationen aus dem Wohnmobil eure Unterstützung an. Und wenn er sich ziert, dann kümmere ich mich darum, dass es offiziell ein BKA-Fall wird und er euch zuarbeiten muss.«

Marc nickte, doch Pulaski räusperte sich. »Sollte ich das nicht lieber tun? Immerhin kenne ich Winteregger besser als …«

»In Ihrer Funktion als was? Als Beamter vom Kriminaldauerdienst, der ihn mal nett fragt?« Sneijder schüttelte den Kopf. »Ich fürchte, Winteregger kann Sie nicht besonders gut leiden.«

»Sie doch auch nicht.«

»Aber ich bin beim BKA.«

»Das wird ihm herzlich egal sein. Winteregger ist ein Arsch!«

»Offensichtlich. Aber ein opportunistischer Arsch, der am Ende zweimal überlegen wird, mit wem er es sich verscherzt«, sagte Sneijder. »Marc ist der Richtige für diesen Job. Sie kommen stattdessen mit mir mit. Das heißt, ich komme *mit Ihnen* mit! Wir fahren nach Breslau.«

Pulaski sah ihn verwirrt an.

»Ihr Wagen schafft doch die dreihundertachtzig Kilometer nach Polen?«

»Schon …« Pulaski überlegte. »Wir könnten in viereinhalb Stunden dort sein.«

»Essen Sie Ihre Mohrrüben auf, wir setzen uns uns in Ihren Wagen, Sie drücken aufs Gas, und wir sind in vier Stunden dort.«

»Was machen wir in Breslau?«

»Wir zäumen das Pferd von hinten auf und leisten ein bisschen ungewollte Amtshilfe«, sagte Sneijder mit verbissener Miene, während er auf einen Nervenpunkt auf seinem Handrücken drückte.

»Wójcik, dieser ehemaliger Computerhacker, lebt in Breslau«, erinnerte sich Pulaski.

»Ganz genau. Der seinerzeit einer von Adrianas Jugendfreunden war, als die noch in Breslau gearbeitet hat. Wir statten ihm einen Überraschungsbesuch ab.«

Pulaski schob den Teller von sich und leerte die Kaffeetasse. »Fahren wir.«

Sneijder erhob sich ebenfalls und nickte Marc und Miyu zu. Auf dem Weg durch den Frühstücksraum schnappte er sich zwei Schokomüsliriegel vom Büfett und stopfte sie als Proviant für unterwegs in die Sakkotasche. Vielleicht würde er so Pulaskis griesgrämige Stimmung besser ertragen.

40. Kapitel

Zur gleichen Zeit

Seitdem Sabine das Handy geklaut und Sneijder angerufen hatte, waren bestimmt zwei, vielleicht sogar schon drei Tage vergangen.

Kurz nach dem Telefonat war überall Hektik ausgebrochen. Ihr war ein kratzender Jutesack über den Kopf gestülpt worden, und man hatte sie sofort gefesselt aus dem Gebäude geschafft.

Während sie durch die Halle gestolpert war, hatte es sich angehört, als würde in Windeseile sämtliches Equipment zusammengepackt und in großen Rollboxen rausgeschafft werden. Viele Leute hatten telefoniert, teils auf Deutsch, teils auf Polnisch, aber Sabine hatte in dem Trubel nicht viel von den Wortfetzen verstehen können.

Draußen im Freien hatte sie nach Tagen der Isolation endlich wieder frische Luft eingeatmet, kurz den Duft nach Sommer, Blüten und frischem Regen genossen. Ohne Schuhe war sie zuerst durch eine matschig nasse Wiese gestolpert, dann über einen Schotterweg. Das Licht, das durch die untere Öffnung des Jutesacks gedrungen war, hatte wie das der Abenddämmerung gewirkt. Vögel hatten gezwitschert, und in unmittelbarer Nähe waren Autos auf einer Schnellstraße vorbeigebraust. Nachdem eine Autotür geöffnet worden war, hatte man sie unsanft auf eine Ladefläche gestoßen. Vermutlich das Heck eines mittelgroßen Kastenwagens. Der Motor war gestartet worden, und nach einigen Metern Schotterweg hatte ihr Kreislauf wegen der Strapazen der letzten Tage schließlich schlappgemacht und sie war ohnmächtig geworden.

Erst ein Schwall kalten Wassers hatte sie wieder zu Bewusstsein gebracht. Sie hatte auf einem kalten Fliesenboden gelegen, ihre Hände frei von Fesseln. Instinktiv und gierig hatte sie versucht, so viel Flüssigkeit wie möglich aufzuschnappen und sich die Handflächen abgeleckt. Dann hatte sie sich umgesehen.

Der neue Raum war kleiner als ihr vorheriges Gefängnis und wirkte mit den weißen Fliesen wie ein Kühl- oder Schlachtraum. Es roch muffig und verbraucht, und das Kondenswasser hatte Schimmel in den Kachelfugen entstehen lassen. Keine Fenster, nur eine dicke grüne Sicherheitstür aus Metall.

Das gehört also zum alten Hauptquartier der Gruppe. Zumindest hatte Adriana das behauptet.

Mittlerweile waren seit dieser Verlegung mindestens zwei Tage vergangen. Manchmal war sie wütend durch den Raum gelaufen und hatte gegen die Tür getreten, andere Male hatte sie wieder verzweifelt und heulend in der Ecke gehockt.

Sneijder, wo bist du!

Bartosz hatte sich nach ihrer Ankunft einen Tag lang nicht blicken lassen. Vermutlich war er, genauso wie der Rest der Gruppe, mit anderen, wichtigeren Dingen beschäftigt gewesen. Aber dann tauchte er wieder auf. Und verschwendete keine Zeit. Ohne vorher einen Ton zu sagen, brach er ihr brutal zwei weitere Finger, woraufhin sie sich die Seele aus dem Leib brüllte. Das einzige Gute war, dass er sich auch diesmal auf die linke Hand beschränkt hatte. Dann schob er ein vorsintflutliches Gerät in den Raum, das wirkte, als hätte er es aus der Garage eines Gebrauchtwagenhändlers mitgehen lassen.

Nachdem Bartosz ihr ein Holzstäbchen in den Mund geschoben hatte, verpasste er ihr einen Elektroschock, der sie für eine Zeit lang ausknockte. Aber nur den einen. Anscheinend hatte Bartosz nicht mit ihrer schwachen körperlichen Verfassung gerechnet. Jedenfalls hatte er auf eine weitere Behandlung verzichtet. Das Risiko, sie umzubringen, wollte er dann wohl doch nicht eingehen.

Jedem anderen hätte mittlerweile klar werden müssen, dass Sabine nichts mehr preisgeben konnte, weil sie wirklich nicht mehr wusste. Aber Bartosz schien das egal zu sein. Für ihn war nur wichtig, dass er so rasch wie möglich mit der nächsten Phase ihrer Beziehung starten konnte.

»In ein paar Stunden komme ich wieder«, waren die letzten seiner Worte gewesen, die sie gehört hatte. »Bis dahin hast du Zeit, dir zu überlegen, ob ich dir ein Ohr abschneiden soll oder ob du lieber die Beine breitmachst.«

Sabine sah auf. Obwohl sie schon tagelang nichts mehr gegessen hatte, spürte sie den Hunger kaum noch, nur der Wassermangel und die permanenten Kopfschmerzen machten ihr zu schaffen. Liegestütze und Sit-ups hatte sie schon lange nicht mehr gemacht, hatte stattdessen ihre Kräfte und Energiereserven geschont.

»In Ordnung …«, presste sie müde hervor, »… ich überlege es mir.« Sie kauerte sich auf den Boden und zog die Knie bis zur Brust. Endlich war sie wieder allein. *Sneijder, wie lange dauert das?*

Sie griff in ihre Hose und holte den Eisenstöpsel heraus, den sie aus dem Waschbecken ihrer vorherigen Unterkunft geklaut hatte.

Schon vor zwei Tagen hatte sie die Schraubenmutter entfernt, sodass jetzt nur noch der Stöpsel mit dem Metallstift übrig war. Wenn sie das Ding in der Faust hielt, konnte sie den Metallstift, der zwischen den Fingern herausragte, als Stichwaffe verwenden. Allerdings war das Ende stumpf. Und genau deshalb rieb sie es schon seit ihrer Ankunft stundenlang mit der gesunden Hand auf dem Fliesenboden hin und her.

Inzwischen hatte sich der Stift tatsächlich schon etwas zugespitzt. Und auch jetzt ließ sie ihn wieder in der mittlerweile tiefen Rille einer Fliese hin und her gleiten … monoton … immer hin und her … so lange, bis Bartosz sie zum ersten Mal anfassen würde.

41. Kapitel

Pulaski und Sneijder waren in Pulaskis Škoda problemlos über die Grenze nach Polen gekommen. Pulaski drückte tatsächlich den Fuß fest aufs Gaspedal und fuhr stets zwanzig km/h schneller als erlaubt. Sneijder fühlte sich in besten Händen, schlief auf dem Beifahrersitz sogar ein und holte das nach, was ihm in der Nacht zuvor verwehrt geblieben war.

Durch die Rüttelei auf einem schlecht asphaltierten Weg mit jeder Menge Schlaglöcher wurde Sneijder schließlich wieder wach.

»Gut geschlafen?«, knurrte Pulaski.

»Müssen Sie so wild fahren?« Sneijder streckte die Arme von sich, dann rieb er sich die Augen. »Ich habe gerade so schön von Ihnen geträumt.«

Pulaski schielte zu ihm, dann zeigte er zum Navi. »Wir sind in fünf Minuten in Breslau.«

Die Stadt lag im Südwesten Polens, hundertsechzig Kilometer hinter der deutschen Grenze. Sneijder sah zum Navi, dann zur Armaturenanzeige. Es war kurz vor zwölf.

»Hat sich Ihr Kontakt in Polen schon gemeldet?«, drängte Pulaski.

Sneijder checkte seine Nachrichten – alles Mögliche an unwichtigem Müll war in der letzten Stunde eingetroffen, aber keine Nachricht von Cramer. Kurzerhand wählte Sneijder die Nummer des Verbindungsbeamten, der beim zweiten Klingeln ranging. Sneijder ließ ihn gar nicht erst zu Wort kommen. »Haben Sie schon Wójciks Adresse herausgefunden?«

»Jaja«, murrte Cramer. »Habe ich …«

»Und da melden Sie sich nicht gleich bei mir?«, rief Sneijder, während er den Lautsprecher aktivierte.

»Ich bin nicht faul herumgesessen …«, drang Cramers Stimme aus dem Telefon.

Pulaski beugte sich zu Sneijder. »Arbeitet anscheinend im Energiesparmodus – Sternzeichen Faultier, Aszendent Couch.«

»Wer ist bei Ihnen?«, fragte Cramer.

»Mein Chauffeur – auch so ein Scherzkeks wie Sie«, sagte Sneijder. »Wir sind kurz vor Breslau, also?«

»Fahren Sie nach Süden, der Bauernhof der Wójciks liegt in Radomierzyce, zirka fünf Kilometer südlich von Breslau«, erklärte Cramer.

»Können Sie das mal buchstabieren?«, fragte Sneijder.

»Breslau?«, fragte Cramer.

Sneijder verdrehte die Augen.

»Vergessen Sie es«, beruhigte Pulaski ihn, »ich weiß, wie man das schreibt.«

»Und wo genau dort?«, hakte Sneijder nach.

»Radomierzyce ist ein kleines Kaff mit hundert Einwohnern«, erklärte Cramer. *»Das Gehöft hat keine Adresse, nur eine Hausnummer. Einunddreißig.«*

Pulaski nahm eine Abzweigung, die sie über eine schmale Nebenstraße nach Süden führte, und tippte den Namen des Orts ins Navi. Danach wollte er die Nummer eingeben, aber das Navi fand die Adresse nicht.

»Können wir nicht finden«, murmelte Sneijder.

»Wundert mich gar nicht, die meisten kleinen Dörfer …«

»Jaja, schon gut. Viele Dörfer gibt es hier ja nicht. Wir werden schon irgendwie hinfinden. Sie sagten vorhin, das sei der *Bauernhof* der Wójciks«, wiederholte Sneijder. »Warum hat so ein junger ehemaliger Hacker einen Bauernhof?«

»Eigentlich ist es der Bauernhof von Wójciks Eltern, aber sie sind

vor einem halben Jahr kurz hintereinander gestorben. Er hat den Hof geerbt.«

»Und jetzt lebt er als Bauer?«

»Keine Ahnung, ich weiß nur, dass er seit drei Jahren keine Vorstrafen mehr hat. Führt ein unauffälliges Leben. Hat keinen Job, zumindest keinen offiziellen, und lebt anscheinend vom Geld seiner Eltern.«

»Noch was?«

»Nein … o doch, das polnische SEK stürmt gerade die südlich von Danzig gelegene Fleischhalle.«

»Gut, melden Sie sich, sobald Sie mehr wissen.« Sneijder unterbrach die Verbindung, sah auf und zeigte nach vorne. »Dort ist das Ortsschild von Rado-Kuhdorf, und dahinter ist eine Tankstelle.«

Sie fuhren über einen Feldweg an einem lang gezogenen Maisfeld entlang, danach auf eine wackelige Holzbrücke, die über einen Bach führte, und kamen schließlich zu einem Wellblechschuppen, in dem zwei Traktoren standen. Pulaski wurde langsamer. Neben der Hütte war die Tankstelle. Telegrafenleitungen hingen ziemlich tief über dem Gebäude. Daneben befand sich ein Schild mit einem vergilbten rot-weißen Firmenlogo an einer windschiefen Stange. Ein Fahrrad lehnte daran. Es gab nur zwei Zapfsäulen und ein Häuschen mit schmierigen Plexiglasscheiben. Kein Shop, keine Toiletten. *Mann, was für eine trostlose Gegend.*

»Hoffentlich sitzt jemand in der Hütte«, sagte Pulaski.

»Bestimmt, die Zapfsäulen sehen nicht so aus, als könnte man dort innerhalb der nächsten zehn Jahre mit Karte bezahlen.«

Pulaski hielt den Wagen an, und Sneijder stieg sogleich aus. Es roch nach Dung, irgendwo muhten Kühe. In der Hütte hockte tatsächlich ein junger Bursche mit einem flaumigen Milchbart.

Sneijder knöpfte das Sakko zu, um sein Schulterholster zu verbergen. Normalerweise hätte er vor einer solchen Reise offiziell geklärt, dass er mit der Dienstwaffe darin in Polen einreisen würde. Aus Zeitgründen hatte er diesmal darauf verzichtet. Wenn alles glattging, waren sie in ein paar Stunden ohnehin wieder außer Landes.

Pulaski stieg ebenfalls aus. Gemeinsam gingen sie zu der Hütte, wobei sie einigen staubigen Schlaglöchern ausweichen mussten. Als Sneijder die Plexiglastür aufstieß, bimmelte eine Glocke. »Sprechen Sie Deutsch?«

Der Junge, der hinter dem Tresen auf einem Stuhl saß, nahm sein piependes Handy herunter, auf dem er offenbar ein Spiel gespielt hatte, und sah auf. »Eine bisschen.«

»Nicht viel los heute, was?«, stellte Pulaski kollegial fest. Anscheinend war er in Smalltalk-Laune.

Der Bursche lächelte. »Es ist …«

»Wir suchen den Bauernhof der Familie Wójcik!«, unterbrach Sneijder ihn.

Der Junge kniff die Augen zusammen. »Hier?«

Sneijder nickte. »In Radoschmierze.«

»Radomierzyce«, korrigierte ihn der Junge.

»Von mir aus. Also, wie kommen wir dorthin?«

Der Junge grinste, dann sah er zu Pulaski und hob die Schultern. »Vielleicht würde ein klein Aufmerksamkeit meine Gedächtnis helfen«, antwortete er in gebrochenem Deutsch.

»War ja klar«, brummte Pulaski und hatte bereits seine Brieftasche geöffnet, um nach einem Geldschein zu suchen, als Sneijder in sein Sakko griff, die Glock aus dem Holster zog und schwer auf den Tresen legte. »Eine kleine Gedächtnishilfe … vielleicht in Form einer Patrone mit 9 x 19 Millimeter Kaliber? In den Getränkeautomaten oder vielleicht doch lieber in die Kniescheibe?«

Der Junge schluckte, dann räusperte er sich. »Sie wollen drohen? Ich kann Polizei holen.«

Pulaski klappte das Seitenfach seiner Brieftasche auf. »Die ist schon da.«

Der Junge starrte auf den Dienstausweis im Lederetui. »Ist keine polnische Ausweis.«

»Aber den wirst du gleich sehen, wenn wir den Kollegen erzählen, dass du dich von zwei deutschen Ermittlern bestechen lassen wolltest«, blaffte Sneijder.

Der Junge atmete tief durch. »Schon gut, mir gerade wieder eingefallen.«

»Wie schön«, säuselte Sneijder. »Also, wo ist der Bauernhof?«

Der Junge beschrieb ihnen den Weg. Es war ein kompliziertes Hin und Her zwischen den Feldwegen, aber innerhalb von fünf Minuten zu erreichen.

»Danke.« Lächelnd nahm Sneijder dem Jungen mit einer raschen Bewegung das Telefon aus der Hand und ließ es in der Sakkotasche verschwinden.

»Was solle das?«, brauste der auf.

»Ganz ruhig, Kleiner, ich will nicht, dass du dort am Bauernhof anrufst und Wójcik warnst.«

»Das mache ich nicht!«

»Falsche Antwort«, entgegnete Sneijder. »Du hättest sagen sollen, dass du die Nummer nicht kennst.«

»Ich …« Dann klappte dem Jungen der Mund auf und er verstummte.

Sneijder wandte sich ab. »Mit dem Fahrrad bist du in zehn Minuten beim Bauernhof, dort kannst du dir dein Handy abholen. Ich lege es vor die Eingangstür.« Er verließ die Hütte.

Pulaski folgte ihm.

»Ich finde, wir sind als Team gar nicht so übel«, stellte Sneijder auf dem Weg zum Auto fest.

»Ja, ganz wunderbar«, ätzte Pulaski. »Musste das gerade sein?«

»Was denn? Ich habe Ihnen soeben hundert Euro gespart.«

»Ich hätte dem Kerl bloß zwanzig gegeben.«

»Dann hätte er uns in die falsche Richtung geschickt.«

»Sie haben auch immer auf alles eine Antwort.«

Leider nicht! Sneijder fischte das Handy des Jungen heraus und scrollte durch das Telefonverzeichnis, fand aber weder eine Adriana noch einen Nikodemus. *Wäre auch zu schön gewesen!*

Pulaski erreichte den Wagen und wartete. »Können wir?«

»Sicher.« Sneijder steckte das Handy in die Innentasche seines Sakkos und stieg ein. Pulaski startete den Wagen, dann folgten sie der Beschreibung des Jungen.

42. Kapitel

Das Spezialeinsatzkommando BOA der polnischen Polizei sammelte sich hinter einem großen Container am Rand einer verlassenen Ortschaft dreißig Kilometer südlich von Danzig. Zwischen ihnen und der leer stehenden Fleischfabrik lagen bloß hundertfünfzig Meter rostige, im Asphalt eingelassene Gleisanlagen, zwischen denen kniehoch das Unkraut wucherte. Hinter dem Gebäude befanden sich ein Acker und dahinter der Wald.

Das alte Industriegelände war nicht mehr in Betrieb und eignete sich hervorragend als Versteck für jegliche illegale Machenschaften. Nicht weit entfernt führte eine Straße an dem Gelände vorbei, auf der normalerweise Lastwagen in Richtung Danzig rollten. Seit zwei Minuten nicht mehr.

Maxim, der Kommandoführer der Einheit, steckte sein Funkgerät an den Gürtel, während Iwona, seine Stellvertreterin, sich die schwarze Sturmhaube übers Gesicht zog. Auf diese Weise würde sie später beim Einsatz niemand erkennen. Dann setzte sie sich den Helm auf und aktivierte die seitlich angebrachte Action-Cam. Mit einer Handbewegung bedeutete sie Maxim, dass es gleich losgehen konnte.

»Sammeln!«, rief er. Die Männer in ihren schwarzen Uniformen scharten sich um ihn.

Einer der Zivilfahnder trat zu ihnen. »Das ist kein Training!«, stellte er gleich klar. »Die Kollegen vom Mobilen Einsatzkommando haben die Fabrik seit dem Morgengrauen beobachtet. Es gibt keine verdächtigen Bewegungen. Die Straßen in der Umgebung wurden bereits abgesperrt, das Gelände ist gesichert.« Er nickte zu Maxim.

»Der Einsatz läuft unter dem Codenamen Skalpell I«, sagte Maxim. »Wir rechnen mit mindestens fünf bis sechs Terrorverdächtigen. Möglicherweise bewaffnet. Im besten Fall können wir alle Geiseln befreien.« Er gab seinen Leuten noch einmal die Personenbeschreibungen von Sabine Nemez, Jasmin Pulaski sowie Christina und Heinz Gerlach durch. Iwona und die Männer nickten.

Maxim blickte zu den Rettungswagen, die in sicherer Entfernung auf dem Gelände parkten. »Wir machen nur im äußersten Notfall Gebrauch von der Waffe.« Dann sprachen sie ein letztes Mal den Ablauf des Einsatzes durch. Drei Teams mit insgesamt achtzehn Mann würden gleichzeitig eindringen. Von vorne, von der Seite und von der Rückseite beim Acker. Sie mussten absolut synchron vorgehen, damit kein Verdächtiger entkommen konnte. Im Grunde war es eine Standardsituation, die sie in dieser oder ähnlichen Konstellationen schon hundertmal trainiert hatten.

Jetzt zogen sich auch seine Leute die Sturmmasken übers Gesicht und setzten die Helme auf. Maxim hob die Hand, und Iwona drehte einmal den Kopf von links nach rechts, damit sie eine Aufzeichnung von der gesamten Ausgangslage hatten. Letzter Waffencheck und Kontrolle der Ausrüstung.

Einige Atemzüge später ließ Maxim die Hand fallen. »Zugriff!«

Im geduckten Lauf näherten sie sich im Gänsemarsch zügig der Halle. Kurz vor dem Gebäude teilte sich die Gruppe in die drei besprochenen Einheiten. Iwona blieb bei ihm, zwei Kollegen übernahmen die anderen beiden Trupps. Vorerst herrschte Funkstille, aber das würde sich gleich ändern.

Sie erreichten die Eingangstür. Ein Mann brach die Tür mit der Ramme auf, wobei ein kräftiger Schlag genügte, um die Aluminiumtür aus den Angeln fliegen zu lassen. Zwei Kollegen übernahmen sogleich, stürmten hinein und sicherten den Zugangsbereich. Der Rest der Gruppe folgte. Sie hatten alle den

Grundriss im Kopf und gingen planmäßig von einem Raum zum nächsten.

Nun erwachten die Funkgeräte zum Leben.

»Hinterer Bereich gesichert!«

»Seiteneingang gesichert!«

»Haupteingang gesichert«, gab Iwona durch.

In der Halle war es dunkel, aber das Tageslicht, das durch die schmierigen Fenster fiel, reichte aus, um sich zu orientieren.

Maxim und seine Leute bewegten sich in Zweierteams weiter. Der erste hielt den taktischen Einsatzschild hoch, der zweite dahinter hatte die MP5 im Anschlag. Ein zusätzliches Zweierteam sicherte nach hinten. Maxim ließ den roten Laserpunkt, den er in der Optik seines Visiers sah, blitzschnell über das Gelände wandern, erfasste damit jeden Winkel. So durchmaßen sie in synchronen Schritten die Halle. Aber da war nichts.

Hinter einer Biegung gelangten sie in den nächsten Bereich der Halle. Hier roch es ölig.

»Rechts … vorwärts … links … vorwärts … Stopp!«, befahl Maxim seinem Vordermann, der sogleich anhielt.

»Stromfrei!«, hörte Maxim als Nächstes über das Headset das Kommando von den Technikern draußen. Im Gebäude war soeben der Strom abgeschaltet worden. Aber es hatte ohnehin nirgends Licht gebrannt, und außer ihren eigenen Geräuschen war auch nichts zu hören. *Kein wutentbranntes Schnauben! Keine verärgerten Terroristen!* Aber noch gab es hier jede Menge Möglichkeiten, sich zu verstecken.

Maxim deutete zur Tür, die sich vor ihnen befand. Eine massive Brandschutztür, die zusätzlich mit einer Sicherheitskette abgesperrt war. Ein Mann kam nach vorn und durchtrennte die Kette mit dem Bolzenschneider. Als Nächstes krachte die Ramme gegen das Schloss, und die Tür flog auf.

Wieder marschierten die Männer in Zweierteams weiter und

gelangten in einen Bereich, in dem sich große Tanks befanden. Auf dem Boden lag fingerhoch Staub. Keine Schuhabdrücke. Aus dem hinteren Teil der Halle hörte Maxim das schrille Kreischen einer Akku-Flex. Offenbar wurden dort von einem anderen Team weitere Türen gewaltsam geöffnet.

Nachdem sie im Eiltempo drei weitere Bereiche durchschritten hatten und auf keine einzige, weder tote noch lebende Seele gestoßen waren, nahm Maxim den Funkkontakt zu den anderen beiden Teamführern auf. Denen war es ähnlich ergangen. *Kein Kontakt!* Sie sammelten sich in der Haupthalle.

»Ebene gesichert!«, gab Maxim das Kommando nach draußen durch. »Keine Zielpersonen!«

Durch die Schutzbrille sah er Iwonas fragenden Blick. Sie drehte den Kopf und nickte mit der Helmkamera nach unten. Zusätzlich ließ sie den Rotpunkt ihrer Waffe auf eine eiserne Falltür im Boden gleiten.

Maxim nickte. »Wir gehen in den Keller!«

43. Kapitel

Sabine wurde erneut schwarz vor Augen. Sie merkte, wie sie die Kraft verließ, trotzdem wiederholte sie mechanisch die monotonen Bewegungen. *Rauf und runter.* Das Metall kratzte auf der Fliese, und sie spürte, wie es durch die Reibung warm wurde.

Es wurde Zeit, dass Bartosz auf Tuchfühlung herankam und sie endlich die Waffe benutzen konnte, denn wenn er einen weiteren Tag wartete, würde sie nicht mehr die Kraft haben zuzustechen. Geschweige denn, aufzuspringen und davonzulaufen. Der Mistkerl hatte sie fast gebrochen, hatte sie seelisch und körperlich zermürbt, indem er die Zeit gegen sie arbeiten ließ.

Doch jetzt schien es tatsächlich auf das große Finale hinauszulaufen, denn die Tür öffnete sich. Bartosz trat ein, und sie ließ den Stöpsel rasch verschwinden. Während er im Türrahmen stehen blieb, kauerte sie sich am anderen Ende des Raums zusammen, von wo aus sie ihn anstarrte. Seine Hand lag auf dem Griff eines Messers, das in einer Lederscheide an seinem Gürtel steckte. Die Klinge war etwa so lang wie die eines Brotmessers, aber bestimmt doppelt so breit und garantiert um einiges schärfer. »Sagst du mir nun, was du noch weißt?«

Sie schüttelte den Kopf. »Es gibt nichts mehr.«

»Wie du willst.« Er grinste. »Wofür hast du dich entschieden? Dein Ohr, deine Nase oder …?«

»Nimm mich«, sagte sie kühl.

Er hob eine Augenbraue. Anscheinend hatte er nicht mit dieser Antwort gerechnet.

»Zeig, was du draufhast …«, flüsterte sie.

Lächelnd verzog er den Mund. »In Ordnung, Prinzessin.« Offensichtlich machte ihn die Vorstellung an, denn sie sah, wie sein Glied in der Hose steif wurde. Er trat ein, schloss die Tür, sperrte ab und ließ den Schlüssel innen stecken. Dann löste er den Gürtel von der Hose und hing ihn mit dem Messer in der Scheide an den Türgriff.

Langsam kam er auf sie zu. Offenbar dachte er gar nicht daran, sie zu fesseln. Sie war ausgemergelt und schwach und hätte selbst bei bester körperlicher Konstitution kaum eine Chance gegen ihn gehabt. Natürlich beherrschte sie die Nahkampftechniken der BKA-Ausbildung, aber Bartosz war Ex-Soldat und in dieser Hinsicht bestimmt deutlich erfahrener und auch besser trainiert als sie. Trotzdem – in diesem Moment war er geil, dachte ausschließlich mit seinem Schwanz. Weshalb es ihm auch völlig egal zu sein schien, dass sie sich schon seit Tagen nicht mehr gewaschen hatte und nach Schweiß, Kot und Urin stank.

»Zieh deine Hose aus«, befahl er ihr.

»Hier auf dem Boden? Ich dachte, wir würden …«

»Halt dein Maul!« Er kniete sich vor sie hin und knöpfte seine eigene Hose auf.

Sabine öffnete ihre Hose, streifte sie über die Hüften bis zu den Oberschenkeln hinunter, und dann packte er sie bereits und zog sie zu sich her. *Was für ein ekelhaftes Schwein!* Er beugte sich stöhnend zu ihr herunter, und fast hätte sie keine Gelegenheit mehr gehabt, nach ihrer Waffe zu greifen, die sie noch schnell in ihrem Slip versteckt hatte.

44. Kapitel

Nach vier Minuten Autofahrt erreichten Pulaski und Sneijder tatsächlich das Gehöft. Es war wirklich kein Wunder, dass das Navi die Hausnummer nicht gefunden hatte, denn zu dem Hof führte gar keine richtige Straße. Er bestand aus einigen Ställen, einem großen, halb verfallenen zweigeschossigen Wohnhaus, einem Silo, einem Brunnen und einer lang gezogenen Baracke, in der veraltete landwirtschaftliche Geräte standen. Vor dem Haus parkte ein alter rostbrauner VW-Käfer mit verschmierter Scheibe und zu wenig Luft in den Reifen. Das gesamte Grundstück war mit Maschendraht eingezäunt.

»Nette Gegend, da fühlt man sich doch gleich wie zu Hause.« Pulaski hielt vor dem Zaun und stellte den Motor ab. »Greifen Sie mal ins Handschuhfach.«

Sneijder öffnete das Fach. »Eine Walther PPK?« Erstaunt reichte er Pulaski die Pistole mitsamt dem Holster. »Verwenden Sie gar keine Glock?«

Pulaski nahm die Waffe heraus, warf das Magazin aus, überprüfte die Patronen, ließ es wieder in den Griff gleiten und zog den Schlitten zurück. »Bin ich noch von meiner Dienstzeit beim LKA Dresden gewöhnt … die Walther ist eine gute und zuverlässige Waffe.«

»Sie glauben vermutlich auch noch an den lieben Gott und die Zahnfee?«

Pulaski warf ihm einen genervten Blick zu, dann rammte er die Waffe ins Holster und klickte es seitlich unter dem Pullover an den Gürtel.

»Sehr unauffällig«, bemerkte Sneijder.

»Ihre dämlichen Kommentare gehen mir langsam auf den Sack!«

»Deswegen sind sie nicht weniger richtig.«

Pulaski kam näher. »Richtig ist auch, dass ich normalerweise im Dienst ein Sakko mit Schulterholster trage«, zischte er dicht an Sneijders Ohr. »Aber ich bin nicht im Dienst. Sondern ohne Befugnis im Ausland. Außerdem bin ich im Urlaub! Und das Schulterholster und mein Sakko hängen auf dem Kommissariat in meinem Spind, weil ich nicht wusste, dass wir wegen Ihrer Kollegin in die verfickte polnische Pampa fahren.«

»Sie haben nur eines?«

»Was?«

»Sakko!«

»*Sie* haben vermutlich einen ganzen Schrank voll.«

Sneijder nickte. »*Steenweg en Zonen* aus Rotterdam.«

»Klingt wie eine holländische Volksmusikband.«

»Es heißt *Niederlande*, und nein, das ist mein Schneider.«

»Sie haben sogar einen eigenen Schneider? Wunderbar.« Pulaski stieg aus und knallte die Tür zu. »Mit einem BKA-Gehalt hätte ich auch einen Schrank voller Anzüge«, murmelte er. »Was habe ich mir mit dem da nur eingebrockt.«

Sneijder stieg ebenfalls aus. *Was für ein griesgrämiger alter Sack dieser Pulaski doch ist.* »Ich lasse Ihnen einen Anzug aus Rotterdam schicken.«

»Sie kennen ja nicht mal meine Größe.«

Sneijder streifte ihn mit einem beiläufigen Blick. »O doch, die kenne ich.«

»Fein, dann hoffe ich inständig, dass ich diesen Fall überlebe, sonst können Sie mich in diesem Anzug beerdigen.«

»Genau das werde ich tun.«

»Mich beerdigen?«

»Dafür sorgen, dass wir am Leben bleiben.« Sneijder lüftete sein Sakko und zeigte Pulaski sein eigenes Holster mit der Glock. »Ich habe übrigens weder für Sie noch für mich eine offizielle Genehmigung be…«

»Damit habe ich auch nicht gerechnet«, kam Pulaski ihm zuvor. »Ist mir auch nicht sonderlich wichtig. Ich will nur meine Tochter finden – und das so schnell wie möglich. Alles klar?«

Sneijder nickte. Instinktiv hatte er gewusst, dass die Zusammenarbeit mit diesem Mann, auch wenn er für seinen Geschmack zu mürrisch war und zu viel redete, die richtige Entscheidung gewesen war.

Sneijder warf die Tür zu und Pulaski sperrte den Wagen ab. Gemeinsam fanden sie eine Tür im Zaun, die sich öffnen ließ. Von dort trennten sie etwa zweihundert Meter vom Wohnhaus. Pulaski legte ein ziemliches Tempo vor, und Sneijder versuchte humpelnd und mit zusammengebissenen Zähnen mitzuhalten. »Dachte, Sie hätten Asthma?«, rief er Pulaski nach.

»Hab ich auch.« Pulaski sah ihn mitleidig an. »Brauchen Sie eine Pause?«

»Schon okay«, keuchte Sneijder, »ich laufe nur so langsam, damit es bei Ihnen schneller aussieht.« Er griff sich an die Hüfte. *Vervloekt*, er hatte heute Morgen im Hotel vergessen, das Schmerzmittel zu nehmen – und mittlerweile rächte sich das. Dummerweise lag die Packung im Badezimmer.

»Schmerzen?«, fragte Pulaski.

Sneijder nickte. »Bin kürzlich operiert worden.«

»Bandscheibenvorfall?«

»Harpune in die Hüfte.«

»Sie verarschen mich!«

»Tu ich nicht.«

»O Mann, bin ich froh, nicht beim BKA zu sein.«

»Deshalb bekommen Sie auch nur dieses mickrige Gehalt.«

Pulaski passte sich Sneijders Geschwindigkeit an, und sie erreichten den Eingang des Hauptgebäudes. Obwohl es hier überall nach einer Mischung aus Schweinemist, Kuhdung und Hühnerkacke roch, hörte Sneijder kein einziges Tier. Es krähte kein Hahn, und es bellte nicht einmal ein Hund. Auch die Ställe schienen leer. Offenbar hatte Wójcik nach dem Tod seiner Eltern alles Inventar verkauft.

Da es keine Klingel gab, klopfte Pulaski lautstark an die Haustür. »Ich wette, hier wohnt keine Sau. Den Weg hätten wir uns sparen können.«

»Falls wir doch jemanden finden sollten«, murmelte Sneijder, während er sich umsah, »kommen Sie mir besser nicht in die Quere. Sobald ich der Meinung bin, dass Wójcik irgendetwas über Adriana und ihre aktuellen Pläne weiß, werde ich nicht zimperlich mit ihm umgehen, verstanden?«

»Von mir aus können Sie gern der böse Bulle sein.« Pulaski pochte noch einmal gegen die Tür. »Wäre meine Premiere, zur Abwechslung mal den guten Cop zu spielen.«

»Ich …« Sneijders Handy läutete. »Cramer«, erklärte er und ging ran. »Ja, was ist? Machen Sie schnell!«

»Ich habe soeben Nachricht vom polnischen SEK Skalpell I erhalten«, rief Cramer aufgebracht. »Die haben vor fünf Minuten die ehemalige Fleischfabrik südlich von Danzig gestürmt.«

»Und was haben sie gefunden?«

Pulaski kam näher, um mitzuhören.

»Nichts«, sagte Cramer.

»Was meinen Sie mit *nichts*?«

»Keine Personen, kein Computerequipment, keine Spuren von Gefangenen, einfach nichts … Die ganze Aktion ist eine Pleite gewesen. Die Halle war leer, da war schon seit Jahren keiner mehr drin.«

»Hat das Gebäude einen Keller?«

»Ja, aber da lag nur Rattenkot herum; der einzige Hinweis auf Leben.«

Verdikkeme! Sneijder ließ die Hand mit dem Telefon sinken. Jetzt hing alles davon ab, dass der Einsatz des zweiten polnischen SEKs ein Erfolg sein würde.

45. Kapitel

Sabine spürte Bartoszs erigiertes Glied an der Innenseite ihres Oberschenkels. Sie hörte ihn stöhnen, legte den Ballen der verletzten Hand auf seinen Stiernacken, ignorierte die Schmerzen und zog seinen Kopf zu sich herunter. In der anderen Hand hielt sie den angespitzten Metallpfropfen.

»Wenn ich gewusst hätte, was du für eine geile Drecksau bist …«, stöhnte er.

Mehr hörte sie nicht mehr. Denn mit aller Kraft, die sie noch aufbringen konnte, rammte sie ihm den Metallstift seitlich in die Halsschlagader. Einmal, zweimal, dreimal, immer wieder.

Bartosz brüllte auf. Zu spät registrierte er, was passiert war. Er hatte kaum Zeit, die Augen aufzureißen, da spritzte schon das Blut in einer weiten Fontäne durch den Raum. Mit jedem Pochen seines aufgeregt schlagenden Pulses drückte es mehr Blut aus der Wunde. Und wie von Sinnen stach Sabine weiter verzweifelt zu.

Als er endlich begriff, was passiert war, packte er ihre Hand und wollte ihr den Stöpsel aus der Hand winden. Gleichzeitig tastete er mit der anderen Hand nach der Wunde, um herauszufinden, wie schlimm und tief die Verletzungen waren. »Du blöde Schlampe …!«

Indessen packte Sabine mit der verletzten Hand seine Hoden. Sie biss die Zähne zusammen, unterdrückte den Schmerz in den Fingern und wusste selbst nicht, woher sie die Kraft nahm. Bartosz brüllte erneut auf und ließ ihre Hand los. Sogleich umklammerte sie den Metallstift wieder fester und rammte ihn Bartosz ins Auge, gefolgt von einem Geräusch, als zerplatzte eine gefaulte matschige Mandarine auf dem Boden.

Bartosz brüllte ein drittes Mal auf und schlug wild um sich. Sabine nutzte den Moment und robbte unter ihm hervor. Binnen Sekunden musste sie sich entscheiden, ob sie zur Tür krabbeln oder weiter auf Bartosz einstechen sollte. Sie entschied sich für die Tür. Denn an der Klinke hing der Gürtel mit dem Messer.

Während Bartosz immer noch schrie, kroch sie auf allen vieren mit heruntergelassener Hose zur Tür, wobei sie die verletzte Hand nur auf den Ballen aufsetzte. Auf der anderen Seite des Raums zog sie sich am Türgriff hoch und wollte gerade das Messer aus der Scheide ziehen. Da fiel der Schlüssel vor ihren Augen in hohem Bogen aus dem Schloss und hüpfte klimpernd über die Fliesen.

Fuck! Was war das?

Hinter der Tür erklangen aufgebrachte polnische Rufe. Sie hörte, wie ein anderer Schlüssel von draußen ins Schloss gedrückt und der Riegel aufgeschoben wurde. Geistesgegenwärtig zog sie schnell das Messer aus der Scheide, als auch schon die Tür aufflog. Sie machte einen Schritt zur Seite, verbarg sich dahinter und rammte dem ersten, der eintrat, das Messer in den Hals. Es war Viktor. Er hielt eine Luger in der Hand, riss die Pistole noch herum, ging aber gleich darauf röchelnd zu Boden.

Bevor Sabine richtig wusste, was sie tat, hatte sie sich hingekniet und Viktor die Waffe aus der Hand genommen. Sie hielt den Griff vorsichtig in der verletzten linken Hand, biss die Zähne zusammen und lud die Waffe gegen ihre Gewohnheit mit der rechten Hand durch. Kurz kamen die Schmerzen, dann wechselte sie die Waffe in die Rechte. 7,65 mm Kaliber. Ein altes, aber zuverlässiges Modell. Wenn das Magazin voll war, hatte sie acht Schuss – allerdings blieb ihr keine Zeit, um nachzusehen.

Ein Schatten fiel über sie, und sie fuhr instinktiv auf dem Boden kniend herum. Bartosz stand über sie gebeugt da, die Hose unten bei den Knöcheln. Obwohl er versuchte, die Wunde mit der Hand zuzuhalten, strömte ihm immer noch das Blut aus dem

Hals. Der Metallstöpsel steckte noch in seinem Auge, wodurch es aussah, als hätte er ein kreisrundes glänzendes Metallauge. Der Blick des anderen Auges war doppelt mordlüstern und hasserfüllt.

Ohne zu zögern drückte sie ab und feuerte ihm dreimal in die Brust, woraufhin er zurücktaumelte und steif wie ein Brett umfiel. *Ein Arschloch weniger auf der Welt!*

Viktor lag indessen mit dem Messer im Hals röchelnd und Blut spuckend auf dem Boden. Gierig schnappte Sabine mehrmals nach Luft. Die Atmung trieb ihren Puls hoch. Ohne die Waffe aus der Hand zu legen, rappelte sie sich auf, zog sich die Hose hoch und versuchte, den Knopf zu schließen.

Draußen hörte sie aufgebrachte Stimmen. Noch wusste niemand von denen, was hier drinnen passiert war. Und mit etwas Glück hatte sie noch fünf Patronen.

46. Kapitel

Während Pulaski versuchte, einen Blick durch das Fenster neben der Eingangstür zu werfen, entfernte sich Sneijder wieder vom Haus.

Er ging seitlich bis zur Hausecke, schaute kurz zu dem alten VW-Käfer und stutzte. *Wie ist der eigentlich aufs Grundstück gekommen?* Dort, wo sie es betreten hatten, befand sich nur eine kleine Tür im Maschendrahtzaun. Irgendwo anders musste es noch eine ordentliche Zufahrt geben, auch für Traktoren und Landwirtschaftsmaschinen. Vermutlich hinter dem Haus.

Sneijder spähte um die Ecke.

»Haben Sie was entdeckt?«, rief Pulaski.

»Möglich ...«, murmelte Sneijder. Auf dem Kiesweg und auf der platt gedrückten Wiese zeichneten sich frische Autospuren ab. Sneijder wagte sich noch ein paar Schritte vor – aber nur so weit, dass er Pulaski nicht aus den Augen verlor – und entdeckte gleich mehrere parkende Autos hinter dem Haus: einen Audi und einen großen Volvo, beides neue Modelle, blank poliert und glänzend. Daneben standen ein schweres Motorrad und ein dunkelblauer Kastenwagen. Möglicherweise befanden sich weiter hinten auch noch zusätzliche Fahrzeuge, aber das konnte er von hier aus nicht erkennen.

Instinktiv griff Sneijder unter das Sakko und holte die Glock hervor. Er atmete flach, lauschte, hörte aber nichts außer Pulaskis ungeduldigem Klopfen an die Tür. Und irgendwo in weiter Entfernung nun doch das Krähen eines Hahns.

Da ist doch was faul!

Mit einer Geste bedeutete er Pulaski, still zu sein. Der verstand sofort. Und als er sah, dass Sneijder die Waffe in der Hand hielt, griff er auch zur Pistole. Langsam machte er einen Schritt von der Tür weg. »Was ist?«, zischte er.

Sneijder kam näher. »Hinterm Haus stehen …« Sein Handy klingelte erneut. Mit der freien Hand griff er danach und führte es zum Ohr. »Ja?«

»Ich bin's wieder«, erklang Cramers Stimme.

»Nicht jetzt!« Sneijder wollte die Verbindung schon wieder unterbrechen, doch Cramer sprudelte aufgeregt drauflos. »Das zweite polnische SEK Skalpell II hat die stillgelegte Munitionsfabrik gestürmt.«

»Und? Machen Sie es kurz!« Hastig ging Sneijder auf Pulaski zu und behielt dabei die Fenster im ersten Stock im Auge. Die Vorhänge waren zugezogen, nichts bewegte sich.

»Die ist auch leer! Völlig ausgeräumt. Allerdings ist vor Kurzem jemand dagewesen. Wirkt so, als wären sie hastig abgehauen. Haben keine Spuren hinterlassen.«

»Fingerabdrücke?«

»Alles weggewischt beziehungsweise großflächig mit Säure vernichtet.«

»Speichel? Haare? Blut? Irgendwelche Spuren, die auf Kidnapping hindeuten?«, versuchte Sneijder es weiter.

»So weit sind die Kollegen noch nicht mit der Auswertung – sieht aber so aus, als hätten diejenigen, die in der Halle waren, gründliche Arbeit geleistet. Die wussten, dass wir kommen.«

»Gibt es dort Reifenspuren?«

»Reifenspuren?«

»Ja, Mann! Vor der Halle, auf dem Grundstück, im Schotter, auf der Wiese, einem Feldweg oder Parkplatz?«

»Moment … ich frage nach.«

Sneijder hörte polnisches Gemurmel im Hintergrund, während er immer noch die Fenster im Erdgeschoss und ersten Stock beobachtete. Dann meldete sich Cramer wieder. »Ja, hier hat es kürzlich geregnet. In der Erde sind Spuren.«

»Von PKWs, einem Lastwagen und einem Motorrad?«, fragte Sneijder.

»Ja, woher wissen Sie das?«

Sneijders Puls ging nach oben. »Schicken Sie sofort ein SEK nach Radomierzyce zu Wójciks Bauernhof – die sollen sich beeilen!« Er unterbrach die Verbindung und steckte das Handy ein.

Pulaski, der alles mitgehört hatte, sah ihn fragend an. »Die zweite Halle ist auch leer?«

Sneijder nickte. Da hörten sie hinter der Tür ein Klimpern im Schloss. Gleichzeitig rissen sie die Waffen hoch. Die Eingangstür öffnete sich. Ein langer dunkler Korridor lag vor ihnen. Im Dämmerlicht sahen sie die Umrisse einer Person.

Pulaski trat einen Schritt zurück und nahm die Waffe mit beiden Händen in Anschlag. Sneijder schirmte die Augen mit einer Hand vor der Sonne ab, während er auf die Person zielte.

Ein junger Mann trat aus dem Schatten heraus auf die Türschwelle. »Was wollen Sie?«, fragte er. *Auf Deutsch!*

Anscheinend hatte der Kerl sie schon länger hinter der Tür belauscht oder vom oberen Stock aus Pulaskis Leipziger Kennzeichen gesehen.

»Komm mit erhobenen Händen heraus!«, befahl Sneijder.

»Wer sind Sie?«

»Bist du Wójcik?«

Der Bursche nickte. Mit den Händen über dem Kopf wagte er einen zaghaften Schritt ins Freie, stand aber immer noch halb im Türstock. Er hatte strubbeliges feuerrotes Haar und starke Akne. »Aber mein Vater lebt nicht mehr, falls Sie den suchen.« Er grinste und entblößte dabei einen gesplitterten Schneidezahn. »Ich bin Piotr Wójcik.«

»Keine Bewegung«, sagte Sneijder, »wir wollen nur mit dir reden. Wer ist noch im Haus?«

»Worüber?«

»Ich fragte: *Wer ist noch im Haus?*«

»Niemand.«

»Du …« Sneijder zuckte zusammen. Aus dem Keller des Hauses hatten unmittelbar hintereinander drei Schüsse gekracht.

47. Kapitel

Mit der Luger in der Hand verließ Sabine den Raum. Vor ihr lag ein schäbiger Korridor mit blankem Mauerwerk. Es war stickig und kühl, roch nach Keller. Niemand war zu sehen.

Sabine wurde schwindelig. Zu wenig Wasser, nichts zu essen, die Schmerzen und dann noch der psychische Stress. *Jetzt bloß nicht umkippen!* Sie schloss die verletzte Hand so gut es ging zur Faust und stützte sich mit dem Handballen an der Wand ab. *Nur kurz verschnaufen! Nicht umkippen!* Sie atmete mehrmals tief durch, versuchte, ruhig zu werden und den Puls zu normalisieren.

Wer immer jetzt kommt, im Zweifelsfall schießt du, schärfte sie sich ein. *Wenn Adriana und Piotr erst mal rausfinden, was du mit Bartosz und Viktor angestellt hast, ist es sowieso um dich geschehen.*

Sie setzte einen Schritt vor den anderen und stützte sich dabei an der Mauer ab. *Du musst hier raus! Mach schon!* Nach einigen Metern, die ihr wie ein Langstreckenlauf vorkamen, erreichte sie eine betonierte Treppe, die nach oben führte. Hier wurde das Licht einer nackten Glühlampe von den weißen Wänden reflektiert. Sabine hielt inne und lauschte. Von oben näherten sich hastige Schritte auf feinem knirschendem Kieselstaub. Jemand kam die Treppe herunter.

Sie waren zu zweit. Der erste war dieser Tomasz, den zweiten hatte sie noch nie zuvor gesehen. Ohne zu zögern hob Sabine die Waffe, richtete den Lauf auf die beiden jungen Männer und wollte schon abdrücken, als Tomasz die Hände hochriss. »Shit!«, fluchte er, stolperte nach hinten, fiel hin, rappelte sich auf, und dann rannten beide wieder nach oben. Sabines Anblick musste schrecklich gewesen sein. Inklusive ihres verbissenen, zu allem entschlossenen Gesichtsausdrucks.

Das Schrecklichste war jedoch, dass die Jungs unbewaffnet gewesen waren – und Sabine sie dennoch fast abgeknallt hätte.

Egal jetzt, nur weiter. Rauf mit dir!

Sie schob sich Stufe um Stufe nach oben. Ihre Knie waren weich, und ihre Hand zitterte. Je weiter sie nach oben kam, umso deutlicher bemerkte sie den typischen Bauernhofgeruch von Schweineställen in der Luft.

Plötzlich hörte sie drei Schüsse. Instinktiv duckte sie sich, aber nichts passierte. Keine Mauerteile spritzten ihr um den Kopf herum. Dem Geräusch nach waren die Schüsse auch eher draußen im Freien abgefeuert worden.

Dann war sie oben. Mit der Waffe im Anschlag ging sie weiter und erreichte einen anderen Korridor, der in eine Halle führte. Der Geruch nahm zu. Da sie auf einem Bauernhof bei München aufgewachsen war, kannte sie die Stallungen, Speicher, Scheunen und die Tenne eines typischen Vierkanthofs ebenso wie die Remise, in der landwirtschaftliche Geräte untergestellt waren. Die Halle vor ihr war mal ein solcher Lagerplatz gewesen, der jetzt aber zu einem provisorischen Großraumbüro umfunktioniert worden war, das mit einer großen Klimaanlage gekühlt wurde. Sabine spürte den kalten Luftzug am Körper.

Auf dem Boden lagen Hunderte Meter lange bunte Kabelstränge herum, die mit Klebeband fixiert waren und in zahlreiche Computer mündeten. Etliche große Monitore flimmerten auf simplen Büroschreibtischen, auf denen sich auch eine ganze Batterie von Notebooks befand, die soeben hastig zugeklappt wurden. Vor einem offenen Fenster hingen eine große und eine kleinere Satellitenschüssel, und an der hinteren Wand stand eine Großrechenanlage wie aus einem Rechenzentrum, die soeben heruntergefahren wurde. Ein völlig skurriler Anblick in diesem weitläufigen Bauerngehöft. Was für eine umso bessere Tarnung sprach.

Sabine zählte fünf Personen – die beiden von der Kellertreppe waren nicht darunter –, die eilig sämtliche Geräte kappten und in Taschen verstauten. Sie liefen gezielt von einem Computer zum anderen, und auch wenn eine gewisse Hektik herrschte, Schreie und Rufe durch den Raum hallten, schienen doch alle einer vertrauten Routine zu folgen. Vorsichtig tastete sich Sabine etwas weiter in den Raum hinein, doch niemand schien sie zu beachten. Zum Glück, denn sie war am Ende ihrer Kräfte.

Das ganze Stimmengewirr aus Polnisch und Deutsch machte es ihr noch zusätzlich schwer, sich zu konzentrieren. Sie kniff die Augen zusammen und versuchte, Piotr oder Adriana zu entdecken. Vergeblich. Egal, irgendetwas musste jetzt passieren, sonst würde sie gleich zusammenklappen. Kurzerhand feuerte sie einmal in die Decke. Augenblicklich kam das panische Treiben vor ihr zum Erliegen. Ein Dutzend Augen starrte sie erschrocken an.

Ja, die Schlampe aus dem Keller hat sich befreien können! Und sie ist bewaffnet! Und noch dazu ziemlich übel gelaunt.

Sabine schwenkte den Lauf der Waffe von einem zum anderen. »Keiner bewegt sich!« Die Leute blieben erstarrt stehen. Im Moment schien sie die Situation unter Kontrolle zu haben. *Verdammt, mir wird schon wieder schwindlig. Du musst sofort hier raus!* »Wo ist der Ausgang?«, presste sie hervor.

Niemand rührte sich.

»Exit?«, brüllte sie.

Einer der Kerle hob die Hand und zeigte auf eine rostfarbene Metalltür.

»*Dziękuję!*«, bedankte sich Sabine und ging rückwärts auf die Tür zu, alle Personen sorgfältig im Auge behaltend.

48. Kapitel

»Wer hat da gerade geschossen?«, fragte Sneijder. Die drei Schüsse hatten geklungen, als kämen sie direkt unter ihnen aus dem Keller.

»Ich weiß es nicht.« Piotr wollte die Hände herunternehmen.

»Die Hände bleiben oben!«, befahl Pulaski und zielte weiterhin auf Piotr, der die Arme nun noch weiter nach oben streckte.

»Los, komm raus!«, befahl Sneijder, doch Piotr blieb im Türrahmen stehen. »Was wollen Sie?«, fragte er.

»Wie viele Personen sind im Haus?«, fragte Pulaski.

»Nur ein Freund und ich«, stammelte Piotr. »Wir haben einen Schießstand im Keller und üben ...«

»Und wie kommen der Volvo, der Audi, das Motorrad und der Kleinlaster hinters Haus, wenn ihr nur zu zweit seid?«, fragte Sneijder.

Piotr gab keine Antwort, mahlte nur mit dem Kiefer. »Ich möchte Ihren Ausweis sehen.«

»*Das* ist mein Ausweis!«, rief Pulaski und rückte mit der Waffe näher. »Ist ein Mädchen namens Jasmin Pulaski im Haus?«

»Nein.«

»Eine Frau namens Adriana Zając?«, fragte Sneijder.

»Wer?« Piotr bekam rote Flecken im Gesicht und blickte nervös von Pulaski zu Sneijder.

Adriana IST im Haus! Gleichzeitig bemerkte Sneijder, wie Piotr irgendwas mit seinen Händen anstellte. Aber er sah nicht, was genau, weil sich die Finger hinter dem oberen Türstock befanden.

Pulaski musste es ebenfalls bemerkt haben. Er fuhr den Jungen an: »Komm jetzt endlich heraus! Hände bleiben über dem Kopf. Und knie dich hier draußen hin!«

Sneijder hörte nicht, was Pulaski noch sagte, denn in diesem Moment blendete sein Hirn alles Unwichtige aus und schaltete auf Zeitlupe. Er sah, wie Piotr unter dem Türrahmen herauskam und die Hand herunternahm – in der er eine großkalibrige Waffe mit langem Lauf hielt. Die verdammte Pistole musste für Notfälle drinnen über dem Türstock versteckt gewesen sein. Anscheinend bereits entsichert und durchgeladen. Denn in einer einzigen fließenden Bewegung legte Piotr auf Pulaski an.

Bestimmt bemerkte Pulaski die Gefahr, doch der Mann reagierte nicht. Hatte wohl Hemmungen, einen Jungen abzuknallen. Oder ging davon aus, dass Piotr gar nicht die Nerven hatte zu schießen.

Sneijder hingegen wartete nicht ab, sondern feuerte gleich dreimal hintereinander. Die erste Kugel erwischte Piotr in der Brust, die zweite seitlich am Hals, die dritte in der Schläfe. Der Bursche hatte nicht mehr die geringste Chance abzudrücken. Er wurde zurückgerissen und fiel rücklings in den Korridor ins Haus. Blut besprenkelte die Tapeten.

Sneijder zielte sicherheitshalber immer noch mit der Waffe auf Piotr, doch der bewegte sich nicht mehr. Nur sein Bein zuckte. In der Dunkelheit des Hauses sah Sneijder eine Blutlache, die sich rasch um Piotrs Kopf ausbreitete. Im nächsten Moment roch er auch schon den typischen eisenhaltigen Geruch von Blut, der sich mit dem Pulvergeruch der abgefeuerten Patronen mischte.

Einen Augenblick lang sirrte das Knallen der Schüsse noch in seinen Ohren. Er sah zu Pulaski. Der war so bleich im Gesicht, als müsste er sich jeden Moment übergeben. »Verdammter Dreck«, drang Pulaskis Fluchen dumpf an Sneijders Ohr.

Der Mann hätte zu spät reagiert. Wäre jetzt vermutlich tot, denn Piotr hätte ihn aus dieser Entfernung garantiert voll erwischt.

Pulaski nahm die Waffe herunter. Seine Hände zitterten. »Danke … ich«, stammelte er, »… ich war … das war doch noch ein Junge!«

»Ein Junge mit einer tödlichen Knarre«, stellte Sneijder richtig. Dann nickte er zu Pulaski. »Gehen Sie von der Tür weg.«

»Wollen wir nicht reingehen?«

»Nicht ohne vorher auf Verstärkung zu warten. Drinnen wurde geschossen«, erinnerte Sneijder ihn. »Wer weiß …«

»Aber vielleicht ist meine Tochter da drin.«

»Gehen Sie von der Tür weg!«, wiederholte Sneijder.

Da erklang ein weiterer Schuss. Wieder aus dem Haus, aber diesmal nicht so dumpf wie zuvor, sondern lauter. Offenbar nicht mehr aus dem Keller, sondern näher.

Pulaski und Sneijder pressten sich links und rechts neben der Tür an die Mauer. Sie warfen sich einen Blick zu. Schließlich entfernte sich Sneijder ein paar Schritte von dem Haus, visierte das obere Stockwerk an und betrachtete die Fenster. Oben tat sich nichts.

»Ich gehe da jetzt rein!«, zischte Pulaski. »Und ich werde auf alles schießen, was sich mir in den Weg stellt, bewaffnet oder unbewaffnet.«

»Wir wissen ja nicht einmal, ob die Schüsse uns galten oder nicht.«

»Sie können ja hier warten, ich gehe rein.«

»*Vervloekt!*« Sneijder hob die Waffe und wollte Pulaski folgen, als der plötzlich erstarrte und über Sneijders Schulter zur Hausecke blickte.

»Was?« Sneijder drehte sich um und sah ebenfalls in die Richtung.

Zwischen dem Haus und der Scheune tauchte eine schlanke Frau in dunkler Leder-Motorenkluft und mit grau melierten Haaren auf. Mit einer Waffe in der Hand kam sie rasch näher.

Und diesmal war Sneijder nicht schnell genug. Kaltblütig feuerte sie in ihre Richtung. Und gleich eines der ersten Projektile traf ihn in die Brust. *Aus dieser Entfernung ein verdammter Glückstreffer.* Er spürte den Einschlag, wurde zurückgeschleudert, stolperte und fiel rücklings auf die Erde. Sein Kopf knallte auf den Boden, alles drehte sich. Neben ihm spritzte die Erde hoch.

Zum Glück hatte Pulaski dazugelernt und zögerte diesmal nicht. Sneijder sah, wie er hinter dem Türrahmen Schutz suchte, präzise zielte und schoss. Die Frau wurde getroffen, taumelte und stolperte zurück. Ihr nächster Schuss ging vor ihr in den Boden. *Was für ein zähes Biest!* Sie wollte erneut die Hand mit der Waffe hochreißen, doch Pulaski traf sie ein zweites Mal, woraufhin sie hinfiel und zuckend liegen blieb.

Sneijder atmete tief aus. Als die Anspannung von ihm abfiel, löste er den Griff um seine Waffe. Er hätte es nicht zustande gebracht, den Arm zu heben, um sich zu verteidigen. *Vervloekter Mesthoop!* Nun tastete er über seine Brust.

Pulaski kniete sich sogleich neben ihn. »Ist es schlimm? Wo sind Sie getroffen?«

»Alles gut, halb so wild«, keuchte Sneijder, dann deutete er zu der Schwarzhaarigen. »Sorgen Sie lieber dafür, dass die nicht wieder aufsteht. Sonst sind wir beide erledigt.«

»Alles klar.« Pulaski erhob sich und rannte zu der Frau. Sneijder sah, wie er ihr die Waffe aus der Hand wand, sich diese hinten in den Hosenbund steckte und am Hals ihren Puls fühlte. Dann kam er wieder zurück, griff in die Hosentasche, schüttelte sein Asthmaspray und inhalierte kräftig. »Die ist erledigt«, keuchte er. »Und Sie?«

»Dank u wel«, presste Sneijder hervor. »Bin in Ordnung.«

Dennoch kniete sich Pulaski noch einmal neben ihn hin, öffnete ihm das Sakko und betrachtete die Einschussstelle. »Mann, Sie hatten echt Glück«, röchelte er. »War nur eine tschechische P-07 Kadet. 22er-Kaliber.«

Wirklich ein Glücksfall, dachte Sneijder zynisch. Wenn er an den ganzen Quatsch glauben würde, hätte er jetzt einem seiner zahlreichen Schutzengel eine Kerze angezündet. Die Patrone war nur ein Kupfergeschoss von einer Kleinkaliberwaffe gewesen und war gemeinsam mit dem Handy des Jungen, das in seiner Brusttasche gesteckt hatte, komplett zersplittert.

Bestimmt würde er durch den Aufprall noch tagelang einen schmerzenden Bluterguss auf der Brust spüren. Schon jetzt fiel ihm das Atmen schwer. Viel schlimmer waren im Moment aber die Splitter, die sich durch sein Hemd tief in die Brust gebohrt hatten.

Sneijder blieb noch einige Atemzüge auf dem Boden liegen. Kurz bevor er sich erhob, drehte er noch einmal den Kopf und sah zum Haus. Im Korridor bewegte sich etwas. Da kam jemand, stieg langsam über Piotrs Leiche, um das Haus zu verlassen. Eine Frau. Mit einer Waffe in der Hand. »Achtung!« Er packte Pulaski am Arm, ließ die Hand aber gleich wieder sinken.

Er traute seinen Augen nicht. *Das kann doch nicht wahr sein.* Sein Herz schlug schneller.

Er wollte sich aufrappeln. Und sah in diesem Moment, wie Pulaski die Waffe hochriss, um abzudrücken.

Eichkätzchen!

»Nicht!«, brüllte Sneijder.

49. Kapitel

»Das ist Nemez!«, fügte Sneijder hinzu.

Doch Pulaski war noch nicht überzeugt. Den Finger am Abzug, starrte er Sabine unverwandt an. »Sind Sie ganz sicher?«

»Absolut sicher«, presste Sneijder hervor, und endlich nahm Pulaski die Waffe herunter.

Sabine stolperte aus dem Haus und kniff geblendet die Augen zusammen. Orientierungslos blickte sie in beide Richtungen, bis sie Pulaski wahrnahm, seine Waffe sah und den Arm mit der Pistole hob.

»Nicht, Nemez!«, rief Sneijder. »Er ist ein Kollege.«

»Sneijder …«, hauchte sie, offensichtlich völlig fassungslos, ihn hier zu sehen. Kraftlos sackte sie auf die Knie und brach neben dem Eingang zusammen. Dort blieb sie an die Mauer gelehnt sitzen, neben Piotrs Beinen, die halb aus dem Haus ragten. Dann wanderte ihr Blick kurz über den Vorplatz zu jener Stelle, wo die schwarzhaarige Frau in der Lederkluft lag.

Hinter dem Haus knallten einige Autotüren zu, eine Heckklappe und vermutlich auch ein Kofferraumdeckel. Kurz darauf starteten die Motoren.

»Die hauen ab!«, rief Pulaski und wollte nach hinten laufen.

»Halt!« Sneijder rappelte sich unter Schmerzen in eine aufrecht sitzende Position und bekam dabei kaum Luft. »Kümmern Sie sich um Nemez!«, röchelte er. Sabine und er sahen sich kurz an. Es war nur ein flüchtiger Blick, der aber so vieles ausdrückte. Sie öffnete den Mund, wollte etwas sagen, doch er schüttelte nur knapp den Kopf und bedeutete ihr, ihre Kräfte zu schonen.

»Wollen Sie die abhauen lassen?«, drängte Pulaski.

»Die kommen nicht weit. Außerdem können Sie allein ohnehin nicht viel gegen die ausrichten.«

»Scheiße!«, zischte Pulaski, sah dann aber offenbar ein, dass Sneijder recht hatte. Während er das Gelände sorgfältig nach allen Seiten hin im Blick behielt – denn wer wusste schon, ob sie wirklich allein waren –, kümmerte er sich um Sabine, tastete sie nach Verletzungen ab und fühlte ihren Puls.

Indessen kramte Sneijder sein Handy aus der Hosentasche und wählte 112. Er berichtete auf Englisch von der Schießerei und forderte die Polizei und mehrere Rettungswagen an. Zusätzlich gab er eine Beschreibung der Fahrzeuge durch, mit denen eine Handvoll Kriminelle, möglicherweise bewaffnet, geflüchtet waren. Obwohl er keine offizielle Befugnis dazu hatte, ordnete er zuletzt auch noch eine Straßensperre um Radomierzyce an und hoffte, dass die auch tatsächlich so eingerichtet wurde.

»Wie viele waren insgesamt im Haus?«, hörte er Pulaskis Stimme im Hintergrund, während er selbst mit der Dame von Notdienst telefonierte.

»Etwa sieben Leute«, antwortete Sabine schwach.

»Auch ein neunzehnjähriges Mädchen?«, fragte Pulaski. »Sie heißt Jasmin!«

Sneijder sah aus dem Augenwinkel, wie Sabine den Kopf schüttelte.

»Ein Richter namens Gerlach? Und seine Frau?«

Wiederum schüttelte Sabine den Kopf. »Warum fragen Sie?«

»Ist eine lange Geschichte«, antwortete Pulaski. »Lehnen Sie sich zurück, atmen Sie langsam und ruhig.«

Sneijder hatte gerade sein Telefonat beendet, als er ein Geräusch hinter sich hörte. Der Junge von der Tankstelle hatte sein Fahrrad an den Zaun gelehnt und näherte sich zögerlich über das Grundstück dem Haus. Schließlich blieb er neben Sneijder stehen und ließ den verdatterten Blick über das Schlachtfeld wandern. »Was ist denn hier passiert?«

Hast Glück gehabt, dass du nicht früher gekommen bist. »Wonach sieht es denn aus?«, entgegnete Sneijder.

Der Junge gab keine Antwort. »Mein Handy!«, verlangte er kaltherzig und streckte die Hand aus.

Sneijder griff in die Brusttasche des Sakkos und reichte ihm das durchlöcherte Schrottteil. Es steckten noch die Splitter des völlig zerstörten Projektils drin.

»*Kurwa!* Ist ja total kaputt!«, regte sich der Junge auf.

Genauso wie ich, dachte Sneijder. Er griff in die Hosentasche und holte den ganzen Geldpacken Złoty heraus, den er aus Krzysztofs Haus mitgenommen hatte. »Kauf dir ein neues.«

Der Junge griff danach und blätterte durch den Packen. »So viel?«

»Ich habe keine Verwendung mehr dafür, außerdem ist es nicht meins. Mach etwas Anständiges damit. Hilf mir auf – und dann hau ab, bevor die Polizei kommt.« Er reichte dem Jungen die Hand, damit der ihn hochziehen konnte.

Dann stand Sneijder schnaufend und vornübergebeugt da und versuchte, so flach wie möglich zu atmen. Jetzt war er zum zweiten Mal knapp dem Tod entronnen. Diesmal nicht durch die eigene, sondern durch eine fremde Kugel. *Wat een verdomd geluk!*

50. Kapitel

Sneijder humpelte zu Sabine, die immer noch erschöpft an der Hauswand lehnte und ihn zwar erleichtert, aber zugleich ängstlich ansah. Unzählige Fragen zeichneten sich auf ihrem Gesicht ab. »Wurden Sie getroffen?«, fragte sie mit schwacher Stimme.

»Ich bin in Ordnung«, wehrte er ab.

»Sie müssen veranlassen, dass die Firewall und Passwörter beim BKA geändert werden …«, presste sie hervor.

Er winkte ab. »Ich sage es Drohmeier, der kümmert sich darum.«

»Es ist wichtig!«

»Ja.« Er nickte. »Die Typen kommen nicht weit.«

Erlöst ließ sie die Luger aus der Hand gleiten. »Wo sind wir hier eigentlich?«

Sein Herz wurde eng. *Mein Gott, sie hat nicht einmal die leiseste Ahnung, wohin sie verschleppt worden ist.* »Polen, in der Nähe von Breslau.«

Sie blickte zu Pulaski, der jetzt wieder die Waffe in Bereitschaft hielt und hochkonzentriert in jede Richtung blickte. »Sind Sie nur zu zweit hier?«

Sneijder nickte. Sie hatte bestimmt noch hundert andere Fragen, aber zuerst stellte er ihr Pulaski vor. »Ein Kollege vom KDD in Leipzig. Seine Tochter wurde entführt.« Dann erklärte er ihr in möglichst knappen Sätzen die wichtigsten Zusammenhänge und wie sie sie gefunden hatten, merkte jedoch, wie schwer sie sich tat, das alles aufzunehmen. Dabei hatte er selbst Dutzende Fragen. Doch jetzt war kein guter Zeitpunkt, sie damit zu quälen.

Besorgt sah er sie an. »Wie geht es Ihnen?« Die Frage war saublöd, das wusste er. Wie sollte es ihr schon gehen? Sie hatte in den letzten Tagen sichtlich mehrere Kilo verloren, war blass, hatte tiefliegende Augen, ihre Lippen waren spröde und aufgesprungen, und drei Finger der linken Hand waren dunkelblau und standen so schräg weg, dass ihm schon der Anblick körperliche Schmerzen bereitete.

»Dachte nicht, dass ich mal ehrlich froh sein würde, Sie zu sehen«, presste sie hervor.

Wenigstens hatte sie ihren Humor nicht verloren. »Hungrig?«, fragte er.

Sie nickte schwach, woraufhin er aus der Seitentasche seines Sakkos einen platt gedrückten Schokomüsliriegel zog. »Mehr kann ich Ihnen im Moment nicht anbieten – mit den besten Grüßen vom Grandhotel *Weizsäcker*.« Er riss die Verpackung auf und drückte ihr den Riegel in die gesunde Hand. Sie schlang ihn gierig hinunter. »Langsam!«, mahnte er sie.

»Oooh, tut das gut«, stöhnte sie mit geschlossenen Augen. »Haben Sie noch einen?«, fragte sie mit vollem Mund. »Irgendetwas, egal was!«, drängte sie. »Ich könnte im Moment alles essen.«

Er gab ihr den zweiten Schokoriegel, den sie genauso rasch verschlang. »Haben Sie auch einen Schluck Wasser?«

»Kriegen Sie gleich.« Sneijder deutete zu der Frau in der Lederkluft, die zwischen Haus und Schuppen auf dem Boden lag. »Ist das Adriana Zając?«

Sabine nickte. »Zumindest hat sie sich als Adriana vorgestellt.«

»Wir bekommen Besuch«, rief Pulaski.

In weiter Ferne bemerkte Sneijder zwei Krankenwagen, die mit Blaulicht anrückten. *Wurde auch Zeit!* In ein paar Minuten würden sie hier sein. Später würden auch noch die Polizei und das SEK dazukommen. Dann würde es nur so von Leuten wimmeln, und der Tanz würde beginnen.

Pulaski wollte etwas sagen.

»Nicht jetzt!« Sneijder griff in die Sakkotasche nach seiner Schachtel mit den Joints. »Bevor die da sind, muss ich etwas erledigen. Besorgen Sie Nemez inzwischen etwas zu trinken.« Rasch entfernte er sich in Richtung Adriana.

O Mann, er war so erledigt. Zuerst die OP an der Hüfte, jetzt auch noch der Treffer in die Brust. Bei jedem Schritt spürte er die Schmerzen im Bein und die Atemnot im Brustkorb. Auf dem Weg zu Adriana steckte er sich einen Joint an, inhalierte tief und klemmte sich den Glimmstängel anschließend paffend in den Mundwinkel.

Seine Augen tränten. Keuchend und die Hand auf die Brust gepresst erreichte er die Frau. »Na, alles gut?«, fragte er zynisch. Adriana lag reglos auf dem Boden und starrte ihn entsetzt an. Panik lag in ihren Augen. Sie öffnete den Mund, wollte etwas sagen, doch er hörte nur ein Röcheln und unterbrach sie sogleich.

»Willkommen in meiner Welt – wir beide haben jetzt ein kleines Rendezvous.« Er packte sie am Handgelenk, schleifte sie rücksichtslos hinter sich her zum Haus. Dann wollte er sie hochhieven und mit dem Rücken an die Hausmauer lehnen.

Plötzlich stand Pulaski neben ihm. »Was wird das?«

»Hauen Sie ab!«, knurrte Sneijder.

Pulaski sah ihn irritiert an. »Sneijder, was zum Teufel machen Sie da? Lassen Sie das!« Er wollte nach Sneijders Schulter greifen, doch Sneijder schlug die Hand beiseite.

»Finger weg!«, rief er. »Und hauen Sie ab!« Er lehnte Adriana mit dem Rücken an die Hausmauer und presste ihr den Handballen auf die Stirn, damit sie den Kopf nicht wegdrehen konnte und ihn ansehen musste.

Stöhnend kniete er sich unmittelbar vor sie hin und versuchte, seine eigenen Schmerzen zu unterdrücken. Ganz nah ging er an sie heran. »Adriana …«, sagte er nur ganz leise und wartete auf ihre Reaktion.

»Verpiss dich, Scheißbulle!«, fauchte sie mit halb geschlossenem Mund und einem harten polnischem Akzent. Offenbar bereiteten ihr die Worte Schmerzen. Und das war gut so. Auch dass sie ihn *Scheißbulle* genannt hatte. Wer emotional und hasserfüllt war, ließ sich eher zu Fehlern hinreißen. Das Verhör würde leicht werden.

Allerdings blutete Adriana schwer. Pulaski hatte sie in die Brust und in den Bauch getroffen. Jeder einzelne Treffer für sich war vermutlich tödlich, wenn er nicht rasch behandelt wurde. Trotzdem blieb Sneijder ganz ruhig. Er hätte ihr den Finger in die Wunde pressen können, aber er wollte keine Gewalt anwenden. Diesmal nicht – sie war ohnehin schon so gut wie tot.

Sneijder hörte, wie Pulaski schnaufend ansetzte, erneut etwas zu sagen. »Jetzt nicht!«, fuhr er ihn schroff an. Dann verschwand Pulaski endlich und ließ ihn mit Adriana allein.

»Sie und Ihre Leute stecken hinter Richter Gerlachs Verschwinden, richtig?«, begann Sneijder.

Sie gab keine Antwort, sah ihn nur an und schnappte dabei nach Luft, aber dieser Blick war Antwort genug.

Sneijder zog an der Zigarette. Langsam stieß er den Rauch aus und nebelte Adriana ein. »Der Einbruch vor einem halben Jahr in Gerlachs Villa hat offenbar nicht gereicht, um ihn abzuschrecken. Woher wussten Sie, dass er Ihnen nach wie vor auf den Fersen war?«

Sie presste die Lippen zusammen, sagte nichts. Anscheinend begriff sie gerade, dass er nicht nur wegen Sabine Nemez hier war, sondern dass es tatsächlich um viel mehr ging.

»Vor drei Jahren, als eine Ihrer Zellen aufgeflogen ist und es Ihrem Netzwerk an den Kragen ging, war er der zuständige Richter«, sagte Sneijder. »Sie wussten, dass er eine Gefahr darstellte.«

»Verpiss dich!«

»Das mache ich, aber vorher reden wir.«

»Aus mir kriegst du nichts raus!«

Er lächelte sie kalt an. *Das werden wir ja noch sehen.* »Sie wussten, Gerlach konnte Ihnen erneut gefährlich werden«, stellte er fest. »Aber warum?« Er hob eine Augenbraue, als er eine subtile Reaktion in ihrem Blick bemerkte. *Sieh an!* »Sie haben ihn beobachtet!«, dämmerte es ihm.

Adrianas Augenlid zuckte erneut. Sneijder zog wieder am Joint. Autoreifen knirschten in seiner unmittelbaren Nähe, und nun sah er auch das Blaulicht, das von den Wänden reflektiert wurde. Die beiden Krankenwagen waren von der Rückseite des Gehöfts auf das Gelände gefahren und rollten langsam näher.

»Ich brauche einen Arzt«, stöhnte sie.

»Jetzt nicht, Schätzchen!« Er legte ihr die Hand auf die Schulter. »Zuerst reden wir noch ein bisschen. Sie haben den Richter beobachtet, stimmt's?«

»Wir sind nicht die Polizei, wir beobachten niemanden und hören auch niemanden ab!«, presste sie hasserfüllt hervor.

»Richtig, Sie sind ja Computerhacker«, stellte er fest. »Beobachten und abhören wäre altmodisch und uncool. Sie haben ganz andere Methoden. Sie haben Gerlach bestimmt einen Trojaner auf sein neues Notebook gespielt. Vermutlich mit einer Spam-Mail. Sie haben seine IP-Adresse gecheckt und monatelang alle seine digitalen Spuren verfolgt.«

»Ich brauche einen Krankenwagen …«, stöhnte sie.

»Später, wir unterhalten uns gerade so gut.« Er zog wieder am Glimmstängel und blies ihr den Rauch ins Gesicht. »Mittlerweile wissen wir, dass Gerlach im letzten Halbjahr nicht untätig gewesen ist. Er hat sich seine gestohlenen Informationen über Ihr Netzwerk, Ihre Vorgehensweise und Kontakte wiederbeschafft … und dabei irgendwie herausgefunden, in welche kinderpornografischen Webseiten Sie ihre Schadprogramme eingeschleust haben, um an Bankdaten und Kreditkarten zu kommen.«

Adriana schwieg, und Sneijder fuhr fort. »Sie sind bestimmt gut vernetzt. Und eines Tages haben sich die Hinweise aus der Szene gehäuft, dass Gerlach nicht aufhört zu recherchieren. Er kam Ihnen immer näher, richtig?«

»Wir mussten dieses Arschloch loswerden.«

Sneijder nickte. »Ist Ihnen gelungen. Aber warum nicht nur ihn? Warum gleich seine ganze Familie?«

Adriana sah ihn verwirrt an, gab aber keine Antwort.

»Wo steckt er?«

Sie legte ihre blutverschmierten Zähne frei. *»Das wüsstest du wohl gern.«*

»Wir kriegen es raus.«

»Wie denn?«

»Sie haben einen entscheidenden Fehler begangen.« Er sah kurz zu Pulaski, der einige Meter von ihm entfernt stand, zuhörte und abwechselnd zu ihnen und zu den Krankenwagen blickte. »Ihre Leute haben schlampig gearbeitet. Statt Gerlachs Stieftochter haben sie die falsche Person mitgenommen.«

Adriana warf ihm einen verwirrten Blick zu.

»Das wussten Sie noch gar nicht?«, stellte Sneijder erstaunt fest. »Sie wissen nahezu alles, was in der digitalen Welt vor sich geht – aber das nicht?«

Adriana gab keine Antwort. Ihr Blick wanderte sehnsüchtig zu den Krankenwagen. *»Ich brauche ein Schmerzmi…«*

»Sie haben gar keinen Kontakt zu den Entführern!«, wurde Sneijder schlagartig bewusst. »Sie haben das delegiert … an …« In diesem Moment ließ ihn eine Cluster-Kopfschmerzattacke zusammenzucken. Sein Oberkörper verkrampfte sich. Er presste die Augen zu und drückte sich beide Daumen gleichzeitig in die Schläfen. *Verdomme!* Sogleich ließ der stechende Schmerz ein wenig nach. *Fuck!* Die Anfälle wurden immer stärker.

Als er wieder die Augen öffnete, sah er, dass Asche von seinem Joint auf Adrianas Brust gefallen war. Er wischte sie weg und spürte, dass sich etwas unter ihrer Lederkluft verbarg. Neugierig öffnete Sneijder den Reißverschluss und griff in die Innenseite. Dort fand er eine Brieftasche.

Adriana keuchte. »*Lass meine …*«

»Halt's Maul!« Er öffnete das Etui und zog drei Ausweise mit jeweils ihrem Foto, aber verschiedenen Namen heraus – einen polnischen, einen deutschen und einen ukrainischen – sowie drei Kreditkarten, ein Bündel Euroscheine und polnisches Bargeld. *Für alle Eventualitäten gerüstet.*

Zwischen den Geldscheinen lag die herausgerissene und zusammengefaltete Seite einer Zeitung. Sneijder öffnete das Blatt. Es war der Annoncenteil von einer Ausgabe der Sächsischen Zeitung, wie er am Emblem und der Schriftart erkannte. Zwar war kein Datum erkennbar, doch eine der Annoncen unter der Rubrik Partnersuche war mit Bleistift eingekreist.

VERDANDI SKULD URD
Personelle Vermittlung
Gepflegter Akademiker um die 70 im Raum Leipzig sucht für Vivaldi-Konzert »Opus 6 für Violine« liebevolle Begleitung.
Für weitere Details melde dich unter Chiffre:
22 – 9 – 22 – 1 – 12 – 4 – 9

»Was ist das?« Sneijder hielt ihr das Papier vor die Nase.

Sie gab keine Antwort.

»Was soll diese Annonce? Ist das …?« Er stockte. Ein Déjà-vu blitzte schmerzhaft in seinem Hirn auf. *Verdandi Skuld Urd. Wo zum Teufel hast du diesen Begriff schon einmal gehört?*

Er hatte keine Ahnung, wusste jedoch instinktiv, dass das keine gewöhnliche Partnersuche einer Vermittlungsagentur war. Damit hätte jemand wie Adriana nicht viel anzufangen gewusst. Diese Firma war in einem ganz anderen Gewerbe tätig, zum Beispiel … Es lag ihm auf der Zunge. *Ich weiß es gleich!* »Die …«

Plötzlich stand Pulaski wieder neben ihm. Diesmal in Sabines Begleitung. »Sneijder!«, brummte der Mann. »Diese Frau ist seit fünfzehn Minuten tot.«

Sneijder starrte in Adrianas Augen – noch glänzten sie in seiner Vorstellung, doch dieser Glanz war im Begriff zu verschwinden.

Nicht!

»Lassen Sie ihn – das macht er immer so«, erklärte Sabine leise.

»Ich …« Sneijder zuckte zusammen. Da waren die schrecklichen Cluster-Kopfschmerzen wieder. Immer, wenn er die Toten besuchte – oder sie ihn –, nahmen die Anfälle in einem beängstigenden Ausmaß zu. Seine Schläfen verkrampften sich, und sein Schädel fühlte sich an, als steckte er in einem Schraubstock. *Vervloekt!* Der Preis, den er für diese Gespräche bezahlte, wurde immer höher.

Keuchend wischte er sich den Speichel vom Mund und spürte, wie er sich an der Glut des Joints verbrannte. »*Klote* …« Fluchend drückte er den Stummel auf dem Boden aus.

Das Blaulicht des Krankenwagens fiel auf Adrianas gebrochene Augen. Jetzt waren sie trüb; bestimmt hatten sie schon vor vielen Minuten ihren Glanz verloren. Reglos lehnte ihr Kopf an der Hausmauer. Völlig blass.

»Danke für das Gespräch.« Sanft tätschelte er ihre Wange und erhob sich.

51. Kapitel

Sabine wurde in einem der beiden Krankenwagen verarztet. Keine Spur gab es nach wie vor von der angeforderten Polizei oder gar dem polnischen SEK, das Cramer organisiert hatte. *Hoffentlich haben wenigstens die Straßensperren geklappt*, dachte Sneijder bitter. Allerdings hatte er von Sabine erfahren, dass sie mit Adriana, Piotr, Viktor und Bartosz die Drahtzieher bereits erwischt hatten und nur die kleinen Fische geflohen waren.

Pulaski trat an seine Seite. Schweiß stand auf seiner Stirn. »Ich war im Haus. Ein riesiger Kerl liegt im Keller«, erklärte er keuchend. »Das könnte der Typ sein, der in Gerlachs Villa eingebrochen war. Die Beschreibung der Nachbarin aus dem Protokoll passt auf ihn.«

»Haben Sie ihn verhört?«, fragte Sneijder.

Pulaski sah ihn überrascht an. »Der hat ein Eisenteil im Auge und drei Kugeln in der Brust.«

Sneijder verzog den Mund. *Nemez*, dachte er nur. *Einen Meter dreiundsechzig groß und wiegt nicht einmal so viel wie ein nasser Sack. Aber wenn die üble Laune hat, macht sie keine Gefangenen.*

»Ich habe das gesamte Gebäude durchsucht«, erzählte Pulaski weiter, »keine Spur von Jasmin oder Gerlach. Nur Computerkabel und EDV-Zeugs, das die Typen in ihrer Panik zurückgelassen haben.«

Sneijder nickte. Das alles bestätigte seinen Verdacht. Adriana und ihre Leute steckten zwar hinter Gerlachs Entführung, hatten es aber gar nicht selbst getan, sondern jemanden damit beauftragt.

»Wie geht es dem Jungen, diesem Viktor?«, fragte Pulaski.

Sneijder blickte zum zweiten Krankenwagen, in dem der Bursche lag, den die Sanitäter im Keller gefunden hatten. »Der hat eine tiefe Messerwunde im Hals. Hat viel Blut verloren. Der Arzt kämpft gerade um sein Leben.«

»Er ist der Einzige, der uns mehr über Gerlachs Entführung verraten kann.«

Sneijder presste die Lippen aufeinander. »Falls er durchkommt …« Die Heckklappe schlug soeben zu, der Rettungswagen startete und fuhr los. Blieb zu hoffen, dass sie ihn durchbrachten und er so bald wie möglich ansprechbar war.

Nun stand nur noch der Krankenwagen mit Sabine auf dem Gelände.

»Ihre Kollegin ist tough«, stellte Pulaski fest.

»Das ist sie. Gehen wir zu ihr.« Sneijder setzte sich in Bewegung, Pulaski folgte ihm.

Die Sanitäter hatten Sabine bereits von ihrer schmierigen Kleidung befreit und sie in eine Decke gehüllt. Außerdem hatten sie ihr eine Infusion angehängt. Soeben wurde ein EKG gemacht. Zuvor hatte ihr der Notarzt eine Lokalanästhesie gespritzt, die gebrochenen Finger versucht zu reponieren und provisorisch mit einem orangefarbenen Splint geschient. An ihrem Blick erkannte Sneijder, dass sie mit Schmerzmitteln zugedröhnt war.

Eigentlich sollte auch sie schon längst unterwegs Richtung Krankenhaus sein, aber Sneijder hatte das unterbunden. Er wollte unbedingt noch mit Sabine reden, musste aber vor Ort auf die Polizei warten. Also hatte er nach einer kurzen, aber heftigen Diskussion mit dem Notarzt durchgesetzt, dass der Krankenwagen noch fünf Minuten hier wartete.

Jetzt blickte er durch die offenen Hecktüren ins Innere des Autos. »Wirken die Mittel schon?«

Sabine sah kurz auf. Ihre Lider flatterten. »Ich bin völlig high … jetzt weiß ich endlich, wie es Ihnen die ganze Zeit geht …«

»Sie werden wieder.« Sneijder kletterte am Arzt vorbei in den Wagen und drückte Sabine sein Handy zwischen Wange und Schulter.

»Wer ist dran?«, fragte sie. »Van Nistelrooy?«

»Van Nistelrooy?«, wiederholte er. *O Gott*, dachte er nur kopfschüttelnd. Sabine war über eine Woche lang weggewesen. Sie wusste nicht einmal, wie ihr letzter Fall in Norwegen ausgegangen war und kannte die Konsequenzen für das BKA noch gar nicht. »Der ist nicht mehr in Amt«, erklärte er knapp. »Friedrich Drohmeier ist jetzt der neue BKA-Präsident. Aber das erzähle ich Ihnen alles später. Werden Sie erst mal gesund.«

»Wer ist dann dran?«, flüstert sie.

»Werden Sie gleich hören.« Er hatte die Nummer ihrer jüngsten Nichte gewählt, und dann hörte er auch schon die Stimme des zehnjährigen Mädchens durch den Lautsprecher. *»Hallo?«*

»Oh, Gott, Connie …«, rief Sabine und begann plötzlich, heftig zu atmen. Ihr Brustkorb hob und senkte sich, ihre Augen wurden feucht.

Der Arzt sah besorgt auf und wollte ihr bereits das Telefon wegnehmen, doch Sneijder legte ihm die Hand auf den Arm und zog ihn nachdrücklich aus dem Wagen. »Geben Sie ihr nur ein paar Minuten«, sagte er auf Englisch. »Es ist wirklich wichtig.«

»Aber …«

»Diskutieren Sie nicht mit mir!« Sneijder hörte noch, wie Sabine, unterbrochen durch ihre Schnappatmung, sagte: »Ja, Sneijder hat mich gefunden …«, dann brach sie in Tränen aus.

Er stellte sich seitlich an den Wagen und lehnte sich mit dem Rücken an die Wand. Nachdenklich zündete er sich einen weiteren Joint an. *Verdandi Skuld Urd … Vervloekt, wo habe ich das nur schon mal gehört?*

Pulaski kam zu ihm und versuchte dabei sichtlich, die Marihuanawolke zu ignorieren. »Sneijder, ich …«, drückte er herum, »… wollte Ihnen nur sagen …«

Sneijder atmete langsam aus und blickte in die Ferne. »Wollen Sie mir ein Gespräch aufzwingen?«

»Ich … tut mir leid wegen vorhin. Anscheinend sind Sie keiner von diesen Schlipsträgern beim BKA und als Ermittler gar nicht so schlecht. Und danke. Sie haben mir … na, Sie wissen schon.«

»Ja.« Sneijder nickte nur. »Ebenfalls.« Mehr Worte waren nicht nötig. Sie waren beide noch am Leben – das war das Einzige, das zählte.

Schweigend standen sie ein paar Minuten lang nebeneinander und warteten, bis Sabine ihr Gespräch beendet hatte.

»Sneijder!«, drang ihre Stimme schließlich schwach aus dem Wagen. Er zertrat den Joint auf dem Boden und stieg wieder in den Wagen. Sie gab ihm sein Handy zurück. »Ich wollte mich noch bei Ihnen bedanken.«

»Nicht nötig – wie ist die Stimmung zu Hause?«

Sie lächelte. »Ich soll Ihnen von meiner Schwester und meinem Vater einen herzlichen Dank ausrichten. Die können es noch gar nicht glauben.«

Das ging ihm ähnlich. »Ehrlich gesagt«, murmelte er, »hatte ich gar nicht mehr damit gerechnet, Sie noch lebend zu finden.«

Der Arzt räusperte sich. »Darf ich Sie unterbrechen?«

»Nein.« Sneijder drückte Sabine die Schulter, dann wandte er sich an den Arzt. »Die Frau muss unbedingt in ein Krankenhaus. Aber nicht in ein polnisches«, beharrte er. »Ich organisiere für sie einen Helikopterflug in das Universitätsklinikum Carl Gustav Carus in Dresden. Das ist von hier aus die nächste Klinik in Deutschland.« Er nannte dem Arzt die Adresse.

»Aber …«

»Kein Aber!«, unterbrach Sneijder ihn. »Haben Sie nicht zugehört? Diese Frau kommt in kein polnisches Krankenhaus. Die Kosten für den Transport übernimmt das deutsche BKA. Und jetzt machen Sie sich auf den Weg zum nächsten Flugplatz!« Er sah auf.

Endlich näherten sich mehrere Polizeiautos. Darunter auch zwei schwarze Transporter, vermutlich vom polnischen SEK. »Beeilen Sie sich!« Dann wandte er sich an Sabine. »Wir sehen uns in Dresden.« Er schlug die Hecktüren zu.

Während der Rettungswagen davonfuhr, tippte Sneijder eine SMS an Marc Krüger. *Sabine wird in die Uniklinik Dresden geflogen. Wir sehen uns dort. Nimm mein Gepäck vom Hotel mit. Pulaski und ich brauchen neue Dienstwaffen!*

Er schickte die SMS ab und sah den Rücklichtern des Rettungswagens nach. Es war ein fliegender Wechsel, denn unmittelbar darauf kamen die Polizeiautos auf das Gelände gerast.

»Jetzt wird es lustig«, brummte Pulaski.

»Ja, ich weiß«, seufzte Sneijder. Er wollte noch etwas sagen, doch da klingelte sein Handy. Es war Cramer. Sogleich ging er ran. »Ja?«

»Hallo, Sneijder!«, rief Cramer aufgeregt. »Das Spezialeinsatzkommando der Polizei, das ich angefordert habe, ist bereits unterwegs zu Ihnen. Durch Ihren Notruf ist alles etwas chaotisch geworden. Ist alles in Ordnung?«

»Ja, Mann, und weiter?«

»Die Polizei hat Straßensperren um Radomierzyce aufgestellt.«

Jetzt wurde Sneijder einiges klar. *Deswegen hat es so lange gedauert, bis die hier waren.* »Und waren die wenigstens erfolgreich?«

»Insgesamt sind ihnen sieben Leute ins Netz gegangen. Lauter junge IT-Nerds. Die hatten die Autos voll mit Computerzeugs. Wenn das die Gruppe rund um Nikodemus ist, haben wir einen großartigen Fang gemacht. Damit können wir jetzt der Reihe nach die anderen Zellen ausheben.«

»Das sind nur kleine Fische«, bremste Sneijder Cramers Euphorie.

»Kleine Fische?«, wiederholte Cramer ungläubig.

Die Polizeiwagen und Transporter hielten vor dem Bauernhaus. Die Türen gingen auf und eine Horde bewaffneter Uniformierter sprang heraus.

»Ja … ich fürchte, hinter der ganzen Sache steckt noch viel mehr«, sagte Sneijder.

»Und was?«

Wenn ich das wüsste! Er dachte an die Zeitungsannonce und sein Gespräch mit Adriana. *Tatsächlich geht es um etwas ganz anderes!* »Können Sie für Sabine Nemez einen Krankentransport mit Helikopter vom nächstgelegenen Flugplatz hier nach Dresden organisieren?«, wechselte er das Thema.

»Ja, wirklich? Wie …?«

»Erklär ich Ihnen später, ich muss jetzt Schluss machen.« Sneijder steckte das Handy ein und blickte zu Pulaski. »Machen Sie das Gleiche wie ich.« Langsam hob er die Hände und händigte den Polizisten seinen Dienstausweis und die Dienstwaffe aus.

War schließlich nicht das erste Mal, dass er im Ausland gegen sämtliche Bestimmungen verstoßen hatte.

52. Kapitel

Friedrich Drohmeier hatte intervenieren und eine geschlagene Stunde mit dem polnischen Staatsanwalt telefonieren müssen, und letztendlich hatten sich sogar auch noch Cramer und die deutsche Botschaft in Warschau eingeschaltet. Dass ein BKA-Präsident derart seine schützende Hand über Sneijder hielt, war er von Drohmeiers Vorgängern gar nicht gewohnt.

Es wurde zwar pro forma ein Verfahren gegen ihn und Pulaski eingeleitet, dabei kam es aber weder zu einer Verhaftung noch zu einer Anklage. Schließlich durften sie nach einer kurzen mitprotokollierten Aussage, in der sie Notwehr und die Befreiung einer Geisel geltend gemacht hatten, ausreisen. Gegen acht Uhr abends waren sie in Dresden. Ihre Waffen und Magazine blieben allerdings in Polen.

Sabines Transport nach Deutschland hatte dank Cramers Mithilfe geklappt. Da ihr körperlicher Zustand mittlerweile stabil war, wurde sie nach einigen Untersuchungen und einer weiteren Infusion in ein Einzelzimmer im fünften Stock in die Interne Abteilung des Universitätsklinikums gebracht. Dort besuchte Sneijder sie. Pulaski hatte nach der stundenlagen Autofahrt von Breslau, während der Sneijder ununterbrochen telefoniert hatte, erst einmal auf einem starken Kaffee bestanden und saß nun unten in der Cafeteria bei ihren Gepäckstücken, die Marc und Miyu schon zuvor aus Leipzig mitgebracht hatten. Die beiden selbst waren bereits in Sabines Zimmer hochgefahren, und Sneijder stieß jetzt dazu.

Sabine trug ein weißes Nachthemd mit blauen Punkten. Eine Kanne Pfefferminztee und ein Korb mit Keksen, Obst und Müsliriegeln standen auf einem Tablett neben ihrem Bett. Außerdem hatte Marc ihr einen mp3-Player mit Hörbüchern und Zeitschriften besorgt, die ebenfalls auf ihrem Nachtschrank lagen.

Marc saß neben Sabine auf ihrem Bett und hielt ihre Hand, während sie skeptisch zu Sneijder sah. »Wie geht es Ihnen?«

»Mir?«, wiederholte Sneijder. Anscheinend war sie von den Schmerzmitteln immer noch high und aufgeputscht. »Die Hüfte ist bald wieder in Ordnung.« Bevor er mit dem Fahrstuhl zu Sabines Etage hochgefahren war, hatte er sich aus der Krankenhausapotheke eine Packung Schmerzmittel geholt und zwei Tabletten geschluckt. Langsam begann das Zeug zu wirken.

»Und die Brust?«

Er strich sich über sein Sakko und das zerfetzte Hemd. »Die Polen haben mir auf dem Polizeipräsidium die Splitter entfernt – nicht gerade mit Samthandschuhen –, die Wunden desinfiziert und verbunden. Solange ich nicht atme, ist alles in Ordnung.«

Sabine lächelte, Marc ebenfalls. Nur Miyu sah ihn verwirrt an. »War nur ein Scherz«, erklärte er ihr. »Es tut auch weh, wenn ich nicht atme.« Dann wandte er sich an Sabine. »Und selbst?« Darum ging es hier schließlich.

»Mein Vater, meine Schwester und meine Nichten haben für morgen ihren Besuch angekündigt. Die können es immer noch nicht glauben.« Sabine musste erneut gegen die Tränen ankämpfen. »Und Tina kommt auch … sogar heute noch.«

Sneijder nickte. »Martinelli hat beim BKA gekündigt. Bereitet gerade ihre Karriere als Detektivin vor.«

»Ich weiß, hat sie mir am Telefon erzählt«, sagte Sabine. »Mit ihrer Ausbildung und Berufserfahrung wird sie bestimmt eine der Besten.«

Bestimmt! Er musterte sie und versuchte, ihre Gedanken zu erraten. Womöglich gingen ihr gerade ähnliche Überlegungen wie Martinelli durch den Kopf. Jedenfalls konnte er es ihr nicht verübeln, wenn sie nach diesen Erlebnissen ihre eigene Karriere beim BKA würde hinschmeißen wollen. »Die päppeln Sie schon wieder auf.« Er deutete auf die mit einem blauen Splint neu geschiente und bandagierte Hand. »Und mit der richtigen Reha kommt auch das wieder in Ordnung.«

»Im Moment mache ich mir weniger Sorgen um meine Gesundheit«, gestand Sabine.

Sneijder hob eine Augenbraue. »Sondern?«

»Um die bevorstehende Psychotherapie und die Krisenintervention.«

»Aber die brauchst du jetzt!«, fuhr Marc dazwischen.

Sneijder sagte nichts – er verstand sowohl Marc als auch Sabine. Er selbst hatte seine eigenen Methoden entwickelt, um das Grauen zu verarbeiten, das ihm im Lauf der Jahre begegnet oder am eigenen Leib widerfahren war. Die aufgezwungenen Gespräche mit Dr. Karin Ross nervten einfach nur, wirklich hilfreich waren dagegen ein Joint, eine Kanne Vanilletee, Wodka mit Tabasco, ein Buch von Virginia Woolf, eine Stunde Schlaf in seinem Liegestuhl auf seiner Veranda zu Hause mit Blick auf den Wald und ein Gespräch mit seinem Basset. Die Streicheleinheiten, die er Vincent gab, waren eindeutig hilfreicher als jene, die er von Dr. Ross erhielt.

Sabine schien ähnlich zu denken. Jedenfalls ging sie nicht weiter auf das Thema ein, sondern setzte sich im Bett auf. »Jetzt will ich erst einmal alles über diesen Fall erfahren.«

»Bist du nicht müde?«, fragte Marc.

»Wenn ihr weg seid, habe ich noch genug Zeit, um zu schlafen.«

Sneijder schielte kurz zu Miyu, deren Gesicht sich bei Sabines Aussage für den Bruchteil einer Sekunde aufgehellt hatte. Wahrscheinlich war ihr das selbst gar nicht bewusst, aber vermutlich empfand sie doch eine gewisse Sympathie für ihre Mentorin und Ausbilderin an der Akademie.

Sneijder ging zum Fenster, holte einen Joint aus der Schachtel und rollte ihn meditativ zwischen den Fingern. Er roch am Tabak und blickte in die Abenddämmerung. Über Dresden zogen sich die Wolken zusammen. Der Wind drückte feinen Nieselregen ans Fenster. Sneijder beobachtete die Tropfen, die am Glas herunterliefen. »Dann erzählt mal …«

Während Marc ausführlich berichtete und Miyu nur ab und zu korrigierende Kommentare hinzufügte, hörte Sneijder konzentriert zu. Die Wolken am Horizont verwandelten sich indessen in einen dunklen Grauton.

»… und während das SEK die beiden Hallen gestürmt hat, sind Sneijder und Pulaski zu diesem Piotr Wójcik gefahren«, beendete Marc die Erklärung.

Sneijder hatte die ganze Zeit über gehofft, dass sich irgendeine Assoziation oder ein winziges Detail ergeben würden, die er bisher übersehen hatte. Aber da war nichts! Sein Hirn war völlig leer und ausgelaugt.

Zuletzt erzählte Marc auch noch, was sich während Sneijders Abwesenheit in Leipzig ergeben hatte. Auch das war nicht viel. Marc und Miyu hatten Einsicht in das Beweismaterial aus dem Wohnmobil erhalten, doch weder sie noch Winteregger und seine Kolleginnen vom LKA hatten irgendeine interessante neue Spur gefunden.

Zwar war Sabine in Sicherheit und Nikodemus' Netzwerk war zumindest großteils zerstört, trotzdem konnte sich Sneijder nicht so richtig entspannen. Abgesehen davon, dass Gerlach, seine Frau und Pulaskis Tochter immer noch verschwunden waren, gab es da noch etwas, das unter der Oberfläche langsam vor sich hinwuchs und immer größer wurde. *Es gibt Dinge, die wir wissen, und Dinge, die wir nicht wissen. Aber es gibt auch Dinge, von denen wir gar nicht wissen, dass wir sie nicht wissen.*

Und diese Annonce mit allem, was möglicherweise damit zusammenhing, fiel genau in diese Kategorie. Warum er so sehr davon überzeugt war, wusste er selbst nicht. Aber er spürte es mit jeder Faser seines Körpers. *Da ist noch mehr!* Es war einfach diese langjährige Erfahrung, die die Alarmglocken in seinem Gehirn losschrillen ließ, sobald etwas auftauchte, das er nicht genau zuordnen konnte.

»Sneijder!«

»Hm?« Er wandte sich um und starrte Sabine an.

»Für Sie ist der Fall doch jetzt eigentlich abgeschlossen«, stellte sie fest.

Ja, eigentlich! Er hatte den Joint beinahe komplett zerbröselt. Die Tabakfussel lagen auf dem Fensterbrett. »Wir müssen noch Pulaskis Tochter finden.«

»Ist das Ihre Aufgabe?«

Er sah zu ihr. »Nein, aber habe ich schon jemals mitten in einem Fall aufgehört?«

»Kann mich nicht daran erinnern«, gab sie zu.

»Eben.« Er nickte. »Außerdem habe ich es Pulaski versprochen.«

Sabine zog die Brauen zusammen. »Seit wann machen Sie Versprechungen?«

»Sie haben recht …«, sinnierte er, »… aber er hat mir geholfen, Sie zu finden, und jetzt bin ich dran, ihm zu helfen.« In jemandes Schuld zu stehen war noch nie sein Ding gewesen. Und die Verantwortung für Pulaskis Tochter drückte wie ein Stein auf seinen Magen.

»Glauben Sie, dass das Mädchen noch lebt?«, fragte Sabine.

Das ist der springende Punkt! Er löste sich vom Fenster und trat an ihr Bett. »Wenn die Entführer dahinterkommen, dass sie gar nicht Hatty, sondern irrtümlich das falsche Mädchen gekidnappt haben, besteht die geringe Möglichkeit, dass sie tatsächlich noch am Leben sein könnte.«

»Mich haben sie am Leben gelassen, aber auch nur deshalb, weil sie etwas von mir wissen wollten«, gab Sabine zu Bedenken. »Doch was könnte Pulaskis Tochter für einen Zweck erfüllen, außer sie als Druckmittel gegen Gerlach einzusetzen?«

Geht es überhaupt darum, etwas aus Gerlach herauszubekommen? Er umklammerte das Gestänge des Betts und dachte nach. »Nemez, all diese Kerle, die Sie während Ihrer Gefangenschaft kennengelernt haben – sah einer von denen so aus, als könnte er drei Menschen aus einem Wohnmobil kidnappen und spurlos verschwinden lassen?«

Sie schüttelte den Kopf. »Nur Bartosz. Die anderen waren zwar kriminelle Hacker, aber keine professionellen Killer. Und so viel ich mitgekriegt habe, hatten Adriana und ihre Gruppe nur Kontakt zu Bartosz. Glaube nicht, dass die noch andere Typen wie ihn kannten.«

»Und dieser Bartosz kann nicht allein drei Menschen entführt haben«, dachte er laut. »Dafür waren mindestens drei Personen notwendig.« *Noch dazu gleicht dieser Bartosz in keiner Weise der Person, die von der Kamera aufgezeichnet wurde.* Sneijder presste sich den Daumen an die Schläfe. »Gerlach war Adrianas Hackergruppe auf den Fersen, und die wollte ihn verschwinden lassen«, fasste er zusammen. »Aber Adriana hat das nicht selbst erledigt, sondern jemanden dafür engagiert.« Er holte den Zeitungsausschnitt aus seiner Brieftasche und hielt ihn Sabine hin. »Und ich denke, sie hat richtige Profis damit beauftragt – nämlich diese Firma.«

Sabine löste ihre gesunde Hand von der Marcs und betrachtete den Zettel. »Für die Entführungsfälle ist doch das LKA Dresden zuständig.«

Stimmt. Sneijder nickte. »Es sei denn, es steckt eine größere Sache dahinter.«

Sabine reichte die Annonce an Marc weiter. »Was meinen Sie mit *größerer Sache*?«

»Nikodemus hat in all den Jahren zwar einen enormen, doch letztendlich nur finanziellen Schaden angerichtet«, überlegte Sneijder laut. »Aber ich glaube nicht, dass sie nebenbei auch noch professionell hat Leute verschwinden lassen. Das heißt, wir sind hier womöglich auf weit gefährlichere Täter gestoßen, die auch vor Mord nicht zurückschrecken – und die sind noch irgendwo dort draußen.«

Marc reichte den Zettel an Miyu weiter, die ihn sich bloß eine Sekunde lang ansah.

»Ich habe Pulaski mein Wort gegeben, dass wir seine Tochter finden«, sagte Sneijder. »Und wenn tatsächlich mehr dahintersteckt – wovon ich im Moment ausgehe –, wird es sowieso zur BKA-Sache.«

»Dann bin ich dabei«, entschied Sabine prompt.

»Was?«, rief Marc. »Bist du verrückt? Du kannst doch nicht …!«

Es klopfte an der Tür, und eine ältere großgewachsene grauhaarige Ärztin trat ein. Sie war in Begleitung einer jungen Frau, deren Namensschild sie als Psychologin auswies.

Leicht besorgt sah Sabine zu der Ärztin. »Wenn meine Familie morgen da war und ich einige persönlichen Dinge habe klären können, möchte ich unbedingt an diesem Fall mitarbeiten!«

Das müssen eindeutig die Drogen sein, dachte Sneijder.

Die junge Psychologin lächelte nachsichtig. »Ihr Arbeitseifer ehrt Sie, aber nach allem, was Ihnen zugestoßen ist, brauchen Sie mindestens zwei bis drei Wochen psychologische Betreuung und medizinische …«

»Nein, keine Chance.« Sabine richtete sich im Bett auf. »Ich möchte ab übermorgen wieder in den Dienst gestellt werden!« Sie warf Sneijder einen Hilfe suchenden Blick zu. Der schwieg jedoch.

»Sie bleiben im Krankenhaus und müssen behandelt werden.« Die Psychologin wandte sich nun ihrerseits Hilfe suchend an die Chefärztin, ebenfalls ohne eine Reaktion zu bekommen.

»Was ich jetzt brauche, ist aktive Arbeit und keine Gesprächstherapie«, blieb Sabine stur. »Das ist meine Art, Dinge zu verarbeiten.«

»Das ist doch nicht dein Ernst?«, rief Marc außer sich. »Du bist völlig geschwächt.«

»Ich arbeite doch nicht bei der Streifenpolizei«, brauste Sabine auf. »Außerdem habe ich schon genug ähnliche Erfahrungen durchgemacht, um zu wissen, wie ich am besten damit fertig werde.«

»Nein!«, rief die Psychologin nun fassungslos. »Sie sind traumatisiert und können das im Moment doch überhaupt nicht einschätzen. Sie müssen sich zuerst erholen!«

»Ich war über eine Woche lang in Isolationshaft und hatte absolut nichts, mit dem ich mich geistig beschäftigen konnte«, widersprach Sabine. »Ich möchte nicht schon wieder tagelang in einem Zimmer eingesperrt sein.«

Reg die Psychologin noch weiter auf, dann wird die Ärztin schon sehen, wie beruhigend die Therapie wirkt. Sneijder warf der Ärztin einen eindringlichen Blick zu.

Diese öffnete schließlich den Mund. »Wir beruhigen uns jetzt erst mal alle wieder …« Sie wartete, bis alle still waren. »Von mir aus«, sagte sie dann sanft und sah Sabine an. »Nachdem die medizinischen Untersuchungen abgeschlossen sind, liegt die Entscheidung, was Sie tun und wie Sie es angehen, natürlich ganz bei Ihnen …«, sie betrachtete Sneijder, »… und Ihrem Vorgesetzten.«

Sneijder hatte immer noch keinen Kommentar zu der ganzen Sache abgegeben.

»Aber jetzt muss ich Sie alle bitten, das Zimmer zu verlassen!«, entschied die Ärztin. »Die Patientin braucht dringend Ruhe.«

»Danke«, seufzte Sabine. »Aber ich möchte noch kurz mit meinem Vorgesetzten unter vier Augen sprechen.«

Die Ärztin nickte. »Aber wirklich nur kurz.«

Sneijder wartete, bis alle das Zimmer verlassen hatten – inklusive Marc, der Sabine noch einen Kuss auf die Stirn gedrückt hatte –, dann lehnte er sich wieder ans Fenster. »Was gibt's noch?«

Sabine nestelte am Butterfly herum, der in ihrer Armbeuge steckte. »Ist Miyu jetzt in Ihrem neuen Team?«

»Das ist es, was Sie mit mir besprechen wollen?«, fragte er erstaunt.

»Ist Miyu in Ihrem Team?«, wiederholte sie.

»Es ist kein *Team*«, korrigierte er sie. »Bei unseren Ermittlungen in Norwegen habe ich zu viele gute Leute verloren. Deswegen habe ich beschlossen, ab sofort nur mehr in einer kleinen Ermittlungsgruppe zu arbeiten – und ja, Miyu ist dabei.«

»Sie ist brillant.« Sabine schien zu lächeln, wurde aber gleich wieder ernst. »Allerdings hat sie soziopathische Züge.«

»Ich weiß.« Er nickte. »Wussten Sie eigentlich von Marcs krimineller Hackervergangenheit?«

»Aha …«, Sabine wurde kurz rot, »… Sie haben davon erfahren, und trotzdem ist er noch in Ihrer Gruppe?«

Okay, sie hat also davon gewusst. »Krzysztof war ein Ex-Auftragsmörder, und den habe ich schließlich auch mit einem Beratervertrag zum BKA geholt. Profikiller, krimineller Hacker, Soziopathin«, er zuckte mit den Achseln, »genau solche Leute brauche ich.«

Sie lächelte. »Sneijder, Sie waren noch nie normal.«

Er nickte. *Was für ein Kompliment.* »Um Psychopathen zu fangen, muss man wie ein Psychopath denken – und um Kriminelle zu fangen …«

»… muss man sich mit Kriminellen umgeben«, vollendete sie den Satz. »Und was ist mit mir?«

»Nemez, Sie waren … und *sind* … immer noch eine der Besten, aber …«

»Ich brauche diesen Job!«, flehte sie.

»Ihre Familie dachte, Sie wären tot. Es gab sogar eine Abschiedsfeier in München.«

»Waren Sie dort?«

»Natürlich … aber lenken Sie nicht vom Thema ab! Denken Sie nicht, dass es im Moment vieles für Sie zu organisieren gibt?«

»Wenn ich nur hier herumliege und damit beginne, zu viel über alles nachzudenken, drehe ich noch durch.«

Seine Kiefermuskeln mahlten. »Also gut, wenn das Ihre definitive Entscheidung ist, soll es mir recht sein. Aber Sie arbeiten von hier aus, ist das klar? Dieses Krankenzimmer ist für die nächsten Tage Ihr neues Büro!«

Er sah förmlich, wie ihr ein Stein vom Herzen fiel. »Danke, ich werde Sie nicht enttäuschen.«

»Davon gehe ich aus. Eine Kollegin vom BKA, die hier in Dresden stationiert ist, bringt Ihnen in einer halben Stunde ein Notebook mit allen Unterlagen zum Fall. Sie haben ja jetzt ausreichend Zeit, sich einzulesen.«

Sie kniff die Augenbrauen zusammen. »Sie wussten, dass ich einsteigen würde und haben das schon … vorbereitet?«, entfuhr es ihr vorwurfsvoll.

»Nemez!« Er setzte sein Leichenhallenlächeln auf. »Ich wäre schlecht in dem, was ich tue, wenn ich solche Dinge nicht wüsste.«

53. Kapitel

Auf dem Weg mit dem Fahrstuhl ins Erdgeschoss tippte Sneijder eine SMS an die Kollegin. *Notebook für Nemez wie besprochen mit allen Zugriffsrechten – sofort!* Danach betrat er die Cafeteria des Krankenhauses. Die hatte zwar schon geschlossen, aber an einem Fensterplatz mit Aussicht auf den Innenhof, in den sich der Regen ergoss, saßen Miyu, Marc und Pulaski. Die Reisekoffer standen daneben.

Marc hatte das Notebook vor sich aufgeklappt und mit einem Kabel an eine Steckdose gehängt. Außerdem hatte er seine Umhängetasche über der Schulter und einen kleinen schmalen schwarzen Koffer zwischen den Beinen auf dem Boden stehen. Eine Menge Kaffeebecher stand auf ihrem Tisch – Pulaski musste in der Zwischenzeit echt zugeschlagen haben.

Während Sneijder am leeren Tresen vorbeiging und aus dem hinteren Bereich der Cafeteria das Klappern von Besteck und das Surren eines Geschirrspülers hörte, winkte Marc ihn hastig herbei. »Cramer über Video-Call!«

Sneijder wich einer Putzfrau aus, die den Boden mit einem nassen Mopp wischte, und zog vom Nebentisch eilig einen Stuhl heran, woraufhin Marc sein Notebook so hinstellte, dass auch Sneijder den rothaarigen Verbindungsbeamten sehen konnte.

»Ah, Sneijder!«, sagte der, »gut, dass Sie auch da sind. Ich hatte bereits gehofft, dass …«

»Mir ist nicht nach Schmeicheleien«, unterbrach Sneijder ihn und hielt drei Finger hoch. »Was gibt es Neues? In drei knappen und präzisen Sätzen!«

»Also«, schnaufte Cramer. »Sie hatten recht, es waren nur kleine

Fische. Aber als die polnische Kripo die Hacker mit den Unterlagen des LKA Dresden konfrontierte, die Richter Gerlach zusammengetragen hat, ging ihnen der Arsch auf Grundeis.« Er grinste. »Einige haben bereits geredet. Beim Verhör ist aber leider nicht viel herausgekommen, bloß eine Sache wurde mehrmals bestätigt: Sie wollten Richter Gerlach tatsächlich zum Schweigen bringen, haben ihn aber nicht selbst verschwinden lassen. Einige der Burschen haben Adriana einmal über ein Funkgerät darüber sprechen hören.«

»Funkgerät?«, wiederholte Pulaski.

»Analoge Technologie – kann nicht zurückverfolgt werden«, erklärte Marc.

»Ja, offenbar war das der Grund«, bestätigte Cramer. »Anscheinend hat Adriana eine ganz andere, eigenständige Organisation mit diesem Job beauftragt. Aber niemand von diesen Hackern weiß etwas Konkretes darüber.«

»Irgendeiner muss aber etwas wissen!«, drängte Sneijder.

»Glauben Sie mir, das hätte die polnische Polizei in den letzten Stunden schon längst aus denen herausbekommen, die sind da nicht zimperlich.«

»Der Staatsanwalt könnte ihnen einen …«

»… Deal anbieten? Hat er schon versucht«, kam Cramer ihm zuvor. »Wenn jemand von diesen IT-Nerds etwas darüber wissen würde, hätte er den Deal mit Kusshand angenommen. Ist aber nicht passiert. Die können sich zwar stundenlang in einer binären Sprache mit Bits und Bytes unterhalten und die Pentagon-Datenbanken mit einem kaputten Seniorenhandy hacken, aber von Entführung, Einschüchterung und Mord haben die keine Ahnung.«

Sneijder blickte zu Marc. Dieser nickte. Anscheinend deckte sich das mit dessen Erfahrungen. *Fuck!*

»Und die nächste schlechte Nachricht ist«, fügte Cramer hinzu, »dass es auf Wójciks Bauernhof keine einzige Spur gibt, die uns zum Aufenthaltsort von Gerlach, seiner Frau und der Tochter unseres Leipziger Kollegen führen könnte. Die Polizei hat dort alles auseinandergenommen und auf den Kopf gestellt.«

Sneijder merkte, wie Pulaski unter dem Tisch die Muskeln anspannte und mit den Fingerknöcheln knackte. Sein Blick verlor sich in der Ferne.

»Was ist mit diesem Viktor?«, fragte Sneijder.

»Ist im Hospital in Breslau. Wurde notoperiert und liegt im künstlichen Tiefschlaf.«

Sneijder knirschte mit den Zähnen. »Sagt Ihnen der Begriff *VERDANDI SKULD URD – Personelle Vermittlung* etwas?«

Stirnrunzelnd schüttelte Cramer den Kopf. »Noch nie gehört. Was ist das?«

»Nur eine dünne Spur. Veranlassen Sie, dass die polnische Kripo die Hacker auch dahingehend befragt.«

»Und wie soll ich das anstellen?«

»Lassen Sie Ihren Charme spielen.«

»Okay …« Cramer notierte sich den Begriff. »Ich melde mich bei Ihnen, sobald ich mehr weiß.«

Marc klappte das Notebook zu. Pulaski war ziemlich blass geworden; er wischte sich über den stoppeligen Dreitagebart und massierte seine Augen.

»Alles in Ordnung?«, fragte Sneijder.

»Scheiße, gar nichts ist in Ordnung«, fluchte Pulaski, dann hob er entschuldigend die Hand. »Ich hasse diesen bedrückenden Geruch von Krankenhäusern. Meine Frau …« Er beendete den Satz nicht, rieb sich mit den Handballen über die Augen und tat dabei so, als wollte er sich seitlich die Haare richten. »Umso wichtiger ist es, dass wir meine Tochter finden.«

»Ja, sicher«, murmelte Sneijder. Was immer seiner Frau zugestoßen war, bis vor Kurzem hatte er noch seinen Ehering getragen. Die Delle am Ringfinger war leicht zu erkennen, ebenso der weiße Streifen.

Sie schwiegen eine Weile, und anscheinend hatte die Betreiberin der Cafeteria nur auf diesen Moment gewartet. Sie kam hinter dem Tresen hervor und wollte sie wohl gerade herauskomplimentieren, als Pulaski ihr zuvorkam und beschwichtigend den Arm hob. »Wir sind gleich weg.« Dann wandte er sich an Sneijder. »Und jetzt?«

Sneijder drückte die Nervenpunkte seines Handrückens. Die Einzigen, die etwas über das Kidnapping hätten wissen können, waren Adriana und vermutlich Piotr und Bartosz gewesen – alle tot – und Viktor – der lag im Koma. Jetzt blieb ihnen nur noch die Spur von Hattys Video. Das dort aufgezeichnete Verhalten der Entführer war hochprofessionell gewesen – schnell, präzise und effizient. *Ben hat sich zwar verstecken können und ist den Entführern entkommen, aber nichtsdestotrotz müssen das erfahrene Spezialisten gewesen sein!*

»Sneijder?«, hakte Pulaski nach.

Er sah auf. »Wir bleiben vorerst in Dresden. Wir müssen mehr über diese Firma herausfinden.« Keine Reaktion. Stattdessen blickte er in drei ratlose und entmutigte Gesichter. »Was?«, knurrte er.

Miyu klopfte auf ihr Tablet. »Das hab ich schon versucht.«

»Ich auch«, sagte Marc.

»Und?«

Marc hob die Schultern. »Diese Firma gibt es nicht. Keinen einzigen Eintrag dazu.«

»Aber die Annonce!«, beharrte Sneijder.

»Wer weiß … die Zeitung könnte uralt sein.«

Godverdomme!

»Sieht ganz danach aus, als hätten wir keine einzige brauchbare Spur.« Pulaski schien keine Luft zu bekommen. Er inhalierte mit seinem Spray und atmete tief durch. Dann sah er zur Chefin der Cafeteria, die jetzt schon deutlich ungeduldig wurde. »Sneijder, wir müssen von hier verschwinden.«

»Wir sind das BKA! Wir müssen nirgends verschwinden!« Sneijder hatte gute Lust, seine üble Laune an jemanden auszulassen. Nur waren die Putzfrau und die Betreiberin der Cafeteria die Falschen dafür.

»Vielleicht muntert dich das etwas auf …« Marc griff unter den Tisch, hievte den schwarzen Koffer auf seinen Schoß und ließ den Deckel aufschnappen. »Eine nagelneue Glock – mit den besten Grüßen von Friedrich Drohmeier. Du sollst sie dir nicht wieder abnehmen lassen, sonst haben wir bald keine Waffen mehr.«

Sneijder griff rasch danach und ließ sie kommentarlos in seinem Schulterholster verschwinden.

»Und eine Walther PPK für Sie.« Marc reichte Pulaski die Waffe unter dem Tisch.

»Für mich?«

»Eine Leihgabe des BKA«, erklärte Marc. »Für Sie gilt übrigens das Gleiche wie für Sneijder.«

Pulaski zog den Pullover hoch und rammte die Pistole ins Hüftholster. »Einfach so?«

Marc nickte. »Ich habe bereits mit Ihrem Vorgesetzten Horst Fux geklärt, dass Sie die nächsten Tage als Berater für das BKA tätig sind.«

Pulaski sah zu Sneijder. »Haben Sie das veranlasst?«

Sneijder zog die Mundwinkel nach oben, sagte aber nichts.

»Fux hat wegen der Geschichte mit Ihrer alten Waffe schon den ganzen Papierkrieg in Angriff genommen«, ergänzte Marc. »Allerdings ist er über deren Verlust genauso wenig begeistert wie Drohmeier.«

»Kann ich mir vorstellen«, knurrte Pulaski.

»Und ich soll Ihnen noch etwas von Fux ausrichten.« Marc ließ den Koffer wieder zuschnappen. »Sie sollen sich die Scheißkerle schnappen, die Gerlach und Ihre Tochter entführt haben.«

Sneijder warf Pulaski einen Blick zu. *Das werden wir.*

54. Kapitel

Sie standen mit ihren Gepäckstücken unter dem Vordach am Haupteingang des Krankenhauses und blickten in den Regen. Ein Blitz erhellte die Hausdächer. In weiter Ferne grollte der Donner, und das Blaulicht einer Ambulanz fiel über den Platz.

Soeben lief eine Frau im knappen schwarzen Regenmantel mit Kapuze die Treppe zum Eingang hinauf. Sie trug eine dünne Hartschalentasche unter dem Arm. Nachdem sie ins Deckenlicht getreten war, klopfte sie sich das Wasser von den Schultern, zog die Kapuze herunter und richtete sich die Haare. Dabei sah sie kurz auf, erkannte Sneijder und nickte ihm zu. Das musste die Kollegin vom BKA mit dem Notebook für Sabine sein. Sneijder nickte ihr ebenfalls zu, danach verschwand sie durch die Glastür.

Marc hatte den Blickkontakt bemerkt und anscheinend richtig gedeutet. »Sind das die Unterlagen für Sabine?«, fragte er grimmig.

»Sie will es so!«, antwortete Sneijder knapp. »Und wir brauchen sie.«

»Ich will nicht, dass ihr noch mal etwas zustößt … nicht nach allem, was sie durchgemacht hat.«

»Sie bleibt vorerst hier«, beschwichtigte Sneijder ihn. Schließlich hatte er nicht Himmel und Hölle in Bewegung gesetzt, sie zu finden, nur um sie gleich wieder an die Front zu schicken. »Und jetzt will ich nichts mehr davon hören.«

Marc sah ihn immer noch verbissen an.

Ein Taxi hielt vor dem Eingang. Das Licht im Inneren ging an, und Sneijder sah, wie sich eine junge dunkelhaarige Frau nach vorn beugte, um den Fahrer zu bezahlen. Dann ging die Tür auf und die Frau quälte sich mit einem Gipsbein ins Freie. *Martinelli!*

»Tina!«, rief Marc.

Sie humpelte die Treppe hinauf und betrachtete überrascht die Gruppe. »Fast wie in alten Zeiten.« Offenbar hatte sie sich sofort, nachdem sie von Sabines Befreiung gehört hatte, in den Zug gesetzt. »Ich wusste es, wenn jemand Sabine findet, dann Sie.« Martinelli strahlte übers ganze Gesicht. »Gut gemacht, Sneijder!«

Er nickte nur mit zusammengepressten Lippen. Natürlich hatte sie keine Ahnung, dass der Fall in Wahrheit noch lange nicht ausgestanden war und sie möglicherweise sogar erst an der Oberfläche gekratzt hatten.

»Wenn das BKA noch mal meine Dienste braucht, rufen Sie mich an.«

»Bei einem konkreten Bedarf werden wir Sie buchen«, murmelte Sneijder.

»Das hoffe ich, immerhin …«

»Ich weiß, Sie würden sich noch wahnsinnig gern länger mit mir unterhalten«, unterbrach Sneijder sie, »aber in diesem Gebäude wartet eine Patientin auf Sie. Interne Abteilung, fünfter Stock.« Er nannte ihr den Trakt und die Zimmernummer.

»Sie haben recht.« Tina lächelte ihnen zu und humpelte zum Eingang.

»Wer war das?«, fragte Pulaski, nachdem sich die Tür wieder geschlossen hatte.

»Ehemalige Kollegin«, antwortete Sneijder kurz angebunden.

»Aus Ihrem Team?«

Sneijder nickte.

Pulaski sah durch die Glastür, wie Tina mit dem Gipsbein zu den Fahrstühlen hinkte. »Die Arbeit mit Ihnen scheint nicht ungefährlich zu sein.«

In der Tat. Verbittert dachte Sneijder an Sabine, Horowitz und Krzysztof.

Krzysztof!

»Na ja, jedenfalls …« Pulaski holte seinen Autoschlüssel aus der Hosentasche und wollte noch etwas sagen, doch Sneijder hob die Hand. »Nicht jetzt!«

»Haben Sie wieder einen Ihrer Anfälle …?«

»Ich sagte: *NICHT JETZT!*« Sneijder bohrte sich den Daumen in die Schläfen. *Krzysztof! Natürlich! Mein Gott, es lag die ganze Zeit vor mir.* Er zog das Zeitungsblatt mit den Annoncen aus der Brieftasche und starrte auf die Firmenbezeichnung. Jetzt wusste er, woher er diesen Namen kannte. *Wie konntest du nur so blockiert sein?*

»Alles okay?«, fragte Marc.

»Wir bleiben doch nicht hier«, entschied Sneijder. Er wandte sich an Marc und Miyu. »Ihr beide fahrt noch heute Nacht mit dem Zug zurück nach Wiesbaden. Legt euch meinetwegen noch was hin, wir sehen uns morgen früh im Büro.«

Pulaski sah ihn verwirrt an. »Und was machen *Sie*?«

»Ich muss noch etwas erledigen.« Sneijder steckte den Zettel wieder ein. Plötzlich kam ihm eine Idee. »Sprechen Sie Polnisch?«

»Ein wenig«, antwortete Pulaski. »Warum?«

»Fein. Dann nehmen wir beide denselben Zug wie die anderen.« Er öffnete eine App auf seinem Handy, die ihm die schnellsten Zugverbindungen per ICE zeigte. »Und dann begleiten Sie mich zu einem alten Fährhaus am Ufer des Mains.«

55. Kapitel

Zwei Tage zuvor: Die Nacht der Entführung

Nachdem Jasmin mit dröhnenden Kopfschmerzen aufgewacht war, stellte sie fest, dass sie im Heck eines Kastenwagens saß. Sie war geknebelt, und ihr Genick tat weh, da ihr Kopf anscheinend schon längere Zeit hin und her gebaumelt war. Außerdem spürte sie eine schmerzhafte Stelle am Oberarm, in den sie eine Spritze bekommen hatte.

Ihre Hände waren hinter ihrem Rücken mit Handschellen an einem Gestänge am Sitz gekettet. Sie konnte sich nur nach links oder nach rechts drehen, kam aber nicht an den Griff der Schiebetür. Allerdings schaffte sie es mit einigen Mühen, das Band um ihren Kopf abzustreifen und den Knebel auszuspucken. So konnte sie wenigstens nach Luft schnappen und befreit durch den Mund atmen.

Langsam kamen Angst und Panik. Der Kleinbus wirkte wie eine Sonderanfertigung mit mehreren Sitzreihen. Es gab keine Fenster, nur die geschlossene Tür und eine Blechwand, die den Fond, in dem sie hockte, von der Fahrerkabine trennte. Dementsprechend dunkel war es. Der Wagen fuhr die ganze Zeit, stoppte nur zwischendurch kurz, vermutlich an Ampeln und Kreuzungen. Danach ging die Fahrt gleich wieder weiter, und sie wurde wieder durchgeschüttelt, offenbar auf Feldwegen und kleinen Nebenstraßen, die der Wagen abseits der großen Verkehrsverbindungen nahm.

Sie musste schon seit mindestens einer Stunde hier sitzen. Ihre vom Regen durchnässte Kleidung war bereits trocken, aber sie fühlte sich komplett schmutzig, verschwitzt und schmierig.

Hinter ihr saßen Gerlach und Hattys Mutter, jeweils in einer eigenen Reihe, ebenfalls schon wach. Auch sie waren wohl geknebelt und mit Handschellen gefesselt, wie Jasmin aus dem gedämpften Stöhnen und metallischen Klimpern schloss.

Anscheinend war es jetzt auch Gerlach gelungen, sich von seinem Knebel zu befreien. Röchelnd würgte er den Stofffetzen heraus. Jasmin hatte schon Angst, er würde ersticken. Sie versuchte, sich so weit wie möglich nach hinten zu drehen, aber die Fesseln schnitten ihr in die Handgelenke. »Was ist mit uns passiert? Was haben die vor?«

»Ich weiß es nicht«, stöhnte Gerlach.

»Können die uns hören?«, flüsterte Jasmin. »Werden wir hier drinnen abgehört?«

Gerlach beugte sich zu ihr nach vorn. »Ich glaube nicht«, flüsterte er. »Scheint ein normaler umgebauter Kleinbus zu sein.«

In den sie stabile Gestänge für Handschellen montiert haben, dachte Jasmin verängstigt.

Christina, ganz hinten, schien immer noch den Knebel im Mund zu haben und stöhnte gequält auf.

»Geht es um Lösegeld?«, wisperte Jasmin.

Gerlach senkte die Stimme. »Wer sollte das Lösegeld bezahlen, wenn wir alle hier sind? Meine Schwester? Die liegt im Krankenhaus. Außerdem habe ich nicht so viel Geld, dass das diese Entführung rechtfertigen würde.«

»Rache?«, fragte Jasmin weiter.

»Wofür? Ich bin seit drei Jahren nicht mehr im Amt.«

»Eben deshalb! Vielleicht wurde jemand aus dem Knast entlassen, den Sie mal reingebracht haben?«

»Unwahrscheinlich, ich habe in meiner Karriere selten Mordprozesse verhandelt. Die meisten Angeklagten waren Kleinkriminelle, die so etwas Großes nicht inszenieren würden. Da gäbe es ganz andere Kollegen am Gericht, an denen man sich rächen könnte.«

Für ihren Geschmack hatte Gerlach auf jede Frage zu rasch eine plausible Antwort parat. Offenbar wusste er bereits, worum es hier tatsächlich ging, wollte aber noch nicht mit der Wahrheit herausrücken. Zudem hatte Jasmin, seitdem sie wach war, ständig an das pädophile Material im Geheimfach seines Campers denken müssen. Es hatte keinen Sinn, länger so zu tun, als wüsste sie nichts davon. Es wurde Zeit, Klartext zu reden. »Stecken Ihre Kunden dahinter, die sich für irgendetwas rächen wollen?«, fragte sie frei heraus.

»Was? Welche Kunden?«

»Tun Sie nicht so ahnungslos!«

»Wovon redest du?«

»Oder sind es die Eltern der betroffenen Kinder?«, hakte sie nach.

»Rächen? Eltern? Kinder?« Gerlach klang ehrlich verwirrt.

»Tun Sie doch nicht so scheinheilig!«, fuhr sie ihn an. »Wegen Ihnen hocke ich hier gefesselt in einem Bus und werde weiß Gott wohin gebracht, und Sie tun so, als wüssten Sie von nichts!«

»Wovon zum Teufel sprichst du?«, fuhr er sie nun ebenfalls an.

»Ich rede von den Fotos und Festplatten im Geheimversteck Ihres Campers!« Nun war es draußen, und Jasmin stieß erleichtert die Luft aus.

»O mein Gott!«, stöhnte Gerlach auf. »Das hast du gefunden?«

»Hatty und ich haben es gefunden«, stellte sie richtig. »Sie weiß auch davon.«

»Verfluchter Mist!«

Christina stöhnte laut und zornig aus der letzten Reihe auf, und schließlich gelang es auch ihr endlich, sich den Knebel abzustreifen. »Welches Geheimversteck?«, stieß sie prustend hervor. »Das würde ich auch gern wissen!«

Der Wagen drosselte die Geschwindigkeit und holperte über einen Feldweg mit einigen Schlaglöchern.

»Es ist nicht so, wie du denkst«, sagte Gerlach in einem beruhigenden Ton.

»Ich habe die Fotos gesehen!«, rief Jasmin.

»In Wahrheit geht es um etwas ganz anderes.« Gerlach atmete tief durch, dann erzählte er von seinem letzten Fall, einem Prozess gegen zwei junge Hacker, dem Freispruch, seiner Pensionierung, seinen privaten Recherchen gegen die Cyberbande und schließlich dem Einbruch vor einem halben Jahr in seiner Villa.

»Du hast mir nie davon erzählt!«, fuhr Christina ihn an, nachdem er zu Ende erzählt hatte. »Ich dachte, das wäre ein normaler Einbruch gewesen.«

»Ich wollte dich nicht beunruhigen.«

»*Nicht beunruhigen?* Denkst du etwa, *das* beruhigt mich jetzt, wenn ich hier sitze, angekettet, und nicht weiß, was die mit mir vorhaben?«, schrie sie ihn an. »Und ich dachte, du berätst jüngere Kollegen, wenn du dich sonntags in deinem Büro einsperrst – aber nein, stattdessen jagst du einer Bande von Hackern hinterher, mit denen du nicht das Geringste zu tun hast.«

»Ich brauchte lückenlose Beweise, die für einen Durchsuchungsbeschluss und eine handfeste Anklage reichten«, flüsterte er.

»Aber das ist doch nicht *deine* Aufgabe im Ruhestand!«, herrschte Christina ihn an.

»Wessen sonst …?«, murmelte er leise, antwortete sonst aber nichts mehr darauf. Anscheinend sah er die Sache ganz anders als seine Frau.

»Was haben die mit uns vor?«, fragte Jasmin schließlich.

»Ich weiß es nicht«, gab er zu. »Ich weiß ja noch nicht mal, ob die überhaupt dahinterstecken.«

»Wer sollte es sonst sein?«, fragte Jasmin, erhielt jedoch keine Antwort darauf. Alles, was Gerlach erzählt hatte, klang plausibel und passte zusammen – erklärte allerdings nicht Bens merkwürdiges Verhalten. Und plötzlich hatte Jasmin ein schlechtes Gewissen, weil sie Gerlach hinterherspioniert hatten. »Hatty und ich haben eine Kamera im Wohnmobil installiert«, gab sie plötzlich zu.

»Ihr habt *was*?«, rief Christina.

»Wir dachten, Sie handeln mit kinderpornografischem Material«, gab Jasmin kleinlaut zu, »und würden auch Fotos von Ben machen.«

»O Gott!«, entfuhr es Gerlach.

»Wir wollten Sie auf frischer Tat ertappen. Es tut mir leid … aber das hat doch auch etwas Gutes«, fügte Jasmin rasch hinzu, »denn vielleicht hat die Kamera ja auch unsere Entführung aufgezeichnet – und Hatty wird bestimmt dafür sorgen, dass die Kripo das Material sieht. Mein Vater könnte …«

»Ihr habt mit einer Kamera das Innere des Wohnmobils *gefilmt*?«, hakte Christina nach. »Heute Nacht?« Ihre Stimme klang plötzlich hysterisch.

»Ja.«

»Alles?«

»Ja, mit einem Bewegungsmelder und einer Infrarotkamera.«

»Ich fasse es nicht, seid ihr verrückt?«, spie Christina aus. Ihre Stimme überschlug sich.

»Beruhige dich, Schatz!«, lenkte Gerlach ein. »Die Mädchen haben das doch nur gut gemeint.«

»Das ist mir scheißegal! Die haben meine Privatsphäre verletzt!«

»Aber dadurch erhält die Kripo womöglich einen Hinweis auf die Entführer«, versuchte Gerlach sie zu beruhigen.

»Hatty wird dafür sorgen, dass die Ermittler das Band bekommen«, pflichtete Jasmin ihm bei, woraufhin Christina schwer atmete, aber schwieg.

»Wir sollten nicht länger darüber reden«, flüsterte Gerlach, »nur für den Fall, dass sie uns doch abhören … und danke, dass du so offen darüber gesprochen hast. Ich mach dir keine Vorwürfe – an deiner Stelle hätte ich vermutlich genauso gedacht und gehandelt.«

Sie schwiegen. Jasmin dachte an Hatty. Die hatte bestimmt schon die Polizei verständigt. Doch plötzlich rieselte es ihr abwechselnd heiß und kalt über den Rücken. *Hatty!* Die Entführer hatten bestimmt gedacht, dass es sich bei ihr um Hatty handelte, und sie an ihrer Stelle geschnappt. Die hatten bestimmt nicht gewusst, dass sie mit der Familie auf den Campingplatz gefahren war.

Sie musste dem erstbesten Entführer, dem sie begegnete, das sofort erklären und sagen, dass sie die Falsche erwischt hatten.

Moment mal! Sie hielt inne. *Und dann? Die lassen dich doch unmöglich frei. Vielleicht kommst du dadurch erst recht vom Regen in die Traufe! Du bist die Tochter eines Polizisten. Denk logisch!*

Vermutlich würde sie als Hatty noch einen gewissen Wert für die Entführer haben – als Jasmin Pulaski wohl kaum. Im Gegenteil. Denn gerade *weil* sie die Tochter eines Kripoermittlers war, würden die Entführer vielleicht kalte Füße bekommen, sie sofort umbringen und ihre Leiche irgendwo im Wald verscharren.

Jasmin würde übel. Sie spürte, wie ihr das Abendessen hochkam.

Die einzige Chance, die du hast, um die nächsten Stunden zu überleben, ist die, dass du Hattys Rolle spielst – und zwar völlig überzeugend.

Optisch sahen sie sich ja tatsächlich ein bisschen ähnlich. Und in der Nacht, bei Regen und Blitz, als sie gemeinsam mit Gerlach zum Caravan gelaufen war, hatte so ein Irrtum durchaus passieren können.

Du bist Hatty!, schärfte sie sich ein.

Sie verbog die Hände auf dem Rücken, bis das Eisen in ihre Gelenke schnitt, und erreichte so die Brieftasche, die hinten in ihren Jeans steckte. Langsam zog sie das Etui heraus, konzentrierte sich, tastete den Inhalt ab und erwischte schließlich ihren Personalausweis. Als Nächstes tastete sie nach ihrer Kreditkarte und ihrem ganz neuen Rot-Kreuz-Blutspendeausweis. *Steht sonst noch irgendwo dein Name drauf?* Führerschein besaß sie noch keinen, alle anderen Ausweise und Karten hatte sie daheim gelassen, und das Handy hatten sie ihr ja gleich nach der Entführung abgenommen und in die matschige Wiese geworfen. Sonst gab es nichts, was auf ihre wahre Identität hindeuten könnte.

Sie raffte die drei Plastikkarten zusammen und schob sich die Brieftasche wieder mühsam in die Hose.

Gerlach rückte, soweit es ging, nach vorn und flüsterte ihr ins Ohr: »Was machst du da, Jasmin?«

»Wer ist Jasmin?«, fragte sie und stopfte die Karten hinter ihrem Rücken in den Schlitz zwischen die Sitzpolster.

56. Kapitel

Die Fahrt nach Wiesbaden war lang gewesen. Pulaski hatte seinen Škoda am Dresdner Bahnhof geparkt, und er und Marc hatten während der Zugfahrt versucht zu schlafen. Dagegen hatte Miyu die ganze Zeit aus dem Fenster gesehen, mit einem Kugelschreiber gespielt und vermutlich die vorbeirasenden Strommasten gezählt, Rechenbeispiele gelöst oder aus den Namen der Bahnhöfe, durch die sie fuhren, Anagramme gebildet. Sneijder hatte sich im Speisewagen zwei Tassen starken Kaffees reingekippt, am Laptop gearbeitet und die restliche Zeit telefoniert. An Schlaf war für ihn nicht zu denken gewesen.

Am Frankfurter Bahnhof hatten sich ihre Wege schließlich getrennt, und Pulaski und er waren im Taxi weitergefahren. Um halb drei in der Nacht setzte sie das Taxi vor Krzysztofs Containerhaus am Ufer des Flusses ab. Der Himmel über Wiesbaden war wolkenlos und sternenklar – und dementsprechend kühl war die Luft. Sneijder hievte seinen Schrankkoffer aus dem Wagen, bezahlte das Taxi und ging voraus. Im Mondlicht fand er den Weg zur Eingangstür, wo er seinen Koffer abstellte. Der Schlüssel lag wie immer unter der Fußmatte.

Pulaski betrat nach Sneijder das ehemalige Fährhaus. »Hier hat dieser Krzysztof also gelebt?«, stellte er fest. »Nicht gerade das Hilton.«

Sneijder schaltete das Licht im Wohnraum ein. Die Müllsäcke lehnten immer noch so an der Wand, wie er sie zurückgelassen hatte.

Pulaski trottete hinter ihm her. »Sneijder, was soll das? Ich bin hundemüde. Sagen Sie mir endlich, warum Sie glauben, dass eine Gruppe *besonderer Spezialisten* hinter der Entführung steckt?« Er gähnte, ohne sich die Hand vorzuhalten. »Doch nicht nur wegen dieser dämlichen Annonce? Die könnte weiß Gott was bedeuten!«

»Stimmt, aber da ist noch etwas, das Sie nicht wissen.« Sneijder riss den Müllsack auf, in dem er das Altpapier gesammelt hatte, und verstreute den Inhalt quer über den Boden.

Pulaski starrte auf den Berg. »Ich kenne Sie noch nicht lange – aber manchmal zweifle ich stark an Ihrem Geisteszustand. Was machen wir hier?«

Sneijder gab keine Antwort. Er kniete sich hin und grub sich mit den Händen durch den Haufen.

»Meine Tochter wurde in *Leipzig* entführt, und wir wühlen uns in *Wiesbaden* durch einen Haufen Zeitungspapier?«

»Sie könnten mir helfen.«

»Beim Origamifalten?«

»Ich suche einen Kalendernotizblock.«

»Einen *Kalendernotizblock*?« Pulaski stopfte die Hände in die Hosentaschen, dann zog er das Asthmaspray heraus und inhalierte. »Ich habe die Schnauze voll«, röchelte er. »Vielleicht war es ein Fehler, Ihnen zu vertrauen.«

»Herrgott, können Sie nicht eine Sekunde lang die Klappe halten?« Endlich fand Sneijder das Notizbuch. Es war in eine Zeitschrift über Tattoos gerutscht. Nun hielt er es hoch. »Das ist Krzysztofs Nachlass. Eine Art Tagebuch mit Notizen über seine kriminelle Vergangenheit vor seiner Zeit im Knast.« Er setzte sich auf die Couch und holte seine Lesebrille aus dem Etui.

»Und das lesen wir jetzt?«

»Richtig. Kommen Sie her und übersetzen Sie.«

Widerwillig hockte sich Pulaski zu Sneijder auf die Couch. »Und warum hat er das geschrieben?«

»Keine Ahnung.«

Vor ihnen lag das Büchlein auf dem Couchtisch. Pulaski schlug es auf der ersten Seite auf, und beide stutzten, als sie die erste Eintragung sahen. Da stand tatsächlich in Krzysztofs Handschrift: *»Für Maarten!«*

Ein Schauer erfasste Sneijder. *Vervloekter Idioot! Was hast du dir nur dabei gedacht?*

Pulaski musterte Sneijder von der Seite. »Das wussten Sie gar nicht?«

»Nein.« Sneijder fischte die Visitenkarte mit den Wasserflecken aus dem Buch und zeigte sie Pulaski.

K U L D U R
… elle
… ermittlung

»Ich werd verrückt«, entfuhr es Pulaski. »VERDANDI SKULD URD – Personelle Vermittlung.«

»Sehen Sie! Krzysztof kannte die Firma, die die Annonce aufgegeben hat«, stellte Sneijder fest.

»Aber Ihre Kollegen haben doch gesagt, dass die nie existiert hat.«

»Nur weil man etwas nicht findet, heißt das noch lange nicht, dass es nicht existiert.«

Pulaski stöhnte auf. »Ich liebe es, wenn Sie philosophisch werden.«

In der nächsten Stunde versuchte Sneijder, die Handschrift zu entziffern, und Pulaski, die polnischen Einträge zu übersetzen. Was Pulaski nicht kannte, fand Sneijder mit einer deutsch-polnischen Übersetzungs-App auf seinem Handy heraus.

Wie sie jetzt feststellten, hatte Krzysztof damals nicht nur als Auftragskiller für die Drogenszene gearbeitet, sondern auch kleine Jobs für eine Gruppierung übernommen, die auf eigene

Rechnung arbeitete. Krzysztof nannte keinen einzigen Namen, sondern bezeichnete sie immer wieder nur als VSU.

Treffen mit VSU
15. März, Berlin-Lichtenberg, Magdalenenstraße

Treffen mit VSU
12. Juni, Berlin-Lichtenberg, Normannenstraße

Treffen mit VSU
18. Oktober, Berlin-Lichtenberg, Ruschestraße

Treffen mit VSU
11. Dezember, Berlin-Lichtenberg, Gotlindestraße

Pulaski hielt den Atem an und schien plötzlich die Zusammenhänge zu begreifen. »Wissen Sie, was das bedeutet?«, flüsterte er und legte den Finger auf die Adressen.

Sneijder nickte. »In diesen Straßen befanden sich früher die verschiedenen Büros des Ministeriums für Staatssicherheit der DDR.«

Pulaski nickte. »Genau. Die Stasi hatte dort ihren Sitz.« Er rieb sich den Schlaf aus den Augen. »Aber die gibt es doch seit 1989 nicht mehr.«

»Nur weil es etwas offiziell nicht mehr gibt …«

»Ja, ich weiß schon – heißt das nicht, dass es nicht doch noch existiert«, brummte Pulaski.

»Allerdings reden wir hier nicht über den Apparat des DDR-Nachrichtendienstes, sondern über Leute, die vermutlich früher dort gearbeitet haben«, dachte Sneijder laut. »Menschen zieht es immer wieder an die Orte ihrer Vergangenheit zurück. Sie hängen alten Erinnerungen nach und fühlen sich an bekannten Plätzen sicher. Die geben ihnen Stabilität und Struktur.«

»Und Sie meinen, Krzysztof hat diese Gruppe unterstützt?«

»Zumindest hat er hier notiert, dass er kurzfristig eingesprungen ist, wenn die jemanden gebraucht haben. Manchmal als Fahrer, als Lockvogel, als Ablenkung oder um Schmiere zu stehen.«

»Aber was nützt uns das? Das einzige konkrete Datum, das er diesbezüglich erwähnt hat, ist der 28. August 1995, wo er einen Job als Fahrer in der Dresdener Straße Nummer 1, 04736 Waldheim übernommen hat. Was war dort? Eine Bank? Ein Juwelier? War er Fluchtfahrer?«

Sneijder schüttelte den Kopf. »Das ist die Adresse der JVA Waldheim.«

»Ein Knast?«, entfuhr es Pulaski. »Hat er dort jemandem zur Flucht verholfen?«

Sneijder hob die Schultern. »Wir werden es morgen Früh herausfinden.«

Pulaski rieb sich die Hände. »Also gut, wir glauben also, dass es eine Gruppe von ehemaligen DDR-Geheimdienstlern gibt … oder gab, die Kriminelle wie diesen Krzysztof für kleine Nebenjobs engagiert hat. Und viele Jahre später haben junge polnische Computerhacker etwas mit dieser Gruppe zu tun … Vermuten wir zumindest, weil Adriana diese Annonce in ihrer Brieftasche hatte. Aber wie genau hängt das zusammen?«

»*Sie* haben Adriana erschossen«, stellte Sneijder kühl fest. Dann legte er die Annonce aus seiner Brieftasche neben das Notizbuch. »Anscheinend ist diese Gruppe heute immer noch tätig.«

»Die wären ziemlich alt.«

»Möglich wäre es.«

»Und davon wissen Sie und das BKA nichts?«, fragte Pulaski ätzend.

»Nicht, wenn sie clever genug waren, um nie aufzufallen.«

»Im Moment können wir jedenfalls nur vermuten, dass VSU,

wie Krzysztof diese Leute genannt hat, für *Verdandi Skuld Urd* steht«, stellte Pulaski fest.

»Zumindest lag die Visitenkarte dieser Firma im Notizbuch.«

»Ist nicht gerade ein unauffälliger und diskreter Name für eine Gruppe, die unbemerkt bleiben möchte.«

»Wäre *Müller, Maier & Schmidt* ein besserer Name, weil er unauffälliger ist?«, fragte Sneijder.

»Ja, sicher.«

»Dann wäre allerdings die Möglichkeit einer Verwechslung mit einer tatsächlichen Firma, die genauso oder ähnlich heißt, größer«, gab er zu bedenken. »Ich glaube, dieser Name hat sowohl Symbolcharakter als auch absichtlichen Wiedererkennungswert.«

»Und warum ausgerechnet diese Begriffe?«, überlegte Pulaski laut. »Ist das Lateinisch?«

»Es sind keine Begriffe, sondern Namen«, stellte Sneijder richtig.

»Namen?«, wiederholte Pulaski gähnend. »Es ist zu spät und ich bin zu müde für einen Crashkurs in Geschichte. Waren das Philosophen?«

»Es sind Nornen, Schicksalsgöttinnen aus der nordischen Mythologie«, antwortete Sneijder. »Mehr weiß ich selbst nicht.«

»Und dafür sind wir nun fünf Stunden lang mit dem Zug hergefahren und haben Ihren Monsterkoffer durch halb Deutschland geschleppt?«, grummelte Pulaski. »Vielleicht hat diese Annonce in Adrianas Brieftasche ja auch gar nichts mit Gerlachs Entführung zu tun, und sie hat den Zeitungsausschnitt aus einem völlig anderen Grund aufgehoben.«

»Der da wäre?« Gedankenverloren kramte Sneijder einen Joint hervor. »Ich muss nachdenken …« Er steckte sich den Glimmstängel an.

Röchelnd wedelte Pulaski die Rauchwolke weg. »Muss das sein?«

»Würde ich es sonst tun?«

Pulaski deutete zum Fenster. »Laufen Sie fünfhundert Meter in diese Richtung, da ist das Taxi an einer Baustelle vorbeigefahren. Dort wird gerade die Straße geteert. Vielleicht dürfen Sie sich ein paar Minuten dazustellen.«

Sneijder blickte starr geradeaus und hob nur die Hand. »Versuchen Sie nie wieder, in meiner Gegenwart lustig zu sein!«

»Eines Tages wird Sie das Zeug umbringen!«

»Möglich … ich versuche schon seit Jahren, mein Gehirn mit Drogen neu zu formatieren.«

Pulaski wedelte erneut die Rauchwolke weg. »Ich habe früher auch geraucht. Ernte 23. Vertrug sich aber nicht gut mit meinem Asthma. Ist wie Feuer und Benzin.«

Sneijder kniff die Augen zusammen und blickte konzentriert durch den Tabakdunst ins Nichts. »Sie wollen mir jetzt aber kein persönliches Gespräch aufzwingen?«

»Nein, hatte ich nicht vor.«

»Gut, dann lassen Sie mich kurz allein.«

Pulaski erhob sich mit einem Stöhnen. »Ich brauche sowieso frische Luft, sonst ersticke ich hier drinnen.«

»Drehen Sie das Licht ab, wenn Sie rausgehen.«

»Ja, Sir!« Pulaski schaltete die Lampe aus und ging vor die Tür.

Sneijder wartete, bis Pulaski die Eingangstür zugeknallt hatte und seine Schritte draußen im Kies verstummten. Dann ließ er den Blick durch das Dämmerlicht, das der Mond ins Zimmer zauberte, schweifen, bis sich seine Augen daran gewöhnt hatten und er die Umrisse der Möbel erkennen konnte. »Bist du hier?«, flüsterte er.

Keine Antwort.

Er zog kräftig, inhalierte tief und wartete. »Ich weiß, dass du hier bist.«

Die Tür zum Badezimmer bewegte sich. Zuerst zaghaft, dann

schwang sie knarrend auf. Gleichzeitig kamen seine Kopfschmerzen. Im Türrahmen zeichneten sich die schattenhaften Umrisse eines drahtigen Mannes ab. Er stand dort in der Dunkelheit und blickte ins Wohnzimmer. *»Du hast meine Bude aufgeräumt.«*

»Du hattest ja keine Möglichkeit mehr dazu, alter Freund«, sagte Sneijder.

»Wie ich sehe, hast du es gefunden.«

Sneijder presste den Daumen gegen die Schläfe, dann blickte er zum Notizbuch, das wie ein dunkler Schemen auf dem Tisch lag. »War nicht so spektakulär versteckt.«

»Ich wollte sichergehen, dass du es findest.«

»Warum hast du mir nie von all diesen Dingen erzählt?«

»Wozu darüber reden? Damit du mich erneut in den Knast bringst? Jetzt kannst du mir nichts mehr anhaben. Deshalb habe ich sie aufgeschrieben. Reicht das nicht?«

»Aber warum?«

»Was denkst du?«

Sneijder ignorierte die pochenden Kopfschmerzen und überlegte. »Das Buch ist für mich. Du hast es mir gewidmet. Aber weshalb?«

»Weil ich dir etwas schuldig bin?«

»Du bist mir nichts schuldig!«

»Das sehe ich anders. Du hast mir damals nach dem Knast eine Wohnung verschafft ...«

»Ich habe dich überhaupt erst in den Knast gebracht!«

»Dort gehörte ich auch hin.«

»Ist es nicht ein bisschen spät, jetzt auf deine alten Tage reumütig zu werden?«

»Es ist nie zu spät ... und alte Freunde vergisst man nicht. Du hast mir außerdem zu einem Job verholfen, mir Sicherheit gegeben, dich um mich gekümmert – mich gerettet.«

»Allerdings hat dich unser letzter Auftrag ins Grab gebracht.«

»Berufsrisiko … Der Trip nach Norwegen war es definitiv wert.« Der Schatten hob die Schultern. *»Du hast mich … meine Seele gerettet … und jetzt rette ich dich, alter Freund.«*

»Damit?« Sneijder blickte zum Buch.

»Ich wusste, eines Tages würde der Moment kommen, dass du meine Notizen brauchen wirst … für deine Ermittlungen oder die Lösung eines alten Falls, für Recherchen, Hinweise, Kontakte oder Querverweise – und die Tatsache, dass wir dieses Gespräch ausgerechnet jetzt führen, sagt mir, dass der Moment nun da ist.«

Sneijder zog am Joint, spürte die Tabakfussel auf den Lippen und starrte in die orangefarbene Glut. Seine Sinne waren geschärft, sein Geist aufgedrehter als sonst. »Wer oder was ist VSU? Wofür steht es?«

»Das weißt du doch!«

Ja, das wusste er. Für *Verdandi Skuld Urd*. Plötzlich kamen ihm Pulaskis Worte von vorhin in den Sinn. *Ist nicht gerade ein unauffälliger und diskreter Name für eine Gruppe, die unbemerkt bleiben möchte.* Sneijder fuhr hoch. Gleichzeitig verblasste der Schatten im Türrahmen.

Das ist es! Sie hatten sich zu sehr in Details verrannt, dabei lag die Lösung schon die ganze Zeit so einfach und klar vor ihnen. *Und erst Krzysztof muss dich darauf bringen, dass du es siehst.*

Der plötzliche Adrenalinschub machte ihn hellwach, als hätte er mehrere Dosen Energy-Drinks in sich gekippt. Nun war ihm auch klar, warum Miyu und Marc bei ihren Recherchen nichts über diese Firma gefunden hatten. Die Firma *Verdandi Skuld Urd* gab es gar nicht – die existierte nur auf den Visitenkarten und in der Annonce. Vielmehr mussten sie nach *VSU* suchen, so wie Krzysztof die Gruppe genannt hatte. *Diese* Firma würde es geben. *So einfach und simpel ist die Lösung!*

Er blickte zur Badezimmertür. Sie war wieder geschlossen. Der Schatten war weg. Würde vermutlich nie wieder auftauchen.

Mach's gut, alter Freund! Sneijder steckte das Notizbuch ein und zertrat den Joint auf dem Boden. Dann lief er zur Eingangstür und riss sie auf. Die frische kühle Nachtluft strich ihm sanft über die Glatze und ließ ihn frösteln.

»Alles gut?«, fragte Pulaski, der nicht weit von ihm entfernt am Flussufer stand.

»Bestens.«

»Mit wem haben Sie da drinnen gesprochen?«

»Mit Krzysztof.«

Pulaski hob die Augenbrauen. »*Okaaay* … und was hat er gesagt?«

»Er hat mich auf eine neue Spur gebracht.« Sneijder blickte auf die Uhr. »Wollen Sie ein Hotelzimmer in Wiesbaden oder bei mir auf der Couch übernachten?«

»Ein Hotelzimmer ist mir lieber.«

»Werden Sie um diese Uhrzeit aber nicht mehr kriegen.«

»Warum fragen Sie mich dann?«

»Mich hat Ihre Antwort interessiert.« Sneijder griff zum Handy, um ein Taxi zu rufen. »Sie bekommen bei mir auch eine frische Zahnbürste.«

»Zu gütig.«

»Wir werden diese Organisation zur Strecke bringen«, murmelte er, während er tippte. »Aber zuerst müssen wir herausfinden, wer die sind.« Er steckte das Handy weg, sah auf und lächelte. »Pulaski, wir kriegen die Kerle!«

2010, im Osten Deutschlands …

Ekkehard Markus Lehmann betrat das Terminal des Flughafens Berlin-Tegel. Auf Krücken humpelte er durch die automatische Glastür und danach nur noch einige Meter weit bis zum nächsten Geländer, an das er schnaubend die Krücken lehnte. Der Weg bis hierhin war schweißtreibend gewesen. Zeit für eine Pause. Sein Hemd unter dem Sakko war bereits nass.

Er wischte sich über die Stirn und hielt nach Gerda Ausschau. Da kam sie auch schon in Begleitung eines jungen Servicemannes vom Flughafenpersonal. Der Bursche schob einen Rollstuhl vor sich her. Lehmann winkte ihnen.

»Danke«, keuchte Lehmann, als der Junge ihn erreichte. »Bandscheibenvorfall«, erklärte er und ließ sich in den Stuhl fallen.

»Kein Problem, mein Herr, wir sind im Handumdrehen beim Gate. Wohin geht es denn?«

»Paris – leider ließ sich der Flug nicht verschieben.«

»Haben Sie Ihr Gepäck schon aufgegeben?«

Gerda nickte. »Ja, die Koffer sind schon weg, und eingecheckt sind wir auch schon.«

»Schön, dann geht es also gleich los.« Der Bursche schob den Rollstuhl an.

»Und die Krücken?«, fragte Lehmann.

»Gehören die Ihnen?«

»Nein, dem Flughafen«, behauptete er.

»Brauchen Sie die noch?«

Lehmann schüttelte den Kopf. »Die paar Schritte durch die

Security und die wenigen Meter zu meinem Sitzplatz im Flieger kann ich gehen.«

»Dann machen Sie sich um die Krücken keine Sorgen, um die kümmere ich mich später.« Er schob Lehmann durch die Halle zum Security-Schalter.

»Sie machen Ihre Arbeit mit Liebe, nicht wahr?« Gerda ging lächelnd neben dem Rollstuhl her. »Das merkt man. So nette junge Leute wie Sie gibt es mittlerweile leider selten.«

»Danke, ich kümmere mich seit ein paar Monaten hier um die Passagiere. Die Arbeit macht Spaß, es ist immer etwas anderes zu tun.«

»Wie schön für Sie.« Gerda nestelte am Kragen ihrer Bluse.

»Eine interessante Brosche haben Sie da«, bemerkte der Junge.

»*Iguana iguana*«, erklärte sie. »Grüner Leguan, gibt es vor allem in der Karibik und auf Kuba. Ein faszinierendes Tier. Hat mir mein Mann zum Hochzeitstag geschenkt.«

Der Junge unterhielt sich mit Gerda und war abgelenkt. Lehmann nutzte die Gelegenheit, fuhr in die Innentasche seines Sakkos und holte einen flachen Plastikbeutel hervor, den er blitzschnell unter das Sitzkissen des Rollstuhls schob.

In dem Moment seufzte Gerda. »Die Warteschlange ist aber lang.«

»Kein Problem.« Der Junge lächelte. »Mit dem Rollstuhl werden wir vorgelassen.« Er schob Lehmann an der Warteschlange vorbei direkt zur Sicherheitskontrolle.

Während Lehmann sich mühsam erhob, aus dem Sakko schlüpfte und es in einer Plastikbox auf das Förderband legte, schob der Junge den Rollstuhl neben dem Metalldetektor vorbei. »Ist vom Flughafen«, erklärte er dem Sicherheitspersonal und zeigte seinen Ausweis her.

Lehmann humpelte durch den Scanner, Gerda folgte ihm. Auch sie hatte all ihre metallischen Gegenstände abgelegt. Nichts piepte.

Ein paar Sekunden später waren sie durch, und Lehmann saß wieder im Rollstuhl. Auf seine Bitte hin begleitet der Junge ihn und Gerda direkt zum Abflugsteig, wo in einer Stunde der Flieger nach Paris abheben würde. »Ich lasse Sie jetzt hier. Wenn das Boarding beginnt, wird sich eine der Stewardessen um Sie kümmern. Alles Gute.«

»Sie sind so nett«, sagte Gerda und drückte dem Jungen einen Fünf-Euro-Schein in die Hand.

»Oh, danke, aber das wäre nicht nötig gewesen.«

Gerda lächelte. »Doch, doch, kaufen Sie sich etwas Schönes dafür.«

»Vielen Dank.« Der Junge verschwand.

Gerda sah ihm nach. Nach ein paar Sekunden veränderten sich ihr Gesichtsausdruck und ihre Stimme. »Das Pickelgesicht ist weg! Wir sind spät dran.« Sie packte den Rollstuhl an den Griffen und schob ihn zügig zu den Toiletten.

Lehmann sah sich um. »Ist bisher alles problemlos gelaufen.«

»Warten wir es ab.«

Ja, schließlich weiß man nie, wie sich alles entwickelt. Direkt in einem Flughafengebäude hatten sie noch nie einen Job erledigt. Aber irgendwann gab es immer eine Premiere – und diesmal ging es nicht anders. Der Flughafen war der einzige Ort, wo ihre Zielperson allein war und sie zuschlagen konnten.

Aber sie mussten vorsichtig sein. Vor zehn Jahren hatten sie im Hafen von Rostock einen Mann verloren – ihren Mentor –, und dieser Rückschlag saß ihnen allen immer noch tief in den Eingeweiden. Der Oberst hatte ihre Gruppe seinerzeit ins Leben gerufen, ihnen nach der unehrenhaften Entlassung eine neue Aufgabe zugeteilt und ihnen zu ihren ersten Aufträgen verholfen, damit sie etwas Sinnvolles aus ihren Fähigkeiten machen konnten. Denn Leute verschwinden zu lassen war das Einzige, was sie beherrschten.

Vor Rostock hatte es noch nie Komplikationen gegeben. Jede noch so unwahrscheinliche Eventualität war bis ins kleinste Detail berücksichtigt und eingeplant worden, und daher hatte auch stets alles wie am Schnürchen geklappt. Doch dann waren sie leichtsinnig geworden. Übermütig. Sogar ein wenig großkotzig. Dachten, sie hätten immer genug Spezialisten dabei und genug Erfahrung, was sie schließlich unvorsichtig hatte werden lassen. Und ausgerechnet den Oberst hatte es an jenem Tag im Hafen erwischt.

Seitdem hatten sie alles noch generalstabsmäßiger durchgeplant. Und das war auch gut so, denn der Überwachungsapparat wuchs von Jahr zu Jahr an, die Sicherheitsvorkehrungen wurden immer strenger. Schuld daran waren die Kriminellen selbst, vor allem diese stümperhaften Terroristen verschiedenster Couleur. Die meisten erreichten nur, dass die Sicherheitsvorkehrungen in Folge ihrer Anschläge nur noch strenger wurden. Eine sich selbst erfüllende Prophezeiung, wie der Oberst einst gesagt hatte.

Vor vierzig Jahren, als man in Flugzeugen noch rauchen durfte, wäre es ein Leichtes gewesen, eine Waffe an Bord zu schmuggeln. Mittlerweile konnte man nicht mal mehr eine größere Tube Zahnpasta, eine Nagelfeile oder eine Dose Pepsi in die Kabine mitnehmen. Und dennoch hatten sie einen Weg gefunden, eine Waffe durch den Security-Check zu bringen.

Gerda Böhm schob Lehmann auf die Behindertentoilette. Wochen zuvor hatten sie hier mithilfe einiger Inlandsflüge bereits alles ausgekundschaftet. In dieser Nische gab es keine Überwachungskameras. Kaum war die Tür verschlossen, stieg Lehmann aus dem Rollstuhl, schüttelte die Beine aus und bog den Rücken durch. Dann zogen sie sich durchsichtige Latexhandschuhe an.

Während Gerda mit einem Tuch die Fingerabdrücke auf den Griffen und Armlehnen des Rollstuhls und an der Tür abwischte, zog Lehmann den Plastikbeutel unter dem Sitzkissen hervor. Darin befanden sich ein flaches Kunststoffmesser sowie zwei Spritzen mit den dazugehörigen Nadeln.

Als Nächstes schlüpften sie aus ihrer Kleidung. Darunter trugen sie bereits die Uniform der Putzkolonne des Flughafens. Lehmann band sich gerade die Schnürsenkel zu, als es draußen an der Tür klopfte. Er blickte auf die Uhr. *Punkt zehn Uhr.* Er nickte Gerda zu, damit sie die Tür öffnete.

Draußen stand Otto Jäger, glatzköpfig und mit Stiernacken. Mit seiner bulligen Statur passte ihm die Putzuniform wie angegossen. »Seid ihr fertig?«

Gerda nickte.

»Gut, draußen ist alles abgesperrt.« Die breite, schlecht verheilte Narbe, die er an Stelle einer Augenbraue hatte, zuckte nervös.

Lehmann schielte nach draußen in die Halle. Auf dem nassen Boden stand ein Warnhinweis, dass die Toilettenanlage gereinigt wurde. Ein Rollwagen der Reinigungskräfte versperrte den Zutritt. Otto warf ihnen einen schwarzen Müllsack zu, in dem sich bereits seine Straßenkleidung befand. Sie stopften ihre Kleidung dazu, anschließend verließen sie zu dritt mit dem Wagen die Toilettenanlage.

Sie marschierten durch den Korridor des sechseckigen Gebäudes ins nächste Terminal und dort zu den Gates, von wo die Flieger nach Moskau, Tiflis, Kiew und Minsk abhoben. Ihnen blieb noch eine knappe halbe Stunde Zeit.

Ottos Funkgerät am Gürtel knackte. Er blickte sich um, führte das Funkgerät zum Ohr. Lehmann ging dicht neben ihm und hörte mit. *»Er ist noch im Café«*, erklang die Stimme einer Frau. *»Trinkt gerade sein Bitter Lemon aus … und packt die Zeitung in seine Aktentasche. Sein Boarding beginnt in zwanzig Minuten.«*

Sie waren in der Tat spät dran, aber es würde sich noch alles ausgehen. Als sie das Restaurant erreichten, saß Timofejew beim Fenster und blickte auf seine Maschine, die bereits an der Gangway angedockt hatte. Er hatte ein Bein über das andere geschlagen und nippte an einer Kaffeetasse. Neben ihm stand eine leere Flasche Bitter Lemon.

Wenn man ihn so sah, diesen knapp dreißigjährigen Schnösel, der in Harvard studiert hatte, ahnte man gar nicht, dass er als Oppositionsführer und Regimekritiker unter seinen politischen Gegnern einer der meistgehassten Männer Osteuropas war. Und als solcher noch an diesem Tag für immer von der Bildfläche verschwinden würde. Allerdings nur, wenn er noch vor Betreten des Fliegers auf die Toilette musste. Davon hing der ganze Plan ab.

Otto positionierte sich schon mal mit dem Wagen vor der nächsten WC-Anlage, während Lehmann und Gerda den Boden schrubbten. Die Minuten vergingen, doch Timofejew saß seelenruhig auf seinem Platz. *Mann, nun mach schon!*

Nach einer Viertelstunde wurde sein Flug nach Moskau aufgerufen. Das Boarding begann. Vor dem Schalter hatte sich bereits eine Menschentraube gebildet, wie immer wollte jeder als Erster an Bord. Lehmann schielte zu Otto, der bereits den Zugang zur Toilettenanlage mit einem Warnkegel abgesperrt hatte. Offenbar befand sich niemand mehr in den Kabinen. Ab jetzt hatten sie ein Zeitfenster von nur noch wenigen Minuten.

Timofejew erhob sich gemächlich, richtete sich die Manschettenknöpfe, nahm seine Aktentasche und verließ das Café. Schnurstracks ging er mit seinen auffälligen genagelten Schuhen zum Schalter. Nicht zu den Toiletten. *Verflucht!* Vor dem Schalter reihte er sich zwar in die Warteschlange ein – aber nicht als Letzter, sondern drängte sich an den meisten Fluggästen vorbei nach vorn.

Lehmann schielte zu Otto. Der hatte bereits bemerkt, was los war, und sprach in sein Funkgerät. Sekunden später kam eine blonde Frau im Businessanzug und in Stöckelschuhen aus dem Café und zwängte sich mit einem Kaffeebecher in der Hand just neben Timofejew durch die Warteschlange.

Ein dumpfer Schrei folgte, und die Frau sprang entsetzt zurück. »Das tut mir so leid, entschuldigen Sie bitte!«

»Sie blöde Fotze! Sehen Sie denn nicht, dass Sie hier nicht durch können?«, brüllte Timofejew wutentbrannt. »Schauen Sie sich mein Hemd an. Und das Sakko! Der verfickte Kaffee ist auch noch brennend heiß!«

Die Frau versuchte, das Hemd mit einem Taschentuch zu reinigen.

»Finger weg! Verdammte Kacke! Das ist Versace.« Es folgten noch ein paar hässliche russische Schimpfwörter, die auch nicht wirklich zu einem Harvard-Absolventen passten. Dann klemmte sich Timofejew seine Tasche unter die Achsel, scherte aus der Warteschlange aus und lief zur Toilette.

»Hier ist gesperrt!«, sagte Otto brummig.

»Ist mir scheißegal!« Timofejew drängte sich vorbei. »Sehen Sie mich an. Soll ich etwa so drei Stunden lang im Flieger sitzen?«

Nein, du sollst überhaupt nicht im Flieger sitzen, dachte Lehmann. Er schnappte sich seinen Mopp und wischte weiter in Richtung Toiletten. Gerda kam von der anderen Seite.

Bevor Lehmann in der WC-Anlage verschwand, sah er der Blondine mit dem Kaffeebecher nach, die in Richtung Ausgang lief. Dann stieg er über den Kegel und zwängte sich an Ottos Putzwagen vorbei, der den Zugang versperrte. Gerda betrat nach ihm die Waschräume.

Timofejew stand mit einem Packen Papiertücher vor einem Waschbecken und hatte das heiße Wasser aufgedreht. Eine Dampfwolke stieg vor dem Spiegel auf. Lehmann kam mit seinem Wischmopp immer näher. Gerda und Otto betraten ebenfalls den Raum.

»Mann, müssen Sie das jetzt machen?«, herrschte Timofejew sie an.

Lehmann ließ den Mopp fallen. Noch bevor die Stange auf den

Fliesenboden knallte, hatte er bereits das Kunststoffmesser gezückt, drückte Timofejew nach vorn ins Becken und hielt ihm die Klinge an die Kehle. »Keine Bewegung!«

»Was soll das …?«, röchelte der.

»Keinen Mucks«, zischte Lehmann und bog ihm das Handgelenk auf den Rücken. Timofejew stöhnte auf, wollte sich trotz des Messers am Hals losreißen, doch Gerda und Otto waren bereits da und jagten ihm links und rechts eine milchig-weiße Ampulle Propofol in den Oberarm. Als das Narkotikum kurz darauf wirkte, erschlaffte Timofejew in Lehmanns Armen. Der ließ ihn neben der Aktentasche zu Boden gleiten.

Während Gerda und er Timofejews Arme und angewinkelten Beine mit großen Kabelbindern eng verschnürten, schob Otto den Putzwagen in die Toilette, in dem sich weder Eimer noch Putzmittel befanden, sondern nur leerer Stauraum. Otto nahm die Seitenwand ab, und zu dritt quetschten sie Timofejew mitsamt seiner Tasche in den Wagen. Der Mann war doch ein Stück größer und kräftiger als Gerda, mit der sie das Ganze ein paar Tage zuvor geprobt hatten, aber nach einigen vergeblichen Versuchen gelang es ihnen schließlich, seinen durch die Betäubung komplett erschlafften Körper mit Gewalt in den Hohlraum zu quetschen und die Seitenwand wieder einrasten zu lassen.

»Raus hier!« Lehmann schnappte sich die beiden leeren Spritzen und ging mit dem Wischmopp voraus. Gerda und Otto folgten ihm mit dem Putzwagen. Den Kegel nahmen sie mit. Die Toilette war wieder frei, und bis der Flughafenpolizei klar wurde, dass Timofejew verschwunden war, würden wieder so viele Fluggäste in der Toilettenanlage gewesen sein, dass sämtliche brauchbare Spuren verwischt sein würden.

Ganz langsam gingen sie durch ein weiteres Terminal in Richtung Ausgang und unterhielten sich dabei über Belanglosigkeiten. Als sie an einem Gate vorbeikamen, wo bald ein Flieger nach

New York abheben würde und sich bereits eine Warteschlange vor dem Schalter gebildet hatte, kniete sich Lehmann neben einer Sitzbank hin, um sich die Schnürsenkel zu binden. Otto verdeckte mit dem Putzwagen die Sicht auf ihn, woraufhin Lehmann das Kunststoffmesser und die leeren Spritzen unter zwei Zigarettenstangen in einer Duty-Free-Einkaufstasche verschwinden ließ, die dort neben einem Handkoffer stand. Das Gepäck gehörte einem Geschäftsmann, der sich angeregt mit einem Kollegen unterhielt und so jemanden wie Lehmann in seiner Putzuniform geflissentlich ignorierte.

Danach erhob Lehmann sich wieder, und es ging weiter in Richtung Ausgang. *Gut, das Zeug sind wir auch los!* Das Risiko, kurz vor Verlassen des Geländes damit erwischt zu werden, war einfach zu groß. Und auch hier galt: Wenn die Polizei aufgrund von Timofejews Verschwinden das komplette Gebäude bis auf den letzten Winkel durchsuchen würde, wären Messer und Spritzen bereits unterwegs über den Atlantik. Bei der Einreise in die USA viele Stunden später würde das Handgepäck gescannt und der nichtsahnende Geschäftsmann wohl herausgefischt und endlos von der Polizei verhört werden, bis ihn sein Anwalt schließlich herausholen würde. Zu diesem Zeitpunkt waren sie mit Timofejew schon längst über alle Berge.

Mittlerweile liefen sie an den Gepäckbändern vorbei in Richtung Ausgang. Noch zwei Glastüren, dann würden sie draußen sein. Während alle Passagiere zu der Tür strömten, die mit *Keine anmeldepflichtigen Waren* markiert war, nahmen sie den dahinterliegenden Personalausgang, der von zwei Securitymitarbeitern bewacht wurde. Sie gelangten ohne Kontrolle auf das Betriebsgelände. Lehmann ließ die angespannten Schultern sinken und blickte zu Otto und Gerda. Die Nervosität stand auch ihnen ins Gesicht geschrieben. Noch bewegte sich nichts im Putzwagen, aber die Wirkung des Mittels würde nicht mehr lange anhalten, auch wenn sie Timofejew sicherheitshalber eine großzügige Dosis verabreicht hatten.

Eine Minute später verließen sie endlich das Gebäude und waren endgültig draußen. Kühle Luft empfing sie, der Wind wehte Laub über den Bordstein. Ihr erster Job am Flughafen – und es hatte keine Toten oder Verletzten gegeben. Neben der Warteschlange mit den Taxis parkte der Lieferwagen einer Putzfirma, der sich sofort in Bewegung setzte, als sie den Bürgersteig erreichten.

Nur noch eine letzte Hürde! Danach würden sie in nächster Zeit so rasch keinen Flughafen mehr betreten. Gepäck hatten sie tatsächlich gar keines aufgegeben, und auf einen Flug nach Paris waren sie in Wahrheit nie eingecheckt gewesen. Sie hatten bloß Flüge unter falschem Namen nach München gebucht, um mit der Bordkarte durch die Security zu kommen.

Der Kastenwagen hielt neben ihnen. Gerda öffnete die Schiebetür, und Lehmann hob mit Otto den Putzwagen hinein. Am Steuer des Wagens saß Inga, die sie mit ihrem Einsatz als ungeschickte Blondine vorhin in letzter Sekunde gerettet hatte.

»Waren die Krücken noch da?«, fragte Lehmann.

»Ja, ich habe die Fingerabdrücke weggewischt.« Inga leerte den letzten Schluck aus ihrem Becher. Mittlerweile war er bestimmt nicht mehr so brennend heiß wie vorhin.

6. TEIL

Donnerstag, 7. Juni

57. Kapitel

Marc Krüger hatte an diesem Morgen schon in aller Herrgottsfrüh jede Menge Telefonate geführt und *bürokratischen Mest* für Sneijder erledigt, wie dieser das bezeichnete. Sneijder brauchte dringend eine Sekretärin, möglichst eine, die ohne Schlaf auskam – das Problem war nur, dass die, selbst wenn sie extrem hartgesotten war, es höchstens eine Woche bei ihm ausgehalten hätte.

Jetzt, kurz vor sieben, betrat Marc in Miyus Begleitung Sneijders Büro. Er klopfte nicht an, ging einfach rein, so wie Sneijder es ihnen von Anfang an beigebracht hatte.

Bestimmt war Miyu nicht zum ersten Mal in Sneijders heiligen Hallen, dennoch sah sie sich mit ihren großen mandelförmigen Augen neugierig um, als wollte sie jedes Detail in ihrem Hirn abspeichern. Ob sie nach Veränderungen suchte? Da würde sie scheitern. Das Büro sah schon seit Jahren gleich aus. Und war eigentlich wie für sie gemacht, denn es wirkte außerordentlich steril und war funktionell eingerichtet. An dem gerahmten und für Sneijder signierten Foto der niederländischen Königsfamilie blieb ihr Blick etwas länger haften, dann starrte sie durch die offene Tür in den abgedunkelten Nebenraum. Dort stand Sneijders Massageliege, auf der Miyus Tante ihn behandelte, wenn er mal wieder komplett verspannt war. Was ja eigentlich ständig der Fall war. Marc betrachtete Miyu. Sie zeigte keine erkennbare Reaktion.

Sneijder saß hinter seinem Schreibtisch, frisch geduscht, rasiert, nach Aftershave duftend, die Glatze poliert, im neuen Anzug und mit einigen Akupunkturnadeln in den Handrücken, die somit aussahen, als schliefen zwei platt gedrückte Igel auf der Tischplatte. Neben ihm lag die Annonce.

Marc sah sich um. »Wo …?«

»Wir warten auf Pulaski …«, antwortete Sneijder mit geschlossenen Augen. Neben ihm dampfte eine offene Thermoskanne mit Vanilletee. Noch war der Aschenbecher leer, aber das würde sich rasch ändern.

Marc nahm neben Miyu am Besuchertisch Platz. Sie nahm ihr Tablet in die Hand, und auch er zog sein Notebook aus der Umhängetasche hervor, hängte es an den Strom und fuhr es hoch.

Es klopfte an der Tür. Sneijder zog, immer noch mit geschlossenen Augen, eine Braue hoch. »Muss wohl Pulaski sein.«

Tatsächlich öffnete sich die Tür, und Pulaski steckte den Kopf herein. »Bin ich hier …?«

»Ja, sind Sie. Hat doch bestimmt keiner mein Türschild entfernt, oder?«, knurrte Sneijder.

Pulaski trat ein und sah sich um. »Das Büro könnte ein paar Pflanzen vertragen.«

Sneijder öffnete die Augen. »Die nehmen mir den Sauerstoff zum Denken.«

»Aber die produzieren doch …«

Er rollte mit den Augen. »Nehmen Sie schon Platz.«

Marc fiel auf, dass Pulaski ein neues Hemd trug, blütenweiß mit gestärktem Kragen, aber mit zu langen Ärmeln und etwas zu eng. Offenbar hatte ihm Sneijder eines von seinen maßgeschneiderten Exemplaren geborgt.

Stöhnend nahm Pulaski Platz. Er roch nach Kaffee. Vermutlich hatte er beim Automaten in der Lobby gefrühstückt. Sneijder hatte ihm daheim sicher nur Vanilletee angeboten. Generell hatten weder das frische Hemd noch der Automaten-Kaffee viel an Pulaskis Aussehen verändern können. Er wirkte immer noch ziemlich zerstört.

»Wie war die Nacht?«, fragte Marc.

»Auf der Couch?«, entgegnete Pulaski. »Bei Sneijder? Mit einem schnarchenden Basset am Fußende, der im Schlaf meine Zehen abgeleckt hat? Meinen Sie diese Frage ernst?« Er verzog das Gesicht. »Reden wir lieber über etwas anderes.«

Marc presste die Lippen zusammen. »Gut, Ihr Dienstgeber in Leipzig hat mittlerweile offiziell bestätigt, dass Sie für das BKA freigestellt werden.« Er griff in seine Tasche und holte eine Plastikkarte hervor. »Hier ist Ihr interimsmäßiger Ausweis als Berater für das BKA. Ist fünf Tage gültig – danach verfällt er automatisch.«

Pulaski nahm den Ausweis widerwillig an sich. »So lange werden wir hoffentlich nicht brauchen.«

»Seid ihr mit dem bürokratischen Geplänkel bald fertig?« Sneijder erhob sich und setzte sich zu ihnen an den Tisch. »Wir haben zwei Spuren, denen wir folgen können.« Er ließ die Nadeln der Reihe nach in seinem Akupunkturset verschwinden, steckte es in die Tasche und zog stattdessen ein fingerdickes Kalendernotizheft hervor, das er vor Marc auf den Tisch legte.

»Schaut alt und vergilbt aus«, stellte Marc fest. »Und riecht nach Moder.«

»Ja, eine echte Antiquität.« Sneijder schlug es in der Mitte auf. »Und unsere wichtigste Spur. Sieht ganz so aus, als hätte Krzysztof gelegentlich für eine Gruppe ehemaliger Stasi-Leute gearbeitet, hinter der wir her sind.«

»Unser Krzysztof?«, fragte Marc.

Sneijder nickte.

Miyu hob überrascht den Blick, eine der wenigen spontanen Reaktionen, die Marc bisher bei ihr beobachtet hatte. Offenbar hatte sie von Krzysztof schon mal gehört – kein Wunder, denn an der Akademie hatte es immer wieder Gerüchte über den polnischen Ex-Knacki gegeben, der als Berater für Sneijder gearbeitet hatte. Miyus Augen fingen an zu leuchten. *Die findet das Böse offenbar wirklich faszinierend!*

Sneijder pochte mit dem Finger auf den Kalender. »Er schreibt in seinen Notizen etwas über einen Vorfall, der am 28. August 1995 im …«

»Das war ein Montag«, unterbrach Miyu ihn wie aus der Pistole geschossen.

Sneijder ignorierte sie. »… im oder beim Gefängnis Waldheim stattgefunden hat. Was ist damals passiert?«

»Goethe hat am 28. August Geburtstag«, antwortete Miyu.

Sneijder atmete tief durch. »Was ist damals *in Waldheim* passiert?«, präzisierte er.

Marc öffnete auf seinem Notebook bereits das blaue Pyramiden-Logo von Daedalos und gab hastig eine Abfrage ein. Sneijder blickte ihm über die Schulter. »Kannst dir die Mühe sparen, da habe ich bereits alles durchforstet, aber nichts gefunden.«

Pulaski sah ihn überrascht an. »Haben Sie heute Nacht denn überhaupt nicht geschlafen?«

»Nein.« Äußerlich wirkte Sneijder fast gar nicht müde. Aber wie es wohl tief in ihm drinnen aussah? Wobei Marc das eigentlich gar nicht wissen wollte. »Wo soll ich dann suchen?«, fragte er jetzt. »Direkt im System der JVA Waldheim?«

Sneijder nickte. »Wäre einen Versuch wert.«

Marc wechselte zweimal den Benutzernamen, nahm ein paar nicht ganz legale Abkürzungen und war dann auch schon im Archiv der Justizvollzugsanstalt. »28. August 1995 …«, murmelte er und überflog die Tabellen, »… ja, das war ein Montag … da gibt es einige Einträge im Logbuch … unwichtiger Kram … Urlaubsanträge, Krankenstände und … aha, ein gewisser Helge Barrabas wurde an diesem Tag entlassen.« Er sah auf. »Kennst du den?«

»Wie lange saß er im Knast?«, fragte Sneijder.

Marc öffnete das Stammdatenblatt. »Siebenundzwanzig Jahre – puuuh, ziemlich lange.«

Sneijder rechnete nach. »Dann kam er 1968 in den Vollzug, damals noch in der DDR – und nein, den kenne ich nicht.« Sneijder knackte mit den Fingerknöcheln. »Was wissen wir über Barabas?«

Marc sah sich die Liste der Verbrechen an, für die Barrabas verurteilt worden war. *Ein nettes Kerlchen!* »Er war ein pädophiler Kindermörder. Hat mit einem goldenen Springmesser gearbeitet.«

Pulaski rückte näher. »Warum *war*? Lebt er nicht mehr?«

»Keine Ahnung.« Marc zuckte mit den Achseln. Erst jetzt wurde ihm bewusst, dass er von Barrabas in der Vergangenheitsform gesprochen hatte. Tatsächlich gab es keinerlei aktuellen Einträge über ihn. »Barrabas ist nach seiner Entlassung nicht zu seinem ersten Termin beim Bewährungshelfer erschienen und wurde am 30. September '95 als vermisst gemeldet.«

»Ist er jemals wieder aufgetaucht?«, fragte Sneijder.

Marc scrollte hinunter. »Schaut nicht so aus.«

»Vielleicht hat ihm diese Gruppe zu einer neuen Identität verholfen«, schlug Pulaski vor.

Marc sah auf. »Verkuld, Urdi und …?«

»Verdandi, Skuld und Urd«, korrigierte Miyu ihn. »Oder sie haben dafür gesorgt, dass er nie wieder eine Identität braucht«, überlegte sie.

»Auch möglich«, murmelte Sneijder.

»Wurde jemals nach ihm gesucht?«, fragte Pulaski.

»Offenbar nicht sehr intensiv.« Marc klickte eine Weile herum, dann sah er sich die alten Ermittlungsergebnisse an. »Der damalige Ermittler aus Sachsen, der wegen der Vergewaltigungen und Kindermorde ermittelt hat, hieß Handke. Er war es auch, der Barrabas schließlich geschnappt hat …« Marc verstummte.

»Ist das alles?«, fragte Sneijder.

»Ja, ich verstehe das auch nicht, warum die Akte nur so dünn ist«, wunderte sich Marc.

»Mehr werden Sie nicht darüber finden«, erklärte Pulaski. »Die Akte wurde schließlich Ende '68 in der ehemaligen DDR angelegt – das war die Zeit des Prager Frühlings, und im Land herrschten ziemlich chaotische Zustände.«

»*Verdomme*, ja!« Sneijder nickte. »Viele alte Polizeiakten sind einfach verschwunden, und nur was übrig blieb, wurde nach der Wiedervereinigung aus der DDR in die neuen Datensysteme übernommen.«

»Aber über Handke gibt es eine Akte«, sagte Marc. »Er ist schon ein Jahr nach Barrabas' Entlassung in den Ruhestand gegangen, und ja – hier steht es! In seinem letzten Jahr bei der Kripo Dresden hat er intensiv nach Barrabas gesucht. Ihn aber nicht gefunden.« Er sah auf. »Wie sucht man 1996 nach jemandem ohne Internet, Verkehrskameras, Drohnen, Handytracking und dem ganzen Programm?«

»Indem man nach neuen ähnlichen Morden sucht, die auf Barrabas' Handschrift hindeuten«, sinnierte Sneijder.

Pulaski nickte zustimmend. »Anscheinend gab es aber seither keine mehr – was darauf hindeutet, dass Barrabas nicht nur untergetaucht, sondern gänzlich von der Bildfläche verschwunden ist.«

Sneijder presste nachdenklich die Lippen aufeinander und blickte zu der Annonce auf seinem Schreibtisch. »Genauso ist es ...«

Anscheinend glaubte keiner der beiden an eine geglückte Rehabilitation.

»Fein, aber was nützt uns das?«, brachte Pulaski es auf den Punkt. »Wir wissen rein gar nichts über Barrabas und diejenigen, die ihn verschwinden lassen wollten.«

»Handke weiß bestimmt alles über ihn«, murmelte Sneijder.

»Was kann der schon wissen?«, fragte Pulaski. »Der ist '96 in den Ruhestand gegangen!«

»Wenn Barrabas sein größter Fang war, damals, als er '68 noch ein relativ junger Ermittler gewesen ist, hat er sich bestimmt alles darüber aufgehoben.«

Miyu, die bisher geschwiegen und still mit ihrem Tablet gearbeitet hatte, sah plötzlich auf. »Handke, Kriminaloberkommissar bei der Kripo Dresden, wohnt heute in einem Seniorenheim in der Nähe von Frankfurt.«

Marc starrte sie verblüfft an. »Und wie hast du das herausgefunden, du Genie?«

»Die Deutsche Polizeigewerkschaft Sachsen hat ihm vor einem Jahr zum 85. Geburtstag gratuliert.« Sie schob das Tablet über den Tisch und zeigte einen Zeitungsartikel mit Foto, auf dem man einen alten Mann im Rollstuhl mit Blumen, Sektflasche und Torte sah, der von Kollegen und Familienmitgliedern umringt wurde. »Offenbar wohnt seine Familie jetzt in Frankfurt.«

»Gut für uns«, überlegte Sneijder und erhob sich. »Ist nicht weit weg.« Er warf Pulaski einen Blick zu. »Sie wollten doch schon immer mal nach Frankfurt fahren, richtig?«

»Mein Auto steht in Dresden am Bahnhof. Warum fahren Sie nicht mal zur Abwechslung?«

»Ich habe keinen Führerschein.«

Marc wusste, dass das eine glatte Lüge war. Sneijder hatte zwar keinen eigenen Wagen, aber sehr wohl einen Führerschein, liebte es jedoch, kutschiert zu werden.

»Sie fahren!« Sneijder griff in die Hosentasche und warf Pulaski den Funkschlüssel für einen BKA-Dienstwagen zu. »Ist ein BMW, hat doppelt so viele PS unter der Haube wie Ihr Wagen.«

»Wow«, murrte Pulaski unbeeindruckt, »und das BKA zahlt die Radarstrafen?«

»Das BKA zahlt keine Strafen.«

Marc klappte sein Notebook zu. »Fahren wir mit?«

»*Nee.*« Sneijder schüttelte den Kopf. Er legte sein Holster mit der Dienstwaffe an und schnappte sich sein Sakko von der Stuhllehne. Hastig stopfte er sich Joints, Feuerzeug und sicherheitshalber noch eine Packung Tabak und Gras in die Seitentaschen.

»Sie sagten zuvor etwas von *zwei* Spuren«, stellte Miyu fest. »Welche ist die zweite?«

Sneijder deutete mit dem Finger auf sie. »Genau das ist eure Aufgabe.« Er warf Marc einen Blick zu. »Sucht im Raum Sachsen nach einer Firma namens VSU, die zu unserem Profil passt. Ich wette, da werdet ihr etwas finden.«

58. Kapitel

Die Tür knallte zu, und Marc war mit Miyu allein in Sneijders Büro. »Bleiben wir hier?«, fragte sie.

»Ich schon, aber du könntest runter in die Mensa gehen und Frühstück holen«, schlug er schmunzelnd vor.

»Das ist aber schon sehr chauvinistisch.«

»Sushi und Maki vielleicht?«

»Warum ausgerechnet *Sushi*? Weil meine Mutter Japanerin ist?«, fragte sie, während sie mit einem Kugelschreiber monoton auf die Tischplatte klopfte.

»Ja, ich dachte …«, stammelte er verunsichert.

»Ich mag kein asiatisches Essen. Auch keinen Kampfsport, keine Meditation, Kalligrafie, Mangas und Teezeremonien.«

»Ja, schon gut, und von der japanischen Höflichkeit hast du wohl auch keine Ahnung.«

»Was?«

»Vergiss es! Wie wär's dann mit Cappuccino, Bagels und Donuts?«

Sie klopfte immer noch mit dem Stift auf den Tisch. »Was ist dir lieber? Eine Tasse Kaffee oder meine Mithilfe?«

»Ehrlich? Kaffee.«

»Wenn du clever wärst, dann wüsstest du, dass du ohne mich aufgeschmissen bist.«

Träum weiter, dachte er. »Warum bist du eigentlich hier? Magst du Sneijder?«

Andere hätten bei dieser Frage mit den Achseln gezuckt oder das Gesicht verzogen, sie legte jedoch nur den Kugelschreiber weg und blieb reglos sitzen. »Ich will Karriere beim BKA machen – und über Sneijder erzählt man sich, dass er schon im Kindergarten eine Legende war.«

Marc schmunzelte. »Das war er bestimmt.«

»Angeblich besitzt er die Fähigkeit, sich so zu konzentrieren und in einen Fall und einen Menschen hineinzudenken, dass er für längere Zeit den Rest der Welt komplett ignoriert.«

»Ja, das kann er. Und das willst du lernen?«

Sie nickte.

Dann solltest du schon mal anfangen, Cannabis auf deinem Balkon anzubauen. Er holte das Zeitungsblatt mit der Annonce vom Schreibtisch und legte es vor sich hin. »VSU also …«

»Verdandi, Skuld und Urd sind die drei Nornen aus den skandinavischen Götter- und Heldensagen«, erklärte sie ihm. »Kommen auch in Wagners Ring des Nibelungen vor – im letzten Teil, der Götterdämmerung.«

»Du bist ja so schlau«, murmelte er unbeeindruckt. »Und wie hilft uns das?«

»Wagner wurde in Leipzig geboren. Vielleicht sind die Mitglieder dieser ehemaligen Stasi-Gruppe ja verkappte Wagner-Fans. Dann haben sie sich deshalb diesen Namen gegeben. Drei schicksalsbestimmende weise Frauen, die das Weltgeschehen flechten.«

Ja, das hat tatsächlich etwas Interessantes, gestand er sich ein, während er eine Suchwebseite aufrief. »Du denkst, es sind Frauen? Komische Namen.«

»Das Werdende, die Schuld und das Schicksal«, sagte sie, während sie ebenfalls in ihr Tablet blickte.

»Okay, danke für den Nachhilfeunterricht«, ätzte er. »In der Zwischenzeit habe ich tatsächlich eine VSU GmbH gefunden, die zu unseren Eckdaten passt.«

»Ich auch«, sagte sie und nannte ihm eine fünfstellige Handelsregisternummer, die mit den Buchstaben HRB begann. »Kommst du ins Amtsgericht Dresden rein?«

»Sicher …« Er öffnete die Datenbank des Handelsregisterportals und gab die Nummer ein. Sekunden später hatte er einen Handelsregisterauszug vor sich.

Miyu rückte näher und starrte auf seinen Bildschirm. Ihre Augen glänzten. »Die Firma wurde am 1. November 1989 gegründet«, las sie vor. »Das war ein Mittwoch.«

Marc sah sie kurz irritiert an, dann zeigte er auf einen Punkt. »Hat gar nichts mit einer Partnervermittlung zu tun, aber das war uns ja sowieso klar.« Unter dem Punkt Gegenstand des Unternehmens stand *Personelle Vermittlung, Beratung und Dienstleistung.* Typisch für eine Scheinfirma, denn wenn eine Dienstleistungsfirma einen Kunden beriet, war es unmöglich, detaillierte Arbeitsleistungen nach Stundenlisten vorzuweisen. Und schon kam man um eine genaue Abrechnung mit dem Finanzamt herum.

Der Reihe nach gingen sie nun alle Punkte durch. Vom damaligen Stammkapital in Höhe von fünfzigtausend DM war die Hälfte eingezahlt worden, und bisher hatte es im Handelsregister keine aktuelle Umrechnung in Euro gegeben.

»Die GmbH ist noch nicht gelöscht worden«, stellte Miyu fest, während sie nach dem Kuli griff und die Mine rein- und rausklickte. »Was bedeutet, dass sie noch existiert. Hier ist der interessanteste Punkt. Die Adresse des Firmensitzes.« Sie zog ihr Tablet zu sich und gab die Anschrift ein.

Rhododendronparkallee 1, 01326 Dresden.

»Die Adresse gibt es wirklich, hätte ich nicht gedacht«, murmelte sie. »Liegt zwischen der Elbe und einem Wandergebiet.«

Marc gab die Adresse ebenfalls ein, verwendete aber die Satellitenansicht bei Google-Maps. Sekunden später ließ er die Schultern mutlos sinken. »Weißt du, was das ist?«, fragte er Miyu. »Die Adresse eines seit 1989 stillgelegten Vergnügungsparks.«

»Das hilft uns nicht wirklich weiter.« Sogar Miyu schien irgendwie enttäuscht.

»Nein, nicht wirklich. Der *HARLEKIN Vergnügungspark* war ein Kulturpark mit Ringelspielen, Geisterbahnen, Achterbahn und Riesenrad und hatte jährlich eine knappe Million Besucher«, las er von einer Webseite über die Historie Dresdens vor. »Heute ist es einer von vielen Lost Places.«

Miyu rückte näher. »Und wer ist der jetzige Eigentümer?«

Marc scrollte zum Ende der Seite. »Die Stadt Dresden.«

Sie starrten auf die Schwarz-Weiß-Bilder von den mittlerweile verfallenen Bauten, den von Unkraut überwucherten Wegen, schmiedeeisernen rostigen Zäunen und den Wind und Wetter ausgesetzten Attraktionen. »Wie kann man dort eine Firma haben?«, fragte sie.

Marc warf ihr einen überraschten Blick zu. Bei aller Genialität, die diese Frau vielleicht tatsächlich besaß, stellte sie manchmal trotzdem total naive Fragen, die ihn nur den Kopf schütteln ließen. »Die Adresse gibt es ja wirklich«, sagte er. »Und irgendwo auf dem Areal, vermutlich beim Eingang oder bei der ehemaligen Kasse, wird ein Briefkasten existieren, in dem die Post der Firma landet. Und der wird von irgendjemanden wöchentlich oder einmal im Monat geleert.«

»Aha«, murmelte sie. »Und vermutlich gibt es in der Nähe des Areals keine einzige Verkehrskamera.«

Er vergrößerte die Satellitenansicht. »Ja, der Ort scheint gut gewählt zu sein. Dort gibt es nur einen Parkplatz und eine alte Zufahrtsstraße mit aufgerissenem Asphalt.«

»Geh noch einmal zurück zum Handelsregister. Gibt es Zweigniederlassungen?«

Marc wechselte die Bildschirmmaske. »Nein, aber eine Gesellschafterin, die zugleich Geschäftsführerin ist.« Er schnippte mit den Fingern. »Eine gewisse Inka Lehr.« Er wollte bereits nach dieser Person suchen, doch Miyu unterbrach ihn.

»Die Suche kannst du dir sparen. Die Frau existiert nicht.«

»Und warum, du Genie?«

Sie zog kurz die Mundwinkel hoch, als wollte sie ein Lächeln andeuten, sah im nächsten Moment aber wieder völlig ernst aus. »Ich mag es, wenn du mich so nennst.« Sie machte eine Pause. »Inka Lehr ist ein Anagramm von *Harlekin*.«

Er dachte kurz nach. *Tatsächlich!* Sicherheitshalber gab er den Namen trotzdem ein, zuerst bei Daedalos und danach auch noch ganz profan bei Google. Eine Frau dieses Namens gab es wirklich nicht. »Du hast recht.«

»Weiß ich«, stellte sie trocken fest. »Dann muss diese Frau den Gesellschaftsvertrag beim Notar mit einem gefälschten Ausweis gemacht haben.« Sie sah ihn an. »Geht das so einfach?«

»Der Notar muss die Unterschrift notariell beglaubigen«, überlegte Marc. »Entweder hat er den Ausweis nicht überprüft – oder sich bestechen lassen.«

»Können wir herausfinden, bei welchem Notar die Firma gegründet wurde?«

»Kaum … und selbst wenn … was würde das bringen? Das ist über dreißig Jahre her.« Marc kaute an einem Fingernagel. »Aber ich könnte den letzten aktuellen Jahresabschluss der Firma anfordern.«

»Wo? Beim Handelsregister?«

»Schneller geht es über den Zugriff aufs Finanzamt.«

Miyu stöhnte auf und klickte wieder mit dem Kuli. »Okay, und wie lange dauert das?«

»Nicht so lange, wie du denkst.«

Sie senkte die Stimme. »Hackst du dich da etwa rein?«

»Nicht nötig. Alle Behörden des Bundes und der Länder leisten einander gegenseitig Rechts- und Amtshilfe. Für so ein Ersuchen ist nicht einmal ein richterlicher Beschluss notwendig. Und wenn sich die Damen und Herren beim Finanzamt doch querlegen, weil sie gerade Frühstückspause machen, schalten wir Sneijder ein. Der regelt das ruck, zuck.«

Aber Sneijders Einschreiten war gar nicht nötig. Eine offizielle E-Mail und zwei Telefonate später hatten sie den letzten Jahresabschluss der VSU GmbH als eingescanntes PDF-File auf dem Schirm.

»Fuck!«, schimpfte Marc, nachdem sie sich durch die Blätter gescrollt hatten und ganz unten angekommen waren. Auch dieser Abschluss war von einer gewissen Inka Lehr angefertigt und unterschrieben worden. »Und ich dachte, Kapitalgesellschaften müssten den Jahresabschluss von einem Wirtschaftsprüfer überprüfen lassen, bevor sie ihn im Handelsregister veröffentlichen.«

»Ja, mittlere und große«, Miyu nickte, »aber keine kleineren. Der Umsatz der GmbH ist immerhin kleiner als acht Millionen, die Bilanzsumme kleiner als vier, und es sieht nicht so aus, als hätten die mehr als fünfzig Angestellte.«

Er sah sie schief an. »Woher weißt du das alles? Höhere Handelsschule?«

Sie gab keine Antwort darauf. Fand die Frage anscheinend zu dämlich. Daraufhin warf er noch mal einen Blick in die Bilanz. Miyu hatte tatsächlich recht, die GmbH machte nur einen Jahresumsatz von zwei Millionen Euro.

Er kaute wieder an einem Fingernagel herum. Hacken und Computerprogramme waren seine Sache, die Analyse von Finanzdaten eher weniger. »Eines verstehe ich nicht …«, sagte er wie im Selbstgespräch, »… diese Firma existiert seit dreißig Jahren unter einer Scheinadresse mit einer Scheinperson als Gesellschafterin. Gab es denn in all der Zeit nie eine Überprüfung durch das Finanzamt? So dämlich können unsere Behörden doch nicht sein?«

»Überleg doch mal, wann so eine Überprüfung stattfindet.«

»Okay, ich hab's gerade überlegt«, sagte er verzweifelt und sah sie an. »Und?«

»Wow, du bist schnell.« Sie meinte das tatsächlich ernst. »Also …« Wieder klickte sie die Mine des Kugelschreibers rein und raus. »Die Firma macht jedes Jahr fette Gewinne und nie Verluste. Sie ist nie säumig bei den Zahlungen, ist immer unauffällig, und Inka Lehr hatte – da sie ja offiziell gar nicht existiert – nie Kontakt zu anderen Scheinfirmen. Sie war nie in illegale Geschäfte verwickelt, es gab nie eine anonyme Anzeige gegen sie oder diese Firma – woher denn auch, wenn sie physisch gar nicht existiert –, und es gab nie auffällige Punkte in der Steuererklärung.«

Marc starrte sie mit offenem Mund an. »Wow.«

»Außerdem ist die Beratungs- und Dienstleistungsbranche kein Risikogewerbe wie zum Beispiel die Gastronomie oder die Bauwirtschaft, wo es häufiger Schwarzarbeit und Schwarzumsätze gibt.«

»Woher zum Teufel weißt du das alles?«, ließ er nicht locker.

»Meine Tante ist Shiatsu-Therapeutin, und ich mache ihre Einkommenssteuererklärung.« Sie verschränkte die Arme vor der Brust.

»Okay, schon gut.« Er ließ sich noch einmal alle Punkte durch den Kopf gehen, die Miyu aufgezählt hatte. »Moment!« Er kaute wieder am Fingernagel. »Du hast gesagt, die haben vermutlich immer pünktlich alle Steuern gezahlt. Aber wie? Wohl kaum in bar in einem unauffälligen braunen Umschlag.«

Miyu nickte anerkennend. »Guter Punkt!«

Marc griff zum Handy und telefonierte erneut mit dem Finanzamt. Er wurde dreimal verbunden, und nach fünfzehn Minuten Warteschleife hatte er endlich eine Dame aus der Buchhaltung dran, die ihm auf eine extra E-Mail-Anfrage hin die Nummer des Kontos schickte, von dem aus die VSU GmbH ihre Steuerschulden bezahlte.

Es handelte sich um ein Konto bei der Ostsächsischen Sparkasse Dresden, und nach zwei weiteren langen Telefonaten hatten sie endlich den Filialleiter dran, dem Marc die notwendigen Zusammenhänge ihrer Ermittlungen erklärte.

»*Das Konto wurde 1989 eröffnet*«, erklärte der Mann, »*damals noch bei der Stadtsparkasse Dresden. Das erkenne ich an der alten Kontonummer. Wir wurden erst später fusioniert, als …*«

»Wem gehört das Konto?«, unterbrach Marc ihn und schaltete das Handy auf Lautsprecher. Miyu saß vornübergebeugt neben ihm und starrte verbissen auf die Tischplatte.

»*Einen Moment …*«, sagte der Mann.

Miyu drehte sich zu ihm und formte mit den Lippen zwei stumme Wörter: *Inka Lehr.*

Der Mann räusperte sich. »*Die Inhaberin ist eine Inka Lehr, mehr kann ich Ihnen nicht sagen.*«

»Aber vielleicht könnten Sie mir etwas über die Kontobewegungen …«

»*Nein, Sie haben mich falsch verstanden. Ich DARF Ihnen nicht mehr sagen!*«

Marc ließ die angespannten Schultern sinken. »Danke.« Er unterbrach die Verbindung. *Shit!*

»Sie hat das Konto damals vermutlich mit demselben gefälschten Ausweis eröffnet, mit dem sie zum Notar gegangen ist«, vermutete Miyu.

Marc nickte. »1989 – Fuck, ja. Heute wäre das nicht mehr möglich.« Er schob das Notebook von sich und verschränkte die Arme hinter dem Kopf. »Wir haben nichts bis auf einen Briefkasten an einem Lost Place und eine nicht existierende Person, zu der wir keinen Kontakt aufnehmen können.« *Sneijder wird uns den Arsch aufreißen!* »Wenn Sneijder recht hat«, überlegte er weiter, »dann wickelt eine Gruppe ehemaliger Stasi-Leute dubiose Aufträge ab, indem sie Zeitungsannoncen schaltet. Wieso machen die überhaupt eine GmbH auf? Was bringt das?«

»Ich kann es mir nur so erklären, dass sie über fingierte Belege für gefakte Beratungsleistungen ihr Honorar reinwaschen, um danach offiziell und legal über das Geld verfügen zu können. Einen anderen Grund gibt es wohl kaum.«

Stimmt, es würde auffallen, wenn eine Privatperson plötzlich riesige Summen von Bargeld ausgeben würde. »Wir brauchen einen richterlichen Beschluss, um volle Einsicht in alle Kontobewegungen zu erhalten.« *Und das kann Tage dauern, selbst wenn Sneijder höchstpersönlich Druck bei der Staatsanwaltschaft macht.* Seufzend erhob er sich. »Vorher brauche ich einen Kaffee und Donuts. Kommst du mit? Ich lade dich ein.«

Sie erhob sich ebenfalls. »Gut, ich komme mit, aber jeder zahlt für sich.«

»Von mir aus.« Er wollte bereits zur Tür gehen, stutzte jedoch. *Jeder zahlt für sich.* Er dachte an die sicherlich überhöhten Honorare dieser Firma für diverse Beratungsleistungen, die so nie stattgefunden hatten.

Die Leistungen!

All das musste doch irgendwie – wenn auch verschleiert – in den Jahresberichten erwähnt werden.

Miyu stand in der Tür. »Was ist? Ich dachte, wir holen Kaffee?«

»Ja, gleich …«, murmelte er, setzte sich wieder hin und griff zum Notebook. »Pfeif drauf! Ich fordere beim Handelsregister jetzt alle Jahresabschlüsse der letzten dreißig Jahre an.«

59. Kapitel

Sneijder und Pulaski betraten gegen halb neun das Orchideen-Gewächshaus des Seniorenheims. Es war schwül und roch nach Frühling und Sommer gleichzeitig. Außerdem explodierte eine gewaltige Farbenpracht vor Sneijders Augen.

Die Pflegerin ging voraus. »Handke sitzt meistens dort vorne im Erker. Sein Lieblingsplatz. Von da sieht er in den Park und auf den Besucherparkplatz.« Sie senkte die Stimme. »Wartet schon seit fünf Jahren darauf, dass ihn seine Exfrau besucht.« Sie rollte mit den Augen, als wäre Handke ein Fall für die Klapse.

Pulaski und Sneijder folgten ihr zwischen den Gewächsen hindurch bis ans andere Ende des Glashauses. Dabei warf Pulaski Sneijder einen vielsagenden Blick zu. Sneijder verzog nur den Mund. Auf dem Weg zum Seniorenheim hatte er mit der Leiterin des Heims telefoniert, um sicherzugehen, dass Handke immer noch dort lebte. Andernfalls wären sie umsonst nach Frankfurt gefahren. Allerdings fragte sich Sneijder sowieso, ob der Weg nicht trotzdem umsonst gewesen war, da auch die Leiterin am Telefon eine merkwürdige Bemerkung über Handkes Geisteszustand gemacht hatte.

Sie erreichten den Erker. Und da saß er nun in seinem Rollstuhl. Über fünfundachtzig Jahre alt, mit einer Decke und einer grauen Strickweste, Altersflecken auf den knorrigen Händen und schweren Tränensäcken unter den Augen. Seine dritten Zähne glänzten strahlend weiß, sobald er den Mund öffnete, um nach Luft zu schnappen, und auch sein Haar, das für sein Alter noch ziemlich voll und dicht war, glänzte weiß. Sehnsüchtig blickte er den Hügel zum Parkplatz hinunter.

»Guten Morgen, Herr Handke …« Die Pflegerin berührte seine Schulter. »Wie geht es Ihnen denn heute?«

Er sah auf, sein Blick wurde klar. »Warum fragen Sie, Frau Doktor?«, knirschte er mürrisch mit sächsischem Akzent. »Haben Sie Ihr Skalpell in mir vergessen?« Er bleckte die Zähne.

»Immer zu Scherzen aufgelegt, der Herr Handke.« Sie lächelte. »Besuch ist für Sie da.«

Sein Blick hellte sich kurz auf, sein Gesicht strahlte, bis er Pulaski und Sneijder erblickte. »Was wollen denn diese beiden Arschkrampen? Sind die von der Bestattung? Wie Sie sehen, bin ich noch am Leben.«

»Zum Glück«, sagte Sneijder. »Bundeskriminalamt Wiesbaden.« Er zeigte Handke seinen Ausweis. »Ich …«

»Ist das der YPS-Agentenausweis?«, knurrte Handke. »So einen hatten meine Enkelkinder im Westen auch.« Er starrte auf die Unterschrift und das Foto, dann blickte er Sneijder an. »Was soll denn das für ein Name sein? Sind Sie etwa Holländer?«

Sneijder nickte. »Niederländer.«

»Können Sie fliegen? Zeigen Sie mal! Würd ich gern sehen.«

»Ich bin Profiler …«, Sneijder steckte den Ausweis ein und atmete tief durch, »… und es geht um einen Ihrer alten Fälle.«

»Keine Zeit. Ich erwarte jeden Augenblick Besuch von meiner Frau.« Handke wandte den Blick ab und starrte auf den Parkplatz. »Die letzten Jahre waren ein wenig angespannt, aber sie will sich wieder mit mir versöhnen.«

Die Pflegerin legte Sneijder besänftigend die Hand auf den Unterarm. »Ich lasse Sie jetzt allein – viel Glück«, flüsterte sie und verschwand.

Sneijder wollte etwas sagen, doch Handke redete weiter, während sich sein Blick in der Ferne verlor. »Letztens kam ich vom Dienst heim. *Schatz, wo steht mein Essen?* … hab ich sie gefragt. Wissen Sie, was Sie geantwortet hat? *Im Kochbuch auf Seite 61.* Ja, so war sie. Immer schnippisch. Hat es mir nie verziehen, dass ich sie einmal mit ihrer Schwester betrogen habe. Ich war kein guter Ehemann.« Eine Träne lief ihm aus dem Augenwinkel.

Sneijder wollte ihn unterbrechen, aber Pulaski stoppte ihn und schüttelte nur knapp den Kopf.

»Aber sie hat es mir heimgezahlt«, redete Handke weiter. »Eines Tages fühlte ich mich nicht wohl, kam früher vom Dienst heim und hab sie im Schlafzimmer überrascht. Wissen Sie, was sie gesagt hat? *Ja, es ist genau das, wonach es aussieht.* Danach ist sie ausgezogen. Hat mich einfach allein gelassen.«

»Ja, das kenne ich«, bemerkte Pulaski an Sneijders Stelle und ließ seinen Leipziger Akzent dabei voll zur Geltung kommen. »Passiert mir auch ständig.« Sneijder war klar, dass das eine Lüge war, aber Pulaski brachte sie echt überzeugend.

»Ja, die Weiber«, murrte Handke.

Pulaski stellte sich neben Handke und blickte ebenfalls aus dem Fenster. »Für unsere Frauen sollte es täglich Rosen regnen – aber mit Vasen, nicht wahr?«

»Aber mit Vasen!«, wiederholte Handke schrill lachend. »Der war gut.« Er sah auf. »Wer sind Sie?«

»Walter Pulaski, bin neu in der Truppe. Ihr Chef schickt mich. Es gibt neue Spuren im Fall Barrabas. Sie sollen mir als Berater zur Seite stehen.«

»Welche neue Spuren? Hat er wieder zu morden begonnen?«

»Ja«, sagte Pulaski.

Handke kniff die Augen zusammen. »Woher wissen Sie das, Junge?«

Pulaski warf Sneijder einen Hilfe suchenden Blick zu.

»Die Opfer wurden vergewaltigt und anschließend ermordet«, spielte Sneijder ohne zu zögern mit. »Jungen zwischen acht und zwölf. Die Schnittmuster sind die gleichen wie damals. Barrabas hat wieder sein goldenes Springmesser verwendet.«

»Wer ist dieser Kerl?«, fragte Handke mit weit aufgerissenen Augen. »Ihr Assistent?«

»Ja«, sagte Pulaski und warf Sneijder einen spöttischen Blick zu.

»Verdammter Mist«, fluchte Handke. »Dann ist das Schwein also wieder aktiv …«

»Wie haben Sie Barrabas damals erwischt?«, versuchte Pulaski, ihn auf andere Gedanken bringen.

Handkes Blick verlor sich wieder in der Ferne. »Das war 1968. Wir fanden die missbrauchte verstümmelte und nackte Leiche eines kleinen Jungen im Wald. Die Füchse hatten sie bereits angefressen. Der Mörder hat auf den Torso uriniert. Und er hat dem Jungen aufs Gesicht gekotet. Musste wohl alles Mögliche tun, um ihn auch noch posthum zu demütigen und zu entwürdigen. Danach hat er sich den Arsch mit Zeitungspapier abgewischt. Das war sein Fehler.«

»Fingerabdrücke?«, vermutete Pulaski.

»Nein, die hatten wir von Barrabas damals noch nicht.« Handke schüttelte den Kopf. »Aber Barrabas hatte die Zeitung abonniert. Ein schmieriges Sexblättchen. Seine Adresse stand auf der letzten Seite. Hatte er wohl vergessen. War unser Glück.« Er sah auf. »Und jetzt ist er wieder da?«

Pulaski nickte. »Sie müssen uns helfen! Erzählen Sie uns alles über ihn, was Sie wissen.«

»Über seine Taten, seine Opfer und über seine damaligen Kontakte«, ergänzte Sneijder. »Vielleicht hat er ja bei einem seiner Freunde Unterschlupf gefunden und möglicherweise …«

»Schluss mit den Spekulationen, ihr Nachwuchstalente!«, rief Handke und wendete den Rollstuhl mit einem kräftigen Ruck. »Ab in mein Büro, dort habe ich alle Unterlagen aufbewahrt.« Er fuhr an ihnen vorbei zum Ausgang des Gewächshauses. Verdutzt folgten ihm Sneijder und Pulaski.

Fünf Minuten später befanden sie sich in Handkes Zimmer.

Es roch nach Lavendel und Salben. Das Bett war nicht gemacht, aber das störte Handke offenbar nicht. Er fuhr zu einem Schrank und holte eine dicke Ringmappe heraus. Mit der fuhr er zum Tisch.

»Ich würde Ihnen ja gern etwas anbieten, habe aber nichts zu Hause.« Handke schlug die Mappe auf. Darin befanden sich Zeitungsartikel über die damaligen Morde. Fein säuberlich ausgeschnitten, auf Papier geklebt und wie in einem Album abgeheftet. Es waren allesamt Ausgaben der Sächsischen Zeitung.

Pulaski studierte die Artikel, Sneijder fotografierte sie mit dem Handy. Alle Opfer waren mit dem vollen Namen genannt worden, und die Polizei hatte die Bevölkerung zur Mithilfe aufgefordert. Einige der Opfer waren sogar mit Schwarz-Weiß-Fotos zu Lebzeiten abgebildet.

»Das war die Nummer von meinem Diensttelefon.« Stolz zeigte Handke auf einen Artikel, der um sachdienliche Hinweise bat. »Wir bekamen Tausende Anrufe, aber kein einziger war brauchbar. Bis wir eben die Leiche des Jungen im Wald fanden.«

Sneijder blätterte weiter. Ein Loch von siebenundzwanzig Jahren folgte, danach gab es nur noch einige Artikel über eine bevorstehende Anhörung vor einer Kommission, über die Kontroversen zu einem gerichtlichen Gutachten und die frühzeitige Entlassung von Barrabas. Sneijder fotografierte auch diese Artikel.

»Danach ist er verschwunden – wir haben ihn nie wiedergesehen. Handkes Blick trübte sich.

Die Artikel waren mehr, als Sneijder erhofft hatte, dennoch setzte er sich neben Handke hin und fragte: »Haben Sie auch noch Kopien von Ihren damaligen Ermittlungsergebnissen?«

»Tja, das wäre schön, aber leider …« Handke schüttelte den Kopf. »Als klar wurde, dass Barrabas nach seiner Entlassung untergetaucht war, wollte ich mir die alten Akten selbst noch mal ansehen, doch die gab es nicht mehr. Es gab ja nicht mal mehr das alte Kommissariat. Die Unterlagen sind im Zuge der Wiedervereinigung verschwunden – wie so vieles andere auch.«

Mest! Sneijder blickte zu dem Schrank, aus dem Handke die Mappe geholt hatte. Die Tür war nur angelehnt und im unteren Fach stapelten sich etliche alte Zeitungen. »Sind das die Ausgaben von damals?«

Handke nickte, worauf Sneijder den Stapel herauszog. Obenauf lagen die jüngsten Exemplare von 1995. Einige waren zerfleddert, weil Handke die Artikel ausgeschnitten hatte. Das Durchblättern war für Sneijder wie eine Zeitreise.

Pulaski deutete auf die Ausgaben. »Werfen Sie mal einen Blick in den Annonceteil.«

Instinktiv hatte Sneijder bereits dorthin geblättert. Nun schlug er die Ausgabe auf und überflog den Abschnitt mit der Partnersuche. *Nichts!* Dasselbe machte er auch mit den anderen Ausgaben. Schließlich stieß er an jenem Tag, als über Barrabas' bevorstehende Entlassung berichtet worden war, auf eine bestimmte Annonce, die seinen Puls in die Höhe trieb.

Sneijder schob die Ausgabe der SZ über den Tisch zu Pulaski rüber.

VERDANDI SKULD URD
Personelle Vermittlung
Älterer, gut erzogener Herr im Raum Waldheim, in Bälde auf Freiersfüßen, sucht für Vivaldi-Konzert »Farnace« liebevolle Begleitung. Für weitere Details melde dich unter Chiffre:
22 – 9 – 22 – 1 – 12 – 4 – 9

Pulaski starrte auf den Text. »Der Chiffre-Code ist derselbe wie in unserer Anzeige.«

60. Kapitel

Gefolgt von Pulaski stürmte Sneijder kurz nach zehn Uhr vormittags in sein Büro. Es roch nach Kaffee. Auf einem Teller lagen ein paar leere Kekspackungen und Donuts-Reste. Miyu und Marc saßen am Tisch und diskutierten.

Sneijder ging zu seinem Schreibtisch und warf das Sakko über die Stuhllehne. »Habt ihr die Firma gefunden?«

»Die VSU GmbH gibt es tatsächlich.« Marc erzählte ihnen, was er und Miyu über die Firma, den Standort, Inka Lehr und ihre Kontoverbindung herausgefunden hatten. »… und spätestens morgen Früh bekommen wir die restlichen Jahresabschlüsse seit der Firmengründung.«

»Ich kenne den *HARLEKIN Park*«, überlegte Pulaski laut. »War als Teenager oft dort. Die meisten meiner Generation haben bleibende Erinnerungen daran … die erste Verabredung, der erste Kuss, die erste Liebe, die erste Zigarette, das erste Bier.«

Sneijder sah ihn finster an. »Wenn Sie sentimental werden, gehen Sie raus!«

»Keine Sorge.« Pulaski steckte die Hände in die Taschen. »Heute ist das Gelände heruntergekommen und großteils verfallen. Eine Durchsuchung können wir uns sparen. Dort gibt es nichts weiter als schrottreife Buden, abbruchreife Pavillons und einen Turm mit einer alten Teppich-Rutschbahn.«

»Und wie war's in Frankfurt?«, fragte Marc.

Sneijder zog die Seite mit der Annonce aus der Brieftasche und klatschte sie auf den Tisch.

»Die kennen wir doch schon«, sagte Marc unbeeindruckt.

»Das ist nicht dieselbe«, erkannte Miyu und las sie durch. »Zuerst ein gepflegter Akademiker um die siebzig aus Leipzig – und jetzt ein älterer, gut erzogener Herr aus Waldheim, der in Bälde auf Freiersfüßen ist.« Sie sah auf. »Das sind doch Hinweise auf Richter Gerlach und Helge Barrabas, die jeweils kurz vor oder kurz nach dieser Annonce verschwunden sind. Aber was hat das mit einem Vivaldi-Konzert zu tun?«

»Keine Ahnung«, sagte Sneijder. »Aber offenbar ist es so, dass man über eine Zeitungsannonce und einen Chiffre-Code Kontakt mit dieser GmbH aufnehmen kann. Derselbe Chiffre-Code wurde 1995 schon einmal verwendet, und ich denke, diese Kerle sind heute immer noch aktiv.« Er zündete sich einen Joint an und stieß den Rauch ganz langsam aus. »Wir müssen ihr Konzept begreifen – dann haben wir sie.«

Pulaski ging zum Fenster, öffnete es und blieb davor stehen. »Wir sollten uns die SZ mal genauer anschauen.«

»Die Süddeutsche Zeitung?«, fragte Marc.

»Die Sächsische Zeitung«, erklärte Sneijder.

»Aha …« Marc gab bereits einen Suchbefehl in sein Notebook ein und las ihnen kurz darauf ein Zitat von der Webseite der SZ vor. *»Bereit für eine kleine Zeitreise?«* Er verschränkte die Hände hinter dem Kopf. »Sieht so aus, als bieten die Geschenkideen für Geburtstage, Hochzeitstage oder Klassentreffen an. Als Erinnerung kann man eine historische Ausgabe der Sächsischen Zeitung nachdrucken lassen.« Dann beugte er sich nach vorn und las wieder von der Webseite vor. *»Im lückenlosen Repertoire aus 75 Jahren Zeitungsgeschichte findet sich sicher auch ein Stück Ihrer eigenen Vergangenheit wieder.* Die Titelseite kostet dreizehn Euro, die gesamte Ausgabe sechsunddreißig Euro.«

»Und?« Pulaski holte sein Handy heraus. »Wollen wir uns jetzt alle alten Ausgaben kaufen? Hat das BKA so viel Geld?«

»Nein, wollen wir nicht«, murmelte Sneijder, »aber das sagt

uns, dass die SZ ein digitales Archiv über die letzten fünfundsiebzig Jahre hat – und das schließt auch den Annoncenteil mit ein.« Er dachte nach. Die Rückkehr nach Wiesbaden war zwar ganz nett gewesen, doch hier waren sie definitiv am falschen Ort. Sie mussten ihre Zelte so rasch wie möglich wieder abbrechen. Er blickte zu Pulaski, der immer noch am Fenster stand und in sein Handy tippte. »Was tun Sie da?«

»Hatty hat mir geschrieben«, murmelte er, ohne aufzusehen. »Ben spricht teilweise wieder und fragt immer wieder nach seiner Mutter. Hatty und eine Therapeutin haben ihm erklärt, was passiert ist. Ihr Vater ist übrigens heute Morgen aus der Karibik gekommen und kümmert sich jetzt auch um die Kinder.«

»Antworten Sie ihr jetzt einen ganzen Roman?«, ätzte Sneijder.

»Nein«, antwortete Pulaski seelenruhig. »Jetzt suche ich mir rechtzeitig ein Hotel, bevor es wieder drei Uhr früh wird. Noch so eine Nacht bei Ihnen auf der Couch, und Sie können mich in die Orthopädie …«

»Wir fahren zurück nach Dresden«, beschloss Sneijder. »Und zwar alle.« Er deutete zu Miyu und Marc. »Ihr nehmt eure Dienstwaffen mit!«

Marc sah auf. »Noch mal nach Dresden? Bist du dir sicher?«

»Ja!« Sneijder stand auf. »Alle Spuren, die wir haben, führen nach Osten.«

Pulaski steckte das Handy ein. »Ich vermute, wir nehmen uns als Nächstes das Archiv der SZ vor.«

61. Kapitel

Um halb vier Uhr nachmittags hielten sie mit Sneijders Dienstwagen beim Verlagsgebäude der SZ in der Dresdner Innenstadt. Nach Pulaski war Marc das letzte Stück gefahren, der den metallicschwarzen BMW nun auf dem Besucherparkplatz direkt vor dem zwölfstöckigen hellblauen Glasgebäude abstellte. Der Geschäftsführer der Zeitung wusste zwar über ihren Besuch Bescheid, da Sneijder bereits während der Fahrt mit ihm telefoniert hatte, aber der Portier hatte offenbar noch keine Ahnung, wer sie waren.

»Und in welcher Angelegenheit wollen Sie den Chef sprechen?«, fragte er in gelangweiltem Ton.

»In dienstlicher!«, antwortete Sneijder unfreundlich und setzte seinen grimmigsten Blick auf. Nachdem er seinen Ausweis an die Glasscheibe der Portiersloge gedrückt hatte, stellte der Mann ihnen kommentarlos vier Besucherausweise aus und schickte sie in Begleitung einer Volontärin mit dem Lift in die Geschäftsetage.

Die raumhohen Scheiben waren blau getönt und zeigten einen atemberaubenden Blick auf die Elbe. Das Büro des Geschäftsführers war groß, der Besprechungstisch mit Aktenordnern, Büchern und Zeitungsstapeln jedoch so vollgeräumt, dass im Endeffekt nicht mehr wirklich viel Platz übrig blieb. Um ihn herum hatte sich eine Handvoll Männer und Frauen versammelt, es roch intensiv nach Kaffee, außerdem standen einige Tabletts mit Schinkenbrötchen herum. Offenbar ging gerade eine Besprechung zu Ende.

Ein klein gewachsener grauhaariger Herr mit brauner Bundfaltenhose und dünnem kariertem Pullover mit halb aufgerollten Ärmeln erhob sich und stützte sich am Tisch auf, nachdem Sneijder ohne zu klopfen eingetreten war. »Also gut, die Leute vom BKA sind da. Wir machen später weiter.«

Die Besucher erhoben sich und gingen an Miyu, Marc und Pulaski vorbei zur Tür. Nur eine ältere Dame mit schulterlangen blonden Haaren und schmaler Lesebrille blieb sitzen.

»Sie müssen Ulbrich sein, der Geschäftsführer«, stellte Sneijder fest, da er die Stimme vom Telefonat wiedererkannte.

»Der bin ich.« Er kam auf Sneijder zu und streckte ihm die Hand entgegen. »Worum geht's denn?«

Sneijder glaubte, sich verhört zu haben. Er ignorierte die Hand. »Worum es geht?«, wiederholte er und setzte sein Leichenhallenlächeln auf. »Ist das Ihr Ernst? Haben Sie meine E-Mail nicht erhalten, die ich Ihnen angekündigt hatte?«

»Bestimmt«, sagte Ulbrich lächelnd, »aber wir hatten bis jetzt Redaktionssitzung. Mussten außerdem den Halbjahres-Jour-fixe mit den Vorständen vorbereiten. Ich bin an diesem Nachmittag noch nicht dazu gekommen, meine fünfhundert Mails zu lesen.«

»Wir sind *fünf Stunden* hergefahren!«, rief Sneijder. »In der Zwischenzeit hätten Sie …« *Verdomme, dieser oude Schijtkerel!* Er verstummte, verkniff sich alles, was ihm auf der Zunge lag, und drückte sich stattdessen den Daumen gegen die Schläfe. Am liebsten hätte er dieser Mistkröte den Marsch geblasen, leider wusste er nur zu gut, dass er Ulbrich ausgeliefert war. Er wollte nicht tagelang auf richterliche Beschlüsse warten und hoffte auf eine rasche und unkomplizierte Kooperation mit der Zeitung.

»Jetzt sind Sie ja hier«, meinte Ulbrich versöhnlich. »Worum geht es denn?«

Sneijder massierte sich die Nasenwurzel, dann zog er die beiden Annoncen aus der Tasche und reichte sie Ulbrich. »Zunächst einmal um diese Chiffre. Wir müssen wissen, wer dahintersteckt. Name, Adresse, Telefonnummer, Kontonummer – einfach alles, was Sie darüber in Erfahrung bringen können.«

»*VERDANDI SKULD URD, Personelle Vermittlung*«, las Ulbrich vor. »Okay, kein Problem, das haben wir gleich.« Er griff zum Telefon, rief die Annoncenabteilung an und gab die Chiffrenummer durch. Während er am Telefon auf eine Antwort wartete, sagte die blonde Dame kein Wort. Sie saß nur da in ihrem teuren Businessanzug, drehte einen Kugelschreiber in der Hand und lächelte Sneijder an.

»Ja … einen Moment, kannst du das bitte wiederholen, ich schalte dich auf Lautsprecher.« Ulbrich aktivierte die Freisprechanlage.

»*… unter dieser Chiffre ist bloß hinterlegt, dass alle Antworten eine Woche lang gesammelt und danach beim Portier persönlich abgeholt werden*«, sagte eine jung klingende Frauenstimme.

Sneijder beugte sich zum Telefon hinunter. »Wer holt die Antworten ab?«

»*Das weiß ich zufällig, weil das ziemlich ungewöhnlich ist und ich mal mit dem Portier darüber …*«

»Wer holt die Antworten ab?«

»*Manchmal sind es junge Studenten, zuletzt war es ein ungefähr siebzehnjähriger Schüler auf dem Fahrrad … Es ist immer jemand anderes.*«

»Was heißt *immer*?«, fragte Sneijder. »Wie oft kommen diese Annoncen?«

»*In unregelmäßigen Abständen – aber laut unserer Datenbank schon über viele Jahre hinweg.*«

»Wer hat die Annoncen aufgegeben?«, fragte Sneijder und hörte kurz darauf ein Klappern auf der Tastatur.

»*Eine Inka Lehr.*«

Sneijder stöhnte auf. »Wie viel kostet eine Annonce bei Ihnen?«

»*Einhundertsechs Euro für eine einmalige Anzeige, die Chiffre-Gebühr macht zusätzlich Sechzehn Euro pro Anzeige aus. Aber ein Paket, zweispaltig inklusive Chiffre, kostet …*«

»Wie hat Inka Lehr das bezahlt?«, unterbrach er sie.

»Da müsste ich Sie mit der Buchhaltung verbinden.«

»Tun Sie das!« Sneijder trommelte mit den Fingern auf der Tischplatte und wartete. Es knackte in der Leitung, und ein Herr von der Buchhaltung meldete sich. »Hier ist Sneijder, Bundeskriminalamt Wiesbaden. Wie wird die Chiffre mit der Nummer 22 – 9 – 22 – 1 – 12 – 4 – 9 bezahlt?«

Der Mann am anderen Ende der Leitung räusperte sich, sagte aber nichts.

»Was ist?«, bellte Sneijder ins Telefon. »Ist Ihre Souffleuse gerade in der Mittagspause?«

Ulbrich schluckte. »So können Sie mit meinen Mitarbeitern nicht umspringen.«

»Ich kann noch ganz andere Sachen«, drohte Sneijder, der langsam die Geduld verlor. Er durfte gar nicht an die fünf Stunden Autofahrt denken, die nutzlos verstrichen waren.

»Tim, ich bin's.« Der Geschäftsführer beugte sich zum Telefon hinunter. »Suchen Sie bitte die Daten für das BKA heraus.«

Der Mann räusperte sich wieder, dann wiederholte Sneijder die Chiffre und hörte, wie der Mann auf der Tastatur herumklapperte.

»Das ist ein Konto bei der Ostsächsischen Sparkasse Dresden«, sagte Tim schließlich. *»Es gehört einer gewissen Inka Lehr.«* Dann nannte er eine Kontonummer.

Sneijder sah zu Marc. »Ist es dasselbe Konto, das wir schon kennen?«

Marc wollte bereits in seinen Unterlagen nachsehen, doch Miyu nickte. »Es ist dasselbe Konto«, bestätigte sie.

»Danke, Tim, Sie können weiter Belege buchen.« Sneijder unterbrach die Verbindung. Das alles war nicht im Geringsten hilfreich gewesen. Er sah Ulbrich verbissen an. »Ich muss wissen, welche Annoncen mit welchen Texten noch von dieser Inka Lehr aufgegeben wurden.«

Ulbrich verzog das Gesicht. »Wir heben die Texte höchstens drei Monate lang in der Annoncenabteilung auf – für eventuelle Rückfragen oder Beschwerden, danach werden sie automatisch aus Datenschutzgründen gelöscht.«

Sneijder kniff die Augen zusammen und massierte wieder seine Nasenwurzel. »Dann müssen wir einen Blick in Ihr digitales Archiv werfen.«

Ulbrich schnaubte. »Okay, über welchen Zeitraum reden wir da?«

»Die letzten dreißig Jahre.«

Ulbrich lachte schallend auf.

Sneijder, der das gar nicht witzig fand, warf der Blondine einen Blick zu, die völlig stumm dasaß und immer noch den Kugelschreiber zwischen den Fingern drehte. Dann sah er Ulbrich an. »Was amüsiert Sie so?«

Ulbrich warf die Arme hoch. »Wo soll ich da anfangen?«, rief er wie vor den Kopf gestoßen.

»Hauptsache, Sie fangen überhaupt an!«

»Wir stecken, wie gesagt, mitten in den Vorbereitungen zum Halbjahres-Jour-fixe, da brauche ich jede Kraft, außerdem ist um zwanzig Uhr Redaktionsschluss für die Morgenausgabe. Und um all diese Seiten aus dem Archiv zu ziehen«, sagte er und wedelte mit der Hand, »bräuchte ich mindestens drei Leute für den Download plus drei Laptops – und selbst dann wären die Mitarbeiter bestimmt sechs Stunden lang beschäftigt.«

»Davon haben Sie bereits fünf Stunden verschenkt, da Sie meine E-Mail nicht gelesen haben«, konterte Sneijder. »Also sollten Sie keine weitere Zeit mehr mit unnötigen Diskussionen vergeuden und stattdessen eine ganze Handvoll Leute für diesen Job abstellen. Übrigens brauche ich die Downloads als PDF, damit wir nach Wörtern suchen können.«

Ulbrich stöhnte auf. »Dann dauert es noch länger.«

»Die Seiten mit der Partnersuche genügen.«

»Wie schön, aber das hilft uns nicht wirklich.«

»Wenn *ich* Ihnen helfe und ein Programm schreibe, schaffen wir es in drei Stunden«, bot Marc an.

»Und wenn ich auch noch helfe, sind wir in zwei Stunden fertig«, sagte Miyu.

Zustimmend zog Sneijder die Augenbrauen hoch. »Außerdem brauche ich hier im Gebäude einen großen Raum, der abgedunkelt werden kann, mit einem Projektor und einer großen weißen Wand.«

»Noch was?«, stöhnte Ulbrich auf.

»Ja, absolute Ruhe, keine Unterbrechung, eine Kanne Vanilletee und einen Aschenbecher.«

Ulbrichs Gesicht verzog sich abermals. Er steckte die Hände in die Hosentaschen, ging einen Schritt auf Sneijder zu und sah zu ihm auf, als hätte er endgültig die Schnauze voll. »Und warum sollte ich das alles für Sie machen?«

Sneijder trat ebenfalls auf ihn zu und senkte die Stimme. »Weil wir einen Dreifachmord verhindern wollen.«

Ulbrich mahlte mit den Kiefermuskeln, als würde er nach einer passenden Antwort suchen.

Indessen legte die Blondine den Kugelschreiber weg, erhob sich und straffte den Businessanzug. Dann trat sie auf Sneijder zu und sah ihn über den Rand der Lesebrille an. »Ich bin die Chefredakteurin. Wir machen es genauso, wie Sie es vorgeschlagen haben. Aber *wir* bekommen die Geschichte, um die es geht – und zwar *exklusiv*! Deal?« Sie streckte Sneijder die Hand entgegen.

Bevor Sneijder ablehnen konnte, trat Pulaski, der bis dahin geschwiegen hatte, an seine Seite und schlug ein. »Deal.«

62. Kapitel

Der Raum war zwar nicht so groß, wie Sneijder es sich erhofft hatte, aber für das, was sie vorhatten, reichte er aus. Zumindest hatte er Vorhänge und eine große weiße Wand, auf die Sneijder jetzt seinen Laptop projizierte.

Die Volontärin hatte tatsächlich Vanilletee aufgetrieben und Orangensaft und Sandwiches für die anderen gebracht, die seit dem Frühstück noch nichts gegessen hatten. Sneijder hatte zwar auch nichts im Magen, aber noch verspürte er kein lautstarkes Knurren – und selbst wenn, in diese Phase einer Ermittlung fühlte er sich gern wie ein hungriger Wolf auf der Jagd.

Während er noch alle Kabelanschlüsse überprüfte und den Computer mit dem WLAN des Verlagshauses verband, kam Marc zur Tür herein. Er sah abgekämpft aus. »Wir können starten, die ersten zwei Jahre sind da. Über siebenhundert Downloads.«

Die IT-Abteilung der Sächsischen Zeitung hatte wirklich bis zum Anschlag geschuftet. Und während sie hier die ersten Analysen durchführten und sich immer tiefer in den Jahren zurückarbeiteten, würden die nächsten Downloads eintrudeln.

Miyu betrat hinter Marc das Büro. Auch auf ihrem Gesicht zeigten sich die Spuren der hochkonzentrierten Arbeit der letzten eineinhalb Stunden.

Marc griff sich gierig eins der Sandwichs und setzte sich ungefragt auf den Platz vor Sneijders Laptop. »Die Leute aus dem Archiv haben alle Downloads in die Cloud geladen«, nuschelte er mit vollem Mund. »Die Partnersuche ist fast immer eine Doppelseite.« Mit flinken Fingern holte er sich die ersten Dateien aus der Cloud und reihte sie am Bildschirm auf.

Sneijder wollte so viel wie möglich auf einmal sehen, daher hatte er den Beamer so platziert, dass der die ganze Wand anstrahlte und sie auf einen Schlag zehn Files in einer entsprechenden Größe im Überblick hatten. »Hol Nemez dazu«, ordnete er an, bevor Marc loslegen konnte.

Der sah ihn missmutig an. »Wollen wir ihr nicht eine Pause gönnen?«

»Niemandem wird eine Pause gegönnt«, antwortete Sneijder. »Ich will, dass sie dabei ist.«

Marc grummelte etwas, telefonierte dann aber kurz mit Sabine, und wenig später blendete er ihr Bild am rechten unteren Rand ein. Sie saß in ihrem Bett, einen großen Strauß Blumen auf dem Nachttisch neben sich, und winkte mit der gesunden Hand in die Runde. *»Hallo«*, sagte sie lächelnd und wirkte erleichtert über die Abwechslung. Wie er Nemez kannte, würde sie froh sein, ihre grauen Zellen endlich mal wieder ein bisschen beanspruchen zu können.

Während er Sabine in kurzen Worten erklärte, wo sie sich derzeit befanden – nämlich gerade mal fünf Kilometer von ihrem Krankenhaus entfernt – und wo sie mit ihren Ermittlungen im Moment standen, durchforsteten Marc und Miyu bereits die ersten PDFs. Im Sekundentakt schaltete Marc weiter, in der Hoffnung, dass sie auf etwas Auffälliges stoßen würden.

Da sie nicht wussten, ob die GmbH mit verschiedenen Chiffrenummern arbeitete, suchten sie mit der Suchfunktion nach dem Firmennamen und fanden zuerst die Annonce der *VERDANDI SKULD URD* vom Mai diesen Jahres, die Adriana in ihrer Brieftasche gehabt und mit Bleistift eingekreist hatte. Vermutlich war das die Bestätigung der GmbH gewesen, die Adrianas Auftrag angenommen hatte. Danach entdeckten sie eine ähnliche Annonce vom Februar und die nächsten vom November und August des

Vorjahres. Alle begannen mit einer vermeintlichen Partnersuche für ein bestimmtes Vivaldi-Konzert, und alle hatten bisher dieselbe Chiffrenummer am Ende.

»Stopp!«, rief Miyu nach etwa einer halben Stunde. Nervös kratzte sie sich am Unterarm. »Ich weiß, was dieser Chiffre-Code bedeutet. Die Zahlen stehen für die Buchstaben des Alphabets.«

Sneijder dachte kurz nach und ordnete die ersten beiden Zahlen im Kopf zu. »V … I …«, murmelte er.

»VIVALDI«, sagte Miyu.

»Nicht schlecht«, drang Sabines blecherne Stimme aus dem Lautsprecher. *»Aber was hat es mit diesen verschiedenen Vivaldi-Konzerten auf sich? Ist das eine Art Code? Miyu, was meinen Sie?«*

Marc hörte auf zu scrollen. Automatisch sahen alle zu Miyu, auch Sneijder. Miyu zuckte nur mit den Achseln. »Keine Ahnung.«

»Machen wir weiter.« Sneijder rieb sich die Augen, die bereits von der konzentrierten Bildschirmarbeit brannten.

»Die nächsten Jahre sind auch schon in der Cloud«, seufzte Marc. Mittlerweile kamen die Infos schneller herein, als sie sie durchackern konnten.

»Wartet mal einen Moment«, bat Sabine nach einer weiteren Viertelstunde. Sie richtete sich im Bett auf, woraufhin das Bild kurz wackelte, da das Notebook auf ihrem Schoß lag. *»Was wir hier finden, sind doch offenbar bloß die Auftragsbestätigungen eines Jobs … über Leute wie Barrabas und Gerlach, die im Lauf der Zeit verschwunden sind. Aber wo ist der Beginn dieser Kommunikation?«*

»Was meinst du?«, fragte Marc.

»Wie kommt der Erstkontakt mit der GmbH zustande?«

»Richtig.« Sneijder strich sich nachdenklich über die Koteletten. Instinktiv schielte er zu Miyu. *Komm, Mädchen, lass mich jetzt nicht im Stich! Ich brauche dich!*

Miyu schloss die Augen, und Sneijder sah, wie ihre Augäpfel

unter den Lidern hin und her wanderten. »Dieselbe Chiffrenummer kommt auch an anderen Stellen vor«, murmelte sie.

»Wo?«, drängte Sneijder.

Miyu öffnete die Augen und nannte ihnen das Datum von jeweils vier verschiedenen Tagen, woraufhin Marc die einzelnen PDFs auf den Schirm holte, nach der Nummer suchte und die entsprechenden Annoncen mit einem elektronischen roten Pinsel markierte.

»Leck mich!«, entfuhr es Pulaski, der bisher eher geschwiegen hatte. Sein Hemd war teilweise aufgeknöpft und ein dünner Schweißfilm stand auf seiner Stirn. Auch seine Augen waren gerötet.

Verdomme! Auch Sneijder blieb die Spucke weg. Sie hätten von Anfang an nach der Chiffrenummer und nicht nach dem Firmennamen suchen sollten. Er rückte näher ran und starrte auf die erste Annonce.

Schicksalsbegegnung! Drei rüstige Damen im besten Alter suchen Frühlingsliebe. Bist du ein spendabler Gentleman, der weiß, was er will, und Wert auf Diskretion legt, dann melde dich bei ernsthaftem Interesse mit einem Kennwort unter der Chiffre:
22 – 9 – 22 – 1 – 12 – 4 – 9

Die anderen Anzeigen waren identisch und unterschieden sich nur durch ein einziges Wort.

Drei rüstige Damen im besten Alter suchen Sommerromanze …

… suchen Herbstbegleitung …

… Winterkuschelei …

»Die drei rüstigen Damen dieser Schicksalsbegegnung sind vermutlich unsere Schicksalsgöttinnen Verdandi, Skuld und Urd«, sagte Marc. »Und diese Anzeigen, die wir hier gerade gefunden haben, dürften dann wohl die Einladung der GmbH an potenzielle Klienten sein, ein Angebot für einen Job abzugeben – und zwar unter Nennung eines speziellen Kennworts. So kommt der Kontakt zustande.«

»Und das Kennwort – offenbar immer irgendein Vivaldi-Konzert –, das dann jeweils in der folgenden Anzeige unter dem Namen der drei Nornen steht, ist eine Art Auftragsbestätigung«, vermutete Pulaski. »Es zeigt, für welchen der angebotenen Jobs sich die VSU entschieden hat, wie beispielsweise *Farnace* oder *Opus 6 für Violine.*«

»Viel interessanter ist aber, dass das Zeitmuster stets dasselbe ist«, stellte Miyu fest. »Die Gruppe übernimmt einmal im Quartal einen Auftrag, im Frühling, Sommer, Herbst und Winter.«

»Daher auch die Anspielung auf Vivaldi wegen seiner *Vier Jahreszeiten*«, vermutete Pulaski. »Fragt sich nur noch, woher die Auftraggeber wissen, dass das Kennwort ein Vivaldi-Konzert sein muss ... aber das finden wir später sicher noch raus.«

Da sie jetzt ein konkretes Zeitfenster hatten, innerhalb dessen sie suchen mussten, ging es von nun an schneller. Innerhalb der nächsten halben Stunde stießen sie auf ein klares Muster: Einmal in der Mitte des Quartals gab es einen Aufruf der drei rüstigen Damen an ihre Klienten, ein Jobangebot mit einem bestimmten Kennwort abzugeben, und kurz darauf wurde eines dieser Angebote von der VSU bestätigt. Bald hatten sie dazu mehrere Dutzend entsprechende Annoncen gefunden.

»Bei einem aktuellen Jahresumsatz von zwei Millionen«, überlegte Miyu, »kassieren die durchschnittlich 500.000,– Euro pro Auftrag.«

Stimmt! Sneijder zog eine Augenbraue hoch. Adriana hatte sich ein solches Honorar sicher leisten können. Und bei Barrabas, der Mitte der 90er-Jahre zu einem damals vermutlich vergleichbar ähnlich hohen Betrag verschwunden war, waren es vielleicht die gut situierten Eltern eines von ihm ermordeten Kindes gewesen.

Abgesehen von der horrend hohen Bezahlung war die Vorbereitung, die hinter einer solchen Aktion steckte, sicherlich auch mit ein Grund, warum die Firma nicht mehr als vier Jobs pro Jahr übernahm. Außerdem wären sie, wenn sie es übertrieben hätten, nie im Leben so lange unentdeckt geblieben.

Marc schnappte nach Luft. »Wisst ihr, was das bedeutet? Wenn die einmal pro Quartal eine Person verschwinden lassen, und die seit Anfang der 90er-Jahre aktiv sind, dann haben wir es …« Ihm verschlug es die Sprache.

»… mit hundertzwanzig Opfern zu tun«, sagte Miyu.

63. Kapitel

Eine Stunde später saßen sie immer noch im Büro. Die Volontärin hatte ihnen eine Kanne Kaffee und frische Brötchen von einem Cateringservice gebracht. Mittlerweile waren die Vorhänge aufgezogen und die Fenster aufgerissen. Sie alle streckten sich und blinzelten im Licht der Sonne, die bereits als oranger Feuerball tief über den Dächern der Stadt hing.

Sneijder hatte die letzten Downloads für die IT gezielt auf die Mitte des jeweiligen Quartals eingrenzen lassen. Das Konzept der GmbH war ihnen nun klar. Abgesehen vom stets identischen Zeitfenster gab es ein weiteres Muster, das alle Fälle miteinander verband: Die Aufträge schienen sich alle auf dem Gebiet der ehemaligen DDR abzuspielen. Zumindest galt das für die Handvoll Annoncen, die sie bereits mit konkreten Fällen in Verbindung hatten bringen können.

Neben dem Verschwinden von Helge Barrabas waren sie noch auf weitere Fälle gestoßen. Im Oktober 2010 verschwand der russische Politiker und Regimekritiker Timofejew am Berliner Flughafen und im Dezember 2005 die Radiomoderatorin Silke Auer in einem Hotel in Magdeburg, in dessen Tiefgarage nur noch ihr offener Porsche gestanden hatte. Im Sommer 1999 war es Frau Radtke aus dem Zeugenschutzprogramm in einem Rostocker Hotel an der Ostsee gewesen, wo es sogar zu einer Schießerei mit der Polizei gekommen war, und im November 1989 Staatsanwältin Hagedorn auf dem Dresdner Flughafenparkplatz.

Außer diesen fünf hatten sie noch eine Handvoll weiterer Fälle gefunden und sich die dazugehörigen Ermittlungsakten angesehen. Die Ergebnisse waren mehr als dürftig. In keinem Fall gab es eine Lösegeldforderung. Keine der Personen war jemals wieder aufgetaucht. Genauso wenig war je eine Leiche gefunden worden.

»Wenn man sich die Hintergründe der Vermissten ansieht«, sagte Miyu wie im Selbstgespräch, »dann gibt es stets einen plausiblen Grund für das Verschwinden dieser Personen.«

»Was meinst du mit *plausibel*?«, fragte Marc.

»Ein freigelassener Mörder, ein politischer Gegner, eine gefährliche Zeugin, eine unbequeme Verfassungsjuristin oder eine Radiomoderatorin, die mit einem korrupten Politiker verheiratet gewesen ist.«

Ob plausibel oder nicht, liegt wohl im Auge des Betrachters, dachte Sneijder. Aber letztendlich gab es immer jemanden, der eine dieser Personen loswerden wollte – aus welchen Gründen auch immer. Und der letzte Fall war der von Richter Gerlach gewesen.

»Aber einhundertzwanzig Personen!«, wiederholte Sabine ungläubig über Lautsprecher. *»Wie können die seit mindestens drei Jahrzehnten völlig unentdeckt operieren? Warum hat das bisher nie jemand gesehen?«*

Pulaski blickte zu Sneijder. »Guter Punkt.«

Gedankenverloren drehte Sneijder einen Joint und roch daran. »Natürlich weiß das BKA, dass regelmäßig Leute verschwinden, aber schauen wir uns doch das breite Portfolio dieser Gruppe an. Abgesehen von Kindern, an denen sie sich – zumindest gemäß dem bisherigen Opferprofil – nicht vergriffen haben, scheinen die keine Skrupel zu haben.«

»Also war es kein Zufall, dass sie Ben im Wohnmobil zurückgelassen haben?«, hakte Sabine nach.

»Eindeutig lässt sich das nicht sagen, aber es könnte ins Muster passen, jüngere Kinder zu verschonen. Möglicherweise haben sie moralische Grenzen. Wie dem auch sei – abgesehen davon übernehmen sie anscheinend alles, was Geld bringt. Bei dieser Bandbreite an Aufträgen konnte bisher einfach nie ein Zusammenhang zwischen den Opfern hergestellt werden.«

»Bestimmt wählt die Gruppe immer bewusst aus, wen sie entführt«, pflichtete Miyu ihm bei, »damit kein identisches Muster erkennbar ist.«

Sneijder nickte. »Die Fälle sind zu unterschiedlich, und sie haben wohl einen Weg gefunden, ihre Opfer spurlos verschwinden zu lassen.« Er legte den Joint weg und sah zu Pulaski, dem es bei dem Gespräch sichtlich den Magen umdrehte. Sein Gesicht war grau wie Asche.

»Das wären die perfekten Verbrechen«, sagte Miyu. »Keine Spuren, keine direkt nachvollziehbaren Motive, keine Leichen. Ich frage mich, wie und wohin sie die verschwinden lassen.«

»Lassen wir das!«, bremste Sneijder sie ein. Pulaski war den Tränen nah und schien wirklich jeden Moment zusammenzubrechen. Bis jetzt hatte er ohnehin tapfer durchgehalten. Aber nun blickte er abwesend ins Nichts und versuchte, an seinem Ehering zu drehen, bevor er merkte, dass er ihn gar nicht mehr trug.

O Verdomme! Sneijder presste die Lippen zusammen. Schließlich legte er Pulaski die Hand auf die Schulter. »Ich weiß, wie Sie sich fühlen.«

»Einen Dreck wissen Sie!«, flüsterte Pulaski und kämpfte mit den Tränen. »Ich hocke hier, weil ich Ihnen vertraut habe, vergeude aber meine Zeit damit, dass wir Gespenstern nachjagen.«

»Was ist die Alternative?«, fragte Sneijder. »Ohne uns wären Sie immer noch am Kulkwitzer See und würden mit Winteregger und dem LKA die Daten aus Gerlachs Wohnwagen auswerten.« Er machte eine Pause. »Die haben doch nicht die geringste Ahnung, was in Wahrheit hier läuft!«

Pulaskis Oberkörper zitterte. Er hob den Blick zur Decke und presste die Augen zusammen, während ihm einzelne Tränen über die Wangen rollten. »Okay, wir wissen es jetzt. Und?« Er öffnete die Augen wieder, sie waren leicht glasig. »Trotzdem haben wir keine brauchbare Spur, die uns zu meiner Tochter führt.«

Sneijder atmete tief durch. »Ich will nichts beschönigen. Sie arbeiten selbst lange genug bei der Polizei, um die Lage realistisch einschätzen zu können. Wir werden alles daran setzen, diese Mistkerle zu kriegen … aber wir müssen mittlerweile davon ausgehen, dass Gerlach, seine Frau und Ihre Tochter tot sind.«

»Nein, verdammt …« Pulaski zog das Asthmaspray aus der Hosentasche, ballte die Faust, dann inhalierte er. Seine verkrampfte Hand war so weiß wie sein Gesicht. »Sie … ist … erst … neunzehn!«

»Mit etwas Glück ist sie noch am Leben«, mischte sich Sabine rasch in das Gespräch ein. *»Pulaski, glauben Sie mir, hier, an Sneijders Seite, ist der beste Platz für Sie. Wenn jemand Ihre Tochter findet, dann er.«*

Sneijders Hand lag immer noch auf seiner Schulter. *Im schlimmsten Fall nur ihre Leiche*, dachte er und hoffte, dass Sabine nicht zu viel versprochen hatte.

Es herrschte betretenes Schweigen. Schließlich wischte sich Pulaski die Tränen weg. »Okay, hoffentlich haben Sie recht.« Er steckte den Inhalator weg. »Machen wir weiter.«

Sneijder ließ Pulaski los. »Vertrauen Sie mir?«

Pulaski warf ihm einen Blick aus geröteten Augen zu. »Ja, verdammt. Machen wir jetzt weiter?«

Sneijder öffnete sein Akupunkturset und stach sich einige Nadeln in den Handrücken. »Wir wissen jetzt, wie diese Leute arbeiten. Es sind Freelancer, die man engagieren kann. Jedoch nicht über das Darknet, sondern immer noch klassisch über altmodische Chiffre-Codes in Zeitungsannoncen – so wie früher, als es noch keine Handys gab. Das führt uns zum nächsten Punkt.« Er drehte an den Nadeln. »Wer verbirgt sich dahinter? Ist es tatsächlich eine Gruppe ehemaliger Stasi-Offiziere, die ein Faible für einen stillgelegten Freizeitpark haben und Treffpunkte in den alten Gebäuden des Ministeriums für Staatssicherheit bevorzugen?«

»Oder ehemaliges Militär?«, schlug Pulaski vor.

»Und vor allem – wie viele sind es?«, ergänzte Sabine. *»Was meinen Sie?«*

»Die Rostocker Polizei sprach von drei Leuten, die angeblich damals laut Zeugenaussagen bei der Entführung dieser Frau Radtke beteiligt gewesen waren.« Sneijder dachte nach. »Und um solche Jobs durchzuziehen mit der gesamten dazugehörigen Planung und Infrastruktur brauchen die *mindestens* so viele. Aber wer sind die?« Er sah in die Runde. »Irgendwelche Ideen?«

Marc streckte sich und unterdrückte ein Gähnen. »Ich schlage eine Rasterfahndung vor. Wir organisieren uns die Unterlagen über sämtliche ehemalige Stasi-Offiziere bis hinunter zu den kleinen Handlangern, die bis 1989 noch im Dienst waren und heute noch am Leben sind.«

»O Gott«, stöhnte Pulaski auf.

»Was?«, fragte Marc.

»Wie alt bist du, Junge?«

Marc sah ihn finster an. »Ich kann schon allein aufs Klo gehen.«

Pulaski hob entschuldigend die Hände. »Wir reden hier über einen Apparat, der viele tausend Personen beschäftigt hat.«

Sneijder nickte. »Nicht nur das – die damaligen Unterlagen sind Verschlussakten. Es wird verdammt schwierig werden, da ranzukommen.«

»Aber wir sind das BKA«, erwiderte Marc.

»Auch für das BKA wird es schwierig. Das sind immer noch hochsensible Informationen mit viel politischem Sprengstoff«, sagte Sneijder.

»Und das nächste Problem ist, dass es diese Akten nicht digital gibt und wir die nicht so einfach …«, Pulaski schnippte mit den

Fingern, »… mal rasch durch den PC laufen lassen können. Wir reden hier über alte staubige Papierakten in Kartonfaltmappen, die in irgendeinem Keller in Schachteln vor sich hin schimmeln.«

»Falls sie überhaupt noch dort liegen«, gab Sneijder zu bedenken.

»Shit«, murmelte Marc schließlich, als ihm die gesamte Tragweite des Problems bewusst wurde.

»Welche Personen stecken also hinter dieser GmbH? Wer hat eine Idee?«, fragte Sneijder erneut.

»Wir setzen die Leute, von denen wir glauben, dass sie die GmbH beauftragt haben, unter Druck«, schlug Sabine vor.

»Und wen davon?«, knurrte Pulaski und wiegte nicht besonders überzeugt den Kopf. »Die Klientel, die diese Leute engagiert, ist bestimmt ziemlich exklusiv.«

»Zum Beispiel den Baulöwen oder die Eltern der von Barrabas ermordeten Kinder«, schlug Sabine vor.

»Ich frage mich sowieso schon die ganze Zeit, woher diese Leute überhaupt wissen, dass es diese Firma gibt und wie man Kontakt mit ihr aufnimmt?«, warf Marc ein.

»Mundpropaganda«, vermutete Sneijder. »Garantiert wissen nur wenige, dass die GmbH überhaupt existiert. Anfangs waren es vermutlich nur Terrorgruppen, Mafia-Organisationen oder ausländische Politiker, die in Deutschland jemanden verschwinden lassen wollten, ohne dass es eine Verbindung zu ihnen gab. Mittlerweile hat es sich anscheinend in manchen Kreisen herumgesprochen, und die Tipps werden unter der Hand weitergegeben. Dort könnten wir ansetzen.«

»Mal angenommen …« Miyus Blick wurde konzentriert. »… wir finden tatsächlich einen der Auftraggeber. Angenommen, er ist noch am Leben, und angenommen, er kann sich noch gut an die Details der Jobvergabe erinnern. Angenommen, er ist bereit zu reden, und angenommen, er bestätigt uns das, was wir bisher zu wissen glauben … dass es nämlich eine anonyme Gruppe gibt, die er über eine Zeitungschiffre kontaktiert und mit einem Koffer voller Bargeld bezahlt hat, und angenommen, das lässt sich sogar irgendwie beweisen, dann sind das insgesamt sechs Ecken, um die wir herum müssen. Das Ergebnis haben wir frühestens in zwei bis drei Wochen.« Sie winkte ab. »Die Mühe können wir uns sparen. Und mehr als wir wissen die Auftraggeber bestimmt auch nicht.«

»Miyu hat recht«, bestätigte Sneijder. »Wenn es anders wäre, hätte sich die Existenz dieser Gruppe schon längst großflächig herumgesprochen.«

»Wir könnten aber selbst über diese Chiffre Kontakt mit der GmbH aufnehmen«, schlug Pulaski vor.

Miyu verzog das Gesicht. »Der nächste Auftrag wird in drei Monaten über die Bühne gehen. So lange wollen Sie warten?«

Pulaski biss die Zähne zusammen. »Natürlich nicht.«

Sneijder blickte auf die Armbanduhr. Es war bereits 20.15 Uhr. »Ich habe eine andere Idee.« Er zog sich die Akupunkturnadeln raus und stand auf. »Marc, nimm dein Notebook mit. Wir gehen zu Ulbrich.«

64. Kapitel

Pulaski war ihnen gefolgt. Zu dritt standen sie in der Chefetage Ulbrich gegenüber, der hinter seinem Schreibtisch saß und gerade den Telefonhörer auflegte. »Waren Sie erfolgreich?«

»Zumindest wissen wir mehr als vorher.« Mehr sagte Sneijder nicht. Er hatte noch nie über laufende Ermittlungen gesprochen, und schon gar nicht mit der Presse.

»Sie brauchen erneut meine Hilfe, stimmt's?«, fragte Ulbrich mit einer gewissen Genugtuung.

Sneijder ignorierte die Frage. »Marc, zeig ihm das Foto.«

Marc stellte sein Notebook auf den Schreibtisch. »Dieser Gentleman mit den grauen Haaren und der Halbglatze ist einer von Richter Gerlachs Entführern.«

Ulbrich fuhr im Stuhl hoch. »Richter Gerlach wurde entführt?«

Sneijder nickte knapp. Anscheinend war der pensionierte Richter auch im Raum Dresden kein Unbekannter.

»Wann ist das passiert?«

»Vor drei Tagen«, erklärte Sneijder. »Die sächsische Kripo hat eine Nachrichtensperre verhängt, da am Tatort brisantes Beweismaterial gefunden wurde.«

»Und Sie lassen mir dieses Beweismaterial jetzt zukommen?«

»Das hätten Sie gern«, antwortete Sneijder. »Natürlich nicht. Aber ich lasse Ihnen die Information über die Entführung zukommen.«

Ulbrich verzog unglücklich das Gesicht. »Ich soll also dieses Foto veröffentlichen? Entgegen der Anweisung der sächsischen Polizei?«

»Ich bin vom BKA.«

»Das wird trotzdem heikel.«

»Wie wäre es dann mit einer anonymen Quelle?«

»Trotzdem sollten solche Dinge vorher mit der hiesigen Polizei abgesprochen werden.«

»*Sollten* oder *müssen*?«

Ulbrich stöhnte auf. »Wir könnten uns strafbar machen, und für einen Rechtsstreit mit der Oberstaatsanwaltschaft ist unser Pressehaus zu klein.«

»Sie haben eine Auflage von über 180.000 Exemplaren und sind damit die auflagenstärkste Zeitung im Raum Dresden und Umgebung«, stellte Sneijder fest.

»Sie wollen meine Zeitung doch nur benutzen.«

»Ich möchte, dass Sie mir helfen, drei Menschenleben zu retten.«

»Das von Richter Gerlach und von wem noch?«

»Seiner Familie«, log Pulaski rasch, bevor Sneijder etwas anderes sagen konnte.

»Also gut«, lenkte Ulbrich widerwillig ein. »Wie soll die Schlagzeile lauten?«

»Tochter von Ex-LKA-Ermittler entführt!«, riss Sneijder das Gespräch wieder an sich.

Pulaski schnappte nach Luft. »Aber das …«

»Pulaski, wir brauchen ein aktuelles Foto von Ihrer Tochter, das wir gemeinsam mit dem Bild des Entführers veröffentlichen«, verlangte Sneijder.

»Sie wollen *was*?«, brüllte Pulaski. Seine Schlagadern quollen dunkelblau unter der Haut hervor.

»Das haben Sie doch gerade gehört.«

»Ich fasse es nicht.« Pulaski warf die Arme hoch. »Die Entführer denken vermutlich, sie hätten Gerlachs Stieftochter erwischt, und Sie wollen die Identität meiner Tochter preisgeben? Wenn die das lesen …«

»Darum geht es doch! Die *sollen* den Artikel lesen«, rief Sneijder.

»Sind Sie verrückt? Damit liefern Sie Jasmin aus. Sobald die erfahren, dass sie die Falsche erwischt haben, ist sie so gut wie tot!«

»Pulaski!« Sneijder trat direkt vor ihn hin. »Wir haben keine Spur zu den Entführern. Unsere einzige Chance ist es, sie so unter Druck zu setzen und nervös zu machen, dass sie glauben, einen Fehler begangen zu haben.«

»Und Sie denken, ein nervöser Killer hilft uns weiter?«

»Ein nervöser Krimineller macht weitere Fehler. Und manchmal werden die schlimmsten Fehler in der Absicht begangen, einen vorherigen Fehler zu korrigieren.«

»Und wenn nicht?«

»Wir müssen das Konzept dieser Gruppe ins Wanken bringen, ihre Struktur brechen, sie aufscheuchen.«

»Dadurch bringen Sie Jasmin in Gefahr!«

»Pulaski, ich bin Profiler. Ich weiß, wie Entführer und Killer denken. Es ist das, was ich bereits seit vielen Jahren mache, und es ist das Einzige, das ich wirklich gut kann.«

»Aber wenn Sie sich irren, ist Jasmin tot.«

»Und wenn ich mich *nicht* irre, und wir es *nicht* tun, wird sie vielleicht gerade *deswegen* sterben. Wie viele der bisherigen Entführungsopfer sind noch mal wieder aufgetaucht?«

Pulaski ballte die Hände zu Fäusten und kämpfte erneut gegen Tränen an. »O Gott, steh mir bei.«

»Gott ist noch nie jemandem beigestanden«, sagte Sneijder trocken. Dann senkte er die Stimme. »Pulaski, ich weiß, dass wir damit ein großes Risiko eingehen, aber dennoch ist das unsere einzige Chance.«

»Haben wir denn wirklich keine Alternative?«

Sneijders Blick wurde kalt. »Ich gebe es nur ungern zu, aber wir haben keine einzige brauchbare Spur, der wir in den nächsten vierundzwanzig Stunden folgen können – und die Zeit arbeitet gegen uns. Jede einzelne Minute.«

Pulaski fuhr sich übers Gesicht. »Bisher waren wir uns in fast allen Fragen einig, aber diesmal lautet meine Antwort: Nein!«

Sneijder presste sich den Daumen in den Handrücken und verlangsamte seine Atmung. »Okay, wir haben unterschiedliche Standpunkte, und wir werden jetzt nicht herausfinden können, wer von uns beiden …«

»Ihr Standpunkt ist falsch!«

»Pulaski«, seufzte Sneijder. »In dieser Frage gibt es kein richtig oder falsch. Das Tragische daran ist nicht, dass einer von uns beiden recht hat und der andere falsch liegt, sondern dass wir *beide* recht haben. Aber der entscheidende Punkt ist – wir müssen etwas tun!«

Pulaski sah ihn mit wässrigen Augen an. »Sie haben keine Ahnung, wie es ist, wenn man sein eigenes Kind verliert.«

»Doch«, sagte Sneijder, »das habe ich.«

Pulaski starrte ihm lange in die Augen, und Sneijder hielt dem Blick stand. »Was würde Ihre Kollegin Nemez jetzt wohl sagen?«, fragte Pulaski wie im Selbstgespräch. *»Der beste Platz für mich ist an Ihrer Seite, denn wenn jemand Jasmin findet, dann sind Sie das?«* Pulaski sah ihn an. »Stimmt das?«

Sneijder nickte.

»Also gut.« Pulaski atmete tief aus und sackte in sich zusammen. »Ich vertraue Ihnen, dass wir das Richtige tun. Aber wenn wir uns irren sollten«, flüsterte er und legte Sneijder den Finger auf die Brust, »dann schwöre ich Ihnen, dass das Ihr letzter Fall war.«

»Wenn ich mich irre«, gestand Sneijder, »dann war das definitiv mein letzter Fall. Das schwöre ich Ihnen ebenfalls.« Er wandte sich zu Ulbrich, der die ganze Zeit mit offenem Mund neben ihnen gestanden hatte. »Wir sollten uns beeilen«, sagte er.

Ulbrich räusperte sich. »Was? Noch heute?«

»Ja, sicher, oder klang das gerade, als hätten wir Zeit bis zur Wochenendausgabe?«

Ulbrich blickte auf die Armbanduhr. »Es ist bereits nach 20.30 Uhr, Redaktionsschluss war vor über einer halben Stunde.«

»Und?«, fragte Sneijder.

»Das ist unmöglich. Das geht nicht. Wir müssen die morgige Abendausgabe abwarten.«

»Eines sollten Sie mittlerweile schon herausgefunden haben.« Sneijders Stimme wurde kalt. »Wer mit mir redet, der darf nicht nur seine eigene Meinung hören wollen.«

»Was soll das heißen?«

»Wir bringen diesen Artikel jetzt, damit er morgen Früh erscheint!«

»Wie denn?«, rief Ulbrich. »Die neuen Platten müssen erstellt werden, und ich muss die Druckerei anrufen, um die Druckerpresse anzuhalten.«

Sneijder griff in die Tasche und hielt ihm wortlos sein Telefon hin.

65. Kapitel

Während bei der Druckerpresse mit insgesamt einer Stunde Verspätung auf Hochtouren der neu gesetzte Artikel vom Band lief, stand Sneijder im Universitätsklinikum am Fußende von Sabines Krankenbett.

Sie waren allein, die Jalousie stand halb offen, und am Horizont waren die funkelnden Lichter der Stadt zu sehen. Die Besuchszeiten waren längst vorüber, aber darum hatte sich Sneijder sowieso noch nie geschert.

»Sie waren also erfolgreich«, stellte Sabine fest.

»Das werden wir noch sehen«, gab er zu. Er nickte zu ihrem Nachtschrank. »Seit wann sind so große Blumensträuße in Krankenzimmern gestattet?«

»Sind sie nicht.« Sabine lächelte. »Ich habe den Pflegern erzählt, dass ich mitgeholfen habe, eine Bande von Cyberkriminellen zur Strecke zu bringen, die mit Erpressersoftware gearbeitet hat. Dieses Krankenhaus war auch einmal davon betroffen. Seitdem genieße ich hier alle Freiheiten.« Sabine deutete mit der Fernbedienung zum TV-Gerät. »Habe sogar WLAN auf dem Monitor.«

Sie wirkte glücklich, hatte wieder Farbe im Gesicht und sah auch nicht mehr so ausgemergelt aus wie auf diesem Bauernhof in Breslau. Erstaunlich bei dem Krankenhausfraß. *Diese Frau ist wirklich unverwüstlich!* Jede andere Kollegin, die er kannte, hätte sich nicht so rasch erholt, hätte sich eher isoliert, zurückgezogen und Wochen später den Job gekündigt. Aber sie hatte immer schon zum BKA gewollt. Das war ihr Traumjob gewesen, seit er sie vor vielen Jahren in München kennengelernt hatte.

Er deutete zu einer offenen Bonboniere. »Schmecken die Pralinen?«

»Sneijder«, unterbrach sie ihn lächelnd. »Lassen Sie den Smalltalk. Die Rolle steht Ihnen nicht.«

»Sie haben recht, reden wir lieber wieder über den Fall. Was denken Sie darüber?«

»Wenn wir keine Chance haben, an die Stasi-Akten ranzukommen, und Ihr Plan mit dem Zeitungsartikel nicht aufgeht, dann bleibt uns als letzter Strohhalm nur noch Viktor.«

»Dem Sie das Messer in den Hals gerammt haben«, erinnerte er sie.

»Ja, Sie haben recht, ich hätte mich von ihm abschlachten lassen sollen.« Sie presste bedauernd die Lippen aufeinander.

Sneijder ging nicht darauf ein. »Allerdings würde ich nicht drauf wetten, dass er etwas weiß.«

»Vielleicht doch.« Sie hob die Schultern. »Er hat die Notoperation überlebt, ist aber leider immer noch im künstlichen Tiefschlaf. Wenn er wieder erwacht, wird er nur noch röcheln können. Das Messer hat seine Stimmbänder durchtrennt, aber …«

Er kam näher. »Und woher wissen Sie das?«

Sie nickte zu ihrem Handy auf dem Nachttisch. »Ich stehe mit den polnischen Behörden in Kontakt.«

»Wie das?«

»Der Chefarzt – auch ein Fan von mir«, sagte sie lächelnd. »Er hat mir eine Verbindung zum Breslauer Krankenhaus verschafft.«

»Ihr Fan-Club wächst von Tag zu Tag. Ich …« Er verstummte, da sein Handy läutete. »Drohmeier«, sagte er nach einem Blick aufs Display und ging ran. »Ja, was gibt's?«

»Wo sind Sie? Und wo sind Ihre Leute?«, knarrte Drohmeiers Stimme aus dem Lautsprecher.

Sneijder wandte sich ab und blickte aus dem Fenster. »In Dresden.«

»Was machen Sie noch immer dort?«

»Nicht *noch immer – schon wieder*«, korrigierte Sneijder ihn.

»Okay, und was tun Sie um Himmels willen schon wieder dort? Der Fall ist doch gelöst! Sie haben Nemez gefunden. Gratulation übrigens. Außerdem haben Sie den polnischen Behörden dabei geholfen, ein Netz von Cyberkriminellen auszuheben.«

»Ach, ich habe nur *geholfen*?«, wiederholte Sneijder.

»Mittlerweile hat die Polizei weitere Zellen gefunden. Die Polen haben Sie lobend erwähnt.«

»Wie nett!« Sneijder schnaufte tief durch. *Egal!* Er brauchte keinen Blumenstrauß als Dankeschön. »Ich möchte noch Richter Gerlach und ...«

»Sneijder«, unterbrach Drohmeier ihn sanft. »Darum kümmert sich das LKA Dresden. Sie haben genug gemacht. Ich ziehe Sie von dem Fall ab.«

»Ich ...«

»Sneijder, unterbrechen Sie mich nicht noch einmal«, sagte Drohmeier mit völliger Ruhe. Im Gegensatz zu den vorherigen Präsidenten war Drohmeier kein Choleriker. Und gerade deswegen vielleicht sogar noch gefährlicher. »Ich ziehe die Notbremse in dieser Sache. Darum muss sich ab jetzt das LKA kümmern. Nachdem Nemez gefunden wurde, ist das BKA raus. Ich habe einen anderen Fall für Sie.«

»Welchen?«, knurrte er höflichkeitshalber, wollte in Wahrheit aber gar nichts darüber hören.

»Erzähl ich Ihnen, wenn Sie in Wiesbaden sind.«

»Ich werde nicht nach Wiesbaden fahren.«

»Sie widersetzen sich meinen Anweisungen?«

»Ich widersetze mich *unsinnigen* Anweisungen«, präzisierte Sneijder. »Für mich ist ein Fall erst dann abgeschlossen, wenn ich alle Hintergründe kenne und die Drahtzieher habe. Ich mache das nicht für das LKA, auch nicht für das BKA, auch nicht für Hatty und auch nicht für meine Lieblingstante. Ich mache das für mich und meinen Gerechtigkeitssinn, denn mein Instinkt sagt mir, dass da noch eine große Sache dahintersteckt.«

»Sneijder«, seufzte Drohmeier. »Ihr Instinkt in allen Ehren, aber kommen Sie her, dann reden wir unter vier Augen darüber. Und zwar noch heute!«

Heute? Sneijder blickte auf die Uhr. Es war kurz nach halb zehn. »Bei allem Respekt, aber ich rase nicht fünf Stunden von Dresden nach Wiesbaden, um mit Ihnen Smalltalk zu halten, um danach wieder im Morgengrauen nach Dresden zurückzufahren. Mein Platz ist hier, und ich ...«

»Wo genau sind Sie?«

»Jetzt gerade?«

»Ja, Mann!«

»Im Universitätsklinikum Carl Gustav Carus in Dresden.«

»Die haben dort sicher eine Helikopter-Landeplattform«, stellte Drohmeier fest. »Ich schicke Ihnen einen Heli vom LKA, der bringt Sie unverzüglich nach Wiesbaden.«

»Nein.« Er wollte das Gespräch soeben beenden, als er hörte, wie Sabine mit den Fingern schnippte. Er sah ihre weit aufgerissenen Augen. Sie wollte ihm etwas mitteilen. Neugierig betrachtete er sie, während er Drohmeier am anderen Ende reden hörte.

»Die Stasi-Akten!«, sagte sie lautlos, indem sie nur die Lippen bewegte.

Da ging Sneijder ein Licht auf. *Vervloekt, ja!* Er zeigte ihr den erhobenen Daumen, dann führte er das Handy wieder ans Ohr. »Sie haben recht«, unterbrach er Drohmeier. »Ich komme nach Wiesbaden. Schicken Sie mir den Heli.« Dann legte er auf.

Sabine lächelte ihn an. »Guten Flug und viel Erfolg.«

66. Kapitel

Drei Tage zuvor: Die Nacht der Entführung

Da Jasmin erst im Kastenwagen aus ihrer Betäubung erwacht war, konnte sie unmöglich sagen, wie lange die Autofahrt vom Kulkwitzer See aus insgesamt schon gedauert hatte. Ihre geflüsterten Gespräche untereinander waren längst verstummt, jeder war mit seinen eigenen düsteren Gedanken beschäftigt.

Als der Wagen schließlich langsamer wurde und fast schon still stand, wurde Gerlach plötzlich aktiv. »Vielleicht sind wir an einer Kreuzung«, flüsterte er. Im nächsten Moment hielt der Wagen tatsächlich an.

»Ja, vielleicht eine Ampel«, flüsterte nun auch Jasmin.

»Wir könnten um Hilfe rufen«, schlug Gerlach vor. »Mit etwas Glück hört uns jemand. Auf eins, zwei, drei …«

»Hilfe!«, brüllten Jasmin und Gerlach zugleich.

Nach dem dritten Mal ließ sich auch Hattys Mutter anstecken. Sie schrie mit, und gemeinsam brüllten sie sich die Seele aus dem Leib.

Jasmin hörte, wie die Autotür geöffnet wurde. Der Wagen schwankte leicht. Jeden Moment rechnete sie damit, dass die Seitentür aufgerissen wurde, sie einen Schlag kassierte und man ihr wieder gewaltsam den Knebel in den Mund stopfen würde. Doch nichts dergleichen geschah. Dem Fahrer schien es völlig egal zu sein, dass sie so schrien.

Das Auto wackelte wieder, die Fahrertür wurde zugeschlagen, und der Wagen setzte sich im Schritttempo in Bewegung. War der Fahrer taub?

Sie verstummten schließlich und lauschten. Das Auto fuhr im Schritttempo weiter und hielt nach ein paar hundert Metern wieder an. Ein anderer Wagen hielt daneben. Reifen knirschten im Kies. Autotüren knallten. Stimmen waren zu hören.

Dann wurde die Tür doch aufgerissen, und Jasmin schloss geblendet die Augen. Mehrere starke Taschenlampen leuchteten ins Innere. Ihr wurde ein kratziger Stoffsack über den Kopf gezogen und am Hals stramm zugebunden.

»Hilfe!«, schrie sie, doch niemand reagierte darauf.

Stattdessen wurden die Handschellen von dem Gestänge gelöst und wieder auf dem Rücken um ihre Gelenke geschlossen, dann wurde sie ruppig aus dem Wagen gezerrt und fortgebracht. Stolpernd folgte sie demjenigen, der sie am Arm weiterzog, erst ein Stück über Kies und wenige Meter danach über einen Asphaltweg. Hinter sich hörte sie Gerlachs und Christinas Proteste. Sie glaubte auch, einen Schlag zu hören. Danach erstarb Gerlachs Stimme mit einem Stöhnen.

Es war finster, nur der Strahl der Taschenlampen fiel hin und wieder durch den Stoff des Jutesacks. Beinahe wäre Jasmin gestolpert und hingefallen, doch ein kräftiger Arm packte sie und zog sie weiter. Instinktiv versuchte sie, irgendwelche Geräusche oder Gerüche aufzufangen. Waren Sie am Wasser? Liefen sie irgendeinen Abgrund entlang? Plötzlich wurde sie von Panik erfasst und fürchtete, jeden Moment ins Leere zu treten und in die Tiefe zu stürzen.

»Stopp!«, befahl plötzlich eine gedämpfte Männerstimme.

Sie hielt mit zitternden Knien an. Danach hörte sie das Klicken eines Schlosses, das Öffnen einer Tür und das Quietschen rostiger Angeln. Sie wurde in einen Raum gestoßen. Es roch nach Moder und Katzenpisse. Eine alte Garage vielleicht? Sie fiel auf den Boden und schlug sich die Knie am Beton auf. Als sie aufstehen wollte, taumelte sie zur Seite und schlug mit der Schulter gegen eine Mauer.

Unmittelbar hinter ihr wurden auch Gerlach und Christina in den Raum gestoßen. Das Licht der Taschenlampen verschwand, die Tür wurde zugedrückt und abgeschlossen.

»Geht es euch gut?«, keuchte Gerlach. Seine Stimme hallte eigenartig von den Wänden wider, was auf einen großen und leeren Raum schließen ließ.

»Ja«, log Jasmin.

»Ja«, knirschte auch Christina.

»Ich denke, wir sind allein«, flüsterte Gerlach.

Draußen hörten sie zuerst sich rasch entfernende Schritte, dann die Motoren zweier davonfahrender Wagen. Es wurde ruhig.

»Wo sind wir?«, fragte Christina, erhielt jedoch keine Antwort. Die Frage war offensichtlich sinnlos.

»Wir sind nicht geknebelt. Wir könnten um Hilfe rufen«, schlug Jasmin vor.

»Ich glaube nicht, dass das einen Sinn hat«, antwortete Gerlach. »Andernfalls *hätten* sie uns geknebelt.«

Jasmin hörte, wie Gerlach über den Boden zu ihr hinrutschte. Im nächsten Moment berührte er ihr Bein. »Ich lasse mich jetzt neben dich hinfallen«, schnaufte er. »Kannst du mir das Ding vom Kopf ziehen?«

Er sank neben ihr zu Boden. Sie drehte ihm die auf den Rücken gefesselten Händen zu und tastete so lange herum, bis sie den Jutesack spürte. »Einen Moment …« Sie fand die Schnur, mit der die Öffnung am Hals zugezogen worden war, und es gelang ihr nach einigen Fehlversuchen, sie zu lösen. Sie zerrte den Sack herunter.

»Danke«, röchelte Gerlach. Er schnappte gierig nach Luft, dann kniete er sich hin und befreite sie von ihrem Sack.

Rasch gewöhnten sich Jasmins Augen an die Dunkelheit. Sie sah, wie Christina an der gegenüberliegenden Wand des Raums kniete und verzweifelt versuchte, sich ohne Hilfe von dem Sack zu befreien. Überrascht stellt Jasmin fest, dass der Raum nicht nur rund war, sondern auch sehr hoch. Wie ein Turm. Dafür aber deutlich kleiner, als sie ursprünglich gedacht hatte.

»Warte einen Moment, Schatz!« Gerlach wollte seiner Frau helfen.

»Nenn mich nicht so!«, fauchte sie. »Nur wegen dir sitzen wir in diesem Drecksloch!«

Er erwiderte nichts darauf, sondern zog ihr nur die Kapuze vom Kopf. Sie warf sich die Haare aus dem Gesicht und schnappte ebenfalls nach Luft.

So viel Jasmin erkennen konnte, war der kreisrunde Betonbunker gerade mal so groß, dass sie sich bequem nebeneinander hinlegen konnten. Die Tür war aus Metall, und oben an der etwa sechs Meter hohen Decke befanden sich eine Art Luftschlitze, durch die das bleifarbene Mondlicht fiel. »Werden wir hier verhungern oder verdursten?«, fragte sie.

»Ich weiß es nicht«, gestand Gerlach und überlegte. »Nein, vermutlich nicht. Wenn sie uns tot sehen wollten, hätten sie uns schon längst umgebracht.«

»Dann werden sie also wiederkommen?«, murmelte Jasmin.

»Schätze schon.«

Sie schwiegen eine Weile.

»Warum wolltest du vorhin im Wagen nicht, dass Heinz dich Jasmin nennt?«, fragte Christina.

»Wenn die erfahren, dass ich nicht Hatty bin, werden sie mich vielleicht umbringen«, presste Jasmin leise hervor.

»Das ist doch absoluter Blödsinn«, entfuhr es Christina.

»Nein, die Idee ist gut«, widersprach Gerlach. »Die Entführer wissen nicht, dass Hatty in Wahrheit noch am Campingplatz ist. Dort sind sie und Ben vorerst in Sicherheit, und so soll es auch bleiben.«

»Wenn mein Vater erfährt, dass ich weg bin«, sagte Jasmin, »wird er Himmel und Hölle in Bewegung setzen, bis er mich gefunden hat.«

Gerlach nickte. »Und so lange müssen wir diese Lüge über deine Identität aufrechterhalten.«

67. Kapitel

Der Flug mit dem Polizeihubschrauber nach Wiesbaden dauerte nur fünfundneunzig Minuten.

Sneijder hatte seine ganzen Sachen in Dresden in Marcs Obhut gelassen, der inzwischen für alle Hotelzimmer gebucht hatte. Auch für Sneijder. Der wollte nämlich gleich nach seinem Gespräch mit Drohmeier wieder in den Heli steigen und mitten in der Nacht zurückfliegen. Zumindest hatte er den Piloten wissen lassen, er solle sich entsprechend bereithalten. Die Ermittlungen in Dresden nahmen gerade Tempo auf, und dort war er unabkömmlich.

Der Heli setzte Sneijder auf dem BKA-Gelände ab, von wo dieser direkt ein Taxi zu Drohmeiers Wohnsitz nahm. Normalerweise wurde der BKA-Präsident mitten auf dem Areal des Bundeskriminalamts in einer extra gesicherten Dienstwohnung untergebracht. Doch nach Dirk van Nistelrooys Abgang hatte Drohmeier die interimsmäßige BKA-Führung so überstürzt übernommen, dass er noch keine Zeit für den Umzug gefunden hatte. Also wohnte er bis auf Weiteres immer noch in seinem Einfamilienhaus am nördlichen Stadtrand von Wiesbaden, dessen Adresse in der Nähe vom Geisberg und der Thaerstraße er Sneijder per SMS geschickt hatte.

Das Taxi setzte Sneijder vor einer kleinen, eher bescheidenen Villa ab, die von hohen Hecken, einer Mauer und einem schmiedeeisernen Tor umgeben war. Sogleich fielen Sneijder die Überwachungskameras, Bewegungsmelder und die daran gekoppelte Beleuchtung auf, die die Straße bei seinem Näherkommen in ein mattes gelbes Licht tauchte.

Als Sneijder den Summer beim automatischen Tor betätigte, dröhnten ihm immer noch die Ohren vom Helikopterflug. Mittlerweile war es kurz nach halb zwölf, und Sneijder wunderte sich, warum Drohmeier so spät überhaupt noch Besuch empfing. Andererseits arbeitete der Mann seit Tagen rund um die Uhr. Soviel Sneijder wusste, war Drohmeier Witwer. Der neue BKA-Präsident hatte bei seinem Autounfall vor einigen Jahren nicht nur seine rechte Hand verloren.

Auch wenn die Nacht mild war, knöpfte sich Sneijder jetzt das Sakko zu. Während er auf einem gepflasterten Weg an Büschen vorbei über das Grundstück zum Haus lief, hörte er Stimmen. Anscheinend erwartete man ihn bereits. Auf der Terrasse brannte Licht. Der davor liegende Pool war ebenfalls beleuchtet, und die blau schimmernde Oberfläche spiegelte sich auf der Hauswand.

Drohmeier, zwar im grauen Anzug, aber leger ohne Krawatte und mit leicht offen stehendem Hemd, ging am Beckenrand entlang und fischte mit einem Netz Blätter aus dem Pool, was fast schon ein wenig entspannt und meditativ aussah. Jon Eisa, der zweite BKA-Präsident, stand an seiner Seite mit einem Drink in der Hand. Natürlich im Slim-Fit-Hemd, schnittigen Sakko und mit glänzenden Lackschuhen. Sogar seine Gürtelschnalle glänzte. Beide Männer waren in ein Gespräch vertieft, und trotz aller äußerlicher Entspanntheit wirkte es wie eine wichtige Besprechung.

»Ah, Sneijder!« Drohmeier warf das Netz in die Wiese und streckte ihm die linke Hand entgegen. Sneijder erwiderte den kräftigen Händedruck. Eisa nickte nur geflissentlich, eine Hand in der Hosentasche.

»Setzen wir uns auf die Terrasse«, schlug Drohmeier vor. »Etwas zu trinken?«

Sneijder wehrte ab. »Je schneller wir diesen Mitternachtsplausch hinter uns bringen, desto besser.«

»Wollen Sie etwa schon ins Bett?«, fragte Eisa lächelnd.

Sneijder blieb ernst. »Nein, zurück nach Dresden.«

»Dann wären wir ja gleich beim Thema.« Drohmeier setzte sich in einen Korbstuhl, der unter seinem Gewicht gefährlich knarrte. Sneijder und Eisa nahmen ebenfalls Platz, und unwillkürlich fröstelte Sneijder. Auf der Terrasse war es zwar windgeschützt und zusätzlich war die Markise ausgerollt, doch beides half nicht gegen die Nachtfeuchte, die über die Wiese herankroch.

»Sneijder«, begann Drohmeier, »ich habe einen anderen dringenden Fall für Sie.«

Wie dringend kann der schon sein? »Wirtshausschlägerei, Handtaschenraub, Fahrraddiebstahl?« Sneijder rückte an die Stuhlkante. »Hören Sie, dieser Fall, an dem ich gerade dran bin, ist noch nicht abgeschlossen.« Eisa wollte etwas sagen, aber Sneijder hob nur die Hand. Danach erklärte er ihnen mit knappen Worten, was sie bisher herausgefunden hatten.

Eine Weile lang herrschte Schweigen, und nur das Zirpen der Grillen war zu hören, bis Eisa sich schließlich räusperte. »Eine Gruppe von Ex-Stasi-Offizieren, die einmal im Quartal über eine Zeitungsannonce einen Job lanciert, seit dreißig Jahren Menschen verschwinden lässt und nebenbei eine Scheinfirma auf einem stillgelegten Vergnügungsparkgelände in Dresden führt? Sneijder, ich bitte Sie. Das klingt doch wie ein schlechtes Märchen.«

»Wenn das hier für Sie die abendliche Märchenstunde ist, dann sind Sie fehl am Platz und sollten sich einen anderen Job suchen – vielleicht als Parksheriff«, sagte Sneijder unverblümt.

Eisa ignorierte die Kritik. »Sneijder, hören Sie sich doch mal selbst zu! Das sind doch alles nur Vermutungen und Spekulationen, die auf schwachen Indizien basieren. Und kommen Sie mir jetzt bloß nicht mit Ihrem Bauchgefühl.«

Drohmeier kniff das Gesicht zusammen und schaute ihn unglücklich an. »Selbst wenn das alles stimmen würde«, begann er mit tiefer knarrender Stimme, »dann wäre das wegen der *mögli-*

cherweise internationalen Auftraggeber ein Fall für Interpol. Und wenn es sich tatsächlich um ehemalige Stasi-Leute handelt, die seit Jahrzehnten ihr eigenes Süppchen kochen, dann fiele das in das Ressort des Bundesnachrichtendienstes.«

»Oder des Verfassungsschutzes«, gab Eisa seinen Senf dazu.

Schon klar, ihr habt im Moment so viel um die Ohren, dass ihr so eine Sache wie einen Abszess am Hintern braucht und die Verantwortung am liebsten sofort abschieben wollt.

Drohmeier sah Sneijder an. »Sehen Sie das nicht auch so?«

»*Verdomme, nee!*« Sneijder massierte seine Nasenwurzel. Dann schob er den Kiefer hin und her, und kurz darauf waren seine Ohren endlich frei von dem lästigen Druck, den er seit der Helikopterlandung verspürt hatte. »Das Verschwinden von Staatsanwältin Hagedorn war damals ein BKA-Fall – landete ungelöst im Aktenarchiv.« Er streckte den ersten und gleich den zweiten Finger aus. »Radke war Kronzeugin in einem Bauskandal und stand im Zeugenschutzprogramm. Auch ihr Verschwinden war damals ein BKA-Fall, der ebenfalls zu den Akten gelegt wurde.«

»Haben Sie sich die alten Akten angesehen?«, fragte Drohmeier.

»Ja, während des Flugs«, knurrte Sneijder. »Keine einzige verlässliche Zeugenaussage, widersprüchliche Phantomzeichnungen, kaum brauchbare Spuren, keine Ergebnisse.«

Drohmeier stöhnte auf, Eisa seufzte. *Ja, da geht euch der Arsch auf Grundeis*, dachte Sneijder und streckte den dritten Finger aus. »Und Timofejews Verschwinden ist schon allein deshalb ein BKA-Fall, weil es mit ziemlicher Sicherheit einen politischen Hintergrund gibt.« Er rückte noch ein Stück nach vorn und hob die Stimme. »Und da all diese Entführungsfälle aus dem Archiv bereits BKA-Fälle waren, ist Richter Gerlachs Entführung jetzt auch ein BKA-Fall, für den ausschließlich *wir* zuständig sind. Denn es gibt einen gemeinsamen Hintergrund, durch den all diese Fälle zusammenhängen!«

Eisa seufzte erneut. »Wie gesagt, das sind alles Mutmaßungen und …«

»Wir reden hier über höchstwahrscheinlich hundertzwanzig vermisste Personen!«, unterbrach Sneijder ihn. »Meine Leute werten gerade die Annoncen der letzten dreißig Jahre aus und ordnen sie ungeklärten Fällen zu.«

»Sneijder, hören Sie mir zu«, bat Eisa.

»Nein, *Sie* hören *mir* jetzt zu!«, unterbrach er ihn abermals. »Während Sie hier am Pool Cocktails schlürfen, finden meine Leute in diesen Minuten einen konkreten Fall nach dem anderen …« Er blickte auf die letzte SMS auf seinem Handy. »… aktuell sind es fünfunddreißig, und es werden minütlich mehr.« Eisa wollte wieder etwas sagen, aber Sneijder hob erneut die Hand. »Und wenn von all diesen vermissten Personen auch nur eine einzige für die Regierung gearbeitet hat – und diese Wahrscheinlichkeit ist bei der Bandbreite der Jobs, die diese Gruppe übernimmt, ziemlich hoch –, dann ist dafür sowieso das BKA zuständig.« Er lehnte sich zurück und sah Eisa an. »Sie sind dran!«

Eisa sah zu Drohmeier. »Sie glauben den ganzen Mist doch nicht?«

»Hm …«, Drohmeier nickte langsam und besonnen, »… doch, ich glaube ihm. Ich kenne Sneijder schon deutlich länger, als Sie ihn kennen. Und bis jetzt hat ihn sein Bauchgefühl noch niemals getrogen.«

»Als hätten wir nicht genug andere Sorgen«, schnaubte Eisa.

»Wenn wir jetzt nicht reagieren, sind es Ihre aktuellen Sorgen, die Ihnen am Ende des Tages wie Kindermärchen vorkommen«, konterte Sneijder.

»Also gut, wir machen es so: Ich übergebe den neuen Fall, bei dem ich eigentlich an Sie gedacht hatte, anderen Kollegen«, entschied Drohmeier. »Und Ihre Ermittlungen sind ab sofort BKA-Sache. Ich werde morgen früh alles Notwendige in die Wege leiten.«

Eisa sah finster drein. »Ich bin nach wie vor davon überzeugt, dass …«

»Zur Kenntnis genommen, und jetzt hören Sie mal kurz weg«, unterbrach Drohmeier ihn, rutschte nun ebenfalls an die Stuhlkante vor und blickte Sneijder an. »Ich lasse Sie von der Kette. Hat sich ja bei der Suche nach Ihrer Kollegin auch bewährt. Bleiben Sie weiter dran und liefern Sie mir so rasch wie möglich Ergebnisse. Inzwischen halte ich Ihnen alle vom Leib, die etwas gegen diese Ermittlungen haben könnten. Bringen Sie niemanden um, außer …«, er hob den Finger, »… Sie haben einen guten Grund, den ich rechtfertigen kann.«

»O Gott«, stöhnte Eisa auf.

Sneijder ignorierte den Einwurf. Seine Kopfhaut kribbelte. Das Gefühl, sofort nach eigenem Ermessen losschlagen zu können, ließ seine Kopfschmerzen sogleich verschwinden. Instinktiv wusste er, dass er den Fall in den nächsten vierundzwanzig Stunden lösen konnte. Mit Friedrich Drohmeier als Rückendeckung. Der war nicht so ein bürokratischer Schisser wie seine beiden Vorgänger Hess und van Nistelrooy. Die neue BKA-Ära mit Drohmeier konnte durchaus interessant werden.

»Und wenn ich Sie irgendwie unterstützen kann«, fügte Drohmeier abschließend hinzu, »dann sagen Sie es mir.«

»Sie können mich unterstützen«, sagte Sneijder prompt. »Ich brauche Einsicht in alle alten Stasi-Akten.«

2015, im Osten Deutschlands …

Ekkehard Lehmann stieg am Bahnhof von Goslar in den Zug und suchte einen freien Platz im Speisewagen. In zehn Minuten würden sie abfahren. Einmal im Jahr, Ende September, ratterte diese Nostalgiedampflok von Goslar nach Halle an der Saale. Die Karten für diese Sonderfahrt waren schon Monate vorher ausgebucht, und selbst wenn er alles versucht hätte, hätte er kein freies Ticket mehr ergattern können. Allerdings würde die erste Fahrscheinkontrolle frühestens in Ilsenburg, vielleicht sogar erst in Wernigerode durchgeführt werden, und da säße er schon lange nicht mehr im Zug. Vorausgesetzt, alles klappte.

Nachdem Lehmann einen Espresso und einen Kräuterlikör bestellt hatte, blickte er auf den Bahnsteig, wo jede Menge junger Leute standen, die ihre Eltern und Großeltern zum Zug gebracht hatten und sich jetzt winkend verabschiedeten. Der Wind fegte das Laub über die Plattform. Durch Lehmanns Sonnenbrille, die er während der gesamten Fahrt nicht abnehmen würde, war alles in einen leichten Blauton getaucht. Außerdem hatte er sich seit zwei Wochen einen Vollbart wachsen lassen, den er an diesem Morgen schwarz gefärbt hatte und der noch heute Abend wieder wegkommen würde.

Insgesamt würde der Nostalgiezug über drei Stunden lang unterwegs sein und an dreizehn Haltestellen stoppen. Kameras gab es auf dieser Strecke weder in den Bahnhöfen und schon gar nicht in diesem Zug, aber einige Fahrgäste würden sich bestimmt an ihn erinnern können. Doch ohne Ticketreservierung, nur mit einer bloßen Personenbeschreibung, war es nahezu unmöglich, dass ihn jemand identifizierte. Also nippte er an seinem Kaffee und wartete darauf, dass der Schaffner die Türen schloss und mit der Pfeife trillerte.

Schon bald setzten sich die Waggons ruckelnd in Bewegung, wobei das gesamte Holzinterieur ächzte und knarrte. Der Kellner servierte ihm jetzt auch das Glas *Schierker Feuerstein*. Lehmann trank den Espresso, kippte den Schierker mit einem Schluck hinunter und zahlte. Danach hakte er die Daumen in seine breiten Hosenträger ein und wartete, bis er sicher war, dass der Kellner das Glas und die Kaffeetasse auch in den Geschirrspüler geräumt hatte. Bis die Polizei den Zug durchsuchen würde, war die Maschine garantiert schon zweimal oder noch öfter in Betrieb gewesen.

Kurz nachdem der Zug Goslar verlassen hatte, überquerte er die Grenze von Niedersachsen nach Sachsen-Anhalt, und da würde er bis zu seinem Ziel in Halle auch bleiben. Gleich die erste Strecke bis nach Wernigerode würde der Zug am nördlichen Rande des Harzes entlangfahren, dem größten Waldnationalpark Deutschlands. Schon als Junge hatte Lehmann den Harz geliebt. Jeden Sommer hatte er sich auf dem Brocken seine Wandernadeln geholt, dementsprechend gut kannte er sich hier aus.

In Kürze würde jene Stelle zwischen Stapelburg und Ilsenburg kommen, an der der Zug zwei Minuten lang durch ein Waldstück im Harz fuhr. Mittendrin gab es eine Kurve, da musste er abbremsen, und dort wollten sie zuschlagen.

Lehmann erhob sich und verließ den Speisewagen durch die hintere Tür. Im Freien konnte man über eine wackelige und scheppernde Metallbrücke mit Geländer über die Anhängerkupplungen von einem Waggon zum nächsten gehen. Eigentlich durfte man sich während der Fahrt nicht hier draußen aufhalten, trotzdem gab es immer wieder Leute, die sich dieses Erlebnis nicht nehmen lassen wollten. So auch jetzt. Lehmann stand neben einem jungen Pärchen auf der Plattform, das trotz der herbstlichen Kälte knutschend versuchte, sich in den Windschatten der überdachten Eingangstür zu drängen. Der Fahrtwind wirbelte die blonde Mähne der Frau herum.

Felder und kleine Ortschaften zogen an Lehmann vorbei. Er zündete sich eine Zigarre an und paffte ein paarmal genüsslich, sodass die Rauchwolke zu dem jungen Paar geblasen wurde. Schon bald wurde es ihnen zu unbequem und sie verdrückten sich kichernd. Sogleich griff Lehmann in die Hosentasche und holte einen passenden Inbusschlüssel hervor. Damit versperrte er die hintere Tür und die Lok, der erste Waggon und der Speisewagen waren vom Rest des Zuges getrennt. Sobald der Schaffner, der sich im Moment noch im hinteren Bereich des Zuges befand, diese Stelle erreichte, würde er wohl vermuten, dass irgendein dämlicher Techniker bei der Vorbereitung in der Remise geschlampt hatte, und dann die Tür wieder aufsperren. Doch zu diesem Zeitpunkt wären sie schon längst weg.

In Lehmanns Tasche knackte es. Überrascht zog er das Funkgerät hervor. »Ja?«

»Ich bin im ersten Waggon«, meldete sich Gerda über eine Frequenz, die nur sie an diesem Tag benutzten. »Ich habe gerade ein Telefonat unserer Zielperson belauscht.«

»Und?« Die normalerweise so ruhige Gerda klang ungewöhnlich aufgebracht. Außerdem hatten sie geplant, die Funkgeräte nur in Notfällen zu benutzen.

»Die Zielperson hat übers Geschäft gesprochen, vermutlich mit einem Kunden.«

»Hier im Zug?«

»Ja! Natürlich nicht konkret, aber wenn man weiß, in welcher Branche sie tätig ist, versteht man den Zusammenhang.«

»Und was bringt dich so aus der Fassung?«

»Unsere Zielperson ist in Wirklichkeit eine Frau!«

Lehmann stockte der Atem. »Was?«

»Tatsächlich ist *sie* unser Ziel, nicht *er*!«

Lehmann dachte kurz nach. Ihre Aufgabe war, Brani Souček, einen tschechischen Drogendealer, aus dem Verkehr zu ziehen, der in seinem Keller in Wernigerode schon seit vielen Jahren Ecstasy und Crystal Meth herstellte und sämtliche Schulen in einem großflächigen Umkreis belieferte. Fünf Drogentote hatte es bereits gegeben. Einer war gerade mal zwölf gewesen.

Aus gesicherter Quelle wussten sie, dass Souček heute mit seiner Tochter diese Nostalgiefahrt machte. »Moment mal …«, unterbrach Lehmann ihren Redefluss. »Die *Tochter* ist in Wirklichkeit der Dealer?«

»Ja.«

»Und du bist ganz sicher?«

»Ich habe ein fünf Minuten langes Telefonat an ihrem Platz belauscht, das war eindeutig. Jetzt sind sie übrigens gerade in den Speisewagen gegangen.«

Verdammt! Lehmann ballte die Faust.

»Sollen wir abbrechen?«, fragte Gerda.

»Nein, zu spät.« Er kaute an der Unterlippe. »Die reisen morgen für zwei Wochen nach Prag. Dort erwischen wir ihn … *sie* nicht mehr«, korrigierte er sich. »Wir müssen jetzt sofort die Fakten checken – uns bleiben nur noch wenige Minuten.«

»Inga ist …«

Der Zug rumpelte über eine hohe Brücke, wobei das Eisengestänge so laut schepperte, dass Lehmann nichts mehr hören konnte. »Was?« Er hielt sich ein Ohr zu.

Gerda machte eine Pause, bis der Zug von der Brücke runter war. »Ich sagte, Inga ist bereits dran.«

»Okay, ich komme jetzt in den Speisewagen – Ende und aus.« Er steckte das Funkgerät in das Sakko. Dann öffnete er die Tür, wischte seine Fingerabdrücke mit dem Ärmel von der Klinke ab und betrat wieder den Speisewagen.

Da sah er die Zielperson und ihre Begleitung auch schon am Ende des Waggons sitzen. Langsam ging er näher. Ihnen wurde gerade Kaffee und irgendein Strudel mit Vanillesoße serviert. Der alte Mann sah aus dem Fenster, seine Tochter telefonierte schon wieder.

Lehmann erreichte das Ende des Speisewagens und tat ebenfalls so, als blickte er aus dem Fenster. In weiter Ferne zeichnete sich bereits der Hügel mit der Stapelburg ab. Das alte Gemäuer kam rasch näher. Sie hatten nur noch wenige Minuten, um eine Entscheidung zu fällen. Dann würde der Zug das Harzer Waldstück durchqueren, und danach war ihr Zeitfenster verstrichen.

Unauffällig schielte er durch die Sonnenbrille zu der Frau. Sie war Ende dreißig und wirkte energisch und arrogant, wie sie so dasaß und mit gedämpfter Stimme telefonierte. Ihr Vater hingegen sah ausgemergelt und müde aus.

Hast du das Geschäft deines Vaters übernommen? Ziehst DU mittlerweile die Fäden?

Der alte Mann wandte sich vom Fenster ab und stocherte zittrig mit der Gabel im Apfelstrudel. »Brani … hör auf zu telefonieren«, bat er mit brüchiger Stimme. »Was ist denn so wichtig? Genieß doch die Aussicht.«

Bei den Worten lief Lehmann ein Schauer über den Rücken. Er hatte sie *Brani* genannt. *Natürlich!* Er hieß Branislav Souček, und sie hieß Branislava Souček. *Brani ist IHR Kosename!* Das hatten sie übersehen.

Dein Vater ist nicht mehr in dem Geschäft! DU bist jetzt die Drogenköchin und vertickst mit DEINEN Kontakten die Ware am Schulhof!

Lehmann fuhr sich durch den Bart. Seine Finger waren eiskalt. Um ein Haar hätten sie die falsche Person aus dem Verkehr gezogen.

Die Tür zum ersten Waggon, der direkt hinter der Lok hing,

öffnete sich, und die Schaffnerin trat ein. Sie baute sich vor Lehmann auf und blickte ihn freundlich an. »Ihr Ticket?«, fragte sie.

»Ja, einen Moment …« Lehmann kramte in der Hosentasche herum und zeigte ihr ein Blatt Papier, die Kopie eines alten Fahrscheins für die Strecke München-Berlin.

Die Schaffnerin betrachtete das Zugticket. »Vielen Dank.« Anschließend entwertete sie es lächelnd. »Genießen Sie weiterhin die Fahrt.«

»Ja, danke«, murmelte er und lächelte sie ebenfalls an. Gerda sah trotz ihres Alters in der knappen dunkelblauen Uniform verführerisch aus. Der Look mit Mütze, hochgesteckten Haaren und Lesebrille passte hervorragend zu ihr – ebenso wie die grüne Brosche an ihrem Revers.

Der Zug holperte in eine kleine Biegung, und Gerda beugte sich wie zufällig zu ihm. »Inga hat es gecheckt«, flüsterte sie. »Sie ist es!«

Ich weiß, formte er mit den Lippen.

Sie nickte, dann hob sie die Stimme. »Darf ich kurz um Ihre Aufmerksamkeit bitten«, rief sie laut in den Speisewagen. »Im ersten Waggon ist ein Junge bei Sitzplatz Nummer elf gestolpert und hat eine heiße Schokolade über ein Kleidungsstück geschüttet. Sind die Herrschaften vielleicht zufällig hier?«

Lehmann stand so, dass er dem alten Mann den Weg versperrte. Aber der hatte die Worte der Schaffnerin sowieso nicht mitbekommen und sah weiterhin durchs Fenster. Branislava Souček hingegen nahm das Telefon herunter und sah nervös auf. »Was sagen Sie da?«

»Ist das Ihr Sitzplatz?«, fragte Gerda.

»Ja, was ist passiert?«

»Gehört Ihnen der Nerzmantel mit dem Stehkragen?«

»Ja, verflucht.« Souček beendete das Telefonat und sprang auf. Hastig drängte sie sich an Gerda vorbei zur Tür. Gerda folgte ihr, Lehmann ebenfalls.

In diesem Moment fuhr der Zug an der Burg vorbei. Noch eine Minute, dann kam das Waldstück. Kurz darauf würde die Lok in der Biegung abbremsen.

Souček betrat die Plattform. Der kalte Fahrtwind zerzauste ihr Haar. Sie wollte eben die nächste Tür zum ersten Waggon öffnen, als eine Frau ihr den Weg versperrte. Inga war gerade rechtzeitig eingetroffen.

»Was für eine Sauerei!«, rief Inga. »Da drin ist ein Junge mit einer heißen Schokolade hingefallen. Das sieht aus! Unglaublich!«

»Das ist mein Nerzmantel – lassen Sie mich durch!« Souček wollte sich an Inga vorbeidrängen, doch die wich nicht zur Seite.

Der Zug fuhr in das Waldstück ein. Plötzlich war die Sonne weg und ein kühler Wind blies über die Plattform.

»Können Sie nicht weggehen?«, drängte Souček.

»Ja, aber am besten lassen *Sie* mich erst mal vorbei«, sagte Inga. »Ich will zum Speisewagen.«

Lehmann nahm die Sonnenbrille ab und ließ sie in der Hosentasche verschwinden. Als er die Hand wieder herausnahm, hielt er eine Spritze zwischen den Fingern. Auch Gerda hatte ihre Spritze aus der Tasche gezogen.

»Da stimmt doch was nicht.« Souček sah sich um und betrachtete Gerda, die dicht hinter ihr stand, mit weit aufgerissenen Augen.

Gerda stach ihr die Nadel in den Oberarm. Der Zug ruckelte, bremste ab, und Lehmann taumelte nach vorn. Fast hätte er den Halt verloren. Er hörte Souček schreien und jagte ihr viel zu spät die Nadel seitlich durch die Hose in den Oberschenkel. Inga versuchte Souček zu halten, die wild um sich schlug.

»Jetzt!«, rief Lehmann.

Gerda griff zur Notbremse und zog daran. Sie stolperten alle vier nach vorn und knallten gegen die Tür des vorderen Waggons. Aus den Abteilen hörten sie das Kreischen der Fahrgäste.

Die Plattform war definitiv zu eng für vier Personen. Plötzlich zog Souček etwas aus dem Ärmel ihrer Bluse. *Ein Stilett!* Mehrmals stach sie Inga damit seitlich in die Lunge. Lehmann konnte die Frau zwar packen und ihr den Arm mit dem Messer runterdrücken, aber es war zu spät. Inga taumelte zurück und presste sich die Hand an die Wunde. Überall war Blut, sie spuckte und hustete es sogar auf ihre Bluse.

Nein, verdammt!

Der Zug hatte mittlerweile laut quietschend gehalten. Präzise in jenem Waldstück, an dem die Bäume so dicht an den Gleisen standen, dass man von den Abteilen aus nur die Äste sehen konnte.

»Wir müssen runter«, sagte Lehmann. »Du nimmst Inga.«

Souček war mittlerweile bewusstlos und hing schlaff in seinen Armen. Er nahm ihr das blutige Stilett aus der Hand, steckte es in seine Gesäßtasche, dann wuchtete er sich die Frau über die Schulter und stieg schnaufend über die Metalltreppe auf den Schotter der Böschung. Fast wäre er weggerutscht.

Eigentlich hätten Gerda und Inga ihm dabei helfen sollen, doch die waren miteinander beschäftigt. Rasch verließen sie die Plattform und liefen über den Schotter in den Wald. Durch die dicht stehenden Bäume konnte sie eigentlich niemand von den Abteilen aus sehen – und wenn doch, dann zumindest nur kurz von hinten, wie sie hastig zwischen den Bäumen verschwanden.

Die L85 verlief gleich hinter dem Waldstück parallel zu den Gleisen. Dort wartete Otto mit einem Kastenwagen. Sie mussten nur fünfzig Meter durch den Wald laufen.

»Geht es?«, fragte Lehmann keuchend, während er sich die Frau erneut über die Schulter warf, um sie besser tragen zu können.

»Ja«, stöhnte Gerda. Sie stützte Inga unter der Achsel, die bereits ganz weiß im Gesicht war und immer mehr Blut spuckte. Das sah nicht gut aus. Sie brauchte dringend einen Notarzt und so rasch wie möglich eine OP – wie auch immer sie beides hier organisieren sollten.

Im Augenblick war ja nicht mal sicher, ob Inga die fünfzig Meter durch den Wald überhaupt schaffen würde. Und hier liegen lassen konnten sie sie unmöglich. Sie waren schon seit Jahren eine eingeschworene Kampfgemeinschaft, die niemals jemanden zurückgelassen hatte.

Lehmann blickte in Gerdas schreckgeweitete Augen. *Was machen wir mit ihr?*, schien ihr Blick zu sagen. Anscheinend wusste sie genauso gut wie er, dass Inga die nächste halbe Stunde nicht überleben würde.

Er erwiderte nichts darauf, aber die Antwort zerriss ihm in Gedanken das Herz.

Das, was wir mit allen machen.

7. TEIL

Freitag, 8. Juni

68. Kapitel

Das Grandhotel *Weizsäcker* in Dresden sah genauso aus wie das in Leipzig, nur dass die Dresdner Niederlassung um eine Spur größer war und mehr Stockwerke hatte.

Nach dem nächtlichen Rückflug mit dem Helikopter stand Sneijder bereits um neun Uhr früh an einem Stehtisch an der Fensterfront des Wintergartens im Frühstücksraum, nippte am Kaffee und blickte auf die Elbe. Ein Ausflugsboot schob sich gerade flussaufwärts.

Es war zum Kotzen! Bis zum Morgengrauen hatte die polnische Polizei zwar wirklich enormen Druck gemacht und nach und nach fast das gesamte Netzwerk der Cyberbande ausgehoben – aber keiner von denen hatte je etwas von *Verdandi Skuld Urd* gehört. Und Viktor lag immer noch unverändert im Koma.

Sneijder stellte die Tasse ab und überflog den Artikel der Morgenausgabe der SZ, die er in der anderen Hand hielt.

Tochter von Ex-LKA-Ermittler entführt!

Darunter waren zwei Fotos abgedruckt: Bei einem handelte es sich um ein aktuelles Bild von Jasmin, bei dem anderen um das Standbild aus Hattys Kamera, das den Entführer in Dunkelgrau von hinten zeigte. Marc hatte die Auflösung der Pixel zwar noch etwas hochgerechnet, aber viel war nicht mehr zu machen gewesen. *Wer kennt diesen Mann?* Darunter stand die Telefonnummer des BKA. Winteregger und die Leute vom LKA würden zwar toben, wenn sie den Artikel sahen, doch das war Sneijder im Moment so was von egal.

Ehrlicherweise standen die Chancen, dass Jasmin wegen des

Artikels überlebte oder gerade deswegen starb, 50:50. Aber wenn sie nichts taten, starb sie sowieso, also blieb ihnen gar nichts anderes übrig, als diesen Weg zu riskieren.

Insgesamt galten im Moment mehr als elftausend Menschen in Deutschland offiziell als vermisst – die Dunkelziffer lag deutlich höher –, allerdings waren die meisten davon unter sechzehn und fielen dadurch nicht ins Schema der GmbH. Blieb trotzdem noch ein gewaltiger Rest. Welche vier Fälle pro Jahr davon aufs Konto der GmbH gingen, genau daran hatten Miyu, Marc und Pulaski letzte Nacht noch bis zwei Uhr früh im Hotel gearbeitet. Mittlerweile hatten sie über die letzten dreißig Jahre verteilt siebenundfünfzig Vermisstenfälle entdeckt, die inhaltlich zu den kurz davor aufgegebenen Annoncen passten. Wenn sie die Gruppe tatsächlich fassten, könnten all diese Fälle mit einem Schlag aufgeklärt werden. Und dann würden sie vielleicht auch herausfinden, was mit den ganzen Leichen passiert war. Das war die eigentliche Frage, die ihn beschäftigte.

Sneijder legte die Zeitung weg und las eine SMS von Drohmeier. Jon Eisa hatte an diesem Morgen noch einmal versucht, querzuschießen und die Ermittlungen an eine andere Behörde abzuwälzen, aber Drohmeier hatte schon alles offiziell in die Wege geleitet. Wirklich ein guter Mann, und Sneijder hoffte, dass er das BKA nicht nur interimsmäßig, sondern bald schon offiziell führen würde. Eisas Verhalten dagegen nervte ihn umso mehr. Der kümmerte sich hauptsächlich darum, dass er in der Öffentlichkeit möglichst gut dastand – dabei ging es doch gerade in so einer Position oft darum, unpopuläre Entscheidungen zu treffen und diese auch vertreten zu können. Dazu war Eisa nicht fähig. Oder er wollte es nicht. *Es wird Zeit, ihm eins reinzuwürgen!*

Sneijder schloss über das Handy ein Jahresabo für eine ziemlich üble Sexzeitschrift ab. Auslieferung: *zweimal monatlich* – Lieferadresse: *Chefetage des BKA, z. Hd. 2. Präsident Jon Eisa*. Die Bestellung stammte von einem von Sneijders Fake-Accounts, und bezahlt wurde das Abo über einen automatischen Abbuchungsauftrag vom BKA-Spesenkonto der Chefetage. Auf den besonderen Service, sich das Heftchen im verschlossenen grauen Umschlag liefern zu lassen, verzichtete er ausdrücklich. Alle sollten mitbekommen, was Eisa sich zuschicken ließ. *Soll er sich doch erst mal darum kümmern – vielleicht habe ich ihn dann eine Zeit lang vom Hals.*

Sneijder steckte das Telefon ein und nahm sich wieder die Mappe mit dem dicken Papierausdruck vor, die Marc ihm vor zehn Minuten in die Hand gedrückt hatte.

Um fünf Uhr früh hatten sie über den BKA-Server sämtliche Stasi-Akten erhalten, die digital verfügbar waren. Keine Papierakten – denn Platz für so viele Kartons hätte es im gesamten Hotel nicht gegeben. Stattdessen mussten sie sich mit dem begnügen, was von Drohmeiers Büro aus digital aufzutreiben gewesen war.

Was Sneijder jetzt in der Hand hielt, war eine Aufzählung all jener, über die eine solche digitale Akte existierte. Er überflog die eng beschriebene Namensliste. Es waren über dreitausend. Einige kannte er sogar, weil sie nach 1989 einen Job beim BKA oder den Landeskriminalämtern übernommen hatten oder beim BND oder dem Verfassungsschutz arbeiteten. Andere Namen kamen ihm vertraut vor, der große Rest war ihm jedoch völlig unbekannt. Es war die Suche nach der Nadel im verfluchten Heuhaufen. Außerdem war immer noch nicht gesagt, dass diejenigen, die sie suchten, überhaupt eine digitale Akte hatten. Trotzdem war das hier die einzige Hoffnung, die ihnen blieb. Und deshalb hatte Marc ein Programm geschrieben, das diese Personendateien mit den aktuellen Daten aus Daedalos verknüpfte, um einen Bezug zur Gegenwart herzustellen. Seit fünf Uhr früh saßen Miyu und Marc mit rauchenden Köpfen darüber.

Aus dem Augenwinkel sah Sneijder, wie Pulaski mit einer großen Tüte voller Lunchpakete und einem Tablett, in dem Kaffeebecher steckten, quer durch den Frühstücksraum auf ihn zukam. »Ich habe alles, bis auf die Schokocroissants für Marc.«

»Der ist auch nicht hier, um Schokocroissants zu futtern«, murrte Sneijder und leerte die Kaffeetasse – sein einziges Frühstück an diesem Morgen.

Pulaski warf einen missmutigen Blick auf die Schlagzeile der Zeitung, die auf dem Stehtisch lag. Offenbar fand er die ganze Sache immer noch höchst bedenklich. Dann sah er zu Sneijder. »Und? Schon eine brauchbare Spur entdeckt?«

Sneijder blätterte weiter durch die Mappe, während sie sich in Richtung Fahrstühle in Bewegung setzten. »Mein Bauchgefühl sagt mir, dass sich die Typen, die die GmbH gegründet haben, darunter befinden. Aber es sind Tausende.«

»Sneijder! Wir haben nicht die Zeit, um alle zu prüfen. Wir haben meine Tochter gerade auf den Präsentierteller gesetzt. Wir brauchen …«

»... eine gute Idee, ich weiß«, murmelte Sneijder und überflog die letzten Seiten. Wieder waren ein paar bekannte Namen darunter. Eigentlich erstaunlich, wie viele Leute beim Geheimdienst der ehemaligen DDR gearbeitet hatten.

Sie fuhren mit dem Fahrstuhl in den obersten Stock, wo sie einen Konferenzraum mit Drucker, Beamer, Leinwand und exzellenter WLAN-Verbindung zur Verfügung gestellt bekommen hatten. Als sie den Raum betraten und Pulaski die Lunchpakete auf den Tisch stellte, aufriss und den Inhalt verteilte, stöhnte Marc erleichtert auf. Die wenigen Stunden Schlaf machten sich in seinem Gesicht schon bemerkbar. Sogar Miyu hatte gerötete Augen und wirkte erschöpft, aber Sneijder konnte keine Rücksicht auf den Teint seiner Mitarbeiter nehmen.

Mittlerweile war auch Sabine über Videoschaltung dabei. *»Guten Morgen«*, drang ihre Stimme blechern aus den Lautsprechern. *»Ich habe eine Dreiviertelstunde Zeit, danach kommt die Visite.«*

Sneijder nickte nur, setzte sich an seinen Laptop und blickte zur Leinwand. Wenigstens Sabine sah deutlich besser aus als gestern. »Haben Sie die Daten von Marc erhalten?«

»Ja, was für eine unglaubliche Menge«, stöhnte Sabine auf. *»Obwohl das nur ein Bruchteil sämtlicher Stasi-Akten ist, die sicher noch irgendwo existieren, brauchen wir selbst dafür Wochen, um uns durchzuarbeiten.«*

»Das ist nicht nötig.« Sneijder sah zu Marc. »Steht die Verbindung zu Daedalos schon?«

Marc biss von einem Brötchen ab. »Ja«, nuschelte er mit vollem Mund.

»Zuerst interessieren mich nur diejenigen Personen, die im Jahr ’89 noch im Gebäudekomplex des Ministeriums für Staatssicherheit in Berlin-Lichtenberg gearbeitet haben«, sagte Sneijder.

»Magdalenenstraße, Normannenstraße, Ruschestraße oder Gotlindestraße«, ergänzte Pulaski.

»Jaja, hab ich schon gecheckt«, sagte Marc kauend. »Es sind fünfhundertsiebenundachtzig Personen.«

Immerhin eine erste Eingrenzung! »Wie viele davon leben heute noch?«

»Einen Moment …«, Marc schlürfte von einem Pappbecher Kaffee, »… boah, schmeckt der gut … vierhundertneununddreißig.«

»Und wie viele davon«, fragte Miyu, »haben in den letzten dreißig Jahren in Dresden und Umgebung gelebt?«

»Verstehe«, murmelte Marc. »Der Firmensitz der GmbH ist in Dresden, also wohnen die vermutlich auch in der Nähe.«

»Und sie inserieren immerhin in der Dresdner SZ«, ergänzte Sabine.

»Das wird ein wenig dauern.« Marc tippte eifrig auf seinem Notebook herum. »Aber … über Daedalos … haben wir auch …

Zugriff zum Melderegister … Wie weit soll ich die räumliche Suche ausdehnen?«

»Über alle Postleitzahlen im Umkreis von fünfzehn Kilometern«, sagte Sneijder, woraufhin Marc gequält aufstöhnte. »Wenn du das schaffst«, fügte Sneijder hinzu, »backe ich dir höchstpersönlich ein Schokocroissant und binde eine bunte Schleife drum herum.«

Marc grinste müde. »Ich nehme dich beim Wort.«

Zehn Minuten später lag ihnen das Ergebnis der Rasterfahndung vor. »Zweiundsiebzig Namen«, ächzte Marc. »Ich hatte auf weniger gehofft.«

»Immerhin besser als dreitausend.« Pulaski streckte sich und ließ die verspannten Schultern kreisen. »Und jetzt? Setzen Sie Ihre Kollegen vom BKA auf diese Leute an? Verhör, Hausdurchsuchungen und Überprüfung des Alibis für die Nacht der Entführung?« Sein Gesicht wurde lang, da ihm anscheinend gerade selbst bewusst wurde, wie undurchführbar das war.

Sneijder schüttelte den Kopf. »Sie wissen genauso gut wie ich, dass das nicht geht. Nicht innerhalb der nächsten vierundzwanzig Stunden.«

»Bine, soll ich dir die gefilterten Daten schicken?«, fragte Marc.

Sabine wehrte ab. *»Ich bin sicher, dass ich keine einzige Person davon kenne. Aber Miyu soll einen Blick drauf werfen.«*

»Wenn du meinst …« Marc schob Miyu kommentarlos sein Notebook hinüber.

Die beugte sich nach vorn, und Sneijder sah, wie ihre Pupillen im Eiltempo hin und her wanderten. Es sah aus, als hätte sie einen epileptischen Anfall. Pulaski atmete geräuschvoll ein und wollte eine Bemerkung machen, aber Sneijder brachte ihn mit einer knappen Geste zum Verstummen.

Sie warteten zwei Minuten lang, ohne etwas zu sagen. Schließlich war Miyu am Ende angelangt. »Eine Sache ist mir aufgefallen.«

Marc rollte mit seinem Drehstuhl zu ihr und projizierte die Liste mit einem Mausklick auf die Leinwand, damit alle mitschauen konnten. Die Liste bestand aus Vor- und Nachname, Geburtsdatum, Beruf und dem letzten bekannten Wohn- und Aufenthaltsort.

Miyu markierte einen Namen mit dem Cursor. »Diese Person wäre normalerweise unauffällig in der Masse zwischen allen anderen untergegangen …«

»Aber …«, drängte Sneijder und wedelte mit der Hand, um Miyus Ausführungen zu beschleunigen. »Jetzt ist keine Zeit für schüchterne Zurückhaltung.«

»… dieser Mann ist seit August 1999 verschwunden.«

»Ich dachte, du hättest nur diejenigen herausgefiltert, die noch am Leben sind?«, fragte Sabine.

»Hab ich auch«, verteidigte sich Marc. »Aber dieser Mann wurde nie für tot erklärt. Gilt bis heute als vermisst. Darum ist er noch in der Liste.«

»Was ist daran so interessant?« Im gleichen Moment dämmerte es Sneijder. »Es geht auch darum, *wo* er zuletzt gesehen worden ist, richtig?«

Miyu nickte. Sie markierte den Ort, wo sich der Mann nachweislich zuletzt aufgehalten hatte. Und zwar an der deutschen Ostsee, in der Mecklenburger Bucht, in einem Ferienhaus auf der Insel Poel, knapp sechzig Kilometer von Rostock entfernt.

Pulaski rückte interessiert näher. »Frau Radtke war zur gleichen Zeit im Zeugenschutzprogramm und ist damals in Rostock aus dem Hotel verschwunden.«

»Und bei der anschließenden Schießerei mit der Polizei«, erinnerte sich Sneijder an die entsprechende Ermittlungsakte, »wurde einer der Entführer angeschossen. Seine Komplizen haben ihn aufs Boot gezerrt und sind mit ihm und Radtke abgehauen.«

Miyu nickte. »Vielleicht war er das.« Sie tippte in ihr Tablet.

»Aufgrund von Augenzeugen wurde damals ein Phantombild erstellt. Die Polizei hat nach dem Mann gefahndet, ihn aber nie gefunden.«

»Hat es zu der Zeit in den umliegenden Krankenhäusern einen Hinweis auf einen angeschossenen Mann gegeben?«, fragte Sneijder.

Miyu schüttelte den Kopf.

Inzwischen hatte Marc die Stasi-Akte des Mannes geöffnet. »Oberst Dr. Götz Hildebrandt. Ist Mitte 1989 unehrenhaft aus der ostdeutschen Geheimpolizei entlassen worden. Sein Vermieter hat ihn im August 1999 als vermisst gemeldet. Die Polizei hat seine Dresdner Wohnung geöffnet und völlig leer geräumt vorgefunden. Hatte keine Verwandten. Danach verliert sich jede Spur. Viel mehr gibt es nicht über ihn. Nur etwas über seinen damaligen Job.«

»Hast du ein Foto von ihm?«, fragte Sneijder.

»Moment … in den digitalen Akten gibt es nur ein einziges Archivbild.« Marc projizierte eine Schwarz-Weiß-Aufnahme auf die Leinwand.

Sneijder starrte in ein Paar rauchgraue Augen. Ein scharfer, wacher Blick. Der Mann trug einen Zwicker auf der Nase und eine Uniform mit drei Rangsternen.

Miyu projizierte die Phantomzeichnung von Rostock daneben. Zwischen Hildebrandts Foto und diesem Bild gab es nicht viele Gemeinsamkeiten. Mit viel Fantasie hätte es theoretisch derselbe Mann sein können. Kein Wunder, dass die Fahndung erfolglos geblieben war. *Steckst du dahinter, Oberst Dr. Götz Hildebrandt?* »Wenn er noch lebte, wäre er heute …«

»Dreiundneunzig«, antwortete Miyu wie aus der Pistole geschossen.

Vermutlich ist er schon längst tot, aber das ist egal. »Ich will alles über diesen Kerl wissen!«, sagte Sneijder.

Marc tippte herum. »Hat von 1956 bis 1980 in der Nationalen

Volksarmee der DDR gedient, wurde danach von der Stasi rekrutiert und war dort unter dem Spitznamen *Der Oberst* bekannt.« Marc holte eine kurze Stellenbeschreibung auf den Bildschirm.

»Scheint ein echter Hardliner gewesen zu sein, der zahlreiche Staatsfeinde ausspioniert hat«, schlussfolgerte Pulaski. »Durch und durch Kommunist, konnte dem Kapitalismus garantiert nichts abgewinnen.«

»Wobei 500.000,– Euro Honorar für einen Job pro Quartal nicht gerade sehr anti-kapitalistisch klingt«, bemerkte Sneijder.

»Seine Abteilung hieß *Sektion III*«, las Marc weiter vor. »Auch bekannt unter dem Namen *Kommando Leguan*.« Er lehnte sich zurück. »Mehr haben wir nicht.«

»Leguan?«, fragte Sabine. *»Hießen die Abteilungen damals nicht eher Kommando Wühlmaus oder Gruppe Dachs?«*

»Leguan klingt tatsächlich ein wenig merkwürdig«, bestätigte Pulaski.

»Warum?«, fragte Miyu. »Der Name passt doch perfekt zu seinem Job. Der Leguan liegt ganz lange ruhig auf der Lauer, tarnt sich, ist lautlos, fast unsichtbar, verschmilzt mit der Umgebung und schlägt dann blitzschnell zu, wenn der richtige Moment gekommen ist.«

»Könnte nach dem Motto der Sektion III klingen«, pflichtete Pulaski ihr bei.

»Oder wie das Motto einer GmbH, die Leute verschwinden lässt, ohne Spuren zu hinterlassen«, ergänzte Sabine.

»Der Leguan lebt unter anderem auf Kuba«, begann Miyu, »was ganz gut zur politischen Gesinnung der DDR passen wü…«

»Ersparen Sie uns weitere polit-wissenschaftliche Ausführungen«, bremste Sneijder sie ein. »Offiziell werden wir nicht viel mehr über Hildebrandt und die Sektion III herausfinden«, sinnierte er. »Wer könnte mehr darüber wissen?«

»Der Verfassungsschutz?«, schlug Pulaski vor.

Sneijder nickte langsam, dann drehte er sich zu Marc. »Kannst du dich in dessen Archiv hacken?«

Marc schluckte. »Der Verfassungsschutz?«, fragte er mit belegter Stimme. »Wenn die mich erwischen, bin ich nicht nur meinen Job los, sondern habe auch noch einen Arsch voller Klagen am Hals.«

»Ich dachte, du bist der beste Informatiker und IT-Hacker, den das BKA hat?«, fragte Sneijder. »Kriegst du das nun hin oder nicht?«

Schlagartig bekam Marc rote Ohren. Sein Kopf sah aus, als glühte er. »Okaaay …«, sagte er gedehnt, steckte einen USB-Stick aus seiner Umhängetasche in das Notebook, wechselte das Programm und tippte einige Computercodes ein.

»Ich klinke mich aus, die Visite ist da«, sagte Sabine.

Gut, denn dabei brauchen wir jetzt wirklich keine Zuschauer. Sneijder sah, wie Sabine zum Notebook griff. Im nächsten Moment war ihr Bild weg. Er schielte zu Marc, der immer noch wild herumtippte – und dabei auf beunruhigende Weise so aussah, als machte er das nicht zum ersten Mal.

Pulaski hielt den Atem an. Bestimmt wusste er, dass mit dieser Aktion auch seine Karriere auf dem Spiel stand – wobei ihm das nach Sneijders Einschätzung genauso gleichgültig war wie ihm selbst. Im Moment waren anscheinend sogar Miyu alle Mittel recht, um voranzukommen.

Eine Minute später war Marc tatsächlich im Archiv des Verfassungsschutzes. »Wir haben maximal drei Minuten Zeit, um unentdeckt zu bleiben, länger würde ich nicht empfehlen, weil …«

»Dann rede nicht lange herum, sondern such nach Oberst Dr. Götz Hildebrandt und der Sektion III«, drängte Sneijder.

Sie brauchten nicht einmal die vollen drei Minuten, denn die Informationen, die der Verfassungsschutz hatte, waren mehr als dürftig. Das genaue Aufgabengebiet von Hildebrandts Abteilung war als geheim eingestuft worden, daher vermutete Sneijder, dass er und seine Leute es nicht nur mit dem Aufspüren und Überwachen von Staatsfeinden zu tun gehabt hatten, sondern auch damit, einige davon verschwinden zu lassen. Hildebrandt schien ein alter Fuchs auf diesem Gebiet gewesen zu sein. Er hatte fünf Kollegen in seiner Abteilung gehabt, zwei Frauen und drei Männer, doch deren Namen existierten – wenn überhaupt – nur in irgendwelchen als streng geheim deklarierten Papierakten, die man unter Verschluss gehalten hatte und die vermutlich längst als verschollenen galten.

Verdomme en vervloekt!

»Das Einzige, das ich hier noch über Hildebrandt finde, ist ein knapp einminütiges Audiofile aus seiner Gerichtsakte aus dem Jahr 1989. Dürfte ein Ausschnitt seiner Verteidigungsrede sein.« Marc kopierte das File auf seine Festplatte, dann stieg er aus dem Programm aus und vernichtete alle digitalen Spuren, die er im Netz hinterlassen hatte. Anschließend lehnte er sich zurück und wischte sich den Schweiß von der Stirn. »Was für ein Reinfall.«

»Spiel das Audiofile ab«, drängte Miyu.

Marc klickte es an. Zuerst hörte man Rauschen und Knistern, dann eine rauchige, knorrige Stimme, die direkt ins Mikrofon sprach. »*… ein echter Sozialist ist mutig, klug und bis in den Tod aufrichtig für die erkannte Wahrheit … Unser Dienst am Staat ist die tägliche Auseinandersetzung mit dem Feind, der Klassenkampf mit allen uns zur Verfügung stehenden Mitteln … Wir müssen die niedrigen Beweggründe unser antisozialistischen und konterrevolutionären Feinde ausmerzen, die Geldgier, Eitelkeit, Amoral, Verachtung des Volkes und intellektuelle Überheblichkeit … stattdessen reden wir hier über meine unehrenhafte Entlassung und die meiner Leute, die alles geopfert und ihr Herzblut dafür gegeben haben, damit dieses Land funktioniert und nicht vor die Hunde geht, aber das ist genau das, was jetzt …*«

Es rauschte, knackte, dann hörte man, wie das Mikrofon ausgeschaltet wurde. Die Aufnahme war zu Ende.

»Toll – jetzt kennen wir seine Stimme. Die Rede klingt wie aus dem Handbuch der Partei«, kommentierte Pulaski.

Ratlos warfen sie sich alle einen langen Blick zu. Gleichzeitig spürte Sneijder aufkeimende Kopfschmerzen in seinen Schläfen. Sein Mund wurde trocken. Er brauchte dringend eine Zigarette, um den Druck in seinem Schädel abzubauen und sein Gehirn in neue Bahnen zu lenken. Im Moment gab es aus seiner Sicht keine Chance, an die Namen von Hildebrandts fünf Kollegen heranzukommen, es sei denn, sie trieben einen Insider und Zeitzeugen aus jener Ära auf. Aber wer würde schon freiwillig alte Schreckgespenster heraufbeschwören wollen?

Sneijder sah in Pulaskis Augen, dass ihn genau dieselben Gedanken beschäftigten. Schließlich räusperte sich Pulaski. »Sneijder, seien wir ehrlich. Wir haben genau *nichts* in der Hand!« Seine Stimme klang brüchig. »Wir werden diese Scheißkerle nie finden – zumindest nicht rechtzeitig, falls es nicht sowieso schon zu spät ist.«

Ja, es sind verdammte Phantome. Sneijder knirschte mit den Zähnen. Pulaski hatte recht. Auch er war mit seinem Latein am Ende.

Plötzlich erschien Sabines Bild wieder am unteren Bildschirmrand. Sneijder hatte keine Lust, sie langwierig auf den neuesten Stand zu bringen, daher sagte er nur knapp: »Die Stasi-Akten waren eine Sackgasse.«

»Das hab ich befürchtet.« Weitere Details schienen sie gar nicht zu interessieren. *»Aber mir ist gerade etwas anderes eingefallen«*, sagte sie aufgeregt. *»Eine Möglichkeit bleibt uns noch.«*

69. Kapitel

»Überraschen Sie mich.« Sneijder öffnete sein Akupunkturnadelset und bohrte sich eine Nadel in den Handrücken. Jetzt musste schon ein Wunder passieren – aber er glaubte nicht an Wunder.

»Was haben Sie uns an der Akademie beigebracht?«, fragte Sabine. *»Der Spur des Geldes zu folgen.«*

»Du bist ja so schlau! Aber da sind wir längst dran«, erinnerte Marc sie. »Allerdings kriegen wir in frühestens vierundzwanzig Stunden von der Staatsanwaltschaft vollen Zugriff auf das Konto dieser Inka Lehr – und so lange gibt es da keine Spur, der wir folgen könnten.«

»Das meine ich nicht«, widersprach Sabine und ignorierte seinen frustrierten Ton. *»Inka Lehr hat doch alle Steuererklärungen ihrer Firma selbst gemacht. Aber wie?«*

»Was meinst du mit *wie*?«

»Wie hat sie die übermittelt?«

»Ach so«, murmelte Marc. »Das haben Miyu und ich heute Früh schon gecheckt. Sie hat alle Daten direkt online ans Finanzamt geschickt.«

»Das ist doch prima!«, rief Pulaski.

Marc war weniger begeistert. »Über eine nicht zurückverfolgbare Fake-E-Mail-Adresse und eine nicht existierende IP-Adresse. Es gibt also wieder keine verwertbare Spur.«

»Nicht einmal für dich?«, fragte Sneijder.

»Nein.«

»Und wie hat sie das früher gemacht, als es noch kein E-Mail und kein Online-Finanzamt gab?«, bohrte Sabine weiter.

Marc und Miyu hoben gleichzeitig die Augenbrauen. »Richtig.«

Nun wusste Sneijder, worauf Sabine hinauswollte. »Haben wir die Jahresabschlüsse der letzten dreißig Jahre schon bekommen?«, fragte er Marc.

»Ja, das Handelsregister hat mittlerweile alle Daten geliefert.« Marc öffnete einen Ordner mit Dutzenden Dateien auf seinem Rechner.

»Wir lesen uns jetzt aber nicht die Bilanzen, Umsatzsteuererklärungen und Gewinn- und Verlustrechnungen der letzten dreißig Jahre durch«, stöhnte Pulaski auf.

»Keine Sorge, darauf habe ich genauso wenig Bock«, knurrte Sneijder. »Aber schauen wir uns mal den allerersten Geschäftsbericht aus dem Jahr 1989 an.«

Marc öffnete die Datei, die aus sieben eingescannten maschinengeschriebenen Blättern bestand. »Wurde damals anscheinend mit der Post verschickt und … Ha!«, rief er. Der Name und die Unterschrift am Ende des Berichts waren tatsächlich nicht die von Inka Lehr, sondern die einer Steuerberaterin. *Zuzana Uhlmann.*

»Ist das wieder so ein bescheuertes Anagramm, oder gibt es diese Person wirklich?«, fragte Marc.

Miyu saß bereits über ihr Tablet gebeugt. »Die Kanzlei von Frau Dr. Zuzana Uhlmann mit Sitz in Dresden gab es wirklich.«

»Gab?«, fragte Sneijder.

»Uhlmann wurde 1947 geboren«, las Miyu vor. »Ist vermutlich zwischen 2005 und 2010 in Pension gegangen.«

In der Zwischenzeit hatte Marc bereits die Jahresabschlüsse der Reihe nach geöffnet. Miyu hatte richtig gelegen. Das letzte Mal hatte Zuzana Uhlmann den Jahresabschluss der VSU GmbH vor dreizehn Jahren gemacht, erst danach tauchte Inka Lehr in den Berichten auf.

»Bist du noch im Melderegister?«, fragte Sneijder und stand auf.

»Ja …« Marc tippte bereits eifrig auf der Tastatur herum. »Zuzana Uhlmann lebt noch und ist in ihrem Haus in Radebeul gemeldet … Wo zum Teufel ist …?«

»Nicht mal fünfundzwanzig Minuten mit dem Auto von hier entfernt«, erklärte Pulaski, erhob sich und war mit drei Schritten bei der Tür, wo ihn Sneijder bereits erwartete, das Sakko in der Hand.

70. Kapitel

Pulaski hatte die Strecke in zwanzig Minuten geschafft. Sie waren einmal über die Elbe und danach Richtung Norden gerast. Zuzana Uhlmann lebte ziemlich chic in einem Einfamilienhaus mit Garten und direktem Ausblick auf Schloss Wackerbarth.

»Pensionierte Steuerberaterin müsste man sein«, brummte Pulaski beim Anblick des zweigeschossigen Hauses mit angebautem Gewächshaus.

»Mit einer Mörder-GmbH als Kunden«, ergänzte Sneijder. Sie hatten das kleine Holzgatter an der Grundstücksgrenze geöffnet, den Garten durchquert und standen nun direkt vor der Haustür. Während der Fahrt hatte Sneijder mit unterdrückter Nummer angerufen, aber wieder aufgelegt, nachdem Uhlmann sich gemeldet hatte. Er wollte niemanden über ihren Besuch vorwarnen.

Jetzt klingelte er. Gleichzeitig mit dem Gong kläffte ein Hund im Haus los. Dem Gebell nach zu urteilen war der Köter nicht größer als Sneijders rechter Schuh. *Ein keifender Teppichbefeuchter.*

Die Tür wurde aufgerissen und eine sportliche grauhaarige Frau im blauen Hausanzug aus bequemem Nickistoff stand ihnen gegenüber. Sie trug Gummihandschuhe und wischte sich gestresst die langen Strähnen aus dem Gesicht. »Ja?«

»Ich …«, setzte Sneijder an, als ein kläffender und zitternder Zwergpinscher zwischen ihren Beinen nach vorn schoss und zum Sprung auf ihn ansetzte. Sneijder holte unwillkürlich mit dem Fuß aus, worauf der Hund es sich in letzter Sekunde anders überlegte und zurückwich.

»Charly will nur spielen«, beruhigte ihn die Frau.

»Ich sag es lieber gleich: Ich bin ein ganz schlechter Verlierer.« Sneijder zeigte ihr seinen Dienstausweis. »Maarten S. Sneijder, Bundeskriminalamt Wiesbaden.«

»Oh, hoher Besuch. Und was wollen Sie von mir?«

»Sind Sie Zuzana Uhlmann?« Sneijder wartete, bis die Frau genickt hatte, dann warf er einen Blick auf ihre Handschuhe, die den Geruch von Chemikalien verströmten. »Lösen Sie gerade eine Leiche in einem Säurebecken auf?«

Uhlmann zog die Augenbrauen zusammen. »Haben sich die Nachbarn über den Geruch beschwert? Ach ne, geht ja nicht, die habe ich letzte Woche in Säure aufgelöst.«

»Sehr witzig«, brummte Sneijder. »Wir können das Gespräch in Wiesbaden fortführen oder in Ihrem Haus, aber nicht hier draußen.«

»Kommen Sie herein, aber putzen Sie sich die Schuhe ab. Und Sie müssen mir in meine Dunkelkammer folgen, ich entwickle gerade Fotos.«

Uhlmann und ihr Wachhund liefen voraus, Sneijder und Pulaski folgten ihr durchs Haus. Alle Räume waren sehr hell und liebevoll mit Bildern, Kerzen, Deckchen, Setzkästen und anderem Krimskrams dekoriert. »Ich wollte früher Kripofotografin werden. Ist ein Hobby von mir.«

»Kriminalistik?«, fragte Sneijder.

»Fotografie!« Sie ging über eine Treppe in den Keller, betrat einen abgedunkelten Bereich und öffnete die Tür zur Dunkelkammer. Rotes Deckenlicht leuchtete darin. Es roch nach Chemiekalien. »Hat aber nur zur Hobbyfotografin gereicht.«

»Und stattdessen sind Sie dann Steuerberaterin geworden?«, fragte Sneijder.

»Sind Sie deshalb hier?«

»Uns interessiert die VSU GmbH.«

»Um Himmels willen, gibt es diese Firma überhaupt noch?«

»Wenn nicht, wären wir nicht hier.«

Sie betraten die Dunkelkammer, und Pulaski zog die Tür hinter sich zu. Dabei hätte er dem Zwergpinscher beinahe die Pfoten eingeklemmt. Charly rollte sich grummelnd in eine Ecke auf einer Decke zusammen. In der Stellage darüber lagen einige Spiegelreflexkameras.

Uhlmann nahm einen Negativstreifen aus dem Gehäuse, spannte ihn auf eine Spule und legte ihn in die Entwicklerdose. Es roch wie im Chemiesaal. »Was hat die Firma denn ausgefressen?«

»Sie wären keine gute Kripofotografin geworden«, stellte Sneijder fest.

»Wie kommen Sie darauf?«

»Fotografen fotografieren und stellen keine Fragen.«

»Verstehe, *Sie* stellen hier die Fragen.« Sie belichtete die Bilder mit dem Vergrößerer, füllte die Chemiebäder und legte das Fotopapier ein. »Was wollen Sie denn wissen?«

»Alles, was Sie mir über die GmbH sagen können.«

Im roten Deckenlicht verzog sich ihr Gesicht. Für einen Augenblick sah sie gespenstisch aus. »Das wird ein kurzes Gespräch.« Sie schwenkte die Schalen. »Lassen Sie mich kurz nachdenken … Die Firma hat Rechnungen über diverse Dienstleistungen ausgestellt. Ich habe alle Belege korrekt verbucht. Viele Kosten gab es ja nie. Soweit ich mich erinnere, haben die immer satte Gewinne geschrieben.«

Sneijder starrte ins Chemiebad. Auf dem Papier erwachten Schwarz-Weiß-Bilder zum Leben. Das Schloss in Nahaufnahme, Rosenhecken auf einem verschnörkelten Eisengitter, ältere Menschen, deren zerfurchte Gesichter interessante Geschichten erzählten. Es war faszinierend, dabei zuzusehen, wie aus dem Nichts etwas entstand, das immer deutlichere Konturen annahm.

»Die analoge Fotografie ist viel anspruchsvoller, als mit dem Computer zu tricksen«, sagte sie.

»Ihr Hobby und mein Beruf ähneln sich«, stellte er fest. »Ich mag den Moment, wenn sich das Puzzle zusammenfügt, die Mosaiksteinchen ein Motiv ergeben und sich langsam das große Bild dahinter herauskristallisiert.«

»Sprechen Sie über diese Fotos?«

»Ich rede von meinem Fall.« Er riss sich von dem Anblick los und sah sie an. »Wie hielten Sie Kontakt zu der Firma? Mit wem standen Sie in Verbindung? Wie hießen diese Leute? Wie sahen Sie aus? Wo wohnen Sie?«

»Ach Gott!« Sie lachte gequält auf. »Persönlich habe ich keinen einzigen jemals getroffen.«

»Und die Unterlagen?«, mischte sich Pulaski nun zum ersten Mal in das Gespräch ein.

»Die habe ich mit der Post erhalten. Der Rest ging übers Telefon.«

»Sie haben mit Inka Lehr telefoniert?«, fragte Pulaski weiter.

Uhlmann runzelte nachdenklich die Stirn. »Ja, richtig, so hieß die Geschäftsführerin, aber nein …«, sie blickte auf, »… ich habe ausschließlich mit dem Buchhalter der Firma gesprochen.«

»Und wie hieß der?«

Sie hob die Schultern. »Keine Ahnung. Bin mir nicht einmal sicher, ob er mir überhaupt jemals seinen Namen verraten hat. Er war einfach nur *der Buchhalter.*« Sie nahm die Fotos aus den Schalen, ließ sie abtropfen und hängte sie mit Klammern auf einer Schur auf.

»Und die Telefonnummer?«

»Puuuh, die habe ich nicht mehr – hab mittlerweile schon mein fünftes Handy.«

»Wie klang seine Stimme?«, fragte Sneijder.

»Da muss ich überlegen …« Plötzlich zog sie die Augenbrauen hoch. »Ja, daran kann ich mich erinnern. Ein älterer Herr, vornehm, geduldig, hatte einen sächsischen Akzent … klang aber nicht gerade sympathisch.«

»Würden Sie die Stimme wiedererkennen?«, fragte Pulaski, woraufhin sie ihn verwundert ansah.

»Nach all den Jahren?« Sie zuckte mit den Achseln. »Möglich.«

Pulaski warf Sneijder einen auffordernden Blick zu. Der zog auch schon sein Handy heraus. Der Empfang hier unten war zwar schlecht, würde aber reichen. Er rief Marc an und fiel ihm gleich, nachdem er sich gemeldet hatte, ins Wort. »Spiel mir das Audiofile von Hildebrandt vor – jetzt!« Dann reichte er Uhlmann das Telefon.

Sie drückte es sich verwundert ans Ohr. Sekunden später konnte Sneijder die Stimme des ehemaligen Stasi-Obersts durch den Lautsprecher hören. »*… ein echter Sozialist ist klug, mutig und bis in den Tod aufrichtig für die einmal erkannte Wahrheit …*« Sie hörte sich die Aufnahme gar nicht zu Ende an, sondern gab Sneijder das Telefon wieder zurück. »Klingt zwar etwas jünger, aber ja – das ist er. Zweifellos.« Sie nickte. »Bei diesem leicht süffisanten Ton habe ich schon damals immer eine Gänsehaut bekommen.«

»Und Sie hatten bis zuletzt, also noch vor dreizehn Jahren, Kontakt mit diesem Buchhalter?«, fragte Sneijder skeptisch.

Uhlmann nickte, woraufhin Pulaski ihm zuraunte: »Dann ist er 1999 in Rostock gar nicht draufgegangen.«

Sneijder nickte. *Irgendetwas stimmt hier nicht.* »Sie sagten, Sie hätten die Unterlagen damals mit der Post bekommen«, hakte er nach. »Haben Sie die noch?«

Sie schüttelte den Kopf. »Habe ich nach jedem Jahresabschluss in einem Karton an ein Postfach retourniert – und nein, an die Nummer kann ich mich nicht mehr erinnern.«

Pulaski stöhnte auf. »Wäre ja auch zu schön gewesen.«

»Aber …« Uhlmanns Blick hellte sich auf. »… ich habe sowohl die Belege von der Firmengründung als auch die der letzten Steuererklärung mit meinen Anmerkungen kopiert. Für den Fall einer Prüfung oder wenn es zu Rückfragen vom Finanzamt gekommen wäre – aber da kam nie was.«

Sneijders Brustkorb wurde eng. »Ich muss hier sofort raus.« Er presste sich die Daumen an die Schläfen. »Bekomme Kopfschmerzen von dem Geruch. Außerdem möchte ich diese Unterlagen sehen.«

»Ich bin hier sowieso schon fertig – kommen Sie mit.«

Kurz darauf saßen sie im Wohnzimmer, der Pinscher lag neben dem Kamin in einem Korb, und Uhlmann hatte aus einem Schrank alte Ringordner geholt, die sie nun auf dem Couchtisch ausbreitete.

Teilweise klebten die Papiere in den Klarsichtfolien schon so aneinander, dass sich die Druckertinte abgelöst hatte. »Das ist der Gesellschaftsvertrag der VSU aus dem Jahr 1989.« Sie zog ein Papier aus der Folie.

»Notariell beglaubigt«, stellte Sneijder fest. »Gibt es den Notar noch?«

Uhlmann lachte laut auf. »Um Himmels willen nein, der war damals schon ein Greis. Ist vor …«, sie dachte kurz nach, »… über zwei Jahrzehnten gestorben.«

Sneijder blätterte durch den ganzen Stapel und fand eine Schwarz-Weiß-Kopie von Inka Lehrs Personalausweis. Diese Frau war eher unscheinbar und unauffällig, aber ihre dunklen Haare im burschikosen Bubikopfschnitt hoben sie irgendwie hervor und ließen sie in gewisser Weise interessant und attraktiv wirken.

Pulaski rückte näher. »So sieht sie also aus.«

Sneijder zog sein Handy heraus, fotografierte das Passbild mit der Unterschrift und schickte es an Marc und Miyu.

»Sie können die Unterlagen gern haben.« Uhlmann schob ihnen die Blätter hin. »Die Aufbewahrungspflicht ist längst vorbei, und ich hätte das demnächst sowieso alles weggeworfen.«

Sneijder und Pulaski blätterten durch die Belege. »In dieser letzten Steuererklärung, die Sie gemacht haben, ist von Fremdleistungen in Höhe von 800.000,– Euro die Rede«, stellte Sneijder fest.

»Ja, soweit ich mich erinnere, gab es die jährlich.«

»Und?« Er zog die Augenbrauen hoch. »Wo sind die Details dazu?«

Sie half ihm beim Suchen und präsentierte ihm vier Rechnungen, die an die GmbH geschickt worden waren. »Die VSU hat insgesamt drei Subunternehmen engagiert«, erklärte Uhlmann. »Das sind die Rechnungen von diesen Firmen.«

Einmal hatte eine Biogasanlage in Rochlitz Dienstleistungen verrechnet, einmal eine Müllverbrennungsanlage in Meißen und zweimal ein Autoschrottplatz mit Metallpresse in Freiberg. Jeweils über 200.000,– Euro.

»Kennen Sie diese Firmen?«, fragte Pulaski.

Sie hob die Schultern. »Waren ursprünglich marode Schuppen, kurz vor der Pleite, aber durch die Kooperation mit der VSU haben sie sich wieder einigermaßen saniert.«

Sneijder raffte alle Unterlagen zusammen. »Mehr haben Sie nicht?«

Uhlmann schüttelte den Kopf. »Das ist alles.«

»Haben Sie sich nie gefragt, warum eine GmbH, die in der personellen Vermittlungs-, Beratungs- und Dienstleistungsbranche tätig ist, Geschäfte mit einer Schrottpresse, einer Müllverbrennungsanlage und einer Biogasanlage macht?« Sneijder sah sie scharf an.

Sie verzog das Gesicht. »Natürlich habe ich mich das. Ich weiß schon, das sieht sehr danach aus, als wäre die GmbH gegründet worden, um über Geschäfte mit anderen Firmen Geld zu waschen. Aber …«, sie hob die Schultern, »… die Belege waren alle formal korrekt ausgestellt, und es gab nie den Hinweis auf einen Gesetzesverstoß.«

Geldwäsche! Sneijder warf Pulaski einen Blick zu. *Deshalb haben sie die GmbH also gegründet!* Sein Augenlid zuckte. *Aber auch noch aus einem anderen Grund!* Plötzlich wusste er, wie und wohin die Leichen verschwanden.

71. Kapitel

Fünf Stunden zuvor

Seit drei Tagen und vier Nächten wurden sie nun schon in dem runden Betonbunker wie Tiere gefangen gehalten. Sie bekamen nur Wasser zu trinken und mussten sich in Blecheimern erleichtern. Außerdem waren sie immer noch mit Handschellen gefesselt. Aber noch viel schlimmer als der Hunger und die entsetzliche Demütigung war für Jasmin die Ungewissheit, was in den nächsten Tagen mit ihr geschehen würde.

Immer wieder hatten sie in den letzten Tagen versucht, gemeinsam um Hilfe zu rufen, doch niemand hatte sie gehört. Bloß durch die Luftschlitze unter der Decke hatten sie mitbekommen, wie sich das Wetter draußen entwickelt hatte. Mal Sonnenschein, mal bewölkt und Nieselregen, gefolgt von einer kühlen Nacht. Jeder Versuch, die schwere Metalltür zu öffnen, war gescheitert, ebenso, zu einem der Schlitze zu gelangen.

Im Morgengrauen des vierten Tages konnte sich Jasmin kaum noch aufrecht halten. Ihr Magen knurrte mittlerweile gar nicht mehr, aber sie hatte extreme Kopf- und Gelenkschmerzen und so starke Schwindelgefühle, dass sich alles um sie herum drehte, sobald sie sich ein wenig schneller bewegte. Darum bekam sie anfangs auch gar nicht mit, dass sich die Tür wieder einmal geöffnet und diesmal jemand den Raum betreten hatte.

Gerlach, Hattys Mutter und ihr wurden die Handschellen kurz abgenommen und diesmal vor dem Körper geschlossen. Dabei wurden sie mit dem Gesicht zur Wand nebeneinander an ein waagrecht verlaufendes Wasserrohr gekettet, das sich in Bauchhöhe an der Wand befand. Irgendwo draußen hörte Jasmin das gleichmäßige Tuckern einer Maschine, schmerzhaft bohrte es sich in ihr Hirn.

Mit zitternden Beinen hielt sie sich aufrecht, indem sie sich an das Rohr klammerte. Unmittelbar vor ihrem Gesicht hatte jemand einen Namen in die Wand gekratzt. Ihr Blick verschwamm, dann wurde er wieder scharf.

Silke Auer – 02. Dez. 2005

Darunter las sie einen anderen Namen. *Timofejew.* Tag und Monat waren unleserlich, aber das Jahr konnte sie noch entziffern. *2010.* Irgendwo an der gegenüberliegenden Wand hatte Gerlach mit seinen Handschellen mühevoll auch ihre eigenen Namen mit dem Datum ihrer Entführung in die Wand gekratzt. Vielleicht würde das eines Tages ja jemand entdecken.

»Was haben Sie mit uns vor?«, fragte Gerlach jetzt.

Keine Antwort.

Jasmin drehte den Kopf, soweit es ging. Jemand rollte hinter ihnen eine dicke Plastikplane aus und befestigte sie mit Klebestreifen an den Wänden. Es raschelte und knisterte, sobald jemand drauftrat. Sie sah einen Mann im gelben Overall mit hohen Gummistiefeln.

Ihr Herz wurde kalt, die Kehle eng und ihr Brustkorb zog sich zusammen, als sie eine große Elektrosäge und jede Menge große grüne Plastikbeutel auf dem Boden bemerkte.

Panik kam hoch. Sie schloss die Augen und versuchte, an etwas anderes zu denken. *Hoffentlich geht es schnell.*

»Was haben Sie vor?«, rief Gerlach heiser. Wie sie schien auch er im Lauf der Tage seinen Lebenswillen verloren zu haben. Sie wollte nur noch, dass es irgendwie endete. *Am besten ohne Schmerzen.*

»Sie bekommen eine Tüte über den Kopf«, sagte der Mann. »Das ist schmerzlos und geht schnell.«

»Sie wollen uns ersticken?«, krächzte Gerlach.

Jasmins Herzschlag setzte für einen Moment aus, als sie sah, wie Gerlach neben ihr eine durchsichtige enge Tüte über den Kopf gezogen bekam und die Schnur am Hals straff zugezogen wurde. Er begann sofort, laut zu schreien. Die Tüte beschlug, zog sich zusammen und blähte sich wieder auf, während Gerlach verzweifelt nach Luft rang.

»Schießen Sie mir in den Kopf«, schrie Gerlach dumpf. »Das geht schneller.«

»Aber das hinterlässt Spuren«, antwortete der Mann seelenruhig, »und ich habe keine Lust, Ihnen ein Projektil aus dem Kopf zu schneiden.«

Gerlach zappelte, riss an den Handschellen, versuchte, um sich zu schlagen und sich die Tüte an der Betonwand vom Kopf zu reißen, sackte aber nach einer Minute kraftlos zusammen. Jasmin presste die Augen zusammen, hörte jedoch weiterhin seine verzweifelten Versuche, gierig nach Luft zu schnappen. Aber da war keine mehr, nur noch Kohlendioxid. Nach wenigen weiteren Minuten lag er schließlich bewusstlos auf dem Boden, den Kopf an die Wand gelehnt, die Hände immer noch am Rohr fixiert.

Jasmin schloss wieder die Augen. *Bitte nicht, bitte nicht!*

»Du bist die Nächste«, sagte der Mann.

Jasmins Herz krampfte sich zusammen. Plötzlich begann Hattys Mutter zu kreischen. »Nein, nein, ich will nicht! Ich habe nichts mit den Sachen meines Mannes zu tun. Ich liebe ihn nicht einmal – ich hasse ihn! Er ist reich, und ich wollte …«

Eine schallende Ohrfeige brachte sie zum Verstummen.

»Bitte nicht …«, heulte sie, »… ich will nicht.« Im nächsten Moment wurde auch ihr ein Müllbeutel über den Kopf gestülpt und straff am Hals zugezogen.

Jasmin presste die Augen zusammen und dachte an etwas anderes. An ihren Vater, an Hatty, deren kleinen Bruder Ben und ihre Schulfreunde. An die bevorstehende Zeit an der Uni in Berlin, das Studium und ihr Kinderzimmer in Leipzig. An die Plakate über ihrem Bett, ihre Lieblingsbands, ihre Lieblingsbücher, an ihre Mutter. *Mama – gleich bin ich bei dir. Bitte hol mich ab …*

Jemand legte ihr die Hand auf die Schulter. »Du bist so still.«

Sie öffnete die Augen. Neben ihr lehnte Hattys Mutter bewusstlos an der Wand, den Kopf auf die Brust gesunken. Jasmin schielte zu Gerlach. Der musste mittlerweile schon tot sein. Beide regten sich nicht mehr.

Unbewusst hatte sie zu hyperventilieren begonnen – und plötzlich kam ihr eine Idee. »Ich bin gar nicht Hatty Gerlach.«

»Das interessiert mich nicht.« Der Mann stülpte ihr den Beutel über den Kopf und zog die Schnur am Hals so fest zu, dass sie tief in die Kehle schnitt.

»Mein Name ist Jasmin Pulaski«, röchelte sie. Panik schnürte ihren Brustkorb zu. »Ich bin Hattys Freundin. Sie ist noch am See.«

»Es geht einfacher, wenn du ruhig bleibst«, sagte der Mann ganz dicht an ihrem Ohr.

»Bitte nicht!«, flehte sie. »Mein Ausweis und mein Führerschein stecken zwischen den Sitzkissen im Auto … mit dem ich hergebracht wurde.«

»Ja, klar.«

»Mein Name ist Jasmin Pulaski!«, schrie sie.

»Du glaubst ja gar nicht, was ich im Lauf der Jahre schon für Geschichten zu hören bekommen habe – aber keine einzige hat mich jemals umgestimmt.«

»Das ist alles ein Missverständnis«, keuchte sie. »Mein Ausweis …«

Die Luft in der Tüte wurde knapp. Ihre Lunge wurde zusammengepresst.

Luft! Luft!

Sie sackte kraftlos in die Knie, ihr Kopf wurde schwer, dröhnende Schmerzen machten sich in ihrem Schädel breit. Sie atmete immer schneller, immer hektischer, riss den Mund auf, aber plötzlich ging nichts mehr. Da war nichts mehr.

Nur die feuchte Folie, die wie eine zweite Haut auf ihrem Gesicht klebte.

72. Kapitel

Sneijder stand neben Pulaski vor Uhlmanns Haus. Aus weiter Ferne drangen die Mittagsglocken zu ihnen. Die Autotür von Sneijders Dienstwagen war offen. Er hatte eine Straßenkarte aus dem Handschuhfach geholt und auf der Motorhaube ausgebreitet. Pulaski drückte die Karte nieder, die Ecken flatterten im Wind.

»Rochlitz, Meißen und Freiberg …« Sneijder suchte die Orte auf der Karte und kreiste sie mit einem Kugelschreiber ein. Lag alles in der näheren Umgebung von Dresden. »Dort entsorgen sie die Leichen …«

Pulaski presste die Lippen aufeinander. Seine Halsschlagadern traten hervor. Je näher sie der Wahrheit kamen, desto bedrückender musste die Situation für ihn sein. »Sind Sie sicher?«

»Der Service dieser GmbH ist hundertprozentig verlässlich«, rekapitulierte Sneijder, »andernfalls hätten sie nicht über so viele Jahre hindurch erfolgreich und gleichzeitig unbemerkt arbeiten können. Bis jetzt sind alle ihre Zielpersonen für immer spurlos verschwunden. Zählen Sie eins und eins zusammen.«

Bei dem Gedanken, dass seine Tochter vielleicht schon vor Tagen in einer Schrottpresse zerquetscht, in einer Müllverbrennungsanlage verheizt oder in einer Biogasanlage vergärt worden war, wurde Pulaski blass. »Wie rasch bekommen wir einen Durchsuchungsbeschluss?«, krächzte er heiser.

»Das ist der Vorteil, wenn Sie mit mir zusammenarbeiten.« Sneijder faltete die Karte zusammen. »Ich pfeife auf richterliche Beschlüsse. Und mein Vorgesetzter genauso. Aber dafür brauchen wir rasche und handfeste Ergebnisse – das ist der Deal.« Sneijder rief Marc an, schaltete auf Lautsprecher und legte das Handy auf die Motorhaube. »Hören Sabine und Miyu zu?«

»*Ja*«, kam Marcs Antwort aus dem Handy. »*Was habt ihr rausgefunden?*«

Sneijder gab einen kurzen Überblick, und noch bevor er zu seiner Schlussfolgerung kommen konnte, fiel ihm Miyu ins Wort. »*Dort werden die Leichen entsorgt!*«

»Zu dem Schluss sind wir auch gekommen«, bestätigte Sneijder.

»*Was für eine Idee!*«, entfuhr es Miyu. »*Die Leichen vergären in einer Biomasse. Eine geniale und umweltfreundliche Entsorgung, die …*«

»Miyu, es reicht!«

»*Was?*«, rief sie verständnislos. »*Darauf muss man erst mal kommen! Damit werden gleichzeitig Strom und Wärme erzeugt. Ein schöner Beweis für den Energieerhaltungssatz in der Physik, weil …*«

»Ich sagte, es reicht!« Sneijder sah zu Pulaski und schnippte mit den Fingern. »Die Rechnungen!«, flüsterte er ihm zu, dann beugte er sich wieder zum Handy hinunter. »Wir teilen uns auf. Miyu und Marc, ihr seht euch die Müllverbrennungsanlage in Meißen an, Pulaski fährt zur Schrottpresse in Freiberg, und ich knöpfe mir die Biogasanlage vor.«

Miyu klang enttäuscht. »*Kann ich nicht …?*«

»Nein!« Sneijder betrachtete die Rechnung der Abfallverbrennungsanlage, die Pulaski ihm hinhielt, und gab ihnen den Firmenamen und die Adresse durch. »Macht euch sofort auf den Weg.« Er beendete das Gespräch und steckte das Handy weg.

Pulaski drückte Sneijder die entsprechende Rechnung mit dem Briefkopf der BioGasEnergy in Rochlitz in die Hand. »Viel Glück.«

Sneijder nickte. »Ebenfalls – und Pulaski … heute sind Sie nicht beim Kriminaldauerdienst, heute arbeiten Sie für das BKA. Also seien Sie nicht zimperlich, wenn Sie die Typen bei der Schrottpresse in die Mangel nehmen.«

Pulaski nickte. Er setzte sich in den BKA-Dienstwagen und fuhr los. Sneijder sah ihm nach, dann griff er zum Handy und rief ein Taxi.

73. Kapitel
Fünf Stunden zuvor

Ekkehard Lehmann starrte auf die junge Frau zu seinen Füßen und stieß sie mit dem Gummistiefel an. Sie regte sich nicht mehr, saß zwischen ihrer Mutter und ihrem Vater, die Hände über dem Kopf an das Wasserrohr gefesselt, den Kopf zur Seite gedreht, den Mund weit zum letzten Atemzug aufgerissen. Nur ihr Augenlid zuckte noch. Es würde nicht mehr lange dauern.

Als Nächstes würde er die Leichen entkleiden, tiefkühlen und danach – er starrte zur Elektrosäge – kam die übliche Sauerei.

Hinter ihm wurde die Tür aufgerissen. Für einen Moment drang das Tuckern des Motors lauter in den Raum. Lehmann fuhr herum und starrte in Ottos aufgebrachtes Gesicht. Dahinter stand Gerda. Beide drängten in den Raum und zogen die Tür hinter sich zu. »Ihr seid zu früh«, sagte Lehmann.

»Oder zu spät – je nachdem, wie man es nimmt.« Otto sah auf die drei Leichen, dann drückte er ihm die Morgenausgabe der SZ in die Hand.

Lehmann betrachtete die Schlagzeile. *Tochter von Ex-LKA-Ermittler entführt!* »Was soll das?« Dann dachte er daran, was ihm die junge Frau gerade eben erzählt hatte. *Und wenn sie doch die Wahrheit gesagt hat?* Er hob den Kopf, sah Gerda an. »Glaubt ihr, was da steht?«

»Ist doch völlig egal, was die schreiben!«, brauste Otto auf. »Ist vielleicht nur eine Finte, clever eingefädelt, um uns zu irritieren und aus der Reserve zu locken. Was viel wichtiger ist: Die haben ein Foto von mir!« Er pochte mit dem Finger auf das Bild neben dem der jungen Frau. »Das bin ich!«

Die Großaufnahme stammte offenbar aus dem Wohnmobil und zeigte Ottos Glatzkopf von hinten. Danach betrachtete Lehmann das Foto von der jungen Frau. Es war zweifelsohne dieselbe, die zu seinen Füßen lag. Jasmin Pulaski. Genau wie sie vorhin behauptet hatte. Einem plötzlichen Instinkt folgend, kniete er sich neben das Mädchen hin und stieß ihm mit dem Finger durch die Folie direkt in den Mund. Dann riss er die Tüte einen Spalt auf. Der Kopf der Kleinen zuckte herum, sie schnappte röchelnd nach Luft, hustete und atmete gierig ein.

»Was zum Teufel machst du da?«, rief Gerda.

»Wenn die recht haben, ist das wirklich die Tochter eines Kripoermittlers.«

»Drehst du jetzt völlig durch?«, brüllte Otto außer sich. »Ist doch völlig egal, wer das ist! Die haben ein *FOTO VON MIR*!«

Lehmann erhob sich. »Kein Mensch wird dich auf diesem Foto erkennen«, beruhigte er ihn.

»Und wenn sie noch weitere Aufnahmen haben?«, fragte Gerda.

»Dann hätten sie die längst veröffentlicht.« Lehmann blickte zu dem Mädchen hinunter. Sie atmete hektisch, während ihr Tränen über die Wangen liefen. Lehmann griff sich einen der großen grünen Müllsäcke und zog ihn ihr über den Kopf.

»Was wird das jetzt wieder?«, fragte Otto.

»Damit sie unsere Gesichter nicht sieht.«

»Spinnst du? Wir müssen sie sowieso jetzt gleich töten.«

»Müssen wir das?«

Sie starrten sich eine Zeit lang an, bis Lehmann das Mädchen schließlich mit dem Stiefel anstieß. »Du bist gar nicht Hatty?«

»Sag ich doch die ganze Zeit!«, röchelte sie. »Ich bin Hattys Freundin und war zufällig …«

Lehmann gab ihr erneut einen Stoß mit dem Stiefel. »Es reicht. Halt den Mund!«

»Wir können sie nicht laufen lassen«, sagte Gerda. »Sie kennt unsere Stimmen und hat vielleicht einen von uns gesehen.«

»Ich will sie ja nicht laufen lassen«, überlegte Lehmann, »aber die Frage ist doch – töten wir sie jetzt oder später?«

»Worauf willst du warten?« Otto stemmte die Hände in die Hüften. »Tun wir es gleich!«

»Jetzt bloß keine Kurzschlusshandlung. Lasst uns überlegen.« Lehmann hob die Hand. »Die Polizei hat von einem von uns ein Foto, wenn auch ein ziemlich schlechtes. Sieht nach Infrarot-Überwachungskamera aus. Mag sein, dass sie uns auf der Spur sind – wir wissen es nicht.«

»Jetzt mal abgesehen von diesem Foto«, sagte Gerda. »Warum sollten sie uns auf der Spur sein?«

Lehmann atmete tief durch. »Von einem Kontakt aus der Szene weiß ich, dass unsere polnischen Auftraggeber vor zwei Tagen in Breslau geschnappt wurden.«

»Das sagst du uns erst jetzt?«

»Halb so schlimm«, versuchte Lehmann, die beiden zu beruhigen. »Die Rädelsführer wurden bei der Festnahme erschossen.«

»Verdammt«, fluchte Otto, »ich habe euch von Anfang an gesagt, lasst uns nicht für diese Stümper arbeiten!«

»Diese Diskussion bringt nichts – wir haben uns einstimmig dafür entschieden, und jetzt ist es nun mal nicht zu ändern«, sagte Lehmann. »Womöglich war das unser letzter Auftrag, und wir müssen das Land verlassen.«

»So schlimm?«, fragte Gerda.

Lehmann hob die Arme. »Wie gesagt – wir wissen es nicht. Falls einer von uns geschnappt wird, wäre es gut, wenn wir die Kleine als Ass im Ärmel hätten.«

»Wozu?«

»Immerhin ist sie die Tochter eines Kripoermittlers«, antwortete Lehmann. »Wir könnten Hafterleichterung erwirken oder ...«

»So ein Blödsinn – ich bin dagegen!«, unterbrach Otto ihn. »Weg mit ihr – lasst uns sofort alle Beweise vernichten.«

»Lebend ist sie uns nützlicher als tot – sie wäre das ideale Druckmittel, um einen Deal mit der Staatsanwaltschaft auszuhandeln«, argumentierte Lehmann.

»Ich sehe das wie Otto und bin dagegen«, widersprach Gerda. »Kein Deal! Eher sterbe ich. So haben wir das bisher immer gehandhabt.« Sie warf ihm einen prüfenden Blick zu. »Du warst von uns allen immer schon derjenige, der am wenigsten aus ideologischer Überzeugung dabei war«, warf sie ihm vor. »Dein eigener Vorteil war dir stets wichtiger als der unserer Kameraden.«

Die alte Diskussion! Lehmann sah das anders, aber Gerda lächelte ihn kalt an. »Du wurdest soeben überstimmt«, sagte sie.

»Haben wir nicht immer gesagt, dass wir alle Entscheidungen einstimmig treffen?«, fragte Lehmann.

»Dann musst du deine Meinung eben ändern«, drängte Otto. »Sie ist eine Belastungszeugin und damit ein zu großes Risiko.«

Jasmin räusperte sich. »Ich werde nichts …«

»Sei still!«, unterbrach Otto sie. »Wir müssen die Leichen sofort wegschaffen.«

»Das wollten wir doch erst heute Nacht machen«, erinnerte Lehmann ihn.

»Ich bin auch dafür, dass wir es jetzt gleich machen«, stimmte Gerda Otto zu.

»Am helllichten Tag?«

»Ich erledige das«, entschied Gerda. »Ich lasse mir einen früheren Termin geben.« Sie griff zum Handy.

74. Kapitel

Sneijder wollte zuerst mit dem Geschäftsführer der BioGasEnergy sprechen. Also brachte ihn das Taxi zum Büro des Biogasbetreibers, das im Gegensatz zur Anlage mitten im Zentrum von Rochlitz lag. Der Mann hieß Lutz Vogel und hatte noch keine Ahnung, was ihm blühte.

Sneijder stieß die Tür zu seinem Büro auf und preschte hinein. Den Protest der Assistentin hinter ihm ignorierte er. »Meine Damen und Herren, das Kaffeekränzchen ist zu Ende«, offenbarte er der Runde, die Kaffee trinkend an einem Tisch saß und jede Menge Statistiken vor sich ausgebreitet hatte. »Bundeskriminalamt Wiesbaden, Maarten S. Sneijder.« Er zeigte seinen Ausweis her. »Wer von Ihnen ist Lutz Vogel?«

Ein vollbärtiger Mann mit Knollennase und breiten Schultern im dunkelblauen Designerhemd, das sich über seine Oberarme spannte, stand auf und wollte gerade etwas sagen, als Sneijder ihn schon mit einer schroffen Geste unterbrach. »Sie bleiben hier, die anderen gehen raus. Und zwar sofort! Wenn Sie halbwegs intelligent sind, haben Sie sicher schon bemerkt, dass ich es eilig habe und etwas gereizt bin, also verschonen Sie mich mit unnötigen Diskussionen und dämlichen Fragen.«

Ein Mann stand auf. »Was …?«

»Was habe ich gerade gesagt?« Sneijder zeigte zur Tür. »Falls Sie nicht von selbst darauf kommen, die Tür ist da, wo ich gerade hereingekommen bin.«

Die anderen Personen sahen kurz zum Chef, warteten, bis der genickt hatte, dann erhoben sie sich und verließen murrend das

Büro. Einige nahmen ihre Tassen und Unterlagen mit. Nachdem die Tür zugefallen und Sneijder mit Lutz Vogel allein war, ging er einmal um den Tisch herum. Der Raum sah aus wie eine Mischung aus Büro und Kontrollzentrum. An einer Wand befanden sich extrem große Bildschirme, die jeden einzelnen Tank der gesamten Biogasanlage mit ihren typischen grünen Kuppeln von verschiedenen Perspektiven aus zeigten.

»Nette Anlage«, bemerkte Sneijder. Auf dem Tisch standen mehrere PC-Monitore, über die vermutlich die Inputkontrolle abgewickelt und das Werk betrieben wurde. Mit diesen Anzeigen – den Kurven, Tabellen und Kreisdiagrammen – konnte Vogel von hier aus offensichtlich alles steuern.

»Kaffee und Kuchen?«, fragte Vogel zynisch.

Sneijder winkte ab. »So lange bleibe ich nicht.« Er wollte das so rasch wie möglich durchziehen. Kommentarlos blieb er vor dem gerahmten Foto eines Schweins stehen. Daneben befand sich das Bild einer Steckdose, die der Schnauze des Schweins ähnelte. Darunter stand der Slogan *Von der Gülle zum Strom*. Sneijder blickte zur Decke. *Kein Rauchmelder!* »Sie haben ja sicher nichts dagegen. Ich muss mich konzentrieren.« Er kramte einen Joint aus der Sakkotasche, steckte ihn sich an und nickte zum Fenster. »Von mir aus kippen Sie das.«

Vogel rümpfte die Nase. »Bevor Sie weiterreden, möchte ich noch einmal Ihren Ausweis sehen.«

Den Joint im Mundwinkel, ging Sneijder zum Kopiergerät in der Ecke, legte seinen Ausweis auf die Glasplatte und betätigte die Kopiertaste. Seitlich wurde ein Blatt ausgeworfen. »Wie groß ist Ihre Anlage? Und wie funktioniert die?«

Vogel schüttelte sichtlich genervt den Kopf, warf einen Blick auf die Kopie und setzte sich dann auf seinen Platz. Dort kramte er einen Flyer aus der Schublade und warf ihn Sneijder über den Tisch hin, der ihn jedoch ignorierte. »Unsere Anlage ist eine von über neuntausend in Deutschland. Wir vergären jedes Jahr sechzigtausend Tonnen Weizen, Sonnenblumen, Maissilage, Kuhfladen, Schweine- und Schafskot.«

»Und was passiert damit?«

»Kommt in ein Becken …«

»Ein Anmischbecken«, präzisierte Sneijder.

Vogels Augen weiteten sich leicht. »Ein Kenner der Materie … richtig, in ein Anmischbecken, und von dort fließt die Pampe in den Gärbehälter.«

»Den Fermenter«, sagte Sneijder. Während der Fahrt im Taxi hatte er sich am Handy einen Crashkurs in Biogasanlagen reingezogen.

»Genau!« Vogel deutete mit dem Finger auf ihn. »Der Tank ist luftdicht verschlossen, wird auf vierzig Grad aufgeheizt und permanent gerührt. Die Bakterien darin fressen die Biomasse, furzen dabei und produzieren Methangas.«

»Und was passiert damit?«

»Das Biogas läuft durch Rohre, wird verdichtet, danach angezündet, und die Hitze treibt einen Generator an, der Strom erzeugt.«

»Im Blockheizkraftwerk«, ergänzte Sneijder.

»Richtig, und das wird ins öffentliche Energienetz eingespeist.« Vogel fuhr sich durch den dichten Bart. Seine Oberarmmuskeln spannten sich an. »Warum sind Sie hier, wenn Sie das ohnehin schon alles wissen?«

Sneijder deutete auf die Monitore. »Und wer hat die Verantwortung dafür, was in die Anlage hineinkommt?«

»Die liegt allein bei mir.«

»Außer Ihnen gibt es also sonst niemanden in dieser Firma, der Einfluss darauf nehmen könnte?«

»Ausgeschlossen. Die Substrate müssen fein abgestimmt werden, das ist Chefsache.« Vogel runzelte die Stirn. »Warum fragen Sie?«

»Was passiert, wenn Stoffe reinkommen, die nicht zersetzt werden können?«, fragte Sneijder.

»Woran denken Sie da?«

»Knochen.«

»Aha ...«, Vogel zog eine Augenbraue hoch, »... Störpartikel wie Scherben, Batterien, Plastikfolien, kleine Knochen oder Metallteile werden in einer Siebtrommel aussortiert, von einem Kolben zusammengepresst, in einem Container aufgefangen und anschließend entsorgt.«

»Könnten größere Störpartikel in den Fermenter gelangen?«

»Größere im Sinne von ...?«

»... einem Menschen«, sagte Sneijder kalt.

Vogel lachte auf. »Ihre Fantasie möchte ich haben ...«

»Nein, möchten Sie nicht«, antwortete Sneijder schroff. »Und?«

Vogel schüttelte den Kopf. »Ausgeschlossen. Die Sicherheitsbestimmungen sind viel zu hoch. Außerdem gibt es gar keine Möglichkeit, dass ein Mensch in den Fermenter fallen könnte.«

»Nicht fallen, sondern *absichtlich hineingestoßen werden*«, korrigierte Sneijder ihn.

Vogel rollte die Ärmel des Hemds auf. »Und wie sollte das funktionieren?«

»Das frage ich Sie!« Sneijder ging zu den Flatscreens an der Wand, die – sofern die Uhrzeiten am Bildschirmrand stimmten – in einem Livestream die Behälter der Anlage zeigten. »Wie wird die Heizung gewartet?«

»Extern – im Inneren des Gärbehälters befinden sich nur die Edelstahlrohre.«

»Und wie wird der Mischer gewartet, der die Biomasse in Bewegung hält?«

»Wir haben zwölf höhenverstellbare Rührwerke, die wie ein gigantischer Küchenmixer funktionieren.«

»Wie werden die gereinigt und gewartet, habe ich gefragt!«, drängte Sneijder.

»Während des laufenden Betriebs.«

Vogel war dem Thema schon wieder ausgewichen. *Es wird warm!* »Und wie?«

»Sie sind aber mies drauf.«

»Neunundneunzig Prozent meiner schlechten Laune entstehen durch den Kontakt mit Menschen.« Sneijder drehte sich um, kam näher, stützte die Arme auf die Tischplatte und starrte Vogel direkt an. »Wie werden die Rührwerke gewartet?«

»Durch einen Putzschacht.«

Sneijder ging wieder zu einem der Monitore, der die grüne Haube eines runden Fermenters zeigte. Eine metallene Außentreppe führte etwa sieben Meter hinauf zur Kuppel und verlief dort oben als Rundweg mit Geländer um den Behälter herum. Dort war etwas. Sneijder legte den Finger auf das Ding, das wie eine Tür aussah. »Ist das der Putzschacht?«

»Ja«, krächzte Vogel.

»Hier könnte man eine Leiche ins Gärbecken werfen«, stellte Sneijder fest.

»Das ist noch nie passiert und wird auch nie passieren.«

»Was macht Sie da so sicher?«

»Ganz einfach, ich glaube an das Gute im Menschen«, sagte Vogel mit trockener Kehle.

»Sehen Sie!« Sneijder setzte sein Leichenhallenlächeln auf. »Und ich verlasse mich auf das Schlechte.« Er kam wieder zum Tisch. »Wie würden – sagen wir mal – ein bis zwei Leichen pro Jahr das Mischverhältnis im Tank verändern?«

Vogel schluckte. »Mir gefällt die Richtung nicht, in die das Gespräch geht.«

»Oh, Ihnen wird noch viel mehr nicht gefallen, wenn ich mit Ihnen und diesem Betrieb fertig bin.«

Vogels Blick wurde finster. »Ich sage nichts mehr ohne meinen Anwalt.«

»Sie haben einen Anwalt?«, fragte Sneijder erstaunt. »Den werden Sie auch brauchen – und ich hoffe für Sie, dass es ein verdammt guter ist.«

»Was wollen Sie damit andeuten?« Das Telefon auf Vogels Schreibtisch läutete schrill, aber der Mann saß so versteinert da, als dächte er gar nicht daran, den Hörer abzuheben.

»Ist er das schon?«, fragte Sneijder spitz.

Vogel gab keine Antwort. Er ließ das Telefon läuten und wirkte dabei hoch angespannt, als versuchte er, sich aus einer extrem komplizierten Situation zu befreien. »Wie kommen Sie ausgerechnet auf unsere Anlage?«

Sneijder nickte zum Telefon. »Wollen Sie nicht rangehen?«

»Wie kommen Sie ausgerechnet auf uns?«, wiederholte Vogel fast schon hysterisch.

Jetzt hatte Sneijder ihn da, wo er ihn haben wollte. »Wir haben Inka Lehr festgenommen. Sie hat geredet.«

Vogel wurde rot, als stünde sein Kopf unter Hochdruck. Sneijder konnte sehen, wie die kleinen Zahnrädchen in seinem Gehirn wie in einem filigranen Uhrwerk klickten, das jeden Moment auseinanderfiel. Anscheinend gingen ihm Dutzende Fragen durch den Kopf. Aber eine – und zwar die entscheidende – stellte er nicht: *Wer zum Teufel ist Inka Lehr?*

Der Anrufbeantworter sprang an, Vogels Stimme vom Band ertönte, gefolgt von einem Pfeifton. Danach war eine ältere Frauenstimme zu hören. *»He, Lutz, ich weiß, dass du da bist. Ich bin's. Melde dich!«*

Jetzt schoss Vogel erst recht die Röte ins Gesicht. Sneijder spürte förmlich, wie der Puls des Mannes anstieg und er versuchte, seinen heftigen Atem unter Kontrolle zu bringen. Dann riss sich Vogel aus seiner Starre und fuhr zum Telefonhörer, doch

Sneijder war schneller. Er drückte Vogels Hand auf die Tischplatte, ehe der den Hörer erreichte, und schüttelte nur den Kopf. »Nicht abheben.«

Vogel sah wutentbrannt auf. »Ich dachte, Sie hätten …?« Er verstummte.

»Was?«, fragte Sneijder und senkte den Blick auf das Telefon. *Inka Lehr gefasst?*

Es knisterte im Lautsprecher. *»Mann, heb schon ab …«*, sagte die Frau weiter, *»… möchte nur sichergehen, dass alles wie besprochen klappt … aus meiner Sicht keine Planänderung … bin in einer Stunde bei Tank drei. Gülle marsch!«* Die Verbindung wurde unterbrochen. Sneijder ließ Vogels Hand los und richtete sich vor ihm auf. »Wer war das?«

»Sie müssen mein Büro verlassen – ich muss dringend telefonieren«, verlangte Vogel.

Sneijder schüttelte gelassen den Kopf. »Ich sage Ihnen, wie das jetzt läuft.« Er blickte zu den Monitoren. Tank drei war der größte von den dreien mit den grünen Kuppeln. »*Ich* telefoniere mit meinen Kollegen, und *Sie* begleiten mich zu Tank drei.«

»Ich muss Sie gar nirgendwohin begleiten. Ich bin ein freier Mann und …«

»Ihre Freiheit besteht darin, dass Sie ab sofort das tun werden, was *ich* sage«, unterbrach Sneijder ihn.

»Ich bin weder verhaftet noch …«

»Das können wir rasch ändern!« Sneijder zog seine Dienstwaffe aus dem Holster. »Ich verhafte Sie wegen dringenden Verdachts auf Mithilfe zu mehrfachem Mord und des Beseitigens mehrerer Leichen.«

»Sie sind doch verrückt!«, rief Vogel. »Ich habe immerhin Rechte und …«

»Sie haben das Recht, mich in Handschellen zu begleiten. Jedes Wort, das Sie von jetzt an sagen, werde ich verdammt noch mal gegen Sie verwenden. Sie haben das Recht, einen Verteidiger hinzuzuziehen – aber erst, wenn ich mit Ihnen fertig bin, und das kann Stunden dauern. Wenn Sie sich keinen leisten können, werden Sie auch keinen kriegen. Haben Sie Ihre beschissenen Rechte verstanden?«

75. Kapitel

Während Sneijder mit der Waffe Lutz Vogel in Schach hielt, damit der nichts Dummes anstellte, griff er mit der anderen Hand nach seinem Telefon und rief Marc Krüger an. Der ging sogleich ran. »Miyu und ich sind schon bei der …«

»Vergiss die Müllverbrennungsanlage«, unterbrach Sneijder ihn. »Kommt sofort zur Biogasanlage nach Rochlitz. Ihr habt fünfzig Minuten Zeit, nehmt euch ein Taxi. Und ruf Pulaski an. Trefft euch bei Tank drei. Eine Frau wird dort auftauchen. Schnappt sie euch. Ich komme so rasch wie möglich hin.« Er unterbrach die Verbindung.

»Ich muss dringend telefonieren!«, drängte Vogel. »Ich …«

»Müssen Sie nicht!«, fauchte Sneijder. Als Nächstes rief er den Staatsanwalt an, dem er seinen Verdacht in allen Einzelheiten schilderte und sowohl einen Haftbefehl als auch einen Durchsuchungsbeschluss verlangte. Danach telefonierte er mit der Polizei, gab seinen Namen und den Standort durch und forderte zwei zivile Polizeiwagen für eine Verhaftung und ein Spurensicherungsteam der Kripo Dresden für eine Hausdurchsuchung an. »Kommen Sie in Zivil – still, unauffällig und ohne Blaulicht«, erklärte Sneijder. »Ich will kein großes Aufsehen auf dem Firmengelände erregen.«

Vogel hörte die ganze Zeit zu, und sein Kopf wurde von Minute zu Minute röter.

Einmal klopfte es an der Tür, aber Sneijder brüllte: »Nicht jetzt!«, bevor Vogel etwas anderes sagen konnte. Danach warteten sie, bis mehrere Autos vor dem Bürogebäude hielten und eine Handvoll Männer und Frauen im Businessanzug ausstiegen. Vogel wollte einmal etwas sagen, aber Sneijder fiel ihm harsch ins Wort. »Nerven Sie mich nicht! Der Fall ist gelöst, und es interessiert mich nicht mehr, was Sie zu sagen haben.«

Die Zivilfahnder kamen ins Büro, nahmen Lutz Vogel fest und führten ihn nach draußen zu einem der Polizeiwagen. Inzwischen klärte Sneijder das weitere Vorgehen mit den anderen Beamten. Die Hälfte der Polizisten blieb vor Ort und achtete darauf, dass niemand von der Belegschaft abhaute, telefonierte und in den Büros keine Beweise vernichtet wurden. Später würde das Spurensicherungsteam eintreffen und alle Computer beschlagnahmen. Inzwischen fuhr die Zivilstreife mit Sneijder und Vogel zum Areal der Biogasanlage. Vogel saß in Handschellen neben einer Polizistin auf der Rückbank, Sneijder vorne beim Fahrer. Die Fahrt würde etwa zwanzig Minuten dauern.

»Was hat er ausgefressen?«, fragte der Fahrer neugierig.

Sneijder tippte in sein Handy. »Hat in seiner Biogasanlage jede Menge Leichen verschwinden lassen«, behauptete er.

»So ein Bullshit!«, fluchte Vogel von hinten.

»Beruhigen Sie sich!«, sagte die Polizistin unmissverständlich scharf.

»Wir werden alle Tanks leerpumpen lassen«, sagte Sneijder gelassen, während er weiter auf seinem Handy tippte. »Die Spurensicherung wird jeden Millimeter absuchen. Darüber hinaus werden alle Kolben, Container und Rohrleitungen untersucht. Ein einziges menschliches Haar oder ein Zahn genügen als Beweis. Und ich bin sicher, wir werden jede Menge davon finden.«

So rasch, wie sich Vogel aufgeregt hatte, so rasch verstummte er jetzt.

»Wie viel kriegt er dafür?«, fragte der Fahrer.

»Für Beihilfe zum Mord und bei der Schwere des Delikts?« Sneijder verzog das Gesicht. »Ich würde sagen mindestens zehn Jahre ohne Bewährung.«

»Und die Anlage?«

»Wird für immer dichtgemacht.«

Der Fahrer sah kurz in den Rückspiegel. »Das wäre sein finanzieller Ruin.«

»Wenn er sich einen guten Anwalt nimmt, werden ihn schon allein die Prozesskosten komplett ruinieren«, korrigierte Sneijder. Verborgen, unter dem Handschuhfach, zeigte er dem Fahrer den erhobenen Daumen. Dann bedeutete er ihm, ab sofort zu schweigen. Der kurze Dialog hatte genügt, um Vogel ordentlich zum Grübeln zu bringen.

»Ich möchte mich für mein Verhalten von vorhin entschuldigen«, presste Vogel schließlich hervor.

Sneijder schwieg.

»Ich werde mich ab jetzt kooperativ verhalten.«

»Halten Sie den Mund«, knurrte Sneijder, »ich schreibe gerade dem Staatsanwalt.«

»Wollen Sie mich nicht verhören?«

»Nein.«

»Es ist nicht viel, aber ich werden Ihnen alles sagen, was ich weiß – und die Polizisten hier sind meine Zeugen.«

»Sie können mir nichts sagen, was wir nicht schon längst wissen!«

»Ich biete Ihnen einen Deal an. Ich sage Ihnen, was ich …«

»Kein Interesse, und jetzt halten Sie endlich die Klappe! Ich führe Sie am Nachmittag dem Haftrichter vor und werde mich beim Staatsanwalt persönlich dafür einsetzen, dass er auf Höchststrafe plädiert.«

»Wollen Sie gar nicht wissen, was ich weiß?«

»Sie wissen nichts, was mich noch interessieren könnte!«

»Ich bin Inka Lehr bisher nur ein paarmal begegnet. Ich weiß nicht, wie sie wirklich heißt, weiß nur, dass das nicht ihr richtiger Name ist«, sprudelte es aus Vogel heraus.

Sneijder hörte zu. Er wusste, wenn er dem Betreiber von sich aus einen Deal angeboten hätte, wäre der nicht darauf eingestiegen. Diese Leute mussten immer das Gefühl haben, dass es ihre Idee gewesen war und sie ihr Schicksal selbst in Händen hielten.

»Inka Lehr sieht zwar nicht gefährlich aus, ist aber, soviel ich weiß, meist bewaffnet«, rief Vogel. »Ihre Leute sollten vorsichtig sein. Ich weiß nicht genau, was sie am Tank macht, ich weiß nur, dass ich dann alle Kameras ausschalten und die Leute eine Stunde lang wegen dringender Wartungsarbeiten vom Gelände wegschicken muss. Dafür dürfen wir ihrer Firma einmal im Jahr 200.000,– Euro verrechnen.« Vogel schluckte. »Mehr weiß ich nicht – das schwöre ich.«

Sneijder reagierte scheinbar nicht auf das Geständnis. Unauffällig schickte er Marc eine SMS. *Die Frau ist Inka Lehr – höchstwahrscheinlich bewaffnet.* Dann drehte er sich zu Vogel um und reichte ihm sein Handy. »Schicken Sie Ihre Leute vom Gelände weg, aber lassen Sie die Kameras laufen!«

76. Kapitel

Das vom Maschendrahtzaun umgebene Gelände der Biogasanlage war menschenleer, genauso wie Vogel es angeordnet hatte.

Nachdem der Polizeiwagen vor dem versperrten Eingangstor gehalten hatte, beugte sich Vogel nach vorn und deutete zum größten Tank, der sich auf dem Areal ganz hinten in der Nähe des Waldrandes befand. »Vermutlich ist sie schon da. Das ist keiner unserer Wagen.«

Neben dem Fermenter, direkt bei der Metalltreppe, stand ein weißer Kastenwagen. Aber von Inka Lehr fehlte jede Spur.

»Wo ist sie?«, fragte Sneijder.

»Wahrscheinlich schon oben beim Putzschacht, auf der Rückseite des Tanks«, ächzte Vogel mit trockener Kehle.

Sneijder stieg aus. Sogleich drang ihm der Geruch von Kuhmist in die Nase. Vor dem Eingang standen bereits Marc und Miyu, die gerade versuchten, das Tor zu öffnen.

»Sie bleiben hier und passen auf, dass der Mistkerl nicht abhaut«, sagte Sneijder zu den beiden Polizisten. »Und fordern Sie Verstärkung an. Ihre Kollegen sollen das Gelände umstellen und die Zufahrtswege blockieren.« Inka Lehr saß in der Falle. »Und parken Sie den Wagen so, dass man ihn vom Tank aus nicht sieht …« Er dachte nach. »Haben Sie schusssichere Westen?«

»Zwei Stück.« Die Polizistin stieg aus und reichte Sneijder aus dem Kofferraum zwei schwere Kevlarwesten. Er nahm sie, dann beugte er sich zu Vogel ins Wageninnere und streckte den Arm aus. »Die Schlüssel für das Gelände.«

Umständlich kramte Vogel mit den Handschellen einen Schlüsselbund mit Pieper aus der Hosentasche, den Sneijder Marc zuwarf. Der sperrte den Eingang auf. Indessen erreichte Sneijder die beiden und drückte ihnen die Westen in die Hand. »Anziehen.«

Miyu widersprach sogleich. »Aber Sie haben …«

»Anziehen!«

Sneijder zog seine Waffe aus dem Holster, überprüfte das Magazin und deutete zum weißen Kleinbus neben dem hintersten Tank. »Dort drüben ist sie.«

Miyu und Marc fixierten die Klettverschlüsse. Hintereinander schlüpften sie durch das Tor und liefen im Schatten der Tanks geduckt über das Gelände. Zügig näherten sie sich dem letzten Behälter, der mit seiner grünen Kunststoffkuppel sicher mehr als dreißig Meter im Durchmesser maß.

Kein Mensch weit und breit. Die Rückseite des Tanks mit dem Putzschacht war nur vom Wald aus zu sehen, und der war ein reiner Nutzholzwald ohne Wanderwege. Der Platz war perfekt, um auch tagsüber eine Leiche verschwinden zu lassen.

Miyu und Marc hatten ihre Dienstwaffen ebenfalls gezogen und durchgeladen. Keuchend kamen sie beim Tank an. Sneijder als Letzter, seine Hüfte schmerzte wieder, und er atmete flach. »Wir brauchen sie lebend«, flüsterte er. Miyu nickte.

Die Heckklappe des Lieferwagens stand offen, aber auf dem Boden lag nichts weiter als eine schwarze Plastikfolie. Sneijder ging zur Fahrertür. Die war nur angelehnt, der Autoschlüssel steckte im Zündschloss. Sneijder griff ins Wageninnere, zog den Schlüssel ab und ließ ihn in der Sakkotasche verschwinden. *Das war deine letzte Fahrt, Mädchen!* Dann nickte er zur Metalltreppe.

Hintereinander schlichen sie so leise wie möglich hinauf. Als sie bei der Hälfte angelangt waren, blickte Sneijder zum Eingang des Areals. Die Polizisten hatten ihren Wagen schon so umgeparkt, dass er nicht mehr zu sehen war.

Langsam stieg Sneijder weiter hinauf. Entweder hatte Inka Lehr einen Begleiter dabei, oder sie war kräftig genug, um die Leichen ganz allein hinaufzuschleppen. *Oder sie ist aus einem völlig anderen Grund hier.*

Als sie oben ankamen und den Rundgang mit dem nur hüfthohen Geländer erreichten, spürte Sneijder, wie ihm der Wind um die Ohren pfiff. Er legte den Zeigefinger auf die Lippen. Dann nickte er nach links. Miyu und Marc sollten von dieser Seite aus herumgehen – er selbst nahm den rechten Weg um die Kuppel. An der Rückseite würden sie sich treffen. Auf sein Zeichen hin marschierten sie los.

Sneijder lud seine Glock nun auch durch. Langsam ging er über das Metallgitter weiter, darauf bedacht, kein Geräusch zu verursachen. Aus dem Augenwinkel sah er, wie ein schwarzer BMW auf das Gelände zufuhr. Ihr BKA-Dienstwagen! Sneijder sah, wie Pulaski ausstieg. *Okay, gut.* Die Polizisten würden ihn vermutlich gleich über den Stand der Dinge informieren, seinen Wagen wegbringen, und dann würde er garantiert zu ihnen heraufkommen.

Konzentriert ging Sneijder weiter. Da hörte er Marcs Stimme. »Bundeskriminalamt Wiesbaden! Keine Bewegung! Sie sind verhaftet!«

Sneijder beeilte sich. Nach einigen Schritten sah er eine grauhaarige Frau in schwarzer Hose und grauer Strickjacke, die ihm den Rücken zukehrte und in der erhobenen Hand ein Telefon hielt. Neben ihr stand die Tür zum Putzschacht offen, das Sicherheitsgitter nach innen geklappt. Aus dem Tank stieg ein übler Geruch von Fäulnis hoch, der zu ihm herüberwehte.

Zu ihren Füßen lag ein Haufen grüner Biomüllsäcke, die sie offensichtlich gerade im Tank entsorgen wollte. Es war nur unschwer zu erkennen, was sich darin befand. Den Umrissen nach zu urteilen abgetrennte Gliedmaßen, Köpfe und ein menschlicher Torso.

Die Frau schob mit dem Fuß einen der Säcke über den Rand

des Schachts, woraufhin der mit einem hohlen Klatschen in das Gärbecken fiel und blubbernd versank.

»Keine Bewegung!«, wiederholte Marc.

Miyu stand schräg hinter Marc, ebenfalls mit der Waffe im Anschlag und die Beine gespreizt, so wie sie es an der Akademie gelernt hatte. Miyu zielte auf den Kopf der Frau, Marc auf ihre Brust. Beide waren hoch konzentriert und ließen die Frau keine Sekunde lang aus den Augen.

Sneijder schlich näher. Nur noch vier Meter. Er hatte die Frau ebenfalls im Visier. Noch hatte sie ihn nicht bemerkt. Mit einer Hand hielt sie immer noch das Telefon zum Ohr.

»Inka Lehr!«, rief Marc. »Lassen Sie das Handy fallen und nehmen Sie beide Hände hoch!«

»Ich bin nicht Inka Lehr«, sagte die Frau in aller Seelenruhe. »Wer soll das sein?«

»Sie sind die Frau, die mit dem gefälschten Ausweis den Gesellschaftsvertrag unterzeichnet hat«, stellte Miyu klar.

Die Stimme der Frau klang, als würde sie lächeln. »So viel wisst ihr also schon. Kinder, seid ihr nicht ein bisschen zu jung, um Verbrecher zu fangen?«

»Lassen Sie das Handy fallen!«, rief Marc erneut.

Die Frau drehte den Kopf zum Telefon. »Sie haben uns, Plan B«, flüsterte sie und zog im gleichen Augenblick mit einer blitzschnellen Bewegung, die Sneijder ihr gar nicht zugetraut hätte, eine Waffe unter der Strickweste hervor. Schwungvoll riss sie den Arm hoch, aber Miyu und Marc zögerten. *Verdomme!* Er selbst stand hinter der Frau in ihrer Schusslinie.

»Waffen weg!«, befahl die Frau. »Sonst …«

Sneijder schoss. Das Projektil traf die Frau von hinten in die rechte Schulter. Ein Schuss löste sich aus ihrer Waffe, doch das Projektil prallte seitlich am Geländer ab. Gleichzeitig taumelte die Frau einen Schritt nach vorne und fiel auf die Knie. Stöhnend wollte sie sich am Eisengitter abstützen, aber sie hielt immer noch Waffe und Telefon in Händen.

»Es ist aus, lassen Sie die Waffe fallen!«, sagte Sneijder und kam näher.

Sie versuchte gar nicht, sich nach hinten umzudrehen. Stattdessen ließ sie die Waffe los. Scheppernd fiel die Pistole auf das Gitter, kippte und stürzte in die Tiefe. Zitternd hob die Frau nun die Hand. Blut lief ihr von der Schulterwunde über den Rücken. Bestimmt war das Projektil vorne ausgetreten.

»Keine Bewegung!«, befahl Sneijder.

Die Frau nestelte am Kragen ihrer Weste. Sneijder kam näher und sah, wie sie eine grüne Brosche abnahm. Die spitze Nadel sprang aus der Halterung.

»Fallen lassen!«, brüllte er.

Doch stattdessen stach sich die Frau so tief mit der Nadel in den Hals, dass Blut aus der Wunde quoll. Kurz darauf kippte sie mit dem Oberkörper kraftlos zur Seite.

Vervloekt, wat in godsnaam? Sneijder stürzte hin, wollte sie auffangen, auch Marc griff nach ihr. Aber sie fiel seitlich in die Türöffnung. »Das Handy!«, rief Sneijder.

Marc erwischte es nicht mehr. Sneijder wollte die Frau in letzter Sekunde am Fuß packen, doch sie war bereits zu tief in den Tank gerutscht. Im nächsten Moment war sie im Putzschacht verschwunden, und er hielt nur noch ihren Schuh in der Hand. Klatschend und mit einem hohlen Knall fiel ihr Körper in die Pampe. Und mit ihr das Telefon. Ein Schwall des ekelhaften Geruchs drang nach oben durch die Putztür ins Freie.

Sneijder ließ den Schuh fallen und rammte seine Waffe wütend ins Holster. *Verdomme! Wen hast du angerufen?*

Hinter sich hörte er Schritte. Es war Pulaski. Wankend und mit einem entsetzten Blick kam er näher.

»Nicht!« Sneijder ging auf ihn zu und packte ihn an den Schultern, um ihn am Weitergehen zu hindern, doch er riss sich los, taumelte zur Öffnung und fiel vor den Müllsäcken auf die Knie.

»Nein!«, brüllte Pulaski. Tränen liefen ihm über die Wangen. Er riss die Säcke mit bloßen Händen auf und holte die Leichenteile heraus. Das Fleisch war frisch, die Haut weiß, das Blut vermutlich erst vor Kurzem geronnen.

Während Marc entsetzt dabei zusah, wie Pulaski verzweifelt einen Sack nach dem anderen aufriss, drängte sich Miyu an ihm vorbei zu Sneijder. »Er zerstört Beweismaterial«, raunte sie ihm zu.

»Ich weiß«, sagte Sneijder kalt. »Lassen Sie ihn!« Er wusste selbst nicht, ob er an Pulaskis Stelle die Selbstbeherrschung aufgebracht hätte, auf die Spurensicherung zu warten, um einen Blick in die Säcke zu werfen. Vermutlich nicht.

Sneijder sah ihm zu, während eine Eiseskälte sein Herz umschloss. Die Wundränder sahen aus, als wären die Gliedmaßen sauber mit einer Elektrosäge abgetrennt worden. Marc wandte sich ab, beugte sich würgend über das Geländer und schnappte nach Luft.

Nachdem Pulaski alle Säcke aufgerissen und deren Inhalt durchwühlt hatte, sackte er am Gitter zusammen, zog die Knie an und presste das Gesicht in die Hände.

Sneijder starrte auf den Berg grauweißer Körperteile, die feucht im Sonnenlicht glänzten. »Ist sie dabei?«

»Nein …«, heulte Pulaski.

Miyu deutete zum Putzschacht. »Vielleicht ist sie schon …?«

»Halten Sie den Mund!«, fuhr Sneijder sie an.

Miyu verzog das Gesicht. »Wir müssen den Tank leerpumpen lassen.«

Sneijder nickte. »Ja, das müssen wir.« Erst dann würden sie wissen, ob Jasmins Leiche ebenfalls darin lag. Und erst dann würden sie Inka Lehr finden, sie identifizieren können und ihr Handy bergen, um es zu analysieren.

»Wir müssen herausfinden, wen sie angerufen hat …«, drängte Miyu.

»Ich weiß!« Sneijder spürte stechende Kopfschmerzen. Das Leerpumpen würde mindestens einen halben Tag dauern. In der Zwischenzeit lief ihnen die Zeit davon. Inka Lehrs Komplizen würden das Land verlassen und sich Gott weiß wohin absetzen.

Marc kniete neben Pulaski und legte ihm die Hand auf die Schulter. »Es tut mir leid«, flüsterte er.

Sneijder sah auf. In der Ferne blitzte an verschiedenen Stellen Blaulicht auf. Mehrere Polizeiwagen näherten sich. Die Straßen wurden soeben abgesperrt. Sneijder starrte auf die aufgerissenen Säcke und deren Inhalt. Die Sperre war völlig umsonst. Die Frau hatte hier vor Ort bestimmt keinen Helfer dabei gehabt.

Was ist Plan B?

Plötzlich sah er auf. Er wusste, wie sie herausfinden konnten, wen sie angerufen hatte.

77. Kapitel

Während die Polizei das gesamte Areal der Biogasanlage abgeriegelt hatte, waren sie vom Tank drei hinuntergeklettert. Dann kamen auch schon die Kollegen von der Kripo, und von nun an ging alles ziemlich rasch.

Zehn Minuten später saß Pulaski bereits im Fond eines Krankenwagens, bekam ein Beruhigungsmittel und sprach mit einer Ärztin. Indessen inspizierten die Leute von der Spurensicherung mit ihrer Ausrüstung Inka Lehrs Lieferwagen und die verbliebenen Leichenteile auf dem Rundgang.

»Wir müssen den Tank leerpumpen lassen«, drängte nun auch Marc.

»Nicht jetzt!« Sneijder entfernte sich vom Krankenwagen und presste sein Handy ans Ohr. In knappen Sätzen erklärte er Staatsanwalt Franke den Sachverhalt, ehe er zum wichtigsten Punkt kam. »… und deshalb müssen wir wissen, wen Inka Lehr angerufen hat. *JETZT SOFORT*! Andernfalls wird sich der Rest der Gruppe ins Ausland absetzen, und wir kriegen sie nie zu fassen.«

»Sneijder, ich …«

»Nur damit das klar ist – dadurch könnten wir über hundert Vermisstenfälle der letzten drei Jahrzehnte aufklären!«

»Ich verstehe Sie ja, aber wie sollen wir das anstellen? Einen Taucher ins Becken schicken, der ihr Handy heraufholt?«

»Das ist nicht nötig. Inka Lehr hat kürzlich den Biogasbetreiber auf seinem Festnetzapparat im Büro angerufen und eine Nachricht auf dem AB hinterlassen.« Sneijder nannte ihm Lutz Vogels Nummer und die exakte Uhrzeit des Anrufs.

»Ich verstehe, eine Datenrückverfolgung von Lutz Vogels Apparat.«

»Richtig, und sobald wir Inka Lehrs Handynummer haben, fragen wir die Nummer ihres letzten Anrufs ab. Dann haben wir denjenigen, den sie gewarnt hat, und über ihn den Rest der Gruppe.«

»Gut«, seufzte Franke, »ich hab mir alles notiert.« Sicherheitshalber wiederholte er die Daten.

»Sie müssen *jetzt sofort* alle Hebel in Bewegung setzen«, drängte Sneijder. »Und es muss schneller gehen als vor einigen Tagen, als ich Sie auf dem Golfplatz besucht habe.«

»Ja, das ist mir schon klar. Besteht die Chance, dass Jasmin Pulaski noch lebt?«

Sneijder wandte sich um. Bis auf Marc war niemand in seiner Nähe. Trotzdem senkte er die Stimme. »Nein, das glaube ich nicht, allerdings … nichts ist unmöglich.« Immerhin hatten sie Sabine Nemez auch lebend gefunden – vielleicht gelang ihnen so etwas ja ein zweites Mal.

Sneijder beendete das Gespräch, dann gingen sie wieder zum Krankenwagen und hörten schon von Weitem, dass Pulaski sich standhaft weigerte, in ein Krankenhaus gebracht zu werden. »Ich bleibe so lange hier, bis der Tank leergepumpt ist!«, rief er.

Sneijder kletterte in den Fond des Wagens. »Das ist vorerst nicht nötig.«

»Ach!« Pulaski richtete sich von der Liege auf. »Es ist ja auch nicht Ihre Tochter, die wir suchen!«

»Beruhigen Sie sich.«

»Ich will mich nicht be…!«

»Halten Sie den Mund, sonst lasse ich Sie wegen Behinderung einer laufenden Ermittlung abführen!«

»Das wagen Sie nicht.«

»Lassen Sie es nicht drauf ankommen.«

»Wenn meine Tochter wegen Ihres Zeitungsartikels tot ist, bringe ich Sie um, das schwöre ich!«

Sneijder ignorierte die Drohung und setzte sich neben Pulaski auf einen ausklappbaren Hocker. »Wir werden in Kürze wissen, wen Inka Lehr angerufen hat.« Dann erklärte er Pulaski die weitere Vorgehensweise.

Der Mann beruhigte sich tatsächlich, und zehn Minuten später begannen auch schon die Mittel zu wirken, die ihm die Ärztin verabreicht hatte. Pulaskis Augen wurden glasig, er atmete wieder normal und entspannte sich. Trotzdem wollte er vor Ort abwarten, ob bei der Datenverfolgung etwas herauskam, weshalb der Krankenwagen vorerst auf dem Gelände stehen blieb.

»Ich brauche eine von Ihren Zigaretten …«, murmelte Pulaski.

»Ist nicht Ihr Ernst!«, entfuhr es Sneijder. Auch die Ärztin sah ihn kurz irritiert an.

Pulaski streckte die Hand aus. »Quatschen Sie nicht lange und geben Sie mir eine Lunte …«

»Hier wird nicht geraucht!«, stellte die Ärztin fest.

Sneijder ignorierte die Aussage und zündete sich eine selbst gedrehte Kippe an, die er Pulaski reichte.

»Ich fasse es nicht!«, rief die Ärztin.

Sneijder drehte sich um und holte aus der Schale hinter sich einen Mundspatel aus Holz. »Damit können Sie sich nachher den kalten Rauch von der Zunge schaben.«

»Sie sind ein Ekel!«

»Ich weiß, und deshalb …« Sneijders Handy klingelte. »Das ist Franke!« Er sah auf. »Verlassen Sie den Wagen«, sagte er zur Ärztin. »Er ist beschlagnahmt.«

»Mit welchem Recht?«

Sneijder lüftete kurz sein Sakko und deutete auf die Dienstwaffe im Holster. »Ich brauche ihn für die nächsten Minuten als Ermittlungsbüro.«

Die Ärztin erhob sich und drängte sich wutentbrannt an ihm vorbei. »Beten Sie, dass Sie niemals in ein Krankenhaus eingeliefert werden, wenn ich gerade ein Skalpell in der Hand habe.«

Sneijder bleckte die Zähne. »Ich und beten?« Er schnippte mit den Fingern, woraufhin Marc in den Wagen kletterte und sein Notebook aus der Umhängetasche holte. Dann ging er ans Telefon. »Ich will jetzt nur noch gute Nachrichten hören.«

»Die habe ich«, beschwichtigte Franke ihn. »Die Frau, auf die das Handy angemeldet ist, heißt Gerda Böhm. Sie ist wegen illegalen Waffenbesitzes vorbestraft. Ich habe mir ihre Akte angesehen.«

»Klein, zierlich, etwa fünfundsechzig Jahre alt?«

»Ja, das ist sie! Ihre Handynummer lautet …«

»Uninteressant«, unterbrach Sneijder ihn. »Wen hat sie zuletzt angerufen?«

»Einen gewissen Otto Jäger.«

Sneijder sah zu Marc und wiederholte den Namen. Damit hatten sie nach Götz Hildebrandt und Gerda Böhm jetzt bereits das dritte Mitglied der ehemaligen Stasi-Gruppe. »Und wo wohnt er?« Er schaltete auf Lautsprecher. Indessen war auch Miyu zum Wagen gekommen, stand neben der Tür und blickte ins Innere.

»In Zwickau«, drang Frankes Stimme aus dem Handy. *»Um mehr in Erfahrung zu bringen, müsste ich …«*

»Nicht nötig«, unterbrach Marc ihn. »Ich hab ihn schon. Wohnt in der Kleingartensiedlung Sonnenland am Brückenberg in Zwickau.«

Sneijder warf Pulaski einen fragenden Blick zu. »Etwas mehr als fünfzig Kilometer südlich von hier«, sagte der.

»Franke, haben Sie mitgehört?«, fragte Sneijder. »Wir brauchen sofort einen Haftbefehl gegen diesen Mann und müssen eine Fahndung einleiten. Polizeipatrouillen am Zwickauer Bahnhof,

Kontrollen bei den Ausfahrtsstraßen und Informationen an alle Flughäfen. Wir brauchen ihn lebend!«

»Ich kümmere mich darum.«

Sneijder beendete das Gespräch und rieb sich die Schläfen. »Taucht der Name Otto Jäger in unseren alten Stasi-Akten auf?«

Marc sah vom Notebook auf. »Da müsste ich erst die Unterlagen durchsehen …«

»Ja, im Dokument Nummer 741«, antwortete Miyu ohne nachzudenken, »allerdings in keinem Zusammenhang zum Oberst.«

Sneijder nickte. »Die Typen haben sicher dafür gesorgt, dass es keine Verbindungen zwischen ihnen gibt«, dachte er laut, »aber wenn wir Otto Jäger erst mal haben, kriegen wir auch den Rest.«

Pulaski schob mühevoll die Beine vom Bett. »Gute Arbeit, Sneijder«, röchelte er, während ihm der Rauch des Joints die Tränen in die Augen trieb.

»Noch haben wir ihn nicht«, bremste Sneijder die aufkeimende Euphorie. »Deshalb fahren *wir* jetzt nach Zwickau, und *Sie* bleiben hier«, entschied er. Pulaski protestierte, aber Sneijder fuhr dazwischen. »In Ihrem derzeitigen Zustand sind Sie uns keine Hilfe. Legen Sie die Füße hoch, versuchen Sie, sich zu entspannen … und rauchen Sie nicht alles auf einmal.«

Sneijder stieg aus dem Krankenwagen und winkte die Ärztin zu sich. »Kümmern Sie sich um Ihren Patienten. Wir müssen los.«

»So schnell?«, fragte sie ätzend. »Ich hatte gehofft, Sie würden noch bleiben, um mich weiter zu beleidigen.«

»Sorry, aber ich nerve nur diejenigen, die ich halbwegs leiden kann«, konterte Sneijder und ging.

»Eines muss man Ihnen lassen«, rief sie ihm nach. »In Ihrer Unfreundlichkeit sind Sie konsequent.«

Gut erkannt! Er stieg vorne in den BKA-Dienstwagen ein, Miyu hinten, und Marc klemmte sich hinters Steuer. Während sie das Gelände der BioGasEnergy verließen, tippte Sneijder bereits Otto

Jägers Adresse ins Navi. Pulaski hatte recht gehabt, es waren etwa fünfzig Kilometer bis Zwickau, für die ihr Navi fünfundfünfzig Minuten Fahrzeit berechnete.

Marc drückte auf die Tube, fuhr hinter Rochlitz noch bei Gelb über einige Kreuzungen und riskierte waghalsige Überholmanöver. Sneijder drehte sich einmal nach hinten um. Miyu sah nicht aus dem Fenster. Sie saß starr da, blickte vornübergebeugt und hochkonzentriert auf ihr Tablet und murmelte irgendwelche Zahlen vor sich hin.

Die Minuten vergingen zäh. Nach der Hälfte der Fahrt rief Sneijder erneut Franke an. Am Ton hörte er bereits, dass der Staatsanwalt nicht gerade gut gelaunt war. »Haben Sie ihn schon?«, fragte Sneijder.

»Die Polizei hat ihn tatsächlich in seinem Schrebergartenhaus überrascht«, druckste Franke herum. »Er war gerade dabei, hastig Reisepass, Papiere und Bargeld aus einer Vertiefung im Dielenboden zusammenzupacken.«

»Wo ist er jetzt?«

»Na ja, er …«

»Was? Ist er tot?«, rief Sneijder.

»Nein, er ist uns entwischt.«

»Schijtkerel, vervloekter Mesthoop, Verdomme!«, fluchte Sneijder und schlug aufs Armaturenbrett. »Wie kann jemand aus einer Gartensiedlung entkommen? Zu Fuß? Mit dem Rollator?«

»Ja, zu Fuß«, gab Franke zu.

Sneijder schaltete auf Lautsprecher. »Und die Polizisten sind ihm nicht nachgelaufen?«

»Doch, einen hat er auf der Rückseite seines Hauses mit einem Küchenmesser niedergestochen, die anderen drei sind ihm gefolgt. Er ist aus der Siedlung geflohen, am Ufer der Zwickauer Mulde entlang, über die Paradiesbrücke in eine Wohngegend mit Plattenbauten.«

»Er ist über sechzig Jahre alt«, mischte sich Miyu von hinten in das Gespräch ein. »Wie konnte er drei Polizisten abhängen?«

»Ich bin gerade mit dem Einsatzleiter der Fahndung verbunden«, erklärte Franke. *»Soviel ich erfahren habe, hat Jäger während seiner Flucht einige Passanten wahllos niedergestochen.«*

»Was?«, rief Sneijder.

»Eine Frau und zwei Männer sind schwer verletzt«, erklärte Franke.

»Cleveres Arschloch!«, fluchte Sneijder. »Der wollte seine Verfolger abschütteln.«

»Ist ihm gelungen«, gab Franke zu. *»Die Polizisten mussten den Notarzt rufen und Erste Hilfe leisten. Nur ein Beamter ist ihm gefolgt.«*

»Wo ist Jäger jetzt?«, stöhnte Sneijder.

»Hat sich im größten Plattenbau neben dem Fluss versteckt. Das Gebäude wird gerade umstellt, aber es sind mehrere Hundert Wohnungen.«

Verdikkeme! Sneijder umklammerte das Handy so fest, dass die Hülle knackte.

»Ich habe die Adresse«, sagte Miyu von hinten.

»Wir brauchen ihn unbedingt lebend!«, erinnerte Sneijder den Staatsanwalt fauchend und unterbrach die Verbindung.

78. Kapitel

Eine halbe Stunde später stand Sneijder neben einer Parkbank auf einem Kinderspielplatz und starrte auf die vordere Front des Plattenbaus. Elf Stockwerke hoch. Weiße, graue und orange Fassaden wechselten einander streifenförmig ab. Die meisten Wohnungen hatten Balkone, die liebevoll mit Markisen, Sonnenschirmen, Blumenkästen und Holzspalieren für Gewächse versehen waren. Doch der idyllische Anblick trog, momentan war es ein Hochrisikobereich. Die Polizei hatte die Ausgänge des Wohnblocks bereits abgeriegelt, Beamte auf den Grünflächen postiert und die Zufahrten mit Polizeiautos blockiert. Marc war mit den Polizisten unterwegs, und Miyu saß neben Sneijder auf der Bank. Konzentriert beobachteten sie die lange Häuserzeile.

Miyu schien gar nicht mitzubekommen, dass ein Polizist sich ihnen näherte. Er blieb vor der Bank stehen und wollte etwas sagen, doch Miyu kam ihm zuvor. »Gehen Sie aus meinem Blickfeld.«

Der Mann starrte Sneijder an. »Tun Sie, was sie gesagt hat«, verlangte Sneijder.

Der Polizist trat zur Seite. »Ich nehme an, Sie sind Sneijder. Ich bin der Einsatzleiter. Mein Name ist …«

»Ist mir egal, wie Sie heißen. Informieren Sie mich über die Lage.« Sneijder hob die Hand und streckte drei Finger aus. »In drei knappen und präzisen Sätzen!«

Der Mann schluckte, murmelte irgendetwas Abfälliges über das BKA, dann räusperte er sich. »Der mutmaßliche Verdächtige konnte …«

»Das ist kein *mutmaßlicher Verdächtiger*!«, fiel Sneijder ihm ins Wort. »Otto Jäger ist ehemaliger Stasi-Offizier und hat in den letzten dreißig Jahren dafür gesorgt, dass mindestens hundert Menschen von der Bildfläche verschwunden sind. Außerdem hat er auf seiner Flucht bisher mehrere Menschen niedergestochen.« Er blickte den Polizisten auffordernd an.

»Ja, also dieser Otto Jäger ist hier in das Gebäude eingedrungen.« Der Polizist deutete zu einer der Eingangstüren. »Von da aus kommt er nicht in den Innenhof und auch nicht in die anderen Bereiche des Plattenbaus.«

»Er sitzt also in der Falle«, stellte Sneijder fest.

Der Polizist nickte. »Allerdings hat er von dieser Tür aus die Möglichkeit, sich in einer von insgesamt fünfundfünfzig Wohnungen zu verstecken.«

»Oder im Keller«, ergänzte Sneijder.

»Oder auf dem Dachboden«, fügte Miyu hinzu.

»Richtig. Meine Leute haben sowohl Keller als auch Garagen, Abstellräume und Dachböden durchsucht. Dort ist er nicht. Außerdem haben wir bereits alle Wohnungen inspiziert.«

»Alle fünfundfünfzig?«, fragte Sneijder.

»Ich habe insgesamt dreißig Leute im Einsatz und …«

»Danach habe ich nicht gefragt. Alle fünfundfünfzig Wohnungen?«

Der Mann amtete geduldig durch. »Sieben Familien sind im Urlaub, und an deren Wohnungstüren haben wir keine Spuren eines gewaltsamen Eindringens gefunden. Die restlichen Wohnungen haben wir durchsucht. Aber Otto Jäger ist in keiner davon.«

Sneijder drückte den Daumen fest in den Handrücken und verzog das Gesicht. »Dann gibt es nur zwei Möglichkeiten: Entweder Sie haben ihn übersehen, weil er eine Familie als Geisel genommen hat und sie bedroht, damit sie ihn weiterhin versteckt …«

»… oder er ist, ohne Spuren zu hinterlassen, in eine der sieben leer stehenden Wohnungen eingedrungen«, ergänzte Miyu.

Sneijder nickte. »Werfen Sie einen Blick in die sieben Wohnungen.«

»Und dann? Sollen wir die anderen noch mal durchsuchen?«

Sneijder wehrte ab. »Unnötig. Wenn Sie ihn beim ersten Mal nicht gefunden haben, wird es Ihnen beim zweiten Mal auch nicht gelingen.«

Miyu sah zum Haus empor. »Der Bau ist nicht sehr breit. Haben alle infrage kommenden Wohnungen Fenster zur Straßenseite?«

»Ja.«

Sie drehte sich leicht zu Sneijder, blickte ihn aber nicht an. »Ich habe eine Idee, wie wir herausfinden könnten, wo er sich versteckt hält.«

»Raus damit!«

»Wir brauchen mehr Einsatzfahrzeuge und Rettungswagen mit Blaulicht auf dem Areal.« Ihr Blick war wieder auf die Häuserfront gerichtet. Einige neugierige Bewohner standen auf den Balkonen, blickten hinunter oder sahen hinter den Vorhängen hervor.

Plötzlich dämmerte Sneijder, worauf Miyu hinauswollte. »Fordern Sie außerdem so viele Feuerwehrautos an, wie Sie bekommen können«, sagte er.

»Feuerwehr?«, wiederholte der Einsatzleiter. »Also, wenn Sie mich fragen …«

»Ich frag Sie aber nicht! Parken Sie alle Fahrzeuge direkt vor dem Haus, hier auf der Wiese, und veranstalten Sie einen richtigen Tumult.«

»Okay, wie Sie wollen. Noch was?«

»Ja, den Grundriss der gesamten Wohnanlage mit allen Wohnungen«, verlangte Sneijder.

»Am besten digital.« Miyu nannte ihm ihre E-Mail-Adresse.

»So etwas aufzutreiben wird schwierig.«

»Mein Kollege Marc Krüger kann Ihnen dabei helfen, beeilen Sie sich!«

Der Polizist sah sie beide an, als wären sie verrückt, dann wandte er sich kommentarlos ab, zückte sein Handy und begann zu telefonieren, während er wegmarschierte.

Im Moment konnten sie nur warten. Sneijder schickte Marc eine SMS, dann setzte er sich neben Miyu auf die Bank und zündete sich einen Joint an. Miyu schwieg. Anders als Sabine Nemez war es ihr wirklich völlig gleichgültig, wie Sneijder sich gegenüber Dritten verhielt. *Hat seine Vorteile, wenn man mit einer Autistin zusammenarbeitet. Aber wird sie das hier durchhalten?* Als Kripopsychologe wusste er einiges über Autismus, doch die unterschiedliche Ausprägung sämtlicher Symptome war so grundverschieden, dass jeder Autist einzigartig war. Und genau das war sein Problem. Er musste wissen, ob er sich auf sie verlassen konnte und ob sie es schaffte, langfristig als Ermittlerin beim BKA zu arbeiten. Falls nicht, war jetzt die beste Gelegenheit, die Reißleine zu ziehen.

Er drehte sich zu Miyu. »Halten Sie das aus, wenn hier gleich die Hölle losbricht?«

Sie runzelte die Stirn. »Meiner Auffassung nach existiert so etwas wie eine Hölle nicht.«

»Ich meinte das nicht wörtlich, sondern den ganzen Trubel. Werden die Reize nicht zu viel für Sie?«

Sie beobachtete immer noch die Wohnungen. »Wenn ich als Ermittlerin arbeiten will, muss ich lernen, damit umzugehen.«

»Und wie kommen Sie damit zurecht, dass Ihr Gehirn ständig auf Hochtouren arbeitet?«

»Ich bin nichts anderes gewöhnt – mein Verstand ist wie ein Handy, auf dem unzählige Apps gleichzeitig laufen.«

»Und wenn die Batterie leer wird?«

»Das darf nicht passieren, darum lebe ich mit fixen Ritualen.

Was immer gleich abläuft, kostet weniger Energie. Aber es stellt mich vor große Herausforderungen, wenn etwas unvorhersehbar oder unlogisch abläuft.«

»Aber Menschen verhalten sich fast immer unlogisch. Das macht es so schwierig, besonders in unserem Beruf.« Er beugte sich nach vorne, nahm einen Zug, blickte auf die Armbanduhr und wieder zum Hochhaus. »Warum wollen Sie unbedingt Profilerin werden?«

»Mein Vater ist Polizist. Mit neun habe ich sein Holster, die Pistole und die Dienstmarke heimlich aus dem Safe unserer Wohnung geholt, angelegt und seine Dienstmütze aufgesetzt.«

»Und plötzlich hatten Sie eine Identität«, vermutete er.

»Und einen Platz in der Gesellschaft, und da beschloss ich, Polizistin zu werden.«

»Obwohl Sie wussten, dass Sie unter dieser Beeinträchtigung leiden?«

Sie beobachtete weiterhin die Häuserfront. »Ich weiß, Autismus zählt zu den psychischen Behinderungen, aber ich wünsche mir keine *Heilung*. Ich sehe das nicht als *Krankheit*, sondern als normalen Teil meiner Persönlichkeit. Ich habe gelernt, damit zurechtzukommen.«

Diese Frau faszinierte ihn – und er entdeckte so vieles von sich selbst in ihr. »Ich verstehe, was Sie meinen …«, er nahm wieder einen Zug, ließ den Rauch lange in der Lunge und starrte in die Glut, »… Homosexualität wurde früher auch als Krankheit bezeichnet, die man heilen musste.« Er betrachtete sie von der Seite. In Miyus Augen blitzte der Anflug eines Lächelns auf. »Wie machte sich der Autismus bei Ihnen als Kind bemerkbar?«

Sie musste nicht lange überlegen. »Ich habe meiner Mutter nie die Arme entgegengestreckt, um hochgehoben zu werden. Ich habe nie zurückgelächelt, hielt nie Blickkontakt.«

»Haben Sie auf Fragen geantwortet?«

Sie schüttelte den Kopf. »Ich wusste nicht, dass ich gemeint war. Mutter dachte anfangs, ich wäre schwerhörig. Darum bin ich erst mit fünf Jahren in den Kindergarten und mit sieben in die Schule gekommen.«

Sneijder blickte wieder auf die Armbanduhr. *Mann, immer noch keine Einsatzfahrzeuge hier!* »Wurden Sie wenigstens später von Ihren Eltern entsprechend gefördert?«

Miyu starrte lange Zeit auf das Gebäude, ihre Augen wanderten hin und her. »Als meinem Vater klar wurde, dass ich auch zur Polizei wollte, habe ich fast täglich von ihm zu hören bekommen, dass ich nichts tauge. *Den Job schaffst du nie! Dem Druck bist du nicht gewachsen!* Meine Tante Akiko hat mir schließlich vom BKA … und von Ihnen erzählt.« Ein Lächeln huschte über ihre schmalen Lippen.

»Wollten Sie deshalb keine gewöhnliche Streifenpolizistin werden, sondern gleich zum BKA gehen, um Ihrem Vater etwas zu beweisen?«

»Nicht ihm, sondern mir. Ich brauche das für mein Selbstbewusstsein.«

»Sie haben keinen leichten Weg gewählt.«

»Für mich ist überhaupt kein Weg leicht.« Sie sah ihn kurz an. »Es gibt keine Alternative. Ich muss mich dieser Herausforderung stellen und sie überwinden – oder daran scheitern.«

Sneijder wollte etwas sagen, aber endlich näherte sich der Konvoi aus Krankenwagen und Feuerwehrautos, gefolgt von einem Großaufgebot an Polizeiautos mit Blaulicht. Alle Fahrzeuge parkten direkt vor der Wohnhausanlage.

»Okay«, murmelte Sneijder, trat den Joint aus, beugte sich nach vorn und stützte sich auf die Knie. »Es geht los. Dann zeigen Sie mal, was Sie können.« Er nickte zum Haus. »Wo ist Otto Jäger?«

»Daran arbeite ich schon die ganze Zeit.« Ihr Blick war immer noch geradeaus gerichtet, als versuchte sie angestrengt, das ganze

Tohuwabohu auszublenden. Ohne den Blick vom Haus zu nehmen, zog sie ihr Tablet aus dem Rucksack und legte es sich auf den Schoß. Nachdem sie es eingeschaltet hatte, piepte es. Die E-Mail mit dem Grundrissplan war da. Miyu öffnete den Plan und warf einen kurzen Blick darauf. Dann betrachtete sie wieder die Häuserfront. In der Zwischenzeit inszenierten die Einsatzfahrzeuge ein richtiges Lichtermeer. Leute liefen herum, Kommandos wurden gebrüllt. Auf den Balkonen und hinter den Fenstern tat sich etwas. *Ja, so etwas sieht man nicht alle Tage vor der eigenen Haustür.*

Miyu scrollte auf dem Tablet rauf und runter und zeigte Sneijder bestimmte Wohnungen auf dem Plan. »Hier, hier und hier hat jemand aus dem Fenster gesehen ... und auf diesen Balkonen hat jemand gestanden.«

Nach und nach schlossen sie sämtliche Wohnungen aus, in denen sich neugierige Bewohner für den Einsatz interessierten. Wenn sie mit ihrer Theorie richtiglagen, dann würden weder Otto Jäger noch die Familienmitglieder, die er als Geisel genommen hatte, neugierig am Fenster stehen. Stattdessen würden sie sich taub und stumm stellen und versuchen, sich so unauffällig wie möglich zu verhalten.

Der Einsatzleiter trat wieder zu ihnen, an seiner Seite Marc mit seiner Umhängetasche und seinem Notebook unterm Arm. »Na, sind Sie jetzt zufrieden?«, fragte der Polizist übel gelaunt.

Sneijder ignorierte die Frage. »Haben Sie die sieben Wohnungen durchsucht?«

»Ja, Fehlanzeige!«

»Welche sind es?«

Marc, der als Beobachter in die ganze Aktion mit eingebunden war, nannte ihnen die Etagen und Türnummern, die Miyu ebenfalls gedanklich eliminierte. »Dann bleibt letztendlich nur eine zurzeit bewohnte Wohnung übrig«, sagte sie schließlich und schaltete ihr Tablet aus, »in der sich, seit wir hier sitzen, kein Vorhang bewegt und kein Licht gebrannt hat.«

Der Einsatzleiter starrte sie mit offenem Mund an.

»Fünfte Etage, die letzte Wohnung ganz rechts«, sagte Miyu.

»Dort oben?« Der Polizist hatte den Arm bereits zur Hälfte gehoben.

»Hand runter!«, befahl Sneijder. »Wer wohnt dort?«

Der Polizist nahm den Arm wieder herunter und führte ein kurzes Gespräch mit einem Kollegen über Funk. »Herr und Frau Ahrens, ein älteres Ehepaar«, sagte er anschließend. »Sollen wir sie noch einmal befragen?«

»Nein.« Sneijder stand auf. »Ihre Leute haben sich schon einmal täuschen lassen. Wir übernehmen ab jetzt.«

79. Kapitel

Nachdem Sneijder lange Zeit an der Wohnungstür der Familie Ahrens geläutet und schließlich einen Schatten hinter dem Türspion gesehen hatte, hörte er das Klimpern einer Sicherheitskette. Die Tür wurde geöffnet und ein älterer gebeugter Herr am Stock sah ihn fragend an. Hinter ihm stand eine ungefähr gleichaltrige Frau, die neugierig auf den Gang linste.

»Herr und Frau Ahrens?« Sneijder zeigte ihnen seinen Ausweis. »Maarten S. Sneijder, Bundeskriminalamt Wiesbaden. Meine Kollegen und ich müssen diese Wohnung zu Ihrer eigenen Sicherheit durchsuchen.« Er drängte sich an dem Ehepaar vorbei in den Vorraum, gefolgt von Miyu und Marc.

Viele gerahmte Schwarz-Weiß-Fotos und verblasste Farbbilder aus den 70er- und 80er-Jahren hingen an der tapezierten Wand neben den Kleiderhaken. Aus der angrenzenden Küche roch es würzig nach frisch gekochtem Abendessen.

»Es war schon jemand von der Polizei hier«, sagte der Mann freundlich. »Bei uns ist alles in Ordnung.«

»Wirklich?«, fragte Sneijder.

»Ja, wir sind vollkommen sicher.«

Sneijder senkte die Stimme. »Wenn ich Ihnen recht gebe, liegen wir beide falsch – und das wissen Sie!«

»Ich weiß nicht, was Sie meinen«, mischte sich nun die Frau in das Gespräch. »Aber kommen Sie doch erst mal weiter. Wollen Sie etwas trinken?«

Sneijder irritierte die Freundlichkeit, umso genauer sah er sich in der Wohnung um. Es war eines der kleinen Sechzig-Quadratmeter-Apartments mit Küche, Wohn- und Schlafzimmer ohne Balkon. »Haben Sie das Großaufgebot an Einsatzfahrzeugen vor Ihrem Haus bemerkt?«, fragte er.

»Ja, haben wir, aber das interessiert uns nicht.«

Sneijder war sich zu hundert Prozent sicher, dass sich Otto Jäger hier versteckte. *Aber wo?* Und wie hatte er es geschafft, das Ehepaar so einzuschüchtern, dass sie nicht sofort die erstbeste Gelegenheit ergriffen, um aus der Wohnung zu fliehen? Entweder hatten sich Miyu und er doch geirrt, oder etwas war hier mächtig faul.

»Wonach suchen Sie?«, fragte die Frau nun neugierig.

Sneijder legte den Finger auf die Lippen, dann zog er sachte die Pistole aus dem Holster. »Sind Sie in Gefahr?«, flüsterte er.

»Was?«, krächzte der Alte.

»Wo ist er?«, raunte Sneijder.

»Wer?«

O Mann! Er bedeutete Miyu und Marc mit einem Kopfnicken, die Wohnung zu durchsuchen. Mit gezogenen Waffen gingen sie ins Wohnzimmer, öffneten die Schränke, warfen einen Blick in Küche, Bad und Klo, gingen ins Schlafzimmer, öffneten auch dort die Schränke und warfen einen Blick hinter die Vorhänge und unter das Bett. *Fehlanzeige!*

»Wollen Sie wirklich nichts trinken?«, fragte die Frau.

Verdomme! Sie hatten sich tatsächlich geirrt. Bis auf das Ehepaar war niemand hier. Sneijder steckte die Waffe ins Holster. »Ist er hier gewesen?«

»Wer denn?«, fragte der Alte. Seine Hand zitterte.

Die beiden waren nicht die Spur verängstigt, nur etwas nervös und viel zu freundlich. *Nervös*, wiederholte Sneijder in Gedanken. *Ja, richtig! Warum sind die nervös? Die haben doch gar keinen Grund, die Nerven zu verlieren. Es sei denn …*

Miyu sah sich stirnrunzelnd im Schlafzimmer um. »Die Wohnung ist viel zu klein«, stellte sie fest.

»Wir leben seit vierzig Jahren hier, da gewöhnt man sich dran«, erklärte die Frau. »Setzen wir uns doch in die Küche und …«

Unbeeindruckt blieb Miyu stehen. »Laut Plan ist es eine sechzig Quadratmeter große Wohnung, und dieser Raum müsste viel breiter sein.« Sie blickte zum Schrank.

Richtig! Sneijder wäre das nicht aufgefallen, er hatte nur die ganze Zeit das vage Gefühl gehabt, dass hier etwas nicht stimmte. Jetzt zog er erneut die Waffe, ging zum Schrank und öffnete die Türen noch einmal. Es roch nach Lavendel, Mottenkugeln und altem Stoff. Mit einem Ruck schob er die Kleiderbügel an der Stange beiseite. Dahinter befand sich eine dunkle Bretterwand. »Was liegt hinter dieser Wand?«

»Gar nichts, nur die Mauer.« Der Mann hakte sich bei seiner Frau unter, als wollte er sie beschützen.

Sneijder klopfte gegen die Wand. Dahinter klang es hohl.

»Ich will sofort wissen, was Sie hier suchen!«, verlangte die Frau, die nun schlagartig ihre Freundlichkeit verloren hatte.

»Ich habe weder die Zeit, Ihnen das zu erklären, noch die Buntstifte, um es aufzumalen«, konterte Sneijder.

»Verschwinden Sie aus unserer Wohnung«, rief die Frau jetzt fast schon hysterisch. »Und nehmen Sie Ihren Kindergarten mit.«

Wie rasch sich das Blatt wenden kann. Sneijder blickte zu Miyu und Marc. Beide zielten mit ihren Waffen auf den Schrank. Dann holte er aus und trat gegen die Bretterwand.

»Nicht!«, kreischte die Frau.

Die Wand flog krachend und splitternd aus dem Rahmen. Dahinter lag ein schmales Versteck von etwa fünf Quadratmetern. Unter einem Lampenschirm an der Decke brannte eine mickrige Glühbirne. Die Wände waren mit alten Fahnen, Plakaten und Bildern tapeziert. In den Regalen befanden sich Helme, Bücher, vergilbte Zeitschriften, bedruckte Uniformmützen, Gürtelschnallen, blank polierte Orden und altertümliche Waffen. Auf dem Boden standen gerahmte Ölgemälde, daneben Stiefel, und auf einer Kleiderpuppe hing eine Uniform mit Anstecknadeln.

Die Kammer war vollgestopft mit DDR-Devotionalien. Und da wurde Sneijder klar, dass Otto Jäger keine Geiseln genommen, sondern das Ehepaar ihn freiwillig versteckt hatte. Und somit war es auch kein Zufall gewesen, dass Otto Jäger auf der Flucht vor der Polizei ausgerechnet in diesen Trakt des Plattenbaus gerannt war. Offenbar waren die Ahrens' Sympathisanten aus alten Zeiten.

Sneijder richtete die Waffe auf einen älteren Herrn mit der gedrungenen Figur eines ehemaligen Boxers, der neben der Kleiderpuppe verharrte. Auch seine Nase wirkte, als hätte sie im Laufe seines Leben einiges abbekommen, und sein finsterer Blick wurde noch durch eine lange tiefe Narbe betont, die eine der Augenbrauen ersetzte.

»Otto Jäger?«, fragte Sneijder formhalber.

»Hab schon von Ihnen gehört, Sneijder«, sagte der Mann trocken. »Als ich Ihren Akzent durch die Wand aufgeschnappt habe, wusste ich, dass Sie das Versteck finden würden.« Er hielt eine 4,5 mm Makarov in der Hand, die vermutlich aus einem der Regale stammte, und deren kurzen Lauf er jetzt auf Sneijder richtete. Allerdings lag sein Finger nicht am Abzug.

»Ist die Knarre geladen?«, fragte Sneijder.

Jäger verzog den Mund. Seine Kiefermuskeln mahlten. »Nein«, gab er schließlich zu.

»Meine schon«, sagte Sneijder.

80. Kapitel

Nachdem die Polizeibeamten das Ehepaar Ahrens abgeführt hatten und am Gang vor der Eingangstür zwei Beamte postiert worden waren, saßen sich Sneijder, Miyu, Marc und Otto Jäger allein am Wohnzimmertisch gegenüber.

Sneijder hätte entweder einen Lügendetektortest oder trickreiche psychologische Verhörtechniken anwenden können, aber Otto Jäger hatte früher bei der Stasi gearbeitet und kannte vermutlich genug Kniffe, um solche Tests auszutricksen. Auf diese Weise hatte Sneijder keine große Chance, etwas herauszufinden, und Otto Jäger wusste das. Außerdem arbeitete die Zeit gegen Sneijder, also blieb ihm nur noch die brachiale direkte Methode.

»Lassen Sie uns ein kurzes Gespräch führen, bevor die Polizei Sie abführt«, begann Sneijder.

Jäger war ziemlich angespannt. Seine Hände lagen zu Fäusten geballt, so groß wie Vorschlaghämmer, vor ihm auf dem Tisch, die breiten Gelenke in engen Handschellen. »Ich sage nichts ohne meinen Anwalt«, knurrte er.

»Jaja, schon klar.« Sneijder zündete sich eine Zigarette an. »Es ist aus. Ihre Firma ist aufgeflogen. Gerda Böhm ist tot. Wir haben Ihre Vorgehensweise über die Annoncen in der SZ aufgedeckt. Nach und nach werden wir alle Fälle aufrollen.« Er nahm einen langen Zug. »Von der Juristin Hagedorn, die 1989 auf dem Parkplatz des Flughafens Dresden verschwunden ist, bis zur Entführung von Richter Heinz Gerlach.«

Jäger schwieg.

»Und deshalb …«, fuhr Sneijder fort, wurde aber von einer Polizistin unterbrochen, die hereinkam, sich zu ihm herunterbeugte und ihm ins Ohr flüsterte: »Ich soll Ihnen vom Einsatzleiter ausrichten, dass Frau Ahrens die ältere Schwester von Otto Jäger ist.«

Sneijder nickte, ließ sich aber nichts anmerken und wartete, bis die Polizistin weg war. »Sie scheinen ein harter Bursche zu sein«, sagte er zu Jäger und beugte sich nach vorn. »Das Ehepaar Ahrens auch? Ich kann die beiden ganz schön rannehmen. Sie wissen sicher, dass eine U-Haft oft viele Monate dauert, manchmal sogar Jahre, und die Bedingungen schlechter sind, als wenn man verurteilt im Knast sitzt.«

Jäger schwieg.

»Die beiden werden voneinander getrennt und sehen sich vermutlich nur noch ein letztes Mal in ihrem Leben wieder, wenn sie in einem Jahr oder noch später den Urteilsspruch des Gerichts zu hören bekommen – falls sie bis dahin überhaupt noch gesund und am Leben sind.«

Jäger knirschte mit den Zähnen. »Sie wollen mich erpressen?«

»Aber nein«, Sneijder lächelte kalt, »ich überlasse es nur Ihnen, wie die Zukunft des Ehepaars Ahrens aussieht. Noch ein paar Jährchen in dieser Wohnung mit ihrem Schrank voller schöner DDR-Erinnerungen, oder in einer kalten kahlen Zelle, die sie garantiert nicht mehr lebend verlassen.«

»Das Ehepaar Ahrens ist mir völlig gleichgültig.«

»Ihre eigene Schwester?« Sneijder hob kurz die Augenbrauen, dann senkte er die Stimme. »Ich werde die Frau sehr hart rannehmen, das verspreche ich Ihnen.«

Jäger spannte die Muskeln an. »Meine Schwester und ihr Mann haben nichts mit dieser Sache zu tun.« Er machte eine Pause. »Was wollen Sie wissen?«

Sneijder lächelte kurz. »Sie übernehmen einen Auftrag im Quartal, richtig?«

Jäger nickte widerwillig.

»500.000,– Euro pro Job?«

Jäger hob die breiten Schultern. »Kommt drauf an. Manchmal wird mehr geboten, manchmal weniger.«

»Was haben Sie und Ihre Kollegen mit dem Geld gemacht? Immerhin leben Sie in einer Schrebergartenhütte«, stellte Sneijder fest.

Otto blieb gefasst. »Ich kann nur für mich sprechen. Mit meinem Anteil habe ich den Kampf meiner sozialistischen Kameraden im Ausland unterstützt.«

»Gerda ebenfalls? Sie sah nicht gerade aus, als hätte sie enorme Summen für ihren eigenen Lebensstil verwendet.«

Otto knirschte mit den Zähnen. »Wir waren uns ziemlich ähnlich.«

»Sie sehen sich als Idealisten?«

»Ist nicht jeder Mensch auf eine gewisse Weise ein Idealist?«

Sneijder ließ sich auf die Diskussion nicht ein. »Ist die Warteliste für Neukunden lang?«

»Nicht besonders.«

»Das heißt, Sie bekommen im Durchschnitt nicht viele Angebote auf Ihre Ausschreibungen in der Zeitung?«

Jäger verzog das Gesicht. »Vier bis fünf pro Quartal.«

»Woher erfahren Ihre Kunden, dass es Sie gibt? Mundpropaganda?«

»Wir haben nie Werbung gemacht. Im Gegenteil. Haben immer darauf geachtet, dass niemand von uns erfährt – aber wenn Klienten zufrieden sind, spricht sich das herum. Man wird weiterempfohlen.«

»Das alte Motto – mit zufriedenen Kunden ist noch kein Unternehmen gescheitert.« Sneijder lächelte. »Aber woher wussten Ihre exklusiven Kunden, dass sie sich mit einem entsprechenden Kennwort – dem Namen eines Vivaldi-Konzertes – auf Ihre Annoncen melden mussten? Ebenfalls Mundpropaganda?«

Jäger nickte.

»Warum haben Sie dieses System mit den Annoncen und Chiffrenummern so kompliziert aufgezogen?«

Jäger beugte sich nach vorn. »Was denken Sie? Reine Absicherung, damit sich nicht zu viele dumme Kleinganoven bei uns melden. Das war auch der Grund, warum uns so lange niemand auf die Schliche gekommen ist.«

Sneijder nickte. »Wer genug Geld hat, um jemanden für immer verschwinden zu lassen, engagiert die GmbH, richtig? Eine nette Geschäftsidee mit der Biogasanlage, Autopresse und Müllverbrennungsanlage.«

Jäger schwieg, was Sneijder als Bestätigung deutete. Er wurde wieder ernst. »Woher beziehen Sie Ihre Informationen, die Sie für die jeweilige Planung brauchen?«

»Wir haben Kontakt zu ehemaligen pensionierten Polizeikollegen, die sich immer noch regelmäßig auf Weihnachtsfeiern und Polizeibällen treffen.«

»Aufgrund welcher Kriterien entscheiden Sie sich für einen Job?«

»Sicherheit geht vor. Wenn der Job zu gefährlich und die Wahrscheinlichkeit zu hoch ist, dass einer von uns verletzt werden könnte, lehnen wir ab. Da nützt es auch nichts, wenn ein Klient die doppelte Prämie des üblichen Honorars anbietet.«

»Sie sind niemals ein Risiko eingegangen?«

»Wenn es sich vermeiden ließ, nicht. Ich hätte keine einzige Nacht ruhigen Schlafs gegen die Chance auf zusätzliche Gewinne eingetauscht.«

»Wann haben Sie noch abgelehnt?«

»Wenn der Job zu kurzfristig war und uns nicht genügend Vorbereitungszeit blieb, oder wenn wir zu weit reisen mussten …« Jäger öffnete und schloss die Fäuste und spannte den Bizeps an. »… Wenn wir dafür noch zusätzliche Leute hätten engagieren müssen, oder wenn es sich um Kinder gehandelt hat.«

»Heinz Gerlach war demnach der perfekte Job.«

Jäger schwieg.

»Und bei Gerlachs Stieftochter hatten Sie keine Skrupel?«

»Die war schon neunzehn.«

War. Bei Sneijder schrillten die Alarmglocken, aber er ließ sich seine Besorgnis nicht anmerken. Zum Glück hatte auch Marc sein Pokerface aufgesetzt, und Miyu verharrte sowieso wie sonst auch reglos neben ihm.

»Warum haben Sie eigentlich nicht nur den Richter, sondern auch gleich seine Frau und die Stieftochter verschwinden lassen? Entsprach das dem Auftrag?«

»Darauf gebe ich keine Antwort.«

»Mittlerweile wissen Sie sicher schon, dass Sie mit Jasmin Pulaski die falsche Person entführt haben«, stellte Sneijder fest. »Lebt sie noch?«

Jäger atmete tief durch. »Das weiß ich nicht.«

»Das wissen Sie nicht?«

Jäger schüttelte den Kopf. »Lag nicht in meiner Verantwortung.«

»In wessen dann?«

Jäger schwieg.

»Hat Gerda Böhm das entschieden?« Sneijder wartete, erhielt jedoch keine Antwort. »Wie viele aktive Mitglieder gehören noch zu Ihrer Gruppe?« Sneijder zog an der Kippe, behielt den Rauch lange in der Lunge und atmete dann langsam aus. »Drei … zwei … einer?« Jägers Augenlid zuckte verräterisch. »Also noch einer«, stellte Sneijder fest. »Wie heißt er und wo finde ich ihn?«

»Ich denke, ich habe Ihnen jetzt genug verraten«, murrte Jäger.

»Wie heißt dieser Kollege?«

»Ich sagte, das war genug!« Jäger spannte die Muskeln an und zerrte an den Handschellen. »Sie haben Ihre Antworten erhalten. Jetzt lassen Sie meine Schwester und ihren Mann frei. Außerdem möchte ich sofort mit meinem Anwalt telefonieren.«

Jäger war ein cleveres Kerlchen. Er hatte mitgespielt und sich so lange Sneijders Fragen angehört, bis er erfahren hatte, was sie alles wussten. *Du wolltest bloß herausfinden, wie dicht wir deinem Kollegen schon auf den Fersen sind! Und jetzt, wo wir mehr über deinen Kumpel wissen wollen, blockst du ab.* Sneijder lehnte sich zurück. »Sie kriegen Ihr Telefonat – aber ich rufe an Ihrer Stelle an.«

»Einverstanden.« Jäger nannte ihm den Namen und die Telefonnummer seines Anwalts. *Dr. Lorenzen.* Sneijder kannte den Mann, einen korrupten Strafverteidiger, der mit allen Mitteln arbeitete und sich auf harte Kriminalfälle spezialisiert hatte.

»Gut, ich verständige ihn, dass Sie hier sind.« Sneijder lächelte.

Marc sah ihn verblüfft an. »Das war's?«

Sneijder nickte. »Das war's.« Er griff zum Handy, sah jedoch noch einmal zu Jäger, bevor er die Nummer des Anwalts wählte. »Meine Bedingung lautet jedoch, dass Sie hier in diesem Raum mit ihm sprechen. Maximal zehn Minuten. Wir warten inzwischen vor der Wohnung. Danach werden Sie direkt dem Haftrichter vorgeführt und kommen unverzüglich in U-Haft. Einverstanden?«

»Bleibt mir eine andere Möglichkeit?«

»Diese oder keine«, antwortete Sneijder.

Jäger nickte, und Sneijder wählte Lorenzens Nummer.

81. Kapitel

Eine Dreiviertelstunde später saßen Sneijder und Otto Jäger immer noch in der Wohnung, wo sie auf Jägers Anwalt warteten. Mittlerweile war es kurz nach achtzehn Uhr.

»Wir sind fertig«, sagte einer der Kripobeamten schließlich. Er und seine Kollegen von der Spurensicherung hatten alles in der Wohnung auf den Kopf gestellt, sämtliche Waffen in dem geheimen Raum beschlagnahmt und die Türen zu Bad, Wohn- und Schlafzimmer versiegelt. Sneijder und Jäger war nur noch die halb leer geräumte Küche übrig geblieben, wo sie einander gegenübersitzen konnten. Sicherheitshalber war dort von der Polizei das alte Festnetztelefon abmontiert und sämtliches Besteck aus den Küchenschubladen entfernt worden.

Mittlerweile hatte Sneijder erfahren, dass das Ehepaar Ahrens wirklich nichts mit Oberst Hildebrandt, Gerda Böhm und der GmbH zu tun hatte. Sie waren bloß mit Otto Jäger verwandt und wie er Mitglieder der kommunistischen Partei. Bestimmt hatten sie gewusst, dass er kriminell war, und ihm ein Versteck für den Notfall angeboten, ansonsten aber nichts von seinen Machenschaften geahnt.

Sneijders Handy läutete. Es war Pulaskis Nummer, und Sneijder drückte den Anruf weg. Im Moment hatte er keinen Kopf, sich mit Pulaski auseinanderzusetzen. Nur eine Minute später kam dessen SMS. *Halte es im Krankenhaus nicht mehr aus! Wo sind Sie?*

Mürrisch tippte Sneijder eine kurze Antwort. *Zwickau – machen Fortschritte – melde mich später!* Damit war die Sache für ihn erledigt. Kurz darauf erhielt Sneijder den heiß ersehnten Anruf von Marc. Zu diesem Zeitpunkt saßen Miyu und Marc in einem Polizeibus vor dem Plattenbau, wo sie das Ehepaar Ahrens immer noch befragten. »Lorenzen ist da«, sagte Marc.

»Soll raufkommen. Bis später.« Sneijder steckte das Handy in die Sakkotasche. »Ihr Anwalt ist in Kürze hier.«

Jäger nickte nur. Er hatte seit dem Ende der Befragung kein Wort mehr gesprochen, sondern nur vor sich hingebrütet und aus dem Fenster gestarrt.

Sneijder erhob sich. »Kaffee?«

Jäger schüttelte den Kopf, woraufhin sich Sneijder eine Tasse starken Kaffees brühte. Er hängte sein Sakko über die Stuhllehne, lockerte den Krawattenknoten, krempelte die Ärmel hoch und nippte, an die Spüle gelehnt, am heißen Kaffee. Kurz darauf hörte er das Geräusch von genagelten Schuhen im Gang. Dr. Lorenzen war da. Die Polizisten nahmen ihm vor der Tür sein Handy, einen Füllfederhalter und seinen Schlüsselbund mit einem Schweizermesser ab. Nachdem klar war, dass er keine weiteren Waffen dabei hatte, die er seinem Klienten heimlich zustecken konnte, wurde er in die Küche gebeten.

Lorenzen war ein großer stattlicher Mann mit vollen Koteletten und breitem Seehundschnauzer. Sein Anzug war genauso schäbig wie sein Charakter, und seine Krawatte hing so schief wie seine Vorstellung von Moral und Gerechtigkeit. »Sneijder«, sagte er nur und nickte ihm zu. Tiefe Abfälligkeit lag in seinem Blick. Aber das beruhte auf Gegenseitigkeit.

Lorenzen gab Sneijder nicht die Hand, doch der hätte sie ohnehin nicht genommen. »Sie haben zehn Minuten Zeit, danach wird Ihr Klient dem Haftrichter vorgeführt.«

»Was werfen Sie ihm vor?«

»Das soll er Ihnen selbst sagen.« Sneijder nahm die Tasse und verließ die Wohnung. Hinter ihm fiel die Tür ins Schloss. Der Gang und das Treppenhaus waren von der Polizei abgesperrt worden, vor der Tür standen noch zwei zusätzliche Beamte des Dresdner Spezialeinsatzkommandos, schwer bewaffnet und in voller Montur.

Sneijder stellte die Kaffeetasse achtlos auf eine Stufe und hastete die Treppe hinunter ins untere Stockwerk. Dort wartete Marc bereits auf ihn. An seinem Handy hingen zwei Ohrhörer; einen davon verwendete er selbst, den zweiten reichte er Sneijder.

»Zeichnest du das Gespräch auf?«, flüsterte Sneijder.

Marc nickte. »Die Qualität ist schlecht – aber du musst nicht flüstern, ich habe mein Mikro ausgeschaltet.«

Sneijder steckte sich den Stöpsel ins Ohr. Die Verbindung war tatsächlich nicht die beste, aber man konnte einigermaßen hören, was in der Küche gesprochen wurde. Bevor Sneijder sein Handy vorhin in der Küche in sein Sakko gesteckt hatte, hatte er den Anruf von Marc nicht unterbrochen, sondern nur so getan. Marc hatte ebenfalls nicht aufgelegt, und so stand diese Verbindung nun schon seit über zehn Minuten.

»Sind Abhörwanzen in dieser Wohnung?«, fragte Lorenzen. Knistern lag über seiner Stimme.

»Nein«, antwortete Jäger. *»Ist eine ganz normale Wohnung. Meine Schwester lebt hier mit ihrem Mann.«*

»Aber vielleicht haben uns die Bullen eine untergejubelt?«

»Ich habe die Typen von der Spurensicherung genau beobachtet. Die haben nichts angebracht.« Jemand schaltete ein Radio ein.

»Richtmikrofone?« Lorenzens Stimme wurde vom Radiolärm überlagert und war durch Sneijders Sakkotasche nur noch gedämpft und schwer zu verstehen.

Ein Stuhl ruckte. *»Lassen wir sicherheitshalber den Rollladen runter.«* Ein Knattern ertönte. Danach wurde das Radio noch lauter gedreht.

»Also, was ist passiert?«

»Mach dir um mich keine Gedanken mehr … Mein Leben ist

gelaufen … Die kriegen mich wegen Entführung und mehrfachem Mord.«

»Aber vielleicht könnten wir …«

»Nein, vergiss es! Ich habe keine Zeit für lange Diskussionen. Hast du die Tabletten mit?«

»Ist es jetzt wirklich so weit?«

»Ja.«

»Nimm drei davon und du schläfst wie ein Baby«, sagte Lorenzen. *»Nimm sechs und du fällst ins Koma. Nimm neun und du wachst nie mehr wieder auf.«*

Es raschelte. Eine Schranktür wurde geöffnet, das Klirren von Gläsern ertönte, gefolgt vom Rauschen des Wasserhahns.

»Otto, hast du dir das auch gut überlegt?«

»Du kennst doch Sneijder. Der lässt nicht locker, bis ich im Knast elend verrecke, aber ich gehe nicht wieder in den Bau.«

»Es ist eine Schande, dass es so enden muss.«

»Wir hatten eine schöne Zeit … Einen Gefallen musst du mir noch tun.«

»Jeden – spuck's aus.«

»Hast du ein Handy dabei?«

»Haben mir die Bullen abgenommen.«

»War ja klar. Sobald du wieder im Auto bist, musst du Ekkehard Lehmann anrufen.«

»Lehmann aus Dresden?«

»Ja, sag ihm, dass Gerda ausgestiegen ist und die Firma noch heute aufgelöst wird.«

»Sonst noch was?«

»Das ist alles. Hast du dir das gemerkt?«

»Sicher. Du hast noch eine Minute, bis die Tabletten wirken. Mach's gut, alter Freund.«

»Wir sehen uns auf der anderen Seite.«

Sneijder nahm den Stöpsel aus dem Ohr. »Das war's.« Er bedeutete Marc, die Verbindung zu unterbrechen. »Finde alles über diesen Ekkehard Lehmann raus. Und dann leite eine Fahndung ein.« Sneijder stürmte die Treppe ins obere Stockwerk und riss die Wohnungstür auf.

Lorenzen stand ihm bereits gegenüber. Sein Blick war düster und seine Miene sah aus, als hätte er ein aufgebrochenes Magengeschwür.

»Nehmen Sie den Mann wegen Beihilfe zum Suizid fest«, sagte Sneijder zu den Männern vom SEK. »Und geben Sie ihm sein Handy nicht zurück! Er darf unter keinen Umständen telefonieren, ist das klar?«

Lorenzen wollte protestieren, doch Sneijder fuhr sofort dazwischen. »Nein, das hier ist keine Demokratie und auf Ihre Rechte pfeife ich, Herr Anwalt, denn wir befinden uns in einer laufenden Ermittlung, und ich jage einen Mörder. Es ist Gefahr im Verzug, und ich versuche, das Leben einer jungen Frau zu retten.« *Eigentlich sind es zwei Menschenleben.* Sneijder blickte durch den Vorraum in die Küche und sah Otto Jägers Beine, die ausgestreckt und reglos auf dem Boden lagen.

Die Männer des SEK legten Lorenzen Handschellen an, während dieser tobte und ohne Ende Paragrafen zitierte.

»Verständigen Sie einen Krankenwagen«, sagte Sneijder zu den anderen Beamten. »Der Notarzt soll sofort heraufkommen und Otto Jäger den Magen auspumpen.«

Sneijder betrat die Wohnung und kniete sich neben Jäger hin, der röchelnd dalag, mit leicht blau angelaufenem Gesicht und Schaumbläschen vor dem Mund. Ehe die krampfartigen Anfälle kamen, drehte Sneijder ihn in eine stabile Seitenlage. *Du wirst durchkommen, dafür sorge ich. Um dann elend in einer Zelle zu verrecken.*

82. Kapitel

Während sich der Notarzt um Jäger kümmerte, hockte Sneijder auf der Wiese vor dem Plattenbau im Fond eines Polizeibusses und wartete auf das Ergebnis von Marcs Suche.

Indessen hörte sich Miyu die Aufzeichnung des mitgeschnittenen Telefonats an und nahm danach die Kopfhörer ab. »Lehmann hatten wir auch schon im Visier«, bemerkte sie. »Dokument Nummer 311.«

Sneijder nickte, dann wandte er sich ab. »Otto Jäger kommt durch«, erklärte er Staatsanwalt Franke, der über Videokonferenz mit ihnen verbunden war. »Allerdings wird er so sauer auf mich sein, weil ich ihm das Leben gerettet habe, dass wir kein Wort mehr aus ihm herausbekommen werden.«

»Das ist auch nicht nötig – ich hab Lehmann«, mischte sich Marc in das Gespräch. »Er wohnt in Loschwitz, dem Nobelstadtteil von Dresden, direkt am Elbeufer.«

Miyu hockte jetzt hinter Marc und sah über seine Schulter auf das Notebook. »Teure Villengegend.«

Sneijder rückte näher, um ebenfalls einen Blick auf das Notebook werfen zu können. Marc hatte die 3D-Satellitenansicht so gut wie möglich vergrößert. Das dreistöckige Gebäude war beeindruckend. Unten ein Wintergarten, unmittelbar darüber ein Erker und ganz oben ein Balkon. Die letzte Etage lag unter einem Spitzdach, und die Villa hatte sogar ein Turmzimmer. »Da sieht man den Unterschied«, murmelte Sneijder. »Die verdienen eine halbe Million pro Auftrag, Lehmann wohnt in diesem Prunkstück und Otto Jäger in einer Schrebergartenhütte.«

»Haben wir genug Beweise gegen diesen Lehmann in der Hand?«, wollte Franke wissen.

»Aus meiner Sicht ja. Alles deutet darauf hin, dass entweder er oder Gerda Böhm oder beide der Kopf der Bande sind.«

»Sneijder, sind das nur Indizien oder handfeste Beweise?«

»Uns bleibt keine Zeit, jetzt noch mehr herauszufinden. Wir müssen sofort handeln! Im Moment haben wir Otto Jäger, Dr. Lorenzen und das Ehepaar Ahrens zwar isoliert, aber wir müssen trotzdem davon ausgehen, dass Lehmann vielleicht irgendwie darüber informiert worden ist, dass wir kurz davor stehen, ihn zu fassen.«

»Also gut, ich lasse sofort einen Haftbefehl gegen ihn ausstellen und ihn festnehmen«, seufzte Franke.

»Die Dresdner Polizei soll es aber nicht genauso verbocken wie deren Kollegen hier bei Otto Jäger«, fügte Sneijder hinzu. »Vermutlich ist Lehmann unsere letzte Chance, Jasmin Pulaski lebend zu finden.« *Entweder er hält sie irgendwo gefangen – oder sie liegt auf dem Grund des Biogastanks.* »Wir fahren jetzt gleich los nach Dresden.« Sneijder wollte die Videokonferenz bereits beenden, als Miyu sich räusperte. »Ich würde ihn nicht verhaften«, mischte sie sich ein.

Sneijder hob gereizt eine Augenbraue. »Und warum?«

»Falls Jasmin Pulaski noch lebt, wird er uns kaum verraten, wo er sie versteckt hält.«

»Warum nicht?«

»Weil er genauso wie Gerda Böhm und Otto Jäger lieber sterben würde, als mit uns zu kooperieren.«

»Sie täuschen sich«, widersprach Sneijder. »Otto Jäger ist durch und durch überzeugter Kommunist, der in einer Schrebergartensiedlung gewohnt hat. Lehmann hingegen liebt den Luxus und ist materialistisch veranlagt – er wird uns garantiert einen Deal anbieten, um seine Haftbedingungen zu verbessern.«

»Er wird nicht reden«, beharrte Miyu.

»Okay.« Sneijder atmete tief durch und blickte auf die Uhr. »Angenommen, Sie haben recht, wie würden Sie vorgehen?« Er streckte drei Finger aus.

»Ich würde Lehmann den Hinweis zuspielen, dass Gerda Böhm und Otto Jäger tot sind und die GmbH aufgelöst wurde – und danach würde ich ihn beschatten, um herauszufinden, wohin er fährt.«

»Und wozu?«

»Um zu erfahren, wo er Jasmin Pulaski versteckt hält.«

»Da gibt es nicht viele Möglichkeiten. Falls sie noch lebt, dann hat er sie entweder in einem Miethaus, einem Container, einer Garage oder vielleicht sogar im Keller seiner Villa untergebracht«, sagte Sneijder leicht genervt. »Beim Verhör kriegen wir es heraus.«

»Dort ist sie sicher nicht«, beharrte Miyu.

»Und warum nicht?«

Miyu schloss kurz die Augen, als wollte sie sich konzentrieren. »Heinz Gerlach, seine Frau und Jasmin wurden vor einundneunzig Stunden am Kulkwitzer See entführt. Aber die Menschen, deren Leichenteile Gerda Böhm im Biotank entsorgt hat, wurden erst vor Kurzem, vermutlich erst heute Morgen, getötet. Warum erst so spät? Warum nicht gleich vor vier Tagen direkt im Wohnmobil?«

»Weiß ich nicht«, knurrte Sneijder. »Ist das so wichtig? Vielleicht gab es vorher keinen freien Termin in der Biogasanlage.«

»Weil diese Ex-Stasi-Offiziere ebenso clever wie vorsichtig sind«, gab Miyu sich selbst die Antwort. »Die haben vermutlich nie jemanden gleich vor Ort ermordet, sondern immer nur entführt, damit es nicht nach Mord, sondern nach spurlosem Verschwinden aussieht. Falls Sie in eine zufällige Polizeikontrolle geraten wären, wären sie nur wegen Kidnappings verhaftet worden und niemals wegen Mordes!«

»Worauf wollen Sie hinaus?«, drängte er.

»Sie töten ihre Opfer aus Sicherheitsgründen immer erst kurz bevor sie die Leichen verschwinden lassen. Zumindest würde ich es so tun. Und bestimmt ist dieser Lehmann ebenso vorsichtig. Sollte Jasmin noch leben, hält er sie garantiert nicht an einem Ort gefangen, den man zu ihm zurückverfolgen kann und wo man sie bei einer Hausdurchsuchung sofort finden würde, sondern woanders … an einem viel sichereren Ort.«

Sneijder blickte genervt auf die Uhr. »Und wo wäre der?«

»Das weiß ich noch nicht! Genau deshalb müssen wir Lehmann beobachten.«

»Miyu«, seufzte Sneijder. »So viel Zeit haben wir nicht.«

»Aber …«

»Bis jetzt waren Sie wirklich gut – ein Kompliment, das selten jemand von mir zu hören bekommt –, aber jetzt denken Sie um zu viele Ecken. Und selbst wenn Sie recht haben sollten …« Sneijder hob die Hand, um sie erneut zum Schweigen zu bringen. »… ist es ein gefährliches Hasardspiel, das Sie hier vorschlagen.«

»So wie das mit dem Zeitungsartikel?«, konterte sie.

Sneijder schnaubte. »Ihre Gedanken sind zu weit hergeholt, eine Spur zu kompliziert gedacht und viel zu gefährlich. Darum bin ich für Verhaftung, Hausdurchsuchung und Verhör.«

Franke nickte. *»Ich auch.«*

»Dann verlieren wir nicht noch mehr Zeit.« Sneijder unterbrach die Verbindung und stieg aus dem Wagen.

»Aber …«, begann Miyu erneut.

»Ich will kein Wort mehr hören. Sie wurden von mir überstimmt, tragen Sie es mit Fassung. Wir fahren zu Lehmanns Villa nach Dresden.«

Ihr Blick wurde noch kälter als sonst. »Gut, ich fahre mit, aber unsere Wege trennen sich dort«, entschied sie.

83. Kapitel

Sabine saß aufrecht im Trainingsanzug in ihrem Krankenbett, das Kopfkissen aufgeschüttelt, die Beine auf der Decke. Auf dem Nachttisch neben ihr stand das Tablett mit dem Teller und den Resten des Abendessens; Rindfleisch, Kartoffelpüree und Schokopudding. Auf ihrem Schoß lag eine aufgeschlagene Zeitschrift. Das TV-Gerät lief, aber sie hatte den Ton ausgeschaltet, weil sie schon seit Minuten nachdenklich ins Nichts starrte.

Sie hatte schon lange nichts mehr von Sneijder oder Marc gehört – zuletzt, als sich die Gruppe zu Mittag getrennt hatte, um zur Müllverbrennungsanlage, Schrottpresse und Biogasanlage zu fahren. *Meldet euch doch endlich!* Aber sie wollte weder Marc noch Sneijder anrufen, um die beiden nicht bei den Ermittlungen zu stören. Ebenso wenig wollte sie sich schon wieder im Krankenhaus in Polen nach Viktors Zustand erkundigen, nur um die Zeit totzuschlagen.

Während sie so vor sich hin brütete, läutete ihr Handy. Der Anruf einer ihr unbekannten Nummer. Als sie das Gespräch entgegennahm, hörte sie Miyus aufgebrachte Stimme.

»Hallo, Miyu, alles in Ordnung? Wo sind Sie gerade?«

»Ich … ich«, stammelte die junge Frau, und dann erzählte sie ihr von Inka Lehrs Freitod bei der Biogasanlage, derem letzten Anruf bei Otto Jäger, seiner Festnahme und dem Verhör im Plattenbau und der Spur, die zu Ekkehard Lehmann führte.

Sabine hörte die ganze Zeit, wie gestresst Miyu war. »Was stimmt denn nicht?«

Miyu sprudelte weiter drauflos und erzählte ihr von Sneijders geplanter Vorgehensweise und danach von ihrer eigenen Theorie. Endlich begriff Sabine, was passiert war. Miyu hatte eine eigene Spur, aber niemand vertraute ihr.

»Es ist nun mal so – wenn zwei sich streiten, hat immer Sneijder recht«, seufzte Sabine schließlich. Das kannte sie selbst von früher, wo sie und Sneijder auch nicht immer einer Meinung gewesen waren. Aber letztendlich war Sneijder ein alter Fuchs mit jeder Menge Erfahrung und Menschenkenntnis. Außerdem ließ er sich bei seinen Entscheidungen nie gern in die Karten blicken.

»Und um ehrlich zu sein«, fügte Sabine hinzu, »klingt es wirklich ziemlich logisch, was Sneijder sagt. Allerdings wundert es mich, dass er Ihre Idee einfach so abgeschmettert hat. Normalerweise ist er offen für unkonventionelle Ansätze und denkt zumindest kurz darüber nach.«

»Das hat er ja auch. Aber er musste eine Entscheidung treffen, und ich bin davon überzeugt, dass er die falsche getroffen hat.«

Sabine nickte. Bestimmt stand er massiv unter Zeitdruck und hatte noch dazu in den letzten fünf Tagen kaum geschlafen. »Was meint Pulaski dazu?«

»Der ist nicht mehr dabei«, antwortete Miyu. »Hatte bei der Biogasanlage fast einen Nervenzusammenbruch.«

»Das heißt, Sie sind mit Ihrer Theorie ganz allein.«

»Zu zweit – mit Ihnen«, sagte Miyu.

Sabine spürte eine Gänsehaut auf ihren Unterarmen. Nun hing alles an ihr. Sie sah aus dem Fenster. Die Dämmerung würde bald hereinbrechen. »An welchem Ort könnte Lehmann das Mädchen Ihrer Meinung nach versteckt halten?«

»Es müsste ein Ort sein, den niemand mit ihm in Verbindung bringt.«

Sabine nickte. »Ja, gut … und weiter?«

»Ein Ort, zu dem normalerweise niemand hinkommt, damit

das Risiko ausgeschlossen ist, dass jemand die Gefangenen zufällig entdeckt.«

Sabine nickte wiederum. »Also ein abgeschiedenes Fleckchen, das weder Lehmann gehört noch für andere zugänglich ist … Was noch?«

»Ein symbolträchtiger Ort, der bestimmt etwas bedeutet.«

Sabine runzelte die Stirn. »Wie kommen Sie drauf?«

»Weil die GmbH von Anfang an mit Symbolen, Rätseln und Codes gearbeitet hat«, antwortete Miyu. »Die drei Schicksalsgöttinnen Verdandi, Skuld und Urd, die Chiffrenummer in der Zeitung, die etwas bedeutet, und das Anagramm von Inka Lehr.«

»Richtig«, sinnierte Sabine, »Inka Lehr und Harlekin … der Freizeitpark, der der Firma als Briefkasten dient.« Plötzlich richtete sie sich auf. »Der ist doch seit Jahrzehnten ein Lost Place!«

»Richtig, ein Platz, der niemandem gehört und den niemand besucht!«, rief Miyu. »Dort könnte das Mädchen gefangen gehalten werden. Aber das Areal ist verdammt groß.«

»Wo sind Sie gerade?«

»In Dresden, in der Altstadt, im Café Metternich.«

»Kommen Sie sofort her.«

»Zu Ihnen? Wozu?«

»Um mich abzuholen. Wir fahren gemeinsam zum Park. Beeilen Sie sich.« Sabine hatte aufgelegt. Sie schwang die Beine aus dem Bett und starrte auf die gegenüberliegende weiße Wand. Ihre Schlussfolgerung war nichts weiter als eine bloße Aneinanderreihung von Vermutungen. Aber falls Sneijder sich irrte, dann war es gut, eine Alternative zu haben. Jedenfalls war es durchaus einen Versuch wert, im Harlekin-Park nach der verschwundenen Jasmin zu suchen.

Bis Miyu kam, gab es sogar eine Chance, ihre Annahme ein wenig zu untermauern. Sabine griff zum Handy und rief das Krankenhaus in Breslau an. Es dauerte eine Weile, bis sie jemanden dran hatte, der Englisch sprach und sie mit dem diensthabenden Oberarzt der Intensivstation verbinden konnte. Nach ein paar Minuten hatte sie den Arzt endlich dran. Sie hatte bereits in den letzten beiden Tagen mehrmals mit ihm telefoniert, er hatte eine jugendliche und sympathische Stimme. »Ist Viktor immer noch im Koma?«, fragte sie auf Englisch.

»Ich bin gerade auf dem Weg zu ihm. Er ist seit einigen Stunden bei Bewusstsein.«

»Tatsächlich? Ich muss ihn dringend sprechen!«

»Das wird nicht möglich sein.«

»Es ist wirklich wichtig!«

»Ich weiß, Sie sind eine besondere Patientin meiner Dresdner Kollegen, und ich weiß auch, was Sie in Polen durchgemacht und für uns getan haben. Ich würde Ihnen ja wirklich gern helfen, aber ich fürchte, Viktor kann nach der OP nicht besonders gut sprechen, nachdem Sie ihm den Kehlkopf verletzt haben.«

»Wir müssen es versuchen – nur für ein paar Minuten. Es ist wirklich wichtig«, wiederholte sie.

»Einen Moment …«

Sabine hörte, wie eine Tür geöffnet und Polnisch gesprochen wurde. Etwas raschelte, das wie ein Plastikvorhang an einer Gardinenstange klang. Schließlich hörte sie nach einem weiteren kurzen polnischen Wortwechsel ein röchelndes Atmen. *»Słucham?«*

Beim Klang von Viktors Stimme stellten sich die Härchen auf ihren Unterarmen auf. Schreckliche Erinnerungen an die Autofahrt im Kofferraum, ihre beiden Gefängniszellen in Polen, das Verhör, den grauenvollen Durst und die Folter wurden wachgerufen.

»Hier spricht Sabine Nemez …«, sagte sie auf Deutsch und wartete auf eine Reaktion – und die kam auch prompt. »Du Schlampe … hast mir … den Kehlkopf … ruiniert«, röchelte Viktor hasserfüllt.

»Glaub mir, das ist dein geringstes Problem«, unterbrach sie ihn. »Während du im Koma warst, hat das BKA herausgefunden, warum ihr die VSU GmbH engagiert habt.«

»Was … ist … die VSU?«

»Verdandi Skuld Urd. Die Sommerromanze! Kennwort Opus 6 für Violine«, half Sabine ihm auf die Sprünge. »Na, dämmert es? Diese Leute haben in eurem Auftrag Heinz Gerlach verschwinden lassen. Mittlerweile haben wir zwei Personen der VSU geschnappt und die Festnahme der dritten steht kurz bevor.«

Viktor schwieg. Dass er immer noch zuhörte und nicht aufgelegt hatte, verriet Sabine jedoch, dass er zumindest neugierig geworden war – und ihm vielleicht sogar der Arsch auf Grundeis ging.

»Du und deine Kumpels seid jetzt nicht nur wegen Bitcoin-Erpressung, sondern auch wegen Mordes dran.«

»Dazu müsst ihr mal … die Leiche … finden«, presste Viktor großkotzig heraus.

Sabine wollte etwas sagen, stutzte jedoch. *Die Leiche?* Warum sprach er nur von einer Leiche und nicht von mehreren? »Ihr habt Gerlach *und seine Familie* aus dem Weg räumen lassen!«, stellte sie richtig.

»Davon weiß ich nichts.«

»Viktor, wir reden hier über mehrfachen Mord – der bringt dir mindestens zwanzig Jahre ein.«

»Du bluffst doch … in Wahrheit hast du … gar nichts in der Hand!«

»Warum glaubst du das? Weil die VSU garantiert hat, die Leichen absolut spurlos zu beseitigen?«, fragte Sabine lauernd. Viktor gab keine Antwort, woraufhin sie fortfuhr: »Die haben die Leichen von Gerlach und seiner Frau in einer Biogasanlage in Rochlitz entsorgt.«

Viktor schwieg.

»Tank drei wird soeben leergepumpt«, fügte Sabine hinzu.

»Scheiße!«, fluchte Viktor. Plötzlich verschwand seine arrogante Art. »Adriana hat Gerlach gewarnt, dass ihm etwas passiert, wenn er nicht aufhört … Soviel ich weiß, war nur von dem Richter, aber nie von seiner Familie die Rede!«

Sie dachte nach. Viktors Behauptung klang plausibel. Aber wenn das wirklich stimmte, war Jasmin vielleicht gar nicht irrtümlich an Hattys Stelle entführt worden, sondern die Ex-Stasi-Offiziere hatten bloß alle unliebsamen Zeugen mitgenommen und nur gedacht, sie hätten Hatty erwischt – und damit eine nicht abgesprochene Zusatzleistung erbracht. Umso tragischer war die ganze Sache.

»Warum … rufst du … an?«, röchelte Viktor schließlich.

Sie hörte förmlich, wie ihm jedes einzelne Wort Schmerzen bereitete. »Wie viel habt ihr für diesen Job gelöhnt? Die üblichen 500.000,– Euro?«

Viktor schwieg, hörte jedoch weiterhin zu.

»Wie und wo hat die Bezahlung an die VSU stattgefunden?«

»Ich werde nichts mehr sagen.«

Sabine lächelte innerlich. Offenbar hatte die Bezahlung bereits stattgefunden. »Durftet ihr das Entführungsopfer sehen, bevor ihr bezahlt habt?«

Viktor schwieg weiterhin.

Sabine senkte die Stimme. »Gerlach und seine Frau wurden erst heute früh getötet, das Mädchen lebt vielleicht noch. Wenn du mir hilfst, sie zu finden, lege ich bei der deutschen Staatsanwaltschaft ein gutes Wort für dich ein.«

Er lachte hohl. »Wie willst *du* … mir denn helfen?«, röchelte er.

»Ich war schließlich mehrere Tage eure Geisel und habe einiges mitbekommen. Zum Beispiel, dass du von Adriana und Piotr gezwungen wurdest mitzumachen – und dass du mit meiner und Gerlachs Entführung gar nichts zu tun hattest«, schlug sie vor und hörte förmlich, wie Viktor nachdachte.

»Klingt ja wirklich reizvoll … aber Adriana, Piotr und Bartosz werden … das Gegenteil … behaupten.«

»Die sind alle drei tot, haben meine Befreiung auf dem Bauernhof nicht überlebt. Du bist der Einzige, der vom Kopf der Gruppe noch übrig ist. Aber das wissen nur du und ich. Und ich kann schweigen.«

»Woher weiß ich … dass du das wirklich … tust?«

»Ich habe dir Bartoszs Messer in die Kehle gerammt. Ich hatte meine persönliche Rache an dir, du mieses Dreckschwein. Du interessierst mich nicht länger – ich will nur das Leben des Mädchens retten. Also, hast du sie gesehen?«

»Nein …«, ächzte Viktor. »Wir haben nur Fotos von Gerlach bekommen … Aber ich weiß … wo Adriana … das Geld … übergeben hat.«

»Warum weißt du das?«, bohrte sie nach.

»Ich habe sie selbst hingefahren.«

»Konnte sie nicht selbst fahren?«

»Doch … aber mit so viel Geld … ist man nicht gern allein unterwegs.«

»Und wohin hast du sie gebracht?«

»Zu einem stillgelegten Freizeitpark in Dresden.«

»Zum Harlekin-Park in der Rhododendronparkallee?«, half Sabine ihm auf die Sprünge.

»Ja.«

Endlich, dachte Sabine, dämpfte jedoch sogleich ihren aufkeimenden Tatendrang. »Und wo genau?« Sie zog ihr Notebook zu sich und tippte mit der gesunden Hand eine Suchabfrage, während das Handy zwischen Wange und Schulter klemmte.

Viktor atmete tief durch. Anscheinend rang er mit sich.

Komm schon! Mach's mir nicht so schwer. »Über kurz oder lang werden die anderen Programmierer, die die polnische Polizei festgenommen hat, auch reden«, prophezeite Sabine ihm. »Aber was die schlauen Köpfe am Anfang machen, tun die Dummköpfe erst am Ende.« Sie machte eine Pause. »Viktor, sorg dafür, dass du zu den Schlauen gehörst. Ich biete dir jetzt die Gelegenheit dazu.«

»Beim Teppich-Rutschturm …«, presste er schließlich hervor.

»Beim Teppich-Rutschturm?«, wiederholte Sabine ungläubig, während sie die 3D-Google-Ansicht des Freizeitparks vergrößerte. Tatsächlich gab es in der Mitte der Anlage einen Turm in Form eines Harlekins mit einer spiralförmigen Außenrutschbahn.

»Ja …«, stöhnte Viktor, »… dorthin wurde Adriana … mit dem Bargeld zitiert … mehr weiß ich nicht … nicht einmal … wie hoch das Honorar letztendlich wirklich war …«

»Okay«, sagte Sabine rasch, nachdem sie den Arzt im Hintergrund etwas lauter polnisch reden gehört hatte. Anscheinend dauerte ihm das Gespräch schon zu lange. »Wir sind fertig. Jetzt kannst du nur noch hoffen, dass wir das Mädchen lebend finden.«

»Warte noch …«, keuchte Viktor.

»Was?«

»Wegen meiner Verhandlung und deiner Zeugenaussa …«

Leck mich! Sie legte auf, klappte das Notebook zu und schob sich aus dem Bett. Miyu würde bald auftauchen.

Sabine schlüpfte in ihre Turnschuhe und band sich die Schnürsenkel zu, was mit einer bandagierten Hand gar nicht so einfach war. Dann ging sie zum Kleiderschrank. Darin hing eine schwarze Windjacke, die ihr ihre Schwester aus München mitgebracht hatte. Während sie mit einer Hand verzweifelt im Ärmel steckte, klopfte es an die Tür. »Herein«, seufzte Sabine.

Miyu kam ins Zimmer und sah sich um. »Sie sind noch nicht fertig?«

Ha, ha! Sabine schlüpfte mühsam in die Jacke und schloss umständlich den Reißverschluss. Miyu dachte nicht im Traum daran, ihr zu helfen. »Haben Sie eine Dienstwaffe?«, fragte Sabine.

Miyu griff mit der Hand unter ihre Jacke an die Hüfte und nickte.

»Gut, wenn wir jetzt gleich das Zimmer verlassen, nehmen wir nicht den Lift, sondern das Treppenhaus«, erklärte Sabine. »Und kein Wort zu irgendeiner Ärztin oder Pflegerin, die uns begegnet.«

»Warum?«

»Ich will meinen vorzeitigen Check-out nicht unnötig verkomplizieren.« Sabine merkte an Miyus Blick, dass die nicht verstand, was sie damit meinte. »Egal! Auch kein Wort zu Marc, falls er anrufen sollte«, warnte Sabine sie. »Der würde nicht wollen, dass ich mit Ihnen losziehe.«

»Warum nicht?«

»Weil er sich Sorgen macht.«

»Worüber?«

Ach Gott, Miyu! Sabine griff in den Kleiderschrank nach der Schirmkappe, stopfte ihre Haare darunter und zog sich die Mütze tiefer ins Gesicht. »Okay, vergessen Sie die Gründe, tun Sie es einfach.«

»Aber ich ...«

Sabine hob die Hand. Miyu war zwar anstrengend, aber ihre unempathische Art hatte auch ihre Vorteile. Immerhin hatte sie nur ein Ziel vor Augen, nämlich diesen Fall zu lösen. »Tun Sie es einfach«, wiederholte Sabine und schloss den Schrank. »Können Sie Autofahren?«

Miyu schüttelte den Kopf. »Ich habe weder ein Auto noch einen Führerschein.«

Na prima!

»Aber dafür habe ich schon eine Lösung gefunden«, fügte Miyu hinzu.

Sabine schaltete das TV-Gerät aus und blickte zur Tür. Ein Mann betrat das Zimmer.

»Ich fahre uns zum Park«, sagte Pulaski.

84. Kapitel

Sneijder und Marc erreichten Loschwitz, als es zu dämmern begann. Kurz zuvor war Miyu am Rande der Altstadt, als der Wagen an einer roten Ampel gehalten hatte, einfach ohne ein Wort zu sagen aus dem Auto gesprungen. Anscheinend brauchte sie eine Auszeit, um die Reizüberflutung der letzten Tage abzubauen. *Auch gut.* Sneijder hatte im Moment keine Zeit, sich darum zu kümmern.

Kurz darauf hielten sie vor Ekkehard Lehmanns Villa, die in natura noch imposanter aussah, als es sich in der Satellitenansicht dargestellt hatte. Vor allem wirkte das Gebäude mit den perfekt geformten Rosenhecken, dem runden Turm und dem Spitzdach fast wie eine kleine robuste Festung.

Die angeforderte Polizei war schon da. Mit insgesamt drei Fahrzeugen und einem schwarzen Kleinbus, hinter dem ein startbereiter siebenköpfiger SEK-Trupp drauf wartete zuzuschlagen. Sneijder stieg aus dem Wagen und lief zum Einsatzleiter. Seine Hüfte schmerzte wieder, doch er versuchte, dieses Gefühl so kurz vor dem Ziel zu ignorieren. »Sneijder«, keuchte er knapp. »Ist die Rückseite des Grundstücks ebenfalls abgeriegelt?«

»Ja, meine Leute sind hinten und an den Seiten«, antwortete der Mann. »Es ist niemand zu Hause.«

Das werden wir ja gleich sehen. »Öffnen Sie die Eingangstür.«

»Haben wir einen Hausdurch…?«

»Noch nicht, aber der Besitzer steht im dringenden Verdacht, eine junge Frau gefangen zu halten.« *Wenn wir Glück haben*, fügte Sneijder in Gedanken hinzu. *Und wenn nicht, finden wir nur noch ihre Leiche.*

»Ihr habt es gehört«, rief der Mann seinen Kollegen zu und hob die Hand. »Öffnet die Tür. Wenn's geht, ohne Ramme.«

Die Truppe marschierte durch den Garten, und während sich die Männer mit dem schweren Gerät im Hintergrund hielten, kniete sich ein Techniker hin und öffnete das Schloss. Er brauchte nicht einmal eine Minute, dann war die massive Tür offen. Gleichzeitig ging eine schrille Sirene los.

»Verdammt!«, fluchte der Einsatzleiter.

»So wie ich den Besitzer einschätze, ist der Alarm sicher nicht mit dem nächsten Kommissariat verbunden«, brüllte Sneijder gegen den Lärm an. »Sichern Sie den Vorraum, dann schicken Sie den Techniker rein, damit er vorne den Strom abschaltet!«

Kurz darauf verstummte der Lärm. Das Spezialeinsatzkommando der Polizei hatte indessen das Haus gestürmt und fing nun an, jeden Raum vom Keller bis zum Dachboden zu durchsuchen. Sneijder und Marc, jeder mit einer schusssicheren Weste, schlossen sich an. Es dauerte keine fünf Minuten, bis der Kommandoführer des SEK die Pistole in sein Holster rammte, den Helm abnahm und mit hängenden Schultern vor Sneijder hintrat. »Wir haben keine junge Frau gefunden.«

»Und im Turm?«

»Der ist nur eine Attrappe. Schaut von außen zwar gut aus, ist aber innen leer bis auf ein Baugerüst.«

»Klote!«, fluchte Sneijder und massierte seine Schläfen. Am liebsten hätte er gegen die Wand getreten oder, was vermutlich noch mehr geholfen hätte, so lange in die Glasvitrinen gefeuert, in die Bücherwände, Gemälde, Designermöbel und Skulpturen, bis das Magazin leer war. »Haben Sie zufällig ein Lakritze-Drops dabei?«, fragte er stattdessen.

»Was? Nein …« Der Mann sah ihn irritiert an. »Allerdings sind wir im Keller auf jemanden gestoßen.«

»Lehmann?«

»Nein.«

»Eine Leiche?«

»Auch nicht.«

»Wen *vervloekt* noch mal dann?«

»Sehen Sie selbst – ich fürchte, das wird Ihnen nicht gefallen.«

Sneijder bedeutete Marc, ihm zu folgen. In Begleitung zweier Polizisten gingen sie über eine Treppe in das Untergeschoss. Schon auf dem Weg hinunter stieg Sneijder der Geruch von geschmolzenem Metall in die Nase. Am Ende der Stufen war eine dicke weiße Sicherheitstür aufgeschweißt worden. Dahinter befand sich eine komplett eingerichtete elegante Wohnung mit Marmorboden, die das gesamte Untergeschoss einnahm, mit Schlafraum, Wohn- und Lesezimmer, moderner Küchennische und barrierefreier Dusche. Durch die schmalen Oberlichter fiel sogar noch etwas Helligkeit vom Garten in die Räume.

Ganz leise war ein barockes Musikstück zu hören – dem Stil nach klang es wie ein Konzert von Vivaldi. Und obwohl eine Klimaanlage surrte, roch es aufdringlich nach einem Eau de Toilette, das Sneijder an ältere Männer jenseits der achtzig erinnerte – ein Duft, der nicht zum geschmackvollen Stil dieser Wohnung passte und der erfolglos versuchte, den Geruch von Alter, schlechten Zähnen und … ja, auch irgendwie von Urin zu überdecken. Sneijder fand schon bald den Grund dafür heraus. In einer dunklen Nische, zwischen einem Bücherbord und einer Stehlampe, saß jemand auf einem niedrigen Stuhl. Ein grauhaariger, fast kahler Mann, der nun den Arm hob und an der Kette der Stehlampe zog.

Die Energiesparlampe wurde nur langsam heller und brauchte einige Zeit, um ihr volles Licht zu entfalten. Immer mehr Details kamen zum Vorschein. Der Alte saß auf keinem Sessel, wie Sneijder ursprünglich angenommen hatte, sondern in einem Rollstuhl. Jetzt schob er sich mit zitternden Armen aus der Nische heraus und rollte langsam auf Sneijder zu.

»Mein Gott!«, entfuhr es Marc bei seinem Anblick.

Der Mann musste weit über neunzig sein. Er war so blass wie der Tod selbst, als hätte er die letzten Jahrzehnte ausschließlich in dieser Kellerwohnung verbracht. *Ein Gefangener? Nein*, dachte Sneijder und erkannte plötzlich die Wahrheit, als er die faltigen dürren Hände des Mannes sah. Auf einem Finger steckte ein breiter Siegelring mit einem eingefassten grünen Malachit in Form eines Leguankopfes. »Oberst Dr. Götz Hildebrandt?«, fragte Sneijder.

»Und mit wem habe ich das Vergnügen?«, krächzte der Alte mit elektronisch verzerrter Stimme. Anscheinend hatte er keinen Kehlkopf und keine Stimmbänder mehr. Stattdessen besaß er ein künstliches Loch mit einem Tubus in der Kehle, durch das er rasselnd atmete, sowie eine Stimmprothese. Auf seiner Nase saß ein Zwicker. Die Gläser waren verschmiert, und die Plättchen am Gestell hatten sich bereits tief in die entzündete Haut gegraben. So wie der Alte vor ihm saß, war er mehr tot als lebendig.

»Ich wusste, der Tag würde hässlich werden«, murmelte Sneijder, »aber mit Ihnen habe ich nicht gerechnet.«

»Ich habe mich schon um die Sicherheit dieses Landes gekümmert und es am Laufen gehalten, da haben Sie und Ihre Kollegen noch in die Windeln geschissen.« Oberst Hildebrandt musste mit dem Finger auf den Filter am Kehlkopf drücken, damit man ihn hörte, wenn er sprach. Mit der anderen Hand nestelte er zittrig an den Knöpfen seiner Strickjacke, aber es gelang ihm nicht, sie zu öffnen.

»Wird der Kragen zu eng?«, fragte Sneijder.

»Ihnen wird der Spott noch vergehen ...«

»Ich nehme an, Sie leben seit mittlerweile mehr als zwanzig Jahren hier unten in Ihrem ganz persönlichen Exil«, vermutete Sneijder. »Seit Sie in Rostock angeschossen wurden und die Polizei nach Ihnen fahndet, richtig?«

»Aus Ihrem Mund klingt es so, als wäre ich ein Gefangener«, sagte er blechern.

Sneijder sah kurz zu Marc, der die Nase rümpfte, dann blickte er wieder den Oberst an. »Sind Sie das nicht?«

»Ich habe …«, schnaufte Hildebrandt, »… so lange und so gut es ging … dem Klassenfeind getrotzt.«

»In diesem Verlies? Weggesperrt vom Rest der Welt?«

»Nach der Wende sind wir zusammengeblieben, haben füreinander gesorgt und den Kampf weitergeführt. Meine Truppe hätte mich nie zurückgelassen.« Hildebrandt bekam wässrige Augen. »Wir sind eine Familie, wir leben und sterben gemeinsam.«

In gewisser Weise war er trotzdem ein Gefangener, denn was hätten Lehmann und seine Komplizen sonst mit ihm anstellen sollen? Selbst mit einer falschen Identität hätte so jemand wie Hildebrandt in keinem Seniorenheim unauffällig und vor allem unerkannt weiter existieren können.

»Wir haben stets …«

»Diese prunkvolle Villa nennen Sie *dem Klassenfeind trotzen*?«, unterbrach Sneijder ihn.

»Fallen Sie mir nicht ins Wort!«, rief Hildebrandt, dann mühte er sich weiter vorwärts. Entweder hatten ihn die Schüsse, die er sich in Rostock eingefangen hatte, gelähmt, oder er war schon so schwach, dass er sich nicht mehr auf den Beinen halten konnte. »Dieses Haus war bloß Fassade, diente uns nur als Tarnung.«

Sneijder runzelte die Stirn. »Ihnen glaube ich das sogar, aber Lehmann ist ein Heuchler.« Er deutete nach oben. »Über Ihnen hat er in purem Luxus gelebt.«

»Sie können keinen Keil zwischen uns treiben.« Hildebrandt kam mit dem Rollstuhl einen Meter näher. »Wussten Sie, dass Sozialismus das Gegenteil von dem ist, was wir jetzt gerade in Deutschland erleben? Damals hatten wir kostenlose Ausbildung und Kinderbetreuung, gesicherte Arbeitsplätze, genügend Einkommen, niedrige Mieten und nichts von dem Konkurrenzkampf, der alles zerstört.« Er nahm kurz den Finger vom Filter, um Luft zu holen. »Ich weiß, was Sie jetzt gleich entgegnen werden. Aber wir hatten so gut wie keine Kriminalität, außerdem waren wir eine Hochburg der Literatur. Unsere …«

»Wo ist Lehmann?«, fragte Sneijder.

»Unsere schönen Erinnerungen an die DDR sagen viel von dem Entwurf einer neuen, gerechten Gesellschaft aus. Und dieser Sache werden wir für immer treu bleiben, weil …«

»Wo ist das entführte Mädchen?«, unterbrach Sneijder ihn.

Hildebrandt grinste schief. »Das wüssten Sie zu gerne. Aber vorher müssen Sie sich anhören, was ich zu sagen habe.«

»Ich muss mir gar nichts anhören!« Sneijder beugte sich zu ihm hinunter, stützte sich auf die Armlehnen und senkte die Stimme. »Ich bin ein denkbar schlechter Gesprächspartner, um über die Vor- und Nachteile der DDR zu diskutieren. Was Sie mir erzählen wollen, ist eine innerdeutsche Angelegenheit, zu der ich mir keine Meinung erlaube, denn ich bin in den Niederlanden aufgewachsen.« Ob Ossi oder Wessi war Sneijder egal. Das Einzige, was für ihn zählte, war die Tatsache, dass Hildebrandt ein Mörder war, den er gefasst hatte. »Wo sind Lehmann und das Mädchen?«

Hildebrandt grinste breit; seine Augen waren wässrig. »Wir ahnten, dass die Polizei kommen würde … darum ist Lehmann weggefahren.«

»Wohin? Um was zu tun? Spuren zu beseitigen? Den Auftrag zu Ende zu bringen?«, drängte Sneijder.

»Den Auftrag?«, wiederholte Hildebrandt lächelnd. »Der ist längt beendet.«

Sneijder wurde kalt ums Herz. »Lebt das Mädchen noch?«

Hildebrandt hob die Schultern. »Nichts weiter als eine lästige Zeugin … ein bedauerlicher Kollateralschaden.«

»Wie bitte?«

»Wir arbeiten seit dreißig Jahren äußerst erfolgreich. Keine Leichen – keine Zeugen. Es wird verdammt schwierig werden, uns etwas nachzuweisen.«

»Ich bin mir nicht einmal sicher, ob Sie überhaupt wissen, dass Sie elender Abschaum sind.« Sneijder wurde leiser. »Wo ist Lehmann hingefahren?«

»Zu der Kleinen. Ich verrate Ihnen, wohin. Vielleicht lebt sie ja noch. Sie müssen sich beeilen. Aber zuvor will ich den Oberstaatsanwalt sprechen. Ich verlange besondere Haftbedingungen. Ich habe eine Liste vorbereitet, die …« Wieder nestelte er an den Knöpfen seiner Jacke.

»Sie sprechen mit keinem Staatsanwalt! Der Einzige, den Sie heute noch zu sehen bekommen, ist der Haftrichter, der Sie in eine Zelle wirft.«

»Ich bin nicht haftfähig.«

Sneijder ging nicht darauf ein. »Wo ist das Mädchen?«

»Zuerst der Oberstaatsanwalt.«

»Nein.«

»Dann küssen Sie mich dort, wo die Sonne …«

Sneijder riss Hildebrandts Hand vom Tubus weg und drückte seinen eigenen Zeigefinger auf den Filter in der Kehle, um die Zufuhr zur Luftröhre zu blockieren. »Wo ist das Mädchen?«, zischte er.

Hildebrandts Kopf wurde augenblicklich tiefrot. Eine Träne lief ihm über die Wange. *»Sie müssten mich … foltern, um das … rauszubekommen«*, japste er tonlos. Sneijder sah nur, wie sich seine Lippen bewegten. *»Zu Tode foltern … Herz ist schwach … Tun Sie mir den Gefallen … bitte!«* Hildebrandt hob die Arme, umklammerte Sneijders Hand und drückte sie fester in seine Kehle hinein. Er schloss die Augen.

Verdikkeme! Sneijder riss sich los und nahm den Finger weg, woraufhin Hildebrandt im Reflex pfeifend nach Luft schnappte.

»Nehmen Sie den Mann fest und schaffen Sie ihn mir aus den Augen«, verlangte er angewidert.

Die Polizisten waren geschockt, traten jedoch kommentarlos an beide Seiten des Rollstuhls heran und schoben ihn zur Treppe, während Hildebrandt heiser vor sich hin hustete. »Viel Glück bei der Suche …«, presste er spöttisch heraus, bevor er verschwand.

Mit angespanntem Gesichtsausdruck sah Sneijder ins Nichts, dann blickte er verbissen zu Marc. Er hatte nicht vor, ihm zu erklären, dass er mit Typen wie Hildebrandt nicht verhandelte. Da läutete sein Handy. Es war Sabine Nemez. *Auch das noch! Verdomme!* Was wollte die jetzt von ihm?

85. Kapitel

Die letzten Strahlen der Abendsonne tauchten den ehemaligen Vergnügungspark in ein dämmriges rubinrotes Licht. Saftiges Unkraut wucherte aus den Rissen im Asphalt und wand sich an den windschiefen Holzwänden der Schaubuden empor. Der Wind fegte ein verrottetes Plakat über den Weg.

Am Eingangstor hing eine Kette mit einem Vorhängeschloss, auf das Pulaski so lange mit dem Wagenheber aus dem Kofferraum eindrosch, bis es endlich abgeschlagen war. Dann drückten sie das Tor auf und betraten das Areal. Neben einer ausgebrannten Lagerfeuerstelle lagen leere Flaschen herum.

»Hätte nicht gedacht, dass ich jemals wieder hierherkommen würde«, murrte Pulaski. »Ein trauriger Anblick – Kette und Schloss waren übrigens nagelneu«, stellte er fest.

Das war Sabine ebenfalls aufgefallen, und das bedeutete, dass jemand regelmäßig herkam oder zumindest kürzlich hier gewesen sein musste.

Zügig folgte Miyu ihr und Pulaski zur Mitte des Parks, wo sich der Rutschturm befand. Die spitz nach oben zulaufende Holzkonstruktion in der Form eines tanzenden Harlekins ragte in den wolkenverhangenen Himmel. Mittlerweile waren nur noch klägliche Reste des einst schwarz-weiß karierten Anstrichs zu sehen, der großteils abgeblättert war. Ebenso war die spiralförmige Rutschbahn an einigen Stellen eingebrochen und sah schon arg baufällig aus.

»Als ich ein Junge war, konnte man noch über die Treppe nach oben steigen und auf einem Teppich hinunterrutschen«, erzählte

Pulaski. »Aber man musste höllisch aufpassen, dass man sich keinen Holzspan in den Arsch zog.«

»Was hatte das für einen Sinn?«, fragte Miyu.

»Es machte Spaß.«

»Einen Holzspan im Arsch zu haben?«

Pulaski gab keine Antwort darauf. Stumm näherten sie sich dem Turm. Neben dem Gebilde stand das ehemalige Kassenhäuschen, auf dessen Dach sich noch die schiefen Buchstaben einer desolaten Leuchtreklame befanden, die schon seit Jahrzehnten dem Wetter trotzte.

– HARLEKIN –

Hinter den Buchstaben waren einzelne Spiegel zu erkennen. Als das Ganze noch intakt gewesen war, hatte es bestimmt toll ausgesehen, vor allem nachts. Aber mittlerweile waren einige Spiegel heruntergefallen, andere gesplittert oder lehnten nur noch schräg aneinander.

Sabine blieb abrupt stehen, hielt den Atem an und starrte fasziniert zum Dach. Betrachtete man nur die Spiegelbilder, war ein neues Wort zu lesen. *IN … A … LE … R* Dieser Anblick war anscheinend die Initialzündung für Gerda Böhms zweites Ich gewesen.

Daneben standen ein verfallenes Geisterhaus mit der verblassten braunen Aufschrift *JACK THE RIPPER* und ein runder Wasserturm aus Beton, der früher vermutlich der Parkfeuerwehr im Fall eines Brandes zum Löschen gedient hatte.

»Sabine …«, flüsterte Miyu und deutete zum Eingangsbereich des Geisterhauses, wo hinter zwei Fenstern flackerndes Licht wie von zahlreichen Kerzen brannte. Miyu und Pulaski hatten bereits die Waffen gezogen.

»Nur die Ruhe jetzt und keine überstürzten Aktionen«, zischte Sabine, während sie ihr Handy aus der Tasche zog und Sneijders Nummer wählte.

Immer mehr Wolken zogen sich am Himmel zusammen, es wurde rasch dunkel, und ein leichter kühler Wind kam auf. Das matte Licht aus dem Gebäude warf die zitternden Schatten der Fensterkreuze auf den Asphalt.

Sneijder meldete sich mit einem mürrisch genervten: »Ja?«

»Pulaski, Miyu und ich sind im Harlekin-Park«, flüsterte Sabine.

»*Godverdomme*, was zum …?«

»Jemand ist hier im alten Ripper-Haus neben dem Rutschturm.«

»Lehmann?«, fragte Sneijder.

»Wissen wir noch nicht.« Sie hörte ein leises Tuckern, das der Wind zu ihr herübertrug, wie von einem altersschwachen Traktor. Außerdem roch es nach Benzin. »Kommen Sie so schnell wie möglich her.«

»Der Park ist ganz in der Nähe – wir können in ein paar Minuten dort sein.«

»Bringen Sie die Polizei mit.« Sie sah zur Seite. *Fuck!* Pulaski hatte sich nicht an ihre Anweisungen gehalten. Geduckt lief er zum Haus. Miyu folgte ihm, rief jedoch verzweifelt: »Kommen Sie zurück. Wir sollen warten!«

Zwecklos! Der will seine Tochter finden.

»Was ist los bei Ihnen?«, fragte Sneijder.

»Kann jetzt nicht – beeilen Sie sich!« Sabine steckte das Handy weg. Dann folgte sie den beiden zum Ripper-Haus.

Pulaski hatte bereits den Seiteneingang gefunden. Eine Holztreppe führte auf eine Art Veranda mit Balustrade. An einem Querbalken baumelte eine rostige Laterne im Wind, in den Ecken darunter hatte sich das Laub vom letzten Herbst in braunen Matsch verwandelt. Pulaski ging zur Tür, die Dielen knarrten.

Endlich erreichte auch Sabine das Gebäude. »Warten Sie!«, flüsterte sie.

»Worauf?«, keuchte er. »Möglicherweise ist Jasmin da drin – vielleicht lebt sie noch.«

»Ja, aber Sie vielleicht nicht mehr, wenn Sie da jetzt allein reingehen!«, presste Sabine hervor.

»Ich bin kein Anfänger«, knurrte er.

»Sie verhalten sich unlogisch«, bestätigte Miyu.

»Das mag sein.« Pulaski drückte die Klinke hinunter und öffnete die Tür. Die Angeln und das morsche Holz quietschten. Flackerndes Licht fiel durch den Spalt auf die Dielenbretter.

Mist! Sabine folgte Miyu über die Treppe auf die Veranda. Ohne ihre Dienstwaffe oder irgendeinen anderen Gegenstand, den sie als Waffe verwenden konnte, hatte sie ein mieses Gefühl. Im Ernstfall konnte sie nur die gesunde rechte Hand benutzen. *Womöglich laufen wir hier sogar in eine ganz üble Falle.*

Pulaski verschwand in das Gebäude, Miyu folgte ihm. Sabine sah sich noch einmal draußen um, dann schlüpfte sie ebenfalls hinein.

Überrascht sah sie sich um. Der erste Raum war eine Art Foyer, und so abgefuckt das Gebäude von außen wirkte, so einladend sah es von innen aus. Es roch nach Holz und Kerzenwachs, der Holzboden war gepflegt, der Teppich sauber, an den Wänden befanden sich Regale mit Büchern, daneben Spiegel, Gemälde, Vitrinen, ein massiver Schrank, und dazwischen thronte sogar ein gemauerter Kamin mit breitem Sims. In der Mitte hing ein Kronleuchter. Der war zwar ausgeschaltet, dafür spendeten eine Handvoll heruntergebrannte Kerzen auf einem langen ovalen Tisch direkt darunter flackerndes Licht. Drumherum standen sechs antike schwarze Holzstühle mit hohen Lehnen.

Das alles wirkte ziemlich surreal, wie König Artus' Tafelrunde in einem Gespensterschloss. Entweder hatte man hier früher die Tickets für eine Geistertour gekauft, oder die Eltern hatten hier auf die Rückkehr ihrer Kinder gewartet.

Sabine sah sich alles flüchtig an. Die Bücher waren Attrappen aus Plastik genauso wie der Kamin. Dann wurde ihr klar, dass dieser Raum die letzte Gruselattraktion der Jack-the-Ripper-Tour war, bevor es über die Veranda wieder nach draußen ging. Sie hatten das Gebäude durch den Ausgang betreten. Nun hob sie den Kopf. Über der Tür prangte das Schild *EXIT*, und jemand hatte mit einer Spraydose daraus das Wort *EXITUS* gemacht.

Da das Zimmer so wohnlich wirkte, hatte es wohl über die letzten Jahre als Treffpunkt, Besprechungsraum oder Notquartier der Mörder-GmbH gedient. Vielleicht war hier ja sogar wirklich mal jemand untergebracht gewesen.

»Gehen Sie nicht weiter!«, zischte Sabine in Pulaskis Richtung. »Verstärkung ist jeden Moment da.«

»So lange kann ich nicht warten.« Pulaski ignorierte sie und trat zur nächsten Tür. *Dieser Idiot!* Sabine lief zum Tisch, befeuchtete die Finger und löschte die Flamme einer einzelnen Kerze auf einem kleinen gusseisernen Ständer. Viel Wachs war noch nicht geschmolzen. Die Kerze konnte höchstens zehn Minuten gebrannt haben. Sie zog die Kerze vom Ständer und betrachtete die gusseiserne Form. Wie erwartet ragte ein spitzer Eisendorn aus der Mitte der Schale. Das Ding war zwar unhandlich, aber wenigstens hatte sie jetzt eine Waffe, mit der sie jemandem zumindest in die Hand oder den Hals stechen konnte.

»Ich mache eine Runde durchs Haus«, flüsterte Pulaski, hob die Waffe und ging ins nächste Zimmer.

»Nein!« Ein Knarren ließ Sabine herumfahren. *Der Schrank!* Die Tür stand plötzlich offen – jemand musste sich darin versteckt haben. Im nächsten Moment spürte sie auch schon einen harten Schlag gegen die Schläfe. Ihr wurde kurz schwarz vor Augen, dann sackten ihr die Beine weg.

Noch bevor sie am Boden aufschlug, hörte sie direkt neben sich eine tiefe Männerstimme. »Keine Bewegung!«

Mit dröhnendem Schädel drehte sich Sabine herum. Neben ihr stand ein älterer weißblonder Mann mit einer Pistole in der Hand. Aus dem Augenwinkel registrierte sie, wie Miyu entgegen seiner Warnung die Waffe hochriss.

Der Mann drückte zweimal ab, und neben Sabine blitzten die Mündungsfeuer auf. Beinahe taub vom Krach der Schüsse, roch sie den Rauch und sah, wie Miyu, in Bauch und Hüfte getroffen, gegen die Wand taumelte.

Nein!

»Verdammt, ich sagte doch …«, fluchte der Mann, drehte sich herum und legte nun auf Sabine an. »Keine Bewegung!«, wiederholte er.

Da erschien Pulaski mit angelegter Waffe im Türrahmen und schoss mehrmals ohne zu zögern. Der Mann neben Sabine wurde herumgerissen und stürzte rücklings auf den Boden.

»Nein!«, rief Sabine. »Wir brauchen ihn lebend!«

86. Kapitel

Pulaski stand wie angewurzelt da. Sein Gesicht war voller Zorn, Wut und Hass. Seine Hand mit der Waffe zitterte. »Wo ist meine Tochter?«

Sabine ignorierte die Schmerzen an der Schläfe und das Übelkeitsgefühl. Offenbar hatte der Mann sie mit dem Kolben seiner Waffe erwischt. Sie rappelte sich auf und wankte zur anderen Seite des Raums, wo Miyu keuchend an der Wand lehnte, die Hand auf die Wunde im Bauch gepresst. Der Treffer in der Hüfte war nicht so schlimm, aber im Bauchbereich verlor Miyu viel Blut.

»Fest draufdrücken!« Sabine hielt bereits das Telefon in der Hand und wählte den Notruf. Endlich meldete sich jemand. »Eine Polizistin wurde getroffen. Ein Bauchschuss. Sie verliert viel Blut!« Dann nannte sie ihren Namen und ihren Standort im Harlekin-Park.

»Im Harlekin-Park?«, wiederholte die Frau, als hätte sie sich verhört.

»Ja! Rhododendronparkallee 1, das Eingangstor zum Areal ist offen. In der Mitte, neben dem Wasserturm, steht das Ripper-Haus. Mein Name ist Sabine Nemez, Bundeskriminalamt Wiesbaden«, wiederholte sie und nannte ihre Dienstnummer.

»Brauchen Sie telefonische Unterstützung bei der Ersten Hilfe?«

»Nein, ich weiß, was zu tun ist. Beeilen Sie sich!« Sabine steckte das Handy weg und kauerte sich neben Miyu hin. Sie brachte Miyu in eine liegende Position und platzierte Miyus Beine auf ihren Oberschenkeln, damit mehr Blut in ihrem Rumpf und damit auch im Bereich ihres Herzens blieb. Dann löste sie Miyu ab und presste ihre eigene Hand auf die Wunde. »Ruhig atmen, keine Panik, das wird schon wieder.«

»Ich habe jetzt gar keine Panik …«, keuchte Miyu. »… Autisten haben eine hohe Resilienz … sind traumaresistenter als andere … haben eine große psychische Widerstandsfähigkeit … weil sie …«, schmerzerfüllt verzog sie das Gesicht, »… in emotionalen Situationen abschalten … können.« Es klang, als betete sie stockend ein Mantra herunter. Womöglich half ihr das in Stresssituationen.

»Ist okay«, flüsterte Sabine.

»9973 … 9967 … 9949«, murmelte Miyu.

Ein Röcheln drang von der anderen Seite des Raums zu ihnen herüber. Sabine drehte sich zu dem Mann um, der auf Miyu geschossen hatte. Er war ans Ende des Raums gerobbt und kauerte nun in der gegenüberliegenden Ecke. Pulaski hatte ihn mehrmals in Bauch und Brust getroffen. Sein Hemd glänzte blutrot und nass. Mindestens eines der Projektile musste seine Lunge verletzt haben, denn rosa Schaumbläschen zerplatzten auf seinen Lippen, als er den Mund öffnete. Seine Zähne waren rot verschmiert.

Pulaski stand drei Meter von ihm entfernt, völlig starr, die Waffe im Anschlag, und zielte auf seinen Kopf. Die ganze Situation wirkte völlig unrealistisch. *Warum geht Pulaski nicht hin und entwaffnet ihn?* Da erst erkannte Sabine, dass sich der Mann den Lauf seiner Pistole mit dem Finger am Abzug unter das Kinn presste.

»… 9941 … 9931 … 9929 …«, stöhnte Miyu.

Pulaskis Hände zitterten. Vermutlich hätte er nur zu gern geschossen. Jetzt wollte er sich dem Mann einen Schritt nähern, doch der schrie sofort auf. »Keine Bewegung, sonst drücke ich ab!«

Miyus Pupillen weiteten sich, ihre Augen rollten nach oben. »9923 … 9907 … 9901 …« Sie war weiß im Gesicht, ihre Stimme wurde immer schwächer.

»Was ist mit der Kleinen?«, keuchte der Mann und hustete weiteres Blut heraus. »Ist sie verrückt?«

»Verrückt? *Sie* war es, die Sie gefunden hat«, presste Pulaski hervor. »Wo ist meine Tochter, du Scheißkerl? Lebt sie noch?«

»Sie sollten ein wenig freundlicher zu mir sein.« Lächelnd bleckte der Mann die roten Zähne. »Denn ich war es, der das Mädchen noch eine Weile am Leben lassen wollte ...« Er atmete heftig, hustete und musste schlucken. »... ich ahnte ... mit dem heutigen Tag ist das Spiel für uns alle aus.«

»Das interessiert mich nicht! Wo ist meine Tochter?«, brüllte Pulaski mit Tränen in den Augen. Er schnappte nach Luft. Mit einer Hand griff er in die Hosentasche, holte sein Asthmaspray heraus und inhalierte gierig. »Wo ...?« Seine Stimme versagte, sein Brustkorb bebte, Tränen liefen ihm übers Gesicht.

Der Mann betrachtete Pulaski mit offensichtlicher Genugtuung. »Wenn Sie sich nicht vorsehen, werden Sie ebenfalls abkratzen ... wie Ihre Tochter«, stellte er fest. »Es sei denn ... ich bekomme ... einen Deal.«

»Einen Deal?«, rief Sabine ungläubig.

Der Mann hustete. »Sie können es bezeugen ... ich wollte Ihre Kollegin nicht erschießen ... das war Notwehr ... lassen Sie uns verhandeln.«

»... 9887 ... 9883 ... 9871 ...« Miyu rappelte sich auf, als schöpfte sie plötzlich von irgendwoher letzte Energiereserven. »Sie wollen verhandeln?«, flüsterte sie. »Zum Glück ist Ihre Spezies vom Aussterben bedroht.«

»Seien Sie still!«, fuhr Pulaski sie an, ohne sich umzudrehen, immer noch die Waffe auf den Mann gerichtet. »Was für einen Deal?«

Aber Miyu ignorierte ihn. »Gerda Böhm ist tot ... genauso wie Otto Jäger«, log sie. »Und Sie, Lehmann, werden den Tag auch nicht überleben.«

»Halten Sie endlich den Mund!«, rief Pulaski. »Das ist nicht sehr hilfreich.«

Doch Miyu ließ sich nicht beirren. »Sie und Ihre sogenannte *Firma* sind ein stümperhafter Haufen von Dilettanten ... die am Ende alle versagt haben.«

Lehmann hustete Blut. »Das muss ich mir ausgerechnet von einer halbwüchsigen Göre sagen lassen, die kaum Polizeierfahrung hat und selbst gerade angeschossen wurde.«

Kalter Schweiß stand auf Miyus Stirn. »Ganz schön viel Meinung für so wenig Ahnung«, ächzte sie. »Immerhin haben wir Sie gestoppt.«

»Bilde dir nichts darauf ein ... Wir haben schon Aufträge abgewickelt, da hast du noch an der Titte deiner schlitzäugigen Mutter gesaugt.«

Miyu biss die Zähne zusammen. »Nimmt so ein reaktionärer Mist ... nicht wahnsinnig viel Platz im Kopf weg?«

Mittlerweile war Pulaski verstummt, da ihm offenbar – genauso wie Sabine – klargeworden war, was Miyu bezweckte.

»Netter Trick, Kleine, mich in meinem Stolz ... verletzen zu wollen ... aber du kannst mich nicht provozieren«, presste Lehmann hervor, »denn ich weiß, dass ihr das Mädchen ohne meine Hilfe ... nicht mehr rechtzeitig lebend finden werdet.«

»Also lebt sie noch ... und sie ist in der Nähe«, stellte Miyu fest, ehe sie kraftlos zurücksank.

Lehmann schwieg, biss die Zähne zusammen und atmete tief durch.

»Wir wissen, dass das Mädchen hier ist«, übernahm Sabine das Gespräch, um Miyu zu schonen. »Sanitäter und Polizei sind gleich hier, dann krempeln wir alles um und haben sie im Handumdrehen gefunden.«

»Viel Glück ...«, keuchte Lehmann und blickte zum Fenster. Grelles, sich rasch näherndes Blaulicht fiel durch die Scheiben. Kurz darauf blitzten Autoscheinwerfer auf, mehrere Wagen hielten vor dem Gebäude, Autotüren gingen auf und schlugen zu.

»Wir sind hier drinnen!«, brüllte Pulaski.

Draußen knarrten die Holzbohlen. Sneijder stürmte mit gezogener Waffe in den Raum, sah sich kurz um, sein Blick blieb an Miyu hängen, dann erfasste er den Rest der Situation. Langsam näherte er sich mit angelegter Waffe dem angeschossenen Mann in der Ecke, nahm jedoch die Pistole herunter, als er sah, dass der sich den Lauf seiner eigenen Waffe unter das Kinn presste.

»Lehmann?«, fragte er.

»Keiner kommt mehr in diesen Raum!«, keuchte Lehmann. »Sonst blase ich mir den Kopf weg … und ich bin der Einzige … der weiß … wo das Mädchen ist.«

»Draußen bleiben!«, rief Sneijder laut. Dann senkte er die Stimme. »Was verlangen Sie?«

»Ich möchte den Oberstaatsanwalt sprechen … soll sofort herkommen … muss mir Hafterleichterung zugestehen … und ich brauche … sofort … einen Krankenwagen.«

Sneijders Gesicht wurde hart. »Sie schießen meine Kollegin an, und verlangen von mir, dass ich Ihnen entgegenkomme? Von mir kriegen Sie nicht einmal ein Aspirin.«

»Sind Sie verrückt?«, brüllte Pulaski.

»Ruhe!« Nun richtete Sneijder die Waffe auf Pulaski, während er zu Lehmann schielte. »Ich lasse Sie verrecken, es sei denn, Sie sagen mir auf der Stelle, wo Sie das Mädchen versteckt haben.«

»Ich will einen Deal!«

»Sie ist hinterm Haus …«, flüsterte Miyu plötzlich.

Lehmann lächelte zu Miyu hinüber. »Kalt …«

»… im oder beim Wasserturm, dort wo der Generator tuckert …«, presste Miyu unter Schmerzen hervor.

»Ganz kalt …«

»Wo ist sie?«, rief Pulaski verzweifelt. »Ich gestehe Ihnen alles zu, wenn Sie mir sagen, wo Sie meine Tochter hingebracht ha…«

»Sie gestehen hier gar nichts zu!«, fuhr Sneijder ihm in die Parade. Dann wandte er sich an Lehmann. »Für das, was Sie getan haben, bekommen Sie genauso wenig einen Deal wie Götz Hildebrandt. Der wurde gerade festgenommen.« Pulaski wollte etwas sagen, aber Sneijder brachte ihn mit einer schroffen Handbewegung zum Schweigen. »Sie können niemanden erpressen. Ihre einzige Chance, rechtzeitig in einen Krankenwagen zu kommen, ist, wenn Sie *jetzt* den Mund aufmachen.«

Lehmann grinste breit und bleckte die roten Zähne. »Dann ist es aus …«, keuchte er, »… für die Kleine und für mich.«

Sabines Hände wurden kalt. Instinktiv musste Lehmann wissen, dass die Situation aussichtslos war und er mit diesen Wunden nicht mehr lange überleben würde. Er hatte hoch gepokert, aber Sneijder war nicht darauf eingestiegen.

Die Sirene eines mit Blaulicht heranrasenden Krankenwagens war zu hören. Das näher kommende irisierende Licht fiel durch die Fenster. Der Wagen hielt mit quietschenden Reifen unmittelbar vor dem Haus.

Es wurde ruhig im Raum. Sie hörten, wie die Autotüren knallten und Polizisten mit der Notärztin und den Sanitätern redeten. Funkgeräte knackten. Sabine konnte sogar Marcs Stimme hören.

»Keiner der Rettungsleute betritt den Raum, bevor ich nicht …«, Lehmann schnappte gurgelnd nach Luft, »… mit dem Oberstaatsanwalt … gesprochen habe.« Seine Hände zitterten. Lange würde er die Pistole nicht mehr halten können.

»Die Sanitäter werden jetzt hereinkommen«, widersprach Sneijder sanft, »um meine Kollegin abzutransportieren.«

»Nein …«

»Doch!« Sneijder hielt immer noch die Waffe auf Pulaski gerichtet, während er Lehmann nicht aus den Augen ließ. »Sie können hereinkommen!«, rief er nach draußen. »Wir brauchen ein Ärzteteam und eine Krankentrage!«

»Sneijder …«, keuchte Pulaski flehend.

»Seien Sie still!«

»Ohne mich findet ihr das Mädchen nicht mehr rechtzeitig«, flüsterte Lehmann lächelnd, presste sich den Lauf unters Kinn und schloss die Augen.

»Nein!«, schrie Pulaski.

Der Mann drückte ab. Sabine hörte den Knall, wandte den Kopf ab und sah aus dem Augenwinkel, wie Miyu starr und emotionslos in Lehmanns Richtung blickte. Nur ihre Augen hatten sich für einen Moment geweitet. »9859 … 9857 …«

87. Kapitel

Pulaski war außer sich. »Sie verdammtes Arschloch! Er hätte es uns gesagt«, rief er den Tränen nahe.

»Nachdem wir eine Stunde auf den Oberstaatsanwalt gewartet hätten und der mit ihm eine halbe Stunde lang verhandelt hätte?«, brüllte Sneijder. »In der Zwischenzeit wären Miyu und er gestorben, wir hätten nichts erfahren und nur wertvolle Zeit verloren.«

»Aber …« Pulaski verstummte und ließ die Schultern sinken.

Die Tür flog auf und eine Handvoll Polizisten polterte in den Raum, gefolgt von Marc. Der betrachtete zuerst den toten Lehmann, dann stürzte er zu Sabine und starrte auf ihre blutverschmierten Hände. »Warum bist du nur aus dem Krankenhaus abgehauen? Ist dir was passiert?«

»Mir geht's gut, aber Miyu wurde angeschossen.«

Die Notärztin und zwei Sanitäter kamen ins Haus und kümmerten sich sogleich um Miyu. Die Sanitäter hoben Miyu auf die Trage und setzten ihr als Erstes einen Venenzugang in der Armbeuge, bevor die Blutgefäße kollabierten. Dann zogen sie Miyu die Jeans herunter, schnitten ihr das T-Shirt vom Körper und reinigten die Wunden, um einen Überblick zu bekommen.

»Meine Blutgruppe ist A, Rhesusfaktor positiv«, keuchte sie. »Haben 37 Prozent aller Deutschen … Ich habe viel Blut verloren … bin Tetanus geimpft …«

»Danke für die Information«, antwortete die Notärztin. »Beruhigen Sie sich – alles wird gut.« Die Sanitäter legten Miyu einen Druckverband an.

Miyu hyperventilierte, wiederholte ihre Hinweise und sagte weitere Primzahlen auf, woraufhin die Ärztin Sabine einen besorgten Blick zuwarf. »Das ist völlig normal bei ihr«, sagte Sabine.

Vorsichtig trat Sneijder an Miyu heran. »Warum glauben Sie, dass Jasmin hinter dem Haus ist?«

Miyus Augenlider flatterten. »Lehmann hat gesagt *kalt ... ganz kalt*. Sie ist hinterm Haus ... vielleicht in einer Gefriertruhe.«

»Nein, das war nur eine Redewendung«, widersprach Sabine.

»War es nicht.«

Sabine warf Sneijder einen verzweifelten Blick zu. *Suchen-Sie-das-Mädchen* formte sie mit den Lippen. *Jetzt!*

Sneijder sah zu Pulaski. »Kommen Sie mit! Sie muss hier irgendwo in diesem Gebäude sein.«

Pulaski nickte kurz, dann verschwanden sie durch die nächste Tür ins Innere des Ripper-Hauses.

»Das ist ... der falsche Weg«, keuchte Miyu.

»Miyu, bitte, kümmern Sie sich nicht weiter darum – Sneijder weiß, was zu tun ist.« Sabine legte ihr die Hand auf die Schulter. »Sie müssen jetzt sofort in den Krankenwagen!«

Die Sanitäter klappten die Trage hoch und wollten sie zur Tür rollen, doch Miyu bäumte sich auf. »Warten Sie! Das Mädchen ist in einer Gefriertruhe.«

»Miyu, das war nur eine Redewendung«, wiederholte Sabine. »Glauben Sie mir! Sie müssen jetzt in den Krankenwagen.«

Miyus Hand krallte sich in Sabines Jacke. »Die Leichenteile bei der Biogasanlage ... in den Müllsäcken ... waren schneeweiß ... haben geglänzt ... sind gekühlt gewesen.«

Sabine warf Marc einen fragenden Blick zu. Der nickte zögerlich. »Ja, das stimmt.«

»Okay, und wenn schon«, drängte Sabine. »Miyu, Sie müssen jetzt ...«

»Hören Sie mir zu! Draußen läuft ein Generator ... Die haben

Menschen getötet … die Leichen tiefgefroren … und erst kurz vor der Entsorgung zerteilt.«

»Warum hätten sie das so tun sollen?«

»Damit das Blut nicht so spritzt … die Wundränder waren sauber abgetrennt … Lässt sich nur so erklären …«

»Ja, ist okay, das habe ich alles verstanden.« Sabine nahm die Hand von ihrer Schulter und wandte sich an die Notärztin. »Fahren Sie!«

Die Sanitäter rollten das Tragegestell zur Tür und hoben es über die Schwelle.

»Suchen Sie nach einem Stromkabel …«, rief Miyu, dann war sie draußen.

Marc sah zur Leiche in der Ecke. Die Polizisten hatten dem Toten in der Zwischenzeit die Waffe aus der Hand genommen. »Ist das Lehmann?«

Sabine nickte. *O Mann!* Sie fasste sich an die Schläfe und zuckte unter Schmerzen zurück. *Was für ein beschissener Tag!*

»Was ist, wenn sie recht hat?«, flüsterte Marc.

»Miyu?« Sabine dachte nach. »Hat sie sich in den letzten Tagen schon einmal geirrt?«

Marc schüttelte den Kopf. »Kein einziges Mal.«

»Okay!« Sabine hob Miyus Dienstwaffe auf, steckte sie in ihren Hosenbund und nickte den Polizisten zu. »Begleiten Sie mich bitte. Wir gehen hinters Haus und suchen nach einem Generator und einem Stromkabel.«

88. Kapitel

Sabine trat auf die Veranda. Mittlerweile war es dunkel geworden. Soeben wurden die Hecktüren des Krankenwagens zugeschlagen. Die Bremslichter leuchteten kurz rot auf, dann fuhr der Wagen mit Blaulicht los.

Sabine und Marc umrundeten in Begleitung zweier Polizisten das Gebäude. Hinter einem der Fenster des Ripper-Hauses blitzte das Licht einer Handytaschenlampe auf. Sneijder durchsuchte mit Pulaski inzwischen alle Räume, aber falls Miyu recht behielt, dann war diese Suche vergebens.

Sie gelangten zur Rückseite des Hauses. Dort stand ein frisch polierter schwarzer Mercedes-Benz Ponton, der im Licht ihrer starken Taschenlampen glänzte. Vermutlich Lehmanns Wagen. Und hier wurde auch das Tuckern des Motors lauter. Der Wind wehte den typischen Benzingeruch einer Tankstelle herüber.

»Dort«, rief einer der Polizisten. Das Licht seiner Taschenlampe fiel auf eine Abdeckplane zwischen den Bäumen, unter der sich, der Form nach zu schließen, ein größeres Gerät befand. Aus einem seitlich angebrachten freien Rohr stieg eine Abgaswolke auf. Neben einer Parkbank stand ein großer roter Benzinkanister mit einem Trichter in der Öffnung. Der Polizist zog die Plane weg, und ein 4-Takt Benzinmotor kam zum Vorschein, von dem tatsächlich, wie Miyu es prophezeit hatte, ein Kabel wegführte.

Der Polizist folgte dem Verlauf mit der Taschenlampe über den rissigen Asphalt. Doch in einer Hinsicht hatte Miyu sich geirrt. Das Kabel ging zwar zum Wasserturm, lief dann jedoch daran vorbei. Im Vorbeigehen sah Sabine, dass die massive Eisentür des Turms offen stand und der Raum dahinter leer war. Es roch nach kaltem Blut – wie in einem Schlachthof – und außerdem nach Kot und Urin. Sie blieb kurz stehen und leuchtete mit ihrer Handytaschenlampe hinein. Der Boden war sauber, lediglich an den Wänden hingen Reste von abgerissenen Klebestreifen. Und an manchen Stellen waren unbeholfen und kantig verschiedene Namen mit Datum in den Beton geritzt worden. Sabine trat näher. *Viele Namen.* Die Jahreszahlen reichten bis ins Jahr 1990 zurück. *Mein Gott!*

»Sabine!«

Marc rief nach ihr. Sie verließ den Wasserturm. Das Stromkabel führte zum angrenzenden Kassenhäuschen des Harlekins. Dort stand Marc neben den Polizisten und telefonierte. Höchstwahrscheinlich informierte er Sneijder, dass sie etwas gefunden hatten.

Das Kabel verschwand unter dem Türspalt im Inneren der Hütte. Einer der Polizisten trat soeben die Holztür ein, sodass sie splitternd ins Innere krachte. Scherben prasselten zu Boden. Danach leuchteten sie den Raum mit den Taschenlampen aus.

Unter dem Holztresen, über den früher die Tickets verkauft worden waren, stand eine überdimensioniert große längliche Gefriertruhe, deren Griff mit einem Vorhängeschloss versperrt war. Sabine betrat das Häuschen. Im Raum war es erdrückend heiß, demnach musste die Gefriertruhe, deren Aggregat leise vor sich hin surrte, schon seit Längerem in Betrieb sein. Dennoch … wer immer da drin lag, war zwar vielleicht noch nicht erfroren, aber bestimmt schon längst erstickt.

Sabine kniete sich hin und zog das Kabel aus der Truhe. Sogleich erstarb das surrende und gluckernde Geräusch mit einem Rasseln. »Treten Sie einen Schritt zur Seite und leuchten Sie mir«, bat sie die Polizisten, die mit den Taschenlampen neben ihr standen. Sie zog Miyus Waffe aus dem Hosenbund und zielte auf das Schloss. Alle traten zurück. Gleich beim ersten Schuss flogen die Metallteile davon, das Projektil fuhr neben der Truhe in den Boden.

Marc trat näher, klappte den Holztresen hoch und riss den Deckel der Truhe auf. Eine Eiswolke stieg aus dem Inneren hoch. Auf dem Boden lag eine halb nackte zusammengekauerte Gestalt mit angewinkelten Knien. Arme und Beine waren an den Gelenken gefesselt. Weißer Frost hatte sich bereits an den Haaren gebildet.

Als Sabine sah, dass die junge Frau zitterte, flach atmete und versuchte, nach Luft zu schnappen, fiel ihr ein Stein vom Herzen.

»Holen Sie die Frau raus«, befahl sie den Polizisten. »Und bringen Sie Decken aus Ihren Autos.« Sie schlüpfte aus ihrer Jacke, und nachdem die Beamten die junge Frau aus der Truhe gehoben und ihr die Handschellen abgenommen hatten, legte Sabine ihr die Jacke über die Schultern und nahm sie in die Arme.

»Mein Name ist Sabine Nemez, Bundeskriminalamt Wiesbaden. Sie sind stark unterkühlt, aber das wird wieder.« Sabine strich ihr über den Rücken und massierte ihre Schultern. »Haben Sie andere Verletzungen?«

Das Mädchen zitterte am ganzen Leib. »... n-nein ...«

»Jasmin Pulaski?«

»J-ja ...«

»Ihr Vater wird gleich hier sein.«

Jasmin schnappte nach Luft, ihr Oberkörper bebte. Marc hing bereits am Telefon und rief einen weiteren Krankenwagen. Kurz darauf kamen auch schon Sneijder und Pulaski zur Hütte gerannt.

»Jasmin!« Pulaski drängte sich an den Beamten vorbei, die gerade mit Decken ankamen.

Sabine trat zurück und ließ den Vater endlich zu seiner Tochter. Der strich ihr übers Haar und drückte sie fest an sich. Tränen liefen ihm übers Gesicht. »Mein Gott, ich hätte nicht gedacht, dass ich dich noch jemals wiedersehe.«

»Papa ...«, schluchzte Jasmin, dann kamen auch ihr die Tränen. »Gerlach und Hattys Mutter sind tot«, heulte sie, während ihr Körper unkontrolliert zuckte. »Ich musste mitansehen … wie sie …«

»Beruhige dich«, versuchte er, sie zu trösten.

»Wo ist … Hatty?«

Pulaski drückte sie fester an sich und rieb ihr über den Rücken. »Hatty und Ben geht es gut.«

Sabine schob sich an Pulaski vorbei nach draußen. Sneijder stand da und betrachtete die Szene. Sie merkte, dass ihm ein zynischer Kommentar auf den Lippen lag – etwas in der Art wie *Ach, wie rührselig.* Darum hob sie rasch die Hand. »Keine blöde Bemerkung jetzt!«, warnte sie ihn. Im vollen Bewusstsein, ihn damit erst recht zu provozieren.

Aber er lächelte nur und sagte: »Gute Arbeit, Eichkätzchen.«

EPILOG

Samstag, 9. Juni

Es war ein warmer Abend. Über Dresden ging gerade die Sonne unter, als Sneijder das Einzelzimmer im fünften Stock des Universitätsklinikums betrat. Mittlerweile waren seine Besuche dort zu einer wenig erfreulichen Routine geworden. Diesmal stand er vor Miyus Bett und blickte sorgenvoll auf sie hinunter.

Wobei, wie er feststellen konnte, Miyu die Narkose und die zweistündige Operation gut überstanden hatte. Wenn ihm jemand erzählt hätte, dass sie nur wegen einer Magenverstimmung im Krankenhaus läge und deshalb eine Infusion bräuchte, hätte er das auch geglaubt. Sie war viel resistenter als die meisten anderen Menschen, die er bisher kennengelernt hatte – mit Ausnahme vielleicht von Sabine Nemez.

Sneijder stellte die Papiertüte ab, die er mitgebracht hatte, und umfasste das Bettgestänge am Fußende. »Wie geht's?«

»Es ist langweilig hier.«

»Kann ich mir denken.« Er griff in die Tüte und reichte ihr einen großen Hardcover-Bildband. Einige Seiten waren geknickt und auf der Rückseite des Einbands befanden sich eingetrocknete Kaffeeflecken.

»Ein Buch über M. C. Escher.« Miyu schlug es auf und betrachtete die Exlibris-Nummer 897 auf der ersten Seite. *»Für Miyu, wie immer liegt die Wahrheit hinter einem Schleier aus Illusionen«*, las sie die Widmung und blickte auf. »Aus Ihrer Bibliothek?«

Er ging nicht darauf ein. »Das Buch sieht zwar etwas gebraucht aus, ist aber nagelneu«, versicherte er ihr. »Ein niederländischer Künstler. Ich dachte, es könnte Ihnen gefallen.«

Sie blätterte durch die Illustrationen, wobei ihr Blick an einigen unmöglichen Figuren und optischen Täuschungen hängen blieb. »Escher gefällt mir. Wer ist *Ihr* Lieblingsmaler?«, fragte sie ohne aufzusehen.

»Ich habe keinen Lieblingsmaler.«

Sie vertiefte sich in ein Bild. »Ich tippe auf van Gogh.«

»Wie kommen Sie darauf?«

Nun hob sie den Kopf und sah ihn einen Moment lang durchdringend an. »Weil er auch Niederländer ist ... weil Ihr Hund Vincent heißt ... und weil van Gogh ...«

»Schwul war?«, kam er ihr zuvor und steckte die Hände in die Hosentaschen. »Das ist bei van Gogh nie eindeutig nachgewiesen worden, und wenn, dann war er es nur unterschwellig.« *Die Kleine ist verdammt gut.* »Ja, ich mag seine Gemälde«, gab er schließlich zu.

»Sind Sie homosexuell?«, fragte sie frei heraus.

»Ist das wichtig?«

»Für mich schon – ich habe nach unserem Gespräch auf der Bank vor dem Plattenbau, als wir über Krankheiten geredet haben, versucht, die richtigen Schlussfolgerungen zu ziehen.«

»Gut kombiniert.« Sein Blick verlor sich, er dachte einen Moment an Arne. »Mein Lebensgefährte ist vor langer Zeit an einer Immunschwäche gestorben.« Dasselbe hatte er vor vielen Jahren – sogar wortwörtlich – auch Sabine Nemez erzählt. Und es gab gute Gründe für diese Lüge, denn die volle Wahrheit sollte nie jemand erfahren.

Sie deutete auf das Buch. »Sind Sie nur deswegen gekommen?«

»Nein, ich muss etwas mit Ihnen besprechen.« Er machte eine Pause. »Der Fall ist abgeschlossen, aber Sie haben sich meinen Anweisungen widersetzt und auf eigene Faust gehandelt«, stellte er fest, während er den Blick langsam über ihre Verbände wandern ließ, als wollte er damit betonen, dass so etwas dann dabei herauskam.

Sie blickte ohne jede erkennbare Emotion geradeaus. »Werde ich nun von der Akademie geworfen?«

Er unterdrückte seine Gefühle, dann betrachtete er sie kalt. »Ich gebe zu, ich habe mich geirrt – und Sie hatten mit Ihrer Vermutung mit dem Harlekin-Park recht.«

»Ich verrate es niemandem.«

Das weiß ich. Abgesehen von ihren besonderen Fähigkeiten war sie auch noch selbstlos und alles andere als rechthaberisch. »Vor wenigen Stunden wurden übrigens die Leichenteile vom Biogastank endgültig identifiziert«, erklärte er ihr. »Heinz Gerlach und seine Frau. Jasmin hat als Einzige überlebt. Sie ist ebenfalls in diesem Krankenhaus untergebracht. Es geht ihr gut.«

Miyu schien sich kein bisschen darüber zu freuen – und falls doch, dann wusste sie nicht, wie sie es zeigen sollte. »Sie haben meine Frage von vorhin noch nicht beantwortet«, hakte sie stattdessen nach. »Verliere ich meinen Studienplatz?«

Ach, Miyu! Sneijder zog die Augenbrauen zusammen. »Die letzten Tage waren für uns alle ziemlich hart – und Sie haben die Feuertaufe bestanden.«

»Feuertaufe?«, wiederholte sie.

»Den Praxistest«, erklärte er ihr. »Willkommen in meiner Ermittlergruppe.«

»Ich bin in Ihrem Team?«

Er nickte. »Aber das wird noch so lange warten müssen, bis Sie die Akademie abgeschlossen haben.«

In Miyus Gesicht war schwer abzuschätzen, ob sie sich freute oder nicht. Schließlich nickte sie. »Nächstes Jahr wird es bestimmt auch noch Psychopathen geben.«

»Die wird es immer geben. Und sie werden immer versuchen, Unheil anzurichten.«

»Nicht, wenn wir es verhindern«, sagte Miyu.

Er lächelte. *So ist es!* Er zog die Hand aus der Tasche und blickte auf die Uhr. »Ich muss noch zwei Besuche erledigen und danach zurück nach Wiesbaden fahren.«

»Was tun Sie dann noch hier?«

Er ging zu ihr hin und legte ihr kurz die Hand auf die Schulter. »Werden Sie wieder gesund.« Dann verließ er das Zimmer.

Marc wartete draußen im Gang mit zwei Kaffeebechern in der Hand und reichte Sneijder einen davon. Gemeinsam fuhren sie mit dem Aufzug hinunter.

»Ich habe gehört, das Innenministerium wird nächste Woche verkünden, dass Drohmeier nicht länger Interimspräsident ist und wer ihm endgültig nachfolgt«, erwähnte Marc ganz beiläufig.

»Ach so?«, murmelte Sneijder. »Für diesen Posten gibt es jede Menge Gegenkandidaten.«

»Ja, aber am Ende hat Drohmeier alle ausgestochen, und nun wird er das Amt regulär übernehmen.«

»Und woher weißt du das?«, fragte Sneijder lauernd.

Marc nippte am Kaffee. »Hab ich halt gehört.«

»So etwas hört man nicht einfach.« Sneijder kniff die Brauen zusammen. »Liest du etwa heimlich die strengvertraulichen internen Mails des BKA?«

Marc presste kurz die Lippen zusammen. »Man muss schließlich informiert sein, wenn man für den Laden arbeitet. Übrigens habe ich auch gehört, dass Jon Eisa Sexzeitschriften abonniert hat und sie sich ins Büro schicken lässt. Wie blöd kann man nur sein?«, wunderte er sich.

Sneijder entgegnete nichts darauf.

Plötzlich wurde Marc misstrauisch. »Steckst du etwa dahinter?«

»Ich?« Die Kabine hielt an, und sie stiegen aus. Sneijder trank seinen Kaffee, zerdrückte den Becher und warf ihn in den Mülleimer. Gemeinsam gingen sie zur Internen Abteilung und betraten Sabines Zimmer. Diesmal war quasi jede freie Fläche mit Blumen und Pralinenschachteln vollgestellt, einige mit Genesungs–, andere mit Geburtstagswünschen.

Sabine trug bereits Straßenkleidung und packte gerade ihre restlichen Sachen in einen Trolley. »Ich bin gleich so weit.«

Marc gab ihr einen Kuss und half ihr beim Einräumen, da ihre Hand immer noch geschient war.

»Cramer hat mich vorhin angerufen.« Sneijder lehnte sich mit verschränkten Armen an die Fensterbank. »Sobald Viktor wieder gesund ist, wird ihn die polnische Staatsanwaltschaft wegen Bitcoin-Erpressung, Entführung und Beihilfe zu zweifachem Mord anklagen.« Er betrachtete Sabine. »Seit gestern versucht Viktor angeblich verzweifelt, Sie telefonisch zu erreichen, doch Sie rufen nicht zurück.«

Sie sammelte die Grußkarten ein und verstaute sie mit den Pralinenschachteln im Koffer. Die Blumen ließ sie stehen. »Muss sich wohl um ein Missverständnis handeln.«

»Vermutlich.« Sneijder nickte. Was immer zwischen den beiden vorgefallen war – für Sabine war das Thema anscheinend erledigt. Ebenso wie ihr Aufenthalt in diesem Krankenhaus. »Heute ist Ihr Geburtstag, nicht wahr?«

Sie sah auf. »Das wissen Sie?«

»Sie werden dreiunddreißig«, stellte er fest. »Wollen Sie deshalb noch heute mit uns nach Wiesbaden zurück, um zu feiern?«

Sie schüttelte den Kopf. »Mir ist nicht nach feiern. Zum ersten Mal in meinem Leben will ich mich an meinem Geburtstag einfach nur zu Hause in mein Bett verkriechen.« Sie hakte sich bei Marc unter, woraufhin der sie an sich zog und in die Arme nahm. »Ich kümmere mich um sie«, erklärte er über ihre Schulter hinweg, »außerdem wollen uns Sabines Schwester, ihre Nichten und Tina morgen besuchen.«

Er konnte die beiden gut verstehen. Sabine war mehr als ausgelaugt, und egal, wo sie die nächste Zeit verbrachte, die letzten beiden Fälle würden nicht nur körperliche, sondern auch seelische Narben hinterlassen. »Hat Drohmeier Sie erreicht?«, wechselte er das Thema.

Sabine löste sich aus Marcs Umarmung und zog den Reißverschluss des Koffers zu. »Hat er. Es war ein langes Gespräch. Er hat unseren Einsatz lobend erwähnt. Ich bin jetzt noch offiziell im Krankenstand, danach drei Wochen beurlaubt und ab August nach einer Reha wieder offiziell im Dienst.«

»Halten Sie es so lange ohne aktuelle Fälle aus?«

Sie lächelte. »Ihre Akupunkturnadeln, die Joints, der Vanilletee und Ihre Sprüche werden mir nicht fehlen, Sneijder.«

Verständnisvoll verzog er das Gesicht. Während Marc ihr Gepäck aus dem Zimmer trug, wurde er ernst. »Tut mir leid, dass ich Ihr Leben so durcheinandergebracht habe.«

Sie hielt inne und betrachtete ihn. Schließlich setzte sie sich ihm gegenüber auf das zerwühlte Bett. »Sagen Sie jetzt bloß, dass Sie ein schlechtes Gewissen haben. Ausgerechnet *Sie?*«

»Schauen Sie sich an, was ich aus Ihnen gemacht habe.« Er dachte daran, was sie schon alles gemeinsam durchgemacht hatten. »Ich hätte Sie nie an die Akademie holen und Ihnen diesen Job an meiner Seite anbieten dürfen.«

»Sie hätten mich allen Ernstes lieber beim Kriminaldauerdienst in München versauern lassen? Blödsinn!« Sie hob den Kopf. »Das hätten Sie niemals getan, und das wissen Sie ganz genau – dafür sind Sie doch viel zu eigensinnig und rücksichtslos.«

Sneijder lächelte. »Stimmt auch wieder«, gab er zu. »Tatsächlich bin ich froh, dass …« Er verstummte.

»… Sie mich haben?« Sabine legte den Kopf schief und betrachtete ihn neugierig. »Und warum genau?«

Er gab keine Antwort, blickte nur kurz aus dem Fenster. *Vermutlich braucht jeder Mensch ein bisschen Familie*, dachte er. *Sogar jemand wie ich.*

Sabine grinste, als hätte sie seine Gedanken erraten. »Wissen Sie, Sneijder, in Wahrheit sind Sie gar kein so fieser Kotzbrocken, wie Sie es gern wären.«

Jetzt starrte er sie wieder an. »Wenn Sie das jemandem verraten …«

»Ich weiß, dann müssen Sie mich töten.« Sie erhob sich vom Bett und klopfte ihm auf die Schulter. »Kommen Sie, schauen wir jetzt kurz zu Jasmin. Die liegt auch auf dieser Station.«

Sie mussten nur den Gang hinunter und einmal abbiegen, dann erreichten sie Jasmins Zimmer, vor dem Marc bereits wartete. Gemeinsam traten sie ein. Es roch nach Essen, die Reste des Menüs lagen noch auf einem Teller auf dem Tischchen. Daneben standen Hatty und Ben. Pulaski saß neben seiner Tochter, die gerade etwas gesagt hatte, woraufhin Hatty und er lautstark lachten.

»Sei nicht so frech«, rief Pulaski, »sondern freu dich lieber, dass du keinen Gehirnschaden davongetragen hast.«

»Das muss sich erst noch herausstellen«, witzelte Hatty und wischte sich die Tränen weg. Sneijder fiel auf, dass sogar Ben verhalten lächelte.

Nachdem Sneijder sich geräuspert hatte, erhob sich Pulaski. »Kommen Sie herein«, rief er. »Das sind meine Kollegen, von denen ich dir erzählt habe.« Er stellte seiner Tochter Sabine, Marc und Sneijder vor.

Jasmin betrachtete sie der Reihe nach. »Danke … Ihnen allen«, sagte sie mit trockener Kehle.

Sneijder nickte. Das Mädchen war unterkühlt gewesen, sah abgezehrt aus, war traumatisiert und jetzt in psychologischer Behandlung. Pulaski würde ihr vermutlich die nächsten Tage nicht von der Seite weichen. Aber so robust, wie sie wirkte, würde sie sich bestimmt bald auf dem Weg der Besserung befinden.

»Wir müssen langsam los.« Hatty beugte sich übers Bett und umarmte Jasmin.

»Tschüss, Kleiner«, sagte Jasmin und streckte Ben die Ghettofaust hin.

Ben lächelte wieder. »Tschüss«, sagte er plötzlich und reichte Jasmin artig die Hand. »Papa wartet unten.«

Jasmin sah ihn ganz überrascht an. »Du sprichst ja wieder.«

Hatty legte ihrem Bruder stolz den Arm auf die Schulter. »Langsam wird es wieder. Nächste Woche beginnt seine Therapie, dann wird er ein ganz großer Redner, stimmt's Feuermelder?« Sie bohrte ihm den Finger in die Rippen.

»Ja … aua!«, quietschte Ben auf.

Nachdem sie sich verabschiedet hatten, verließen Hatty und Ben das Zimmer.

Pulaski kam lächelnd auf Sneijder zu. »Mit den Kollateralschäden Ihrer Ermittlungen halten Sie den Krankenhausbetrieb ganz schön auf Trab.«

»War nie anders.«

»Ja, das BKA«, scherzte Pulaski.

»Dem Jungen scheint es besser zu gehen«, stellte Sneijder fest.

»Die Ärzte in der Kinderpsychiatrie kümmern sich um ihn.« Pulaski wurde ernst. »Leider gibt es da viel aufzuarbeiten.«

»Trotzdem ist es wichtig, dass er beim Begräbnis seiner Mutter nächste Woche dabei ist«, ergänzte Jasmin. »Ich weiß, wie tragisch das ist und wie sehr man darunter leidet, wenn man plötzlich keine Mutter mehr hat«, schob sie als Erklärung nach. »Auch wenn es *so* eine Mutter war, die ihm das angetan hat.«

Sneijder nickte. *Wie recht du hast!* »Und der Vater?«

»Bleibt vorerst in Deutschland und versucht, seine Firma eine Zeit lang von hier aus zu leiten.« Pulaski zuckte die Achseln. »Wird alles schon irgendwie gut gehen.« Er machte eine Pause. »Wenn Sie nicht nach Ihrer Kollegin gesucht und wir uns nicht getroffen hätten, wäre meine Tochter jetzt nicht mehr am Leben.«

Sneijder blickte zu Jasmin. »Das wissen wir nicht«, versuchte er zu relativieren.

»Doch«, widersprach Pulaski. »Jasmin hat mir vorhin erzählt, dass ihr der Zeitungsartikel das Leben gerettet hat.«

Sneijder presste die Lippen aufeinander, dann griff er nach seiner Zigarettenschachtel.

»Finger weg!«, zischte Sabine. »Das ist ein Krankenhaus.«

Verdomme! Sneijder blickte sie kurz an, dann sah er zu Pulaski. »Wollen Sie nicht beim BKA einsteigen? Einen Platz hätten wir vielleicht noch frei.«

»Nein danke.« Abwehrend hob Pulaski die Hände. »Wenn Jasmin im Herbst an der Uni ist, nehme ich wieder meinen alten Job beim LKA Dresden an.«

»Nichts mehr mit Kriminaldauerdienst?«, fragte Sneijder überrascht. »Werden Sie dann selbst zum Schlipsträger?«

Pulaski lachte laut auf. »Bestimmt nicht.«

»Und haben Sie darüber hinaus weitere Pläne?«, fragte Sabine.

»Ja, ausgedehnten Urlaub machen«, antwortete Pulaski. »Es gibt da eine Reise, die ich schon viel zu lange vor mich herschiebe.«

»Aha …?« Sabine blickte zu Jasmin.

»Er wird eine junge Anwältin in Wien besuchen«, erklärte sie. »Und zwei Wochen lang eine ruhige Kugel schieben.«

»Und wann?«, fragte Sabine.

»Nächstes Jahr im Frühling.«

Fünf Tage später …

Sneijder stand am Südfriedhof von Wiesbaden vor Krzysztofs Grab, einer schlichten Marmorplatte ohne Blumenschmuck.

Er betrachtete Namen, Geburts- und Sterbedatum und das eingefasste Schwarz-Weiß-Foto im Grabstein. »Dein Tagebuch hat Pulaskis Tochter das Leben gerettet«, murmelte er. Für einen

Moment wirkte das Bild so, als würde Krzysztof die Stirn runzeln.
»Wer Pulaski ist?«, fragte Sneijder. »Stimmt, du kanntest ihn ja gar nicht – ein Kollege, du hättest dich gut mit ihm verstanden.« Sneijder wurde nachdenklich. »Und letztendlich hat dein Büchlein auch mich gerettet … nein, tatsächlich.«

Die Erinnerung war noch so lebendig, wie er vor wenigen Tagen seine geladene Waffe in der Hand gehalten hatte, den öligen Lauf im Mund und den Finger am Abzug, während Vincent verzweifelt an der Tür gekratzt hatte.

Sneijder griff in die Hosentasche und holte die drei Abschiedsbriefe heraus, die er an jenem Tag geschrieben hatte. Sie waren immer noch zugeklebt, und das würden sie auch bleiben. In der anderen Hand hielt er ein Feuerzeug.

»Danke, alter Freund«, murmelte er und zündete die Briefe an. Die Flammen fraßen sich gierig durchs Papier, bis Sneijder sie zu Boden fallen lassen musste, wo sie schnell schwarz wurden.

Bevor der letzte Brief zu Asche verbrannte, war für einen Augenblick der Empfänger zu lesen gewesen.

Arne Roth, Genf.

Danksagung

In meinem vierzehnten Roman für den Goldmann-Verlag durfte ich wieder reichlich für Sie morden, und dabei standen mir erneut folgende Testleser mit schonungsloser Kritik rat- und tatkräftig zur Seite: Heidemarie Gruber, Robert Froihofer, Gaby Willhalm, Veronika A. Grager, Jürgen Pichler, Roman Schleifer, Stefanie Schauer, Dagmar Kern, Daniel Weber, Ulrike Schiesser, Barbara Karlich, Sebastian Aster, Markus Leshem und Ana Kohler.

Die Idee zu diesem Roman habe ich schon viele Jahre mit mir herumgetragen, seit ich das erste Mal von Jack Londons unvollendetem satirischem Kriminalroman »Das Mordbüro« erfahren habe, der die Initialzündung zu dieser Romanidee wurde. Außerdem habe ich mir einen zweiten, viele Jahre gehegten Traum erfüllt, nämlich ein Crossover zwischen Maarten S. Sneijder und Walter Pulaski, die hier Seite an Seite ermitteln durften.

Damit diese Ermittlungen auch Hand und Fuß haben, dafür möchte ich mich auch bei folgenden Personen bedanken:

Bei Alexander Roll und meinem Autorenkollegen Kriminalhauptkommissar beim Polizeipräsidium Hagen in Nordrhein-Westfalen, Mark Fahnert, für das Rückverfolgen von Handydaten. Bei dem Berliner Staatsanwalt Dr. Frank Heller für Bitcoin-Erpressung, bei Stefan Poiss für das Analysieren von Audiofiles und Andreas Lechner, den ich dieses Mal wirklich arg quälen und ausquetschen musste, für Hacker- und IT-Fragen.

Bei Claus Postiasi für das Procedere auf Golfplätzen, Natascha Leshem-Bernel und Steuerberater Mag. Johannes Unger für Firmenbuchrecherchen.

Bei Rechtsanwältin Mag. Katharina Hausmann für gerichtliche Auskünfte, Barbara Krussig für medizinische Beratung, Redakteur Markus Leshem für das Procedere bei Zeitungsannoncen, Robert Froihofer für den Umgang mit Wildtierkameras und Maarten Mulder für das Erweitern von Maarten S. Sneijders niederländischem Schimpfwörter-Repertoire, das von Roman zu Roman wächst.

Bei Maik Freiberg für Auskünfte über Waffen, Projektile und den Ablauf von Einsätzen der Spezialeinsatzkommandos der Polizei.

Bei Mag. Eva Gruber für Auskünfte zum Thema Frauen als Triebtäterinnen und Mag. Elvira Muchitsch von der Multifunktionellen Förderung & Fördertherapie GmbH in Wien zum Thema Autismus. Ohne sie hätte eine Figur wie Miyu in diesem Roman nie das Licht der Welt erblickt.

Bei Christoph Lampert und Jana Theuring, die das jährliche Mordsharz-Krimifestival auf die Beine stellen, für ihre Auskünfte zum Harz.

Ebenso danke ich meiner genialen Lektorin Vera Thielenhaus, die mir immer wieder hilft, aus meinen Manuskripten lesbare Bücher zu machen, dem kreativen Team des Goldmann-Verlags, sowie Roman Hocke und seiner großartigen Literaturagentur AVA International in München und meiner Frau Heidemarie, die meine Lesereisen organisiert und dafür sorgt, dass ich in entlegene Ortschaften komme, die möglicherweise im nächsten Roman als Mordschauplätze herhalten müssen.

Mit »Todesrache« liegt nun der Auftakt der dritten und letzten Sneijder-Trilogie vor, die mit Friedrich Drohmeier als neuem BKA-Präsidenten eine neue Ära aufschlägt. Warten wir geduldig ab, was auf Sneijder, Nemez, Drohmeier & Co noch alles zukommt …

Autor

Andreas Gruber, 1968 in Wien geboren, lebt als freier Autor mit seiner Familie in Grillenberg in Niederösterreich. Mit seinen bereits mehrfach preisgekrönten und teilweise verfilmten Romanen steht er regelmäßig auf der Bestsellerliste. Mehr zum Autor und seinen Büchern finden Sie unter www.agruber.com sowie unter www.facebook.com/Gruberthriller.

Andreas Gruber im Goldmann Verlag:

Die Reihe um Maarten S. Sneijder und Sabine Nemez
Todesfrist. Thriller
Todesurteil. Thriller
Todesmärchen. Thriller
Todesreigen. Thriller
Todesmal. Thriller
Todesschmerz. Thriller
Todesrache. Thriller

Die Reihe um Walter Pulaski und Evelyn Meyers
Rachesommer. Thriller
Racheherbst. Thriller
Rachewinter. Thriller

Die Reihe um Peter Hogart
Die Schwarze Dame. Thriller
Die Engelsmühle. Thriller
Die Knochennadel. Thriller

Außerdem lieferbar:
Herzgrab. Thriller

(alle auch als E-Book erhältlich)